往事不曾离去

Past Imperfect

[英] 朱利安·费罗斯——著
张朔然——译

中国友谊出版公司

图书在版编目（CIP）数据

往事不曾离去 /（英）朱利安・费罗斯著；张朔然译. -- 北京：中国友谊出版公司，2019.9

书名原文: Past Imperfect

ISBN 978-7-5057-4806-4

Ⅰ. ①往… Ⅱ. ①朱… ②张… Ⅲ. ①长篇小说—英国—现代 Ⅳ. ①I561.45

中国版本图书馆 CIP 数据核字（2019）第 173836 号

书名 往事不曾离去
作者 ［英］朱利安・费罗斯
译者 张朔然
出版 中国友谊出版公司
发行 中国友谊出版公司
经销 新华书店
印刷 玉田县昊达印刷有限公司
规格 880×1230 毫米 32 开
15.5 印张 340 千字
版次 2019 年 9 月第 1 版
印次 2019 年 9 月第 1 次印刷
书号 ISBN 978-7-5057-4806-4
定价 48.00 元
地址 北京市朝阳区西坝河南里17号楼
邮编 100028
电话 （010）64678009

如发现图书质量问题，可联系调换。质量投诉电话：010-50919978

P a s t I m p e r f e c t

往——事

不 曾 离 去

目录

Past Imperfect

往 事 不 曾 离 去

第一章

宿敌的来信

我曾经觉得，达米安·巴克斯特是我臆想出来的一个人，尽管这种想法只会凸显出我的幼稚。

对我来说，伦敦现在成了一座鬼影幢幢的城市，而那个时时作祟的阴魂正是我自己。当我平时出门的时候，每一条街，每一座广场，每一条大道，似乎都化作从前的一段段过往，在我耳边轻声呓语。哪怕只是去切尔西或者肯辛顿这样短暂的路途，都会带我经过当年那一道道为我敞开的大门。可如今，对每道门而言，我仿佛就只是个陌生人。我能看到自己再一次变成了年轻时候的样子，那时的我会为参加那些莫名其妙的狂欢聚会，穿着像巴尔干半岛战乱国家的民族服装招摇过市。那些摆动着的喇叭裤，带着足球运动服衣领的花边裙子——天啊，我们当时到底在想什么？而当我在一旁看着这个年轻的、比现在瘦多了的自己时，仿佛也看到了周围其他人熟悉的幻影——我的父母、姨妈、外婆、叔父和堂兄弟们，还有我的朋友和情人，他们不是已经离开了这个世界，就是早已和我失去联系。人们说，当你感觉过去比现在更真实的时候，意味着你正在变老。而我早已感到这逝去的几十年光阴，仿佛一双细长的手，将我的思绪越攥越紧，使我对眼前事物的印象反而变得暗淡了。

所以当我从桌上日复一日堆积成山的账单、感谢卡、募捐信中，发现了一封来自达米安·巴克斯特的来信时，你就完全能够理解我是多么地惊讶和困惑。我完全没有想到会有这么一封信。自从最后一次分别后，我和他大概已经有四十年没有见面，中间也没有任何联系。我知道这听起来有点奇怪，但我们的确生活在不同的世界。英国怎么看都不能算一个面积很大的国家，但也足以大到让我和他的人生轨迹再无半点儿交集。不过，这封信之所以出乎我的意料，确实有一个更容易理解的原因。

我恨他。

尽管我只瞄了一眼就知道这封信是他亲笔写的。信封上的字迹虽然有所变化，但是依然眼熟。就像一个你最偏爱的孩子长大之后，无论无情的岁月在他脸上留下了怎样无情的痕迹，你都能一眼就认出来。尽管如此，在那天早上之前，就算我想起达米安·巴克斯特，我也绝对想不出这世界上能有什么事情会让他主动联系我，或者我联系他。我必须得说，这封突如其来的信并没有让我生气，一点儿也没有。收到来自老朋友的消息永远都是那么让人愉快，但是到了我这个岁数，比收到一个朋友的消息更耐人寻味的，就是收到宿敌的消息了。敌人和朋友不同，敌人会告诉你自己都未曾察觉的事情。达米安严格来说，不算我的敌人，但是他终究是一位与我断交的朋友，这比敌人更糟糕。当年我们大吵一架，盛怒之下，谁都无法控制住自己，直至所有情谊和怨怼都被怒火吞噬，从此我们一刀两断，分道扬镳，谁也没有试图去修复这种关系。

我必须说，这是一封真诚的信。我们英国人一向遵循一个不成文的规则——尽量避免面对那种因回忆往事而使双方陷入尴尬的场面。通常在谈及不愉快的经历时，大家都会用模棱两可的口吻轻松带过："你还记得乔斯林那次可怕的晚餐吗？我们都是怎么撑下来的啊。"或者如果实在没法轻描淡写地敷衍过去，我们就佯装这事从未发生过。以"我们真是太久没见面了"作为开场白，通常的潜台词就是："要我说，就别再记着以前那些恩怨了。就让这些陈年旧事过去吧，怎么样？"如果对方也心领神会，就会以同样的腔调回应："是啊，我们碰个面吧。从拉扎德公司离开之后你都在忙什么？"就这样，无须多说，双方之间的龃龉从此烟消云散，可以继续正常来往了。

然而达米安没有遵循这一惯例。事实上，他就像个拉丁美洲人一样真诚直接。"我敢说，发生了这么多事情以后，你一定再也不想听到我的消息了。但如果你能来看我一次，我将感激不尽，"他的字迹尖锐，仿佛还带着一丝愠怒，"如果你不愿意，我完全能理解，毕竟上一次见面并不愉快。我也不想搞得像自导自演一样，但我剩下的时间不多了，你就把探望一个垂死之人当作行善吧。"至少，我没法指责他回避实情。我假装考虑了一会儿，好像在举棋不定，其实心里早就决定要去了。我必须得安抚我的好奇心，才能从容不迫地重温年轻岁月里的那段时光。自从1970年的夏天不欢而散之后，我和达米安就没有任何联系了。他在我神志尚清醒时重新出现，提醒了我，这些年来我的世界，和其他人一样，发生了多么翻天覆地的变化。

回忆往事并不是没有风险。但我不得不悲哀地意识到：我成长岁月的社会环境似乎比现在要令人愉快。如今的年轻人，出于对自己这个时代的维护，通常在我们缅怀那段黄金岁月的时候不以为然，这一点我能理解。在那个黄金年代，客人永远是对的，汽车协会的成员会对你汽车上的徽章致敬，警察打招呼敬礼时手指真的会碰到头盔。年轻人会说，谢天谢地，那种繁文缛节总算结束了。但那样的讲究正是一个井然有序的世界的一部分，回想起来至少会让人感到温馨，甚至感到一种善意。我想我最怀念的，就是半个世纪以前英国社会的那份温文尔雅。不过话又说回来，我缅怀的到底是那份温文尔雅，还是我自己的青春呢？

"我搞不懂这个达米安·巴克斯特到底是谁，为什么他这么重要？"那天晚点儿的时候，布里吉特说道。我们当时正在家里吃饭，盘子里的鱼是我从老布朗普顿路上的那家亲切热情的意大利店里外带回来的。鱼的价格过分高昂，煎得却稍欠火候。

"我从没听你提起过他。"当达米安寄来他的信时，我还住在威瑟比花园的一间底层公寓里。那间公寓很舒适，各个方面都很方便，对那几年沉沦于外卖不能自拔的我们来说简直再便利不过了。从各种角度来说，这间公寓位于一个黄金地段，我肯定是负担不起的——我父母很多年前搬离伦敦时，把它转让给了我。我父亲本来是反对的，但我母亲坚持认为我"需要一个起点"，他只好举手投降。因此，我得益于他们的慷慨馈赠，心里非常明白，这间屋子不仅是我的起点，也将是我的终点。事实上接手之后我大致维持了屋子的原状，屋内仍然到处放满了我母亲的东西。我们说话时正坐在我母亲那张靠窗的早餐小圆桌旁。公寓里那些典雅的摄政时代的家具和壁炉上方画像里的卷发男孩——我的某位祖先——让整个公寓都显得很女性化。我不想再强调我的男子气概，因为我对重新装潢、归置家具这一类事情毫无兴趣。

信寄来的时候，布里吉特·菲茨杰拉德是我当时的……我本想说“女朋友”，但我不能确定当一个人过了五十岁是否还能交“女朋友”。另一方面，如果“女朋友”这个称呼太过年轻，那么“伴侣”听起来好像又太老了。所以到底什么才是正确的称呼？现代人挪用了这么多词汇，又一直胡乱使用，以至于当我们想找一个真正合适的字眼时，翻箱倒柜却一无所获。就算不在传媒界工作也会知道，“伙伴”是一个被滥用的称呼，一踩就是一个坑。最近，我和其他人合伙开了一家小公司，当我向人介绍他为我的“伙伴”时，那些半生不熟的朋友都会对我投来异样的眼神。过了好长时间我才弄明白那些眼神是什么意思。然而用“另一半”这个词，听起来像是情景喜剧里用来调侃高尔夫俱乐部秘书的一句台词，我们俩还没到“这是我的情妇”那种关系，虽然其实离得不远。总而言之，布里吉特和我在交往。我们是稍微不太搭的一对。我是一个不太知名的小说家，她是一个精明强干的爱尔兰裔房地产专业人士，可惜情路坎坷，便宜了我。

如果我母亲还在，她一定不会同意我们在一起。但她已经去世了，理论上不成为障碍。虽然我不确定我们能真的忽视父母的反对，无论他们健在与否。当然，也许她在另一个世界会变得柔软些，不过我对此很怀疑。也许我应该听从她在天之灵的暗示，毕竟我不能假装我和布里吉特有很多共同点。我的意思是她长得漂亮，人又能干，我远配不上她。我想，我当时可能是太孤独了，也厌倦了人家总是打电话来问我是否愿意参加周日午餐。总之，不管什么原因，我们遇到了彼此，并且相安无事地处了好几年。我们没有真正生活在一起，因为她还留着自己的公寓。这种关系严格来说不算是爱情，但也极为重要。

令我好笑的是，布里吉特提到达米安来信的时候——对一段她无从知晓的过去，一个她无从知晓的人，她的口气却充满了自以为是。“我从没听你提起过他”，意思只能是“如果这家伙很重要，你一定会提起他”。或者更糟的是，“你应该提起他”。人和人交往起来，总会情不自禁地陷入一种幻想里，认为你有权知道对方生活的一切，哪怕是再微不足道的细节。这是不可能的。电影里那些年轻快活的脸庞总是在说“我们之间没有秘密”，可其实我们都心知肚明，人生充满了秘密，有时连我们自己都不愿探究。很明显，在这件事情上，布里吉特为“达米安对我来说是个很重要的人，可我却从未向她提到过他，那么我到底还隐瞒了多少事情”而困扰。我只能辩解说，她的过去就像我的，像其他所有人的一样，也是一口紧锁的箱子。偶尔，我们会打开箱子，让别人窥探一眼，但也只有最上面的一层。至于那些更幽暗的回忆，人们通常只允许自己置身其中。

“他是我在剑桥读书时的朋友，”我说，“我们是在大学二年级的时候认识的，20世纪60年代[①]末那会儿，我正忙着参加社交舞会。我介绍他认识了一些女孩儿，然后我们跑到伦敦去鬼混了一阵子。”

“原来是帮名媛钓金龟婿啊。”她这句话掺杂了戏谑和奚落。

“很高兴我的不堪往事每次都能博你一笑。”

---

① 20世纪60年代，20世纪60年代对英国社会来说是一个变革的阶段，一部分人仍然顽固地坚守20世纪30年代的帝国残垣，而另一部分人已经开始拥抱新的社会秩序。本书的故事就是围绕着这一背景展开的。—— 译者注（下同）

“所以，你们后来发生了什么？”

“没什么。毕业后我们就疏远了。没有什么故事，只是各奔前程罢了。”当然，我在撒谎。

她看着我，似乎听出了这句话背后有隐情。

“如果你去的话，我猜你想一个人去？”

“是的，我自己去。”我不愿再多做解释，当然，她也没有多问。

我曾经觉得，达米安·巴克斯特是我臆想出来的一个人，尽管这种想法只会凸显出我的幼稚。谁都知道，世界上最优秀的魔术师也没法凭空从帽子里变出一只兔子来，除非帽子里原本就藏着一只兔子。同理，就算我再怎么认为自己功不可没，如果达米安本身不具有那些让他日后在事业上所向披靡的品质，他就不可能获得如此巨大的成就。当然，我无论如何也不相信在那个年代，作为一个毫无背景的年轻人，没有别人的帮助就能够出人头地。也许正因如此，作为那个曾经帮助过他的人，我一直对他的背弃耿耿于怀。表面上我装作若无其事，或者试图装作若无其事。可是心底里，这件事始终刺痛着我。就像小说《软帽子》中的特里尔比背叛了斯文加利，或者葛拉蒂毁了皮格马利翁的美妙幻梦。

“什么时间都行，”信上写。“近来我足不出户，也不招待别人，所以随时恭候。我住在吉尔福德附近，车程差不多要九十分钟，火车会快一些。如果你决定要来，请告诉我，我会帮你安排路线或者派人去接你，一切依你所愿。”最终，在一番装模作样的拖延之后，我回信接受了他的请求，告诉他我愿意和他共进晚餐，也附上了我订好的火车班次。他回信再次确认，并邀请我留宿一晚。像乔洛克斯所说的，我也习惯“在哪儿吃饭就在哪儿睡觉”，因此我接受了他的邀请，重逢之约就此尘埃落定。就这样，在一个令人愉快的6月的傍晚，我走出了吉尔福德车站的栅栏。

我向人群匆匆扫了一眼，以为会看到某个东欧长相的人举着一张纸板，上面用马克笔写着拼错的名字，但并非如此。向我走来的是一个身穿制服的司机——或者是一个长得很像在《大侦探波罗》剧集里扮演司机的人。他用低沉谦恭的语气向我介绍自己之后，重新戴上帽子，带我走出车站，走向了一辆违规停在残疾人车位上的崭新的宾利车。尽管车窗上很明显贴着一枚残障证明，但是我仍然要说这是“违规”的行为，国家发放这种东西可不是为了方便人们在车站迎来送往，以免客人被雨淋湿或者提着行李走太远。但话说回来，谁都有权偶尔享受一下特别待遇。

我知道达米安过得不错。虽然我现在也忘了是怎么知道的——我们没有共同的朋友，生活圈也完全没有交集。我一定是在《星期日泰晤士报》的财富榜单，或者财经版某篇文章中看到过他的名字，但在那天晚上抵达他家之前，我完全没有想到，也没理解“过得不错”的真正含义。飞驰的车子一穿过萨里郡的小巷，眼前的景象顿时清晰起来，修剪过的树篱和尖尖的围墙，如台球桌面一样平整的草地，熠熠发光的铺满小石子的地面——我们来到了富人的王国。这里没有摇摇欲坠的门墩，没有空空荡荡的马厩和漏雨的工房。这一切与传统和昔日的荣耀无关。眼前所见并非盛极而衰的追忆，而是活生生的，实实在在的财富。

对于财富，我并不陌生。作为小有成就的作家，我也常常会遇到那些被祖母称作“三教九流”的有钱人，不过我可不敢奢望自己就是其中一个。我知道的大部分所谓有钱人不过是继承了家族财富，不是白手起家。他们的财富相比之前已经大大缩水。但我眼前经过的房屋则属于有别于传统财富的“当代富人”。对我来说，能快速获得财富和权力的概念带有一股令人振奋的活力。这想法有点不同寻常，因为即便是今天，英国人仍然不太瞧得上“暴发户”。我以为只有保守的右派人士才会对此不屑一顾。可荒谬的是，反而是知识分子居多的“左派”常常不遗余力地贬低白手起家者。我甚至无法假装理解，一个信奉机会均等的人如何能同时抱有这种偏见？可能他们根本没试着统一自己的观点，而是任由自己被一种自相矛盾的冲动驱使。从某种程度上来说，谁又不是呢？只不过，如果说我对自己年轻时的狭隘观点感到一丝抱歉，它也早已不复存在。如今我近乎无耻地仰慕那些白手起家的人，以及那些不惧怕冲破宿命的枷锁，努力奋斗为自己建立一个更好生活的人。白手起家者比大多数人更有机会过上真正适合自己的生活。为此，我对他们，以及他们光辉灿烂的人生致以敬意。当然，达米安·巴克斯特也名列其中，私心而论，这可真让我郁闷。

达米安选择用以衬托其显赫生活的居所并非没落贵族的宅邸，而是经典的迪士尼卡通片里才会有的雕刻工艺复杂的城堡，这座城堡在20世纪初由建筑大师鲁琴斯亲自设计，彰显出庄重典雅的古英格兰风格。房子周围环绕着花园，呈梯田状分布，几条经过精心修整的羊肠小径交错其中，除此之外似乎并无大面积的私人土地。很显然，达米安并不想重复大部分新贵模仿士绅生活方式的套路。这不是一座农场中安居乐业的庄园，这是一个纯粹为了体现主人非凡成就而建的家。

虽然并未遵循传统的贵族风范，但是这座城堡整体上却具有浓厚的20世纪30年代的气息，仿佛原主人是发了第一次世界大战的不义之财。去车站接我的司机带给我一种仿佛置身阿加莎·克里斯蒂小说里的感觉，这感觉一直延续到门口鞠躬致意的管家，甚至在我走向浅色橡木楼梯时，还瞥见一个穿着黑色洋装，系着花边围裙的女佣，不过她看起来似乎轻佻了一些，瞬间我又仿佛置身于乔治·格什温的音乐剧。如果非说这次小小的冒险有一点儿非现实的古怪感，那就是我还没和主人碰面就被管家带到了自己的房间——这种颠三倒四的安排免不了让人联想到悬疑凶杀电影，让我好一阵头皮发麻。一个穿着黑衣黑裤的用人在门口徘徊了一阵子，轻声说道："先生，等您准备好了，请下楼到客厅来。"那语调听起来更像宣读遗嘱，而不是招呼客人。卧室本身倒是相当舒适，墙上铺着浅蓝色缎布，同样的缎布也被用作四柱床上高高垂下的帷幔。房间里到处摆放着结实稳重的英式家具，两扇窗户中间挂着一组中国风的琉璃彩画。这是一间迷人的屋子，尽管比起真正的祖传大宅，它确确实实带有一股子乡村民宿的气息，这点在浴室的设计上得到了淋漓尽致的展现：巨大的浴缸，淋浴间的管子上闪闪发亮的水龙头，崭新的毛绒绒的大浴巾……我们都清楚，即便是今日，在乡下的私人住宅中，也很少能看到这种每个细节都要面面俱到的讲究。我起身梳洗一番，然后向楼下走去。

不出预料，这栋房子的客厅就像一个巨大的洞穴，有着高高的拱顶和最近换的极富弹性的地毯——不是新兴俱乐部里铺的那种长绒地毯，也不是上流社会喜欢的那种平坦的古董地毯，是那种顺滑的、富有弹性的新地毯。这屋子里的每样东西都是由同一个人购置的，因此丝毫没有流露出乡村别墅通常会有的大杂烩似的品位。那是来自十几个家庭，跨越两三个世纪的四十个业余收藏家搜集来的物件，在一间屋子里粗暴地拼凑而来的结果。但这间屋子的品位是好的。事实上可以说极其出色。

屋内家具大部分来自18世纪初，绘画则是新近的，但都是精心保养过的极品，光洁夺目。在感受过卧室里与之相似的格调之后，我怀疑达米安是不是有雇人专门替他打理这一切。无论哪种情况，这房子里几乎感觉不到他个人的气息，或者说人的气息。我一边心不在焉地浏览墙上的油画，一边胡思乱想，不知道自己该站着还是坐下。

说实话，尽管客厅布置得富丽堂皇，实际上却有种荒芜凄凉的感觉，炉栅里燃烧的煤块都无法驱除哪怕一丝一毫湿冷的空气，客厅给人的感觉就好像打扫好了，却在很长一段时间里都没人使用过。客厅里也没有鲜花——我总觉得这件事很能说明问题。事实上，虽然客厅布置得很完美，但是却没有一丝生气，而是弥漫着死气沉沉的清冷感。老天，我想象不出曾有女人参与打造这个地方，小孩就更不用说了。

门口传来一个人的声音，“我亲爱的老伙计，”声音里还带着一丝迟疑，有点难以察觉的结巴，我对此印象实在太深，“希望我没有让你等太久。”

在《傲慢与偏见》里，当达西先生付出代价，为卑鄙的维克汉姆挽回颜面，伊丽莎白·班纳特却看到妹妹又重回维克汉姆怀抱之后，如此感叹道：“莉迪亚还是那个莉迪亚。”好吧，达米安还是那个达米安。更确切地说，那个带着浓密卷发和轻松笑容的英俊青年不见了，取而代之的是一个佝偻的躯壳，像极了《双城记》里的曼内特医生。我能察觉到他那份特有的羞怯的结巴，很好地掩饰了那股深切的、熟练的优越感。当他向我伸出瘦骨嶙峋的手，我立刻感受到他从前那种排山倒海的傲慢。我露出笑容，“见到你真好。”我说。

“是吗？”我们互相凝视对方的脸，为岁月的痕迹何其摧枯拉朽又何其微不足道，而感到惊奇。

当我仔细端详他时，顿时明白信中所说的“濒死之人”并非夸大其词。他不仅衰老，而且病容深沉，看来似乎已回天乏术。

“好吧，这挺有意思的，我想我能这么说吧？”

“当然，你当然能这么说。”他朝一直在门口等候吩咐的管家点了点头。“我在想，能不能给我们来点香槟？”

我没有感到惊讶，就算四十年过去，他依然习惯用一个看似带有怯意的问句来发号施令。他这个小伎俩我看过太多次了。很多人都会这样，我猜达米安和他们一样，大概觉得只有使用问句才能显露出一种讨人喜欢的不自信，一种结结巴巴但值得敬佩的努力。虽然我知道实际上他早在1967年某个时候开始就不是个谦逊的人。我猜他当年并没意识到这些。管家似乎不认为他需要真的回答这个问题，我也这么想。他兀自走开去拿香槟。

晚餐很正式，拘泥而静默。餐厅的设计将不怎么搭调的威廉·莫里斯风格和伦敦自由百货商场风格融合在一起，还穿插了一点儿比弗利山庄风格。带竖框的高窗，精雕细琢的石制壁炉，客厅的厚实地毯，组合出了一种异常单调乏味的感觉，好像一个昂贵但空荡荡的律师办公室里，被人莫名其妙地放了一张桌子和几把椅子。幸好食物很美味，但对达米安来说则完全浪费了，他选的玛尔戈红葡萄酒我们倒是赞不绝口。

巴塞特——那位沉默的管家，几乎一刻不停地围着我们打转，因此他能听到一些断断续续的对话。我想起曾经有位姨妈告诉过我，当她回忆起战前的日子里目睹的餐桌谈话，她诧异地发现，当年人们对在仆人面前侃侃而谈似乎没有任何顾忌。政治秘密，家族八卦，不检点的私生活……全部在凝神倾听的用人面前一口气倒了个干干净净，可想而知，在接下来的至少一段时间内，这些事情都会作为本地酒吧的谈资被人拿来说笑。放在今天，以人们喜欢添油加醋的劲儿，这些轶闻都可以编成回忆录出版了。但不论我们是否喜欢，时代变了，你得明白服务人员也是活生生的人。对任何20世纪40年代以后出生的人而言，每堵墙上都长着耳朵。

我们闲聊了一些有的没的。他问起我父母的情况，我也问候了他的父母。事实上我父亲很喜欢他，我母亲却凭着她本能的直觉从一开始就嗅到了麻烦。不过无论如何，她在我们最后一次见面后就过世了，达米安的父母也不在人世了，所以我们能聊的话题并不多。然后话锋转到很久之前我们共同认识的几个熟人上，等用餐接近尾声时，我们已经罗列出一长串事业失败、婚姻破裂和英年早逝的名单了。

最后，他站起身吩咐巴塞特："你觉得，我们可不可以在图书馆喝杯咖啡呢？"他再一次轻声问道，仿佛这个请求很有可能被拒绝。我不禁好奇，如果对方是个新手，全部按照字面上的意思去理解，会发生什么呢？"不行，先生。我这会儿比较忙。过一会儿再把咖啡给您送去。"我真想看看这画面。但这位管家显然很清楚他需要干什么，转身去执行这个含糊的命令了。这时，达米安带我走进了我此生见过的最美丽的房间。这间房间看起来像是前主人，也可能是达米安本人，从一个更古老的大宅里买来了人家全部的藏书，连同泛着尊贵光泽的暗色书架和一个由雕刻精美的圆柱组成的屏风。墙上嵌着一个精致的粉红色大理石壁炉，为了恭候我们的光临，抛过光的钢制柴垛篓里早已升起了一团熊熊燃烧的火焰。熠熠发亮的硬皮装帧若隐若现地折射出摇曳的火光，还有那些美妙的绘画——其中一幅海景画看起来像是威廉·透纳[1]的作品。还有一幅劳伦斯画的少女肖像，散发出这座房子里绝无仅有的温馨气息。我刚才没能公正地做出评价。其他房间之所以如此沉闷，不是因为主人缺少品位，而是因为他根本没兴趣打理。这个图书馆才是达米安真正的栖居地。不一会儿酒和咖啡就端来了，现在只剩我们两个人了。

“你真的很成功。”我衷心地说，“祝贺。”

“你感到意外吗？”

“不太意外。”

他点了点头，当作是接受了我的称赞：“如果你的意思是我一直以来都是个野心勃勃的人。我承认。”

“我想我的意思是你从来都不达目的不罢休。”

他摇了摇头：“我可不这么觉得。”

我不太确定他这句话是什么意思，还没来得及追问，他又开口了：

“失败了就认输，我以前也是这样。当我发现自己碰壁的时候，我能够接受现实，并且继续前进。这点你得同意吧？”

可这根本是胡说八道。

“我不同意，”我说，“一点儿都不同意。知难而退也许是你后来培养出的品质，我不清楚那次分别之后你的变化。不过我认识你的时候，你就是一个贪得无厌的家伙，从来都不肯接受失败。这一点我再清楚不过了。”

---

① 威廉·透纳（1775—1851），英国著名艺术家，西方艺术史上杰出的风景画家之一。

有那么一会儿，达米安看起来很吃惊。他人生中大部分时间也许都是跟受雇于他的人在一起，这些人多少都得附和或者听从他的意见，以至于他忘了有些人可不吃这一套。他啜了一口白兰地，沉默了片刻，然后点了点头。

“好吧，就算如此，我现在已经彻底被打败了。”

还没等我发问，他自己开始解释。

“我得了胰腺癌。什么方法也不管用了。医生说我大概还有三个月的时间。”

“医生常常判断失误。”

“医生偶尔判断失误。但我的情况不是误判。最多相差几个星期，但基本上就是这样了。”

“哦。”我点了点头。我不知道怎样回应才算恰当，人和人的想法有天壤之别。我想达米安应该不会希望我这会儿号啕大哭，或者潸然泪下，或者给出一些积极的建议。比如试一试天然健康饮食疗法之类。谁知道他的想法呢？我选择沉默以待。

“我不希望你感到我对此愤怒，认为命运对我不公平。某种程度上说，我的人生是顺其自然地走到了尽头。”

“你的意思是？”

“正如你说的，我这辈子运气很好。我生活优渥，见过这个世界，事业上也没有什么可奋斗的目标了。我过了一个有意义的人生。你知道我当年在忙什么吗？”

“我不太清楚。”

“我创建了一家计算机软件公司，我们是最早意识到互联网会改变世界的人。”

“你真聪明。”

“你说对了。虽然听起来有点无趣，然而这是我热爱的事业。总之，我已经把公司卖掉了，也不会再做第二个公司了。”

“你怎么知道？”我也想不通自己为什么会问出这句话。他当然知道。

“我没有在抱怨。我的公司卖给了一家美国大企业，钱多到足够拯救马拉维了。”

“你不会想要拯救马拉维吧？”

“我想不会，呃……”

他迟疑了一下。我非常确定，关于我到这里来的原因即将揭晓。但在这个节骨眼上他却裹足不前。我想不如由我来继续推进话题。“你的私人生活呢？”我小小地冒了一次险。

他想了想。“我其实没有什么私人生活。偶尔会安排一些消遣用来放松，这么多年来仅此而已。我完全不是一个喜欢交际的人。”

“我认识你的时候你是一个喜欢交际的人啊。”我说。我还沉浸在“偶尔会安排一些消遣用来放松”这句话带来的震惊中。老天，如果他要对此加以说明，我一定会坚决转开话题。

我已经没有必要再继续推进话题了，达米安已经打开了话匣子。“你也知道，我不喜欢你带我进去的那个圈子。”他挑战似的看着我，但我没有回应。他继续说道：“但荒谬的是，当我离开那个圈子，我发现自己对原来的圈子也没法再感兴趣了。过了一段时间，我彻底地放弃了‘派对’这件事儿。”

"你结过婚吗？"

"结过一次，不过没维持多长时间。"

"抱歉。"

"不用抱歉，我当时选择结婚只是因为我到了那个年纪，如果不结婚会显得很奇怪。我当时大概三十六岁还是三十七岁，周围的人已经开始对我还没结婚这件事窃窃私语了。当然了，我是个傻瓜。如果我再坚持五年，等到我的朋友们都开始离婚，我就不会成为马戏团里唯一的怪胎了。"

"她是我认识的人吗？"

"哦，不是。那会儿我已经脱离你们那个圈子了。而且我可以保证，我丝毫无意再回到那个圈子里。"

"我们也同样完全不想再见到你。"我说。我有种如释重负的感觉。一丝对彼此共同的厌恶浮现出来，这反而比我俩整晚都在假装是朋友更痛快。

"另外，你不了解我现在的圈子。你对我的生活根本一无所知。那天晚上改变了你的人生，也改变了我的。四十年前退出伦敦社交季以后，能走的路不止一条。"我继续说道。

他没有发出质疑，也就是表示接受了。"完全正确。我向你道歉。说实话，你是不会认识苏珊娜的。我遇到她的时候，她在莱瑟黑德附近经营一家健身中心。"

内心深处我同意他说的，我的生活和前巴克斯特太太不会有任何交集，我保持着沉默。他疲惫地叹了一口气，"她尽力了。我不想说她的不是。但是没有任何东西能把我和她维系在一起。"他停顿了一下。"你到最后也没有结婚，对吧？”

“对，我没有结婚。因为还没到最后。”这话说出口比我预想的要刺耳得多，但达米安似乎没有细想。婚姻话题对我来说很痛苦，对他来说很尴尬。我决定退回到一个安全的区域。

“你前妻后来怎么样了？”

“哦，她再婚了，和一个很好的对象。他是卖运动装的，我想他们两个的婚姻基础要牢固多了。”

“有孩子吗？”

“他们有两个男孩和一个女孩。不过他们的情况我就不清楚了。”

“我的意思是，你们有孩子吗？”

他摇了摇头，“我们没有孩子。”这一次，他的沉默显得意味深长。

过了片刻，他终于吐露了实情。“我不能生孩子。”他说。他要说的话显然已经陈述完毕，不寻常的是语调里却有一丝尚未结束的意味，就好像现在年轻人喜欢模仿的澳洲腔调，每句话的尾音仿佛都带着一个奇怪的、多余的问号。他继续说道：“我的意思是，在结婚的时候，我已经不能生育了。”

他停下来，似乎在等我消化这句古怪的话。他的话能是什么意思呢？我想，他该不会是在向这位健身中心的女经理求婚前被阉割了吧？他既然已经引入了这个话题，那么我也没必要为自己想追问一两句而感到内疚，结果他在我发问之前就自己回答了。“我们去看了很多的医生，他们告诉我，我的精子数为零。”即使在我们光怪陆离的现代社会，这句话的意义也太沉重了。

“那太让人失望了。”我说。

“是的，非常失望。”

很明显我回应得很糟糕：“医生没有什么方法吗？”

“他们解决不了。他们分析了几种可能导致我这种症状发生的原因，不过没有人认为这种情况能好转。所以，我只能这样了。”

“你可以试试其他方法。现在这些方法可高明了。”我也没法说得更具体了。

他摇了摇头：“我永远不会抚养其他人的孩子。苏珊娜曾经试图说服我，不过我始终不同意。我就是觉得这么做没有意义。孩子如果不是你亲生的，那和洋娃娃有什么区别？也许是一个活的洋娃娃，可依然只是个洋娃娃。”

“很多人都不会同意你的看法。”

他点了点头：“我知道，苏珊娜就是其中一个。她不能接受为什么自己没有孩子，又不是她的原因。我完全可以理解。从医院出来的那一刻，我就知道我们早晚会分开。”他起身，给自己又倒了一杯酒。这时候确实得来一杯。

“我明白了。”我说这句话只是为了打破沉默，心中则有些担心即将再听到什么。

果然，当他又开始说话时，语气听起来比任何时候都坚定：“有两位专家认为这种情况也许是成人腮腺炎引发的。”

“我以为那是编造出来，用来恐吓年轻人的鬼话。”

“这种病很罕见，但不是没有可能。它引发了感染，造成了睾丸炎。通常它会自然消退，不会留下任何后遗症。不过有时候，极少数的情况下，情况则相反。我小时候没有得过腮腺炎，记忆中好像从未得过。不过后来回想起来，我好像在1970年7月从葡萄牙回来之后就病了，当时我的喉咙一直很痛，几个星期都卧床不起，扁桃腺肿得厉害。所以他们的推断可能没有错。”

我在椅子里稍微挪动了一下，又啜了一小口酒。我开始有点坐立不安。某种程度上来说，是我邀请了达米安去葡萄牙玩，和一帮朋友一起。上帝作证，背后的原因复杂得多，当时我只能解释说，因为派对上缺少男生，所以女主人让我帮忙邀请他来参加派对。原来那个假期在他身上酿成了灾难性的后果。所以，他现在是在责怪我害得他没办法留下后代？他邀请我到这儿来是为了让我承认过错？他在那个假期对我造成了那么大的伤害，难道他想指责我也同样伤害了他？

“我不记得当时有人正在生病。”我说。

不过显然他记得。“那栋度假别墅主人的女友。那个神经兮兮有着浅色头发的美国女孩，她叫什么名字？艾丽丝？艾丽克斯？那几天她从头到尾都在抱怨喉咙疼。”

“你的记忆力真是完美。”

“我有大把的时间用来回忆。”

四十年前的埃什托里尔，那栋后来一直被我刻意淡忘的，被阳光晒到褪色的别墅，瞬间又从我的脑海中重新浮现了出来。露台下方炙热的金色沙滩，醉意盎然的晚宴，伴随着爱欲和弦外之意，我们登上辛特拉山上那座闹鬼的城堡里探险，在低声细语的湛蓝大海里畅游嬉戏，在里斯本大教堂前宏伟的广场上，等待瞻仰萨拉查总统的遗体……那段生动鲜明的记忆仿佛历历在目，那个让我们从少年变成大人的旅程，伴随着种种危机的一段历险。当你回到家时，会发现自己已经脱胎换骨，与出发时判若两人。

这是一段改写了我人生的假期。

我点了点头："好吧，也许你是对的。"

"当然。如果原因出在腮腺炎的话，我想也许在那之前，我有了一个孩子。"

尽管他的态度认真，我却无法苟同。"我们那会儿才二十一岁，现如今，虽然说家里的女孩子到了十三岁可能就怀孕了，但那个时候的情况不同。"我非常笃定地露出微笑，可达米安并没有注意到。相反，他走到劳伦斯画作下方一个精美的法式书桌旁，伸手拉开抽屉，取出一个信封递给了我。信封看上去旧旧的，我只能勉强辨认出邮戳上的字像是"切尔西，1990年12月23日"。

"请读一下吧。"

我小心翼翼地展开信纸。整封信是用打字机打的，开头的问候和结尾都没有留下手写的字迹。"亲爱的人渣"，上来就这么写。真厉害。我抬起眉毛看了看他。

"继续看吧。"

"亲爱的人渣，圣诞节快到了。时间也很晚了，而且我喝多了，才有勇气告诉你，这十九年来，你让我活在一个谎言当中。我每一天都看着这个活生生的谎言，这一切都是你造成的。永远没有人会知道真相，我也有可能不会寄出这封信，也许我等下就把它烧了。但你应该意识到，你的欺骗和我的软弱，使我沦落到何种地步。我不忍诅咒你，我做不到，但我也绝不会原谅你，你让我的人生遭遇如此的不幸，我不该受此折磨。”

在信的末尾，这段文字的下方，写信的人打上了署名：“一个傻瓜”。

我盯着它。“好吧，她确实寄出了，”我说，“我猜她本来没打算这么做。”

“也许是别的什么人，在她家大厅的桌子上捡到了这封信，然后投递出去。她对此一无所知。”达米安说。

我觉得很有可能：“她如果知道，一定惊慌失措。”

“你确定是‘她’？”

我点点头：“不是吗？‘你让我活在一个谎言当中’‘你的欺骗和我的软弱’这些听起来可不像男人会说的话。我倒是很欣赏她的署名，‘一个傻瓜’。这封信让我想起了我们年轻时候的流行曲的歌词。总之，我估计她说的欺骗应该是感情方面的吧？听起来可不像是因为投资失败而崩溃了。这么看来，写信的人一定是女性，对不对？还是……难道说，你的人生曾经偏转到某个以前从未尝试过的路线上去了？”

“那我肯定信的主人是女性。”

“看吧。”我笑了，“我喜欢她说她不忍诅咒你，很有济慈[1]风范，像《伊莎贝拉，或罗勒盆栽》里的那句诗：‘她独自哭泣，为了不复存在的欢愉。’”

“你觉得这句话是什么意思？”

---

① 济慈（1795—1821），杰出的英国诗人作家之一，擅于用描写手法创作诗歌，代表作《伊莎贝拉，或罗勒盆栽》。

我不明白还有什么可怀疑的。“这并不难理解啊，”我说，不过他在等我说下去，所以我组织了一下语言，“听起来好像你让某人怀孕了。”

“是的。”

“我想她说的欺骗肯定是指你一步步地用甜言蜜语打动她，说一些会永远爱她之类的话，好让她宽衣解带。”

“这话太犀利了。”

“是吗？我不是故意的。那会儿我们男生都一样，我也这么干过。那么她的‘软弱’，应该就是说你最终得逞了。”不过我又忖量了一下达米安对这封信的意图的最初疑问。他的意思是，他认为事情没有这么简单？

“怎么，你认为还有其他解释吗？我想这个女人也许爱上了你，‘你让我活在一个谎言当中’这句话的意思是，她和别人结了婚，可她其实更想和你在一起。你也这么想吗？”

“我猜测的跟你说的不太一样。如果她只是想说这些，有必要二十年后，还在写这些东西吗？”

“有些人就是比较难释怀。”

“‘我每一天都看着这个活生生的谎言’‘永远没有人会知道真相’，永远没有人会知道什么？”他是在提问，但答案是毫无疑问的。我同意地点了点头：“就像我说的，你让她怀孕了。”

他这下似乎放心了，好像刚刚是在试探我一样。

“那么，她生下了这个小孩。”

“听起来是这么一回事。虽然她这样做，会让整件事变成了一部时代剧。为什么她不处理掉这个小孩呢？”

对于这个问题，达米安露出了傲慢的表情，同时不屑地“哼”了一声。这是他特有的表达方式，我记得太清楚了：“我猜堕胎可能触犯了她的原则吧。有些人是有原则的。”

这下轮到我嗤之以鼻。“我可不打算听你谈什么原则。”我说。算他识相，没和我争执。整件事情开始有点让我不耐烦，有必要为这点事费这么大周折吗？

“很好，她生下了一个孩子，没有人知道孩子的亲生父亲是你，故事结束了。”我盯着那封被小心保存着的信封，“故事结束了吗？这封信之后还有别的吗？”

他点点头：“我那时候也是这么想的。我以为后面会有一系列我不知道的……敲诈勒索什么的。”

“敲诈勒索？”

“这是我的律师说的。我去见他了，他复印了这封信，让我什么也别做，等着下一次对方发招。他的意思是很明显她就是想要钱，我们应该对此有所准备。那段时间我已经小有成就，时不时会出现在报纸上，看来她突然发觉孩子的父亲是一个有钱人，不如趁此机会狠狠捞一笔。我的孩子那时应该差不多二十岁了——”

“十九，”我说，“她在信中说：‘这十九年来，你让我活在一个谎言当中。’”

有那么一刻，他看起来有点困惑，然后他点了点头。“十九岁，人生才刚开始。钱正好能派上用场。”他看着我。我没有什么可补充的，假如事情像那位律师所猜测的，我也觉得这一切都解释得通了。“我会给她的，”他像是在为自己辩护，“我本来就打算这么做。”

“但是她没有再写信来。”

“对。”

“也许她死了。”

“可能吧，不过这未免太戏剧化了。也许像你说的，这封信是无意中被寄出的。总而言之，我再也没有收到任何消息，这件事渐渐也就不了了之了。”

“那么我们为什么还要讨论它呢？”

他没有马上回答我，而是站起身穿过房间，走到壁炉旁。一块木柴滚出了炉膛，他用铁钳夹起来放回炉膛里，这一系列动作极为专注。“问题是，”最后他终于开口了，虽然对着炉火，但应该是在和我说话吧，“我想要找到这个孩子。”

这听起来一点逻辑都没有。如果他想“做正确的事情”，为什么十八年前没做？那会儿也许还有点意义。

“难道你不觉得有点迟了吗？”我问。“也许她写这封信的时候，你不想认这个孩子。但是现在，这‘孩子’已经是年近四十岁的大人了。他们该是什么样子就是什么样子，这时候你再出现，也于事无补。”

这些话完全没有起到任何作用。我都不确定他是不是听到了。“我想找到他们，”他再次重复，“我希望你去找到他们。”

如果到了现在这一步，我还要假装猜不到他找我来的用意，那么我也太傻了。但这并非一项我感兴趣的任务：“为什么是我？”

“我遇到你的时候，一共跟四个女孩发生过关系。”他的话停顿了一下。我微微抬起了眉毛，任何我的同龄人都会意识到，这太令人刮目相看了。我们第一次遇见对方的时候都才十九岁，我连比在舞池里亲吻女孩更出格的事儿都没干过。

他继续说道："直到20世纪70年代初，我都跟这四个女孩很熟悉，所以肯定不是她们当中的一个人。然后我们两个玩到一起了，我也一直没闲着。两三年之后，我们去了葡萄牙。回国之后，我就丧失生育能力了。还有，看看这笔迹，这信纸，读读这些句子。这个女人一定受过良好的教育——"

"还很装腔作势。还喝醉了。"

"但并不妨碍她出身高贵。"

"的确。"我想了想他的理论，"伦敦社交季到葡萄牙旅行中间的这些年呢？"

他摇了摇头："很少，大部分是荡妇，有一两个人我们那会儿就认识的，我和她们有那么点儿藕断丝连。可那个夏天之前的时间里她们谁也没有过孩子。"他消沉地叹了一口气。"无论如何，如果不是为了守护一些不想失去的东西，一旦说出真相就会受到伤害，谁也没必要活在谎言当中。她写信给我的时候是1990年，只有上流社会和上中产阶级还有着先结婚后生子的传统。一般人一早就把这个秘密披露于世了。"说了这么多话，加上翻动木头，似乎耗尽了他身上仅剩的精力，他颓然向后瘫倒在椅子里，发出了一声呻吟。

我并不可怜他，恰恰相反，他提出的无理要求突然间刺痛了我。"但是，我又不在你的生活圈子里。我和你一点关系也没有。我们是完全不相干的两个人。"我不是在攻击他，只是不懂这一切怎么成了我的责任。"我们也许曾经很熟，但我们现在并没有。四十年前我们一起去过一些舞会，还大吵过一架，但是肯定有其他人比我和你更亲近。我不可能是唯一一个能承担起这个任务的人。”

“只有你。这些女人都是你那个圈子的人，不是我这个圈子里的。我没有其他朋友会认识她们，他们连她们的名字都没听说过。事实上，既然说到这里，不如直接告诉你，我根本没有其他朋友。”

如果是为了达到目的，连这种话都说得出，我还真不敢恭维。“既然这么说，那你根本没有朋友，因为你肯定不能算上我。”话一出口，我自然感到有些后悔。我相信他是垂死之人，过去的事情无论我们多想也无法挽回，没有必要拿改变不了的事情惩罚他。

可他竟然笑了。“你说得对，我没有朋友。你比谁都清楚，友谊这种关系我既无法理解也无力胜任。如果你不愿意为我做这件事，就没有其他人可以帮我了。我甚至没法雇一个私家侦探。我要的信息可不能让外人知道。”

我原本想建议他亲自出马，可看着他颤抖枯槁的身躯，这些话便咽了下去。

“你愿意帮我吗？”短暂的停顿后，他再一次提出请求。

这一刻我非常确定我真的不愿意。不仅因为这趟寻子之旅的性质尴尬棘手，会耗费大量时间，还因为我越想越发觉，我不想到处打探达米安的过去，更不想追溯自己的过去。他提到的时光已经一去不复返，对他、对我而言都是。基于他的缘故，我几乎没有再和他们当中的任何一个人保持联系，这一点他也知道，所以再回头翻来翻去，又能得到什么好处呢？我决定最后努力一次，动之以情，晓之以理。就算像达米安·巴克斯特这样的人也多少有些同理心吧。

“达米安，想想看，你真的想要把他们的生活搅个天翻地覆吗？这个孩子已经长大成人，不管是男是女，都在尽其所能过着自己的生活。让他们发现自己其实是另外一个完全不同的人，对他们真的好吗？他们会怎么做？质问父母，还是和父母决裂？你良心上过得去吗？”我说。

他看着我，眼神平静而坚定。“我的财产，扣除遗产税后，远远超过五亿英镑，我打算把这个孩子立为唯一继承人。你确定要背负阻止他获得财产继承权的责任？你良心上过得去吗？”

这番话自然让情况完全不同了，如果假装没这回事只会显得很幼稚。

“我该从哪里入手呢？”我问道。

他松了一口气：“我会列给你一张清单，是那几年跟我交往过的女孩子的名单，她们都在1971年4月之前生过孩子。”这话再次令我暗暗佩服。同时期我交往过的女孩子，不管生没生小孩，大概只够填满一面空白的访问卡。这种严密精确的指示也带有公事公办的意味。我以为我们是在进行某种哲学思想的交流，但现在我觉得我们更接近所谓“实质性问题”了。他显然察觉到了我的错愕。“我的秘书已经开了个头，剔除了当年没有生过孩子的女孩，这些人你就没有必要进行接触了。”这当然是实情，“这张名单是经过全面筛选的。”

“那些你交往过，但当时没有生下孩子的姑娘呢？”

“不用考虑她们。这是无用功，没有意义的。”他微微笑了一下。“我们已经做了很多排查，有一两个女孩倒是很早就生了孩子。不过，就像欧仁妮皇后[①]的母亲在女儿的血统被质疑时曾说过的，‘日期不匹配’。”

---

① 欧仁妮皇后（1826—1920），全名欧仁妮·德·蒙蒂霍，是法兰西第二帝国皇帝拿破仑三世的妻子。

他笑了起来。

看到自己的计划快要成功，他显得从容多了。“我希望你能明白，我对这件事情是认真的。这些名字中的任何一个都极有可能是我们要找的人。”

“我该怎么做？”

“你直接联系她们就好。除了一个人之外，其他人现在的住址我都有。”

“为什么不干脆让她们去做一个亲子鉴定好了？”

“她们这种身份的人是绝对不会同意的。”

“你一边讨厌她们，一边倒不忘把她们想得挺浪漫的。我觉得她们可能会同意，她们的孩子得知原委后，也会双手赞成。”

“不行。”他忽然又严峻起来。我知道我的话惹恼了他。“我不希望这件事成为八卦。我只想让我真正的孩子知道我在寻找他们。当他们得到财产后，他们可以选择披露事情的真实情况，关于他们为什么会得到这笔财富。但在那之前，这只是为了满足我个人的心愿，我可不想被公众消遣。做了亲子鉴定，如果这个人不是我要找的，就等着看下周《每日邮报》怎么胡编乱造吧。”他摇摇头，“也许到了最后阶段，我们再做亲子鉴定。不过只能是在有把握这个人是我真正子嗣的情况下。”

“不过，会不会其中一个女孩生下了孩子，然后偷偷交给别人领养？”

“不会。至少这个孩子的母亲不会。”

“你怎么知道？”

“因为如果那样的话，她就不会每一天都看着这个活生生的谎言了。”

我没有其他要说的了，至少我需要时间来进一步理清整件事。达米安似乎很理解，也无意质疑。他摇摇晃晃地站起身，对我说：“现在我要去休息了。好几个月我都没有这么晚睡了。你会在你房间里看到那个名单。如果你愿意，我们可以明天早上继续讨论。另外，在你出发之前，就算会被你指责‘粗鲁无礼’，我还是要说，你房间里有一张额度足够的信用卡。我不会过问你的开销。”

这个细节成功地惹恼了我，他刻意的措辞就是为了让我觉得他慷慨大方。但这项委派任务根本就是强人所难，和慷慨大方一点都不沾边。“我还没有同意。”我说。

“我希望你会同意。”他走到门口，停下了脚步。“你现在还会见到她吗？”他问道，颇有把握我不会需要他提醒这个“她”指的是谁。没错。

“不，没怎么见过。”我苦苦思索，“偶尔，在派对、婚礼或者其他什么场合碰到过。除此之外没怎么见过她。”

“你们现在不是仇人吧？”

“哦，不是的。我们会向对方微笑，甚至交谈。我们当然不是仇人。我们什么都不是。”

他犹豫了一下，仿佛在考虑要不要说下去：“你知道，我当时气疯了。”

“是的。”

“但我希望你能理解，我也知道，我当时完全疯了。”他停顿了一下，好像我会表现出适当的反应。但我没有。“如果我说对不起，会不会好一点？”

“不太会。”

他点点头，似乎把我的话听进去了。我们都知道再也没什么可说的了。“你愿意在这儿待多久都行。再喝点威士忌，翻翻书。有些书应该合你胃口。”

可我还要问。“为什么你要拖到现在？”我说，“为什么不一拿到信就开始调查？”

这句话让他沉思了好一会儿，大厅里的灯光从门外照进来，他枯槁的面容显得更加深邃。想必他一天也要问自己一千次这个问题。“我也不知道。不太清楚。也许，我一想到有人要向我索取些什么，我就受不了。我不知道如何才能做到，找到他们，确认他们的身份，却能够全身而退。我从来都没有特别想要小孩，也许这是为什么我无视妻子的恳求的原因。这不是我想要的东西。我并不认为我天生适合做一个父亲。”

“而你现在准备给这个陌生人，足以建起一座小工业城市的财富。为什么，到底是什么让你改变了主意？”

达米安想了一下，他发出了一声非常轻微的叹息，这使他单薄瘦削的肩膀起伏了一下。一度合身的外套松松垮垮地挂在他干瘪的躯体上。“我快要死了，也没有什么信仰。”他简短地说，“也许这是唯一能让我不朽的机会吧。”

然后，他就走了。我则留下独自享受他的图书馆。

第二章

塞琳娜之年

我知道我不是唯一一个把1968年当作“塞琳娜之年”的人，早在那年春天，我就为能够和她说上几句话而备感荣幸了。

我向来不太擅长看人，第一次见面几乎总是毫无悬念地看走眼。尽管人性本来就复杂，我还是花了很多年才不得不承认这一点。在我年轻的时候，我还觉得自己天赋异禀，能分辨好与坏，卑劣与美好，亵渎与圣明。而达米安·巴克斯特却天生是个洞察人性的高手，他一眼就看出我耳根子软的弱点了。

我和他都在1967年9月去了剑桥大学，是同一届，不过分在不同的学院，交际圈也随之不同，所以直到1968年暑假过后新学期开学时，我们才第一次遇到对方。记得大概是在5月初，当时我所在的学院正在院士广场举办派对，那会儿我肯定在到处出风头。那时我才十九岁，原本正处于一个不可避免的、自我感觉良好的状态，然后忽然意识到这个世界比你想象的要复杂得多。形形色色的人，层出不穷的机会，你不会再为寄宿学校或乡绅生活而产生任何优越感了，迄今为止所接受的“精英教育”和剑桥的广阔天地相比，无疑是井底之蛙。我当然没有反社会倾向，但在上大学之前，我所谓的社交生活却实在乏善可陈。我有几个英俊潇洒、能说会道的表兄弟，我则相形见绌，一直活在他们的阴影下。既没有好看的外表，也没有可以弥补外表缺憾的人格魅力，绞尽脑汁也难以让旁人察觉到我的存在。

亲爱的母亲非常明白我的心情，因为她长年沉默而心痛地目睹我的困境，却发现她无论做什么也无法抚慰这带给我的伤害。直到我被剑桥录取，终于萌生出一点自信。她当即决定借此机会，好好鼓舞我的士气，激发我的冒险精神。她在伦敦有一些朋友，只要家中有适龄女儿，她就会无一例外地介绍给我认识。说来或许令人惊讶，不过我真的遵循了她的指示，开始建立自己小小的社交圈，自此从不如人的压抑沮丧中解脱出来。从某种程度上可以说，我重塑了自己。

对现在的年轻人来说，我甘愿听从父母的意见也许是件很奇怪的事，不过四十年前情况大不一样，那时候的人并不那么恐惧变老。当时的风气不像今天的这么奇怪，不会屈尊去讨好年轻人，现在那些电视节目主持人明明人到中年，却为了讨青少年观众喜欢而装作认同他们的品位和好恶，这种事情绝对不会发生在我们那个时代。

简单来说，那时的人和现在的人在这一点，以及其他许多方面的想法都大不一样。当然，社会依然分不同的阶级，政治观点也有所区分，宗教也是。尽管现在影响力小一些，但最关键的差异从今天的观点来看，并非在于左派右派之争，又或贵族平民间的隔阂，而在于1968年那代人和四十年之后的新生代之间有着巨大的鸿沟。

在我的世界里，20世纪60年代初的父母仍习惯于为孩子大大小小的事情做决定，操心程度令人咋舌。从学校放假时的派对在哪一家举办、几时开始，到孩子在学校要学哪些科目，他们大学毕业后应当从事何种职业。最重要的是，他们和什么样的朋友来往。总体来看也不能说是暴政，但当他们指点江山时，我们通常不大会去挑战他们的权威。我记得家乡一位准男爵爵位继承人，常常喝得酩酊大醉，举止又总是粗鲁无礼，正因如此，把我和我妹妹迷得神魂颠倒。可我父母眼里却揉不得沙子，于是这位继承人便被我父亲明令禁止踏入我家大门，“除非他不出现在会引起舆论的场合”。你们听说过这种话吗？即使当年我们听了也忍不住哈哈大笑。不过，我们并没有忤逆过父亲的意见。简单来说，我们是当时时代下的产物。现在已经没有这种事情了。有时候，我会听到人们哀叹权威的崩塌。这是右翼媒体刻意引导我们去相信的吗？还是水到渠成的结果，就像内燃机或青霉素一样？无论是哪一种，家长专制已经从我们的社会消失不见了，就像去年下过的雪一样。

总之，我们接着说刚才的。那年春天，不知何故，我受邀参加了院士广场的一场派对。现在我也不确定，这到底是官方活动还是私人聚会。不过不管怎样，我们这些参加的人都觉得自己的确是经过千挑万选的佼佼者。本学院的学生素有聪明的美誉，我们本就一直沾沾自喜，这下更觉得自己是天之骄子。以我现在这个疲惫的中年人看来，这些小小的虚荣心是多么可悲，不过稍微有一点虚荣心也无伤大雅。当时，我们以为自己已经是大人了，以为自己很拉风，其实并不是。以为别人会很想认识我们，其实完全没有这回事。虽然现在我说得轻松，但经历了痛苦的青涩少年时代，我仍然能够体会那种再熟悉不过的骄傲中掺杂着恐惧的心情。这是再典型不过的二十岁青年的心理特征，一方面自命不凡，一方面又伴有严重的社交恐惧。大概是这自相矛盾的心态让我暴露了自己的脆弱吧。

奇怪的是，我能清楚地记得达米安进入我的生活的那个瞬间。他出现的那一刻，我正在和塞琳娜说话，所以我们算是同时认识了他，当时我对这个细节浑然不觉，现在回想起来才发现耐人寻味。

我不知道她为什么会出现在那个派对上。她从不随波逐流。也许她当时和朋友在附近，被一起带过来玩？现在我都不知道答案。那会儿我和塞琳娜交情尚浅，但终究是彼此认识。这也是一个和现代社会明显不同的地方，现在的人点个头，握个手，问声好，都敢声称“认识”对方。有时候更过分，点头之交都成了“我的一个朋友”。当然如果对方也有此意，他们非但不说破，而且会配合你演得天衣无缝。可这都是逢场作戏罢了。我想四十年前的人会更清楚你们彼此关系到了什么程度。比如，像塞琳娜这样我远远高攀不上的人，会让我对交情进展到哪一步分外在意。

塞琳娜·格雷沙姆小姐似乎天生就不会像我们这些人一样，动辄妄自菲薄。这一点让她打一开始就从同龄人中脱颖而出。我可以把她的这种特质描述为“异常自信”，不过这样好像把她说成了一个精明傲慢、善于自我包装的人。这大概是最南辕北辙的评价了。她只是从未为她是个什么样的人而烦恼过。她也从来没有质疑过人们为什么会喜欢她，也从不对他们的仰慕之情吹毛求疵。她就是现在人说的那种从不纠结的人。在少女时代，这样的个性让她显得格外与众不同，现在亦是。她温和的疏离感和从容沉静的性情，初次见面就令我倾倒，当时我完全无力抵抗自己对她时时刻刻的爱慕，直到很多年之后才有所缓和。我现在明白了，她的距离感是因为她对我，或者我们大部分人都不感兴趣。但当时的我们就像着了魔。尽管她的美貌和出身都高不可攀，但她之所以令所有人神魂颠倒，还是因为天生那份不食人间烟火的气质。我知道我不是唯一一个把1968年当作“塞琳娜之年”的人，早在那年春天，我就为能够和她说上几句话而备感荣幸了。

如我所说，她出身于一个古老高贵的家族，就算不是独一无二，也是旧世界硕果仅存的几个贵族之一。那时候白手起家能够获得的财富，还远没有达到几十年之后的惊人规模。顶级富豪或者生活富裕的人，大部分都来自三十年前的贵族。对于他们这些可怜的家伙来说，这是一个奇怪的年代。许多贵族在第二次世界大战后纷纷没落，一蹶不振。1939年之前曾经和他们这些人共进晚餐，参加舞会，一起打过猎的朋友也受到了牵连，随之垮台。没过多久，大多数没落贵族就沦为中产阶级，再也没能重整旗鼓。甚至那些仍然抱有信念的贵族，也只能住在祖传大宅里，打打野鸡以作消遣。许多人已经灰心丧气，信奉的是“我死之后，哪管他洪水滔天”，他们定期打开大门，任由货车载着家族几个世纪传承下来的宝贝，向伦敦的拍卖行驶去。因为只有这样，全家才得以体面地熬过又一个寒冬。

但是，塞琳娜没有受到这些现实压力的困扰。她和其余的格雷沙姆家族成员是（极其）少数依然原封不动保持了原有生活方式的人。区别也许在于原来有六个仆人，现在就两个吧。也许厨师得自己打理所有琐事，塞琳娜或她的姐妹们大概也没有贴身女仆的服侍了。然而，除此之外，格雷沙姆家族自19世纪80年代初以来，基本没有什么变动，除了女士们裙子变短以及女性也可以上餐馆用餐了。

她的父亲是克莱尔蒙特伯爵九世，这是一个多么文雅甚至迷人的头衔啊。而在我初次遇见他，以及后来慢慢熟悉的过程中，他本人的的确确就是一位文雅而迷人的男士。他从不发火，因为他也从未被冒犯过，有其父必有其女，塞琳娜和他一样随和。他好像生活在善意弥漫的雾霭中。不过和塞琳娜不同的是，他不是神话故事里的水中仙女，让爱慕者甘愿被牵着鼻子走。他的虚无缥缈有点类似“糕点先生”。总之，他从未领教过现实的残酷。也许显赫的头衔真的给了这个家族巨大的慰藉，使每一代人都能心平气和地活着，这一点现在想想还真的是令人嫉妒又羡慕。那时候，我完全不相信他们当中的任何一个人会动辄表达出喜爱之情，更不用说“坠入爱河”了，这种事情包含了太多纷扰，会导致可怕的消化不良和睡眠障碍。他们同样也不会憎恨或埋怨谁。

他们之所以能这样其实并不难理解。克莱尔蒙特家族凭借明智的投资和高瞻远瞩的联姻，至今不仅平稳渡过了20世纪的惊涛骇浪，并且积累了极为可观的财富。他们不仅在约克郡拥有庞大的地产，在爱尔兰某处拥有我从未见过的古堡，并且在“富豪小巷”有一处房产，那是与肯辛顿宫平行的一条私道。这在当时是相当了不起的。如今，那些大厦和豪宅已经被中东王室和足球俱乐部老板抢购一空，并将它们再度纳入私人财产。但在我们那个时候，这些大宅多数都沦为大使馆，那些家族几乎一幢也没能留住。当然，只有克莱尔蒙特伯爵家例外。他们牢牢地盘踞在37号，那是一栋19世纪30年代像婚礼蛋糕一样的石头建筑，风格有一点诺丁山的味道。

除了这些优势，塞琳娜本人亦是一位异常美丽的姑娘，一头浓密的赤褐色头发，皮肤像是直接从拉斐尔前派[①]的画作上揭下来的一样。她浑然天成的五官更加凸显了优雅和宁静，你通常不太会在一个十八岁的女孩子身上看到这种特质，但是她确实如此。不管是在剑桥那次派对上，或者是之后两年在无数聚会和家庭宴会上遇到，我都不记得我们聊过什么了。有时候我们谈论艺术，或者历史。她从来不八卦。这点与其说是在恭维她的善良，不如说是因为她对别人的生活不感兴趣吧。我们也没有讨论过事业，尽管这不是她的问题。就算到了20世纪60年代后期，事业上的雄心壮志也会使她在同龄的女孩子中间显得格格不入。尽管聊天内容有点单调，我却从未觉得厌倦。相当重要的原因是我当时一定爱上她了，只是很久之后我才敢承认。因为爱上这样一位耀眼的女孩，必然意味着无望，我潜意识里的不安全感再次作祟，注定的失败让我选择了回避和退让。换作任何人，他们都会这么做的。

“我能和你们聊天吗？”当我快要讲到一个故事的精彩之处时，一个深沉、悦耳的声音响起了。我们抬起头，发现擅自加入对话的正是达米安·巴克斯特。我们都很高兴见到他，现在想来这真是整件事最奇怪的地方。“这儿我谁都不认识。”他微笑着加了一句，那微笑能融化整座格陵兰岛的坚冰。可惜我对达米安的第一印象完全被后来发生的种种事情反转，我已经很难回想起我最初对他的感觉了。不过毫无疑问，当时的他不管对男人、女人还是小孩来说都极具魅力。不说别的，他的长

---

① 拉斐尔前派，1848年在英国兴起的美术改革运动，作品以写实的传统风格为主。

相是那么英俊、健康、开朗，他的双眸明亮且湛蓝，让人心悸，他还蓄着浓密鬈曲的深色长发——那会儿我们都蓄这个发型。他身材结实匀称，肌肉发达却并非运动员型，或者说头脑简单型。他强壮、聪明，给人留下深刻的印象，在我看来，能同时具备这两项优点的人可不多见。他看起来像每晚都睡足十个小时，而且从未沾过酒精。虽然事实并非如此。

“那么，现在你认识我们了。”塞琳娜说着，伸出了她的手。

不需要我说明，他当然知道我们是谁。或者更确切地说，他知道她是谁。当晚他就不小心泄露了秘密。派对结束后，我们和另外几个同学又一起去了莫德林街上一家灯光昏暗、狭小拥挤的餐馆，好不容易挤进最角落的一张桌子。塞琳娜没有和我们一起，她基本上不会参加没有经过事先安排的聚会。通常她都会准备好一个即便语焉不详，听起来也相当合理的借口。

侍者端来了一盘客人必点的红酒炖牛肉，热气腾腾的炖菜上浇着黏稠闪亮的酱汁，这似乎是当时流行的菜式。我无意批评这家餐馆，只是在回忆我们当时吃了什么，我对一切都抱有感恩之心。上了釉似的炖肉堆成小山一样高，配上口感粗糙的红酒，和十年前餐馆里那些英国菜相比，简直是美味佳肴。过去的四十年里，我们社会发生的变化有好有坏，其中不乏值得辩论的话题。不过我想很难有人会不欢迎经过改良的英国菜吧，至少在千禧年到来之前。21世纪的明星大厨引进了生鱼片和半生不熟的做法。但毫无疑问，在我还是个孩子的时候，大不列颠人民能接触到的食品口味都十分令人遗憾，吃起来基本上都是无味的营养午餐，里面的蔬菜大概从“一战”开始就炖上了。偶尔你也能在私人晚宴上吃到美味的菜肴，但当时即便是时髦餐厅也只会在摆盘上装腔作势，精美的盘子里摆着一坨坨绿色美乃滋装饰成玫瑰花之类的样子，令人望而生畏。因此，当那种铺着格子桌布，燃着绿色酒瓶口里的蜡烛的小饭馆开张的时候，我们求之不得。十年之后小饭馆成了笑话，不过在当年无疑拯救了我们的生活。

“你去过塞琳娜在约克郡的房子吗？”达米安问道。另外两个人看起来很困惑，这很正常，因为我们的对话里一丁点儿都没有提到约克郡或克莱尔蒙特家族。

这足以触发一千次警铃了，不过我这个傻瓜当时竟浑然不觉。我只是老老实实地回答了他的问题：“我去过一次吧，不过只是两年前一次慈善活动的时候。”

“看起来怎么样？”

我想了一会儿。我脑海中没有十分确切的印象：“乔治王时代风格的房子。非常宏伟，很漂亮。”

“很大吗？”

“对啊，很大。和布莱尼姆宫当然不能比啦，不过很大。”

“我猜你们从小就认识？”再一次地，我本该意识到这是个明显的迹象，如果稍微留点心的话。在那之前很长一段时间，达米安就开始强烈地憧憬起这个他无法融入但又决意融入的黄金俱乐部了。尽管回想一下，就算在1968年，这个抱负也有点太突兀，尤其是达米安·巴克斯特这样的人。不是说没有人像他这么想（很多人现在仍抱着同样的愿望），而是因为他是一个现代人类，积极进取、野心勃勃、意志强大、坚不可摧——如果连我也这么说他，这就代表这一定是真的。无论什么样的新时代即将到来，他都能在其中获得一片栖身之处。何必被这些七零八落的蓝血贵族扰乱心绪？这些大势已去的行走历史书，这些不再辉煌的家族就像马铃薯一样，最好的那些都埋在地下了。我个人觉得，也许他在青少年时期曾在一些场合被这些人欺侮过，也许在他遐想的女孩面前被某个喝醉的有钱孩子冷落无视，或者被对方羞辱过，直到他不得不陷入那个老套但真实的想法："走着瞧！你等着！"毕竟自从威廉大帝[①]征服了英格兰，同样的想法激励了不少胸怀大志的人。不过如果这就是原因的话，我始终没搞清楚到底是什么事情刺激了他。我只知道当我们认识的时候，他就已经神化了贵族阶级。在他看来，这个阶级的成员从一生下来就彼此熟识，并且凝聚成一个团结紧密的小俱乐部，对任何新来的人都充满敌意，忠诚到愿不惜一切代价捍卫彼此。这个想法就概念而言多少具有真实性。但我们早就不再生活在辉格党独裁的时代，国家不再被几千个家族所统治。到了1960年，还活跃在伦敦社交界的贵族领域之广，之鱼龙混杂，远远超出他的认知范围。总而言之，人就是人，无论他身份如何，而这个世界永远都不会像他想象中的那么泾渭分明。

"不，我认识她的时间根本不久，不算熟。可能之前见过几次，不过直到一两个月前，在伊顿广场一个茶会上，我们才第一次真正聊起来。"

他似乎被逗乐了："茶会？"这的确听起来颇有古风。

事实上，这个茶会是一个叫米兰达·霍顿的女孩子举办的，在伊顿广场北边她父母的公寓里。米兰达的教母是我的一个姨妈，或者我母亲的什么朋友，我已经忘了。像塞琳娜一样，我也时不时会见到米兰达，

---

① 威廉大帝（约1028—1087），英格兰诺曼王朝首位国王，称威廉一世。

不过我和米兰达没擦出什么火花。因为有了这层关系，所以只要社交活动开始举办，我就会出现在她的宾客名单上。这些派对是社交季初期的暖场活动，只是当人们写下这些细节的时候，会感觉自己像一个默默无闻的档案管理员，一丝不苟地记录下因纽特人失落的传统文化，为后世留存。父母会鼓励女孩子们邀请其他渴望成为名媛的女生参加茶会，从而为即将接踵而至的各种游戏和聚会，建立某种可能派上用场的友谊或人脉，这种茶会通常在自己家里举行。她们的母亲会从彼得·汤恩德——一个非官方认证但被广泛认可的组织者那里弄来一系列名单，以了解哪些人有意全程参加舞会，彼得也非常乐于向这些“有价值”的人大方提供名单，他的宏图伟志是尽一切努力阻挡现代化社会的到来，即使这愿望注定要破灭了。稍后，拿到名单的母亲们会向他索取黄金单身汉的名单，他也照样炮制出来。尽管男生们更想参加的可能不是我和米兰达这种茶会，而是派对和舞会。

从我的经验来看，茶会的气氛总是有点古怪，主人未必真的准备了茶水，即便有，喝的人也不多，每个新来的人都步伐迟疑，束手束脚。尽管如此，我们还是会去参加这些聚会，包括我在内。相比其他人，我们早就跃跃欲试，迫不及待地想要体验即将到来的新鲜事物，不管真正参加的时候装作多么若无其事。

当塞琳娜莅临茶会的时候，我正坐在角落里，和一个满脸雀斑、性格沉闷的女孩聊着打猎的事情。她一走进来，在场的人群就发出了一阵微弱的战栗声，我立刻知道她在人们心目中已是巨星。没有人比她的态度更谦逊，没有人说话的声音比她更轻柔，没有人比得上她。让我开心的是，最后一张空椅子就在我旁边。我向她招了招手，她愣了一秒钟，大概认出了我，便走过来在我身边坐下。现在想来挺有意思，她竟然会乖乖配合社交季的安排。二十年后，伦敦社交季已经沦为爱出风头的人和暴发户母女巴结名流的战场，她肯定会对此不屑一顾。我想这更加能说明，那个时候，即使像塞琳娜这样一个看似无拘无束的女孩，也不得不遵从父母的旨意。

“你是怎么认识米兰达的？”我问道。

“其实我们不算很熟，”她是这么回答的，“我在拉特兰郡亲戚家做客的时候认识了她。”塞琳娜的众多天赋之一是快速并且轻松地回答问题，既不吊人胃口，也不会透露更多信息。

我点了点头：“所以你准备全程参加社交季了？”

我不想夸大自己的重要性，不过我想在这句话之前，她并未慎重考虑过全程参加舞会的艰苦。她皱起眉头，想了一会儿。“我也不知道。”她注视着前方，好像半空中飘浮着一个隐形的水晶球，“到时候看吧。”她补充了一句。“一身仙气的人类”，我心想，这正是她的魅力所在，她仿佛持有某种情绪站台票，可以随时随地从当前的情境中全身而退。我完全迷上了她。

我和达米安吃饭时，大概向他透露了一下这些事。他对每个细节都听得入神，像是一个人类学家很早以前就认定某个理论是颠扑不破的真理，但直到最近才开始发现能够证实该理论的点滴证据。我怀疑，塞琳娜应该是他这辈子遇过的第一个正统贵族，而且这位贵族小姐完全符合他的想象，也许这让他大大松了一口气。人们为了打发冗长无聊的旅途，会在车站书店里买那些通俗历史小说，而塞琳娜就是人们遐想中的小说女主角。无论是她沉静清澈的美，还是冷漠的，甚至冷酷得超凡脱俗，塞琳娜的一切正如书中所写。不管贵族是怎么看待自己的，没有几个人能和他们想象中的原型完全吻合，这是达米安幸运或者不幸的地方，他社交生涯的起点太高了。很显然，这次邂逅给他带来了极大的满足感，当然，如果他的出场不那么惊艳，他后面的路也不会如此顺风顺水。

“那么，我要怎么做才能进这些茶话会的名单呢？”他问道。

事实是，我很欣赏他。写下这句话感觉很怪，曾经我也常常忘记这点，不过我当时确实欣赏他。他谈吐风趣，很会逗人开心，长相又英俊，总向别人介绍我，并且他拥有一种在新时代被誉为“正能量”的特质，从前我们只是单纯指这个人永远不会让你厌倦。多年以后，我有一个朋友，她曾经对我说，世界上有两种人：一种人是暖气片，另一种人是下水道。如果真是这样，那么达米安毫无疑问是“暖气片之王”。他能温暖身边的每一个人。他能促使别人想要帮助他，而最吃他这一招的就是我。

可惜这次我没办法帮他了，因为他真的错过了茶会环节。这些非正式的小聚会是一个初步筛选的过程，以便女孩子们为来年的活动挑选出合适的玩伴。等到我们的剑桥晚宴开始的时候，小团体已经整装待发，而鸡尾酒会也陆续开始。不过就像我告诉达米安的，我第一个定下要参加的活动并非名媛舞会，而是伦敦社交季的主持者——彼得·汤恩德在他伦敦的公寓里举办的一系列聚会。对一个正在学习社交礼仪的学生来说，很奇怪的一点是，在过去的二十或三十年里，这些活动的策划运作怎会完全依赖一个出身低微、一文不名的北方佬彼得·汤恩德？不过事实便是如此。达米安自然听说了这个名字，凭借着他猎犬般敏锐的嗅觉，几乎是立刻请求一起参加。我同意了。为此我冒了很大的风险，汤恩德对他的权力和特权相当看重，我这样随便地带一个人出现，他难免会觉得我没把他放在眼里，当然不会给我好脸色看。尽管如此，我依然这么做了。一两个星期之后，我开着那辆破旧不堪的绿色迷你库伯，顺利地停在了切尔西庄园大街上，达米安·巴克斯特就坐在我旁边的副驾驶座上。

我说彼得非常珍视他所扮演的这一角色，这是真的，不过他也理应如此，虽然没什么背景，但是他对他的出身完全没有怨言，倒是做了新闻记者和媒体编辑之后，家谱和宗族研究就成了他的专长。某天他突发奇想，决定他人生的使命就是将社交季延续下去，并发扬光大。因为女王陛下在1958年决定停止举办宫廷成年引见礼，几乎是宣判了成年礼仪式的“死刑”并立即执行。当然，宫廷成年引见礼还是苟延残喘了一阵子，立即执行拖成了缓期执行。说不定还是直接斩首比较干脆。不过当时没人能预测到在将来彼得力挽狂澜，靠一己之力将这一天的到来无限期延后下去。当然，皇室不会再参与到其中，对很多人来说，舞会的意义也荡然无存了。不过，舞会仍然能促使志同道合的父母把他们的子女汇集到一起，而这就是他选择一肩挑起的责任。他不期待任何回报，做这些纯粹是为了这件事情本身的荣誉感。在我的价值观里，他的行为是值得褒扬的，至于结果则见仁见智。他会年复一年地翻阅梳理绅士和贵族名单，给家有千金的母亲们写信，和她们成年的儿子们面谈，一切都是为了能让社交季多持续一个月或者两个月。这真的是发生在短短四十年前的事情吗？有些人可能会惊讶。答案是真的，没错。

彼得自己的聚会则不是为了挑选或者动员女孩而举办的。那些步骤之前都已经完成了。这些聚会的用意基本上只是为了把那些他注意到的男孩子聚集到一起，以便他确认谁有资格在即将到来的舞会上担任护花使者兼舞伴。他们早已被审核过一轮，当名单送到那些焦急等待的母亲们手中时，他们的名字不是加了下划线就是被画掉了，这样夫人们就稍稍安心一些，因为流氓无赖、花花公子、酒鬼和赌徒以及不宜共乘一辆车的人都被筛选出去了。筛选过程也不是完全一帆风顺，看看现在我们见到的两位年轻男士就知道了。我带达米安来到了彼得家，那是一间位于街区最北端的公寓，狭小拥挤且装修低俗，整个街区的建筑都沿袭了20世纪50年代末最糟糕的风格。当我们好不容易挤进窄窄的门厅时，最先出来迎接我们的是特伦特公爵的两个小儿子，理查德·特里梅因勋爵和乔治·特里梅因勋爵，他们都已经酩酊大醉了。陌生人也许会觉得这两个人既不好看也不风趣，彼得不该将他们列为合适人选，不过若真这么想，那么你也太不懂人情世故了。他没法将这两人排除在外，这不是他的错。当然，特里梅因兄弟还是有一定人气的，多少享有“生龙活虎”的美誉，虽然名不副实。他们的父亲是一位公爵，哪怕这位公爵在现实生活中，连一个停车场管理员的工作都无法胜任，也足以保证兄弟俩收到像雪片般飞来的舞会邀请。

我们走进了拥挤的客厅，我不确定能否称这间屋子为客厅，因为它同时身兼太多功能。不过我们在这里看到了彼得，他额前翘起标志性的一绺头发垂在皱巴巴的像哈巴狗一样的脸上。他指着达米安问：“他是谁？”他的声音很大，明显带有敌意。

“允许我介绍一下，这是达米安·巴克斯特。”我说。

“我没有邀请他，”彼得毫不留情地说道，“他来这儿干吗？”如我所说，他虽然推崇上流阶层，却无意扮演什么优雅的绅士，那一刻我突然明白了为什么。既然不想装腔作势，就没必要对任何看不顺眼的事情客气。简单来说，他从不掩盖他的感受，这些年来，我对他这一点愈加喜欢和欣赏了。当然，他的话听起来好像是针对这位不速之客，其实是冲我来的。我是那个逾越了规矩的人，面对他直截了当的斥责，我有点儿崩溃。对于今天的我来说这似乎挺夸张的，不过我当时第一反应就是所有那些宴会和派对都泡了汤，这可怕的后果让我心乱如麻。当然，如果这真的发生了，也许后面也就不会有那么多的麻烦了。

“别怪他。”达米安说。他敏锐地意识到了问题，马上就走了过来：“怪我好了。我实在太想要认识您，汤恩德先生，当我一听说他要来，就逼他一定要带上我，这完全是我的错。”

彼得盯着他看：“我是不是该回一句欢迎光临？”

他的语气冷淡到极点，不过达米安却一如往常，并不在意。“如果您想的话，现在就可以让我离开，我也一定会遵循您的意思。”他顿了顿，一丝焦虑划过他端正的五官。

“你倒是挺会说话的。”彼得说道，语气吊诡而模棱两可，带着一丝赌气。他朝一个端着托盘、已经晕头转向的西班牙侍者点了点头：“你要是想喝点东西，请自便。”我完全不相信他被达米安的魅力折服了，不管是当时还是后来，我认为他只是认出了达米安是和他同一类型的玩家，且深不可测，所以尽量避免初次见面结下梁子而已。当达米安走开之后，他转向了我：“他到底是谁？他又是在哪儿认识你的？”这句话本身就耐人寻味。

“剑桥。我在我们学院的一个派对上认识他。至于他本人是何方神圣，”我迟疑了，“我倒真的不是很了解他的情况。”

“你以后也不会了解。”

我感到被冒犯了。“他人很好相处。”我并不十分确定为什么，以及我怎么成了一个保护者的角色。不过我当时显然是在维护达米安。“我以为你也会喜欢他。”

彼得的目光跟着达米安移动。他拿起了一杯酒，开始和一个下巴凸起的胖女孩聊起天来，女孩其貌不扬，一直紧张地在旁边走来走去。“他很有心计。”他丢下一句话，便转身去迎接新的客人。

如果他是一个很有心计的人，那他基本上算是心想事成了。在我们初识的时期，这点已经不太会让我感到惊讶了，因为当天我就发觉，达米安绝不会白白浪费一个机会。即便最恨他的人也不得不服气，他始终都在为达成目标而努力。事实上，他刚刚就成功地挤进了彼得苦心维系的一方净土。虽然应该不会有下次，但是他一点时间也没浪费。那个笨拙的地包天女孩被达米安迷得晕头转向，正崇拜地望着他。她的名字叫作乔治娜·沃迪拉夫，父亲是银行家，母亲来自美国的富豪家族。达米安选中她做第一发炮灰的原因，我不太确定。也许就像勇士能够凭直觉判断出城墙哪里最薄弱，他总是知道哪一个女孩最经不起他的魅力攻势。对乔治娜感兴趣的人不多，她是一个忧郁的女孩，这得追溯到她的母亲，战后乔治娜的父亲被派驻纽约工作，认识了她的母亲并展开了追求。由于整个恋爱过程都在纽约，加上她的母亲对英国的认知本身就存在误差，结婚时她还做着嫁入豪门的美梦，事实却并非如此。婚后，他们在20世纪50年代末，带着两个年幼的儿子和一个还在襁褓中的女婴来到英国，她满怀期待地踏入全新的国度，以为她会在巴尔莫勒尔堡漫步，每晚都能在查茨沃斯庄园参加四人晚宴。然而，她却发现丈夫的家人和朋友，几乎和她小时候在汉普顿一起打网球的有钱朋友是一个模子里刻出来的。她的丈夫诺曼（也许这名字能给她点提示）并非故意欺瞒她，只是像很多跟他一个类型的，尤其是在海外工作的英国男人一样，总是不自觉地向别人抬高自己的家庭背景。他又远在纽约，吹起牛来更是毫不费力。九年之后，连他自己都开始信以为真。他会以轻松随意的口气谈论起玛格丽特公主、威斯敏斯特教堂以及社交名媛帕梅拉·拜瑞夫人，如果听众发现他的夸夸其谈全都来自《每日快报》，他恐怕还会表现出大吃一惊的样子。

然而，巨大的落差感并没有导致他们婚姻破裂。安妮·沃迪拉夫顾虑到她的孩子们，而且在20世纪50年代，离婚在名誉上仍然要付出巨大的代价。再加上诺曼收入颇丰，因此她转而决定在子女身上弥补她的缺陷和遗憾。她的决定对男孩们来说，意味着可以上好学校，打猎，读像样的大学。至于宝贝女儿，她一早就打定主意，一定要给女儿在眼花缭乱的社交季找到一个好人家，成就一段美满的姻缘，然后孙子孙女们就能代她实现在巴尔莫勒尔堡漫步的心愿了。沃迪拉夫夫人为可怜的乔治娜精心规划了如此美好的未来，这姑娘从蹒跚学步起就注定要过上母亲为她选定的人生，而不是她自己的。也许父母都被爱蒙蔽了双眼，沃迪拉夫夫人没法像其他人一样客观地看待自己的孩子，因此也就忽略了一个最简单的事实：乔治娜完全无法扮演她母亲所期盼她扮演的角色。安妮·沃迪拉夫这样美丽优雅的女人，绝对没有料到上帝跟她开了一个大玩笑，赐予了她这样一个女儿，相貌如古代兵器般平庸，身材如水桶般臃肿，还笨拙到无可救药 。更糟糕的是，乔治娜生性容易紧张害羞，第一眼看上去总让人误以为她智力低下。其实只要她愿意，她可以非常活泼健谈。上有两个哥哥，她也不可能继承大部分家产，在社交季开始的两个星期之后，她母亲的美梦显然化为了泡影。

我得说认识了乔治娜·沃迪拉夫之后，我挺喜欢她的，也正因为我无论如何都不会对她产生情愫，晚宴时我总是会坐在她的身边。她电影方面的知识非常渊博而有见地，碰巧电影也是我的爱好之一，所以我们有很多共同话题。但是她仍旧无法回避一个事实，就是母亲为她选择的角斗场竞争实在激烈又残酷，她是注定无法获得成功的。看她拖着笨重的身躯，在一个又一个舞会里孤单而可怜地徘徊着，实在让人心酸。她穿着时髦的淑女服饰，头发里嵌着花朵，裙子缀满蕾丝，可不论什么时候，她看起来都像 PG Tips[①]红茶广告里那只会说人话的大猩猩。说来抱歉，在我们这群人里她沦为了一个丑角，如今到了我这个年纪，能够对他人所受的折磨感同身受了，我对此感到很后悔。这一定给她带来了极大的痛苦，但她却一直没有吐露只言片语，这样的隐忍一定更让她锥心刺骨。

也许是本能的洞察力让达米安察觉到这一点？当那些光彩夺目的美人们在彼得的客厅里把酒言欢时，他却径直走到了她身边。当达米安审视着这群人时，像导弹一样锁定这个最丑陋、最别扭的女孩，和狐狸嗅到一只受伤的小鸟又有什么分别？如果是这样，他的策略完全成功了。几天以后，他路过我的房间，给我看他早上收到的人生第一份正式邀请。一张厚厚的白色卡片，上面刻着“诺曼·沃迪拉夫夫人，自家府邸”的字样，邀请他6月7日参加一个“为乔治娜举办”的鸡尾酒舞会，地点是“贝

① PG Tips，英国的一个茶品牌，由英国联合利华公司生产。

特西公园游乐场，碰碰车场地”。

“自家府邸怎么会在碰碰车旁边呢？”他问。

战后的数十年间，贝特西公园的面貌几经变换。当然它的位置没有改变，不过它现在已经和半个世纪以前，无数人童年回忆中的样子完全不同了。贝特西公园建于维多利亚时代[①]，作为给本地资产阶级人士游玩消遣的场所，公园里到处是雕刻的石像和喷泉，小径通往湖泊，天鹅悠然浮在水面上……直到20世纪50年代，贝特西公园已经萧条惨淡，却因为是伦敦唯一一家全年开放的儿童乐园，成了那一代孩子们心目中不可取代的圣殿。1951年英国艺术节开幕，贝特西公园也在此时摇身变成了游乐场，被谓为“失落的纯真年代”的标志。进入20世纪60年代后，更新奇的娱乐方式开始出现，逐渐取代了它的地位。1972年，“北斗七星飞车”发生了伤亡惨重的意外事故，加速了悲剧的终结，两年之后，游乐场关门大吉。亲爱的老贝特西公园游乐场，成了一个褪色的、肮脏的、危险丛生的地方，被铲除一空，就像尼尼微的空中花园，没有留下一丝痕迹。

现在，公园里的池塘和瀑布以及林间空地，不仅都按原样恢复了，而且它比我童年时期看到的更加漂亮。我第一次走进这个地方时，还紧紧攥着我姑妈还是保姆的手，央求她们让我回家之前再玩一次。但对我来说，这里再美也不比当初。我并不是唯一一个沉浸在玫瑰色记忆中的人，事实上到了1968年，参加乔治娜舞会时，这种怀旧情绪已经开始弥漫。在游乐场的鼎盛时期，我们还是吃棉花糖吃到犯腻的小孩子，而

---

① 维多利亚时代（1837—1901），维多利亚女王的统治时期。

现在，我们已经是二十岁出头的年轻人了。因此，沃迪拉夫夫人选择这样一个地点来举办派对，真是太高明了。至于乔治娜，就像我说的，她并不受欢迎。舞会若设在公园大道的某个酒店，或者她父亲俱乐部的咖啡厅，宾客清单怕是连一半都填不满，到时候她难免因冷清的会场而备感屈辱。年轻人会为了更新奇好玩的事情而随时爽约，对当时的成年人来说这种行为极为可怕。现在的父母大多只会对孩子不靠谱的行为耸耸肩，翻个白眼，而不会太在意这种行为。我并不是说这是新现象，爽约、躲避、破门而入还是其他的在1968年也时常发生，但没人会觉得这些行为有趣。然而这一次，有贝特西公园游乐场的加持下，每个人都应邀来参加乔治娜的舞会了。

那天我很晚才到，循着人们聊天的喧哗声，穿过公园和摊位，来到一道临时漆成白色的尖尖的围栏前，两位侍者把守着入口，一块黑板上挂着一张很大的卡片，上面写着碰碰车场地“举办私人聚会，暂不对外开放”。这当然招来了那些想玩碰碰车的游人异样的眼神，不过乔治娜的客人对此都假装没看见，好在这点小小的不愉快完全没有影响他们的兴致。不管他们怎么掩饰，特权阶级总是暗自享受旁人那点嫉妒，哪个年代都一样。

一些女孩子已经坐在碰碰车里，尖叫，大笑，把酒泼得到处都是，她们当晚的男伴在一旁装模作样地互相撞来撞去。如今会有一个标志提醒人们不能将玻璃杯带入场地，或者只允许携带塑料杯子，不过那时人们似乎完全不在意地面湿滑或满地的玻璃碴。碰碰车旁边有一座大帐篷，以方便喝醉的客人们进去休息。我四下张望想找到乔治娜，希望看到她周围簇拥一群懂得感恩的客人，可她一如既往孤零零地站在放满香槟的桌子旁边。我抓住了这个既能拿到香槟，同时又能顺便和女主人打招呼的机会，一箭双雕。

“你好，”我说道，“今晚真是热闹，你一定很开心吧。”

她勉强地笑了笑：“你要不要去玩一把？”

“啊，好啊。”我已经跃跃欲试了，“你呢？”不过她似乎没听见我的话，她的视线仿佛固定在场地中。我一眼就认出达米安那熟悉的身影，他正趴在一辆碰碰车的方向盘上。远远望去，他身旁的副驾驶座位上坐着一个出人意料的身影。她的脸被卷起的帘子完全挡住了，不过我能看出她是多么气定神闲，不像其他人那样大喊大叫。她只是端坐在座位上，像一个高贵的公主为了渡河而不得不屈尊乘上一条乡下人的破船。

乔治娜转向了我，问：“你参加的晚宴是为什么事情筹款？”

我有点不知所措：“什么晚宴？”

“今晚的呀。达米安说，他没法和我们去利兹酒店，因为他答应了和你一道参加慈善晚宴。”

我顿时明白了，可怜的乔治娜给了达米安一个起点，便已经履行完她的使命，现在可以功成身退了。这命运多舛的女孩被他巧言令色的魅力深深打动，为他开启了进入这个圈子的大门，可是现在他一进门就把她晾在一边，也丝毫不感到内疚。她的母亲挑选了几个对象，为撮合他们举办了晚宴，乔治娜本希望这位迷人的男伴能够在无聊沉闷的晚宴上坐在她旁边，现在这个梦想碎了一地。至于他为了脱身而编造的小谎言，我必须惭愧地承认我帮他掩盖了过去。不过容我为自己辩护一下，并不是我选择帮他撒谎，而是我服从了天然的本能。当任何女人对男人说起另一个男人的借口时，他不知为何，就是有责任为此人打圆场，也许是某种对性别的忠诚？“罗伯特说，你下个星期要和他一起共进午餐”，这句话会让任何男人都被迫回应：“我等不及要和他好好叙叙旧了。”就算他头一次听说这件事。之后，这个人也许会责怪将他陷于不义之地的朋友或者熟人。“你怎么敢让我说那种话？”即便如此，说出事实真相也是和男人的天性相违背的。当然你也可以选择说：“我可没听说过这件事。罗伯特一定有情况。”就算他和被蒙在鼓里的女人是同一战线的，也没有男人说得出这句实话。我向乔治娜笑了笑，说：“嗯，只是小范围聚餐，如果你非要他去，也未必不可。”

她摇了摇头。“哦不，不。我不想破坏他的安排。我邀请他来参加舞会时，我爸爸已经很不高兴了。这也是为什么我没有邀请你，”她补充了一句蹩脚的借口，“他觉得我们人太多了。”男生是太多，有戏的却太少。不过那时达米安还不够资格入这个圈子。沃迪拉夫夫人如此千挑万选大费周章，不是为了寻找一个情场浪子。

“都有谁来？”

“希望你能来，”她含糊地说道，“不过就像我说的，这不是一个很大的派对。”我点了点头，她费劲地组织了半天语言才报出几个名字。“达格玛公主。还有特里梅因兄弟俩，他们可能会有点问题。”我敢打赌一定会出问题。“安德鲁·萨默斯比和他妹妹。”她逐个在脑子里勾掉这些名字，尽管这名单很明显出自她母亲的意思，“差不多就这些。”

我朝那个胖胖的萨默斯比子爵瞥了一眼，他双颊通红，正闷闷不乐地小口吸着他的饮料，看起来已经完全放弃和身边人交流的努力，也算放过那些人一马了。与此同时，他的妹妹安娜贝拉·沃伦，正开着碰碰车从他眼前飞驰而过。她一边疯狂驾驶，一边疯狂尖叫，旁边面色苍白身材瘦弱的男伴，吓得浑身直哆嗦。她紧身的鸡尾酒礼服仿佛是从她母亲战后时期的衣柜里搜刮来的，在她左右扭动方向盘的时候，衣服的缝线几乎都快绷开了。安娜贝拉·沃伦的长相并不比她哥哥出色，不过如果非要在他俩当中选一个，我更偏向于选她。如果想度过一个愉快的夜晚，还是尽量两个都避开吧，但她至少还算有趣。乔治娜顺着我的目光看到了他们，似乎也无声地同意了我的想法。“好吧，祝你好运了。”我说。

碰碰车这时都停了下来，司机和乘客们不得不爬出来，把车让给围在场地边焦急等待的宾客。那些女孩子们赛跑一般穿过金属防护栏，争先恐后地挤进那些脏脏的、满是凹痕的碰碰车里。她们的打扮很有意思，既有一点20世纪50年代迪奥风格，又有一点20世纪60年代卡纳比街高级定制的感觉，既时髦现代，又顽强地保留了一丝复古韵味。随后的四十年她们则是被专制的自由主义绑架了。她们的60年代是伍德斯托克式的60年代——“如果你能记得20世纪60年代是什么样的，说明你没真正身在其中”，多么自以为是的口号啊——她们把没心没肺当作支撑整个流行文化的价值观，但她们不是在欺骗别人，就是在欺骗自己。对我们这些人来说，这个时代真正的独特之处，并不在于那些整天嗑药、戴令人尴尬的羽毛帽子、穿羊皮内衬背心的吉他手。20世纪60年代和我人生中其他年代最与众不同的地方是：就像罗马神话里的双面门神亚努斯，它一面向着过去，一面向着未来。

这个时代的文化的确有一部分是围绕着流行、毒品和重大历史事件，玛丽安娜·菲斯福尔、火星巧克力棒和自由恋爱。但另外一部分人，也就是大多数人，还是更愿意生活在20世纪50年代那个传统的英国。那时候，人们仍懂得遵循20世纪，甚至是数个世纪流传下来的行为操守，从衣着打扮到性爱观念都受到严格规范的约束，就算我们不是条条按照规矩来，至少也知道那些规矩是什么。毕竟，就在不到十年以前，这些规定都曾是至高无上的行为准则。女孩子不可以在第一次约会时接吻，男孩子不打领带就不算穿戴整齐，母亲只要走出家门一定会戴上帽子和手套，父亲若是要去市区则少不了戴上一顶高高的礼帽。现在电视剧里不断重现的场景则是20世纪60年代新潮的那一面，而复古、传统的文化在当时同样举足轻重。区别在于，传统在走向衰落，而一种全新的文化正在崛起。后者当然成了胜利的一方，和任何事情一样，历史是由胜利的一方撰写的。

那时还有一种流行时尚是在原有的头发上戴卷发或直发，让发型更加夸张。它们原本是用来在搭配戏服时让发型显得较为自然，而且第二天就可以丢掉，不会影响正常发型。所以，一个女孩可以星期一晚上卷发及肩，第二天午餐就换成男孩子气的伊顿式短发。这一风潮的精髓就是把假发当帽子戴。喜欢戴假发的人可能有变装癖，但这种伪装的特别之处就在于它完全无意欺骗他人。这股风潮更加盛行的迹象，是人们开始提前一到两天就把“造型”寄放在发型师那里，这样他们就可以不慌不忙地给这些假发上卷子、精心保养、往上面缝花朵和珠子，直到舞会前的下午，主人去领回这顶新鲜出炉的帽子，牢牢地套在脑袋上。这种时尚在社交季开始的那一刻，甚至是初期暖场的那些鸡尾酒派对上达到了巅峰。同时它也使那些名媛的面目难以辨认，因为她们一周至少要变装两三次，力求每次都惊艳出场。参加派对的人仿佛看见一个陌生人，只有靠近了才惊觉这分明是老朋友。所以，这晚我看到的，坐在达米安旁边副驾驶座位上，在疯狂旋转中依然镇静从容的高贵女士，不是别人，正是塞琳娜·格雷沙姆。她已经爬出了碰碰车，神情泰然自若地向我走了过来。

“你好啊。”她说。

“你好。你感觉怎么样？”

“我快要散架了，感觉自己就像被摇匀的鸡尾酒，等着被倒进杯子里。”

“我正要问你想不想再玩一圈呢？”

“我不行了，”塞琳娜说，“不过我倒是想再喝一杯。”她环顾了一下四周，在我正要开口问她需不需要效劳之前，就自己拿了一杯香槟酒。

我只好把她留给周围那些虎视眈眈地等着对她大献殷勤的人，百无聊赖地走到碰碰车场旁，那些车子的座位上已经全部坐满了人。这时，我听见有人在喊我的名字，四下看了看，发现露西·道尔顿在向我招手。

“什么事？”我问。

“看在上帝的分上，快进来。”露西拍了拍她旁边破旧的皮座椅。“菲利普·罗恩斯利·普莱斯正在往这儿走，而我的屁股已经不能更肿了。”我能听到后面有人在冲这儿大喊大叫，让我赶紧离开场地。“快进来！”她压低嗓音厉声喝道。我赶紧爬进碰碰车，坐在了她旁边。还没等我缓过劲儿来，菲利普就不顾管理员的喊叫，慢吞吞地从已经开动的车子中间晃过来——那会儿，你所知道的“人身安全”这个短语，还没被发明出来呢。

“如果你是在躲我，你现在就可以放弃了。”他朝露西抛出一个不怀好意的眼神，我想他大概以为这很性感。“我们是天作之合。”她还没来得及想出一句俏皮话回应，我们突然受到了猛烈的撞击。特里梅因兄弟之一从侧面狠狠地撞了我们一下，身边的女伴一直在咯咯笑。带着几乎快错位的后背，我们被猝不及防地卷入了疯狂的漩涡。菲利普哈哈大笑，懒洋洋地挪回了场地旁边。

露西·道尔顿将会在本书占据一些篇幅，因此，这里需要简单地介绍一下她，尽管我想她从本质上来说，并非是一个复杂的人物。像塞琳娜一样，她也是那种赢在了起跑线上的幸运儿。不过她的家世没有塞琳娜那么显赫，也就没有那么不食人间烟火。局外人很难准确感知到上流社会中的微妙划分。不过不管是哪一座象牙塔内，都存在着阶级和财富的偏差。著名的足球运动员都富可敌国，但他们知道自己这群人里，谁值得羡慕，谁又值得同情。电影明星也对彼此的情况心知肚明，知道谁的演艺生涯快走到尽头，谁还能再红个几年……圈内的等级划分意义重大。如果你想摸清其中的窍门，恐怕就得先弄清楚其中的等级之分。我们这群人也是一样。在20世纪60年代，社交舞会就算概念本身已经日渐式微，可仍然牵扯到了一个小圈子，现在如果有人天真到想要复兴社交季，他会发现这个圈子已经大了不止一星半点。回头来看，在我们之前，圈子里的成员是“二战”前真正与外界隔绝的贵族群体。在我们之后，是鱼龙混杂的20世纪80年代。我们就是高不成低不就。在皇室未取消成年礼之前，一个女孩倘若出身不够高贵，会被排除在社交季之外，在20世纪60年代则会被邀请参加舞会，但是她仍然会感受到那种隔阂，而圈子的核心成员是以更为传统的考量而筛选出来的。在这一系列的规则之下，财富的差别就非常显眼了。

露西·道尔顿是马默杜克·道尔顿男爵的小女儿，他们的祖先曾贴身侍候国王一家，在19世纪初，受封获得了男爵的头衔。道尔顿家族在萨福克郡拥有一处可观的地产，不过这房子在20世纪30年代战争刚刚打响的时候就租出去了，战后又改建为一所女子预科学校。道尔顿家族后来搬进了遗孀大宅居住，对此他们似乎已经非常心满意足了。从屋内透过树梢他们依稀可以看见往日的荣耀，尽管周围建了很多木板房的教室，还有一个供女孩子们玩长曲棍球的操场。换句话说，这样的居住环境可不算理想。

作为现代社会的公民，以我即将迈入迟暮的年纪，我完全清楚露西出生于极少数特权阶级。不过因为大部分人只会和身边背景相似的人比较，所以当我说某个年代，对我们这些人来说，她的家庭环境并非多么显赫，我不得不请求我的读者谅解。她的家族靠着这小小的头衔，住在算是舒适的遗孀大宅里，过着跟我们在教区长住宅、庄园，以及农场里差不多的生活。对于我们来说，最显著的差别可能在于有些人过的是寻常日子，有些人过的是我们在“二战”之前过的那种生活。这些“幸存者”是我们的战斗旗帜，象征美好的标杆，公认的社会领袖。他们拥有男仆和庄重典雅的客厅，他们的生活与我们的生活有着天壤之别。我们的父亲需要为了生计而奔波，母亲只能自己学一点烹饪技巧满足我们的肚子。我们是普通人家，他们是富贵人家。而许多年以后我才开始质疑这件事。出于对自己的辩护我得说，这些人不会觉得自己生活奢侈，挥霍无度，他们认为这个词只有更有钱的人才配得上。所以说，露西从来都认为她自己只算一般走运罢了。

无论如何，在我的眼中，她是一个活泼开朗的女孩，容貌谈不上多美但还算漂亮，性格不算有魅力但是说话很风趣。我们在前年一个慈善舞会上相遇，当社交季正式开始时，发现俩人又重逢了，因此当我们身处一个全新的、有点挑战性的环境中时，会自然而然地对彼此感到亲近。说实话，一开始我对她颇有好感，如果足够用心，她也许会喜欢上我，可惜我一开始错过了机会（如果我真的有戏），让我们之间的关系朝着朋友的方向去发展，从而将一切浪漫的苗头扼杀在萌芽当中。

“你介绍给我们大家认识的那个人，他到底是谁？”她说道，为了避开理查德勋爵又一次的擦撞，手中猛打方向盘。

“我没介绍给你们认识啊。”

“随便，你就是有。他才到这里二十分钟，我已经看到四个女孩写下他的地址了。我猜他应该不是汤恩德先生推荐的人吧？”

“完全不是。我上周去了彼得的活动，顺便带他一起，害我差点儿被彼得赶出去。”

“那你为什么‘顺便带他一起’？怎么，你成了他的宣传公关了？”

“我也不知道。”

她看着我，露出了怜惜的微笑。

也许在我的潜意识里，我想掩盖对乔治娜撒了谎的事实——如果之前说的谎话变成真的，那就不再是谎言了。所以当派对逐渐开始冷清的时候，我邀请了几个人共进晚餐。那天晚上，我们八个人聚在老布朗普顿路街角一个当时热门的小店“哈迪”，在这里我们可以吃点东西，或者跳一整晚的舞，每人也就花费三十先令。我们常常在那儿消磨整个通宵，吃饭，聊天，跳舞。很难想象现代社会有什么场所能和这里相提并论。如今的场所里，一个地方似乎很难同时具备三种功能，鉴于现在任何能跳舞的地方音乐都放得极其凶悍。估计在我不再去迪斯科舞厅之后，舞厅的音量就开始调得越来越高了。不过直到四五十岁的正常人也开始效仿，举办了历史上最糟糕的派对之后，我才明白也许这就是新的趋势。我经常听别人说夜店是一个你可以听着音乐坐着和别人聊天的地方，这场景听起来就好像三四十年代，我们上一代的绅士和淑女，穿着晚礼服坐在米拉贝勒饭店里，一边小口啜着“雪白佳人”，一边随着翘臀约翰逊和管弦乐队演奏的音乐翩翩起舞。不过就像许多老生常谈一样，事实远非如此。到了我们这一代，我总是很享受像这样同时吃饭、聊天和跳舞的机会。

哈迪不能算是一家夜店，它的目标人群更多是去不起夜店的人。像哈迪、安杰立克、加里森还有很多已经忘记名字的小店，当时都是夜夜爆满。服务虽然简单粗暴，不过就像所有成功的创新一样，它们只需要满足一个需求。晚餐是那种最新的法式蔬菜切片，口味虽然没什么悬念，但也更适合相对来说当时比较新奇的跳舞方式——跟着唱片而不是乐队跳舞，由某种类似于后来的“唱片骑师”也就是DJ的人来播放。那时这一行还处于萌芽时期，酒自然是那种廉价的便宜货，毕竟年轻人囊中羞涩，不过一晚上都可以霸占这张桌子，倒是很棒的事情。吃完东西之后，我们就坐在那里喝酒，聊着一些幼稚的年少轻狂的想法，就这么坐到凌晨，夜夜如此。就我所能记得的，我们一次也没被老板为难过。可惜这样的老板一定不是真正的生意人，也难怪他们的店都没能经得住时间的考验。

就在那晚，不知道什么原因，我告诉塞琳娜·格雷沙姆我们要去吃饭之后，她竟欣然加入。我非常惊讶，因为通常她只是礼貌地听完我们接下来的打算后，噘起嘴唇做个小小的鬼脸表示遗憾，说真希望她也能去。不过这一次，她想了想，然后说：“好啊，为什么不呢？”她的回应看似平淡，不过她说这句话的时候，我感觉好像有很多只小鸟叽叽喳喳地飞进我的心中。露西也来了，试图躲开冤家菲利普的骚扰，可惜她坐车离开派对之后，他提出也要加入我们。达米安当然也在，还有一个我之前从未见过的女孩，乔安娜·兰利，不知她是什么样的人呢？不过就外表来看，她是一位非常漂亮的，好莱坞风格的金发美女。虽说我没有见过她，不过我听说她也许是这里最有钱的女孩之一——在废除了皇室成年礼之后的新生代当中。她的父亲创立了一家邮购公司，卖休闲服饰之类的东西，尽管她的财富确保大家当面对她都很客气，不过背后可没什么好话。我个人从一开始就很喜欢她。当时她坐在我的左边。

“你玩得开心吗？”她问道，我正把酒倒进她的杯子里。

我不太确定她问的是晚餐还是舞会，不过我猜应该是后者。“还不错，我只参加过几场，不过这些人挺友好的。”

“你呢？”这声音来自坐在桌子那头的达米安。我能看到他已经在对乔安娜发出探照灯一样无法抵抗的目光。他也非常清楚她的身份。

她有些吃惊，不过点了点头：“目前为止还不错。你呢？”

他笑了起来。“啊，我不是你们这个圈子的人，你问他就好。”他说着冲我抬了抬下巴。

“你不是已经坐在这儿了吗？”我挖苦道，“你觉得我们还有谁会比你更有资格？”这不是实话，不过我也不太担心，我知道没有什么事情能阻挡他此刻的热情。

“别听他的 。”达米安重新对乔安娜投去炽热的眼神，“我是在非常平凡的家庭长大的，非常普通的男生，我只是想开开眼界长长见识，不过我可完全不属于这个圈子。”他的这番话措辞很谨慎，就像他说的所有话一样。而我现在终于能明白，他这么说是出于什么居心了：这样的话，会让每一个在座的女孩，都产生想要保护他的欲望，而没有一个人，包括她们的朋友，能够指责他装模作样。正是他如此直率的谦虚和自知之明，才能让他不停地索取，而从来不觉得他需要负一点责任。毕竟他说得很明白，自己并不属于这个圈子，自然也不欠这个圈子任何东西。最重要的是，这句话抹去了她们所有的防备心。从那时开始，她们不在乎会被这样一个人利用。他说了自己并无任何企图，她们又有什么可防备的呢？当他为乔安娜和另外两个在座的女孩写下他的地址时，我们甚至都还没开始点餐。

我注意到我之前说的是达米安“当然”也在。为什么他和我们在一起是如此理所当然的事情？他在伦敦刚刚起步，现在就把他纳入圈子里未免也太早了吧？也许我已经开始意识到他的天分。我向他坐着的地方看过去，他坐在塞琳娜和露西中间，她们都在全神贯注地听他说话，哈哈大笑，他的举止自然却完全不逾矩。那时我便明白了，他就是那种少有的，能够完全不露痕迹地和大家打成一片的人，而且用不了多久，他似乎就成了这个群体不可或缺的一部分，甚至是核心人物。他谈笑风生，也时而语带嘲讽，有时会微微皱眉。他会认真聆听别人的话，关切地点头，仿佛和你很熟，但又不至于用力过度。在我认识他的任何时候，他从不曾犯过装熟这种暴发户常犯的错误。在那不久之前，我和一个人在某次晚宴上相谈甚欢，隔天相约去打猎。他似乎觉得我们已经是朋友了，就开始嘲笑我的体重，还开玩笑地戳我的肚子。他说话的时候一边笑，一边望着我，不过当时我的眼神应该是杀气腾腾的吧，因为我决定决不会再找他。达米安则从来没有犯过这种错误，他总是让人轻松愉快，既不过分也不失态。换言之，他的一言一行都是在脑子里经过仔细规划的，并且执行得相当完美。而当晚，我得以首次目睹他的“捕猎”技巧。

晚宴结束了，女孩子们没吃完的炖肉被端走，灯光调暗了几度，房间里的几对情侣开始手拉手走进舞池。我们这里没有人敢轻举妄动，不过都蓄势待发。然后，在聊天的空当，我听见达米安转头对塞琳娜说：“你想跳舞吗？”他的语气好像刚刚不是发出邀约，而是讲了一个笑话，一个只有他们俩才听得懂的有趣秘密。这招干得漂亮。他们在放一张我们都喜欢听的唱片，似乎是《雨中的花朵》？我已经忘了。总之，她只愣了半秒钟就点了点头，然后他们站起身来。不过接下来发生的事情就有意思了。他们走过我身边的时候，我听到他随意地说：“我觉得自己真是一个傻瓜，我们初次见面的时候我就知道你叫塞琳娜，不过我从来都不知道你姓什么，如果我再不问就太迟了。”他等了一秒钟，想看他的伎俩会不会得逞，就像一个骗子或者弄臣。从她的反应来看，她没有看穿他的企图，这时他是不是松了一大口气？

相反，她笑了起来。“格雷沙姆。”她轻声说道，然后他们就踏进了舞池。我看得目瞪口呆，这也太不可思议了吧？达米安不仅老早以前就知道她的姓氏，她家住在哪里，有多大面积的土地，我猜他甚至都摸清楚了每一位克莱尔蒙特伯爵是何时授封的，也许连每一位伯爵夫人娘家姓什么他都知道。我的视线远远地和他碰上了。他知道我听到他们说话了，我知道他知道了。然而他一副完全不担心我会当场给他难堪的模样。这是攀高结贵道路上的一种高风险策略，不得不说他勇气可嘉。

露西看到我在观察他，她的嘴角泛起了一丝微笑。“什么这么有趣？”我问。

“我有种感觉，直到今晚之前，你都觉得你是达米安的守护者，不过我们恐怕都得承认，等社交季结束的时候，你能帮他写传记就算走运了。”她看着舞池中正在翩翩起舞的一对，语气变得严肃了起来，“如果你也想追求她，不要等太久。”

我摇了摇头：“他不是塞琳娜喜欢的类型。当然我也不是。不过，他肯定不是。”

“你这么说是因为你把塞琳娜想得太完美了，觉得他各方面都配不上塞琳娜。不过这些是你带有感情色彩的观点。塞琳娜自己可未必会这么想。”

这时，我仔细端详起他们。音乐变得柔和舒缓，他们不再踩着节拍，而是慢慢从这头摇到那头。我再次摇了摇头。“你错了。塞琳娜想要的东西他一样也没有。”

“相反，他有的恰恰是塞琳娜想要的。塞琳娜不会看重出身或者财富，这些她从来不缺。我也不觉得塞琳娜非常看重长相。不过达米安……”她说这话的时候，眼神又一次聚焦在他的黑发上，周围的男生似乎都比他矮了一头，“他有一样东西正是塞琳娜没有的。要这么说的话，其实那样东西我们都没有。”

“那是什么？”

“他是活在新时代的人。他明白未来的游戏规则是什么样子，战前我们是怎么玩的已经不重要了。他让人觉得对未来很安心。”就在这时，菲利普殷勤地靠过来邀请露西跳舞，不过她断然拒绝了他，然后向我点点头。“他已经邀请我了，我也答应了。”她站起来，我顺从地牵着她走向舞池。

第三章

名 单

我很多年前便开始沉静下来，心平气和地回顾自己，以及我们这些人曾经的生活。

当我准备上床睡觉的时候，发现我的枕头上放着一个名单。名单不长，不过上面有几个名字仍然出乎我的意料。名单上的女孩总共有五人，看样子在达米安被炙热的葡萄牙阳光烤熟之前，她们都和他发生过关系。她们也都在特定的时间段内生下了孩子。我有点悲哀地看到露西·道尔顿的名字赫然列于名单之中。她算是最先发现达米安真实面目的人之一，我原本以为她不会上当。乔安娜·兰利也在其中，对她我则不那么惊讶，之前我就发觉他们彼此有点意思，他们的样子看上去也十分般配。我那时就很好奇他们为什么没能开花结果，毫无疑问我马上就会知道了。我没有想到摩拉维亚的达格玛公主殿下也成了他床上的又一个战利品。还有脸蛋红扑扑、嗓门洪亮一生放荡不羁的坎迪达·芬奇，我绝对想不到她竟然会是他下手的类型。天啊。不可否认，他确实有两下子。特丽·维特科夫则是大部分男生公认的入门级猎物，包括我。她是一个从美国中西部来的女冒险家，或者说投机分子，总是吹嘘她的身家，其实她是在辛辛那提混不下去之后才选择来伦敦碰碰运气。她的性观念至少超前十年，不像大部分女生，总是抓住旧时的道德观念不放，这点倒是让她大受男生欢迎。

每个名字都被整齐地打出来，旁边是这个女人婚后所用的姓氏，为了清楚一点还附上了丈夫的名字。随后是那个身份成疑的孩子的名字、性别和出生日期，以及一个简短的附注，写明家里其他孩子的状况。最后有一竖列写下了她们的家庭地址，其中两三个人还有电话号码和电子邮件地址，尽管我没法想象这种事情能通过网络解决。最上面附着一张便条，写着“如下为我们尽了最大可能所了解到的情况”。也就是说，我也不能完全相信这些信息的准确性，的确有一些名字下面的信息写得比其他人翔实很多，不过大部分看起来都确凿无疑。我已不再和她们在这样那样的场合偶遇，就算我知道的那一点点信息，也与这张表格的内容相符。这张纸后面是用一枚小夹子夹着的信封，看来就是那张他承诺过的，以我的名义办理的白金信用卡。

我独自一人用完了早餐，长条餐桌的另一头，整整齐齐地码着可能是全世界所有当天出版的报纸。管家问，他是否可以开始帮我收拾行李了，或者我是否需要延迟一点时间。我回答不需要。他激动地鞠了一躬，为我同意让他效劳而感到欢欣鼓舞。不过在他离开房间完成任务之前，他问道：“巴克斯特先生想知道，您在出发去车站之前，是否有空再去看望他一下？”我听到的分明是一个命令。

达米安的卧室在这幢房子的另外一边，和他安排我住的房间不挨在一起。楼梯尽头是一条宽阔的走廊，走廊直通两扇半开的大门。我刚举起手要敲门，便听见他轻轻地叫了一声我的名字。这是一间明亮、挑高的卧室，墙面上镶着柔和的特里亚农灰色的衬板。我以为自己会走进阴暗的巫师巢穴，但恰恰相反，这间屋子大气宽敞，和图书馆相通，那儿是达米安真正居住的地方。墙上挂着织锦挂毯，靠墙立着一张巨大的乔治王时期的桃花心木四柱床，对面是墙里凿刻出来的洛可可式壁炉，上方挂着罗姆尼画的《汉密尔顿夫人》系列肖像的其中一幅。透过三扇高高的窗户向远处花园望去，是一个迷你庭园，树木修剪整齐，都是稀有品种。屋里摆放着镶嵌圆钉的椅子、一张书桌，小圆桌上堆满了书籍和珍贵的装饰品。此外，屋里还有一张美丽的沙发床，是那种华丽的、被称作“法式贵妃榻”的款式，沙发床的一端放着一条折好的毯子，确保主人随时都能感到舒适。整间屋子非常迷人精致，并且颇不寻常地流露出女性气息，感觉出自一个更高明的人之手。

达米安躺在床上，我刚进屋时并没有立刻看到他，也许是因为帷幔的阴影一时遮住了他。他驼着背，缩起身子靠在枕头里，周围散落了很多信件和一大堆报纸。我忍不住想到，达米安离开尘世的那天，对本地报刊零售业来说，真是晴天霹雳。

“你看到名单了？”他说。

“是的。”

“惊讶吗？”

“我知道乔安娜在当中。至少我当时就怀疑了。”

“我们那段很早之前就结束了，不过她从里斯本回来的那天晚上我们最后睡了一次。她到我的公寓来找我了。我想她是想来看看我是否安然无恙。”

“我不感到意外。”

“之后我们就各奔东西了。”

“不过你那时不是已经得了腮腺炎了吗？”

“直到几天之后，我才发觉嗓子开始疼。总而言之，那里肯定还存了一点那玩意儿，没受什么影响。”

“信息量有点太大。”

“如你所想，我在这个问题上可是世界级的专家。”他露出一丝自嘲的苦笑，这件事竟没有击垮他，“其余的女孩呢？”

“好吧，连我也睡过特丽。我也不是非常惊讶名单上会有坎迪达，虽然我没想到她是你的菜。不过，另外两个人我完全没有料到。”

“我想你对你的老朋友露西有点失望。”

“只是因为我以为她当时像我一样讨厌你。”这句话让他爆发出了那天清晨的第一次大笑。不过这让他很痛苦，我只能等他稍微平静下来。

“她只会被她不喜欢的人所吸引，其他人都被她变成朋友了，包括你。”这句话其实挺客观，所以我没有打断他。

“你现在还会见到她们中的任何一个人吗？”听他如此云淡风轻地提及当年的不欢而散，我感觉有点奇怪。

“不算吧。我偶尔会在一些场合遇到她们，你知道的。她们后来都结婚了吗？”我对她们的生活其实一无所知，有点心生惭愧。

“是的，有的人嫁得不错，有的人可糟透了。坎迪达成了寡妇，她丈夫在‘9·11’恐怖袭击事件中遇难了。我听说在那之前，他们感情很好。”

昔日的朋友，突然间和现代社会发生的事联系到了一起，这样的时刻让人震惊。

“这真令我难过。他是美国人吗？”

“英国人。不过他任职的那家银行位于纽约的办公室，在大厦顶层。那天他正好被叫去开会，太不走运了。”

“天啊，真可怕。他们有孩子吗？”

“他们生了两个孩子。不过大的那个孩子不太可能是他的亲骨肉。他们结婚的时候，那个孩子已经八岁了。”

“我记得坎迪达好像曾是单亲妈妈，真有勇气。”

“对一个贵族的侄女，在1971年？没错，当然。她确实勇敢，性格有点儿粗鲁，不过很有感染力。这是我当时会喜欢她的原因。”他停了一下，嘴角浮起一丝不易察觉的微笑，“有没有什么名字是你以为会看到，结果名单上没有的？”

我们互相瞪着对方。

“除非这不是完整的名单。”

“什么意思？”

“这张名单上只列下了在期限内生下孩子的女孩子。”

达米安点了点头。“当然，没错。它当然不是真正完整的名单。”谢天谢地，他没有继续说下去，我实在不想知道。

“你拿到信用卡了？”

“是的。虽然我不觉得我需要用到它。”

“拜托你别像个英国人一样犯傻了。”他叹了口气说道，“你没有钱。而我的财富——如果我在剩下的日子里，每天眼睛都不眨地花掉一百万英镑，它也纹丝不动。用吧，随便怎么用都行，给自己找点乐子。就当你为我做这件事的报酬。把它当作我对你的感激。或者如果你非得计较，当作我的歉意也行。尽管用吧。”

“我不是‘没有’钱。”我说道，“我只是不如你这么有钱而已。”他没有再和我追究下去，我也没有再同他争执。我想我一定是被他说服了。

“你希望我先从谁开始？”

他摇摇头。“我无所谓。你决定吧。”他停下来好好地喘一口气，“不过请尽量别拖。”他说话的语气比昨天晚上尖锐刺耳得多。也许他在早晨通常都会这样？还是他的病情在一天天恶化下去？“当然，我不想催促你。”他补充了一句。听起来就像在说“谁要打网球”或者“谁想搭个顺风车去伦敦”之类。让我感到心酸的还是他努力表现轻微的客套，好像拉蒂根喜剧里演的那样，我不否认，这很勇敢。

“我估计这需要一段时间。”我说。

“当然，不过请尽量别浪费时间。”

“所以，你觉得我怎么做，才能从中找到什么证据？”

“用排除法。然后集中精力调查其余有可能性的人。”

这听起来很有逻辑，我点点头：“我仍然不知道，为什么我要做这件事？”

“因为如果你拒绝了我，我死后你会感到内疚。”

“也许我会对这个孩子感到内疚，但肯定不是对你。”通常我不认为自己是一个尖刻的人，我也不知道那天早上，为何自己会对达米安如此尖刻。他曾经犯过错，可那已是陈年往事，无关现在。尽管如此，他似乎能够理解我对那件往事的耿耿于怀。

此刻我们两人相对无言，他看着我，非常坚定地说道："我这一生交过的朋友中，最在意的就是你。"

"那你为什么要这么做？"如果他以为这些甜言蜜语就能消除我的记忆，他就大错特错了。那个晚上是我一生中最惨痛的记忆，恐怕对其他人也是。

"我也不太清楚。"他的视线凝聚在窗户上的某处，似乎陷入了沉思之中。"我想我从小就得了某种心灵上的'幽闭恐惧症'。"他微笑了起来，"事实上，任何形式的爱都让我感到不自在。尤其当我是被爱的那个人。"

我们就这么散了。

看起来我好像对这些人无法释怀，特别是对达米安。尽管四十年前，最后一场舞会之后，我已经和他们不再来往。但其实并非如此。像其他人一样，我一方面花费很多时间在处理生活中种种琐碎和烦人的事情上，而另一方面，我很多年前便开始沉静下来，心平气和地回顾自己，以及我们这些人曾经的生活。那时我们就好像生活在另一个星球上，我们对未来怀着不一样的希望、不一样的期盼。而承载着彼时愿望的这颗小小星球就像其他星球一样，也沿着自己的运行轨道渐行渐远，最后不知所踪。在一些婚礼或慈善晚宴上，我跟其中几位女孩打过照面。如今她们已是鬓发花白、受人尊敬的女士，我们彼此点头微笑，聊着她们的儿孙们，她们为何搬离富勒姆区，住在萨默塞特郡为什么会让人感觉舒适。我们始终不曾为世事变迁而扼腕叹息。在"葡萄牙事件"发生之后的几年里，我已经完全同这个圈子脱离了干系，甚至在心中的芥蒂烟消云散之后，我都没有再回到他们当中。现在我再想起他们中的一些人，也有些懊悔自己当初的意气用事。比如露西·道尔顿，她曾是我非常要好的一位朋友。事实上正是因为她，我才得以在社交季从头到尾坚持下来。没错，我不喜欢她的丈夫，我想这也是为什么我们渐行渐远的原因。可如今看来，因为这个理由就疏远好友未免太牵强。我当即决定，此次调查就从她开始。纸上写着她后来搬到了离坦布里奇韦尔斯区不远的肯特郡，那么我以“正好在附近”为名义，打电话邀请她共进午餐，应该不算太难。

我说因为露西我才“得以”坚持下来，简单来说，是因为她的邀请，我才得以参加夏洛特女王舞会，才能参加舞会的正式开幕典礼和整个系列最重要的仪式。错过这个舞会就不算全程参与社交季。不过因为我一开始就没打算全程参与，所以也没打算参加这场舞会。没想到就在舞会前几天，我意外地收到了道尔顿夫人的邀请卡，请我随他们全家一起出席。我在答复邀请之前先打给了她的女儿露西。

“我们本想带上我的表哥，雨果·戈莱克斯，不过他不去了，”露西坦率地说道，没有一丝遮遮掩掩，“如果你不能来也不用担心，但最好现在告诉我，我们好去找其他人。基本上每一个想参加的人都已经确定了。”这当然不是对一个人的最诚恳的邀请，不过我已感到好奇，开始觉得如果要参加社交季，不如从头到尾参加。“哦，我很乐意。谢谢你的邀请。”

“记得书面回复我妈妈，不然她会觉得你很古怪。然后她会告诉你具体的时间和地点。你知道着装要求是白色领结吧？”

“没问题。”

“如果这几天没遇到你的话，我们就到时见啦。”说完她便挂断了电话。

也许因为我原本没有打算去这个舞会，那天稍晚一些，当我发现达米安·巴克斯特也要参加时，我似乎明白了些什么。在那会儿，莫德林学院和其他很多学院一样，给每人配置的不是现在那种客卧两用房间，而是一间起居室外加一间卧室，空间充足。那一年，我的宿舍位于一间改造过的小木屋里，后来学院对面的莫德林街上新建四方院，这些宿舍都被划了过去。我至今想起这间公寓都充满感情。不过由于卧室和起居室分布在楼里的不同方位，因此当我从卧室取了一本书，回到起居室的时候，惊讶地看到达米安站在壁炉边，在“咝咝”作响的煤气炉前暖和他的双腿。

“我听说你要和道尔顿一家去夏洛特女王舞会。”他说，“估计你没法让我在你那儿借住一晚了。舞会结束之后我真不想再爬回这里。”

“你怎么知道的？”

“露西告诉我的。我说我和沃迪拉夫家一起出席，她说那她会给你打电话。我可吃醋了。”这句话信息量真大，也许比他所知的还要大。不过可能也并非我想的那样。很显然，他已决心去参加这个舞会，我肯定他也早就明白继续培养乔治娜对他的迷恋（尽管前者已成为他的俘虏）是一条可行路线。这句话也告诉了我，他才是露西第一后备人选。我只是她的退而求其次，而他希望我能清楚这一点。

“你从没说过你也要去参加夏洛特女王舞会。”

“你从没问过我。”他扮了个鬼脸。

“乔治娜·沃迪拉夫。呃……”我们彼此交换了一个微笑，我感到自己可耻地背叛了她。

“你打算上哪儿租你的白色领结？”

“我有自己的。”我说，“我一个表哥传下来给我的。应该还能用。至少去年圣诞我还戴着那个白色领结去参加了一个狩猎舞会。”

他略带不快地点了点头。“当然，你有你自己的。我在想什么呢。”气氛起了一丝不易察觉的变化。他啜了一口我倒给他的酸味白葡萄酒，“说真的，我也不知道我为什么要去。”

“那你到底为什么要去呢？”我是真的好奇。

他想了一会儿。“因为我可以。”他说。

我们都知道，“服装的历史”本身一直是一门令人着迷的学问，我觉得有趣是因为我几乎可以肯定，我能活着看到一件东西从人们的生活中慢慢消失，而这件东西在它的鼎盛时期扮演了举足轻重的角色，这件东西就叫作白色领结。从19世纪早期到20世纪中期，拜布鲁梅尔先生所赐，它曾是任何一个社交晚会上男士服饰的必选，英国贵族俱乐部的专属色彩。在20世纪20年代末期，拉特兰公爵的姐夫问他，是否曾穿过无尾礼服？拉特兰公爵沉吟片刻，回答道：“当我和公爵夫人在她卧室独自进晚餐的时候。”

当然，有些人会惊讶于它竟从战争年代幸存了下来，大战期间人们穿了六年的无尾礼服和制服都没能把它干掉。克里斯蒂安·迪奥让有着各种衬垫、撑架、马甲和衬料的“爱德华国王时代”着装再度兴起，这种华丽的晚礼服顿时让短小乏味的无尾礼服显得低人一等。接着，到了20世纪50年代的夏天，莱斯特伯爵夫人在霍尔克姆为她的女儿安妮柯克夫人举办了一场舞会，国王和王后也大驾光临。第二天早上，人们有了两宗重大发现：第一个是一位侍者跌进喷泉里淹死了，第二个是男士专属的白色领结已卷土重来。当然，迪奥先生和其他诸多设计师没能理解的一点是：白色领结不仅是一种服饰，它还是一种生活方式，一种已消逝的生活方式。它属于贵族和平民之间的古老契约的一部分，贵族为了树立一个令人信服的权力象征，情愿长时间忍受这种不适的着装。毕竟挥霍、奢侈和绚烂的生活自古以来就和权力有着千丝万缕的关系，直到近期，政坛人物才开始崇尚衣着简朴。在第一次世界大战之前，一天换五六套服装是家常便饭，分别用于散步、射击、早餐、午餐、下午茶和晚餐。若是在伦敦，一天至少也要换三套服装。他们知道每日的这套例行公事既烦琐又累人，却万万不可废除，因为一旦他们看起来不再像统治阶级，他们就真的不再是统治阶级了。我们的政治家才学到一点皮毛，名流绅士一千年前就明白了这个道理：外表就是一切。

那么，为什么白色领结突然一下子就消失了呢？因为统治者对他们自己的信心也瓦解了。给这一服饰带来致命打击的并不只是不再有仆人来伺候穿衣，而是“权力阶层”在1945年给吓破了胆，他们的信心被不断削弱。直到20世纪70年代末，极少数“权力阶层”保留了下来，用于扮演他们在国民生活中的角色，其余的消失殆尽，一如白色领结存在的意义。我这一代人目睹了它最后的荣光。在我十八岁的时候，所有狩猎舞会的着装仍要求白色领结，剑桥的五月舞会和牛津的纪念舞会均如此。

一些新人的亮相派对，尝试着在不易引起争议的场合下恢复它，比如夏洛特女王舞会。除了在白金汉宫和温莎城堡的国宴，或者某个律师协会罕见的聚会中，我们现在几乎寻觅不到白色领结的踪迹。想想也就是四十年前，燕尾服还值得拥有，因为处处派得上用场。这真令人唏嘘。

夏洛特女王舞会不是一个私人派对，它是一个大型的慈善活动，因此无须遵循寻常规定。它在那时被叫作“晚宴舞会”，意思就是我们要在那里进晚餐，也就是说到场的时间要比平时提前很多。在酒精检测的方法发明之前，晚宴舞会十分常见，我也忘记是为什么了，也许它们容易让人产生在皇宫附近逛夜店的感觉。不过在这一晚要举办的庆典，足以让人们名正言顺地喝到酩酊大醉。道尔顿家的亲朋好友约好在位于女王门街的公寓处集合，确保人如数到场且得体齐整之后，才可以出发前往格罗夫纳大酒店。

我摁了摁道尔顿宅大门的电铃（是的，我们已经有这玩意儿了），门开了，他们的公寓在一楼，没有长长的楼梯需要爬。大门直接通向餐厅，这栋新建大楼曾是一个繁盛的维多利亚家族后期的宅邸，不过到了20世纪60年代，餐厅已经被分隔成玄关和面积中等的客厅了。一些好的东西则保留了下来，以免我们无法辨认这一家族的阶级地位。墙上挂着一幅油画，看起来像是拉斯洛的作品，画的是露西的祖母十九岁时的肖像，少女从壁炉上方呆滞地看着我们，由于房间被分隔开，画中少女的目光也随之尴尬地偏离了中心。房间的装修风格加重了比例的失调，彼时家里普遍流行用大片木板将炉箅封起来，再摆上电子火苗，露西家也是这样。在我一生当中，没见过比一个淬熄的壁炉更让房间显得死气沉沉的东西了，不过那时我们都这么干。比如我们在每一栋改造成公寓的房屋里面，都可以看到楼梯上丑得可怕的围栏扶手，它的作用原本是试图让整个空间显得时髦现代，其实反而画蛇添足。

“你来了。”露西飞快地在我的脸颊上亲了一下，“不紧张吧？”连她在内，屋子里一共有五个女孩，从头到脚都穿着白色。这是战前延续下来的传统，名媛女孩初次亮相必须要穿白色服装。当然，在宫廷成年礼岌岌可危的时期，仪式改为庭园宴会的形式，女孩子们也都改穿五颜六色的夏季洋装，戴上大大的宽檐帽。不过随着成年礼的停办，夏洛特女王舞会成为社交季开幕的活动，全白色的着装规定又卷土重来。她们也都戴着长长的白色手套，从战前时期范戴克或伦奈尔的摄影作品里可以看出，那些年母亲和女儿们中间流行戴着“威尔士亲王羽毛”的头饰，现在取而代之的是镶嵌在头发里的白色花朵。因为人们认为未婚的女孩子不适合戴冠冕状的头饰。我很高兴能见到道尔顿夫人炫耀地戴着一顶美丽的王冠，当她微笑着向我款款走来时，宝石折射出的光芒照亮了整间屋子。

“您能来真好。”说着，她伸出了一只戴着手套的手。

“您能邀请我真好。”

“上帝知道如果你拒绝，我们会干出什么样的事情来。”这么虚张声势，听着像是军人。我猜说话的人应该是马默杜克爵士。“没准会去摇旗拦车，随便揪住个什么人。”人们总是怀疑事到临头才邀约，一定意味着百般无奈才出此下策，不过被他直接说成是充数的，我还是有些郁闷。

“别在意。”他的妻子在一旁说道，坚决地把我引到其他年轻人聚集的地方去了。这个派对充斥着各个年龄层的人，姑娘们的父亲和母亲都一同前来，陪伴她们度过整晚。男孩子们则不用，因此我也结识了几位和蔼可亲的银行家和他们的太太，以及一位十分美丽的意大利女士——韦克菲尔德太太，她嫁给了道尔顿夫人的表弟，她从什罗普郡大老远赶来，为她最小的宝贝女儿卡拉的初次亮相保驾护航。我们又转到了女孩子们那里，她们当中有一个五官扁平、面色如铁锈的女孩，她是坎迪达·芬奇，我之前便已见过她。说实在的，我发现她在这群光彩夺目的女孩子中显得颇为吃力，不过那段时期里，我们都被设定好了要和身边的任何人说话，于是我没怎么费劲就进入了闲聊模式，说起一些共同认识的熟人，提到我们都参加过这个那个酒会，尽管之前其实我们都没说上过几句话。她彬彬有礼地点头回应，不过始终还是太大声，太有攻击性，以及时不时爆发出过分响亮的笑声，会冷不防把你吓一大跳。当然，现在我可以理解她是在为自己的身世而感到悲伤和愤怒，不过人们在年轻的时候总是盲目而冷酷的。我望着屋子另一头那些啜吸着鸡尾酒的大人们。

“你母亲在这里吗？”我问道。

她摇了摇头。“我母亲已经去世了，在我很小的时候。”这当然是我未曾预料到的回答，她说这句话的语气依然悲伤。我含含糊糊地嘟囔着“我很抱歉”之类的话，以及我肯定把她和另外一个姑娘搞混了，因为我以为在杂志上看过她们母女俩在一起的照片。这次她倒是很笃定地说：“那是我继母。她不在这里，谢天谢地。”她的语调以及最后那句表达情绪的话，明确无误地向我，以及站在我们周围的人，传达了她们之间的状态。我很好奇，为何有时人们会如此迫不及待地和陌生人分享他们家庭内部的冲突和矛盾？也许这是他们唯一能够随心所欲就相关人士发表意见的机会，或许能够带来一些满足感吧。不管怎样，我控制住了局面，毕竟这也不是什么特别不寻常的状况。

我后来了解到，坎迪达的人生是一个悲伤的故事。她的母亲是塞琳娜·格雷沙姆的姨妈，所以她和塞琳娜是一对表姐妹。不过芬奇夫人三十多岁时就过世了，我想我从不知道原因。那位在家族中一向地位卑微的鳏夫转眼间擦干眼泪重新启航，同一位来自戈德尔明的前地产经纪人，结成了一桩可称为“不幸”的婚姻，硬是塞给坎迪达一位完全不愿付出的继母，顺便说一句，恰巧也是她最讨厌的人。如此这般，克莱尔蒙特家族莫名其妙多了一个算是噩梦般的“弟媳”。更糟的是，当坎迪达长到十几岁的时候，芬奇先生，也就是她的父亲也去世了，这次是由于突发心脏病。根据遗嘱，她父亲的财产和她的监护权全归了这位寡妇，可怜的坎迪达这下完完全全地落到了她继母的手里。这时候她的姨妈，克莱尔蒙特夫人挺身而出，试图把事情揽过来。不过来自戈德尔明的芬奇夫人也不是好对付的，她对任何择校建议、教育费用都装聋作哑，充耳不闻，而坎迪达克服了不可想象的困难，才让她继母同意她参加社交季。我猜为她此行买单的人一定是克莱尔蒙特夫人。显而易见，这一切磨难让这个女孩子变得不讨人喜欢，如果不是她的大嗓门和别扭的举止，人们本该对她抱有更多同情。外表也完全无法给她加分，她有着一头乱蓬蓬的深色鬈发，以及不知何故与之相配的苦工似的暗色皮肤。她还有一脸雀斑，以及一个匹诺曹式的大鼻子。

总而言之，坎迪达·芬奇拿的可真是一手烂牌。

“好了，该出发了。”道尔顿夫人稳稳地拍了拍手。“我们怎么去，谁有车？”其中一些父亲们将杯中的双倍马丁尼一饮而尽，赶忙举起手示意。

关于我曾居住的那个世界，有一个细节不常被提及，却时时刻刻都在产生影响，那就是交通。我的意思是，当时的交通完全称不上拥挤，和如今相比简直可忽略不计。如今你在伦敦任何一个工作日的上午所看到的车流量，在我们那会儿只有在圣诞前夕的周五晚上六点才能看到。人们纷纷从城里出发，回家团聚。找不到停车位这样的状况，在那时还不存在。车程就是路程除以正常车速。伦敦，或者说当时大部分人生活的伦敦，还不是一个庞大的现代化城市，人们在赴约前提前十分钟出门都不多见。当年我们生活的整体压力，和现在相比，简直是微不足道。

另一个鲜明对比体现在我们居住的区域。当年，伦敦的上流阶级和上中产阶级仍聚集在海德公园、梅菲尔和肯辛顿附近——崇尚自由不羁的人，也许会选择切尔西区。我还记得我母亲开车带我去足球训练场的时候，曾经过富勒姆路上一栋非常美丽的乔治王时期的联排屋，我接连发出赞叹，她亦点头表示认同。“它们真的非常迷人，”她说，“很遗憾没人敢再住在这里了。”而如果富勒姆区都没人敢住，就更别提克莱珀姆区或更糟的旺兹沃斯区了，以上区域完全超出了他们的生活或想象力的界限。他们一想到上述地区，脑中就浮现出裁块玻璃、修补地毯或寻觅廉价卖场的情景。当我的同龄人纷纷开始结婚组建家庭之后，这些地方很快就摇身一变，成了泰晤士河南岸地区的中产阶级纷纷进驻的地段。不过20世纪60年代后期，转型还没开始发生。我清楚地记得，我和父母一起开车去他们一些“不怎么宽裕”的朋友家吃饭，那会儿新时代尚在萌芽阶段，他们“不得已退而求其次”在贝特西公园附近买了房子。当我母亲仔细地将潦草记下的路线指示读给开车的父亲，他俩好不容易才搞清我们目的地的方位时，她从纸片上方抬起头来。“他们是不是疯了？”她说。

你们肯定记得，至少到了20世纪60年代中期，城中才开始出现价格低廉的住房，因此尚且无须急着搬走。就算住的不是宫殿，也不至于住不下去。不管你信不信，我们有段时间住在赫里福德广场一角，赫里福德广场西边的后面有一小块地，有人在里面养了一匹小马。在这块地的一角有一间小屋，也许原本就是打算作马厩的，在20世纪50年代中期，也就是我的童年时代，那个小屋里面住着一位并不大红大紫的男演员和他无所事事的妻子。他们是一对令人愉快的夫妇，我们经常见面，虽然他们活得和教堂里的老鼠没什么区别，但是他们仍然能住在一个时髦的广场一角的小屋里。我再一次踏进那栋小屋已经是三十年后，小屋租给了一个在派恩伍德拍电影的好莱坞明星。最近，这座小屋卖出了七百万英镑的价格。房地产繁荣兴旺，不仅导致人们被驱赶出他们居住的领地，而且终结了伦敦人口杂居的现象。苦苦挣扎的画家和身无分文的作家，没法再住在国王桥的马车房或维尔顿月牙街后面了，他们曾在这些地方的商店和邮局里，同伯爵夫人和百万富翁擦肩而过。老师、诗人、教授和探险家，还有女裁缝和政权颠覆分子都被赶到别的地方去了，取而代之的是银行家，我们因此更加窘迫。

格罗夫纳酒店的接待大厅是一个非常适合举办社交季正式开幕活动的场所。它处处闪耀着20世纪60年代那种独特的、高傲的甚至被斯蒂芬·波利亚科夫明确命名为“欧式奢华风”的轻奢魅力。穿过酒店大堂，你会看到一个类似画廊的长廊，房间里有一道宽阔的铝制扶手楼梯通往发出微光的地下舞厅。看到此情此景，我突然为自己来参加这个派对感到愉快。那是6月初一个温暖的夜晚，对男孩子来说可能有点太热了，因为我们的燕尾服都是纯羊毛衣料，不过这样一个温暖夏夜的派对似乎总是让人想入非非。但是美好盘算通常都会落空。

几年之后，在社交季绝迹之前，它不得不开始体谅应考生，安排时间会考虑有职业计划的女孩们，要准备大学入学考试和其他各种测试的时候提供餐饮服务。不过我们当时并没有这个问题，1968年任何提出这种顾虑的人，都会被贴上古怪和另类以及“太中产阶级”的标签。回首往事，我意识到，当时没有一位家长认为他们女儿的前景，会和他们现在过的生活有太大的出入。他们怎么会对未来抱有如此笃定的期望呢？难道就一点都没想过会有更多的变数吗？毕竟他们这一代人经历过那么多天翻地覆的变故。

我靠着铝制扶手站了一会儿。从楼梯上俯瞰下去，舞厅里到处摆着扎成了天鹅形状的鲜花，使舞厅别具诱惑力。那一刻，这场仪式背后的是是非非都不重要了，当我和露西携手从楼梯上踱步而下，得体地微笑、点头时，我必须坦白，我发自内心为能够参与其中而感到快乐。塞琳娜从舞厅的另一头微微冲我摆了摆手，这更让我心满意足。

“她在谁那一桌？”我问道。

露西顺着我的视线望过去，我无须告诉她我说的是谁。“她母亲那桌，那位穿蓝色礼服的夫人。最末尾在说话的那一对，看起来像是马尔伯勒夫妇，我非常确定坐在克莱尔蒙特勋爵旁边那位胖胖的夫人是丹麦公主。我记得她好像是塞琳娜的教母。”我决定不再发问了。

露西停了下来。“你的朋友，正在未雨绸缪。”我们前面几米开外站着的人就是达米安，他正和乔安娜·兰利乐呵呵地开着玩笑。

我可没打算这么放过她。“我想，他应该也是你的朋友吧？”这话不依不饶，她向我投来抱歉的眼神。

另一位可怜的人儿正心酸地望着这有说有笑的一对，她就是悲惨的乔治娜·沃迪拉夫。在这种所有人都盛装打扮的场合，乔治娜被迅速地淹没在人群里。她看起来就像是一块巨大的白色牛奶冻。浓密的卷发片压在她的脑袋上，上面缝着白色花朵，看起来像树枝上卡着很多碎纸片。我向达米安走去。“你带上你的东西了吗？”

达米安点了点头。“都在挂衣间。”他朝乔安娜微微一笑道，“他邀我今晚睡他家。”

“你的父母在伦敦没有一处房产吗？”乔安娜偶尔会露出破绽，至少问出这样的问题表明了她不是活动主办方之一。不过我可以肯定她完全没有一丁点儿恶意，她还没有成熟到避免问出敏感的问题，以保护他人的感受。抛开她的远大前程不谈，她不是很看重钱。如果达米安父母没有一栋伦敦房产的原因是他们负担不起，她也不会因此对他们有一丝一毫的蔑视。也就是说，她其实拥有一个比我们大多数人更慷慨的灵魂。达米安则一如既往表现得安之若素。

“他们没有。”他说，然后没有再多说什么。我之前没有注意到他这一点，不过除非被直接发问，否则他从不透露自己半点信息，就算回答也非常谨慎，点到为止。

“我们先坐下吧。”乔治娜显然看不下去达米安如此为难，忍不住上前帮他解围。

我向令她抓狂的那位对象笑了笑：“你也坐这一桌？”

“和我母亲一起？当然不。”乔安娜笑着摇摇头，我发现自己不由自主地注视着她一张一翕的嘴唇。对我来说，她的美带着一种迷惑性，我在她身边会产生一种幻觉，好像她是隐形屏幕上的电影明星。“你觉得，她会愿意放过一个主持自己家晚宴的机会？”她向离我们稍远的一角点点头，我看到了一位个子小小的女士，她打扮得珠光宝气，正一边热情地到处和人打招呼，一边焦虑地看向我们这里。“我最好赶紧走。”她晃晃悠悠地走开了。

“你也要走了吧？”达米安说，“想着我哦。”最后这句话他刻意用一种令人不悦的半耳语说出，音量刚好可以让旁边的乔治娜听到，虽然我不确定她是否听到了。

“你也不是非得坐在这一桌。如果你没有接受第一个邀请，你就可以坐我的位置了。”我没有试图回避露西，也没有故意想让她听到，所以达米安可以直接对着她回答这个问题。

“引用一句格雷菲勒夫人的话，‘我并不知道’。”

露西笑了起来。不过现在人们真的开始纷纷落座了，我们见状也往她母亲那一桌走去。

“他说的那个法国夫人是谁？”我问道。

“马塞尔·普鲁斯特年轻时，曾参加过她的聚会，几年之后，人们问她，这么一位天才出席了她的沙龙是什么样的感受？她回答：‘我不知道！’”

“要是我那时知道他就好了。”

“一点儿也没错。”

我没出声，心里奇怪达米安是怎么知道这些事情的。他怎么会知道露西读过普鲁斯特？后来我知道了，这是他诸多天赋之一：他会像一只松鼠一样，搜寻和储存任何一点可能有用的小道消息，体现在这件事情上就是，他知道露西·道尔顿会读普鲁斯特的作品。他会小心保存好这个消息，有朝一日用在恰当的时机，便会迅速和他的目标对象产生一种不可思议的特殊纽带，仿佛其他人都不存在了，世界上只剩下他们小小的、温暖的“二人俱乐部”。我也见过其他人玩这种把戏，只是没有人像他一样有这样大的魔力。他从来没有对该在什么时机出手判断失误过。露西微微一笑：“请别告诉我，你很惊讶。”

“有那么一点儿。”我环顾四周，人们都穿着雪白闪亮的礼服，一面谈笑风生，一面将椅子拉回桌边，“我可不觉得这儿大多数人会读普鲁斯特。”

“他们就算不会读，也不会让你知道。男人总是对他们所知的事情夸大其词，女人则帮忙掩盖这一点。”希望现在不是这样，不过当时的情况下，这句话恐怕是完全成立的。

她乐于看到我因窘迫而不出声的样子，不过一会儿工夫我就打破了沉默。“我以为你不喜欢他。”我说，听起来像是瞎猜的结论，不过并不是。

她耸了耸肩：“我不是很喜欢他。谁告诉你我一开始邀请了他？”

“他自己。怎么，这是个秘密吗？”

“不是。”她望着我，“对不起，我应该一开始就邀请你，我只是一直以为你本来就要参加舞会。”

我好脾气地点点头。“没事，不用道歉。为何不能先邀请他呢？他长得可比我英俊多了。”这句话是在故意揶揄她，不过她已经没机会反驳了，我们回到了桌边，道尔顿夫人正把分好的座位指给我们看。我被安排坐在卡拉·韦克菲尔德和坎迪达·芬奇中间。

第一道菜的进行过程中，我和卡拉聊到我们彼此都认识的人、上过的学校、夏天旅行的计划和喜爱的运动。直到吃了一半的三文鱼被撤下，雷打不动地端上了鸡肉，我才转向另外一边，我立刻就意识到，我再问对方同样的问题就不太合适了。

“看来你挺会聊天的，是不是？”坎迪达说道，语气听起来倒没什么敌意，不过也不是太愉快。

“嗯，谢谢。”我回答道。她当然不是夸奖的意思，不过我把它当成夸奖，也避免了她再进一步发挥。果然她不再说话，气呼呼地盯着面前的盘子。我换了一种真诚点的语气问道：“如果你不开心，为何要来参加这个舞会呢？”

她瞪着我。“因为我的姨妈帮我把一切都安排好了，我来不及说‘不’。因为她是唯一一个还在乎我死活的亲人。最重要的是，因为我不知道我还能做什么。”像往常一样，只要一谈到家庭，她就会表现出一副抑制不住怒气的模样。“我的继母从我十四岁起，就掌管了我的一切，在她别有用意的教导下，我就出落成这样了。我对于如何做女人之类的事情毫无概念，一点儿准备也没有，现在却要我‘自力更生’？鬼知道那是什么。我表妹塞琳娜告诉我，如果我多认识一些在伦敦的人，情况会乐观很多。我倒不想争论这个——可惜我想多认识的不是这群人。”她轻蔑地冲整间大厅“哼”了一声。

在十八岁这样的年纪就失去了双亲，这样不幸的人生就算是奥斯卡·王尔德也会看不过去吧（王尔德名言：失去父母中的一位可以看成是一种不幸；失去双亲看上去就像是一种粗心了）。

“你的学校在什么地方？”

“卡林福德庄园。”

我似乎隐约听说过这间学校：“是不是在赫特福德郡？”

坎迪达点了点头。“在那儿，人们会担心你是不是在屋里读书的时间太长，而没有多出去呼吸新鲜空气。”她翻了个白眼，对继母古怪的选择表示不屑，“我会在梦里背诵曲棍球的规则，不过很不幸，对于文学、数学、历史、艺术、政治或者人生，他们倒没教我什么。”我相信她说的，因为理由实在太熟悉不过。

我希望，我祈祷，我们这一代往后的特权阶层不会再认为他们女儿的教育无足轻重。1968年剑桥大学和牛津大学就有了女子学院，不过按照规定，只招收来自资产阶级知识分子家庭的女孩子。来自高贵家庭的女孩在里面属于异类，事实上，在和我同级的学生里我只记得有一个这样的女孩。她读了一学期之后就离开学校去结婚了，丈夫在肯特郡有座城堡。例外不是没有，不过都来自对女性教育一向非常重视的家族，而不是传统的乡绅阶级。对其他的大多数家庭来说，父母得节衣缩食勤俭度日，才得以攒下钱送家里的男孩子去伊顿公学、温彻斯特或者哈罗公学，他们的姐妹们则被送去给一些酗酒的比利时女伯爵当贴身侍女，反正只要别给父母增加负担就对了。

离开学校之后，女孩们大多数会在一个女子进修学校待上一年，在那儿，她们可以再打磨一下语言能力和滑雪技术，接着眨眼又是一年过去了，然后她会得到一份工作，内容无非是在会议室里摆放花束，为总裁们烹制午餐，给自己的父亲工作之类的。直到她遇到一位完美先生，而这位先生碰巧还是一个完美家族的完美继承人。天下太平。希望这位亲爱的完美先生也能得到爸爸妈妈的喜爱，毕竟每一代人都期待自己的婚姻得到父母的认可。上世纪三四十年代时，也许我们的母亲并未被逼迫盲婚哑嫁，不过她们一定不会和父母不赞成的对象进入婚姻。我们多少都听过家里的某位姨妈或者姑姥姥，被她们的父母送到佛罗伦萨学习油画、被送到苏格兰和祖母住在一起，或者被送到瑞士阿尔卑斯山里的某间城堡进修法语……以拆散一桩坏姻缘。那些读巴巴拉·卡特兰浪漫小说的人或许认为这种安排会失败，但是在当年，这些方法十之八九能奏效。

我不是在说所有屈服于这种压力的人都结局悲惨，她们当中的很多人都过得挺开心的。刚结婚的时候她们也许会住在伦敦某个她们母亲不太接受的区域生活，如果嫁对了人，她们不久就能搬进女方家长所拥有的某处大宅（“我们想也是时候让孩子们去住住看了”）。对一些人来说，他们的父亲则过于固执，怎么也不肯搬出去。对大多数人来说，他们没有一栋房产可以继承。所以，年轻的夫妇基本上会选择买一座小屋或农场，或者如果他们在城里的工作报酬十分丰厚，他们也会在格洛斯特郡、萨福克郡或者牛津市买下一栋安妮女王式的庄园。在那之后，他就开始练习射击，抱怨时局。她会开始为某项慈善事业工作，交际娱乐。他们都会去滑雪，并且为孩子操心。如果城里的工作进行得不那么顺利，她就把人造珠宝拿去卖给所谓的朋友，直到孩子们都长大，才开始减少开支，然后死去。不必急着为他们感到悲哀，别忘了这样的命运总比在乌兹别克斯坦贫瘠的平原上苦苦挣扎求生要好多了。但对于坎迪达·芬奇这样的女孩，生活什么时候才是个头呢？她很聪明，是的，但是她的外表和行为，退一万步来说，也不足以抵消她缺乏嫁人的资质，这是事实。就算是下一波结婚潮，我也丝毫不认为她会有一位适合她的丈夫。她也不会得到什么财产。她能有什么选择呢？“你知道你以后会做什么吗？”我问。

她再一次怒气冲冲地翻了一个白眼："我还能做什么？"

"我的意思是你将来想做什么？"

这似乎稍稍安抚了她一点。毕竟这是一次真诚的询问。"我想我应该会喜欢出版方面的工作，不过我没有学位。在你建议我现在去上学之前我必须得说，这是不可能发生的。太迟了，我已经错过这个机会了。我想过从教父母身上榨一笔钱，投资一家时尚出版公司，不过肯定血本无归，等于是花钱让我在参加晚宴时和人聊聊出版经验。这已经是最好的结果了。""小心点，你可别为了惹恼你的继母，故意把事情搞砸。不管你是成功还是失败，我看她都不会在乎的。"我们交情尚浅，这番话我犹豫了一下才说出口。不过她笑得很开心。

"这倒是真的。"她的声音比之前温和了许多，"你知道吗，你真的很会聊天。"

晚宴结束时，身穿白衣的名媛们在收到事先安排好的信号后退场了，留下她们的父母、年轻男士和极少数闷闷不乐的、穿着五颜六色礼服的非名媛。到了该举行典礼的时候了，我不想假装没看见满屋的母亲们都像被期盼的狂喜扼住了脖子一样，也不想假装我们自己没有非常好奇。首先有一个巨大的蛋糕，不夸张地说有六七层高，被放在推车上推到了舞池中央。接着舞会的女主人庄重地从座位上站起身，走到蛋糕旁边。我记得担任主持人的似乎总是霍华德·德·沃尔登男爵夫人，不过也许我记错了，可能那年换成了什么公爵夫人。无论如何，主理人必定是一位德高望重并且镇得住场的女士，如果不是，这样的活动是无法成功举办的。事实上，她的身姿骄傲挺拔，展示着君王加冕般的自信，让在场的许多女孩子都自惭形秽，这样的气度还未开场便赢得了人们的信任和尊敬。这时乐队开始演奏，我们抬起头向楼梯顶端望去，本年度初出闺阁的名媛们两两并排站在一起，看起来沉着大方。她们安静地等待着。然后她们迈着从容的步伐缓慢地走下来，宛如参加教皇葬礼般庄重。

当她们向我们走来时，灯光投射在她们闪亮卷发中缀着的白色花朵上，在她们长长的白色手套上，在她们白色礼服的蕾丝和绸缎上，在她们光洁的、高傲的、充满希望的脸蛋上。当她们走下最后一级台阶，便成对地向站在中央的主持人走去，向她行一个深深的屈膝礼，然后继续前行。她们并不都是天之骄子的模样。乔治娜看起来就像一只披着裹尸布的“哥斯拉”在陆地上蹒跚移动。不过对其中大多数人来说，她们整齐划一的举止几乎营造出一种神圣、空灵的气氛，像六十个天使下凡来抚慰人间痛苦的灵魂。

这么说也许有点马后炮，不过我非常确定就在那一刻我意识到，我们所目睹的一切将不会留存很久。在我们之后将不会有多少代人能参与这样的，或者干脆说类似这样的盛典。我们的父母想为他们的子孙后代重温的战前旧世界，是一个不可能的绮梦。而我，简而言之，见证的是终结的开端。说来有趣，你也许不会相信，这是一番令人印象极为深刻的景象。就像所有有纪律的队伍一样，她们以整齐划一的步伐不断前行，一对接着一对地从楼梯上走下来，行屈膝礼，再继续前进，直到在一个巨大的蛋糕前才停下脚步。也许这么听起来有点荒唐，甚至可笑，然而这一切并不荒谬。我只能说，以亲历者的角度而言，这一点也不荒谬。

女孩们的初次亮相结束了，她们在本年度名媛中的排名也确认了，然后到舞会开场的时间了。为了缓解之前的严肃，乐队现在演奏的是当时大受欢迎的一首曲子*Simple Simon Says*，那是一首令人精神疲惫的歌曲，歌词不断怂恿你去跳舞，类似“高举你的双手，尽情摇摆”。不过虽然这首歌品位欠佳，却也立刻活跃了气氛。露西已经和派对中的一位年轻男子跳了起来，所以我邀请坎迪达和我一起走进了舞池。

“宴会开始前，和你聊天的那个男人是谁？”她问道。我不用看就知道她问的是谁。

“达米安·巴克斯特。”我说，“他和我一起在剑桥念书。”

“你一定要介绍我们认识。”我在这一刻，头一次感受到了坎迪达身上出奇可怕的那个部分。她无论何时发现一个令她感兴趣的人，必定会释放出一种她认为是挑逗，别人看来是狂躁的气息，像是毛利人为欢迎仪式而跳的舞蹈，她会转动眼珠、发出咯咯窃笑，一边前后晃动，一边爆发出大笑——那种笑声放在一个饥渴的砌砖匠身上更合适，而不是一个像她这样的年轻女孩。公平一点说，我想她这一招一定常常达到理想的效果，因为她毫不掩饰她的目的，而我们这些男生也没有挑三拣四的余地。不过我不认为她这样的举动能带给她一份长久的承诺，而事实是到了社交季结束的时候，坎迪达也落下了一个“公交车”的恶名。我从不吃这一套，她对我也没有兴趣，不过就算是对一个旁观者来说，这也相当令人不安。

随着她渴求的视线，我回过头，看到达米安正身处一个虽小但令人艳羡的人群中央。塞琳娜·格雷沙姆也在那儿，正和卡拉·韦克菲尔德以及几个我不认识的女孩说笑。乔治娜照例被晾在一边，用充满羡恨的目光看着其他人快活的样子。我现在看到安德鲁·萨默斯比也在派对中，沃迪拉夫夫人正忙着把他拉进来聊天，或者说忙着把他拉进来，好让他跟乔治娜聊天。我可以想象出当双方都兴趣缺缺的情况下，这种努力是多么地徒劳。我有一个来自亚特兰大的朋友，他把这种交际行为称为“灌泥浆”。与此同时，一位年纪稍大的女士正从桌子另外一边观察他们的一举一动，也许是沃迪拉夫夫人的另一位朋友，不过我并不认识她。即使在那群人中间，她看起来也颇为怪异。她长了一张势利的荷兰瓷娃娃的脸庞，却不可思议地配上一头黑发，这使她看起来更像西班牙贝尼多姆人，而不是老牌英格兰人。她那一双炯炯有神的淡蓝色眼珠，折射出奇异的绿色和琥珀色光芒，有种一半丽兹·波顿一半白鼬的疯样。她一动不动地站着，侧耳倾听着他们有一搭没一搭的对话，不过她的沉着冷静自有一番潜在的胁迫感，仿佛野兽捕猎之前长时间的等待，为了瞬间爆发而积蓄力量。

“站在沃迪拉夫夫人和安德鲁·萨默斯比对面的那个人是谁？”

坎迪达不情愿地把黏在达米安身上的视线收回，往旁边扫了一眼。“那是贝尔顿夫人，安德鲁的母亲。”我点了点头。当我看到安德鲁的妹妹安娜贝拉·沃伦也在沃迪拉夫那群女孩中的时候，我大概就猜到了那个人的身份。回头看看这位还在那儿观测军情的夫人，我听说过她，不过之前并未见过她本人。只一眼便足已证实传闻了。

贝尔顿伯爵夫人不怎么受欢迎，也许是因为她是一个不怎么可爱的人。她不仅愚蠢，而且势利，几乎跟老年痴呆没什么两样，还莫名其妙地傲慢。不可否认，她并非虚荣，也不奢侈，反而节俭到不能称之为美德。事实上，那晚她穿的礼服，看起来像西哈特尔普尔港义卖店橱窗中陈列的礼服。过不了多久，我就会开始了解她，讨厌她。不过抛开这些不谈，从当前的距离，以一种我不能解释的有趣角度来看，她确实很有意思。也许因为她坚决拒绝屈从于时代，反而平添了道德上的信念。

当然，在我的记忆中，她从所有夫人当中以生动的形象脱颖而出，尽管我还没有见到她那位处境艰难的丈夫，他总是找借口与这种聚会保持距离，我也只和萨默斯比勋爵——他是长子，也是继承人，既乏味又愚笨——有过简短的聊天。不过就算没有这些讯息，我也能立即看出乔治娜的母亲意图过于明显，而目标又不切实际。

看着她对所有人笑脸相迎，试图激起他们对女儿的兴致，坎迪达说出了我的心声："继续做梦吧，沃迪拉夫夫人。"

她说得对。这是一个无望的幻想。即便是最漫不经心的旁观者也能看出，贝尔顿夫人的成见根深蒂固，她永不可能视沃迪拉夫一家子为门当户对的选择。无论那晚他们招待得多好，她度过了多么愉快的时光，就算乔治娜非常漂亮，她也不会多看一眼。除非嫁妆数目大到足够偿还非洲所有国家的国债。至于安德鲁，我早就怀疑他是否有独立思考的能力，事实证明我也没有想错。不过无论如何，有很多类型的女性都会让男人陷入不顾一切的爱情当中，而乔治娜不属于其中任何一类。

我们继续跳舞。像一个风度翩翩的小伙子应该做的那样，我邀请女主人道尔顿夫人一起跳舞，这在当时很普遍，现在却几乎没人会这么做了。

对我来说，这些舞蹈动作总带着点滑稽的感觉，好像我在把这些中年女士耍得团团转，她希望跳一个狐步舞，你却盼着它早点结束。你的手轻轻地靠在她的晚礼服上，能清清楚楚地感觉到柔软的布料掩盖着硬邦邦的束身衣。不过，有趣的是，和朋友的父母跳舞的传统如今已被摒弃，而我却无法为此感到高兴。这其实相当于在两代人之间搭起了一座桥梁，在这个日益分崩离析的社会，我怀疑我们还能有多少座桥可以走?

“你知道当你大学毕业后，你会做什么吗?”当我们蹒跚地划过一个完全不切分的步伐时，她亲切地问道。

我摇了摇头:“不太清楚，至少目前是。”

“没有什么例子可以让你参考吗?”

我再次给了她一个否定的答案:“我既没有要接手的资产，又没有要继承的家族事业。”

“你父亲是做什么的?”在20世纪60年代末那样的时期，这种问题会显得有些失礼。在聪明又矫情的英国人眼里，一个人的职业活动不足为外人道也，只能是自己人才会关注的问题。当然，道尔顿夫人只是喜欢刨根问底而已。

“他是一位外交官。不过现在外交部找的不再是我这样的人了，就算我想跟随他的脚步大概也行不通吧。”这个回答或多或少是真话。如果我是一位出类拔萃的候选人倒也另当别论，不过更倾向于吸纳普通人的外交部，一直像是大不列颠内的独立王国。在20世纪60年代的某个节点上，外交部任命贵族阶层作为外交使节的日子已经过去了，大使的社会等级必须被放宽，从而获得战后知识分子的关注。另一个原因就是，外交部可以借此来转移政治上的效忠对象。四十年后，这个决定带来的后果好坏参半，特别是它一直没有被欧洲大陆的其他国家所认可采纳。那几年的英国驻外大使，普遍被国际社会和他们所在城市的社交圈认为是“怪咖”。你也可以认为这削弱了我们在国际事务背后的影响力，不过也许这正是他们想要的。

道尔顿夫人点了点头。“你们年轻人有自己的志向，前途一定非常精彩。”这时音乐正好结束，我送她走回座位上。她是一位和善的女士，我们的关系一直都非常友好，不过从那刻起，她就对我失去兴趣了。

到了凌晨一点钟左右的时候，乐队领班走向麦克风，指示我们带领舞伴跳快步舞，这也是舞会即将落幕的信号。一如既往，在审视现在年轻一代时，似乎很难相信，经历着放纵不羁的60年代的我们，还以这样活泼跳跃的舞步来宣布派对结束。不过确实如此。不同于我们在大部分派对会跳的苏格兰乡村舞，快步舞几乎只作为最后一支舞出现，它更像是一个告诉别人你喝了多少的手段。你抓住某个不走运的女孩，在舞池里到处乱跑，横冲直撞，勉强跟着吵吵闹闹的音乐，倒地，大喊大叫，基本上就是为了展示你的体力有多好。当看到那些从乡村来的女孩兴奋地尖叫，卷发套也塌了，裙子被不断踩踏，脸上的妆容已经被汗水冲得不知所踪，只剩下一层有光泽的红晕时，你就会感到某种不顾一切的狂热，乃至一阵孤独的悲伤。无论好坏，我们这些在1968年寻欢作乐的人，不知疲倦地跳着，叫着。就这样，夏洛特女王舞会再一次完美落幕了。

我父母的公寓位于威瑟比花园街上一栋高层住宅的一楼，这是南肯辛顿和伯爵宫中间的一条街，在那时候，从前者到后者就相当于从天堂到地狱了，我母亲最在意的也就是我们的公寓离前者近一些，后者远一些。现在，自然不管是哪一边的房屋都价值不菲了。不过就像道尔顿家在伦敦的豪宅一样，那些为早先维多利亚时期的家族所建的宴会厅，现在已经改造成了休息室或大厅。以我父母家举例来说，看起来曾经是图书馆的房间如今已变成一个狭小阴暗的餐厅。过去曾是一间迷人的、可以俯瞰房子后面小花园甚至眺望街区大型公园的起居室，现在被隔成了两个单独的卧室，一扇双开的门和窗户都因此分成一边一半，弄得墙纸都皱皱巴巴不服帖。我父母就像大多数他们那代人一样，莫名其妙地就接受了改造后的居住条件。之后的20世纪70年代和20世纪80年代，我们都纷纷开始拆墙，移动浴室的位置和改造阁楼。他们一半惊恐一半好奇地看着这些变化，尤其我的父亲，他一直认为如果上帝希望那个书架放在另外一个地方，它就会被安排在另外一个地方，为何要抗拒神的旨意呢？ 想想我们生活在18世纪或19世纪的祖先，想换更新颖的房子，就动手把自己住的这间拆了。说实话，这种想法也未免太奇怪了。也许是战争年代的食品补给制让我们习惯了缩手缩脚的生活吧。

当震耳欲聋的铃声持续不断地响起时，我早已在床上进入梦乡。不知道什么原因，有一会儿我像听到了威廉·尤尔特·格莱斯顿在教堂敲响钟声，我好不容易挣扎着爬起来，可铃声仍然没有停下。

达米安站在门口，看起来很抱歉的样子。“实在是不好意思，我应该跟你要一把钥匙的。我以为你跟我们其他人在一块儿。”

“你们去哪儿了？”

“随便转转。我们去加里森喝了点东西，然后去切尔西大桥另一边的那个小店弄了点三明治和咖啡。”我们这一年差不多就是这么过来的，到了黎明时分，男孩和女孩穿着晚礼服，和骑摩托车的人一起排队，等着熏肉三明治。那个小摊子就笼罩在大型发电站的阴影里。那些机车骑士都是很好的人，非常友善，完全没有嘲讽我们养尊处优的样子，反而被我们逗乐。我衷心祝他们好运。

“然后就结束了？”

达米安微微一笑：“并不是，我们最后去了克莱尔蒙特家。”

“在百万富翁大道上？”

“靠近肯辛顿宫。”

我点了点头。“那就是了。”他看起来那么冷静从容。他的外表看起来像收拾好了正要出门，而不是经历了如他所描述的漫长一夜后，刚刚才回到家的样子。“那你可真忙。你怎么想到去她家的？”

他耸耸肩：“塞琳娜提议的，我没有理由拒绝。”

“那你们吵醒她的父母了吗？”

“没有吵醒她的母亲。她的父亲下楼来，让我们不要发出太大声音。”他漫不经心地扫了一眼休息室。

“你想喝点什么吗？”

“可以喝一杯，如果你也一起的话。”

我倒了两杯威士忌，往杯子里兑了些水：“要加冰吗？”

“我就不用了。”他学得很快。

“乔治娜怎么样了？她和你们在一起吗？”

他险些笑出来。“哦不，感谢上帝。我们甚至不需要甩掉她，他们把贝尔顿夫人和安德鲁送到了他们的公寓，沃迪拉夫夫人怎么会让乔治娜溜走呢？”

这话我听了有点不舒服：“可怜的乔治娜，我想她爱上你了。”

这一次他没忍住。“承受这种痛苦的不止她一个。”那一刻我觉得，他在这个年纪能拥有如此强大的自信，简直令我无法相信。他将我眼中的羡慕错认为某种不以为然，便急忙安抚我：“拜托，我在夏洛特女王舞会和她打成一片，只要我们见面，我都会对她很友好，你不能因为她是第一个邀请我去参加派对的女孩，就指望我娶了她吧？”

当然，我不会，也不能。

“你对她好一点吧。”我说。然后我领着他走过通道，来到我自己经常住的一间空间局促的小房间。不过我父母此刻在乡下，所以我暂时占用了他们的卧室。“这是你想要的吗？”当我们正要关上各自的房门时，我问道，“还是你不认同这种场合？”

“我也不知道我想要什么。”他沉吟了片刻，回答道，“我也没有资格不认同任何事情。”他停顿了一下。“不过我确实注意到了一点，甚至也许对此非常嫉妒。”我等他说下去。“你们都属于一个什么群体，即使很难定义这个群体是什么。和传言相反，你们虽然也许并不了解彼此，也不一定喜欢对方，但是你们对你们自己的这个小圈子有认同感。这一点我没有。”

“也许你会有的。”

他摇摇头。“不，不会的。我也不觉得这是我想要的。反正至少不会持续很久。我有种预感，在我们毕业之前，我会是那个找到归属的人，而你们不会。”

这样的事情，确确实实发生了。

第四章

通往回忆之路的旅程

以我年轻时认为是压抑，现在看来是矜持的方式，她一直是媒体的宠儿，一位早期的黄金女郎，席卷我们社会名流文化的先驱。

我无法准确地向你描述，在20世纪70年代末期，当我听说露西·道尔顿要嫁给菲利普·罗恩斯利·普莱斯的时候，我是多么哭笑不得。我只清楚地记得这个消息令我大为震惊。菲利普一遇到露西，或者一碰到肯听他讲话的女生，就会变得别扭而笨拙。他天生的长相也不尽如人意，他生了一张扁平的脸，像一张狂欢节面具不小心掉在马路上，随后被一辆重型卡车碾过那样。他的肤色蜡黄，接近橄榄色，可不但没有给他增添一分异国情调，反而更接近某个生病的地中海地区的电梯服务员。他的圆眼睛总是湿漉漉地深陷在一堆皱纹里，仿佛油锅中卧着两个荷包蛋。他们订婚之后不久，我就被邀请去参加婚礼。婚礼的气氛略有些扑朔迷离。道尔顿夫人在欢迎我们时一反往常欢快的样子，所有常见的婚礼元素都一一具备——古老的乡村教堂，草坪上扎着白色的帐篷，盘子里盛着索然无味的小食，上好的香槟——然而几乎没有营造出任何欢庆气息。就连致辞都相当模式化，唯一值得记住的有趣事件就是露西年迈的叔叔不知怎么忘了他在参加婚礼，称呼我们为“各位同僚”，不过我们到底是什么“同僚”他倒没有说明。

以上种种迹象，在露西来年年初生下一个女婴之后，就完全解释通了。我后来还见过他们夫妇几次，是在一些休闲晚餐上，和我们一起的还有几个她这样的女孩和几个我这样的男孩，不过都是在《名流指南》赋予一小撮人名称和定义之前了。在我们那个时候，她们只是戴珍珠的女孩，我们只是无能的贵族。不过我从来都不怎么瞧得上菲利普，就算社交季结束，我们都开始往成熟迈进了一点点。他是那种能成功地集失败和傲慢于一身的人。最终生活让我们渐行渐远。听说他们夫妇热情地拥抱了20世纪60年代（尽管大部分变化是在20世纪70年代间发生的），但就在意识到“水瓶座时代”[①]无论如何也不会到来之后，他们大失所望，因此不得不想方设法排解挫败的情绪。他们搬出了伦敦，菲利普辗转换了几份工作，或者如他声称的“事业”，不管是什么，我现在才知道，他的最后一份工作是和露西一起在肯特郡开了一家农产品商店。在这之前，他已经涉足过餐饮、运动休闲服饰，以及房地产开发等一系列工作，所以长远看来，他的“事业”很难让人看好。我很好奇，名单上的电话是

① 水瓶座时代，即水瓶宫时代，古代玛雅人预言的新纪元，是一个越来越文明的新阶段。

否还能打通？如果能，也是至少三十年以来的第一次吧？露西接了电话，在开头的几句玩笑话之后，我说："我接下来的这一周都会在附近，我想如果能短暂拜访你家，跟你叙叙旧，应该会很开心。"回应我提议的则是一阵沉默。然后她说道："当然，听起来棒极了。你想哪天过来？"

"随便你。看你什么时候有空，我再安排其他的事情。"对我来说当然不算公平，不过我想，如果我定了哪一天，恐怕她哪一天就没有空。我只有这么说，她就没法找借口了。

"别指望你能吃到什么美味，跟咱们最后一次见面相比，我的厨艺水准可没提高多少。"

"我只是想看看你生活的地方。"

"我很荣幸。"她听起来也不是非常荣幸，不过即便如此，打完电话的星期四，我就驶进肯特郡的小路，向佩卡姆出发了。

我跟着地图上的方向，经过市中心，穿过城市的另一边，直到拐进了两片很高的树篱之间的缺口，沿着一条坑坑洼洼的路，开进一个从前是农场的地方。路边大大的指示牌将我引到一个灯火通明的商店，商店前面有个空空荡荡的停车场。一栋古老的红色砖瓦的农舍，就坐落在离购物中心远一点点的位置，于是我决定把车停在农舍前面。我还没来得及下车，露西就出现在了我面前："你好啊。"她说。就像我之前说过的，我们很多年都没有见面了，只有经历如此长的空白，我们才能够确切体会到时间的残酷，以及在这种情况下的……失望。

她之前不是这样的。以我年轻时认为是压抑，现在看来是矜持的方式，她一直是媒体的宠儿，一位早期的黄金女郎，席卷我们社会名流文化的先驱。做到这一点的关键在于，不像其他大部分女孩，她对20世纪60年代新浪潮的拥护到了全情投入的程度，如果说用“凶猛”来形容恐怕吓坏了那些母亲们。她穿的迷你裙总是要更短一点儿，画的眼线总是要更黑一些，还时不时爆出一些金句让记者们哄堂大笑。她会赞美“那些可爱的火车劫匪”，或者宣称切·格瓦拉是世界上最性感的殉道者。有一次，她被问到人生中最快乐的时刻，她的回答是当P. J. 普罗比牛仔裤裤裆裂开，照片作为头条新闻被登在《伦敦标准晚报》上。她的叛逆是温柔的反抗，一场巧妙优雅的颠覆。任何贵族阶级价值观的对立面，她都坏笑着拥护。她玩得不赖，形象在外界眼里随之提升，在社交季期间，她还为《名流》杂志的《人物专访》栏目拍摄了一些模特照。那些标题在今天看来像是来自时光遗忘的国度：《年度名媛》《时尚焦点人物》《青春潮流先锋》，诸如此类。摄影师利奇菲尔德爵士邀请她拍照，她也接受了。我清楚地记得一些现在已经被遗忘的电视“名人”（当时这个词才刚刚发明）还邀请她去上他们的节目。当然，露西在她母亲的坚持下，不得不婉拒了。不过这些邀请本身已能说明她当时的影响力。

曾经所有的浮华世界，在我面前这张既悲伤又疲倦的脸上，一丝踪迹也找不到。她及肩的头发还是松散地披着，不过发丝似乎已失去了弹性，变得稀疏、细弱，有些灰白。她的着装曾一度大胆奔放，而现在整个人看上去就是一个字：旧。旧牛仔裤、旧上衣，以及旧得皱巴巴的鞋子。它们只是用来包裹她的身体，别无他想。就连她的妆容也只不过是为了体现她是一名女性。她向那栋农舍点了点头：“进来吧。”

进屋后我又发现她并未被生活改造成贤妻时，我还是稍微松了口气。事实上，客厅看起来仿佛刚刚被恐怖分子的炸弹轰炸过，所有的物品四处散落，掉在不合逻辑的地方。有一种乱是没法用主人的懒惰来解释的，混乱堆放的家具散发出愤怒的气息，仿佛屋主在强烈抗议普世价值观——我宁可相信露西是出于这个动机。整间屋子看起来像在20世纪70年代最糟糕的时期翻修过，它以既大胆又压抑的棕色和橘色为主色调。墙上挂着框起的电影海报是当下流行的俗片，屋子里有很多藤制家具和大量的印度织品。厨房则不出所料地使用了赤陶土和松木板条，表面铺着瓷砖，缝隙间注浆的地方已变得污黑。墙上有许多积满灰尘的货架，上面不仅摆放着孩子们的照片，还有一大堆不配套的马克杯，以及很久以前从集市上赢来的饰品和不知为何从杂志上撕下来的纸张。露西像看新鲜似的四下扫了几眼，就是我们在迎接陌生人进门做客时才会有的反应。“上帝啊，真是一团乱。我帮你倒杯喝的，我们还是赶紧离开这儿吧。”她在一个巨大的冰箱里搜寻了半天，翻出来一大瓶喝了一半的灰皮诺葡萄酒，又从水槽下面拽出两只灰扑扑的玻璃杯，在世界天翻地覆之前，将我一路带到客厅。

如果说这里和之前的房间有什么不同的话，那么就是和我刚才路过的几个房间相比，客厅的俗气和混乱更加令人沮丧。凹凸不平，仿佛快散架的椅子和沙发上，散乱地堆着老气的钩针编织毛毯。屋里还有一排书架，是用木板和砖块搭砌而成的。一幅19世纪90年代的年轻女子肖像画，歪歪斜斜地悬挂在壁炉上方，无言地诉说着来自另一个时空的故事。有两张邀请函和一份账单夹在画框的缝隙里。露西跟着我的视线，看向那幅画，说：“那是我母亲给我的。她觉得这能让房间看起来正常点。”她倾身向前，把画摆正。

“画像里的人是谁？”

“画中人应该是我的曾祖母。不过我也不确定。”有那么一秒钟，我想到了这位早先的道尔顿夫人，她刚骑完马，为参加午餐宴会打扮，修剪玫瑰。如果她生活在这样一个“垃圾场”里，她又能扮演什么样的角色呢？

“菲利普在哪儿？”

“他可能在商店里吧。他真的走不开，我来给你做点午饭，然后我们一起过去。”她抿了一小口红酒。

“店开得怎么样？”我给了她一个明亮的笑容。事实上，我感觉自己有意识地想要让谈话气氛变得活泼一些，我无法告诉你，这是为了给她打气，还是给我自己？

“哦，我想还行吧。”她敷衍地笑了一下。很明显，菲利普的事业将再添一记败笔。“问题在于开店把人绑得死死的，之前我想象的是一直有朋友进来和我们聊聊天，喝喝茶，烤个蛋糕什么的，但完全不是这样。你就一直站在那儿，从早站到晚，跟完全不知道自己要买什么的陌生人说话。扣掉成本和人工之后，你就发现你身上只剩下三便士了。”她说“三便士”的时候，发音还是老样子，听起来像在说“仨便士”。这让我在那一刻有一点怀旧。

“如果放弃这个店的话，你们会做什么呢？”

她耸耸肩：“我也不知道。菲利普想着是不是能把油画租给别人？”

“什么油画？租给谁？”

“我懂你的意思，”她曲解了我的疑问，“我也不能理解。他觉得也许这能赚一笔，我认为不会有人租这些油画。你吃不吃意大利面？”

我跟着她走进了细菌滋生的厨房，看着她从冰箱里拿出几个小碗，里面盛着颜色可疑的剩菜，开始“咣咣当当”地在桌上布置碗碟和平底锅，为我们的午餐忙碌起来。“你的母亲还好吗？”我问。

露西似乎若有所思地点点头，好像这是一个需要深思熟虑才能回答的问题。“不错，还好。”她向我看了一眼，“你知道他们卖掉了赫斯特伍德庄园吗？”

“不，我不知道。听到这个消息，我感到很抱歉。”

她坚定地摇了摇头。“你不需要抱歉。”她看起来完全不难过，“这个决定是这辈子发生的最棒的事。”她好像下达沙皇谕旨一样严厉地吐出这句话——一旦下达就无法收回。她让自己稍微放松一些，开始解释这句话的意思。“事情差不多发生在四年前。当然卖掉的时候我们心里还是很难过的，不过我爸爸算了一下维护它总共要花费多少钱……我们当时没有别的选择。好处就是他们人生当中第一次没有负担，完全自由了。强尼从来都不想继承这项资产，所以这真的……”她迟疑了一下，试图找到一个新的形容词来有效地支持她的论点，不过失败了，“这真的挺好的。”

我总是对这种现象很着迷。在一场变革中，被打败的人总是想方设法地寻找认同甚至支持的证据，以对发生在自己身上的灾难进行合理化解释。我想这大概是“斯德哥尔摩综合征”的某种症状吧，受害者反而挺身维护绑架他们的匪徒。当然，过去的几十年里我们已经听说过，也亲眼见过许多这样的例子，那些曾经的富人们无论如何也要表现出他们并没有被时代抛弃，“我们绝对不能抓住过去不放，”他们痛快地说，“我们必须要顺势而为。”但是当时代的浪潮贬损和摧毁了他们所有的价值观之后，他们只有被淘汰出局。

“他们现在住在哪里呢？”我问。

“离夏纳步道很近的地方。他们在那里有一间公寓。”

“还有强尼和黛安娜，他们怎么样了？”我在社交季认识了露西的哥哥和姐姐，虽然不是很熟，但见面也会微笑和亲吻对方。

“强尼开了一间餐馆，在富勒姆区。至少之前是这样，我们上次说话的时候事情听起来好像不是很顺利。不过他会没事的，他一直都很有主意。”

“他结婚了吗？”

“离婚了。他们有两个男孩，离婚后，两个男孩跟着他的前妻住在离科尔切斯特镇很近的地方，这样会有点麻烦。一开始我母亲费了很大的努力，你能想象她有多难，坐几小时的火车去接孩子们，可他们只想回家。当时她有点泄气，也许等孩子们长大一点，情况会好很多。”露西端来了两盘颜色有些发灰的意大利面，上面裹着一些像兔子内脏一样的东西，一看就食欲全无。她把我那份意大利面小心翼翼地放在了我面前，那瓶饱经沧桑的灰皮诺葡萄酒也重新登场了。

“他妻子是什么样的人？”我百般不情愿地拿起叉子。

“戈尔达？说实话她挺乏味的，不过她不是那种很糟糕的人。你不会认识她的，她是瑞典人。他们在格拉斯通伯里音乐节遇到的。我其实很喜欢她，他们分手也分得客客气气。他们只是没有任何共同点。她现在嫁给了一个神经外科医生，他们在一起似乎更般配些。”

“黛安娜呢？”我一直觉得露西的姐姐更漂亮。她看上去像年轻版的黛博拉·蔻尔，不像她这两个性格外向的兄弟姐妹，她身上有一种在同龄人中少见的安宁祥和。我们都曾视她为梦中情人，而她当时已和一位伯爵的继承人谈婚论嫁，这更让她的母亲感到由衷的喜悦，尽管这桩姻缘最后没能开花结果。我意识到这个问题似乎微微刺穿了露西的盔甲，在她告诉我所有人都过不好之前我已经猜到了。时光对道尔顿家族的成员有些残忍。“恐怕黛安娜现在的状况不是很好，她也离了婚，不过处理得比较难看。”

“我知道她后来没嫁给彼得·贝里克。”

“没有，很遗憾吧，虽然我绝对想不到自己会这么说。他既自命不凡又无聊乏味，然而现在经过这么多年的磕磕碰碰，再回看以前，倒觉得黛安娜错过他挺可惜的。黛安娜的前夫是美国人，你不会认识他的。若不是他们结了婚，我也不会认识他。他们在洛杉矶相识，他一再说要回美国，不过他更不走运，到现在也没能实现这个念头。”

我脑海中突然浮现出一段生动的回忆：黛安娜·道尔顿被我的笑话逗得哈哈大笑。那是在参加附近某个舞会之前，在赫斯特伍德庄园的宴会厅，我们挨着坐在一起。她当时正在喝酒，酒从她的鼻子里喷出来，溅到坐在她另一边的中尉大人腿上，他倒没抱怨。

“她有孩子吗？”

“有两个。当然他们现在已经长大了，一个在澳大利亚，另一个在特拉维夫附近的集体农场。自从她进了郇山隐修会，所有事情都摊到我和妈妈头上了，真是烦死人。”

她再多说一句我就要哭出来了。可怜的道尔顿夫人，可怜的马默杜克爵士。他们做了什么事情，以至于遭到复仇女神如此彻底的毁灭？我上一次见到他们的时候，他们还是统治着这个大帝国的顶层阶级的模范代表。他们打理自己的资产，把村民们管得服服帖帖，履行郡里赋予的职责，基本上做到了一切他们需要做的。我太清楚他们是多么希望他们的子孙后代能将这样的生活延续下去，当然他们幻想的未来和真实发生的事情，全然不同。我想起了道尔顿夫人在夏洛特女王舞会上，温和地询问我对未来的愿景的情景。她为她的两个美丽可爱出身优越的女儿，规划了多么值得憧憬的未来啊。哪怕只让其中一个愿望实现了，又能伤害到谁呢？然而，过去的四十年间，我们只能眼看着“道尔顿大厦”的千年基业轰然倒下，灰飞烟灭，直到无影无踪。他们失去了全部的财产，仅剩的一点点财产也被不负责任的儿子和做事鲁莽的女婿给瓜分光了，还不算郇山隐修会的费用。而他们又犯下过什么罪行呢？无非是道尔顿夫妇没能够清醒地洞察到世界将发生什么样的变化，而他们的三个孩子沉醉在20世纪60年代的风花雪月中，把所有的一切押在了新世界对他们虚情假意的承诺上。如此而已。

这时响起了一阵敲门声。“妈妈，你买到了吗？”我抬起头，看到一个二十岁左右的年轻女孩站在那儿，她个子很高，如果她不是整个人带着愤怒焦躁的情绪，好像我们浪费了她的时间，那么她的样子应该算是非常好看。我不是头一次看到这种情境，过去四十年，社会变迁的另一个副产物就是如今的父母和他们的孩子属于完全不一样的社会阶层。很明显这是露西的女儿，不过她说着一口南伦敦腔，不仅吐字刺耳而且毫不优雅。她编织起来的头发和质地粗糙的衣服，会让人误认为她还在为生活苦苦挣扎，而不是和她贵为男爵的外祖父共度周末。我和露西在相仿的年纪认识，我可以保证她的成长背景和她女儿的成长背景岂止是不同，简直就是两个平行的世界。他们身为父母为何对此毫不介意？还是他们压根儿就没有注意到这一点？将后代按照本族的风俗抚养长大，难道不正是动物最基本的欲望之一吗？对任何阶级来说都是如此。可当今的英国社会，却到处是培养出异类的无奈父母。

这位新来的客人一点也没注意到我。很明显，她一心只关注她的质询能不能得到一个回答。“妈妈，你买到了吗？”这问题掷地有声。

露西点点头。“买到了，不过他们只有蓝色的。”

“哦，不。”我在这里写“oh，no”，实际上那口音听起来更像是“噢，闹！”就像伊莉莎·杜立特尔在上发音训练课之前发出的土腔。

“我要的是粉色的那种。我告诉过你，我要的是粉色的那个！”

露西耐心平缓的语调没有一丝慌乱：“他们粉色的都卖光了。我想蓝色总比什么也没买强。”

“你错了。”女孩怒气冲冲地说。随后，她一边唉声叹气，一边跺着脚上楼去了，每一步都重重地踩下去。

露西看着我：“你有孩子吗？”

我摇摇头：“我从未结婚。”

她笑了起来：“那会儿和现在可不一样。”

“可我就是没有结过婚啊。”

“他们能把你逼得发疯。不过一个人没有孩子肯定不行的。”

我觉得就目前所看到的状况，一个人没孩子是完全可以的：“你有几个孩子？”

“三个。玛格丽特是老大，她今年三十七岁了，是农夫的妻子。然后是理查德，三十岁，想进音乐圈发展。然后就是你刚才看到的那个女孩，凯蒂，我们的惊喜。”

无须说明，她最大的那个孩子才是我此行的目的：“玛格丽特的婚姻还不错？”

露西点了点头："至少我看还行。说实话，她的丈夫不是一个很热情的人，不过没有人是完美的，而他的优点就在于……稳重。这应该就是她想要的。"我心想，感谢上帝，这家终于也算有点好事情发生。"他们生了四个孩子，她还在做自己的生意。我无法想象她是怎么做到的。不过她有着比我们其他人多六十倍的精力。"我的眼前顿时浮现出一丝达米安的影子。

"你的孩子们，他们岁数相差挺多的。"

"是的，太疯狂了，真的。就在你觉得满世界的热奶器和婴儿车终于要消失的时候，它们又出现了。二十年来，每次当我们为开车出去度过周末而塞满一车行李的时候，我都觉得我们像苏联进军布拉格之前逃离的难民。"她回忆起那狼狈的情景，忍不住大笑起来。"当然，我从来没想这么早就有孩子，不过当玛格丽特——"她说到一半的时候突然打住了，变成一个有点紧张的傻笑。

"当玛格丽特什么？"

露西不好意思地瞥了我一眼："当然现在的人们不怎么在意这种事了，不过当我们结婚时，她已经在我的肚子里了。"

"我不想吓到你，其实我们差不多也能猜到是怎么回事，毕竟五个月就能生下来一个健康的婴儿是不可能的。"

她点点头，算是承认了。"当然，只是那时没法公开讨论这种事情。时代不一样了。"她沉默了一会儿，抬起头看着我，"你还见到过之前的人吗？我的意思是，你怎么突然有兴致来看我？"

我尽量装作若无其事地耸耸肩："我也不知道啊，我只是看着地图，然后发现我会经过你家的大门。"

“可是……你跟谁还一直有联系？”

我摇摇头。“我现在的圈子完全不同了。我是个作家，一般都去一些出版社的派对，比如‘作家协会问答之夜’‘最糟糕性爱小说奖’之类的活动。以前那种和坎伯兰郡的伯爵夫人闲聊的日子，早已经一去不复返了。”

“谁不是呢。”

“偶尔我还会去打猎，如果别人邀请的话。有时会遇见一个红脸膛儿的家伙，摇摇晃晃地走过来，跟你说‘我们一起上过学对吧’或者‘你去过我妹妹的舞会对吧’之类的。我总是遇到这种事。我至今都不能接受我跟这种喜欢酗酒的老东西竟然是同一辈。”她没说话，也许是感觉到我在顾左右而言他。“偶尔我也会遇到熟人。不久之前，我在一个慈善活动上，还遇到了塞琳娜。”

这句话似乎证实了她隐约的猜测：“这就对了，我就觉得你应该还和塞琳娜有联系。”

“我和她没有保持联系，或者说，不算有。”她疑惑地抬起一边眉毛，为了对话可以进行下去，我只得和盘托出：“事实上我最近才和达米安·巴克斯特见了一面，你还记得他吗？”

最后这个问句实在是多余，她的脸色都变了：“当然，我记得他。那会儿我在场，你记得吗？”

我点头如捣蒜：“当然记得。”

“无论如何，没有人会忘记那个‘年度负心人’。”这一次，她的笑声中多了一丝苦涩的刺痛，“我听说他现在有钱得不得了。”

“有钱得不得了，病得也不轻。”

这句话让她清醒了过来："真抱歉听到这个消息，他会好起来吗？"

"我不这么认为。"

"哦。"这个消息显然让她把之前的苦涩硬生生咽了下去，她的语气变得深沉起来。"一想到我母亲从前处心积虑地不让他靠近我们的样子，我都会忍不住笑出来。但凡她要是知道，他是和我们跳过舞的男生当中，唯一一个功成名就的人……他后来结婚了吗？"

"他结婚了，不过婚姻持续的时间不长，结婚对象也不是你会认识的那种人。"

她消化着这个消息："当年我对他可是相当迷恋。"

我不禁为自己被蒙在鼓里而感到气恼："你当时没发觉吧？"

"只是因为到了那会儿，你开始讨厌他了，我可不敢告诉你。你对我感到失望了吗？"

"有一点儿吧。你总是装得跟我一样不喜欢他似的。就算在很早之前，我和他还是朋友的时候，你在我面前都一直装作很讨厌他。"

她不费吹灰之力就化解了我的反驳。"唔……"她的声音从深沉变成了感伤。"那是很久以前的事情了。"然后仿佛为她这一刻的软弱感到羞耻似的，她稍微反弹了一下："如果当时他求婚的话，我就会嫁给他。"

"那你母亲会发表出什么样的意见啊？"

"我才不会在乎她说什么。事实上，有一度我简直要强迫他向我求婚了。"这句话伴随着轻微的怨气。我盯着她，等着她继续说下去。她坏笑道："当我怀上玛格丽特的时候，我并不十分确定她是谁的孩子。"这句话差点儿让我尖叫起来。难道第一脚球就要进门了？我忍得十分辛苦，大气都不敢喘，好让她继续把故事讲完。"那个时期我倒并没有在和达米安交往，不过在埃什托里尔，有一天下午……”她不好意思地笑起来，“当时你们所有人都在露台上，我偷偷地溜掉了，然后……”她忍不住“扑哧”一声笑出来，我想某种程度上我一定看起来很不以为然，她急忙说道：“拜托，这是20世纪60年代！我们不是一直说我们是‘野孩子’吗？那时候是不是已经有这个说法了……我不记得了。总而言之，我想那时我大概是其中一个。有趣的是，玛格丽特差不多是我孩子中间最正常的一个了，或者说唯一正常的一个孩子，真的。”

对我来说这情形倒是很熟悉。“我们的父母以前也常聊到家里的问题小孩。”我说，“现在，如果你够幸运的话，家里能有一个‘正常的孩子’已经很不错了。”

露西笑起来：“那我家‘正常的孩子’就是玛格丽特了。细想的话挺奇妙的，她小时候可把我们吓得够呛。”

“是哪一种惊吓？”

“她有心脏方面的问题。这对小孩子来说很残酷的对不对？她小时候得了一种叫家族性高胆固醇血症的病。”

“我的天啊。”

“我花了差不多一个月才学会念这个词。”

“现在你说得可真溜。”

“你知道的，一开始你连病名都不知道怎么发音，最后你已经专业到可以自己开诊所了。”这一刻她短暂地陷入了她人生中这段可怕的、难忘的回忆里。“我现在可以毫无顾忌地笑谈这件事，不过当时你无法想象我们的惊恐。它意味着患者体内产生了太多胆固醇，最终会突发心脏病，然后死去。当然现在人们动不动就要死要活，可是在当时，‘死’这个字实在太遥远，太令人恐惧了。而且据说这种病的死亡率几乎是百分之百。第一个诊断出玛格丽特患有这种疾病的是斯托克城一家医院的医生，他至今仍然认为这种病是没法治的。你可以想象我们当时是怎么过来的。”

“你当时在斯托克城做什么？”

“我也不太记得了。哦，好像是菲利普当时试图盘活一家陶瓷工厂，我们在那儿没有待很长时间。”我不小心又窥探到了菲利普五花八门的非职业冒险旅程。“总之，我的母亲这时出现了，不知道她哪儿来的本事，从哈利街找来一个专家，玛格丽特的病情竟然有了转机。”

“所以玛格丽特的病治好了？”

她点点头，再一次感到如释重负。“完全治好了，谢天谢地。但是很险。真的。听说治疗这种病的方法在四年之前才刚刚发明，我们之后又花了好长一段时间才缓过来，这中间我们俩都活在胆战心惊当中。我记得有一天晚上醒来，我发现菲利普趴在玛格丽特的小床前哭泣。我们现在当然不会再提到这些，不过每当我对他生气的时候，我的心里都会悄悄想起那一刻，然后我就原谅他了。”她犹豫了一下，似乎这句话有悖她内心的真实想法，“或者我试着原谅他。”我点点头，这很容易理解。在黑暗的育婴房里为他无辜的孩子伤心流泪，这样的菲利普听起来虽然有点狼狈，但是显然比我认识的那个在舞会上趾高气扬的家伙要有趣多了。露西仍在自言自语：“我们不能理解的是，医生们都说这种病是遗传性的，可是我们都没听说家族里曾经有过这样的病例。我们去问了父母，他们也对此一无所知。幸好我的母亲最后为我们找到了这位妙手回春的医生，然后一切都好了。”她停顿了一下。我想她并不经常回忆起这番往事。“我一直觉得玛格丽特对正常生活的渴望，也许是因为她在小时候经过了漫长的求医生涯。你觉得呢？”

再明显不过，她的这番剖白正中我的下怀，只是还未等我开口，门口似乎出现了一个人的身影。“你好啊，陌生人。”一个衰老、臃肿的男人站在那儿，他和我所认识的菲利普·罗恩斯利·普莱斯几乎判若两人。在我们少不更事的时候，年轻时的菲利普酷似演员巴里·埃文斯在电影《绕过桑树丛》（又名《爱情游戏谁来玩》）中的样子，演员巴里在里面饰演一个像当时的我们那样追求时髦却不得要领的角色，说实话哪个年代都不乏这种人，他也因此大受欢迎。可惜的是，这样的光环没有持续多久就消失了，这位前电影明星死于五十二岁，死亡到来之前的三年里，他一直在莱斯特郡开出租车，被发现的时候，他的身边还有一个喝光的威士忌酒瓶。我记得警方在现场发现了被切断的电话线和其他一些可疑的细节，这些可疑之处自然引起了亲属的关注，给调查造成了不少压力，不过警方似乎不为所动。如果不幸的埃文斯先生死于人生巅峰时刻，那么我想结果会有所不同的吧。

看着菲利普的身影堵在门口，那一刻我感到他的命运就像埃文斯一样令人唏嘘。他穿着污迹斑斑的旧灯芯绒裤子，破破烂烂的乐福鞋和开领的格子衬衫，衬衫的领口已经磨损不堪了。很显然，旧衣服是这一家人的统一着装标准。和我一样的是，他的体重也增加了，头发变少了。和我不一样的是，他脸上泛着酗酒的人特有的红斑。最明显不过的就是他下垂、疲惫的脸上卧着两个荷包蛋一样的肿眼泡，泄露了他虽然含着金汤匙出生，却以落魄收场的命运。他朝我伸出手，露出了应该是自认为顽皮的笑容。“老伙计，真高兴见到你。什么风把你吹到我们这个村了？”他紧紧地握住我的手指，力气大到让我忍不住龇牙咧嘴，他徒劳地试图说服我相信，他依然是说一不二的一家之主。而刚刚还在温情脉脉地谈论着丈夫的露西，则露出一副因为被打断而感到不满的表情。

“你回来干吗呢？我们本来就打算吃完饭去店里，现在谁在看店呢？”

“格温。”

“店里就她自己？”她的声音陡然变得尖厉起来，仿佛连我也一起责怪上了。再明显不过了，她故意想要在我面前让菲利普看起来像个无能的傻瓜。上一秒我们还沉浸在痛哭流涕的父亲那个动人的情境中，转眼间，她就觉得有必要指出造成家道中落的问题不在于她。表面上看来，这举动不但不合逻辑，而且自相矛盾，不过对于他们这些人来说也并非罕见。他们的婚姻显然已经到了一个阶段，只要两人不在一块儿，就能毫不吝啬地赞美对方。而一旦同处一室，就必定剑拔弩张。这种矛盾的表现通常出现在那种离婚仍被视作重大挫败的社会文化中。就算是今天，上流社会和上中产阶级仍认为，向他人坦承个人生活的不愉快是没有教养的行为。为了这个缘故，他们在公开场合，或者是和亲密友人在一起时，必须把一切和他的家庭事务有关的状况描述得完美无缺。只要在场的人没有捅破这层窗户纸，大多数人都倾向于强撑着维系假象，直到童话破灭。他们当中很多夫妇看似幸福快乐，然后冷不防给你打一个电话，或者寄来一张写着潦草字迹的圣诞贺卡，突如其来地宣布了他们离婚的消息。他们确实是一个有点古怪的群体。

菲利普点了点头，算是回应了妻子严厉的拷问。“她一个人能行，已经有一个多小时没有人进到店里了。”他温和的语气里流露出听天由命的绝望感，生意的惨淡状况可见一斑。在事业领域，他甚至已经失去了强撑的力量。他可以日复一日地站在那个柜台后面，连美化这份苦役都能令他精疲力尽。他从料理台上拿了一只勺子，然后把意大利面从锅里挖出来，开始狼吞虎咽地吃起来。“露西告诉我，你现在是作家了。你写过什么书？不知道我有没有可能读到？”

这自然是他的自我防御，通过贬低我和我的工作。不过我倒不认为他有任何恶意。他认为我一定在暗中给他打分，因此他要让我知道，他也保留着给我打分的权利。任何和我背景相似的同龄人，一旦选择在艺术领域发展，便不可避免受到这种待遇。在我们年轻时做出这样的选择，会被父母和朋友认为你完全疯了，不过只要我们吃了上顿没下顿，活得更清醒的同龄人就十分乐于鼓励、同情，甚至接济我们。而一旦我们这些搞艺术的家伙获得了一定程度上的成功时，麻烦就来了。我们有可能赚钱，或者更糟的是，甚至比他们赚得还多，对他们来说简直不合常理。我们不仅衣食无忧，还能一路说说笑笑，在他们看来相当于不负责任，应该受到惩罚才对。我微笑起来：“我想应该没有吧。如果你读过我写的东西，你肯定会联想到我的。”

他冲着露西抬起一边眉毛，表情有点滑稽的样子，我猜他大概在暗示露西，我是一个过分敏感的艺术家，得顺着毛捋。“露西读过一些你的作品，我觉得她对你的作品评价相当高。”

我都懒得指出这句话表明他之前的问题根本就是多余的。“我很荣幸。”我说。之后一片安静，我们坐了一会儿，屋子里的空气好像凝固了，我们三个人都能感觉得到。这样的状况经常发生在多年未见的老友重聚的场合。见面之前，他们都会想象一些爆炸性的有趣的情景，而真实情况是他们面对着一屋子死气沉沉的中老年人，除此之外他们没有任何共同点了。不管怎样，罗恩斯利·普莱斯一家走过了他们的路，我也行过了我的桥，现在我们只是三个站在肮脏厨房里的陌生人而已。再说，我需要进一步的信息才能确认这场重聚之旅是否能圆满结束。而菲利普在场的话，我是没法打听到什么关键信息的，到了该把他们俩拆散的时候了，于是我说："我能去店里看一看吗？"空气中有着一丝停顿。这是显而易见的，菲利普一直试图证明，他在事业上的成就和我相比，是旗鼓相当的，而一旦我真正看到他的小店，他努力维护的男性尊严将不得不被打破。或者露西也瞬间意识到，她绝对不能让我带着"他们的人生原来不顺利"这个想法离开。我们这些人，或多或少都希望，老朋友认为我们的人生是成功的。可惜露西的奢望即将破灭。

沉默了一会儿之后，菲利普点了点头："当然，没问题。"

农产品商店毫无悬念是一个令人绝望的地方。它恰如其分地设在一个从前应该是家畜棚的小屋里，毕竟改造起来又快又省。如果非得点评它，只能说松木柜台和货架上都洋溢着积极乐观的氛围。架子上摆满了五颜六色的卡片，上面龙飞凤舞地写着一排红色大字，介绍着店里出售的商品："新鲜蔬菜！自制果冻果酱！"这振聋发聩的宣传令人无法视而不见，却也显得这冷清的商店带有一丝惨淡，就像一个戴着纸帽子的人在独自用餐。廉价的地板和天花板还没有完全做好。如我所料，店里放满了人们在正常情况下都不会想要购买的物品：镀锡板做的野猪或大雁翅膀，防止红酒在冰箱里变味的小玩意儿，钓鱼时可以穿在靴子里保暖的羊毛袜，还有圣诞袜礼物，收到礼物的人会原封不动地送给别人。卖肉的柜台尤其惨不忍睹，就算我这样的"肉食动物"，都能感到柜台后强烈地散发出让人无法再迈近一步的味道。只有一位顾客在付款，他买了一棵花椰菜，除此之外，整间店空无一人。我们沉默地四下打量。“问题在于那些商场……”菲利普拉长了音调，拙劣地模仿着美国口音，试图把他的痛苦转化为一个笑话。“他们到处在建商场。我们就算亏到破产都没法跟他们比价。”我犹豫了一下，要不要提醒他，他反正怎么样都会破产的。“人们一直说，他们很有环保意识，很在意他们的食物是从哪里来的。可是……”他叹了口气。原本可能想讽刺地耸耸肩，肩膀却只是悲伤地塌陷了一下。坦白说，那一刻我对他产生了巨大的同情，无论之前我是否曾对他产生反感的情绪。我们毕竟认识了这么久，我不希望看到他这样。

事实上回顾历史，在风起云涌的残酷年代，发生改变的并非新兴产业的最前沿，也不是驱使着一个新工厂老板不断前行的野心，或者表演舞台上的新尝试，更不是政治会议厅里一次小小的胜利。这些都是永恒不变的常态。明亮而刺眼的表象背后，真正发生变化的是人们是否还能轻而易举地生活。在相对平稳的时代——我的青年时光就在那样的时代度过——一个没什么能力的人即便随波逐流，日子也能得过且过。工作基本是现成的，房子基本是拎包入住。遇到什么困难，长辈多半会帮衬一下，父母也会出面打个招呼。但当世道变得艰难时，比如现在，奖赏更加丰厚，而竞争更加激烈，也就意味着弱者被无情地推搡到一边，节节败退，直到跌落悬崖。没有技能的工人和没有头脑的地主一样，被一个他们无法控制的体制碾压过去，抛到一边。菲利普·罗恩斯利·普莱斯就是其中一个。潜意识里，他以为不管他选择什么样的生活，他的夸夸其谈都能帮助他渡过难关，他的人格魅力和人脉关系都能解决一切问题。上帝啊，他的关系都不是管用的关系，至于人格魅力，更是无从谈起。而他现在已经快六十岁了，还活着的人当中，已经没有谁会在意他的死活了。

年轻的时候我从不喜欢菲利普，但现在我由衷地怜悯他。他已经被我们这个“有趣的时代”击垮了，一败涂地。等待他的无非就是一个可以勉强糊口的生活，他能做的就是将从某位堂兄弟那里继承到的一间小木屋租出去以贴补生活，寄希望于哪个姨妈咽气前，还能想到他这个侄子，或者子女时不时还能稍微照应他一下。这是他所能期望的全部了，而所有人都对露西是否会陪他一起撑到最后，共同分享这希望渺茫的生活，保持怀疑的态度。这完全取决于他们面前还能有什么别的选择。在我们尴尬地握手告别时，彼此都对这一切心知肚明。“你一定要再回来看我们。”他说。其实我们都知道，这绝不会发生。

“我会的。”我撒谎了。

“下次你可别拖这么久才来。”说完他转身离去，回去照料他人迹罕至的小店和空空荡荡的收银台了。

露西陪我走回车子旁边，我停住了脚步。“你有没有对玛格丽特的病情查到底？”我问。

她有点困惑地看着我。

“你说这种病是遗传性的。但你和菲利普两边家族里，没有人曾生过这种病。”

“你说得没错，我当然一度怀疑，精神都要崩溃了，我一直在想，我是不是要把达米安的病历翻出来……”

“但你没有。”

“没有。你可以想象得到我当时的心情已经跌到了谷底，差点儿就把一切和盘托出，就在这时，我们发现菲利普的姨妈，也就是他母亲最年长的一个姐姐，在童年时期死于同样的病。菲利普的母亲对此一无所知，其他兄弟姐妹也不知道。那会儿什么情况你知道的。”她扮了一个鬼脸，“人们只会说，是因为天父喜欢他们的姐姐，所以才把她接走了。我真是受够他们了！”

“你们是怎么发现的？”

“我们纯属运气好。我的婆婆和她的母亲闲聊，估计那位老太太当时得有一百多岁了，不知怎么，我的婆婆就说到了玛格丽特的情况。我们从未和祖母说过这件事，因为不想令她担心。不过这次她终于知道了玛格丽特的病，没想到她像水龙头一样号啕大哭起来，然后什么都说了。”

“可怜的女人。”

“没错，可怜的老太太，她差点儿自责而死。当然，我们告诉她‘这不关她的事，这不再是不治之症’。不过我想作用不大就是了。”她露出了一个悲哀的微笑。“谜团终于解开了，遗憾的是，菲利普的姨妈本可以救回一命的。不过这都是20世纪20年代的事了，那会儿看个病恨不得把你的扁桃体拿出来，放在厨房料理台上仔细研究。不管怎样，总之在那之后，玛格丽特就一直很健康。”

“你有没有感到遗憾？”

这一次她真的一头雾水了：“对什么感到遗憾？”

“你确定了玛格丽特是菲利普的，而不是达米安的。”我这么说不是很善良，当然她做得也不是很对。

但露西只是再一次微笑，有那么一刻，我曾经看到过的，她那种混合了孩童和女人的表情，从她脸上的皱纹中展露出来。

“我也不知道，至少在当时我没有这种感觉。事情终于水落石出，我实在是松了一口气。也许之后有一点遗憾吧，一点点。不过你可要帮我保守秘密哦。”

我们吻别了彼此，我开门上车，这时她敲了敲车窗：“如果你见到他……”

我停了几秒才问：“嗯？”

“你告诉他，我一直记着他。祝他未来好运。”

“问题在于他可能没有什么未来了，至少没有很长的未来。”

让我没想到的是，这句话竟令她沉默了，有那么一刻我以为她快要哭出来了。最终她又开口了，从我们再相遇以来，甚至我们相识以来，我还没有发觉到，她的声音能够如此的温和，充满了柔情。“这样的话，那更要祝他好运了。给他我最美好的祝福。告诉他，我对他别无所求，只愿他拥有世界上最好的东西。没别的，最好的东西。”说完，她便从车子旁边退开了。我点了点头。她一再重复的祝福不禁令我怀疑，达米安对她也许比我想象的要好得多。

面谈结束了。我踩下油门，踏上返回伦敦的路。

第五章

化装舞会

我们所有人都心知肚明肯定会出现的“麻烦”还是在消夜时降临了，某种程度上能推迟到那时才爆发也是个奇迹。

撇开名号不谈，来自摩拉维亚的达格玛公主殿下是一个生性怯弱，身材瘦小，长得贼眉鼠眼的女孩子。她总是一副抱歉的样子，带着一丝哀伤，好像她知道自己总是令人失望似的。这话我必须得说，这位公主尽管的确不符期望，我们还是想尽量多喜欢她一些。也许你不会相信，你会认为我太过势利，不过这位瘦小的小公主和她高大的母亲——公爵夫人，在这段遥远、暗淡的回忆里，可是举足轻重的人物。没有人比我对君主立宪制的神圣抱持更坚定的信念了，然而，多年来随着媒体持续不断的报道和无孔不入的曝光，皇室的神秘感一再被削弱、淡化。人们逐渐意识到，这些看起来总是很愉快、有一部分很聪明、少数长得还不错的男人或女人，在大部分时候，并没有比一个站在杂货店或银行柜台后面的普通人优越到哪里去。除了女王陛下。由于女王陛下从未接受过采访，也从未披露过任何观点，因此才得以保持真正的神秘感。当然，普罗大众总爱猜测女王陛下对某事会有什么样的反应，我们总说"她一定会很讨厌这个"，或者"她对那个会感到多么开心啊"，但真正的答案我们永远也无从知晓，只是一味沉迷在自己无知的想象当中。

你很难想象到，在四十年前，我们对身上流淌着正统皇室血液的人，有着多么疯狂的迷恋和崇拜。我说的不仅是那些势利鬼，当时人人皆是如此。原因简单说来就是我们对皇室成员一无所知，却偏爱揣测他们的一举一动。那时的社交场合中，若是有皇室成员大驾光临，给在场的人所带来的荣耀和现今社会相比，是不可同日而语的。在上世纪五六十年代的舞会上，玛格丽特公主的一颦一笑，是任何风头正盛的当红女明星都无法媲美的。或者你在一个鸡尾酒会上，认出了女王陛下的一位公爵表亲，正坐在角落里和人窃窃私语，在那一刻，你只会感叹今晚算是来对地方了。在我年轻的时候，准确地说，是在1961年，我念的那所学校有一次用校车载着所有男生以及三十件乐器，一路颠簸地横穿了整个约克郡，就为了让我们能庄严地站在路旁的草坪边缘，苦苦等待着肯特公爵大婚的宾礼车从约克大教堂出发经过这条路，开到位于霍温厄姆的新娘家。六百个男孩子，一支经过特别排练的铜管乐队，来到这里就为了向车队行注目礼，而车队别说停下来，连车速都没稍微放慢，就从我们眼前呼啸而过。在我的印象中，也许只有新郎新娘的车稍稍放慢，至少我还记得年轻的公爵夫人的长相。车队经过时，铜管乐队开始手忙脚乱地演奏起来，我们激动地拼命挥手，狂热地喊着口号，当然没忘记带着节奏喊。车窗里模糊的人脸一闪而过，不知道什么人穿着莫里诺或哈特内设计的服饰，一眨眼就不见了。整个过程从头到尾不到五分钟的时间，随后，我们便一个个爬上校车，回到学校。

那时人们对皇室的崇拜从中可见一斑，在那个逝去的年代，哪怕一个再微不足道的、被废黜的王室家族，都会受到热烈的欢迎和特别的优待。达格玛的家族也不例外。摩拉维亚大公家族并非一个历史悠久的家族。19世纪下半叶，伟大的奥斯曼土耳其帝国日渐式微，最终分崩离析。在这期间，德国、丹麦以及巴尔干半岛各地的王子纷纷在罗马尼亚、保加利亚、塞尔维亚、黑山共和国、阿尔巴尼亚以及希腊设立王室并登基，成为这些国家的国王。而几乎跟以上所有国家接壤，面积不大，又多是山地的小国摩拉维亚便是其中之一。土耳其统治者终于在1882年初撤走，一位吕丁豪森-安哈耳特-泽布斯特家族位阶较低的小王子被推举为国王，他同时也是当时威尔士亲王的教子。他能成为摩拉维亚的一国之君，绝大部分也是因为这层关系。我不太确定他的好运是否与他出生时，威尔士亲王与他母亲“过从甚密”有关，不过马尔伯勒王府曾私下向索尔兹伯里勋爵提议册封恩斯特王储，这说明英国政府也认可这一决定。由于摩拉维亚整个国土面积比英国一位公爵的领地大不了多少，生产总值还差上一大截，给予一顶象征王权的王冠似乎不太适当，因此政府便在1883年4月签订的《克拉斯科协议》中，正式宣布该地区为摩拉维亚大公国。

有一点必须要说，这位新任大公爵的妻子对此并不积极。在那之前，大公夫妇往返于维也纳的家和黑森林的度假别墅之间，过着颇为愉快的生活。两年过去了，在给朋友的信中，她写道，她觉得她似乎不能胜任大公夫人这一头衔，因为她根本不想久居摩拉维亚。尽管如此，大公夫妇的坚守依然可圈可点。他们的国度十分幸运地坐落于多条贸易交通枢纽，单单这一点便确保了他们时常受邀参加皇室盛宴，膝下三位公主也是各国王储挤破头想要联姻的对象。不久后，公主就分别成了俄国大公夫人、奥地利大公夫人以及波尔翁-安茹王朝的王妃，并在首都奥洛穆茨市王宫的狭小产房里孕育了新的生命。“王宫”占地面积就比索尔兹伯里大教堂死巷里的司祭公馆大不了多少，可管理起来却棘手得多。

出乎很多人的意料，摩拉维亚大公国竟一直延续到了“爵士年代”，然而由于斯大林的势力胁迫加上抵制君主统治的力量不断壮大，这个王朝最终在1947年瓦解。大公一家移居伦敦，在特雷弗广场一栋五层楼的豪宅里安顿下来，位置离哈罗斯百货公司很近，可谓绝佳地点。

只是就算天天去购物，也无法使失落的大公重新振作起来。在短短数月内，他便撒手人寰。就在此时，他的儿子，也是大公头衔的最后一位继承人，也许因为不再受父亲管束，借机做了一个果敢的决定。这个决定大大地降低了他继承王位的可能性，却大幅度地提升了他的生活质量。在他母亲大人，一位来自德国皇室旁系的公主的首肯下，他定下了一桩婚约，对方是一位来自利兹市富商的独生女。他的母亲虽然暗自悲痛，但仍体面地接受了这桩婚事。那位富商的名字叫作哈罗德·斯温德利，靠自助餐饮和旅行套餐发了财。接下来的三年里，他们的两个孩子呱呱坠地，即所谓的费奥多王储和他的妹妹达格玛公主。

不过对我们，或者更多的是对我们的父母而言，摩拉维亚王朝的覆灭不过是这几年才发生的事情。即便庶民玛丽昂·斯温德利小姐嫁入皇室也无法湮灭一顶王冠散发出的高贵光泽。罢黜不过二十年，达格玛开始参加我们的舞会。再说由于取代了他们的共产主义政权并不受欢迎，这个家族依然在白金汉宫的宾客名单上。还有消息说，达格玛家族将在西班牙复辟皇室。简而言之，在四十年前，保皇派人士的事业似乎充满了希望。

新任的大公夫人不负众望，斯温德利家族虽然并非富可敌国，但是至少让他们夫妇在结婚的头两年过得相当阔绰。大公夫人十分成功地适应了她的新角色，她像每一个狂热的新皈依者一样，很快就成了比教宗还虔诚的罗马天主教徒。不得不承认，无论从哪方面来看，她都不能算是一个美人。就像人们曾听说的，当她的婆婆看着儿媳像个训练过度的海军陆战队队员一样拖着沉重的脚步穿过客厅时，忍不住深深地叹了口气道："好吧……世上没有十全十美的人。"单是身材尺码这一项，她就令人印象极为深刻。不过她可不是一个傻瓜。她从行事低调的父亲那里继承到不少本事，这一点毋庸置疑。

在那些绅士们依然向女士鞠躬并开口必称"夫人"的日子里，大公夫人明白了一件事情，那就是战后的世界里，不会有什么王位等着她这个缩手缩脚、战战兢兢的女儿去继承了。她还明白，她压根儿就不能指望身边这个挥霍无度的快活王子在把她吃干抹净之后，会想到自己去赚哪怕一分钱。她在骨子里是个务实的北方姑娘，很清楚再多的财富也架不住坐吃山空。因此，她一心想着在"姜饼屋"的镀金快要脱落之前，赶紧把女儿托付给一个好人家。尽管当时英国皇室的公主几乎不太出来抛头露面，只会偶尔出现在关系非常亲密的好友聚会上，她还是打定主意让达格玛公主参加社交季的每一场活动。只有这样，她的女儿才能在英国社交界占有一席之地。如果运气好的话，她的女儿就能顺理成章地嫁得金龟婿。为了达到这个目标，大公夫人得自掏腰包——这和许多王室成员不同。她能接受这一点并不容易，要知道大公本人曾经过了差不多二十年的花钱如流水的日子。她既然已经下定决心，就会排除万难。我很高兴我在他们的邀请名单上。

这次宴会的灵感来自1815年“滑铁卢战役”爆发前夜，布鲁塞尔的里士满公爵夫人舞会，地点在公园大道上的多切斯特酒店。如今人们想到这家酒店，脑海里的第一反应便是酒店里充斥着电影明星和东方商人，但在从前，它可是“社交界”极为重要的场所。那晚，我记得我们从公园巷路边的舞会入口走进了多切斯特酒店，任何人只要踏进那间长长的低矮的宴会厅，就会立刻明白当晚的舞会主题。穿着制服的男仆笔直地站在一旁，所有现代生活的标志，比如印着“出口”的指示牌，都被一些绿色植物给挡起来了，到处都点着蜡烛。当然，所有这些细节改动要是放在今天都算违法行为，不过那会儿可没有人会在意这些。事实上，这个舞会差不多占据了酒店整整一层。或许你会想，不可能吧？真的吗？可是当晚我也是这么觉得的。当然，我们在别的地方吃了晚餐，磨蹭到快十一点才到舞会。戴着白色假发的侍者连忙殷勤地端来香槟，而我们几乎都已微醺。你们得记着一件事，在20世纪60年代后期，只要你不是喝到烂醉如泥，酒后开车似乎也没有人觉得有什么不妥。诸如此类的规则要到很久之后才开始慢慢在社会生活中出现。“你们今晚谁喝酒？”这样的问题只会让前来赴宴的夫妇面面相觑，因为答案理所当然是“都喝”。因此，没有女主人会因为在舞会开始前，请别的朋友为客人提供晚餐而感到心里不安。

在社交季的后期，在乡间举办的舞会越来越多，这也就意味着需要主人为客人安顿好晚上的住宿，意思就是主人家要为一群不认识的人举办乡间别墅派对，而这群人则无时无刻不在醉醺醺地开着车到处乱窜。但若是在伦敦举办派对，一切就容易安排多了。有时你会为某位要参加舞会的名媛的父母邀请你与他们共进晚餐而感到受宠若惊，不过这样的好事也不会一天到晚发生。好吧，至少对我来说不会。信箱里若是掉进一张小小的明信片，就足够令我心情愉快，卡片上通常会写道："听说您将前往为某人举办的舞会，若您能先行来我处用晚餐，她将非常高兴。"晚餐即将结束时，不管是喝到大醉还是微醺，我们都会开开心心地爬进车子里，然后开往当晚要去的派对。这样的流程有着显而易见的优势。对于年轻人来说，接连不断的舞会，绝对是求之不得的，因为不到十一点，他们的派对时间还没开始。对成年人来说，这纯粹是出于金钱方面的考量。若是在伦敦，通常女孩的父母至少需要租下某个地方。若是在乡村，除非是巨大的宅邸，否则也需要在草坪上搭一些帐篷才行。然后还要请乐队，以及在凌晨安排一顿丰盛的早餐，活动才算完美收官。但是采用这样的安排好就好在，主人家至少不用为三四百个饥肠辘辘的年轻人安排晚餐和酒水，这样便轻松多了。难怪父亲们都恨不得举双手双脚拥护这一惯例。

早已对流程安排了如指掌的我走进了舞厅，而眼前的画面让我至今难忘。那时，按照惯例，诸如此类的聚会对成年人的人数是有限制的，通常只会对名媛的教父教母和亲戚，以及父母亲近的朋友进行选择性邀请，一般来说，在舞会中他们只是作为陪衬。他们会在其他休息室闲聊，看着孩子们跳舞，偶尔才会走进舞池，示范性地跳上两节改编的狐步舞或快步舞，随后便早早告退了。没有人会希望他们逗留太久，父母在我们面前手舞足蹈的画面，历来对任何年轻人而言都是一种折磨。在“化装舞会”上更是如此。对于三十岁开外的人来说，到底在舞会上穿什么衣服是个很烦人的问题。成年人基本上都会选择晚礼服，偶尔有些别出心裁的亮点，比如戴一个胸针或者一个发饰，然而没有一样东西适合这种舞会。我不清楚到底是出于对大公夫人的尊敬还是恐惧（我猜大约是后者），每一位出席者都穿着古装。有一个很有趣的小细节，也许是在某位高人的提点下，有几对父母甚至精心挑选了比自己孩子所穿着的衣服年代更久远的服装。男士们戴着假发，穿着褶边礼服。女士们的头发则洒了香粉推得老高，脸颊上还点了美人痣，也不知道是18世纪80年代还是18世纪90年代的复古妆容，恍惚间让你好像回到了摄政王朝。这便是彼时的老一辈人以他们特有的方式，表达对年轻一代的不屑和不满。我对那个别具一格的时代一直兴趣盎然，那种很容易让人联想起凡尔赛和玛丽·安东瓦奈特皇后的时尚风格乃众多时髦人士的心头大爱。他们似乎都忘了在那个时代特权阶级的下场可不怎么样，当大部分人将他们的脑袋——当然是一顶顶假发，丢在断头台下的筐子里时，他们似乎浑然不觉这个举动其实充满了讽刺意味。

“你这是什么打扮？”露西身着简·奥斯汀风格的白色高腰连衣裙，领口戴着一枚蝴蝶结，人工发卷上缀了小小的丝绸做的白色玫瑰。她的美并非浑然天成，只是非常会打扮自己罢了。即便如此，她看上去依然迷人极了。

“今晚我是个轻骑兵，”我感到有点被冒犯，“难道你看不出来吗？”

“那你的裤子好像穿错了。”

“多谢提醒。”我的裤子虽然穿得不对，但是其他部分我认为都很完美。明亮的猩红色，厚重的穗带，一件毛皮滚边的夹克是斜穿的样式，从左肩到右边腋下挂在身上。我自觉这一身颇为潇洒。“我的意思是，如果背景是在1815年的话，我的裤子确实是穿错了。如果背景是在1850年，那就没问题。总之我尽力了，在伦敦想临时买到礼服根本是做梦，我跑到温莎剧场的戏服商店里才搞定的。”

“看着就像。”她突然停下脚步，环视了一下人越来越多的大厅，“你在哪儿吃的晚餐？”

“切斯特街，哈灵顿－斯坦利家。”

“怎么样？”

“唔……就像装在生锈的饼模里从大老远带来伦敦的野餐食品，不过除此之外还是挺好玩的。你呢？”

她做了个鬼脸：“维特科夫夫人做东，我们一帮人见到了她的女儿特丽，在下斯隆街那家新开的法国馆子。”

“伽弗罗什？”

“对对，就是这家。”

“运气不错。”

她给了我一个可称作老派的眼神：“你见过特丽·维特科夫吗？”

“还没有。”

“千万别见。”

“他们是从什么地方来的，巴尔干半岛？”

“辛辛那提。相信我，这位特丽小姐可不是什么省油的灯。”她顿了一下，朝某处点点头，挤出一个略显紧张的微笑，“嘘，小心点，那就是她。”我朝那儿看过去，特丽·维特科夫看起来就是那种非常乐于成为别人谈资的人，一副对身为人们目光焦点再适应不过的样子。她是个漂亮姑娘，若不是颧骨和鼻子过于突出，再加上深邃锐利又妆容浓重的眼睛，让她的侧脸看上去有点儿像月亮上的人，她可能看上去会更加漂亮。她的眼神透出一丝在逃犯人的样子，那眼神既像是在搜寻敌人，又像是在盘算逃跑路线。今晚她应该是打扮成摄政时期交际花的模样，而不是像其他女士一样，个个都是一副旧时良家妇女温良贤淑的模样。不过事实上她差不多是整个舞厅里，唯一一个里士满夫人绝对不会想要邀请的人。她向我们走来，然后我们介绍了彼此。

“露西一直在提点我，在伦敦哪些事儿能做哪些不能做。”她说话上气不接下气，像要和每一个人都掏心掏肺似的。我马上发现了她那频频绽放的闪亮笑容让人不适的一点：为了体现她少女般俏皮可爱，她会展示出一口极为洁白，或者稍微有那么点大的……牙齿。尽管表现轻浮，但是特丽·维特科夫其实是一个有点自视甚高的姑娘。

“其实我也不太清楚，哪些事儿能做哪些不能做。”露西简短地回了一句。

而眼前这位已经开始用搜寻的目光打量起其他宾客来。“他们当中谁是萨默斯比子爵？”她问道。

露西扫视了一下人群：“就在那儿，和那个穿绿裙子的金发女郎在一块儿，在那块大镜子旁边。”

特丽马上锁定了他。她的肩膀陡然塌了下来，“他们为什么看起来总是像从事害虫防治的人？”她叹了口气。“他又是谁？”一个高大英俊的年轻人擦肩而过时，抛给了她一个微笑。

“别打听了，没钱。”露西显然对她的小算盘一清二楚。“当然了，他很聪明，也很上进，也许有一天能干出一番事业来也说不定。”

不过特丽摇了摇头：“就算有那一天，也是二十年之后，到时候站在他身边的会是一个年轻的模特儿，基本就没你什么事儿了。算了吧，我还是找个家境殷实的好了。”

我在旁边深沉地点了点头：“不过最好别是萨默斯比子爵。”

她笑了起来：“除非我确定找不到更好的了。”当然，这句话之所以有趣，是因为她是认真说的。

我们正身处在一个虽然在移动，但是移动得相当缓慢的入场队伍中。到目前为止，我们已经快接近主人一家四口了，他们在一块颜色丰富的屏风前站得笔直。大公本人瘦小单薄，看上去很忧郁，尤其往他那位高大的太太身边一站，怎么看都像是用面粉捏出来的小人儿，事实上我也不记得他口中曾吐出过一句有趣的话。他穿着一身精心定制的礼服，我估计是按照里士满公爵穿过的服装量身打造的。他的表情中带有一丝惊愕，像是被注入镇定剂之后硬塞进衣服里似的。没准还真是。他儿子打扮成一个警卫军官的模样，目光僵直地瞪着前方，仿佛早早摆好了姿势等着老式银版照相机拍照，那种机器需要你僵持个四五分钟才能成功拍照。他那张满是斑点的脸上流露出一股既乏味又笼统的亲和力。

达格玛公主是那晚唯一的主角，理当受到众星拱月的簇拥，然而她却看上去一副担惊受怕的样子。她是一个不仅单调乏味而且毫无生气的人。她的身材也非常瘦小，目测身高绝对不超过五英尺。虽然人们总说，维多利亚女王才四英尺十一英寸高，她还不是照样统治着一个大帝国？但是对我们这样的凡人来说，矮小意味着你大部分时候只能仰望别人。她站在母亲高大的阴影里，改用一句英国导演诺埃尔·科沃德的话，“她看起来就像大公夫人的午餐”。虽然她那张蜡黄的小尖脸，不仅难以描述，还难以归类，可是你也不能用“相貌平平”来形容她的外表。她长得不算漂亮，不过那双大眼睛倒是摄人心魄，柔软湿润的双唇总是半开半合，似乎在暗示人们，她随时都有可能心碎流泪，这点在某种程度上倒是挺动人的。可惜她似乎永远不清楚该怎么向别人呈现出她的优点。比如她的头发本是又黑又直，如果稍微做一点改动，效果就会大不一样。而她只是任由那一头长发披在肩上，匆匆洗过还来不及晾干就出门了。我本以为她既然是今晚全场的明星，那么多少也该引人注目一些，没想到还是老样子，似乎没有人费心帮她打扮一下。她的裙子倒是符合主题设定的年代，不过颜色显得很暗淡，只在单薄的胸脯下隐约透出一条细细的蓝色腰带。老实说，她看起来就像为出席网球比赛花了五分钟打扮一下的样子，她看上去是那么弱不禁风，感觉一阵强风就能把她从窗户里刮走，吹到公园巷的街道上。

不过她的母亲可完全不是这个样子。直到今天我也不能确定，大公夫人是否有意模仿真正的里士满公爵夫人。从邀请函的措辞来看，这似乎符合逻辑，但是她选择的礼服好像更适合穿在一位女皇身上，比如凯瑟琳大帝或玛丽亚·特蕾莎皇后，或其他至高无上的女性统治者。大片的雪纺绸轻柔地飘来飘去，一条紫色天鹅绒上绣着繁密的金线，从她过于宽阔的肩膀一直垂到地面上，像湍急的河流直扑地面，飞溅出层峦叠嶂和成片的沙丘。白貂毛的流苏铺在地上，就像一个坚实的基座，为了烘托上面这尊巨大的、宏伟的“雕像”。她结实的胸脯像海面下的暗礁，托着上面闪闪发光的钻石。她微微出汗的眉毛上方耸立着一顶璀璨夺目的冠冕式头饰。我猜，她应该是把摩拉维亚大公国压箱底的王室珠宝都戴上了，要么它们就是她为了今晚的舞会从巴纳姆兄弟那里借来的。这场一枝独秀的亮相完全达到了喧宾夺主的效果，在场没有人想到去看一眼她旁边那位凄惨的达格玛公主。她完全预料到了母亲会来这么一出，无论如何，当人群簇拥在母亲大人周围，发出低声议论的嗡嗡声时，她看起来倒不像她的父亲或哥哥那样局促不安，一副只想赶紧回家的样子。这时有人宣读到我们的名字了。

“晚上好，夫人。”我鞠了一躬，她优雅地接受了我的致敬。我转向她的丈夫，再鞠了一躬：“陛下大人。”他茫然地点了点头。他的思绪也许回到曾经王室招待中，也许回到了奥洛穆茨市晦暗的、布满灰尘的宫殿里。礼毕起身，把想入非非的大公抛到脑后，我终于得以进入舞会大厅。回想起来那天晚上，我第一次察觉到了一个近在咫尺的事实，这些年过去了，我已经非常清楚这一点了。也就是，贵族或王室出身的人（那些尚未彻底脱离表面功夫的人）可大致分为两个群体。他们表面相似，但实际上有着本质区别。铺天盖地的讽刺漫画让其中一群人不得不认清黄金时代已经一去不复返的事实，不过这些并不妨碍他们私底下的哀叹。那些使生活轻松美妙的厨师以及贴身男仆、侍女和用人，再也不会推开镶着绿色衬垫的门，为打理从早到晚的事务而忙活起来；再也不会有微笑的马夫十点钟准时将马牵到正门口；再也不会有司机把车子擦得锃亮，当你漫不经心地踏进车库时，司机立刻停下手里的活计以示敬意；再也不会有园丁在宾客谈笑走近时自觉隐身……这支队伍曾经多么忠诚地为他们的舒适生活效劳，现在却四下散落，各奔东西了。这群人自己也知道，尽管在某种程度上是下意识地认为，和他们生活在出身决定一切的时代里的父母祖辈所受到的真正的尊重相比，眼下他们在这个小圈子里所得到的尊重，非但似有如无，反而可能是虚情假意。他们对这些变化心知肚明，但除了哭一会儿，然后擦擦眼泪，尽量让自己生活得舒适一些之外，也无计可施。

摩拉维亚最后的大公可以被准确无误地归入这一类。他空洞而压抑的优雅正表明了他已经意识到这一现实。“别怪我，”他似乎在说，“我知道这很荒谬，你没有理由对我点头哈腰的，那个游戏像乐队拉的那首曲子一样，早就过时了。只是我不得不走这个过场，你明白吗？我必须看起来把这些挺当一回事的，否则就让其他人失望了。”他的脑袋上方似乎飘浮着这些话。当然，在这个小圈子里，还有一些人会使出下作的手段来应付这一困境：“也许是结束了，”他们的眼睛里无情地闪着这些字，“但对我来说，这还不算完！”他们振作起精神来，从身边攀龙附凤的有钱人身上疯狂掠夺财富，把他们母亲的最后一点珠宝首饰也卖掉，这样的闹剧至少能再苟延残喘地演上好几年。

不过另外一类贵族则完全不同，这一类人通常不会出现在大众的视野里。这些高贵的人拥有并享受祖上流传下来的身份地位，热爱阶级划分和旧日荣光，并且乐于成为大不列颠贵族核心集团的一分子。他们确保至少有一位王室成员会出现在他们举办的每次重大活动上。他们，至少男士们，会为取悦那些人而盛装打扮。他们喜欢打猎和钓鱼，记得家族历史上的重大日子，谈起其他人的宗系家谱也头头是道。只是这一切全都是伪装。他们并没有被竞争残酷的崭新世纪给绕得晕头转向。相反，他们非常清楚时代是怎么变化的。他们知道自己资产的价值，也知道他们迟早会卷土重来。他们能充分把握市场的复杂性，如何买，买什么，何时出售，如何得到相应的规划许可，如何得到欧盟农业政策的拨款。

简而言之，他们知道如何利用自己的财产和身份地位获取利润。

这群人一早就打定主意脱离那个日渐颓败的小圈子，不再沉浸在对逝去时代无止尽的哀愁中。他们想要重新获得权势，20世纪60年代以后，如果他们无法握有公开的政治权力，那就算了，他们会另辟蹊径。说白了，他们不是真正的贵族。他们除了自己的血统、祖宅、珠宝、着装、狗、嘴上批判大众对贵族阶级的成见之外，根本不像大多数同类那样思考。他们属于现在和未来，远胜属于往昔。他们像对冲基金经理一样，有着强悍的头脑和价值观。不过话说回来，他们也会认为相对于那些失败主义者而言，他们这才叫忠于自己所属的族类，因为贵族阶级的首要任务就是处于所有阶级的上层。波旁王朝还是波拿巴家族，国王还是总统，一个真正的贵族必须知道谁掌握权力，而接下来又该向谁鞠躬。

当然，在四十年前我们可没有看得这么透彻。在经历了战争之后，旧世界已经元气大伤，不太可能恢复之前的样子了。每个人都对旧光景的逝去哀恸不已，然而，时隔多年我们才慢慢了解，大家以为所有人都在一条船上，其实不然，有些家族声称家道中落，其实并没有跟着沉船。以我这代人为例，很多名媛家中都有兄弟就读于大学或刚刚进入社会，这些人都很排斥听天由命的想法，暗中积极寻求返回陆地的方法。而摩拉维亚大公夫人正是其中一个。和坐以待毙的丈夫观点相反，她甚至更早就有了自救的觉悟。她要在新世纪来临之际抢下滩头，再由此重现家族的辉煌。我由衷地敬佩她。

音乐响起了，一个乐队在舞台下就位，开始演奏当时最流行的十首歌曲。我记得他们不是很有名的乐队，不过至少曾上过电视，这点在当时颇令人振奋。一对对舞伴们从长长的房间尽头漂移到舞池中，而年迈的父母们，穿着礼服坐在靠墙的沙发上，今晚对他们来说已经结束，意识到这一点的一些人站起身来，向通往休息室和酒吧的门口走去。就在露西和我向前迈步的时候，我听到一阵夹杂着赞叹的低声议论，我用余光瞥到了被那群爱慕者团团围住的乔安娜·兰利。她打扮成了拿破仑的妹妹波利娜，看上去光彩夺目，仿佛出自大卫的肖像画，比起我和其他人老套的创意，算是别出心裁。当然，波利娜公主本人是不可能会出现在她兄长的头号死敌举办的舞会上的。再说，乔安娜电影胶片式的美丽，令她古代人物的扮相不怎么令人信服，不过她在任何时候都是令人赏心悦目的。

人群稍微移动了一点，我惊讶地发现，乔安娜身边那个熟悉的身影竟是达米安·巴克斯特。就在我注意到他的时候，他俯身在她耳边窃窃私语起来。她一边笑起来，一边对我点了点头，算是打招呼，因此达米安也注意到了我。我走上前去，“你没说你要来这儿啊。”我说。

“我也不确定我要来，直到今天下午。我突然觉得管它呢，然后跳上火车，我就来了。”

“你从没说过你被邀请了。”

他看了我一眼，嘴角不自然地抽搐了一下：“我没被邀请。”

我怔怔地望着他。当科学怪人第一次发动了自己的意志，弗兰肯斯坦男爵感受到的那一丝恐惧也不过如此吧？

“你的意思是说，你是不请自来？”我说。他笑而不语，算是回答了我的问题。

露西一直在旁边听我们对话。“那你是怎么临时弄到这套礼服的？”那是一套什么样的礼服啊。跟我穿错的裤子和皱皱巴巴的衣袖一对比，实在是天壤之别。达米安这套礼服看起来就像是著名裁缝为他量身打造的一样。他没有像其他男士一样，选择打扮成军官，而是打扮成一名花花公子、纨绔子弟、情圣拜伦之类，合身的燕尾服紧紧贴着身体，羊皮马裤和擦得锃亮的马靴衬托出他的长腿。闪亮的白色丝绸围巾绕在脖子上，塞进织锦马甲下面。露西朝我点点头。“他可是跑去温莎剧场弄来的，看看他们这都是什么打扮呀。”

达米安看着我。“别在意。”我哪怕有一丝一毫觉得自己打扮得还不赖的念头，在达米安用他轻松的、满不在乎的语气继续聊下去的时候，就已经烟消云散了。“衣服是朋友帮我从艺术剧场整理出来的，以防我临时决定要来。她在我来之前就已经把衣服准备好了，所以我就来了。”我想某个不幸的女孩，忍着手指的刺骨疼痛，午夜时分还守在洗衣机旁边，熨斗的蒸汽烫伤了她的手。我敢打赌，这个女孩确实这么做了。可她又能得到什么回报呢？达米安是不可能爱她的，这一点我非常确定。

如今，混进这样一个重大聚会场合要比四十年前难度大得多。现代人无穷无尽的安全意识外加他们的自视甚高，使得每个聚会都少不了安全保卫、宾客名单、打钩和“请随身携带请柬”。哪怕这类聚会也就比乐购的打折活动更“专享”一点。不过我们那时候情况是不同的，那时人们有一个普遍的假设：凡是未被邀请参加某活动的人，一般来说，是不会尝试参加这个聚会的。换句话说，不速之客所仰仗的无非就是胆量而已，而这点达米安自然绰绰有余。我可没他胆子大，更不想被别人看见自己在和一个随时有可能被赶出去的人聊天。我现在回想起来，对当时的自己充满了鄙夷。不过在那一刻，我选择挽起露西的胳膊，带着她走进了舞池。

“你可没有办法压住一个优秀的人哦。”露西乐不可支地说。我一点儿也没有觉得这有什么好笑。我沉浸在年轻时藐视一切的自负当中，一心只怕达米安的不请自来会于我不利。

而他自不用说，玩得简直快活极了。我立刻就看出来了，就像一个小孩子直到自己被揍才会停止淘气，一个赌徒输到身无分文才会罢手一样，达米安就是要直到被执法人员制止，才会停止像不速之客一样出现在舞会上。他先跟乔安娜跳舞，仿佛是在宣告他的莅临大驾。他是全场最英俊的绅士，她是欧洲最美丽的名媛，这一对站在一块儿真是赏心悦目。其他舞伴们转而羡慕地看着他们跳舞，家长们纷纷把目光投向他们，互相打听这对璧人的来头。不久之后，舞会真正热闹欢快起来，乐队这时宣布我们要开始跳轻快的八人舞蹈。对于当代读者来说，我们会在一个十分正常的舞会中间跳起苏格兰民间舞，这可能有些难以理解。不是什么古苏格兰的祭典，也不是柯科迪古镇的诗人之夜，可我们就是这么做了。事实上，在那一年的大部分派对上，我们都跳了八人舞蹈，而且这种舞蹈需要一块不那么杂乱拥挤的地方才能跳得开，这是个确保能被所有人注意到的好方法，达米安毫无悬念地在其中一轮舞蹈中上前挽住特丽·维特科夫的胳膊，成功为自己占得一个位置。她整个人都生动起来，看上去顾盼生辉，满面春风。当她不无得意地斜靠在叛逆小子手臂上时，显然很享受作为麻烦制造者的新身份。之后我在想，会不会就是因为这次舞会，让达米安从一个圈外的旁观者（或趋炎附势者，取决于你看问题的格局）开始转变成颠覆分子？从对这个圈子充满仰慕的初学者变成心怀敌意的不满者？也许是我过早下结论了。那晚他心里风平浪静？还是早就埋下了憎恨的种子？

看着他们各就各位，等待弦乐响起，我那会儿突然产生了一个想法，特丽和达米安其实倒挺般配的。某种程度上来说，他们两人都是圈外人，一切都得靠自己打拼，也都没什么可失去的。我认为她应该有钱——有是有，不过比我那时推测的要少，就如同我认为达米安将来会赚到大钱——我又猜对了，他确实赚了大钱，比我那时想的还要多。他们何不联手征服全世界？他们都是冒险家，何不齐心协力，干一番事业？

我和一个很无趣的女孩搭伴，她好像来自纽伯里附近一个什么地方，我们一圈人手拉手开始跳了起来。打眼望去，对面的达米安再次让我惊奇，他在这么短的时间里，就已经这么会跳了，要知道这对他来说是完全陌生的领域。他不仅掌握了舞步，而且做得那么无可挑剔。轮到他在圆圈中心表演的时候，他没有一丝不自然，而是大大方方的，以一种我永远也没法做到的优雅庄重，跳完了舞蹈的每一部分。他和周围的女孩们聊天，几杯酒下肚，几圈舞跳完，他和其他男性也打成一片了。我们几乎忘记了，我们跟他根本不熟。

跳完以后，乐队又重新开始演奏起流行乐，不过达米安看起来毫无疲态。他和好几个女孩跳舞，有露西·道尔顿，还有粗声大气、脸蛋红扑扑的坎迪达·芬奇。他也想和乔治娜·沃迪拉夫跳舞，这姑娘为了留住他在身边能毫不犹豫地叛国，不过在音乐响起的那一刻，他似乎被什么东西扎了一下，于是转而邀请她一起喝一杯。他们一道移步走进了被当作酒吧的服务间。现在回忆起来，看着这样一只我亲手放进鸠巢的布谷鸟，我很难找到准确的语言描述我当时的感受。就像我说的，我开始怀疑他比我当初想象的还要意图不轨，可我依然欣赏他的胆识过人，当他那晚回到舞会大厅时，我对他的佩服达到了前所未有的巅峰。他暂时离开的时候，也许是机缘巧合，让他达到了此趟舞会之行的目的。令我及其他知道他当晚未被邀请的在场者肃然起敬的是，他在门口重新亮相走进舞池的时候，手中竟牵着当晚的女主角——若不是被她那不屈不挠的母亲抢走了风头，达格玛公主才应该是今晚万众瞩目的焦点。这是一首慢歌，灯光也随之调暗了，乐手放松地弹拨起手中的乐器。在当晚所有宾客的视线中，达格玛公主把她尊贵的手臂搭在这位不速之客的肩上，把她那张小脸轻轻贴在他的胸口。当他们脸贴脸的时候，达米安轻轻地抚摸了她平直的头发。当他发现我一直在对面注视他的时候，他对我眨了眨眼。

我们所有人都心知肚明肯定会出现的“麻烦”还是在消夜时降临了，某种程度上能推迟到那时才爆发也是个奇迹。按照惯例，每场私人舞会都会提供消夜作为活动结束的标志，通常在凌晨一点半左右开始。消夜的水准参差不齐，坦白说，有时也不太值得等待。不过大公夫人还真是应了那句谚语：“一不做，二不休。”她吩咐酒店全力以赴，发挥出他们最高水准，因此食物美味极了。我们没有排队，而是三三两两地等着从一览无余的银质暖锅里，盛出炒蛋、培根、香肠和蘑菇，大快朵颐。

达米安站在我前面一点儿，达格玛公主此时已不见踪影，他看起来似乎有点如释重负，迅速地盯上了下一个旗鼓相当，甚至更好的猎物——塞琳娜。她看起来前所未有地生动活泼，笑着和别人聊天，和达米安头挨头靠得很近。我记得，我那个时候才很惊讶地发觉，他们似乎已经非常熟悉对方了。她打扮成英国18世纪画家托马斯·菲利普斯笔下的“痴情佳人”卡洛琳·兰姆。她裁剪修长的天鹅绒大衣，不露声色地烘托出她那裹着丝袜和齐膝马裤的美妙双腿，这使其他女孩相较之下显得臃肿又俗气。达米安站在她的旁边，俨然一个真正的情圣拜伦，没准那就是他选这套服装的初衷也说不定。事实上他们也许早就约定好了，他们看上去是佳偶天成的一对。塞琳娜没有乔安娜·兰利漂亮——她的艳丽无人能敌，不过塞琳娜的精致优雅弥补了这点不足。他们俩是天生一对，而达米安发现自己再一次成了众矢之的。

“抱歉打扰一下，先生，请问您有请柬吗？”这道响亮的声音带着一丝内陆口音，盖过了聊天声，像海鸥一样在我们头顶上空盘旋。

这句突如其来的话实在有点让人猝不及防，一下子让在场的人都安静了下来。我看到有个女孩正吃着东西，动作突然停住了，半个煎蛋还没来得及送进嘴就从勺子里滑了下来，掉进下方的盘子里。

一个穿制服的男人，大概是酒店经理，站在达米安旁边。他站得如此近，近到超过了礼貌的社交距离，近到他明显是在以一股迫近感表明他属于这里，这房间，这酒店。可在他看来，达米安·巴克斯特并非如此。当然，事实相对复杂一些。在场大部分人知道达米安没有请柬，可是他已经在这个派对里玩了这么久，到了这一步，对绝大多数人来说，已经没必要深究这件事了。他既没打扰到别人，也没有喝醉，更没有粗鲁无礼的行为，所有对不速之客的担心都没有发生。再说他也认识很多客人，作为一个来参加派对的朋友，他甚至穿对了衣服。老天啊，他甚至还和舞会的女主角聊了天，跳了舞，搭伴亮了相。他们还想要什么？答案很简单，就是一张请柬。

他脸红了，在那之后我好像没再看过他这样。“听着。”他的声音很轻，一只手按在酒店经理灰色的毛料衣袖上，想要息事宁人。

“不，先生，你听着。”那位酒店经理的声音比刚才更高。消息迅速地传开，舞伴们从隔壁的舞会大厅涌进用餐的房间，好奇发生了什么事情。“如果你没有邀请函，那么我必须请你离开。”在粗鲁地把达米安的手撣开后，他试着抓住达米安的胳膊肘，不过达米安比他的动作更快，灵活地闪开了。就在这时，站在他身边的塞琳娜决定出手干预。懦弱的我虽然沉默无言，心中却对她的勇气无比钦佩。

“我非常乐意为巴克斯特先生担保，如果我的担保能起到一点作用的话。”从那位酒店经理脸上的表情来看，一开始好像他不为所动。“我的名字是塞琳娜·格雷沙姆，你在宾客名单上能找到。我的父亲是一位伯爵。”这句话的特别之处就在于她提到了自己的阶级，这是她平时绝对不会做的事情，哪怕把她的舌头给拔出来。没有经历过那个时代的人很难理解在20世纪60年代这样一个有点特别的转型期，“头衔”意味着什么。当然我指的是正统的、世袭的头衔。在那个时期，没有人知道他们的未来会是什么样子。到了1963年前后，两党似乎达成一致，决定停止册封世袭爵位。贵族阶级以外的人们坚信世界很快将会发生翻天覆地的变化，也许在很短的时间内，非世袭贵族的地位就会远超世袭贵族。也就是说，在新贵阶级冉冉升起的同时，那些古老的、伟大的家族将黯然失色。然而，尽管官方给出了明确的态度（彼时媒体大肆鼓吹，时至今日还有少数政客和知名左翼人士极力支持），但当年人们心中多少还是隐隐怀有一丝疑虑，世袭贵族恐怕没那么容易退出历史舞台，千百年传承下来的封号恐怕在现代英国社会依旧掷地有声。

就像前首相布莱尔先生企图将我们的国家打造为“酷不列颠”，在他的极力鼓吹之下，那阵子所有人都觉得这可能会成真。紧接着，即使我们都知道事实并非如此，媒体也会坚持声称这场社会试验卓有成效。

闹了半天，左派和右派最后终于还是一致承认了，这是一场巨大的、荒谬的失败。

那时人们对世袭阶级的这种矛盾态度使头衔变成了一件武器，人们使用时必须十分小心，在公共场合搬弄头衔的举动往往会弄巧成拙。如果一个人在酒店或在航空公司，与员工起了争执，高喊："你知道我是谁吗？"那么哪怕他本来有理，也无济于事了。

四十年后，所有这些都有所不同。时隔半世纪，尽管非世袭贵族也值得尊敬，但他们的头衔具有的仅仅是政治上的意义。这些新贵们则休想获得比骑士身份更高的光环或荣誉。在20世纪80年代初期，撒切尔夫人试图设立一些新的终身贵族封号授予名流，可是没有人支持她。在那之后，贵族社会干脆彻底地关上了大门，传统贵族继续顽强地盘踞在社会金字塔顶端，不受干扰。事实上，名流若获颁终身贵族头衔，他们还是会谨慎地选择让自己看起来低调一点，仿佛为了强调自己并没有因为跻身新贵阶级而沾沾自喜。"我们只是走读生。"有人最近这么跟我说道。很显然，旧制度要么放开，要么就等着被废除。目前的状况在任何民主社会都是站不住脚的，可改革的苗头似乎无迹可寻。然而今天这片陆地上，一些20世纪幸运的市长或银行家的后代，为盘踞统治阶层而沾沾自喜，反而是和我们同时代的伟大人物，取得的成就丝毫不逊于那些前人，却只能拱手让位给不劳而获的显贵，自己永远屈坐下席。

重点是在今天之前，塞琳娜永远无须怀疑地位带给她的好处。只是在这个情况下，即使她搬出身份来也未必会奏效。不过四十年前那个时候，冒着被扫射的危险，她抬出这枚挡箭牌，无疑是一项英雄壮举。她的迟疑并非没有来由，起码这小小的干预似乎没起到任何作用。酒店经理目光殷切地望着她，说："非常抱歉，小姐，"他说道，"恐怕——"

"这太荒唐了！"达格玛尖锐的怒斥声打破了屋内的沉默。引人注意乃至印象深刻的一点是她纯正的英国腔，这让她的外国姓氏和头衔都显得更加奇特了。她的口音不仅地道，而且是六十年前的地道。她宛如一个1910年的迷你公爵夫人，在慈善义卖会上大喊。她大步流星地走向餐桌，费劲地推开周围人群，仿佛一个矮个子将军。"达米安当然不需要离开！"

这场纠纷让酒店经理感到十分困惑："可是公爵夫人殿下特别嘱咐我——"

"公爵夫人殿下对这里的情况一无所知！"

"哦，我想我知道！"大公夫人庞大的身躯加入了这场混战。当她威严地行走在房间里时，宾客们如秋风扫落叶般纷纷散去，重现了谢尔曼坦克碾压式横扫格鲁吉亚的壮观景象，所到之处，寸草不生。有意思的是，安德鲁·萨默斯比畏畏缩缩地陪同在她身边，好像一艘丑陋的小拖船，徘徊在远洋巨轮乘风破浪的阴影中。"非常抱歉，巴克斯特先生，我确定你不是故意冒犯。"她停下说话，喘了口气。我看到达米安正要插话，估计是想试图改善他不妙的处境，不过她没有兴趣展开这场对话，一心只想声明派对的原则。"但是我觉得，大家有必要遵守相应的规矩。"她的表情虽然是微笑着的，但是这只会让人觉得接下来的话更加刺耳，"我们不能任由社交场合在我们眼前让人给搅得不成样子，希望你别认为我太苛刻。"

"不会的，真的。"达米安故作轻松地说，他仍然希望能扳回一局。

"可达米安确实被邀请了！"感到极度难堪的达格玛，情急之下不管不顾地喊了出来。这自然让局面变得更有意思。人们的目光齐刷刷地转向她，就像希区柯克的《列车上的陌生人》中网球比赛的观众一样。“我邀请了他！”我敢肯定在场所有人都知道这是一句谎话，不过这是一句勇敢的、慷慨的谎话，大大提高了她在宾客心目中的好感度。本来许多人在那晚之前并没有十分喜爱她，尽管他们也毫不客气地享受了她舒适周到的招待。我这么说是希望你能够明白，她的干预的确达到了某种效果。不过，公然对抗她母亲的决定显然是不明智的。

“抱歉亲爱的，巴克斯特先生没有受到邀请。你没有邀请他，更重要的是，我没有邀请他。”大公夫人的语气不容商量，这还没完，“他在萨默斯比勋爵眼前毫不掩饰的行为，使得勋爵大人不得不告知我这一情况。我必须要说，他根本是在炫耀他没有邀请函这件事。”大公夫人的脸色明显沉了下来，看来局势不会有任何好转了，配上她身上礼服的主色，她开始看上去像圣诞节穿梭在摄政街大楼中间的圣诞老人。不过像往常一样，她身上有种说一不二的气质。我尤其欣赏当她的愤怒加剧时，从她的声音里流露出的那一丝东欧口音，仿佛这是她在对她的子民尽职尽责——让我们别忘了，她甚至从未造访过她的祖国。然而这口音似乎给她注入了一个全新的不平常的过往，硬是把她在西约克郡健康成长的童年场景置换成了摩拉维亚。

她的话自然指向了事件背后的罪魁祸首，虽然我更愿意把这一“事件”称为“灾难”。不过这样一来，对看热闹的宾客们来说，这倒真是一个有趣的派对。打小报告的安德鲁·萨默斯比功不可没。我猜他的本意倒不是想把这件事闹大，人们的眼神聚焦在他身上时，他似乎有些坐立不安。他在下决心之前，踌躇了一小会儿，这倒无可厚非，既然已经被推了出来，那么无论如何，他也只能硬着头皮撑下去。

在这之前他都躲在后面鬼鬼祟祟地使坏，现在他不得不发声了。“走吧。”他抓住达米安的胳膊说道，就像要合法逮捕这位公民似的，试图把他从房间里带出去。

令所有人没想到的是，达米安再一次闪电般地摆脱了对方，不过他比之前躲开酒店经理那次愤怒得多。“立刻放开你的手！”他厉声喝道，“你这愚蠢可笑的白痴！”显然，当安德鲁一开始决定出卖这位未被邀请的客人时，并没有想到会发生这种状况。起码他没想到，自己会被一个身份卑微的人当众斥骂。安德鲁毋庸置疑是个白痴，虽然他是一个很愚蠢的白痴，但是不会有人敢当面这么称呼他。这令他完全措手不及。说实话，我想他只是对塞琳娜或某个整晚都围在达米安身边的女孩有想法，他只是嫉妒而已，事情发展到他无法控制的地步，我敢肯定没人会比他更后悔了。

像其他一些人一样，他打扮成了骷髅头轻骑兵的模样，穿着对他来说很不得体的紧身裤，一件大衣挂在他的背上，这一切都极大地妨碍了他的动作。但是已经到了这份上，他不能打退堂鼓。他猛地冲上前去，第二次想要抓住这无赖的胳膊。而达米安又再一次地快过他，旋转着往后退了几步，就像华纳兄弟出品的浪漫爱情片里的埃罗尔·弗林。在所有人阻止他之前，他挥出右拳对准安德鲁的鼻子，狠狠地揍了一下，发出了一声响亮的令人作呕的碎裂声。几个女孩尖叫起来，尤其是靠得最近的莉迪亚·梅贝利，她剪裁优雅绣着空谷幽兰的白色透明硬纱连衣裙，被溅得到处都是安德鲁喷出来的鲜血和鼻涕。他本人看上去极为震惊，被突如其来的暴击吓得说不出话来，仿佛海水陡然从窗户里灌了进来。有一刻他似乎灵魂出窍，两眼发直，站在那儿一动不动，任由血从鼻孔里喷涌出来。过了一会儿后，他才回过神来，踉踉跄跄地往后倒下。我们都目睹了事情的发生，却全身僵硬，没有一个人想起来接住他，他只能整个儿摔在餐桌上，倒下的同时带翻了桌子，那些烫手的盘子、香肠和整壶的橘汁，连同培根、吐司、炒蛋、炉子、芥末和餐具，都一股脑地砸在他和旁边人的身上。这场面好像特洛伊城的陷落，发出的巨响响彻酒店通道，惊到了马儿，唤醒了亡灵。周围的世界完全安静了下来。我们像帽子里变出的兔子一样站在那儿，被照射灯吓得魂飞魄散。大家仿佛被催眠了一样，看着这位倒下的子爵身上遍布血迹和食物。就连达格玛也呆住了，像雕像一样呆立无言。

然后，达米安做了一个姿势让我立刻原谅了他，我本不该如此。当大公夫人站在一边，从头到尾目睹她年收入的一大半给砸得落花流水时，达米安轻轻牵起她瘫软无力的手。“请原谅我搞得一团糟，夫人。”他举起她毫无反抗之力的手到唇边，吻了一下，握了一秒钟，温柔而优雅，“到此为止，感谢您给了我们如此美妙的一夜。”他这么说着，松开了她的手指，干脆利落地鞠了一躬，就像一个永志不渝的朝臣，大步离开了这间屋子。

我都不需要再补充，这个故事在伦敦一传开，在很长一段时间里，那年几乎每个重要的派对都邀请了达米安，除了贝尔顿夫人为安德鲁的妹妹安娜贝拉·沃伦举行的舞会之外。这并不是因为母亲们对他的认可度提高了，她们所有人都对达米安有可能突然伏击她们的宝贝孩子感到如炙如焚的恐惧。真正的原因是，几乎所有的女孩子都坚决地邀请了他。

第六章

来自巴尔干半岛的公主

我犯下了可怕的罪行，让她回忆起她人生中更快乐的时光。比这更糟的是，我让她不得不面对她目前生活的冷酷真相，而她情愿将真相依然深深地埋在她的心底。

大公夫人在投资方面眼光精准独到，从未失手，哪怕事情没有完全如她所愿。在1968年，家族的财产和地位正好足够让达格玛钓到一条大鱼，或相当大的大鱼，可她并没有。我那时把原因归于她眼光过高，从而错失了一些还不错的缘分。我后来发觉我猜错了，像许多拥有地位和财富的女孩一样，达格玛的成长伴随着不切实际的美好幻想。她并不太清楚自己看起来有多呆板。她可以随时召集（当然，是那个时候）一群人来掩盖自己的害羞，她似乎没有意识到，如果期待心愿实现，她就该多多争取。所有这一切大公夫人都看在眼里，她试图以最和颜悦色的方式来鼓励她的女儿趁早把握机会，否则就太迟了。只是达格玛像大多数年轻女孩一样，当她的母亲说了她不想听的话，她选择当作耳旁风。

还有一个问题是，她完全不懂怎么和男人调情。当面对一个男人时，她要么发出紧张的咯咯笑声，要么就是完全沉默。她大大的眼睛总是半含着泪水，定在对方身上，此刻对方只能在慌乱中绝望地试图找到一些话题，任何话题。最终她的无助激起了我本能的保护欲，尽管我从未幻想过达格玛，却开始变得讨厌任何取笑她的人。我有一次听说，竟有人模仿她可怜的傻笑。在安娜贝拉的某次舞会上，她的男伴借口上洗手间却一去不复返，实际上很明显，他跑到街边，跳上了一辆出租车，没命地逃走了。我只好送她回家，她一路上都在哭。这样的事情发生之后，我当然有那么点爱上了她。

容我在此纠正一个常见的错误观念。到了我们这个时代，伦敦社交季已经不再是相亲季了。父母更多的是把自家孩子引进一个合适的环境里，让他们顺其自然发展下去，过不了多久，他们自己会交到朋友，再过几年便会结为夫妇。很少有母亲迫切地想要孩子们在刚进入社交季时就能完成这项人生大事。不过达格玛的情况不同，这一点大公夫人再清楚不过。她们是在一个日渐萧条的市场上出售物品，没有时间可以浪费。我们都以为在某个时间点上，她和罗伯特·斯特里克兰德是有机会走到一起的。罗伯特的祖父曾是一位皇家妇科医生，因一次棘手但成功的接生而在1910年被授予了男爵爵位，罗伯特是他最后的继承人。他没有太多钱，也没有封地和祖宅。他是一个非常善良的小伙子，尽管不是那么热衷社交。他在一家商业银行上班，收入丰厚。他的听力不太灵光，在大公夫人出入的场合，可谓一项最大的优点。令人扼腕的是，罗伯特这头正要热起来，达格玛就搞砸了，他将她紧张的咯咯笑误解为对他缺乏兴趣，大家也就没再提起这件事了。到了那年夏天结束的时候，他愉快地宣布同一位爱尔兰护卫队上校的女儿订婚。自此，达格玛再也没有遇到这样合适的对象了。

虽然如此，当大家在1970年深秋的八卦专栏，读到她已和威廉·霍尔曼订婚时，还是结结实实地吃了一惊。威廉是独生子，他的父亲来自弗吉尼亚沃特镇，是一个野心勃勃的暴发户。当我认识威廉时，他正要在伦敦“崭露头角”，这是一个我们的母亲们钟爱的通用词语。他是我们那年舞会上的常客，穿着打扮和言行举止均不得体，当时我们年少轻狂，以我们肤浅又势利的标准来看，一个吃闲饭的人而已，没人瞧得上他。现在回想起来，我估计他还是很聪明的。他看起来也许想要有所成就，我们当时只是没看出来他的身上将会有什么好事情发生。我没有参加他们的婚礼，我记得是因为时间上有冲突，那个周末我正好在图卢兹市度周末。不过婚礼似乎相当不错，就是有点匆忙。他们在贝斯沃特一座东正教教堂举行了仪式，酒会则安排在海德公园酒店。新郎的父母看起来欣喜若狂，新娘看起来至少十分顺从。总之，摩拉维亚的达格玛公主到底还是结婚了，嫁给了一个会为晚餐买单，也不会让一家人挤在地下室公寓里的男人。大公夫人也许会说——可能是私下在浴室里的时候说的——总比没有好。她大概知道促成这桩婚姻的还有其他因素，六个月后，公主诞下了一个男婴，十分健康活泼，毫无早产迹象，可谓双喜临门。

因为众所周知的原因，葡萄牙的假期之后，我就没有怎么见过达格玛了，接着又错过了她的婚礼，随之完全失去了联系。我不喜欢威廉，他也没把我放在眼里，我们自然没有什么建立友谊的基础。公平地说，他干得不错，比我预期的要好很多，最终做到了某信托基金的主席，不仅成了百万富翁，还被约翰·梅杰首相授予了爵士头衔。当我在报纸上读到他的消息，或者参加活动时在人群中瞥见他的身影，我很高兴他最终成了他多年来一直想成为的人。他穿着伯灵顿拱廊商场某位优秀的裁缝手工定制的西装，说话也随之粗声大气起来，充满了偏见。别人告诉我，他现在不仅会去打猎了，枪法甚至不赖，我听了很嫉妒。有钱人有大笔财富去过他们想过的生活，可人们还是会想方设法延续和模仿旧时上层阶级的习惯和消遣方式。20世纪70年代时也许还不普遍，不过当撒切尔夫人一掌政，人们心中隐藏已久的对贵族身份的渴望再一次喷涌而出。没过多久，城中商人都脱下了他们的红色背带，换上巴博衫，去打猎、钓鱼，走路开始像中东贵族一样昂首阔步。一度招募不到新人的圣詹姆斯贵族俱乐部，也开始重新排列候补名单，煞有介事地提高了会员申请标准。

社会学家们似乎没有注意到一个迹象，从20世纪80年代开始，上中产阶级和上层阶级按照古老的阶级排序，重新穿上了与下层阶级不同的日常装束以示区分，这绝对是对旧生活的回归。20世纪60年代有一个独一无二的现象，那就是所有人不分背景，全部奇装异服。这也许是过去的一千年以来前所未有的年轻人着装高度统一的时期。只可惜我们热衷的竟然都是低腰裤、五颜六色的宽领带、绒布西装、机车夹克之类令人咋舌的时髦服饰。当年的时尚潮流就是如此糟糕，没有人能够幸免。在威尔士亲王在卡那封城堡举行的就职仪式上，女王陛下的裙子飞到了膝盖之上，斯诺登勋爵亮相时穿的衣服像波兰航空乘务员制服。到了20世纪80年代，纨绔子弟们就厌倦了这种不合时宜的装扮。他们想要打扮得看起来像他们自己，渐渐地，先是哈克特，然后是奥利弗布朗，接着其他嗅到风向有变的品牌，纷纷开始制作款式经典的衣服，在高端街精品店里出售。突然之间，时髦的套装再次采用了迥然不同的布料和剪裁，而20世纪50年代以来就被冷落的乡土气十足的粗花呢和灯芯绒，以及其他所有久经考验的服装，都被人们从落了灰的衣橱里翻了出来。花花公子们的外表再次变了模样，他们很高兴自己能重回这个高辨识度的群落。

即便如此，对我们这些见证着一切似乎都要走向终结的人来说，首先要熬过20世纪70年代，然后事情才有可能开始好转。很大程度上，时代已摇摇欲坠，随时可能轰然崩塌，前方的路一片黑暗。现在写下这些可能会让人感觉奇怪，毕竟一切都变了，但对那时的我们来说，共产主义似乎要在这片土地上扎根，要变天了。事实上，我们大部分人私底下都默默认为，共产主义世界有朝一日终将成为新的世界秩序。我们开始及时行乐，是因为这样的生活方式大概不会持续很久，就像在泰坦尼克号越来越倾斜的甲板上和乐队一起跳舞一样。20世纪60年代就在这样末日狂欢的情绪中流逝了，它许诺给我们自由恋爱和戴在头上的鲜花，当然这些迷人的概念并没有成为那个年代的精神财富。传承下来的不是和平口号和玫瑰花蕾，而是社会整体的分崩离析。当然有些人的资产免不了因光景惨淡而大大缩水，从此元气大伤。

所以当我拨通了达格玛的电话，询问能否和公主殿下通话，得到的却是“霍尔曼夫人在休息室”这样的答复时，我并未感到十分惊愕。我知道自己要说什么，我的理由是我在筹备主持一场为东欧难民募款的慈善舞会。几年前我写过一本还算成功的小说，背景设置在战前的罗马尼亚，我当然得对这个领域做些调查研究，由此对这个饱经沧桑的国家的现状产生了极大的兴趣。终于，一个声音在电话那头响起了。“你好，”她说，“真的是你吗？”她依然是那个怯怯的达格玛，不知怎么听起来更加温顺了。我解释了一番冒昧打扰她的原因。“我正在绞尽脑汁挑选筹备委员会的人选，然后我立刻就想到了你。”

“为什么？”

“一个来自巴尔干半岛的公主难道还不够符合主题？到目前为止，我只找到两个肥皂剧男演员，一个名不见经传的‘明星大厨’，还有一堆住在翁斯洛花园的遗孀。”

她犹豫起来：“我现在已经不用娘家的姓氏了。”她的声音里有一丝惆怅，不过我无法分辨是一时怀旧的伤痛，还是对现状的不满。

“好吧。就算名单上写的是霍尔曼夫人，大家也都知道你是谁。”这句话一定常有人跟她说，那时我也确实这么说了，只不过这种情形下我不认为它是真的。

“唔……”她为难地沉默了。我原本寄希望于威廉在事业上的成功能带动她的自信，可好像适得其反。

“我们能见面聊聊吗？下周我会开车到你家附近，方便去探望你一下吗？”

“什么时候？”

就像和露西·道尔顿的对话一样，我嗅到一丝慌乱，好像掉入陷阱的小动物绝望地寻找逃出生天的路径，搜索每一个可能突破的点，我接下来的话则坚决地盖上了盖子。“随你安排，我在温彻斯特附近办事，可以按你的时间表来，哪一天比较合适？我们好多年没见了，再见面一定很开心。”

作为一个教养足够良好的淑女，她知道她已无路可退。“是的，一定会很开心，当然。你何不在下星期五前来，我们一起共进午餐？”

“威廉也会在吗？”

“是的，他不太喜欢我在他出去的时候招待别人。”她无意识地脱口而出，等她反应过来其中流露出的丑陋和霸凌时已经迟了。这话回荡在我们中间，意味深长。沉默了片刻之后，她试图打个圆场：“如果他错过了和喜欢的朋友见面，他会吃醋的。我知道他一定会想和你叙叙旧。”

“我也是。”我不得不这么说。如果威廉的控制欲这么强，我就不太确定自己是不是能找到和她独处的机会了，只能听天由命。“下周五一点之前我会到的。”

贝灵汉宫事实上是一栋房子。它距离温彻斯特大约有五公里的距离，上高速公路开一小会儿就到了。它是一座真正的伊丽莎白时期的城堡，有着高高的直棂窗、带拱梁的天花板、镶有嵌板的巨大的房间，风吹过走道会发出回音，这地方完全彻底地体现了一个自我膨胀的人的品位。当我穿过精致描绘的门，从长长的车道开下去时，路边的花丛修剪得无可挑剔，不难看出才刚刚翻修过。我把车停在宽敞的前院，两边各有一潭长方形的浅水塘，边缘饰以簇新的昂贵石雕。我还没来得及按铃，一位穿着便鞋的中年女子就为我打开了门，我想她应该就是管家。她带领我走进了这座城堡。

霍尔曼有钱的程度可与富可敌国的达米安相比。他非常有钱，但也没有达到类似比尔·盖茨那种令人难以置信的天文数字，只是有钱而已。不过上帝啊，他们已经足够有钱了。大厅的地面镶有米黄色石板，尽头有一面黑色的蚀雕屏风。大厅里摆放着一些精美的家具，我稍后发现这些家具是为了和整栋房子看起来时代相仿而特别挑选的。这里和楼下其他房间的风格不太一样，设计师也许觉得都铎风格的家具看起来赏心悦目，用起来却碍手碍脚吧，因此这样的风格只存在于大厅里，另外图书馆里也有几件类似风格的家具。这给人一种预先谋划好的感觉，如同达米安在萨里郡的宫殿，以一种古怪的方式消灭了任何乡野生活的情趣。宜居的乡村住宅有一种随意性，几代人留下的物品和家具一股脑地堆在一起，能够自然生长出某种乱糟糟的时髦感。这并非什么难于掌握的技巧，如果有充裕的时间和金钱，许多设计师都可以想办法把房子打理得好像这家人从1650年起就住在里面似的，事实上没准是上一年夏天才搬进来的。不过，贝灵汉宫却不具有那种漫不经心的优雅和舒适。事实上，整栋房子充满无法准确描述的不安感，就像一个精心准备的派对，而我却没有被邀请。如果进来之前有人告诉我这里是为拍摄照片才搭建的，什么东西都不准碰，我也不会感到丝毫惊讶。墙上的画几乎都是巨大的、全尺寸或四分之三长度的肖像画，擦得亮锃锃的，仿佛从国外买来的。我擦身而过的时候，眯着眼睛瞄到几幅重要画像下面的名牌，其中一个名牌上面写着："弗雷德里克·弗兰西斯，梅克伦堡－什未林第一任大公爵，1756—1837。"另一个名牌写着："费利克斯·本宁鲍尔公爵，又名卢比茨，1812—1871，以及他的儿子马克西米利安。"

"你能从这栋屋子看出来吧，我们是亲欧派。"我被冷不防出现的声音吓了一跳，抬头就看到一个娇小的身影站在很远处的大厅另一端。她看起来不太像人到中年的公主，更像是一个在做社区服务的童子军。因为身高的缘故，我当然知道这是达格玛，不过一开始看到她的脸我竟然没有认出来。她的头发是灰白色的，虽然一如既往地平直，但是她的样子和年轻时相比，几乎完全变了。她的眼睛依然很大，只是现在看起来比以前更悲伤，如果不看周围奢华的摆设，我会以为她这些年的人生并不顺遂。我们有点笨拙地在对方脸颊上亲吻了一下，像两个陌生人。然后，她将我引到了大客厅，一个美丽、明亮的房间，只是依然有种人工合成的感觉。它完美地混搭了设计师科尔法克斯大力推崇的印花棉布和乔治王时期的古董家具，虽然每样物件都看得出来经过了精心挑选，但是放在一起时看起来却无法融合。墙上则挂着更多欧洲老爷们的精美肖像。

我指着其中两幅画问她："我不记得你在特雷弗广场的家里有这些东西？还是只是当时没有拿出来？"我们都心知肚明，这些人跟乡绅威廉·霍尔曼的出身分明毫无干系。

她摇了摇头。"都不是。"现在，她终于开始慢慢变回我所认识的她了。她那半开半合湿润的双唇变得坚定了一些，不过她的声音里仍然留着古怪的、不和谐的哭腔，那种声带碰撞在一起发出微弱的金属刮擦声，让我想起了她曾经的样子。"威廉在所有的拍卖行都有买手，无论何时有一幅画出现在市场上，只要跟我有哪怕一丝半缕的关联，威廉就会去竞拍。"她没有添油加醋地解释丈夫此举的原因。我也没再刨根问底。

"他在哪里？"

"他在为午餐挑红酒呢，不会花太长时间的。"

她从角落里一个巨大且雕刻精致的洛可可风格的碗橱里，拿出一个密封的容器，打开给我倒了一杯饮料。我还注意到了角落里有个小小的水槽，怪有意思的。然后我们聊了会儿天。达格玛比我预期的更了解我的一举一动，她一定注意到了当她谈到我的某本小说时，我有多么受宠若惊，这打破了我们之间的尴尬。我感谢她的关注，而她报以微笑。“我乐于跟进老朋友的新动向。”

“不是亲自向他们本人询问？”

她轻快地耸了耸肩：“共同经历是友谊的基础，我不确定我们现在还有多少共同点。威廉对他自己过去的经历不是非常……怀念。他更愿意着眼于未来。”我一点儿也不惊讶。如果我是他，我也会有同样的感受。“你现在还和那时的谁有联系吗？”我告诉她，我刚见过露西。“上帝啊，真好，她怎么样？”

“还不错，她的丈夫做起了新的生意，我不太清楚进行得怎么样了。”

她点了点头：“菲利普·罗恩斯利·普莱斯。一个我们当时都避之不及的人，没想到露西·道尔顿最后和他结了婚。时间多么神奇啊。我想他现在应该大不一样了？”

“区别不大。”我知道我这句话不够大气，我们都笑了起来，“我也见到了达米安·巴克斯特。就在最近。你还记得他吗？”

这一次她发出了一阵咯咯的傻笑声，我从前认识的那个达格玛完完全全地回来了。“我还记得他吗？”她说，“我们的名字从那之后就一直联系在一起，我怎么可能忘了他呢？”一如往常，我的脑子里在想着另外一件事，她这番话让我大吃一惊。我是不是错过了什么，难道他们之间有过一段，只有我不知道？

“真的吗？”

她好像突然因发现了什么而恍然大悟。显然她被我的迟钝搞糊涂了。

“你还记得我的舞会吗？他揍扁安德鲁·萨默斯比那次？最后我们结账的时候，还赔了差不多两千英镑。我可以告诉你，这在当时可是一笔不小的数目。”不过她回忆起这段往事时好像并不生气，而是恰恰相反。我看得出来。

“当然记得。我还记得你当时挺身而出，说他明明被邀请了，我欣赏你的勇敢。”

她点了点头。“这当然是徒劳的。”她微微笑了一下，像一个淘气的小矮人想到很久之前的英雄壮举，“我母亲还活在她的幻想里，她以为如果随随便便让一个没有邀请函的年轻人继续待下去，即使他整晚都不闹事、举止良好也会搞垮罗马帝国。她的固执别提让我们看起来多可笑了。”

“你并没有看起来很可笑。”

她开心得脸色绯红：“没有吗？希望如此。”

“你母亲好吗？我一直挺怕她的。”

“现在你不会了。”

“她老人家还在世，对吗？”

“是的，她还在。我们可以去见她，如果午餐之后你还想散散步的话。”

我点了点头。“我很愿意。”我们静默了片刻，我可以听见不知道什么地方，有只蜜蜂被困在窗户另一侧，那撞击的嗡嗡声传入我的耳中。对方是曾经的好友，如今却对彼此一无所知，交谈起来难免会尴尬。“她一定为你如今的生活感到高兴。”这番话我是发自内心的。大公夫人朝思暮想的无非就是她的女儿能有一段惊天动地的婚姻，她本认为当时的情况是迫不得已，只能睁一只眼闭一只眼，威廉·霍尔曼这小子不会有什么出息。她老人家或者我们，哪会想到有朝一日，他给达格玛带来的生活比那些家族的长子在1968年许诺的那些，要优越太多了。

她若有所思地看着我，轻轻地说："也是，也不是。"

我还没来得及进一步置评，威廉大步流星地走进来，向我伸出了右手。他比我记忆中好看一些，既高又瘦，已经开始灰白的头发颜色有点偏金色，反而使他看起来有种年轻的感觉。"见到你真是太好了。"他说道。我注意到一件不寻常的事情，经过了这么长的一段岁月，他的外表还没有声音的变化大。他仿佛是在一个大企业的董事会会议室发表演说，或者在村公所对着一群感恩戴德的佃农们。"你怎么样？"我们握了握手，在达格玛去给他拿饮料的时候，交换了一下"好久不见"这种陈词滥调。他接过杯子的时候往里瞟了一眼："里面没有柠檬？"

"当然没有。"

"为什么没有？"我对他来说多多少少是个陌生人，尽管我们刚刚才互相声称和对方相处是多么地愉快，可威廉对他太太说话的语气却是如此古怪，带着一种令人不适的苛刻感。

"他们一定是忘了买了。"她说道，她和仿佛一个有暴力倾向的重犯被关在一间牢房里，而她正试图引起狱警的关注。

"他们？'他们'是谁？你是说'你'吧？是你，你忘记叫他们去买了。"他不耐烦地叹了口气，为他可怜平庸的妻子而感到悲伤，"好吧，算了。"他啜了一口饮料，厌弃地皱了皱鼻子表示不满，回头转向我："所以，是什么风把你给刮来了？"

我自然解释了一通慈善舞会什么的，总不可能透露出真实原因。我说话的时候他用一种假装关心的表情望着我，就是人们听倒霉故事的时候特有的表情。“毫无疑问，这是个了不起的事情，就像我第一次听说的时候，也和达格玛说了，你能参与到这样的活动里真是让我太敬佩了……”

“但是？”

“不过我不觉得这样的活动适合我们。”他停顿了一下，指望我能顺势接上，说一些“当然我能理解”之类的话。我一直沉默着，直到他等不了了，不得不手忙脚乱地解释起来。“我不希望达格玛被她的身份绑架了。当然她家族的背景摆在那儿，不过都已经结束了。她现在是霍尔曼夫人了，没有必要从她以前所谓的头衔里捞什么好处，她在现代社会已经过着很好的生活。这种慈善会虽然很重要，”他笑了笑，不过眼神没有丝毫变化，“但是它给我的感觉好像是把她往回拉，不是让她往前走。”

我转向达格玛，等待她发表一下意见，不过她一言不发。“我不觉得她的头衔是什么‘所谓的’头衔，”我说，“她曾是皇室家族的一分子。”

“一个前皇室家族。”

“一直到她出生的三年前，他们家还在位。”

“那也是很久以前的事了。”

这样的缺乏风度就有点没必要了：“现在还有很多流亡人士希望她哥哥能出来领导他们。”

“哦，我明白了。你该不会是想请我们一起参加费奥多的加冕仪式吧？希望他请得到假。”他突然大笑起来，笑声里有着嘲讽，如果他这时转向达格玛，那么她会完全看清他脸上的轻蔑。这是任何人都不能忍受的。“不好意思，我发现这种事情就是让那些势利鬼有机会卑躬屈膝，让晚宴热闹起来。”他缓慢地摇着头，似乎觉得自己的观点十分合理。“他们应该多关心关心自己眼下的处境。”他又啜了一口饮料，为了着重强调他最终的论点。也就是说，这件事已经没有往下讨论的必要了。

我转向达格玛：“你同意吗？”

她深吸了一口气：“这个——”

“她当然同意了。好了，午餐在哪儿？”我这下明白了威廉真正在意的原因，恐怕是自己多年来竟被当作达格玛一时糊涂下嫁的对象，而他们门不当户不对的婚姻，则被好事者诟病为导致摩拉维亚王朝覆灭的源头——现在他终于扬眉吐气，不用再忍受这些乱七八糟的闲言碎语了！世道变了，如今他才是那个集财富与权势于一身的人，而我们这些愚人怎么还看不清？更糟糕的是，既然打了这个漂亮的翻身仗，他就不能再容忍达格玛拥有一丝一毫属于她自己的地位。她必须卸下全部的头衔，除了作为他的妻子。她可以展现风采——只是不能独立于他的光环之外。简而言之，他是一个暴徒。我现在明白了当年大公夫人为什么会对这桩婚事持模棱两可的态度。

午宴简直是为了能无休止地让达格玛受到公开羞辱而存在的。

“这到底是什么玩意儿？”

“这本来就应该做成烧焦的味道？”

“我们为什么在用幼儿餐具吃饭？”

“这些花应该被体面地埋掉。”

“这菜是不是应该配酱汁？还是你特别要求做得这么干？”

如果我是达格玛，我就会站起来，往他的头上狠狠砸一个盘子，然后离开，永不再回来。这些还是布丁被端上来之前的事情。只是我完全了解我们正在经受的家庭暴力，会完全摧毁你反抗的意志，而让我难过的是她似乎就这么接受了。她甚至为这无中生有的缺陷而道歉，让威廉的抱怨显得还很正当。“对不起，我应该做得辣一些。”她会这么说，或者“你是对的，我应该吩咐他们先把这个封存起来”。而当威廉咬了一口刚端上桌的橘子黄油可丽饼，又猛地吐回盘子里时，事态崩坏到了极限。“天啊！”他简直是声嘶力竭地吼了出来，“这到底是什么东西做的？肥皂？”

“我不明白你在说什么，”我小心地说道，“我觉得很美味。”

“我的出身可没法习惯这种味道。”他回我一个愉快的笑容，好像我们在讲什么好玩的笑话。

“确切地说，您的出身是哪里来着？”我说道，“我忘记了。”我盯着他，我们对视了一秒钟。站在他后面的管家迅速地瞟了一眼旁边一直在帮忙的女佣，暗示她好戏要上演了。我可以看出他们在沉默中彼此心领神会，事实上几乎是快要笑出来了。然而，让这位“暴君”吃一记败仗，并让他的员工们在一旁幸灾乐祸，对我而言是“伤敌一千，自损八百”的做法。威廉因为恼羞成怒而涨红了脸，如果他下令把我赶出去了，那么我跑这一趟就是毫无意义的。幸运的是，他从不是一个会因怒气而失态的人。在金融圈摸爬滚打多年的经验让他多少要理智一些。而我猜，一想到这件事可能从某个比他知名度高一些（不是更有钱，或者更成功，只是更加有名一些）的人嘴里说出去，再传遍整个伦敦，他不会愿意冒这个险。当然在他看来，我的“头号罪名”不是粗鲁无礼或未能偏袒他，而是我似乎同他的妻子更投缘，甚至认为她比他更有趣，这比我提醒他的出身没有那么尊贵更加恶劣。我知道他会对每个来访的客人都进行这番洗脑，我猜这样的挑衅，应该是从未发生过。这样的反驳他显然疏于应对。

他深深地吸了一口气，那声音好似故意让人听见。然后他放下了皱巴巴的餐巾，笑了一下。“太不巧了，我得离开一下，失陪了。”让我感到好笑的是他试图显得“有风度”一些，这可不是他的本性。“星期五我通常在家，不过也不是说我就不需要工作，如果是就好了。达格玛会送你出去的。对吗，亲爱的？能像这样叙叙旧真是太难得了。”我微笑着感谢了他，就像没听见刚刚的逐客令一样，我们都装作一切很完美的样子。然后他就走了，留下达格玛和我相对无言。她小小的、皱巴巴的脸和窄小的肩膀突然让她看起来像一张照片，照片拍的是战后柏林饥饿的儿童，或者是伊迪丝·琵雅芙走到生命尽头的时候。

“你还想要散步吗？”她问道，“如果你想离开，我不会怪你，我不会觉得不舒服。”

“他不是才让我滚出他的地盘吗？”

她稍微噘了噘嘴：“所以呢？”

“我不想让他生气。”

“他永远在生气，有什么区别呢？”

贝灵汉宫的花园经过了清理、移植和修复，终于看起来有那么一点儿像爱德华时期的样子了。一个巨大的有围墙的花园，相隔的空间里放着雕像，周围是被修剪成盒状的树篱，或干净整齐的玫瑰花床。一切都非常赏心悦目，不止如此，原先留下的巨大橡树，苍老而庄严，给整座花园赋予了古朴之美。我看着周围这片景色：“你很幸运。”

“是吗？”

“以这个花园而言。”

她也向四下望了望，欣赏着高大挺拔的古树和四周成片的山丘。“是的，”她说，“我很幸运能走在这个花园里。”我们继续走了一会儿。“他怎么样？”她突然问道，出乎我的意料。我没有立刻明白她的意思。“达米安，你刚才告诉我，你最近才见过他。”

“恐怕情况不太妙。”

她点了点头：“我听说了。我还想着你能告诉我，这不是真的。”

“好吧，不过他是真的病了。”我们又安静了下来，翻过一个风景绝佳的斜坡，穿过公园，向远处的房子走去。

“你知道我曾为他疯狂吗？”她问。

我已经有点处变不惊了：“我知道你们有点情况，不过我不知道这是来真的。”

“好吧，是真的，就我来说。”

“那你可真是守口如瓶。”

她悲伤地笑了笑：“没什么可守口如瓶的。”

“他那天说到你了。”我说。

这句话让她立刻脸红了，在我的注视之下，她举起一只手捂住脸颊。“真的吗？”她耳语般的轻声说道，“他真的说到我了？”这一幕很动人。

我明白我们终于接近了问题的核心，也是我此趟造访的目的。不过，越是这样我越不想操之过急：“他跟我提到你们曾经在一起过几次，这些事情我之前并不知情。”

达格玛知道自己仍存在于达米安的脑海里，这让她彻底卸下了防备，完全敞开了心扉：“我当时想嫁给他，你知道吗？”我停下了脚步。

这太令人吃惊了！我们似乎在两分钟不到的时间里，从速度为零，飙升到每小时一百英里。达米安一直给人风流浪子的印象，然而对达格玛来说，他们之间的爱情就是电影《特里斯坦和伊索尔德》的翻版。一对恋人却谈着两段完全不同的恋爱，这样的情况到底有多常见？

她捕捉到了我的神情，用力地点点头，唯恐我不相信。我从未看过她如此竭力自我辩护："如果他开口了，我一定会答应他！一定会！"

我投降似的举起手。"我相信你。"我说道。

这举动让她微微笑了起来，整个人也放松了。她知道我是站在她这一边的，而不是另外一边。"当然，我的母亲一定会想从窗户里跳出去，不过我已经做好这一切的心理准备了。我不是疯了。我知道他将来一定会有所成就，这也是我爱他的原因。他属于即将到来的世界。"她飞快地瞥了我一眼，"不是我们以为即将到来的那种，爱与和平，满头插花。不是那种。是穿过20世纪70年代蹑手蹑脚朝我们走过来，然后在20世纪80年代猛地跳出来吓我们一跳的世界。野心，贪欲。我知道在我死之前，一定会看到一个富可敌国的寡头政府重新归位，我也肯定达米安是属于那个地方的。"

变老的一个特点就是发现身边的年轻人，都像你自己年轻时那样，不太懂得如何表达自己的想法。然而在年轻时，我们大部分人都觉得自己会被误解，其他人太蠢了。我遗憾地意识到，我本可以对达格玛更友好一些，如果我当时了解她的小脑袋瓜里在想些什么："所以到底发生了什么？你说服不了你的母亲？"

"倒不是这个原因。如果我大哭大闹，那么她会放弃抵抗的。毕竟最后她还不是任由我嫁给威廉了？他可是没有任何背景的，只是因为她觉得他以后会有钱。”

“那到底是什么原因呢？”

她叹了口气，似乎依然感到沮丧。“他并不想和我结婚。”她皱起了眉头，急急地补充道，“我的意思是他有点喜欢我，也挺喜欢那些……东西。不过他从未迷恋过我。没有。”当然悲伤的事实是，我们都没有“迷恋”过她。祖母给我们讲故事的时候，无论如何也不会用到这个词。她太像一个流浪儿，一个缺爱的可怜的孩子。她的话让我为年轻时代的我和她感到惋惜，卑微如我们，都曾尝试过单恋的苦楚，一心盼望着我们心仪的对象如果能够了解到我们用情之深，也许会心软。但我们心底深处始终知道，事情不会像这样发展，他们不会爱上我们。

达格玛还没有说完。“有一刻我以为我可以得到他了。当时，我想我能够承诺他一切，一切他参加社交季想得到的东西……”她迟疑了，一时的意乱情迷似乎将她带入了某个尴尬境地。她的胆怯和害羞又如潮水般涌回来。“你知道的……社交地位什么的……我以为他想要这些东西，甚至因此而和我在一起。”她望着对面，“我想我听起来应该很绝望吧？”

“你听上去很坚决。我很惊讶你们没有在一起。”真的。不管他是不是觉得她足够有吸引力，当年的达米安·巴克斯特，就我所知，绝不可能放过一个娶公主作妻子的机会。

现在却轮到她怜悯地望着我。“你从来不曾了解他。就算在葡萄牙那次可怕的晚宴之前。你以为他想要你拥有的一切，或者比那更多，某种意义上他确实做到了。不过我们认识的那些年里，很多时候他知道，他只想依靠自己的力量获得成功，不然他什么都不想要。”

“也许你就欣赏具有这种品质的男人。威廉也是通过自己打拼获得成功的。”这句话有些残忍，不过她似乎不这么觉得。

她十分坚决地摇着头，似乎在脑子里拼命地把两人区分开。“威廉是个小人物，他娶我是为了当一个大人物。然后当他赚到了钱，买了一个爵士头衔，他觉得自己自然变得了不起了。他不想我再压过他，他只想我变得卑微，这样可以显得他更强大。”我仿佛听着20世纪50年代演员瓦莱丽·霍布森的声音，从一帧一帧的画面中遥远地飘来，我没法描述这些话听起来是多么悲哀。她看起来是如此脆弱：“他以为只要他奚落我的出身，批评我的外表，只要我一开口他就开始打哈欠，这样就可以显示是我更需要他，而不是反过来。”

“他仍然会买你祖先的肖像画。”

“他没什么选择。如果我们等他祖先的肖像画，就只能等到光秃秃的一面墙了。”

头一次听到她刻薄的评语，我只觉得痛快：“你为什么不离开他呢？”说不清是什么原因，在那一刻，这个问题似乎并不显得唐突，而是明明白白地摆在台面上。

她想了一会儿：“我也不太清楚。很长一段时间是因为孩子，不过他们现在也不是孩子了。所以，其实我不知道。”

“你们有几个孩子？”

“三个。西蒙是老大，已经三十七岁了。他离开家了，在金融城工作。”

“他结婚了？”

“还没有。我之前想，他会不会是同性恋？是的话，我也不会介意。不过我想他应该不是。我想原因更多的是父母的婚姻，让他对这件事有点望而却步吧。老二是克拉丽莎，开开心心嫁给了一个事业成功、人又很好的儿科医生。我也很开心，虽然威廉当初不怎么赞成。”

“为什么不？”

“比起聪明的医生他更喜欢蠢笨的生意人。”她叹了口气，“然后就是最小的理查德，今年才二十四岁，刚在娱乐圈出道。”她停下来，回想了一下自己刚刚说的话。“现在的年轻人都喜欢有趣的工作，不是吗？”

“我们那会儿可不是这样。”

她看着我：“可你还是做了一个有趣的工作。我们没人想到你能靠它生活，你自己意识到了吗？”

“恐怕没有。就像我也总期待，你会有令人意想不到的成就。”我这么说不只是为了逗她开心，某种程度上也许也是我内心的真实想法。对我来说，她身上始终带着一点未知。她那么低调，那么神秘，咯咯傻笑和长时间的沉默，都让我时不时产生一种错觉，想知道她害羞的小脑袋里是否隐藏着一个完全不同的人格。我一直有些期待有一天她能勇敢地打破禁锢，不知为何，我很难想象她过上那种《名流指南》的生活，为孩子选校服，在乡下的厨房里为填满冰箱而忙活。

显然，达格玛为她作为职业女性的想法而激动不已。“真的吗？我们女孩当中几乎没有谁有什么了不起的成就。丽贝卡·道内现在在给电影作曲，卡拉·韦克菲尔德是不是在巴黎开了一家餐厅？还是我把她和别人搞混了？”她努力搜索记忆。“我认识一个伦敦的编辑，曾经也是名媛，不过我忘记是哪一个了……”她叹了口气，“总之，差不多就是这样。”

“即便如此。”她刚才陌生的样子让我一度感到困惑而混乱，这下才恢复过来。现在的她又变成原来的她了，回忆随之涌来。“你还记得在葡萄牙的第一晚吗？我们在山上那座闹鬼的城堡里用餐，大聊人生的那次？你说话就像在密谋如何挣脱束缚一样。我想你大概不记得了吧？”

“不，我没忘。”她停下脚步，好像为了强调她的话。“你没有说错，我是在密谋类似的事情。不过，后来我怀孕了。”这我们都知道，但是在那个时代，这种事情只能隐而不宣，所以我没有评论。“威廉向我求婚，让我嫁给他。无论你现在怎么看他，我可以告诉你，当时我实在是大大松了一口气。总之，后来西蒙出生了。就是这样。”

我们就快要回到房子里了，我决心要问出一些答案来：“你是什么时候放弃达米安·巴克斯特的？”

她的身体突然绷紧了，看上去像一只紧张的花栗鼠。我突然意识到一个问题，关于1968年的回忆，对她来说完全不是什么轻松的事情，但这是绕不过去的一段。在她组织语言的时候，我一直耐心地等待。“他没有向我求婚，而威廉这么做了。那时我放弃了他。”她犹豫了一下。“事实是，虽然我不知道要怎么说，”她又脸红了，不过很显然话都已经说出口，没法再咽回去，“然而他们中无论是谁，都有可能是孩子的父亲。那时候我在和威廉约会。不过我们到埃什托里尔那晚，我和达米安发生了关系。然后就在那天夜里，他告诉我，我们之间不会有结果的。他喜欢我，但是……”她耸了耸肩。突然间，四十年前那个孤独、心碎的女孩好像出现在我的眼前，就在我们旁边走着。“在那之后，我的例假迟迟未来。我知道我面临两个选择，要么就是嫁给威廉，要么就是门诊手术。现在想起这些有点奇怪，毕竟威廉现在对我这样。不过，当他真的问我要不要嫁给他的时候，我简直无法形容那种如释重负的感觉。”

“可以想象。”我是真心的。

她突然打了个冷战。“我应该穿一件毛线衫的。”她说。然后她不好意思地扫了我一眼：“我也不知道为什么把这些事都告诉你了。”

“因为我很想知道。”我说。事实上确实如此，尤其是在英国。英国男人几乎不会问女人关于她们自己的事情。相反，他们会在晚宴上，给邻座的女士指一条比 M5高速公路更新更好的路线，或者拿事业上的成就自我吹捧一番。所以如果一个男人对他身边的女人，流露出哪怕一丁点儿好奇，关于她的感受，她想过的生活，对方都会非常乐意告诉他，任何他想知道的事情。

路过马厩，再走几百码就到那栋房子了。周围建筑物的年代似乎晚一些，大约是18世纪中叶建立的。院墙的尽头是一间非常美丽的小木屋，也许是为一个忠诚的管家或者地位高到不可思议的马车夫所建。我们还隔着屋子几步远的时候，门打开了，一位老太太从屋里走出来，向我们挥手。她穿着乡下老母亲标准配备的粗花呢套装，系着围巾。“达格玛告诉我你们会来，”她隔着草丛向我们喊道，“我想出来迎接你们。”

我盯着这满脸皱纹、瘦骨嶙峋的小老太太，她正向我们蹒跚走来。难道这真的是我年轻时见过的那位雍容华贵的大公夫人吗？还是她的脑袋被移植到谁的身体上了？她的气派去哪儿了？当年那样光芒万丈的人格魅力，令人望而生畏的庄严威仪，都去哪儿了？一切都烟消云散了。她走近时，我弯下腰以致敬。“夫人。”我喃喃道，可她摇着头，一把将我拉过去，隔着空气在我两颊处各吻了一下。

“别管那些礼数了。”她兴高采烈地说，挽住了我的胳膊。这个简单的动作本身就说明了自从我们最后一次见面以来，世道变了多少，我多愁善感的那一面姑且将此视为一个友善而轻松愉悦的变化。不过考虑到全部事情，我还是怀疑我们失去的比得到的多得多。她看着对面的女儿，“西蒙回来了吗？他告诉我，他尽量赶回来和你一起用午餐。”

“显然他抽不开身。我想过不了多久，他应该能赶到这儿。”达格玛对母亲微笑了一下。这位温暖的、和蔼可亲的老人家，偷走了我黄金岁月里那个独裁者的形象。“我们在聊达米安·巴克斯特。”

“达米安·巴克斯特。”大公夫人的眼珠子都快翻到天上去了，转眼却对我绽放了一个微笑，“你可不知道，我们为这个年轻人吵了多少架？”

“我大约能体会到。”

“可现在，他比活着的哪个人都有钱。我想他应该是笑到最后了。”她顿了顿，“但无论如何，不管她告诉你什么，他们最后没能终成眷属可不是我的错。最终不是。你不能把责任推到我的头上。”

“那么这到底是谁的责任呢？”

“他的，达米安的。”她的声音里仿佛带着卢廷大钟的袅袅余音。“我们都认为他一心想往上爬，是个追名逐利的冒险家。他也确实如此，只不过是以他自己的方式。”她回转身，伸出一根手指，点着我的鼻子说道：“是你，你把他带到我们这个圈子里的。你可知道我们这些做母亲的，当初心里都恨你恨得直咬牙。”她爽朗地笑起来。“不过你看……”在追溯失落年代的时候，她的语气突然变得梦幻。她似乎在寻找合适的字眼，“结果他想要的并不是我们拥有的那些东西。不算是。那时我并没有看清楚这一点。他只是想经历，想见证，不过仅仅是作为远道而来的旅人。他并不想活在一个没有他一席之地的时代里。他想活在他可以心想事成的未来。他赌对了，那确实是属于他的时代。”她回头看着被我们落在身后的女儿。“达格玛给不了任何有助于他过上这种生活的东西。”她压低了声音，“如果他也同样爱她的话，也许事情会不一样。既然他没有这种感觉，那么什么也不足以让他动心。”

我为达米安在那一年的历程感到震惊。最初，他仅仅因为收到胖女孩乔治娜的邀请函而欣喜若狂。最后，他面对一个真正的公主炽烈的感情，却丝毫不为所动。能这么做的人几乎寥寥无几。这时响起了一阵脚步声，在车道转弯处，一棵月桂树的树荫下，威廉几乎是踏着正步向我们走来。他穿着一件闪闪发光的巴博衫，脚上是一尘不染的亨特牌长筒橡胶靴。他发现我也在场，不由得微微皱起了眉头。按照他的想法，我现在早该在滚回去的路上了。“啊，威廉也来了。”我愉快地说。他的丈母娘不屑地看了看他，没有像刚才那样热情地打招呼。“达格玛需要结婚对象的时候，他最符合标准，也算让她安心了。”这句话我不假思索地说出口了。

她对我投来了一个冷冻死鱼般的眼神。“我不明白你是什么意思。”她冷冷地说。这口气才像我们的老朋友。

“我的意思是，如果达格玛急着结婚的话。”

“她没有‘急着’结婚。她只是觉得时间到了。”纠正了我的说法之后，大公夫人放松了下来。短暂地发作之后，她又成了那个活泼开朗的小老太太了。“威廉想要达格玛能带给他的东西，而达米安不想要。就是那么一回事儿。”她向我看过来。“我知道你后来不喜欢他。”我没有说什么反驳的话。“达格玛跟我说了葡萄牙的事情。”有些人恨不得告诉全世界，我挖苦地想。“不过葡萄牙的那一夜让你看不清他真正的为人和能力。在达米安离开我们这个圈子的时候，就连我也看出他不同于一般人。”我现在在想，她是否真的很享受？和一个在场亲身经历了一切的人，讨论那些事情！特别是和我，一个旧日的朋友，或者说是一个她认识已久的熟人——从某种程度上讲，两者几乎没什么分别。而且不管怎么看，我们今后也不太可能再见面。我给她提供了一个她未曾想过会有的机会，来解释那些年发生的事情，那些很久以前做过的决定。我猜它们从未像寻常之事那样被讨论过，而她想抓住这个机会，和我聊个淋漓尽致。否则我真的没办法理解她的下一句评论。“威廉从未像达米安那般有想象力。”她说，“对于未来会带来什么样的变化，他也不如达米安有信心。无论达米安做错过什么事，我也会一直认为，达米安·巴克斯特是一个富有远见的人，威廉只是庸俗乏味的趋炎附势之辈。”

“这也不代表他不爱您的女儿。”

但她摇了摇头。“我不这么认为。他曾觉得我女儿很重要。这也是为什么他现在如此憎恨她的原因，他一想到自己曾需要她来满足他那点虚荣就受不了。”我什么也没说。不是因为我不认同她背后说女婿不是，而是这些话隐含着她对我的信任。她看着我，笑了起来：“我受不了他，真的。我也不认为达格玛受得了他，不过我们从来没有谈论过这些。”

“谈论是没有意义的，除非她真的要做些什么。”

她点了点头。她知道这是事实，所以她感到悲伤。事实上，整个谈话将她带入了一个奇怪的未知境地，我可以看出她的眼睛像是蒙上了薄薄一层甘油一样开始闪闪发亮。“问题在于，我不知道我们该怎么办。如果他们分居，他一定会想方设法确保她一毛钱也拿不到，那些穷凶极恶的律师会不择手段地攻击她。然后又能怎么样呢？”她消沉地叹了口气，在葡萄园里辛勤劳作了一辈子的工人也没有她这么筋疲力尽。从远处传来了引擎嘈杂的噪音，她张开眼睛望去。“是西蒙，他终于来了。太好了。”

她这一分神，整个人顿时清醒了。我想，她没准已经开始后悔和我掏心掏肺说了这么多。

一辆闪闪发光的车从远处的小道上向我们飞驰而来，一眼就能看出是进口货。注视着它的时候，我突然感到了一阵期待。就让这个年轻人成为达米安的儿子吧，我想。拜托了。与露西相比，我更盼望达格玛能继承这份遗产。不管是菲利普拿他什么鬼计划招摇撞骗，还是靠着运气和其他人的施舍，他们一家子总归能鸡飞狗跳地折腾出一条生路来。像所有她的同类人一样，大公夫人实在太恐惧陷入“贫穷”。即便这只是相对的贫穷，上流社会的贫穷而已。可对于没有感受过贫穷的她而言，即便这样也是不能接受的。我想她觉得自己已经见够了世事无常，我们必须原谅她这么想。如果他们过惯了养尊处优的生活，还有面对穷日子的勇气吗？对于英国上流阶级和大部分皇室成员来说，这是一个很微妙的话题。大部分人想到就害怕的不仅是不再舒适的生活，还有随之而来的对尊严的损害。因此，他们情愿屈服于任何私下的羞辱，也务必避免在公开场合陷入窘境。当然他们当中还有另一个更小的群体，对这些是满不在乎的。他们是幸运的。

车子驶来之际，我想到了一个可以让他们母子俩脱离苦海的计策。一个简单的 DNA 测试之后，他们就能摆脱噩梦般的暴君和悲惨的生活。达格玛和她的母亲，以及其他两个孩子就得以逃出生天，在新的地方生活，做任何他们想做的事情，而威廉只能孤零零一个人坐在他的桌边，发牢骚，生闷气，辱骂他的仆人们，一直到死。我琢磨着，怎么才能让西蒙同意做个 DNA 测试？他会在意威廉的感情吗？威廉是个有感情的人吗？达格玛走了回来，站在我的身边。她的母亲和丈夫就在我们前面一点点，等待着车子越开越近。“又看见你了，真好。”我说，“还有你那位性格温柔许多的老妈妈。”我希望她把我看作一个朋友。因为我是她的朋友。

她回了我一个明快的微笑，接着她的脸色变得凝重起来。很显然，她有意抓住最后一刻同我单独说话，在其他人听不到的地方。“希望你不要太在意我之前和你说的那些话。我也不知道我是怎么了，也许只是自怨自艾吧。”

“我不会告诉任何人的。”

“谢谢你。”因为担忧而皱起的纹路消失不见了。小屋前面的路上掀起一阵尘土，闪闪发亮的车停了下来，一个三十多岁的年轻男子从车里爬了出来，转身向我们挥了挥手。

就在这一刻，达格玛的命运已经注定了，我想拯救他们一家老小于水火的英雄梦也就此轰然破灭。如果不看年龄的话，他几乎可以看作是威廉的双胞胎弟弟。他的身上几乎没有一丝母亲的痕迹。他的眼睛、鼻子、嘴巴、头发、脑袋，甚至体形、举止、步态……就像一枚豆荚里的两颗豌豆一般，竟和威廉毫无二致。达格玛瞧见了我看他的神情，笑着说道：“就像你看到的，他怎么看都是威廉的儿子。”

“再明显不过了。”我们走到了我的车子旁边，我打开了车门。

“一切都是最好的结局。”她说。

“当然，通常都是如此，不管他们在电视上是怎么演的。”我回答道，接着钻进了车里，带着她本可以拥有的更舒适、更快乐的生活。有那么一瞬间，她似乎想再说些什么，不过很快改变了主意。所以，我替她把话说了：“我会向达米安转达你的关爱。”

她微微一笑。我猜对了。“那就麻烦你了。我最深的关爱。”她往四周看了看，“你确定不想留下来，跟西蒙打个招呼？”

“还是算了，他一定很疲倦。我只是开车路过时参与了一下你们温馨有爱的家庭小聚会。”达格玛点点头，表情里的讽刺再明显不过。我知道她那天很乐意目送我离开，这并不奇怪。我犯下了可怕的罪行，让她回忆起她人生中更快乐的时光。比这更糟的是，我让她不得不面对她目前生活的冷酷真相，而她情愿将真相依然深深地埋在她的心底。我当然有我的理由，可这么做依然很残忍。

无论如何，她没再多说什么，退后几步，礼貌地望着我远去。片刻工夫，我便又在路上了。

第七章

父亲的遗嘱

死亡是件多么奇怪的事情，它让你之前活着的所有时间显得毫无意义。

我在寻找高速公路的途中走错了方向，开进伦敦的时候又被堵在了晚高峰的车流里，直到快晚上八点才到家。这时我才发现，这次短途旅行花的时间比我计划的要长。布里吉特早就自己开门进来了，在等我的时候一个人喝了半瓶夏布利白葡萄酒。酒精让她在做晚饭时大发脾气，把厨房弄得乒乓乱响。我想不出为什么我竟然一次也没有问过她的感受——白天她要在办公室里做重要决策，晚上还带着一天的疲惫为我做饭。而我大部分时间都无所事事，游手好闲，为了打发白天的时间找点事情做，美其名曰等待灵感。如果要为自己辩护，那么我得说，我不记得她曾对此有过抗议。如果该我做饭了，我们就会出去吃。轮到她了，她就会在家做饭。有时候，人只能顺其自然。

“你父亲来电话了，”她说，“他希望你回一个电话给他。”

“关于什么事情？”

“他没有说，不过打了两次。第二次打来的时候，你还没有到家，他听起来很生气。”

这句话里隐藏着蛮不讲理的指责。“我又不知道他什么时候打电话来，总不能在家等着吧。”

“别冲我发火。”她耸了耸肩，走回厨房里，“我只是个传信的。”我不是第一次对此感到厌烦，至少有一半的人会在关系变得摇摇欲坠时不自觉地铸下大错。这与性、阶级、国籍、种族，或者年纪无关，因为裂痕的两边几乎所有类型都有。真正的错误在于，当人们处在一段不顺遂的亲密关系中时，他们变得情绪化，挑剔，永远不能满意，常常小题大做。“你为什么总是这样？”他们会说。“你到底有没有在听？因为你从来就没理解对！”或者“别告诉我，你又忘了！”

由于不属于这种人，我发现自己很难摸透他们的想法。他们真的会以为像这样需索无度，暴躁易怒，就能迫使我们努力让事情好转？若他们真这样想，毫无疑问，那就大错特错了。这样意气用事只会加速对方的逃离。他们越感到不满，他们的满腹怨气就越有可能成为恶性循环。事实上，你第一次听到对方哀怨地叹气：“我想这大概又是等着我来收拾的吧！”你就该明白，一切只是时间问题。而讽刺之处就在于，越是开开心心的伴侣越难让人离开。抛弃一个快乐的爱人，让他们体会前所未有的不快乐，不仅难以做到，而且很不道德，通常会给人带来极大的愧疚感。而离开一个整天愁眉苦脸的家伙，则显得合情合理。

当然，鼓起勇气结束一段一潭死水的关系并不难。但对很多人来说却不是这样。他们告诉自己，他们在做一个好人，一个高尚的人，一个成熟的人，但死撑其实只是软弱而已。若糟糕的婚姻中两人已有了孩子，情况另当别论。当我们仅仅是在讨论没有孩子的同居状态时，甘心忍耐是纯粹的懦弱。当我们决定死了之后绝对不要埋在这个人身边时，如果仍继续一起生活就纯属浪费时间。这是盲目的善良？还是虚假的乐观？还是因为我们已经预订了度假别墅，和格里姆斯顿一家一起共度整个8月，务必不能让他们失望？甚至是开始想，我上哪儿找地方放下我这么多东西？其实都无所谓。一旦你意识到你内心真实的想法，逃避现实的每一天都不值得过。而对于布里吉特·菲茨杰拉德来说，我配不上她这么好的女人。

我父亲一拿起话筒，就开始大声埋怨我。“你这一天都去哪儿了？”他问。

“我去汉普郡和人吃午餐了。”

“看在上帝的分上，为什么？”任何一个成年人都知道，和自己上了年纪的父母打交道时，这个话题千万别继续说下去。

“你本可以打我的手机。”我建议道。

“如果你在开车呢？这是违法的！”

“我有蓝牙耳机。”

“就算这样也不行。”沉默再一次成为唯一可行的选项。等他气消了，最后终于说到重点。“我希望你‘下来’看看我，有些事儿我们得谈谈。”事实上，从地图上看，他就住在伦敦上面，在格洛斯特郡和什罗普郡的交界处。不过，我父亲那代人始终坚持认为伦敦才是大不列颠的最高点。

所以他会说他“上”伦敦，“下”到其他所有地方。我很爱他这一点固执。苏格兰在英国北边，如果他去因弗内斯，那时也会用“下”吧，不过我应该没拿这题考过他。现在我也没法问他了，因为在我的寻子任务结束之后他就去世了。我每一天都在想念他。

布里吉特从厨房里出来，端着一盘食物，她已经用汤匙舀了一些炖肉和各种蔬菜浇在上面：“我在厨房帮你盛过了。我知道你不喜欢这样，不过现在时间已经不早了。”

对话中夹带着的自负意味令我烦躁至极。“你说得一点没错。”我冷冷地说。“我不喜欢面前放着一堆盘子，里面还不是我自己选的食物。因为我从幼儿园毕业已经有些年头了。我也不觉得有什么要着急的。我们是赶着要做什么事情吗？”这番蠢话中的自负一点儿不逊于她刚才激怒我的言论，我在桌边坐了下来。

布里吉特还不打算结束对话。“恐怕菜煮得时间太长了。”她叹了口气，把这堆不知道是什么的东西放在我面前。

我们彼此都清楚我们是在发生口角。她这句话则耗光了我最后留存的一点耐心。“我不知道你为什么要这样，我八点以前就到家了！”我咕哝着，语气刺耳而冷淡，有意毫不相让。“你到底是打算几点吃饭？”她咬住嘴唇，一言不发。

当然我知道这么做有点儿卑鄙。遇见我之前，布里吉特一般在六点半或七点半就要吃晚饭了。她始终觉得我非要到八点半或九点才吃晚饭，简直不可理喻，是一种近乎古怪的坚持。远赴外地寻找伴侣的人，应该对此冲突很熟悉吧。就算在当下的时代，即使在沃特福德郡以南，几乎每一个人，都用“午餐”来表示正午吃的那一餐，即便从鳄梨到寿司都可被当作家常便饭，可吃晚餐的时间照样能激发文化冲突。对我来说，尽早进食只能被理解成这是为了晚上的活动补充能量，人们会在六点或六点半就吃晚饭，只是为了在七点钟吃完出门，不耽误晚上的寻欢作乐——可能是去俱乐部、酒吧，健身、研究编织绳结、学习中文、跳队列舞，或者就是坐在沙发上看电视。夜晚是属于你的，提前晚餐是为了更有空享受夜色之欢愉。

上中产阶级和上层阶级对此困惑不已，仅仅是因为用餐对他们而言纯粹是为了享受。它是顶点，是核心，是唯一的意义。如果晚餐在七点半就结束了，那到上床睡觉前这段时间，他们还能做什么呢？这些人是不会去自助会的，或者参加什么业余表演课，他们也不钻研艺术或织毛线，更不会随随便便去酒吧。这就是为什么让这些人担任任何地方政府的公职都是难以忍受的。开会时间到了，可他们正要坐下来，从事与公共决策完全不搭调的事情。对那些跨越了巨大社会鸿沟的人来说，能靠自己走到今天，没有什么习惯是他们不能适应的，无论他们走的是上坡路还是下坡路。当然，布里吉特觉得这很难，而我现在就在她面前明目张胆地刺激她，攻击她，贬低她。我对自己感到惭愧。不过内心愧疚似乎不足以熄灭怒火，我看着面前的盘子。“我真情愿你没有把它堆成这样，看起来真是倒胃口。”我一边抱怨，一边抖开餐巾，“我感觉自己跟流浪汉似的，在罗顿屋等人给吃的，吃完回小隔间睡觉。”

“我感觉自己就跟帮他盛菜的女佣一样。”布里吉特说道，她的脸上没有一丝笑容，我们就此打住。

在我替达米安执行任务期间，我父亲就住在格洛斯特郡边境，一个叫作艾伯利的小村庄里。他当时已经八十六岁高龄，十年前，我的母亲去世后，他就选了此地作为隐居疗伤之处。他搬到此处并非出于什么不得已的原因，考虑到他们结婚之后的大部分年头都在海外度过，而他退休之后，在威尔特郡住了几年。我想他只是想让生活有点变化，而我们家族在19世纪后半叶，主要都住在艾伯利公园——这栋房屋坐落于村庄主干道的尽头，屋前有一片铺满鹅卵石的前院，以“公园”为名实在有些夸大其词，建筑风格也乏善可陈。它在我的人生中基本上相当于一家三星级酒店，根本无足轻重。我们偶尔去那里用午餐或下午茶，父亲认为这个地方充满了怀旧的乡愁。也许他是为了让我对我们家族的历史产生那么一丁点儿兴趣吧，我猜。不过，他这种屠格涅夫式的忧郁不太有说服力。巨大阴暗的前厅和巨大阴暗的休息室以及餐厅，全都装饰得极其丑陋，任何一点私人的生活痕迹在很久以前便已消失殆尽。我父亲对这栋房子也没有什么记忆，因为他的祖父早在他出生之前的20世纪早期，农业大萧条之后，便将它卖掉了。我觉得这里有点简陋的19世纪巴洛克风格的楼梯很漂亮，而光线暗淡镶着护墙板的图书室也许曾富丽堂皇，后来则被改建成一间酒吧，酒瓶底朝上放在银质酒架上，把它最后那点迷人的气息也抹杀掉了。不过祖父祖母，以及我们家族上两代祖先都躺在本地教堂的墓地里，名字刻在教堂正厅的纪念牌匾上。我想父亲也许对这里有着归属感吧，一种无论他还是母亲都无法从他们之前的家获得的感受。

我父亲在艾伯利的生活十分愉快，尽管有些哀伤，可是所有独自过老年生活的男人都会有些哀伤。女人则不会。他有一个管家叫作斯诺太太，她为人彬彬有礼，每天都会给他做午餐，把厨房打扫干净，归置整齐之后，才会离开。她会把他的晚餐留在冰箱里，保鲜膜裹着的盘子，气势磅礴地排成一排，便利贴上写着严格的指令："煮二十分钟""放在预热过的烤箱里，开至五挡，烤半小时"。我永远不明白这么做的意义何在，她的厨艺并不是很好，客气点说，她的食谱基本上都是20世纪50年代以来的英国幼儿食谱，那些半成品父亲大可以在本地的威特罗斯超市采购。做起来更快更方便，味道也更佳。现在回想起来，我想他其实更享受遵循她的指令，服从她的意志——另外，把所有东西拆开，在加工晚餐时，他还可以打发每天晚上的一些时间，这更是额外收获。

去探访父亲的那天，我到达时，斯诺太太正在准备午餐。她在倒两杯干型雪利酒的间隙，用非常悦耳的声音告诉我，她一上完布丁就会离开，让我们俩单独相处。换句话说，她就不留下来洗盘子收拾了。"我们得自己来了。"父亲一边带我走向冰冷的、未经打理的休息室，找椅子坐下，一边嘴巴里咕哝着说。为什么有些人能在一栋房子里生活二十年，可家具看起来仍然好像搬家卡车才从大门前开走？比方说在这间房子，他参照了几个我母亲在之前的家里装修过的房间来对几间屋子进行装饰。但是他似乎一直没能为这间小小的、形状不规则的休息室，找到一个合适的模板。因此它只能等待，奶白色的墙只能这么空着，完全不配套的家具也只能这么摆着，等待着永远不会到来的灵感。

"好的。"我说，因为好像只能这样了。

他轻快地点点头。"我想这样比较好。"多年的外交工作让他习惯性神秘兮兮的，除此之外，他们那类人还具有一种普遍的偏见——出了银行或股票经纪人办公室，绝对没办法谈论任何关于金钱的话题。包括谈论你未来女婿的资产净值和未来前景，以及谈论你自己的遗嘱。因为我的妹妹很早以前就结婚了，所以我立刻猜到这次见面应该是跟后者有关。果不其然。

我们有一搭没一搭地聊了些家里的事情，其间享用了一块淡而无味的牧羊人派。我盯着面前这块卖相全无的葡萄干布丁蛋奶糊。这时，斯诺太太穿好了大衣，戴上了帽子，靠在门口。“那么我就先告辞了，”她对我父亲说，“我把咖啡端到图书室了，大卫爵士，趁热喝。”他脸部扭曲地挤出一个近似眨眼的表情作为回答，对所有请了一位用人的独居老人来说这个举动表明，这关系难免有一天变得危险。然后，他点点头表示感谢。我们听见大门“砰”的一声关上了，接着他开始说话。

“我那天突然觉得很不舒服，然后去找老巴贝奇看看是怎么回事。他做了几个检测，看来我终于还是要垮了。”

“我记得你不是说过，老巴贝奇应该被吊销行医执照吗？”

“我可没说过。”

“你说过，他连枪击伤口也诊断不出来。”

“是吗？”我父亲被这句话逗笑了，“这句话我可能说过。总之，什么也改变不了。我肯定有走的那天，现在看来应该不会太久。”

“他到底说了什么？”

“你不用操心。”

“我开车开了两个多小时，总该知道一点儿细节吧？”

他改不了跟了他一辈子的老毛病。“就是不该出血的地方出血了。我不想吃布丁的时候讨论这种恶心的事情。”我没有什么可反驳的，因此只能等他自己说到重点。“总之，我意识到我和你从未好好谈过心，对所有事情。”

死亡是件多么奇怪的事情，它让你之前活着的所有时间显得毫无意义。我的父亲就坐在这里，快要死了，估计是因为什么癌症，这一切的意义又是什么呢？人活着是为了什么？他就和他那一代的所有人那样努力工作，和我这一代人很不同，但比我们也更明智。他们那会儿上班晚，午休长，六点半到家。即便如此，他尽了最大努力去工作，满世界飞，住在糟糕的旅馆里，挨过无聊沉闷的会议，听国家元首满口谎话，听专家们危言耸听，结果这些危言还被证实是毫无根据的。他研究过无数毫无价值的报告，在政府发言人为他们不称职的部长们编造可笑、虚假的声明时，假装相信他们的话，还有……这一切是为了什么呢？他并不富有。或者说，他没有像我母亲说的“真正”赚到钱。这栋房子，一些股票，一两件祖上传下来的好东西，一份他一去世就会止付的养老金。我和妹妹受到了良好的教育，这几乎掏空了他们，可是露易丝基本上浪费了她的才华，嫁给了一个很平凡的股票经纪人，生养了三个孩子，怎么看也跟天才八竿子打不着。而我——

“我想让你先看看我的遗嘱安排，以免你觉得哪里写得太繁琐。你是遗嘱执行人，如果我写得不清楚，怕你到时候会措手不及。”

我点点头。我无法控制住我的思绪。可怜的老爹。我想他这一生过得不错，当他最终下葬时，人们也会这么说的。“他这一生过得不错。”可是真的吗？这真的是不错的一生吗？这就够了吗？他在战争快要结束时遇到了我的母亲，当时她在外交部工作。他奉命协助波兰以及其他几国租界的工作——英国在这些地方做了不少错误的决策——为战争结束后重新开始他的职业生涯做准备工作。他们在1946年结婚，没过多久，他被任命为英国驻西班牙大使馆的二秘。他们在一起很快乐。我真的相信。她喜欢旅行，因此，持续搬家对她而言，与其说是困扰，不如说是乐趣。他成为大使后，我甚至会说，她度过了一段相当美好的时光。虽然父亲从未做过至关重要的大使，他从未在巴黎、华盛顿或者布鲁塞尔等地方做过大使，但他在里斯本和奥斯陆待过，这两个地方他们都很喜欢，还有津巴布韦的哈拉雷，这个地方倒是出乎意料地比前两个更刺激，当然不是那种好的刺激。当一切都结束，他们回到英国，住进了他们在迪维齐斯附近买的一座农场里，一切总算尘埃落定。他在倒数第二个任期时，被授予了爵士称号，我很高兴，以为这能让他们感到自己有所成就，当然他们并没有。这也稍微有助于他们在一个全新未知的英格兰，开展社交活动。不过，我从未真正理解他们为何要在乡下安家，两人都不是那种喜欢遛狗，忙于助人为乐的人。当然他们也不是运动型的，二十年前，我父亲曾去边境的松鸡猎场打猎，四天下来一只猎物也没打到，从此他便放弃了这项爱好。至于我母亲，一切会让她受冻的活动她都不予考虑。

世界上有一种暴政，是强迫某阶层的人认定只有乡村生活才会让他们快乐。这种暴政实在残酷，我父母的心灵也受到了荼毒。除了他们之外，每个人都能看出他们真正的归属是城市。他们喜爱形形色色、信息量大的交谈。他们喜欢和不同的社会群体打交道，他们要听第一手的八卦消息。他们喜欢谈论政治、艺术、戏剧和哲学，而这些当中没有一样能在城市以外的地方实现。他们雇佣的当地人不多，由于双方家族和威尔特郡没有什么历史渊源，他们几乎每次出门都是蜻蜓点水。因此待在那里的几年里，他们的自尊心注定消耗殆尽。简而言之，他们在乡下不会有什么机会真正获得乐趣，那地方的娱乐消遣和切尔西区、骑士桥或伊顿广场是两个世界。他们不知道为什么最后还是妥协了，靠参加晚宴、参加慈善活动、为当地规划签署请愿书、对乡村酒吧抒发怨气等种种方式勉强度日。然后我母亲过世了，这是我父亲始料未及的变故。他表现出极大的勇气，打包了在迪维齐斯的家什，搬到格洛斯特郡，开始了一个差不多毫无意义的生活。平淡无奇的日子一过就是十年，当我们埋头大吃盘子里一堆恶心东西的时候，他坐在这里告诉我，他快走到人生的尽头了。我从未像那一刻一样，对我们大多数人生命的荒诞产生如此强烈的感受。

“我都写好了，应该不会有什么不清楚的地方。”父亲边说边从桌子附近什么地方拿出一个塑料文件夹，夹子里塞着很多打满了字的纸张。他站起身，把文件夹递给我：“我们一起过一遍吧。”

他带我走进那间小小的图书室，他大部分的日常活动都在这里进行，像往常一样，我被眼前的景象深深地打动了。不同于毫无特色的会客厅，这间图书室完全复制了我母亲为威尔特郡农庄设计的样子，这里几乎是那一间图书室的微缩版本：墙上衬着红色的缎子，凹进墙里的书架颜色是柔和的斑鸠灰。甚至连靠垫和台灯都完好无损，没有在搬家中受到磕碰。壁炉上方的墙上挂着一幅她的肖像，画得很好。那时他们刚刚结婚，她穿着一件20世纪40年代的时髦西装，我的父亲在说话的时候，会时不时朝她那儿看上一眼，仿佛是在征询她对他所做的决定是否赞同。

绿色灯芯绒沙发前面的茶几上，放着斯诺太太事先端来的托盘，里面是咖啡壶和两个杯子。父亲给自己倒了一杯，向文件夹点了点头。“葬礼，追悼会，都写在上面了。祷词，赞美诗，如果你不想致辞的话，应该由谁来？”

“我以为你讨厌赞美诗。”

“确实讨厌，但我也不认为葬礼是个适合发表‘声明’的地方，你觉得呢？”

“这可是你最后发表声明的机会了。”这句话逗得他微笑起来。“我会发言的。”我说。

“谢谢。”他为了掩饰心情轻轻笑了几声，“既然你已经有了那间公寓，这栋房子我就留给露易丝了。”

他说得合情合理，也是事实，不过我没道理地感到一阵恼火。这种时候，会有任何人对事情的安排完全没有意见吗？独生子女也许会，有兄弟姐妹的人则绝不。“东西呢？”

“你们可以分分，我没有具体指定什么。”

“我情愿你这么做。”

“什么？具体到每个茶匙归谁？”

“对，每一个。”他看起来很伤心。他可能很想认为他的子女们彼此关系很好，确实曾经如此。不过，现在我们已经不再亲密，而我知道如果没人拦着，露易丝那个超级无聊的丈夫一定会插进一脚，唆使她把稍微像样点儿的东西都拿走。“汤姆会说，他们有孩子而我没有。他们一定会把所有东西席卷一空，然后我们一定会吵起来，露易丝会哭，我会吼，汤姆会看起来很受伤。除非你现在就白纸黑字写下来，这样就不会产生什么纠纷了。”

“好吧，我会的。”他沉重地点点头，“要不这样吧。我把你母亲的珠宝都留给她，然后其余就都是你的。你要是想给她一两件东西也没问题。我想如果你坚持不生，最后也都会传给她的孩子们。”

“我想也是这么回事。总之不会流落到什么流浪猫之家就是了。”

“我情愿你有自己的家庭。”

这句话倒是频繁出现，正常情况下我会说个笑话，或者烦躁地叹口气搪塞过去，这取决于我当时的心情。但是鉴于我们正在讨论的话题，我想还是诚恳一点儿比较合适。“我也这么想，真的。”我说。

“你仍然可以，你知道的，看看查理·卓别林。”

“也不用举那么古老的例子吧。”为什么每个超过五十岁的人，在这种情况下，还是会拿卓别林举例？每天都有一些脑筋错乱的男演员在新闻里说，到七十多岁才成为父亲是一件多么有趣的事情，让生活变得多么光明，每天都是新的一天。我有时候会想，在精神崩溃和体力耗尽之前，他们还能在这个幻想中硬撑多久？

“当然……”他犹豫了一下，“我也不指望……她叫什么名字来着？”

“布里吉特。”

“布里吉特，我想对她来说可能也有些迟了。”

布里吉特已经五十二岁了，这句话对她来说几乎是个赞美。我点点头。“我想是这样没错。但是，这并不见得……”这次轮到我意味深长了。我们俩都知道我是什么意思。父亲明显振作起来，我不得不说，这让我有点不爽。即便不怎么上心，我也一直知道布里吉特不是我父亲会中意的类型，不过他始终对她礼貌有加，结果她对他相当喜欢。我意识到从头到尾，其实他的心底里默默希望布里吉特最终只是个过客，这样对她未免太不公平。

“哦，我明白。好吧，你是深藏不露。”他从专为我们的欢乐时光而准备的银质咖啡壶里，给自己倒了一杯微温的、近似咖啡的液体。“我认识她吗？”

“还没有特定的人。”我飞快地摇摇头。

“到底怎么回事？”

我对此毫无准备，他的问题和语气都一反常态，带着不一样的温情。“你什么意思？”

“你从一进门情绪就很怪。”这句话明显不是针对我和布里吉特的关系，而是另有所想。我吃了一惊，因为我父亲从来都不太善于内省，不管是对他自己还是其他人。在我年轻时，每当晚宴上的对话渐入佳境时，他总会一盆冷水浇下来：“好了，我们就不要研究心理学了。”我的意思，他并非完全认识不到其他人精神生活的重要性，他只是觉得这跟他毫无关系。八卦从来令他厌倦。他记不住那些事件和人物，自然也无法体会其中的笑点。每当有人试图用本地一些丑闻引起他的兴趣，都会让他十分不耐烦。

说实话，他这样的态度逐渐耗尽了我母亲的兴致，因为她从不被允许谈论熟人的私事以及揣测别人的心理，这不可避免地让他们的对话变得枯燥无味。他会说：“这关我们什么事？”她只有点头附和，说当然他是对的，然后就是一片寂静。我长大之后曾多次引用诗人亚历山大·蒲柏的名言为母亲辩护：“欲研究人类，必先从人着手。”还有其他诸如此类的话。实际情况是他对深究别人家那摊子事儿依然不情愿也不包容，她最终放弃了改变他这一点，转而和孩子们以及朋友们分享这些话题。这没什么要紧，我特别感谢他们晚年时迎来了有电视机的新纪元，否则那些年的夜晚真如死一般寂静了。然而，他现在却在这里，表现出对了解我心情为何动荡的兴趣。这种事情太少有了，我甚至不能浪费时间去敷衍他。

"我有种感觉，也许我想改变我的生活。"

"这话是什么意思？摆脱布里吉特？不再写作？卖掉公寓？到底是什么？"

"是的。"我说。我们干瞪着对方。然后我又想了想："事实上我并不想放弃写作。"

"这是怎么了？"

我告诉了他关于达米安的请求，以及到目前为止我所经历的事情。他思考了一会儿。"那时候我挺喜欢他的，直到你们最后闹翻了。"他顿了顿，不过我没什么要说的，"即便如此，我还是很惊讶，他居然能在那些人的生命中留下这样的印记。"

"鉴于他那样对我，远远轮不到我去维护他。不过，当年那帮人里，唯有他成了我们这代人当中的佼佼者。"

"是的，你说得对。当然这么说没错。我欠考虑了。"父亲说得好像刚刚被我纠正过一样，"所以，到底是什么原因？"

"我自己现在也没有完全想清楚。被迫把年轻时对未来的设想和实际发生的现实相比较，这让我感到很沮丧。"

父亲点了点头，说："用奶奶的话说，'比较最可憎'。"

"比较还毫无意义，不过这也阻止不了人们一直会去比较。"不知何故，我觉得他能够理解这点对我来说很重要，"不止这些，我不知道我们都在做什么。达米安也许已经达成了他的心愿，不过我们其他所有人都没有。"

"不是每个人都能成为举世闻名的亿万富翁。"

“确实如此。不过，每个人都需要找到一个有价值的归属。归根结底，就是他们的人生在大背景下多少是有些意义的。问题是我的归属在哪里？我又做了些什么？”

显然他没能严肃看待这个问题。“你不觉得，自从乔叟第一次削尖他的铅笔以来，人们就一直在问自己这个问题吗？”

“我认为，大多数人有时觉得自己属于一个优秀的文化时代，他们在一个有价值的整体中拥有某种自我认同。‘我是一位罗马帝国公民’‘上帝保佑美国’‘若生来就是英国人，便已算人生大赢家’，诸如此类。人们相信他们的文明是珍贵的，能够成为它的一部分是幸运的。我很确定，四十年前我也对这些坚信不疑。”

“四十年前你还年轻。”他微笑了起来。很明显，他并不为我灵魂的拷问而过分担心：“所以你想问什么？你想卖掉那间公寓吗？如果是的话，那你想卖就卖吧。”

某种程度上，我那时本可以离开，坦白讲，我此行的目的就是来征求他的许可。他对我的抱怨，反应既迅捷又坦率，让我有点措手不及。因为我本以为要花更长的时间，才能得到他的同意。因为我最清楚，对他而言，这样的答复算非常慷慨了，比一个局外人一眼能看出来的更为慷慨。如我曾说过的一样，我母亲才是那个坚持把伦敦公寓留给我的人，这让他们能自由支配的资产少了一大块。他抗拒了一段时间，因为他认为这样会使他们生活的舒适度下降，事实也确实如此。不过他最终还是没扛过她的软磨硬泡。而现在我就在这里，向他提议能否把手上的筹码兑现，装进我自己的口袋，拿了钱就跑路，而他想让我知道，他对此一点儿都不介意。几个月之后我才会发现，他早已得知自己的病情，比他透露的要严重得多，死亡的阴影已经横亘在他眼前，所以我想他希望我们在最后的时刻能够步调一致。但对我来说，此举让我更为他的善良而感动。“你真的是太好了。”我说。

“哪里的话。”他听得连连摇头，“好了，还要再来点咖啡吗？”

当然，在这一刻，他本能地想要显得若无其事，可越是这样越是让我心酸。我父亲就像大多数人一样，绝对无法将内心翻涌的情感表达出来，在这方面，他自始至终都是个彻头彻尾的英国人。甚至在我们小时候，他都很厌恶亲吻我们，道晚安。终于等到我们长大了，步入青少年时期，这个习惯也就顺理成章地废除了，看得出他对此欣喜若狂。然而此时此刻，他的话里却有一种无声的静默，充满了感情，让我几个月后再回想起这一幕，都会情不自禁地红了眼眶。“我不想让你觉得，当初把公寓给我是一个错误的决定。”我说，“它为我打下了完美的基础，一个绝佳的开始。无论是过去，还是现在，我都对此无比感激。”

“我知道。不过，不能因为一件事情曾经合适，就意味着它一直合适。如果你想卖掉它，那么你就这么做吧。”

“谢谢你。”

“那女孩呢？真的不行了吗？”

我有点不地道地想：布里吉特如果听到她被称为“女孩”的话，应该会开心死了吧？她的容貌标致耐看，虽然没到年老色衰，但她也不再年轻了。我不知道该怎么回答他。“不完全是那样，我们之间还是老样子。”

“可是？”

“问题出在我在寻找真相的时候，想起了爱上一个人是什么感觉。

我本以为我已忘了。”

“你记起的是你年轻时爱上一个人是什么感觉。六十岁时的心动，无论那些滥情的美国电影再怎么演，都是不一样的。”

“也许是吧，不过我非常确定，那也比我现在拥有得多。”

“那么你就必须往前走了。”他缓缓地点了点头，“告诉我，在旅行中，你见到塞琳娜·格雷沙姆了吗？”

这个问题冷不防地冒出来，几乎让我张口结舌。这一天，我亲爱的老父亲真是让人惊喜重重。他真的记得塞琳娜？他怎么会知道我对她的感觉？难道他被重新植入了另一个人格？我们至少有三十年没提到过这个名字，我怎么也不会相信，以他对我的关心程度，能察觉到我曾为情所困。“不，完全没有。几乎很少。有时候吧。在伦敦偶尔会遇见。就这样。”

“她结婚了，是吧？”

“是的。”

“她过得还好吗？”

“我和她就短短几面之缘，没法发表意见。她有两个孩子，如今已经成人了，她也没离婚。”

我七零八落的回答让他思考了一阵：“你知道吗？其实我一直不认为，你们在一起会幸福。”

无论什么年纪，从任何一个父辈口中听到这样的话都是难以接受的。但这已经近乎是他给过的最友善的姿态了，这让我无论如何也没法发怒，只能回以一句：“我只希望我有机会认清这一点就好了。”

“如果你们在一起，你就不可能成为一个作家。你最终会回到金融圈里，拼了命赚钱，只为了能留住她。”

“不见得吧。”他听了这句话，不屑地哼了一声以示回应。像所有做父亲的一样，他总认为自己懂得更多，尤其是对和我朝夕相处、他却几乎不了解的人。这简直是太令人恼火了。但鉴于之前的交谈，我不想吵架。“现在很多人都过着和他们的出身不一样的人生。比如说你。”

“也许吧。不过我这一代人没有什么选择，相信我，江山易改，本性难移。我早该知道。”他明白我努力控制自己不要为了塞琳娜和他起冲突，我已经在让步了，“我不是说我不喜欢她，我只是不觉得你们是合适的。不值得的。”

“好吧，是的。”我说完了，一片沉寂。

事情发展到了一个尴尬的局面。父亲突然不安地意识到，他贸然闯入了一个陌生的领域，可能会伤害到我们之间的感情。他故作轻松地调侃起来，想要重新回到正常状态。“我希望我还能活到见你下一个女友的时候。”

“我也希望这样。”这是我发自内心的愿望。可是他不会的，我很难过。

那个下午的其余时间我们都在讨论他的遗嘱，我现在终于可以读到它了。如他所说，这栋房子留给了我妹妹露易丝。他的遗产由露易丝的孩子们和我继承。在我看来这当然不是很公平，因为露易丝和她的孩子们应该算作一人份才对。不过他当时立刻打了一个电话给他的律师，口述加了一条附录，即房子里的所有物品都归我，所以我不想再吹毛求疵。然后就这样了。他对悼念仪式的要求似乎很绅士。事实上，一切都非常谦卑低调，是得体的啜泣，而不是哭天喊地。

在我离开之前，我们在厨房里泡茶，然后我父亲又提到了我的生活状态。斯诺太太把所有东西都放在了厨房台面上，还用保鲜膜包着一碟饼干。很显然，她不相信他有任何徒手操作家务活的能力，哪怕是最简单的。也许她是对的。“我认为达米安在这件事情上做得不太对。”他给自己倒了两杯自酿茶，沉默了一会儿后说道：“毫无疑问，他这么做最后肯定会打乱一个人原本平静的生活。不管这个人是男是女，一夜之间突然发现自己比他的兄弟姐妹，比他在世界上任何一个亲人，都要富有成千上万倍是什么感觉。他的母亲得跟自己的丈夫解释，他们第一个孩子是个私生子……这不是很容易的事情。”

“可如果这笔财富能让一个人摆脱困境，大展宏图，实现理想，成就一番伟大的事业呢？”

“你说的话听起来像火车站书报亭卖的畅销小说里的故事。”

“你说的话听起来像卫生安全部的官员。”

他咬了一小口消化饼干。斯诺太太不是个敢于冒险的人，不管是对饼干还是别的什么事情。“而且我觉得，达米安拜托你去做这件事情，对你不是很公平。你又不想沾他什么光。”

“一点儿也不想。”我不愿意装作不知道自己为何被选中，“不幸的是，除了我，没有人能承担这项任务。”

“也许是这样，不过我不觉得他真的明白，你为此暴露了什么。”

这句评论有点奇怪，我倒是始料未及：“为什么这么说？我‘暴露’了什么？”

“这样一来，你就得回忆你的过去，难免会跟自己的现状比较一下。你不得不回忆起四十年前，在你还什么都没有经历过的时候，十九岁的你对生活的理想。说真的，你必须正视你们所有人曾想要的生活，你周围这些头脑简单、浓妆艳抹的女孩和爱慕虚荣、傲慢自大的男孩。因为达米安，你现在就必须亲眼见证他们的人生动荡，包括你自己的。人到了一定年纪，不管当初是抱着什么想法，最终都会和自己对生活的失望情绪达成和解。不过你这个年纪还早了一些。也许当你对生活感到不满的时候，一切已经太迟了，或者几乎太迟了，你已经没法去改变它了。不过，很快你就会发现，前面还有漫长的岁月来面对这种不满。他挥霍的应该是他自己的人生，而不是你的。”

“他没有多少人生可以挥霍了。”

“即便如此。”

当然，他是对的。真的。

难道一切都是缘分天注定？似乎只有这个解释，才让种种奇怪的意外巧合，在我们随心所欲的生活中产生出计划感。还是说，缘分更多地作用于事物偶然的一面？对于偶然性的推演，将人们导向最终的开悟？无论如何，我都相信在下一个关于达米安的旅程中，是缘分在暗中引领着我。

我和布里吉特一起去度周末，同行的是一个非常无趣的建筑师和他迷人的太太，地点就在他们数年前在约克郡买下的一栋房子里。那是一栋有历史意义的老宅，说是“伟大”的遗迹也不为过，天啊，他一说到这些就滔滔不绝。这位建筑师名叫塔尔坎·蒙塔古。我无法相信他或任何一个婴儿在受洗时，被赐予了这样一个名字，我也没发现他和曼彻斯特郡的蒙塔古公爵之间有什么渊源，尽管他巴不得被如此联想。我认识他是因为他的太太珍妮佛·邦德，一个惹人喜爱的小说家，我们签了同一家出版社。几年前的夏天，我们一起进行了一次新书巡回签售活动，在旅途中结下了深厚的友谊。那时我不太清楚塔尔坎的财富从何而来，因为他从未设计过什么绮丽壮观的建筑，可是他的生活奢华到连范布勒爵士都会自叹弗如。前几年在我们去拜访他们时，他刚买下瑟斯克附近一片气势宏大的半废墟建筑——莫尔顿大厦。

这是一栋乔治四世时期的哥特式蛋糕型建筑，战后被莫尔顿家族所遗弃。这栋大厦沿循了战争时期大型建筑几度沉沦的悲惨命运。它先是成为一所学校，然后是培训学院，这之后成了老年之家，我非常确定某一时期，它还曾是一所教新式烹饪的进修学校。直到20世纪90年代中期，它好不容易有了一点儿所谓的名气，成了后来冥想派的“世界中心”，吸引了那个时代一支当红男孩乐队的成员们。管理这个“世界中心”的是一个有些可疑的人物，我依稀记得他声称背后有高人加持，不过也许我记错了。不管怎样，当《星期日泰晤士报》用触目惊心的红色标题披露了这一重大丑闻之后，这个机构就每况愈下——事实上他并非那些虔诚真挚的学员们所坚信不疑的、能连接上什么高等平行宇宙的哲学家。相反，他是一个来自皮纳的劣迹斑斑的骗子，有着顺手牵羊、偷车、保险欺诈等多重案底。真相大白之后，学员作鸟兽散，紧接着那位假的精神领袖也逃之夭夭了。接下来的八年里，寒风在积满灰尘的长廊、阁楼上仆人的房间和客厅呼啸而过，直到塔尔坎出手相救。我很肯定，从保护建筑的角度来看，他确实做了一件好事。是否有利于提高珍妮佛的生活质量则有待商榷。

复制19世纪贵族阶级生活方式和习俗的持续渴望，对工党出身的新贵来说，必定让他们相当苦恼。他们当然会矢口否认这一点，正如他们否认人性的诸多方面，我敢肯定事实如此。这些胸怀大志者选择模仿的生活，则来自一个非常明确具体的时期。18世纪贵族那种休闲随意的生活方式，不是他们想要的。坐着睡着，中午才吃早餐，吃完黏黏的巧克力就出去开车兜风，无论是运动还是社交，都没有特定的服装。下午五点就吃晚餐，一晚上能喝三四瓶葡萄酒。出门旅行时，往往是和男仆共享一张床，而妻子可能正和侍女躺在一块儿。对现代的有钱人来说，这可不是什么吸引人的样板。当然，他们也不会去模仿总体来说更加粗犷的16世纪贵族风俗，个人卫生都够呛，更不用说他的政治观点，足以让一个强壮的男人闻风丧胆。不，他们的样板来源于维多利亚时代晚期，那时的上流社会在享受安逸舒适的生活上简直是绝妙的天才：温暖无风的卧室令人感到庄重肃敬，厚厚的地毯和内嵌的帷帐营造出无与伦比的尊贵华丽，贵族们在这儿享受热气腾腾的食物，不过仍需男仆服务才行。

不幸的是，要过上这样的生活需要很多很多钱，比大多数新贵们能想象的数字要多得多。他们算了个数目，似乎大致刚刚够让房子显得时髦一些，于是便开始折腾起来——他们打理花园，再请一个能干的帮手。可他们有所不知，这些宫殿之所以设计得如此恢宏壮丽，是为了管理成千上万英亩待收租金的土地，以及展示从贸易和生产制造业中获得的巨大财富。这些产业就像鼹鼠一样，在黑暗中一刻不停地创造着利润。因为这些大宅就是烧钱的机器。它们贪婪地吞噬了一切，就像《格林童话》里那些狂暴的巨人一样，把孩子和其他好东西一股脑儿地扫荡干净。

当真正的有钱人——那种非常有钱的有钱人买下这些产业时，我想他们才是真正能毫无顾虑享受这些伟大建筑的人。他们即便不会在这里逗留太久，也对它们爱护有加。问题出在那些不够有钱，又觉得自己勉强还能应付的人身上。这些人通常有一个模式。他们能赚钱，但没那么多。他们买下一座城堡用来显摆，修缮好它，接下来八到十年的时间里，疯狂地寻欢作乐，直到这样的生活把他们本就有限的财产耗得山穷水尽，不得不把城堡卖掉。而那些财富用之不竭、宅邸和表面风光都有坚实基础的真正的贵族，他们依然能够笑容可掬，偶尔带着一丝遗憾，将这座房子移交给下一位接棒者。塔尔坎·蒙塔古在这条路上已经差不多走了六年了。

我和他有阵子没见了，现在回想起这个人，我对他有了更多的同情。确切一点说，我现在对他有了一些同情，而之前是完全没有。那时我们和他待在一起，他一定时刻都在担心自己一手打造的幻象迟早会破灭。不过他的性格就是绝不会承认，也不会谈论他的恐惧。他会将此看作是软弱和失控的表现。事实上，他主要的问题在于他在任何情况下都没法放松控制。我甚至敢说，他天性具有我见过最强的控制欲。这让他不仅极难被取悦或取悦他人，而且也非常孤独无助。因为他不能向任何人，尤其是他的妻子，承认事情已非他能一手掌控。我所认识的他是一个难相处、脾气坏的人，但凡聊天的重心没有落在他身上，他不但没法跟进，而且没法加入谈话。直到我们经历了一段筋疲力尽的长途跋涉，在一个夏日星期五的下午茶时分抵达他家之后，我才有机会第一次全面感受到他走火入魔的程度。我们只是普通人，那时脑中只想能尽快入住房间，洗一个舒服的热水澡，等恢复了元气，就像我们一直以来那样做个模范客人，换好衣服精神饱满地下楼准备吃饭，配合地陪主人谈笑风生。

而这一切都没能发生。很显然，塔尔坎需要我们坐下来聆听这座房子的悠久历史。当珍妮佛提议，我们是不是休息一下会更有兴致听这些的时候，塔尔坎却回答，他估计我们还没有“准备”好一睹我们房间的风采。我只想叫他滚到一边去，然后直接开车返回伦敦。但看着珍妮佛疲惫而厌烦的脸，我猜这之前应该有不止一位客人选择这么做。最后，怀着同情心和让布里吉特安心的想法，我任由自己被带进图书馆，像一个乖巧的小男孩一样听他讲课。

“重点是，”塔尔坎说道，又开始了他的长篇大论，“你得明白，当理查德爵士决定在1824年重建这块地方的时候，他既希望城堡在建筑风格上登峰造极，同时又能保留他古老血统所要求的历史感。”他深吸一口气，看着我们，仿佛在等待我们有所反应，只是我无法揣测他想要的反应是什么样子。

“所以这就是他选择哥特风格的原因？”我最终还是主动发问了，心里则琢磨着不知道我们到底会不会有食物吃。我刚到的时候极度渴望能喝一口茶，二十分钟之后，我已经改变主意了，最好给我来个一品脱威士忌，纯的。

塔尔坎摇摇头。“不，不尽然。”他语调里的自命不凡让我真想抓起一把椅子砸在他脑袋上，像导演麦克·塞纳特的喜剧电影里的西部牛仔那样。“这是他选择查尔斯·巴里爵士作为建筑师的原因。那时候巴里还很年轻，是1834年国会大厦烧成灰烬之前的事情了。他以擅长设计教堂和修复古代遗迹出名，而非建造乡村别墅。有这样一个上帝的仆人来负责整个工程，显然带来一种庄严的神圣感，让观赏者心怀敬畏。”

“可是他设计的是哥特风格。”我提醒他。我可不是容易被忽悠的人，我正无聊得想冒火。如果让我装作一本正经地听他讲这些废话，对我来说非常难熬。

“不！”这一次他听起来有点气急败坏，“这座建筑的风格不是我们要讨论的问题！这不重要！我在说的是启发他设计理念的宗教背景！”

“哥特背景。”我嘀咕道。

“我能去趟洗手间吗？我憋坏了。”布里吉特说道。女人总是这样，我在想我怎么没想起来这一招。

“当然，”珍妮佛说，“我带你们去客房。”她锐利地瞥了丈夫一眼，然后带着我们走出了图书馆，在大厅时停下，等我们拿上行李箱。塔尔坎因为学术报告被打断而恼羞成怒，留在图书馆里，闷闷不乐地瞪着我们踏上了雕刻精美的双层楼梯。

“万能的主啊。”我向后扑倒在柔软的床上，大声地叹道，情愿让刚离开的珍妮佛在穿过楼梯平台的时候听见。如果她听见了，可能也见怪不怪。“我觉得我应该挺不过这个周末。”我躺在一张巨大的四柱床上，第一眼望去有种恢宏奢华的气势，仔细观察的话，会发现实际上只是爱德华时期的出口货，价格便宜，雕刻拙劣，毫无质感。显然是塔尔坎为了迎合整体设计而购买的，我想可能是他们负担不起货真价实的古董床吧。我已经发现整栋房子都是这样，乍一眼看上去十分惊艳，推敲之下则漏洞百出，就像从戏院前排看去舞台布置异常精美，可经不起近距离的考究。事实上，整栋建筑就是个巨大的舞台，这个地方可以让塔尔坎尽情展现他本人对高贵出身和文化修养的幻想。

那天晚上，当我们聚集在阴暗、陈设简陋的餐厅共进晚餐时，情况没有丝毫转机。布里吉特披着一件薄纱披肩，冻得瑟瑟发抖。一张巨型詹姆士一世风格的桌子占据了整个房间的中心。我们刚走进来，我就听见塔尔坎抗议座位的安排，他希望四人各坐一边，像电影《亚当斯一家》

里那样用巨大的空间把人隔开。那部电影是一部 BBC 时代剧，常常出于对现代社会的偏见和全然的无知，给他们小说化的上层阶级强加上一些令人费解的习惯。“如果你要给我们布道的话，我情愿亲耳听到你说，而不是坐得老远，只能看见你的唇语。”珍妮佛说道，如此便结束了这番纠结。我们坐下了，塔尔坎自然是作为主人坐在上座。他扫视着我们，拿起他面前杯垫上放着的一瓶白葡萄酒，随意晃动着，嘴角泛起一丝不易察觉的微笑。“给他们倒一些。”珍妮佛在端来四个盛着少数民族风味肉汤的圆盘时，对他低声说道。

“我不觉得他们配喝这么好的酒，”塔尔坎说，继续用他那游离狡诈的眼神凝视着我们，“不管怎样，我已经选了这瓶。这可是极其稀有的索维尼翁，口感清爽的同时也非常美妙，我本想在千载难逢的机会再打开它的。要喝这瓶吗？我不确定。”

“哦，给他们倒一些这该死的酒。”珍妮佛准确地道出了我的心声。她重重地坐在了她丈夫的左边，开始喝汤。她对面是布里吉特，我坐在她另一边。塔尔坎没有回答她。显然最近这样的抗议发生得越来越频繁了。而身为一个缺乏想象力的暴君，妻子对他权威的挑战，弄得他不知所措，张口结舌。他一动不动地坐了一会儿，整个人前所未有地沉默。然后他站起身，给我们每人的酒杯中注入了一些神圣的液体。

与此同时，我和珍妮佛对视了片刻，她很快移开了眼神，正如一个人在这样的对视中会有的反应，她尚未准备好承认这一事实：她被困在一桩恶劣糟糕的婚姻中，而她的丈夫是一个极其令人讨厌的白痴。我对她的处境深感同情，原因之一是我并不完全知晓他们婚姻的全部真相。在一桩婚姻或一段同居关系中，有许多会影响这段关系的因素，在晚宴派对上乱发脾气，或者讨厌你最好的朋友，或者无法讲述一件奇闻轶事来缓解尴尬，这些未必算得上什么原则性的错误，多数是瑕不掩瑜。即便如此，与一个控制狂结婚，却是局外人都能感同身受的最为困难的关系之一。

真正的控制狂是没有生命力的，扼杀一切活力，致力于在所有人头上浇冷水。他们只有在自己的地盘上才自在。作为客人，他们无法放松地谈笑风生，因为这需要你对别人的招待表示感谢，而这种行为对他们来说就意味着软弱。可作为主人，他们更加让人无法忍受。尤其是在餐馆里，他们面对服务生和与他们共同进餐的人时，态度会让周围的环境变得令人窒息。他们无法钦佩任何比他们更成功的人，无法欣赏伴侣的朋友，更何况这些陌生人也许不认为他们是更高贵的人物。因为他们自己并没有任何朋友，所以看待任何聚会时，他们都带有质疑的眼光。他们也无法赞美任何人，原因是赞美肯定了这个人的价值。而控制的过程，就是建立在压制对方的自我价值之上。他们也无法学习别人的优点，因为学习需要承认别人知道一些他们不知道的事情，而这一点无论在什么地方他们都不会让步。最重要的是，他们都是一些很无聊乏味的人。超乎想象地无聊。无聊到疯狂的程度。然而，我认识不少女人同这样无聊的人结合或住在一起。聪明、有趣的女人，美丽、风趣的女人，努力工作、事业有成的女人，竟稀里糊涂地沦落到这些面目可憎、庸碌粗俗的人手中，成了被统治支配的角色。为什么？难道这是一个性感的角色？她感到很安全？到底是什么原因？

“明天你们有什么安排吗？”布里吉特问道，她这会儿已经快冻成青紫色了，热切地望向了桌子的另一边。

"看情况吧。"塔尔坎说。

珍妮佛迫不及待地想知道是什么情况。"明天白天我们没什么事情，晚上我们可能会去附近的一户人家那里参加慈善焰火晚会。我们已经拿到票了，不妨一起去看一看。你们可以在那野餐，还有参加音乐会什么的。只要不下雨都会很有趣。"

"难道我们要被天气这么微不足道的小问题限制住吗？"塔尔坎语气阴沉，想故意显得深不可测，我猜他大概试图夺回谈话的主导地位。珍妮佛不为所动的坚定态度给了我们勇气，因此我们继续聊我们的，就当他什么也没说过一样。

"那很好啊。"布里吉特说道，于是我们就这么愉快地决定了。

我们总算把这一晚应付过去了，最后在图书馆里结束了谈话。那是一个曾经十分精美的套间，摆放着摄政王朝晚期才出现的桃花心木书架，不知用了什么方式，竟能从战后几十年的劫掠破坏中幸存下来。我很惊讶那位弄虚作假的神棍，在他坑蒙拐骗和被戳穿之后，竟然没想到把这些书架给卖了。难道《星期日泰晤士报》对他的报道有不公之处？当然，原先的书籍收藏早已丢失，塔尔坎没能找到替代品。他试图用那些开本庞大，标题为《帝国故事》的套装书蒙混过去，机器装订、红色人造革封面，要多少有多少，不过它们至少填上书架空缺处，再一次营造出一个从远处看起来还不错的假象。

"那户人家的房子在哪儿？我们明天去哪里？"在珍妮佛从外面端着一盘咖啡进来之前，布里吉特问道。

塔尔坎扬起了眉毛，似乎在拖延时间，吊人胃口："你会知道的。"

我的叹气声想必他们都听到了。

第八章

重回格雷沙姆庄园

根据我的经验，一个人年轻时如果很愤怒，要么就是早早爆炸消失了，要么就是异常成功。

不知何故，直到快到目的地时，问号才开始浮上心头。我走错了路，过早地驶离了主干道，当意识到偏离路线时，我发现前方的路已经不是双向车道了，附近没有现代化住宅区，也没有拐角处常有的黄色街灯。不过当我们开车驶进一个村庄的时候，确实响起了钟声。周边也许变得有些不一样，然而那条主路还是一如既往地朴实，非说有什么变化的话，就是改造得更好了。小酒吧比以前时髦多了，为城里来的雅痞们提供餐饮服务，而不像四十年前那样，只招待冲进来找酒喝的农场工人。我们走过酒吧，一出了村子，没过几分钟，我就看到了那熟悉的帕拉第奥式小木屋，我们随着一条零散的车龙，开进了大门另一边的车道，听着轮胎碾轧私家车道上的砾石，发出悦耳的嘎吱声。

不过我什么都没说，就连对布里吉特也是。她既不认识这个地方，也对我之前曾来过这里做客一无所知。没说的理由很简单：我不觉得重新提起我和这里的关联，对我有任何好处。鉴于我和克莱尔蒙特一家最后一次见面的结果是不欢而散。不是和塞琳娜，而是和她父母。我敢肯定他们不会忘记那次晚宴，那种场面绝对让人终生难忘。谢天谢地。我保持缄默的次要动机是：他们没准真的忘了那件事，也忘了我。我最担心的是，塔尔坎为了自抬身价到处和人吹嘘我和这家人多么熟络。这种事他完全做得出来。然后，克莱尔蒙特夫妇却认不出我是谁。也许是我太要面子了。确实事关颜面。但我也不愿意让阳光照醒白日梦。就算我和这家人的交情让那次晚宴断送了，我仍情愿认为自己当初在他们心中曾占有一席之地，而他们在我心目中可谓举足轻重。尽管理性告诉我可能性不大，我至今仍对此存有一丝幻想，同时也希望今晚结束时，当我回到车里，我心里的小兽能毫发无损。总之，他们今晚不会在那里，我越想越笃定。他们会在伦敦或其他什么地方度假，当本地居民和更次等的乡民们“入侵”他们领地时，他们无论如何也不会在场。“哦，看那儿。”珍妮佛说道。当我们沿着蜿蜒的车道前行时，一座大宅映入眼帘，高傲地耸立于平台之上，主宰着下面的大片山谷。隐藏在四周灌木丛里的聚光灯优雅地映射出路面，这是我年轻时没有的设施，暮色中明亮的光束似乎让冷灰色岩石呈现出一种虚无缥缈的空灵感。

“美得难以置信，”布里吉特感叹道，“这个地方叫什么名字？”

“格雷沙姆庄园。”塔尔坎不情不愿地说道，仿佛这句话属于他，而他是那么不想放手。

“这是受国家保护的古迹吗？”

“不，这里仍然是私人的，属于克莱尔蒙特伯爵和他的夫人。”

“他们友好吗？”

他犹豫了。“他们人不错。”他当然不了解他们，“他们一把年纪，不常出来走动。”他这么说的时候，我突然发现，我无法想象克莱尔蒙特夫人“一把年纪”的样子。她态度威严，令人敬畏，虽然本质上她心地善良、为人爽朗、举止得体、永远迷人，骨子里却非常坚强。她当然没有过多地注意到我，因为我总是游走在宴会的边缘，规规矩矩地坐在指定座位上，通常是整张桌子的末尾，晚宴时善解人意地同邻桌交谈，陪他们年长的亲人在花园散步，村里举行游园会时，也帮衬着买些我用不上的东西，或者是在图书馆里读书。

我记得有一次在图书馆，她进来时正好见到了我，我正坐在光线暗淡的地方，聚精会神地盯着眼前的书本。她笑了起来，我抬头望去时，看到她打开开关，屋里所有的灯刹那间都亮了起来。“你该不是害怕到不敢开灯吧？”她给了我一个轻快的微笑，转身去忙她的事情了，我感到如此丢脸以至于整个人如坐针毡，整个后背都尴尬得冒汗。我想，我可能确实是太害怕去开灯了，或者我其实一直希望有人能过来帮我开灯，这样我就不会太有心理负担。如我之前所说，她从来没有对人不友善。她也从未因我频频出现而不高兴，只是不甚在意。

快要接近大宅的时候，我们受到了园丁和庄园管理员兴高采烈的问候，他们每人都拿着配备的手电筒，互相挥手，发出信号和呼喊指示，直到我们顺利开进一片巨大的空地，看到旁边一排排停好的车，我隐约猜到了这个聚会的规模不小。“看看这架势，”布里吉特说道，“约克郡今晚应该没有别的活动举行了。”

“我想你等会儿就会发现这场音乐会水准很高。”塔尔坎说道，他此时的声音变成一个上了年纪的地理女教师，无疑又给我们愉快的心情泼了盆冷水。我们停好车，开始从车里拿出各式各样的野餐用具。塔尔坎肩负重任，端着一个塑料“葡萄酒桶”，步履艰难地向通往焰火晚会的大门走去。因为车停在院子里，我们绕过了大宅，看到前面漂亮的铁栅栏门直接通向花园一侧，从庄园后面一片片错落有致的露台，一直延伸到山谷远处的湖里。显然，参加晚会的人已经差不多来齐了，塔尔坎决意寻找一个绝佳的观景点，很快他就不见了踪影，把我们丢在原地。布里吉特拿着一堆靠垫和毯子，跟在他的身后，吩咐我和珍妮佛合抬一个长长的白色冷藏箱。我们俩跌跌撞撞的，好几次险些摔倒在草丛中，好不容易才到了门口。

“我们能歇一会儿吗？”珍妮佛问。事实上，这箱子真的很沉，绳柄将我们的手掌割得生疼，我们靠着扶手喘气。远处的人群传来低低的说话声和笑声，隐藏的扩音器里传来罐头音乐的声音，播放的是埃尔加或马勒的作品，总之不太会冒犯到“我们英国人”。珍妮佛打破了我们之间的沉默：“我想我们可能要到九点才能吃上东西，然后正式的音乐会就开始了。”我点点头。“你能来真好，”她补充了一句，语气里是真诚的感激，“我知道我们一直在说大家要一起出来玩，没想到竟然真的实现了，我真的非常感谢你们。”

“开什么玩笑，我们能到这儿来很开心。”当然这不是开玩笑，我们也没有特别开心。像我之前提到的，我只是非常喜爱珍妮佛这个人。巡回签售活动的可怕之处在于它会让人感到极其脆弱。就因为这些书或电影还是别的什么，你就这样被放在大众面前吆喝，就像斯巴达人把脆弱的婴儿丢在塔吉图斯山上接受风吹日晒一样。一同受苦受难的人之间形成的纽带是很难向没有此种经历的人说清楚的，我想应该是同一艘救生船上的落难者之间才有的那种患难真情。销售是现代社会生活的一部分，如果你有一样东西，你自然会想要把它卖出去。我发誓，如果你天生不擅此道，这对你来说就毫无乐趣可言。珍妮佛和我是同一类人，我们天生对巧舌如簧招徕客人感到不自在。即使是签售活动也不该宣传。专业的推销，或者更糟糕的是推销自己，就更令人感到屈辱了。这种成见体现在很多尖酸刻薄的评论上。“我看见你和那个连 R 音也发不好的男人上电视了。一般我是不会看电视的，不过保姆正好在看。”或者“我在汽车广播里听到，你被一些急躁的北方佬一遍遍拷问，真够呛。”或者“大下午，你怎么会上电视？难道没事可做吗？”你只能听着。实际上你心里很清楚，在英国，下午时段的电视节目比任何排行榜或广告宣传都管用。事实上，你能被邀请上这档节目可以说是幸运至极。

当然你十分想对此发表一些意见，或者至少告诉他们别这么幼稚，要么干脆去死，要么睁大眼睛看看，20世纪50年代已经过去了。不过你没有。我已经过世的母亲会说：“他们只是嫉妒你，亲爱的。”也许确实如此，有那么一点儿，即便他们自己也没有意识到。不过我也很嫉妒。我嫉妒他们的生活方式从来不需要他们像个傻瓜一样丑化自己，不用站在码头叫卖：“玩一次一先令！”这确实是我大部分时候的感受。无论什么生活，什么职业，总归只有同行的人才会真正感同身受。一个母亲会向其他母亲征询建议，而不是没孩子的社工。癌症病人会同其他癌症病人讨论感受，而不是主治医生。就连丑闻受害者也只会和其他一些名誉扫地的政客或名人交换心得。这就是珍妮佛和我之间紧密的纽带。我们都是出版作者，积累了一些名气，事业还不算很稳定。我看重和她的友谊。我想要使她高兴。不知何故，我觉得我们来到并留在约克郡对她来说也很重要。我本以为，她一直盛情邀请我们是出于热情的友谊，到了这一步我才发现，应该是没有人想和他们一起，除了借钱也没有人会再来第二次了。到了周末，和塔尔坎两人的独处是她难以忍受的。

“他一直是这样的吗？”我问。我觉得既然她这么坦诚地对我的到来表达了感谢，我们之间直接一点儿说话应该没关系。不过话一出口，我就有点担心自己是否逾越了界限。

她微笑了。“他睡着以后不是这样的。”她的表情进而变成讽刺的笑容，“我不确定他和我当初嫁的是不是同一个人。我当时太年轻，没什么安全感，错把他的自吹自擂当成他真的有内涵，把他的盛气凌人当成他真的在教我什么。也可能他本来就这样，后来变本加厉。”

“我想他是变本加厉。”我说，“他现在这个样子，我估计连海伦·凯勒都不会跟他结婚。”

她又笑了起来，笑容仍然充满了悲伤。“我倒希望我们有孩子。”她说。她捕捉到了我的表情，说：“我知道，每个人都觉得孩子能解决问题，然后都发现自己错了。”

“别问我，我是那个悲惨的单身汉，永远也给不了承诺。”

“我只是这么想想。如果有孩子，他会不会就踏实一些了，让他听听小孩吱哇乱叫，估计会欣慰自己的血脉终于得以传承了吧。或者，如果他能有一点成就，那么会自信很多。因为他从未做到。”

“作为一个失败者他过得相当不错。”

她摇摇头："这一切都是继承来的。"

这令我很惊讶："真的吗？我没想到他原来是啃老族。"

她知道我在说什么，而她并不生气："不是祖传的家族财富，什么蒙塔古都是鬼扯，这甚至不是我们真实的姓氏。他父亲在'1956年匈牙利事件'[①]后来到英国，从卡车司机做起，有了自己的运输生意，在20世纪90年代中期将公司卖给了别人。塔尔坎是他唯一的孩子。老爷子很可爱，真的，我很喜欢他。塔尔坎之前一直不让别人知道他父亲，因此我们的朋友都没有见过他。现在他希望你们以为我们的财产是几代人传承下来的，而在他身上得以积累。其实这些都不是事实。我想你可能早就猜到这些了。"

我没有回答她，因为这样似乎有点高高在上，自鸣得意："某方面来说，这其实是个浪漫幻想。"

"持续不了多久。"想到即将发生的崩塌，她疲惫地叹了口气，"花的钱比我们预想的多得多，进项又极其有限，我们现在已经被这栋房子给套牢了。我得一直写书，这样才能维持正常生活，比如吃饭、看电影什么的。我不确定我们能撑多久，这艘'巨轮'才会沉下去。你知道的，他作为建筑师是没有前途的。建筑事务所偶尔需要额外帮手的时候会找他，可没有一家请他留下。"

"你会吗？"

这一次她爆发出了大笑："也许他是一个非常棒的建筑师，只是有

---

① 匈牙利事件（1956年10月23日—1956年11月4日），发生在匈牙利的，由群众和平游行引发的武装暴动。

人在办公室对他下了驱逐咒。”

“所以，你打算怎么办？”

这句话让她止住了笑容。“我也不知道，每个人都说我应该离开他，我的母亲说得最多。如果二十年前就有人预言这件事，我和她都会感到震惊。可奇怪的是，我仍然很爱他，滑稽吧？你或许会说我疯了，我看着他让所有人都无聊至死，试图控制一切，让人对他印象深刻，让人崇拜他。我知道他内心是如此糊涂、害怕、困惑。他知道这样是不行的，他只是不明白为什么不行。这儿留不住任何人。”

“除了我们。”

“除了你们这样的傻瓜。在这儿没有人想认识我们。当我们走进一个房间的时候，我真的看见有人冲我们翻白眼。不知怎么回事，我就是没办法让他任人攻击。因为除了他之外，人人都看出他无法保护自己。”

正如我常被提醒的，爱就像这个世界上的其他事物一样，呈现出许多不同的形态，而我依然会为其中某些方式惊叹。“我不觉得你傻，这是你的人生。”我说。

“我知道，而且这不是一次彩排。即便我最后一无所有，然而事实是当初我选择了他，没有人逼迫我，我就必须坚持到底。我想这话听起来像引用了G. A. 汉蒂的话。”

“这句话听起来像是一位正直的女士会说的。”

她脸红了。这时，布里吉特在栅栏后面出现了。“拜托你们快来，如果他再不停止介绍我们要喝的酒，向上帝发誓，我真想在他头上砸碎一瓶。”她一边说着，一边过来替珍妮佛提起沉重的冷藏箱，领着我们走到了顶层露台。塔尔坎言而有信，帮我们占到了一个好位置。在令人放松的嘈杂声、音乐声和塔尔坎的唠叨声中，我们把食物和靠垫从盒子里拿出来，夸张地铺满了整张毯子。

当塔尔坎突然中断了冗长的演讲时，我们刚好快吃完了。他一直在跟我们絮絮叨叨地说埃及的托勒密王朝，或者其他什么自说自话的主题。我们每个人都缩进了自己脑海里想象出的山洞里，两眼变得呆滞。此时他的声音突然变了，透着神经质的紧张："他们在这里。"

"谁？"布里吉特问道，不管下一个话题是什么，她都乐于加入。

"主人，克莱尔蒙特一家。"

当他说出他们名字的时候，我惊讶地发现我的心脏停跳了一拍，就像战时爱情歌曲的歌词写的那样。亲爱的上帝啊，我们到底要多老才不会再这样犯傻？我斗胆看了那边一眼，发现塞琳娜不在这儿，只有一群身着晚礼服的长者。他们似乎已经在屋里享用过一顿更精美绝伦的晚餐了。他们以慈祥温厚的目光扫视了一眼享受晚会福泽的人群，站在中央的是两位年纪非常大的老人家，似乎是"假冒"的克莱尔蒙特伯爵和伯爵夫人。那是亲爱的小豆和佩尔，然而我从未和他们熟到亲口称呼他们的昵称，尽管他们曾经在我生命中鲜活地存在过。我现在看着两个我年轻时敬重的长者，相信他们不会从人群中看到我。我如此想避开他们，是因为他们看到我就会吓得瞠目结舌？还是因为我没法接受他们看见了我，可是却不认得我，忘了我是谁？也许是后者。我心里隐隐地害怕，害怕有人提到现场几百个来野餐的人中间，有一个他们四十年前的熟人，四十年间还不断地想起他们，可他们就是想不起来此人是谁。就算我曾在他们面前大摇大摆地走过来走过去，他们依然认不出我。

更加令我沮丧的事实是：亲爱的克莱尔蒙特大人，那个英俊的、胖胖的、性感的、轻浮的享乐主义者，简直像和另一个人交换了身体。他浓密的头发和荡漾的微笑已经全部消失不见，取而代之的是一具不仅骨瘦如柴而且驼背的躯壳。他的鼻子都瘦得没肉了，没有两边脸颊支撑，突兀地立在中间，成了威灵顿公爵那样的鹰钩鼻，他们毫无疑问是有些沾亲带故的。他原本饱满的嘴唇像被剃刀刮走了似的，头发也所剩无几。不是说他现在看起来不令人尊敬了。一点儿也不。这老伙计看起来就像一个读诗和哲学的人，一副爱思考人生重大命题的模样。可我记忆中的克莱尔蒙特伯爵是那种精通如何最后一刻订到好位置，到哪儿可以找到上好的伊更堡葡萄酒的人，除此之外没有别的了。有那么一刻，他向我这里看了过来，当然他什么也没发现，这也不奇怪，在多年以前我认识他的时候，他并不认识我。不算认识。当然，他对我的印象止于那个苍白别扭的年轻人，只有在桥牌局缺一个人时，才派得上用场。即便这样，看着这个如同孟乔森男爵般干瘦的身材，我不由得想念从前的他，同时不可避免地对无情流逝的岁月感到痛心。

克莱尔蒙特夫人变化没有这么大。想来有些奇怪，我先认识的是她，那时她仍风韵犹存。塞琳娜是她最大的孩子。她结婚很早，我们初次见面时她不过四十二三岁。到了一定的年纪，你才意识到你年轻时仰望的长辈也曾年轻过，这种感觉很奇妙。她的聪明和她的自信使她原本就冷艳的外表显得更加高不可攀，因此对我来说，她几乎是令人敬畏的。没错，她现在的外表虽然不是改头换面，可是也大不如前了。不过即使隔着一段距离，我也能看得出，她失去的东西替换成了另外的特质，使她比之前更加高贵。她向我的方向随意地扫了一眼，那一刻我忘了自己为何一直畏缩地躲开她的视线，我试图以某种方式暗示她我的存在。如果我拼命挥手可她却视而不见，塔尔坎如果看到这一幕该有多么幸灾乐祸，一想到这些我就无法动弹。然后广播响起了，告诉我们音乐会就要正式开始。她看了看她的丈夫，在他耳边小声说了些什么，我猜大概是建议他们回到自己的座位上。一会儿工夫之后，这群长者向来宾致意，然后他们沿着台阶，走上了最顶层的露台。

音乐会的风格十分欢快，并不严肃深刻，演奏了普契尼、罗西尼、威尔第的组曲，再加一点儿肖邦，起到催泪的效果。幕间休息前奏是《茶花女》中的《饮酒歌》，来自北方某剧团的男高音演唱得恰到好处，胖胖的女高音是意大利人，理应唱得比他更好，可惜并没有。这是一个恰当的选择，因为观众的嗓子此时已经又干又哑，发不出声音，男女主唱飙到最后一个颤音的时候，你甚至能听到香槟木塞"砰"的一声弹开了。塔尔坎早已准备了水晶香槟之类的好酒，必然也不会错过教导我们怎么品尝的机会。这时，一个男子打断了我们，他穿着现代男仆的新式制服，那种条纹长裤和黑色短外套。他大概认为塔尔坎是我们中间带头的，便走过去在他耳边轻声细语了一番。当他指向我的时候，塔尔坎的惊讶渐渐成了震惊。"那就是他。"他说，然后男子飞快地向我跑来。

"先生，夫人想问，您和您的同伴是否愿意在音乐会结束之后，上顶层露台同他们一家一起观赏烟火。"

我不能否认，他的话带给我一阵暖流，任何人都会有相同的感觉：我们一开始以为自己只是一厢情愿，却发现对方对自己也有所表示。我已经被原谅了，至少没有被忘记。我转向了其他人。"克莱尔蒙特夫人邀请我们上去看烟火。"这出乎意料的剧情发展使其他人默不作声，"等音乐会结束之后。"

好在珍妮佛第一个反应过来："真是太好心了，我们很愿意，请替我们谢谢她。"

男子矜持地点点头，而没有鞠躬。他指了指台阶："如果你们要上去就从——"他停了下来，回头看着我，"当然，您知道怎么走，先生。"

"是的。"

"他们会在挂毯厅。"

"谢谢你。"他小跑着回去忙他的事情了。其他三个人瞪着我，一言不发。

"您知道怎么走，先生？"这一次，塔尔坎不可动摇的决心终于被打破了。

"我年轻的时候曾来过这儿。"

塔尔坎不说话了。我对他已足够了解，明白他现在正思忖着，怎么才能重新掌控大局。到目前为止，他还没有找到头绪。

"你为什么不早说？"在这样的情况下，珍妮佛的质问倒是合情合理。

"直到我们到了这儿，我才发现这是什么地方。我们问了塔尔坎，可是他没告诉我们。"珍妮佛没好气地白了一眼陷入了沉思的丈夫。"我也不确定过了这么长时间，他们是否还想见到我。我确实曾在这里待过一阵子，在我年轻、无所事事的时候，不过那是四十年前了。"

"那她的眼神可真厉害，你的'克莱尔蒙特夫人'。"布里吉特嘲弄的语气就像打上了单引号，一如她对待任何关于我过去的、让她感到威胁的事情一样。不用说我也早就知道，在这个周末所有令人不快的事情中，现在这一幕是最让她不舒服的。没等我们深入聊下去，管弦乐队开始演奏起了歌剧《波西米亚人》里的曲子《漫步街头》的普及版，曲调在原剧里逗人发笑，不过一般在音乐会上演奏起来就催人泪下。很快，那些“带着猎狐犬狩猎的人”和村里的“花卉展览委员会终身主席”纷纷开始掏出手帕来擦泪了。

我知道其实我们上方的花园通向挂毯厅，可年少时遗留下来的不自信提醒我：如果带着一帮陌生人推开落地窗闯进去，未免有点蹬鼻子上脸了。我想出了一个计划，在演奏结束后，我们先把毯子垫子什么的放回车里，免得最后还要来收拾，然后正大光明地从前门走进这栋房子。节目单上清楚地写着，在音乐会和烟火大会中间，有五十分钟的休息时间，好等天色完全暗下来。因此我们的时间很充裕，来得及像正常人一样从正门进来，以免从什么地方突然冒出来，吓主人一个措手不及。

当我们到了挂毯厅时，我很庆幸做了这个决定，相当多的人正在涌进来，很显然克莱尔蒙特一家想出了这个巧妙的方法，既能安抚那些认为自己理应受到接待的乡民，又避免了晚宴的各种麻烦。格雷沙姆宅邸有着巨大高挑的大厅，地面上铺着岩石地板，一根根立柱如屏障般围在四周，柱子后面有一道优雅的回旋楼梯升向第二层。台阶是如此低，适合女士穿着长裙翩然而下——对我们这代人意味着晚礼服——这让她看上去像是徐徐飘落，仿佛她的脚只是在每级台阶上轻轻掠过。对男士来说则有些尴尬了，他们必须得适应每下一级台阶只离地面近了一英寸。但对女士来说，下楼的过程近似梦幻般的滑翔，那美妙的景象至今在我脑海中栩栩如生。

1967年，克莱尔蒙特夫人和她的丈夫接手了这栋房子之后，屋里的肖像画都是经过克莱尔蒙特夫人亲自挑选才重新挂上的，就在我第一次来访之前。我一眼就看出这儿没有什么变动。她坦然承认了，这些肖像的选择完全是由画中人物的长相决定的，尽管克莱尔蒙特伯爵还活着的姑姑们愤怒地对此抗议。身穿殡仪馆服饰的维多利亚时代杰出的政治家、长相可怕的乔治亚时期的军人、有着红红的脸庞和倔强的下巴，阴险狡诈的都铎王朝政治家，他们左顾右盼的眼神和贪得无厌的嘴……基本上家族里不怎么好看的成员都被放逐到前厅、走廊和卧室里，而出自名家之手的画作则不同，它们可以收进图书馆，或挂在晚宴厅绛红色缎子的墙上。正如克莱尔蒙特夫人当时对我解释的那样，由于这两个房间比较男性化，因此相对来说，更需要震慑感而不是漂亮。这间大厅里挂着每个时期的可爱孩子们从伊顿公学毕业的肖像。画上的年轻人英俊，略带一丝紧张，因对未来生活抱有期待而满心激动。还有那些画着漂亮的格雷沙姆女孩们的肖像画，这些画或是为她们和其他贵族大公的订婚而作的画像，或是为查尔斯二世，以及摄政王子绘制宫廷美人系列的一部分，她们从画里微笑地俯视着仰慕者。杏色墙壁烘托出闪闪发光的镀金画框，深浅不一的灰白色调展现出高超的石膏刮抹技艺。天花板中央悬挂着一盏巨大的水晶吊灯，仿佛光芒闪烁的雨滴在纷纷坠落时，被冰雪女王掠过的目光冻结了起来。

“多么完美的屋子啊。”珍妮佛环顾四周赞叹道，她的丈夫不禁脸色一沉，我能理解，任何暴露出他们不是常客的话都不能说出口。珍妮佛当然敏锐地意识到了这点，显然她决定不再配合他的妄自尊大。至于布里吉特，不用说又陷入带刺的沉默中，可惜我无暇顾及。我又回到了格雷沙姆庄园，我没有想到会有这一天，我想要好好地享受这种感觉。

挂毯厅就在花园前面的拐角处，最容易到达的方法就是穿过大厅后面的一个椭圆形接待室，在那里有两扇正对着的门。左边那扇通往晚宴厅，而右边就是我们的目的地。这是个非常可爱的房间，墙壁上衬着一条灰蓝色的波纹丝绸，边缘镀着金的奶油色护墙板一路延续到墙裙。镶板门框很高，上方嵌着绘画，让奶油色和镀金一直蔓延到天花板。大片浅蓝色空间里挂着一套戈布兰挂毯，我可以肯定，这是为了纪念马尔伯勒公爵在战场上的一连串胜仗。我已经忘了它们为什么会出现在这里，也许是之前的某个克莱尔蒙特家族成员，在这位大公爵的胜利中立下了一点功劳。事实上，现在写下这些文字的时候，我才想到克莱尔蒙特家族是在1710年左右册封为伯爵的。我们脚下踩着的柔软华丽的奥布松地毯，有着细致独特的褶皱，其上摆放着各种各样华丽绮靡的家具。最令人叹为观止的是一座时钟，不算底座就有七英尺高，镶嵌的外壳上点缀着镀金装饰，它是俄国的凯瑟琳女皇赐给第三任伯爵的，作为对他的褒奖，至于具体是为什么，反正到现在也没有人说得清。在音乐会间隙通知我们到场的男仆正端着一托盘的酒杯，两个女用人则拿着酒和一些小食在房间里徘徊。克莱尔蒙特夫人以她从未衰退的细心，为客人们准备了各式各样的迷你点心：有马背上的天使，点缀着威尔士干酪或者蘑菇的切成小块的吐司，即便是在餐后，这些点心也大受欢迎。

“你来了。刚才看到你的时候，我都不敢相信自己的眼睛。”克莱尔蒙特夫人迅速地在我的脸颊上亲了两下，仿佛20世纪70年代引进的亲吻两边脸颊的问候方式并不适合她，“你应该告诉我们你要来。”我向她介绍了我的同伴们，她一一和他们握了手。珍妮佛单独感谢了她邀请我们，而塔尔坎蠢蠢欲动，企图打开话匣子聊聊那座著名的时钟，对此他显然了如指掌。由于她花了一辈子时间躲开这种套近乎，因此只是微笑地点头，以示她听够了。然后，她转而向其他年长的朋友介绍我。“你还记得达文波特太太吗？”这位女士看起来确实有点眼熟，我点点头，握了握她干瘪的手。“20世纪60年代末的时候，他可是这儿的常客。”克莱尔蒙特夫人快活地说道。“我们当时觉得特别对不起他。”她宠爱地看着我，我预感到她后面要说什么了，我的喉咙在收紧，不过什么也阻止不了她环顾四周以最大程度吸引听众，“他那时是如此爱着塞琳娜！”

然后她和那位达文波特太太，一起为我的悲惨单恋开怀大笑起来，那是一段现在依然会让我晚上无法安眠的回忆。它是如此私密，我以为自己隐藏得很好，除了我以外没有人会知道。我只能报以微笑，以示这的确是个笑话。可我知道自己曾带着一颗隐隐作痛的心脏，精神恍惚地走过这些美丽的房间。然后她继续聊天，说起塞琳娜和其他孩子、怡人的天气、糟糕的政府，等等。这些是乡村别墅宴会的标准话题，她平稳镇定的声音多少抚慰了我记忆中的痛苦。我倒是留意到她对那个我们共同经历的、让所有绮梦付诸东流的事件只字不提。当然，现代的美国化思维讲究什么都要“说清楚”。而英国人崇尚的“不要自我麻烦”“把灰尘扫到地毯下面”的古老传统则被摒弃到一边。但一再揭开伤疤又对谁有好处呢？现在几乎每部电视剧里，至少有一个人物会说：“我们得谈一谈。”直到人们实在忍不住对着电视屏幕大吼：“为什么要谈？就让它过去吧！”不过克莱尔蒙特夫人选择避开那件事，并不令我吃惊。某种程度上来说，她邀请我上来喝杯酒，仿佛是在无言地告诉我：“没事的，就像你一样，我们也往前走了。这么多年过去，我们也该像正常人一样聊聊天了，以前的事情就不用再提了。”就算她曾取笑过我为爱所苦，我也由衷感激她的温厚大度。

等我回过神来，发现派对的人流已经把我们几个人冲散了。塔尔坎在一旁偷听了我们的对话，正在幸灾乐祸，拿不准是该借女主人的玩笑狠狠贬低我一下，好从我以前失败的苦恋中找到点乐子，或者干脆看清这个简单的事实，从而对我另眼相看——我来格雷沙姆庄园做客的次数多到不仅让克莱尔蒙特夫人察觉到我对她女儿的爱慕，而且现在还将我当作老朋友热情欢迎。由他自己去纠结吧。屋子另一边，珍妮佛遇到了他们认识的人，似乎兴高采烈地聊了起来，而布里吉特一如既往地尽力克制她的不自在，一言不发，面色愠怒。因此，我又一次独自陷入了年轻时自己常常陷入的心境——一种挥之不去的、无法排遣的痛苦。

我紧紧抓着手里的酒杯，一路点头微笑，穿过拥挤的人群，回到了来时匆匆经过的椭圆形前厅里。我清楚地记得那是一个漂亮的房间，不是很大，可相当舒适宜人，摆满了淡雅的柔美的物件，家具也都包上了淡雅柔美的印花棉布。在这栋房子里，它被当作了闺房。克莱尔蒙特夫人的书桌靠墙放着，那是一张雕刻精美的写字桌，桌面上散乱地放着报纸、信件、待办清单。我懒洋洋地望着一组画家小大卫·特尼耶在17世纪50年代创作的绘画，那幅画是描绘五官感觉的弗兰德派绘画。我一直很喜欢这组画，现在再看到它，如老友重逢般开心。它们是多么优美，细节是多么精致，而自从画面第一次干透以来，见证了不是一两代人，而是二十代人的出生。它见证了他们的计划，梦想，失望，最后死亡。我溜达到了晚宴厅门前，门是关着的。我转动了把手，推开了其中一扇门，吓到了一个刚铺完桌子的女仆。“超过十四个人吃早餐？”我微微一笑，以示我的闯入没有恶意。

她放松了一些，以浓重的、温暖的约克郡口音回答道：“明天我们有十九个人呢，还有两位夫人选择在床上用餐。”

“我记得规矩一直是这样，如果客人只有十四个或者不到十四个，就在小晚宴厅用餐，超过这个数量才会在这里。”

我成功地吸引了她的注意。事实上她对此很好奇。她往前凑近了一点儿，看着我：“那么，您以前曾在这里住过？”

“是的，有一段时间。看到一切都没变，真是欣慰啊。”这是肺腑之言。我一生到过的其他地方几乎都发生了变化，唯有这一处仍大致维持了原本的面貌，我真心感到一丝安慰。只不过我后来发现其实这其中多少有点幻象，这个庄园和这个国家一样，整个20世纪70年代都在走下坡路，到了20世纪80年代中期，才在新上任的颇具才干的管理者手上重新振作起来。

事实上，我在经济萧条前认识的许多家族，最后都收获了同样皆大欢喜的结局。所有家族事实上都理应如此，可惜他们当中太多富家子弟都沦陷在最危险的错觉里，一心想向他们自己和其他人证明，他们拥有的财富体现出的是他们自己的智慧和才干。这么做的好处是无须对帮他们打下江山的祖先心怀感激之情，或者被迫向他们白手起家成为富豪的同龄人表示尊敬，因为在他们面前，如果含着银汤匙出生意味着坐享其成，那么多少有点自惭形秽。当然，这么做的坏处就是这是个错觉。为了拒绝真正的事实，全国上下富有但愚蠢的贵族们，会毫无戒心地一头扎进他们不了解的骗局和一文不值的投资中。他们不经过判断或证实就轻易听信投资顾问的建议，直到他们的傲慢不可避免地导致了他们一败涂地。我可以至少举出二十个熟人，如果他们没有离开卧室走下楼来，那么身家至少比现在多出几个亿。更多傻瓜从富可敌国沦落到一文不名。在这方面，我倒觉得女性通常来说更实际，也没那么需要证明自我价值，当谈到“商业头脑”时，普遍表现理智得多。当然，一旦涉及格雷沙姆家代代相传的遗产，克莱尔蒙特夫人绝不容许她亲爱的丈夫蹚进这摊浑水，甚至靠近一点都不行。

“妈妈不该说那句话，我希望她没把你逼到这儿来。”塞琳娜的声音永远能让我痴狂，“哪怕你有那么一点点喜欢我，我都感到非常荣幸。”她离我如此之近，这让我感到非常快乐，可她听到了她母亲的话，那又是个噩梦。当我转身发现她正从接待室中间的门缝里望着我时，心中五味杂陈。

“那时，我一直希望没有人能猜到我的心思。”

“一开始我也没有发现。”

“直到葡萄牙？”

“在那之前。不过没关系了。”不出所料，她也不想继续探讨那件事，“当然，你第一次在这里过夜之后，妈妈就看出了你的心思。可能做母亲的总是对这种事情更敏感一些。”

“你母亲是这样没错。”我们都笑了起来，“感谢她如此体贴，没有提起埃什托里尔那档子事，鉴于那是我最后一次见到他们。”

“真的吗？”

“可能在克里斯蒂的一次夏季聚会还是什么活动上，远远地瞄到他们一眼。葡萄牙那晚之后，我再没有机会和他们好好地聊上几句了。”

她优雅地耸了耸肩：“那些都是陈年旧事了。”我有点摸不透她的想法。正如我之前所说，这些年间我偶尔还是会遇到她的，所以我们之间其实并不存在所谓“四十年的空白”，但每次见到她，她总是能让我备感惊奇。好像我们这些人的十年只是她的一年而已，至少样貌上看来如此。事实上她几乎没有什么变化——眼角多了一些细长的纹路，嘴角边有了一条浅浅的皱褶，头发颜色稍微淡了一点儿——仅此而已。“你们都在这里度周末吗？”

“大多数吧。妈妈紧急召集我们过来，万一活动办得一塌糊涂，我们得来当救兵。不过今年组织活动的人比去年靠谱多了。”

“玛丽和你在一起吗？还有鲁珀特？”

“玛丽在，我刚刚看见她在大厅里。可怜的鲁珀特在华盛顿，过去三年他都被派驻在那里。”

“华盛顿？那不是很光荣吗？”

“很光荣也很无聊。我们巴不得他能被派到巴黎或者都柏林，或者其他任何能让他回家过周末的地方。”

“潘尼斯顿呢？你带他来了吗？”塞琳娜有两个孩子。玛丽是老大，毫无疑问，我一会儿就会再次见到她，她嫁给了英国驻华盛顿大使馆的第一秘书鲁珀特·温图尔，有望成为大使夫人。她小时候是个平凡的孩子，长得酷似父亲。我必须承认，当我一开始听说这桩婚事时，我有点怀疑她的丈夫是否动机不纯。鲁珀特的父亲，是温图尔爵士，名字我忘了。他的母亲曾经是一个美容师。因此他能高攀上一位伯爵的长女无法不令人起疑，不过我一见到鲁珀特就发觉自己不该如此猜疑。他是一个聪明、有活力的年轻人。塞琳娜另一个孩子就是那位金童，潘尼斯顿。他只比他姐姐小一点儿，我在他们位于兰斯多恩新月街的家里见过几面，然后我们的友谊就逐渐淡去了。

“潘尼斯顿也在这里，他是自己来的。他已结婚生子，这些年里，我已经是三个孩子的祖母了。”

“我怎么看不出？”

她露出了愉快的笑容，尽管已习惯被赞美。“海伦娜和威廉带着孩子们一起来了，你一定要过来打声招呼，还有安东尼。我不知道维妮夏去哪儿了，妈妈说她在纽约，不过我上周还收到她从新加坡寄来的卡片。你知道她的。”她的白眼都快翻到天花板上了，却伴随一阵包容的笑声。塞琳娜还有两个妹妹，以及一个毫无疑问是继承人的弟弟。海伦娜是格雷沙姆家第二个女儿，嫁给了邻郡的一个准男爵，他性格温和，拥有土地，本人在银行业工作，这桩婚姻就算没让她母亲喜出望外，至少也是十分满意。然而最小的女儿维妮夏却公然违抗家族之命，嫁给了一位歌星经纪人，那段狗血剧情我记得太清楚了。克莱尔蒙特家族一开始坚决不接受这桩婚事，出乎所有人意料的是，一向被认为并非特别倔强或叛逆的维妮夏，这一次却铁了心坚持到底。最终，克莱尔蒙特家族成员还是屈服了，不然婚礼没人到场可是一桩丑闻。就像我父亲曾经说过的：“永远不要给新闻报道提供素材。”维妮夏是最后的胜利者。她的丈夫在事业上收获了巨大的财富，和她其他的兄弟姐妹至少不相上下。只是克莱尔蒙特家族还是小小地惩罚了她，具体体现在直到今日，他们还在批判她，好像她的人生是一大团微不足道的空气。

奇怪的是他们那位男性家族成员。安东尼是我们所知信息最少的那位。他在塞琳娜之后，其他姐妹之前出生。我和塞琳娜整天混在一起的时候，他是个比男孩大不了几岁的年轻人，即使等他长大了，我也不能说我们比当时更了解他。他彬彬有礼，是在晚宴上聊天，或者午餐前一起喝一杯的好对象，不过他一直令人捉摸不定。他从不透露自己的事情，是那种几年以后没准成了恐怖分子或者连环杀手也不会让任何人感到惊讶的人。即便这样，我倒挺喜欢他，我得说他身上从未流露出一些令人讨厌的习性，比如有些人恨不得大声告诉每个人，他们是多么有内涵。他对自己的所有事情都讳莫如深，但绝非虚伪、神秘或欺骗。

“那么，你还好吗？”她问道，“你是不是又出了一本新书？我不该问出来的，我现在觉得自己什么都不知道。”对艺术工作者的询问有这么一种方式，也许听起来或看起来很大方，实际上却达到了将创作的意义贬低到近乎一文不值的效果。它的热情友好里隐含着轻蔑，就如同一个讨厌孩子的人去称赞小女孩的一幅画一样。而这样的方式，没有人能比一个真正的名媛运用得更加出神入化了。

“明年3月会有新书出来。”

“到时一定要告诉我们。”这样的人经常对他们媒体界的熟人说这样的话：“你下次上电视的时候，一定要让我知道。”“这本书出版的时候，一定要让我知道。”“你重回‘政坛争论’的时候，一定要让我知道。”好像别人每次一有公开露面的安排，都很乐意坐下来写三千张明信片广而告之似的。显然他们也知道这不会发生。这句话真正包含的意思是：“如果你没有特意让我们知道，那么我们对你在做什么，其实也没有特别感兴趣。你得明白，这对我们的生活并无太大影响，所以请原谅我们错过了你的所有事情。”塞琳娜当然没有恶意，就像他们当中很多人一样，我只是不能否认这有时让人非常沮丧。

她的友好一如既往。“你是什么时候知道你今晚会到这儿来的？你应该提前告诉我们一声，这样我们就能一起用晚餐了。”我解释了一番当时的状况。塞琳娜扬起了眉毛：“他们是你的朋友？他可是众所周知的‘本郡烦人精'，不过这个评价好像不太厚道。"

"我可不会这么说。"

她笑了起来："好吧，你能回来真是太好了。你觉得有变化吗？"

"不太多。和我的人生比起来，这里的变化倒不大。"

"这是通往回忆之路的旅程。"

"我现在就住在'回忆之路'上了。"这句话自然需要一个解释，我只给出了一部分。我没有告诉她，我会去一一造访从前那些女性的原因。我只说了达米安想要知道她们遇到了什么事情，而他拜托了我去做这件事，因为他一开始是通过我才认识了她们。

"可你为什么答应了呢？这难道不是很浪费时间吗？你又不欠他一个人情。"她为了强调这一点，不由得扬起了眉毛。

"我也不是非常明白自己为什么就这么答应了，他提出这个请求的时候，我并没有想要答应，可后来我看他奄奄一息的样子——"我的话说了一半突然停了下来。她看起来大为震惊，我很后悔自己刚刚这么脱口而出。

"他快要死了？"

"恐怕是的。"

她定了定神，找回一些理智："真奇怪，你永远不会想到像达米安·巴克斯特这样一个人，会'快要死了'。"

"是啊，不过这是真的。"

"哦。"她现在已经完全恢复了平静，"我很难过。惊讶和难过。"

"他一直是一个让人惊讶的人。"

塞琳娜摇了摇头："我不同意这个说法，他令人兴奋。他所做的大部分事情都不会让人感到惊讶，而是那些事情必然会发生。他如此高效地闯进了社交季，一点儿也不让我惊讶。他比有史以来记载的任何人都赚到了更多的钱，同样不会让我惊讶。我遇到他的那一刻就知道他是这样的人。但是他提早三十年就死去……”

“你怎么知道他能赚大钱？”

塞琳娜想了一会儿：“我想可能是因为他一直很愤怒。而根据我的经验，一个人年轻时如果很愤怒，要么就是早早爆炸消失了，要么就是异常成功。当我听说他进了金融圈的时候，我就知道他一定会得到不计其数的财富。”

我没法抑制住自己的好奇心，就算这感觉像是咬紧一颗已经松动的牙齿那般刺痛：“说到底，你喜欢他吗？”

她看着我。她明白这个问题的重要性，尽管已经过去这么多年，可这个问题的意义无论对她还是我都未有丝毫减少。在这个问题上，她像她的同类人一样，抗拒表露出任何可能之后会于她不利的真情实感。不过至少她点了点头。“有一度吧。”她说。然后她似乎从地板上捡起了她的铠甲，再一次紧紧地将自己裹在里面。“我们真的该去和其他人会合了。我想应该快要开始放烟火了。”仿佛是为了应和她的话，窗外突然响起了一阵“嘶嘶”的轰鸣声，透过拉开了窗帘的高窗，我们可以看到一枚火箭状的烟火，飞快地掠过夜晚的天空，随着一声巨响，爆裂成金色火花，如大雨倾泻而下。与此同时，人群中发出了“哦！”的赞叹声。

“安德鲁在这儿吗？”出于礼节，我无法再回避这个问题了。即便如此，它是如此笨拙，好像粘在我的嘴唇上似的。

她点点头。“他在外面，和孩子们在一起。他一直很喜欢烟火。”她身后的接待室突然再次挤满了人，楼上休息室里的人们为了去外面而从这里穿过。塞琳娜向他们走去。当我们穿过敞开的落地窗时，我同她并排而行，没一会儿工夫，我们就被黑夜中突如其来的寒意笼罩了。再往右边走，其余客人都从挂毯厅里鱼贯而出，来到已经拥挤不堪的大露台上。又一道烟火，又一声巨响，又一阵天女散花，又一声“哦！”

“安德鲁，看看谁在这里？”

在世界上这么多人当中，她竟和安德鲁·萨默斯比结了婚，这对我仍是一种极大的冒犯。我的女神怎能甘愿下嫁这头蠢笨的牲口？至少莎士比亚的泰坦尼亚①是在被下迷药的情况下才糊涂下嫁。显然，我们都知道是克莱尔蒙特夫人怂恿了她的女儿，在那些日子里，她从不怀疑一个母亲的职责就是促成一段合适的婚姻，一个门当户对的丈夫胜过一切。我们也都知道，贝尔顿夫人在另一边使着劲儿，推得胳膊都要脱臼了。但即便如此，那时候我还是很难理解，现在回想起来更想不通这件事。我心中暗想：价值取向和认知都和以往不同了的克莱尔蒙特夫人，如今还会如此卖力地撮合他们吗？我觉得不会。可是想这些又有什么用呢？假如我的祖母长了四个轮子，她就会变成有轨电车吗？

安德鲁愚蠢迟钝的脸出现在我的面前，比以前更宽、更平、更红。如果能再加一句，就是比我认识他的时候更丑陋可憎。他转过身，带着一点自我膨胀，向我庄重地点了点头。“你好。”他说。对我们这么久不见，他没有任何问题要问，甚至罔顾礼节。

布里吉特拨开人群向我们走来，她选择这个时刻以一种刻意的方

① 泰坦尼亚，出现在莎士比亚作品《仲夏夜之梦》中，中世纪传说中的仙后。

式，挽起了我的胳膊，宣告她的主权，同时向塞琳娜露出了不无得意的笑容，这一切举动都让我火冒三丈，不过我没有表露出来。“请允许我介绍布里吉特·菲茨杰拉德。”我向他们点点头。“这是安德鲁和塞琳娜·萨默斯——”我及时纠正了自己。我说错了，我知道安德鲁的父亲已经去世了，只是刚刚没想到这点。“抱歉，是安德鲁和塞琳娜·贝尔顿。”塞琳娜微笑着和布里吉特握了握手，而安德鲁不知何故看起来好像受了侮辱，一声不响地转回头去看烟火了。我一开始以为是因为我刚才叫错了他的名字，不过我严重怀疑，鉴于他是个完全没脑子也没想象力的人，我想他是在反感自己被介绍给地位较低的人时，没有被称为“贝尔顿大人”。你也许会对这样的猜测感到难以置信，但我可以保证，他绝不是唯一一个如此冥顽不化的公子哥儿，还在坚持模仿父辈们半个多世纪以前的服饰和习惯。他们或许觉得这么做能彰显血统和教养的纯正，其实恰恰适得其反，只能更加确凿地证明他们是个白痴。

塞琳娜继续和我们愉快地聊天，仿佛他无礼的举止是一件再正常不过的事情，我想也许对她来说已经习以为常。“这是我的女儿玛丽，还有我的儿子潘尼斯顿。”她做此介绍是为了让布里吉特知道。我微笑着打了招呼，玛丽高兴地回应了我的问候，潘尼斯顿也伸出了他的手。他们显然知道我是谁，这让我感到可怜的欣慰。塞琳娜因儿女相伴左右而笑容满面：“你上一次见到他们是什么时候？”

“恐怕那是上辈子的事了。”我笑着同潘尼斯顿握了握手，“我提都不会提到那个满脸不高兴的小姑娘，被迫穿她讨厌的礼服，或者那个穿着蓝色连体裤的小男孩，在厨房拼命蹬他的第一辆小三轮车。”

“那我还真是松了一口气。”潘尼斯顿说道。

"我记得那件裙子，"玛丽说道，"是外婆寄来的，上面全是可怕的褶子，像20世纪50年代《少男少女》中读者画的插图一样，我为了不穿它，尖叫声都快把警察喊来了。如果是今天我还是会这么做。"我们笑了起来，我改变了对玛丽的看法，尽管她长相酷似安德鲁这件事非常令人倒胃口。布里吉特全程看上去都很茫然，而安德鲁再一次露出受到冒犯的表情，我感觉这已经成为他的习惯表情。我实在不明白他为什么不高兴，或者是因为我提到了他的女儿大发脾气，或者他的继承人穿着连体裤，或者他妻子的厨房。提到这些话题，是我对他的大不敬。然而我并不在乎他的想法。

姐弟俩东拉西扯地聊起了家常，缓解了此刻有点紧张的氛围，安德鲁的无礼很快被大家忘到了脑后。想来他们应该经常以此举掩护他们无聊乏味的老爹吧？说实话，我没有非常偏爱这位新的萨默斯比子爵，这名号让我不寒而栗，不过就连我也必须承认他是个很棒的小伙子。我不能说他很吸引人，毕竟他个子不高，还有点儿胖，就算他脸长得还不错，但也不能说是英俊。话说回来，我对他的印象也未必中肯。大部分男人，特别是被甩的，对曾经爱过的人的孩子们都怀有矛盾的感情。女人亦然。从某种程度上来说，这些男孩女孩象征了诸神犯下的可怕错误判断，若事情往正确方向发展，那他们当初根本就不会被生下来。当然这不是他们的错，不是吗？通常我们最终会看清这一切。对我来说，这个孩子就是玛丽·温图尔和潘尼斯顿·萨默斯比。他们即将出生的消息像一把利剑将我从头劈到脚。现如今看到眼前这位和气的小伙子，亲切的小姑娘，又是另外一码事。我明白，如果因为他们的父亲是个榆木脑袋和他们的母亲让我心碎而恨上他们，这对他们是不公平的。老实说，他们两个小时候身上都没有多少塞琳娜的影子，长大之后更是彻底消失了。玛丽还是个小女孩时，活脱脱是一个迷你版安德鲁，比她弟弟更像他们的父亲，父女宛如一个模子印出来的。不过值得庆幸的是，他们两个在人格上似乎和安德鲁毫无相似之处。

潘尼斯顿微微一笑，“外婆发现你在这里的时候兴奋极了，她为自己认识一个真正的小说家感到骄傲。你的每一本书她都读过。”

“这是我的荣幸。”的确如此，同时我也大吃一惊。在熙熙攘攘的人群中被认出来，这件事刹那间也变得没那么奇妙了。

“她特别喜欢认识作家。她的大部分朋友连把餐馆的菜单从头看到尾的耐心都没有。”一个三十岁出头的美丽女子加入了我们的对话。“这是我妻子，安妮。”潘尼斯顿说。

“他说得一点儿没错。你在这里让外婆激动不已。你知道吗？她有你所有的书。我想她大概已经把它们排整齐，就等你签名了。”

“只要她开口。”大概是因为克莱尔蒙特夫人对我作品的喜爱，所以才使她对我这个人产生了那么一点儿兴趣。而这四十年里，她都没有邀请过我到格雷沙姆庄园或她伦敦的家里做客，也无意保持联络，这就让我觉得很有意思了。如果她对我的作品那么着迷，为什么会这样呢？那一刻，我马上疑心是埃什托里尔那晚造成的，不过现在我非常确定这个猜想是错误的。他们就算身为上流人士，在某些事情上偶尔也会没有自信，这背后不存在阴谋，也没什么好气馁的。我想他们不为人知的另一面，其实多少有点儿想要仰视别人。他们依然绝对要坚持，自己和他人世界存在着巨大的鸿沟。不过在这件事上，它表现为一种谦卑，默认了他们强大的社会影响力未必会让所有人心悦诚服，尤其是那些志不在此的人。

“你们错过了真正的美景。”安德鲁打断了我们的谈话，我们乖乖地把注意力重新转回烟火上。“嘶！”“砰！”“哦！”一连串的声音传入耳中。晚会本该以完美展示一个格雷沙姆家族徽章为结束，一头幼狮举着一面旗帜什么的，不过这次效果不是特别理想，因为大部分狮子脑袋都没点着火，导致最后渲染出来的图像稍微有点儿让人感觉毛骨悚然。即便如此，也算是相当成功的谢幕了。然后里里外外的客人，除了少数留下过夜的，其他人都开始撤退。我想方设法在人群中找到了主人们，向他们致谢，然后道别。

克莱尔蒙特夫人依然微笑，眼神炯亮：“你改天一定得来这儿做客，如果你能抽出时间的话。”

“我整个周末都在这里，肯定能抽出点时间来。”

“和莫尔顿大厦那些滑稽的人待在一块儿，你当然能抽出时间。”“那些滑稽的人”这个评价让我知道了，塔尔坎这辈子能有多大的概率与本地贵族谈笑风生。“亨利的一个曾祖母从小在莫尔顿大厦长大。战争爆发前，亨利经常住在那里。你也觉得那栋房子很吓人，对不对？”她看着年迈的丈夫。

他点点头：“那是我这辈子见过的所有房子里最冷的一栋房子。冷的食物，冷的洗澡水，什么都是冷的。我去那儿过夜的时候，晚上从来没合过眼。”再明显不过，这漫长的一晚让伯爵大人很不耐烦，迫不及待想要上床休息，可他还没有说完。“他们接手那里真是疯了。那栋房子拖垮了我的堂兄弟们，也拖垮了后来进驻的每个机构。至少我的亲戚们还拥有那块土地，这么多年给他们带来了不少好处。可你的朋友买的却是一个无底洞。”事实上，这番话听来不仅一针见血，而且出奇地令我安心。当看着塔尔坎为了圆他们华而不实的伪贵族幻梦，几乎倾其一生所有财产时，我知道了世界上还有伯爵大人这样的人。在他们眼里，那只是一栋普通的房子，是用来给人过日子的，如果他们住得不舒服，一切就失去了意义。管他的石灰泥抹得怎样，管他的吉本斯雕刻多精致，管他的东楼里是不是有玛丽·斯图亚特女王的鬼魂飘来飘去。他对莫尔顿大厦的排斥是实事求是的，没有矫情和废话，似乎确认了我的切身体会，把我从之前的诚惶诚恐中解放了出来。总而言之，克莱尔蒙特大人陈述完了他的发言，好像也没有必要让他诠释详尽，于是我点点头，继续往前走。

我在大厅里看到了和家人在一起的塞琳娜，她正在和她的妹妹海伦娜说话，她看起来可比她的姐姐苍老多了。当我们再碰面时，她很友善地亲吻了我的脸颊，说了一些祝福的话，而我正冲着我那多年无望的爱恋对象咧着嘴傻笑。回想起这一幕，我没法解释清楚当我那晚看到塞琳娜时，我非但没有想象中那样伤心欲绝，事实上这次见面让我振奋不已。我感到不可思议、忘乎所以、浑身紧绷、极度兴奋，这些形容词挑出任何一个用来形容我当时的感受都恰如其分，因为我想起了，我曾经能够多么地爱一个人。现在，我依然很爱她。我胸膛里年久失修的心脏，又再一次跳动了起来。想象一下，你从台面上拿起一组扑克牌时，发现里面竟有一张王牌 A，顿时精神为之一振。就算你用不着打这张牌，单是知道它在你的手里，就足以让你感到自己比之前更强大。

“见到你真的太好了。”塞琳娜说道，那声音听起来是如此美妙，就像她是真心实意地这么认为。

“我也很开心。”回答她的同时，我感到自己语气沉着，几乎有些冷漠。事实上，我对她不仅绝无冷漠之意，而且恰恰相反。我无法解释自己为什么会这样，只能说我这一代英国人永远会为了保护自己，而避免向任何人暴露真实情感。这是我无法战胜的宿命。

她再一次露出笑容：“我们都是你的粉丝，你知道吗？有机会希望你能到韦弗利庄园来做客。”

“我非常乐意，也祝你们一切顺利。”

我们贴了贴对方的脸颊，然后我转身走开了。踏出大门没走几步，我就听见安德鲁愤愤不平地质问道：“祝什么顺利？他那么说是什么意思？”我承认我太好奇了，忍不住偷偷溜回去，远远地躲在他们视线外。

“他没有什么意思，仅仅是祝我们好运而已。”塞琳娜对他耐心而平和的语气，听上去就像是在安抚一匹正在活蹦乱跳的马或者一条狗，“祝生活。”

“这句话也太奇怪了。”他似乎清了清嗓子，想把她的注意力拉回来，“真是没想到发生了那么多事之后，他看起来还能这么神气活现，你对他还这么热情欢迎。”

“哦，看在上帝的分上。”现在只剩下他们两人了，或者他们以为如此，塞琳娜的语气不再那么小心翼翼。“你说的那一晚之后，我们亲眼看到了政府的垮台，巴尔干半岛的战火，英国传统生活方式的分崩离析。这样我们都能平安无事，我们当然也能忘记四十年前一次醉酒失控的晚餐——”就在这时，有人拉了拉我的衣袖，是布里吉特，她正在用一种奇怪的神情看着我。我只得悻悻地离开，直到什么也听不见。在塞琳娜发脾气之后，他又会说些什么，我无从得知。这不是我第一次想弄明白，为什么在上层社会，不过也许社会的每个阶层皆如此，聪明的女人会选择和愚蠢的男人生活在一起，而丈夫永远都不会察觉到他们的妻子日复一日所做的牺牲。

“这是我见过最棒的招待了。”珍妮佛说道。我们终于从涌向大门外的人群中挣脱出来，回到了主路上。“有你在，我们真是太幸运了，是不是，亲爱的？”

我压根儿没指望塔尔坎会有回应，正如我已经清楚地了解：无论何时，让塔尔坎承认有人比他更加优越，对他而言都不亚于切肤之痛，尤其是在他自己的王国发生了这件事。珍妮佛依然不屈不挠地盯着他，开车时只用右眼的余光看着路，直到他十分不情愿地挤出一句话。“节目不错。”他嘟哝道，或者之类的话，反正我没有听清楚。

他的嫉妒加上布里吉特情绪郁闷，让车里变得乌烟瘴气，充斥着怨恨和痛苦的愤怒，但珍妮佛没打算收手：“我觉得他们特别好，而且很明显，他们非常喜欢你。”

“嗯，他非常喜欢他们，或者他们中的一些人。对吗，亲爱的？”布里吉特总是在这种时候火上浇油。当然，正如我被迫想明白了，回想起什么是“爱”也有一个坏处，就是你会清楚地知道什么不是爱。无论我和布里吉特之间有多深的感情，那都不是爱。我早就预感到会有这一天。在我和亲爱的老爹共进午餐那天，我已经给了他暗示。在重回格雷沙姆庄园那晚之前，我还没意识到火车头不仅冲进了视线，而且几乎就在眼前。平心而论，我不能责备布里吉特的失望与厌倦。她是一个聪明迷人的女人，却不得不接受再一次浪费了好几个年头的现实，她试图从枯井里取水，空着手打猎，死胡同里找出路。如我所说，从前她不止一次地犯过这种错误。我很清楚，直到那晚之前，我一直对她的说法坚信不疑：那些可恶的男人都是流氓、无赖，明明知道他们跟她没有结果，却死活不肯放手，而是吊着她，耽误了她结婚生子的大好未来。至少我之前是这么认为的。而此时此刻，在这辆深夜行驶在约克郡道路上的车子里，我突然意识到，他们也许并不完全是流氓、无赖，只是自私、迟钝、轻率的傻瓜而已，比如我。明天早晨之后，我就会在《布里吉特·菲茨杰拉德的悲惨故事》中，感受到和他们一样的内疚。

直到我们回到了冰冷潮湿的卧室里，她都没有再开口说话，开始以一种我再熟悉不过的方式脱外衣——硬邦邦的，有点报复似的，说话时背对着我或者侧过脸，无论如何她都不肯回头："整件事情都太荒谬了。"

"什么事情？没有所谓的'事情'。"

"一点也没错，哪有什么事情。她对你完全不感兴趣。绝对没有。"她噼里啪啦地说出来，甚至有种生动鲜活的感觉，好像塞琳娜无法爱上我都是她造成的，是一件值得骄傲的成就。

"是的，我不觉得她对我有兴趣。"

"一点都没有！"她又重复了一遍，这一次不仅声音更高，语气里的尖刻也愈发不加遮掩，"谁都看得出来。她差点儿连你是谁都记不起来。"这句话让我感觉肚子仿佛被人狠狠打了一拳，不过我没有和她争辩，只是样子看起来有点儿难过。我是在浪费时间，布里吉特倒是火力全开，似乎完全不觉得她这么说对我有什么不公平："她永远不会离开她的丈夫，你绝对无法想象有一天她会离开他。"

"是的。"

"就算她真的离开了她的丈夫，那又怎么样？你凭什么觉得，她会想跟你这样一个又消极又抑郁的人在一起？”

“我也这么觉得。”

“你知道她不会做出这样的选择。哪怕是一百万年以后，你也不敢相信。”

“是的。”

“放弃特权？放弃形象？从贝尔顿伯爵夫人变成你的太太？你想都别想！”

“我斗胆说一句，确实不太可能。”我说。

“当然。那种类型的女人绝对不会这样做。”

“她是某种‘类型’是吗？嗯，那可真是鼓舞人心啊。回头我留心多找几个这样的类型。”

“哦，滚开！”

我没法抱怨，这是我罪有应得。

不过等我也脱了衣服，躺在那张丑陋的雕刻床上，两个人都在薄薄的被子下面冻得瑟瑟发抖时，她已经冷静了下来。她的愤怒让我暂时忘却了自己的愧疚，然而我可没那么容易全身而退。就在我伸手去关灯之前，她放下了手中的书，看着我。“我做错了什么？”她的声音重新变得温和，是那种我一直觉得很轻柔迷人的爱尔兰口音。她的声音让我感到一阵心酸，它痛苦地提醒了我，我是多么不愿去伤害别人。

我摇摇头，露出了一个我希望是温暖的微笑，可惜在那么低的温度里可不大容易。“这不是你的错，”我用自己感觉是诚恳的语气回答她，“你什么也没有做错，问题不在你，在我。”当一个人说出这些听起来如此耳熟的感伤话语，尤其是最后被用滥了的那句，他希望自己是在表达一种高贵大方的情感，他是在为他们的失败“承担责任”，等等。事实上，这显然是不诚实的，就像任何“感情骗子”，引用一下八卦小报的名头，会告诉你的那样，我们在某种程度上几乎都是骗子。这些话只是些不走心的敷衍，就像二话不说往你脑袋上飞一块板砖，迅速有效地结束了有关本话题的所有讨论。

布里吉特非常准确地感觉到，她得到的不该只是这样一个懦弱虚伪的回答。“拜托，”她说道，“我说真的。”她的声音此刻让我的心弦绷到了极致。“有什么事情如果我做了，会让状况变好一点儿？”

我看着她，决心说出实话：“你可以快乐一点儿。”

她愤怒了起来：“你可以让我快乐一点儿。”

我几乎以军人般的精准度点了点头，“完全正确。”我说。既然对此毫无异议，关上灯，我们假装睡去。

第九章

英国皇家爱斯科赛马会

世界在发生变化，我想要加入，想要参与。

在我们从约克郡回来的第二天，我又接到了达米安的电话。说是“达米安的电话”，话筒里传来的其实是管家巴塞特谦逊平和的问候：“巴克斯特先生在想……”他紧张地停顿了一下，我开始怀疑有什么事情让达米安认为会冒犯到我，答案却让人松了一口气，“不知道您是否方便尽快过来探望他一下。”

我觉得应该立刻向他坦承，进展确实十分缓慢，倒不是我故意想隐瞒什么重大发现。“我能汇报的内容恐怕不多。”我说。

巴塞特似乎早就预料到了。“巴克斯特先生明白这一点，先生。如果您有什么要告诉他的话，他之前就会收到您的消息了。不过他依然想和您聊聊。”

尽管巴塞特的声音悦耳动听，可话语中不容拒绝的意味，还是在我脑子里敲响了警钟。我有种不太舒服的感觉，似乎答应了他的请求，我就要从此臣服于他的权力之下了。简单来说，事情的性质就从我帮他一个忙，变成他收买了我。我当然没有领他的酬劳，不过还是稀里糊涂地接受了那张侮辱性质的信用卡，某种程度上我就成了他的员工，我当初就该意识到这一点的。而且我打破了自己的原则：如果一定要被收买，那就让价格尽量高一些。这就是为什么人们永远不该出席有出场费的公益讲座或地方见面会，至少在英国是这样的。即便金额没有多少，主办方就是坚信一旦他们往你手里塞了几枚铜板，你就从身体到灵魂都是他们的人了。如果你在迫不得已的情况下必须露面，那么请不要收取任何费用。请发自内心地去。没有这点钱也不会给你的人生带来什么变化，但永远不必忍受那种受雇于人的屈辱，因为你的慷慨使你掌握了主动权。更好的是，把你可能从中获得的报酬或相同价值的物品捐给他们，还能额外给自己加上一顶光环。不过不知怎么，在这件事情上，达米安手法娴熟地耍了个伎俩，让自己占据了道德制高点。我不再是行善，而是肩负着使命。这是完全不同的事情。

最终还是尘埃落定。在接下来的一周里，我任务繁重，因此我决定在下一个周日午餐过后，回到萨里郡看望达米安。因此，在那一天我又一次搭乘火车，又一次在站台见到了前来接我的司机。他穿着制服，打扮得还是那么无可挑剔。当我们抵达“达米安星球”的时候，我很惊讶地发现，花园里似乎正在举办一个盛大的游园会。客人的车子都停在不远处的一块空地上，日常的摆摊、嬉闹和其他娱乐活动很显然被禁止了，上等的草坪可禁不起践踏，所以活动实际上对大宅没有太大的影响。然而这和我们记忆中巴克斯特先生的形象不太相符，就他的性格来说，这有些过分仁慈了。在我踏出车子的那一刻，巴塞特就回答了我的疑问："是的，先生，在夏天我们会举行两三天的活动，为本地天主教教堂德兰修女院筹款，就是位于吉尔福德的那家教堂。"

"巴克斯特先生是天主教徒？"我从未想到这一点。我倒不是介意天主教徒，只是很难想象达米安会皈依任何宗教。

"我想是的，先生。"

"每年夏天他都会举办这样的活动？"

"是的，先生。从他来这儿的第一年起就开始举办了。"我试图掩饰自己的惊愕，此时我被直接领向了图书馆。当我一踏进房间，我就意识到自己为什么被召唤来了。达米安已经生命垂危了。他之前肯定也有过这样奄奄一息的时候，就在我上一次来这里探访他，从而开始了所有的一切时。可我从未见过一个人的脸上，如此笼罩着死亡的阴影。这一次，与其说他看起来像得了不治之症，不如说他乍一看像是已经死了。

他躺在沙发床上，身体舒展，两眼紧闭。如果不是他消瘦的胸膛有一丁点儿轻微起伏，我还以为自己来迟了一步。我想我的表情看起来大概太震惊了，因为这时他刚好睁开眼看见我，不禁发出一声粗哑的微弱笑声。"开心一点儿，"他喷着鼻息说道，"我没有看起来那么糟糕。"

"那真是松了一口气。"我说，"你看起来也不能更糟糕了。"

这句话让他振作了一点儿。他摇响了沙发旁边的铃，当一直待命的巴塞特从门边探出头来的时候，他又用他那一贯羞怯的方式提议，是否可以给我们上点茶。"你在这里留宿吗？"当巴塞特去履行职责的时候，他问道。

“还是不要了吧。我原本计划明天继续上路，不能再拖下去了。”

“是的，就当你发发慈悲吧，做什么都行，就是别拖延。”他抬了抬眉毛，影射刚才的死亡玩笑，“所以，目前为止进度如何？”

我告诉了他关于露西和达格玛的事情：“她们似乎都非常喜欢你。”

“别那么惊讶。”

当然，这就是重点。我的确非常惊讶，而且没法以一种合适的措辞来表达，因此我没有开口，而是分别转述了她们对他的善意祝福，为自己能信守诺言传达这一问候而感到高兴。“我想，我可能不知道你之前和她们这么熟识。”

“关于我的事情，你不知道的可多了去了。”他似乎在等我反驳，不过我什么也没说。“可怜的小达格玛。”他发出一声有点滑稽的叹息，想诱惑我一起感叹她的不幸，可我感到这样做有些不忠的意味，因此我抵抗住了附和他的冲动。但他继续说了下去：“她应该出生在1850年，和什么德国大公指腹为婚，一辈子做个旁观者就好。她会做得非常出色。那些忠诚的臣民们，毫无疑问会十分爱戴她，可他们永远也无法靠近她，因此他们也永远不会发现她是一个多么乏味的人。”

“她现在不那么乏味了，”我说，“不那么乏味，不那么羞怯，也不那么快乐了。”

他点点头，陷入了沉思：“她嫁给他的时候，我吃了一惊。我以为她会选择一个沉闷但体面的人，住在德文郡的一个农场里，砖木墙上挂了无数幅巨大的皇室肖像，跟周围的环境格格不入。我从没想到她会和一个恶劣但成功的人在一起，回到一所宫殿里，度过悲惨的余生。”

“嗯，无论如何，肖像画是挂上了。”

“她有告诉你，她曾想嫁给我吗？”他一定是敏感地捕捉到并准确地解读了我听到这句话时的表情，“我已经不在乎自己是不是无礼了，我都快死了，这种时候你完全可以畅所欲言。”我想了想，这话倒没错。

“是的，她告诉了我。”

“真的吗？”我看得出他很惊讶。

“她说，她当时十分渴望这么做，然而你对此并不感兴趣。她说她可以给你的，都是你不想要也不需要的东西。”

“她这些话听起来好像是在闹脾气。”

“并非如此，她那时非常动情。”

他点了点头，不知怎么换成了比之前友善一些的语气，承认了达格玛的大方。“我从没有说过她不是一个好女人。我觉得她是你们所有人当中最友善的人。”他思考了一分钟，“对前皇室成员来说，这很难得。”

“这话我同意。”

“对还在位的那些人来说还好。”他补充了一些对此话题更深入的想法，“六七十年代的胡闹过去之后，皇室还是高高在上。可其他贵族的日子就艰难多了。”

“我猜你不会想掺和其中的。一旦你了解一些事情，你就会发现它牵扯太多。”

“有很多事情我都不掺和，当我稍微了解那么一点儿时。”他看着我，“如果你是这个意思。实际上，当我对你们了解一点儿之后，我就再也不想过你们的生活。”他重新回到刚才的话题，“不过，你确定她不是我的那位笔友？”

“是的，我很确定。”

“露西也不是。”我进一步解释了她女儿的遗传疾病。他沉浸在这个将他排除在外的细节中：“所以，她还好吗？”

“还不错。”我轻轻地把脑袋从一边晃到另外一边，这个姿态意味着“也就那样吧”。

他对此颇感好奇：“你倒是一点儿都不留情面，我一直觉得你们两个关系很铁。”

“她现在的生活更多原因是她自己造成的，达格玛不是。”事实上，我对罗恩斯利·普莱斯一家确实有点不冷不热。“自作自受”这个词语不是多么意味深长，某种程度上来说，我们都在自作自受，并且要自食其果。我们别无选择。尽管如此，也不是一点意义都没有。和很多人不同，露西在年轻时有很多选择，而起码在我看来，她似乎没有选择更有创意或者更有趣的道路。

他说出了我的心声：“露西是20世纪60年代的另一个牺牲品。”

我感到自己有必要“挺”一下老朋友：“她不像一些人那么糟。至少她不是那种可悲的20世纪60年代电视台高管，穿着皮衣晃来晃去，满口不离北极猴乐队。”

“也许吧。作为准男爵的女儿，她想把自己打造成一个荒唐的形象，拥护新的价值观，她以为那些无厘头的花招可以玩一辈子。可是她搞错了。”这点他说得没错，所以我也没法继续维护她了，“再说，这种生活方式只有在年轻时才让人钦佩，五十八岁还幼稚疯狂，简直是悲剧。”

“不过她有我们最美好的祝福。”

“如果有你的祝福，她会没事的。”当我盯着窗外远处的集会时，他看着我说道。

“我必须说，很多人来参加你的游园会。”

“我看得出，你对我竟然会举办慈善活动的行为，简直是大吃一惊。”

“有一点儿吧。”

“你说得没错，我不是一个非常善良的人，不算是。”他的话很犀利，他不愿闪烁其词，更不愿以沉默回应，“不过我认同他们，我欣赏他们的平凡。在我年轻时，我受不了任何一个没有上进心的人，我不明白那种逆来顺受、一成不变的生活到底有什么意义。我和想成为超级富豪、内阁总理、电影明星的这类人在一起才自在一些。我对任何遥不可及的目标都感同身受，不管这目标有多么荒谬。那些小富即安的人，有一栋不错的房子、一次舒适的度假就满足的人，我实在是无法理解。他们让我感到不舒服。”

“但现在不会了？”

他点点头，表示承认。“现在我认为能够简简单单拥抱生活是一种高尚的能力。不必像我从前推崇的那样，逼自己像头牛一样去耕地。我猜在几百年前，人们也是抱着同样的信念，走进修道院把自己交给上帝。我能明白这些男男女女的感受，虽然才刚刚开始。而我也在以同样的方式，把自己的生命托付给上帝。尽管我不相信他的存在。”他停下说话，欣赏我的诧异，“我敢打赌，你从没想过我会说这样的话。”

我不假思索地表示同意：“或者任何和宗教有关的，我都不会想到你。”他笑了起来，我继续说道：“我猜你纪念的想必是那位年轻纯洁、鲜花环绕的圣女吧？”

“不，那是另外一个德兰修女。我们这位是大德兰修女。她一生同情耶稣所遭受的苦难，两眼能看到挣扎在血泊中的芸芸众生，然后她建立了一个新的教派，因此被教皇关了起来。不过她像女战士一样顽强抗争，最终赢得了胜利。”

“你应该直接告诉我这些，这样我立刻就能理解她的号召力了。”

这一次他爆发出响亮的笑声，我们不得不停下谈话，等他剧烈的咳嗽渐渐平复下来，他显得温和许多。“我希望你知道我已经变了，对我来说这很重要。”他一直在观察我的表情，以确认他的话语能否达到效果。这多少让我有些坐立不安，“人至少会口头上说一说，不过到底是真的洗心革面，还是原本深藏的真面目终于浮出水面被人看到，这很难说。但我真的认为我比以前多了一份仁慈。”

“那不难理解。”他的话让我想起在约克郡宴会厅里的那次交谈，我一定是在他说话之前的时候就想到了，“你不再那么愤怒了。”

他很敏感，问道：“什么？”

“没什么，就是我在上周末碰巧遇到了塞琳娜·格雷沙姆，或者说是塞琳娜·贝尔顿。她说了一些类似的话，就是她遇见你的时候，你是一个非常愤怒的人，愤怒的人一般不是原地爆炸，就是做出不一般的成就。”

“或者两者皆有。”这时，巴塞特端来了一个托盘，打断了我们的对话，上面摆好的茶杯和茶壶就像好莱坞电影里的道具，盘子里有着小小的黄瓜三明治和放在银色小碟里的切片柠檬。我看得出这都是为我一个人准备的。达米安已经无法再享受饮食的乐趣了。巴塞特离开之后，他才又开口：“你的调查很彻底啊，她还好吗？”

“她很好，不过安德鲁还是那么令人讨厌。”

“他也在那儿？”我露出痛苦的表情，点点头，达米安显然也有同感。“我总是在想，他是怎么融入那家人的家宴的？他们每个人都那么活力四射，安德鲁坐在那儿就像一堆泥巴。”

“我想他能融入是因为他意识不到自己在追赶他们。”

“克莱尔蒙特夫人呢？”

“她差不多没什么变化。悲哀的是克莱尔蒙特老爷，他变成了盗墓者从维也纳圣方济教堂里盗出来的雕像。幸好，克莱尔蒙特夫人还是她原来那个样子。”我告诉了他克莱尔蒙特夫人拿我取笑的事情。这样的坦诚是有风险的，想想看多年之前，我对塞琳娜的爱慕暴露之后都发生了什么事，然而我现在已陷入这段苦恋太深，不想再小心翼翼。

他露出了微笑：“你当初应该娶她。”

“别说这种话。”时过境迁，我不再为自己如此容易被激怒而感到惊讶。

如果我指望这样就能阻止他继续说下去，那么我一定会失望的。“我的意思只是说，你与安德鲁相比，克莱尔蒙特夫人一定更喜欢你。”他一如既往地让整件事听起来跟他没什么关系。

“还有你，还有其他任何人。”

“不，不会是我。”他断然否认。

我好像还没有办法摆脱这个话题。旧伤疤一旦重新揭开，那火辣辣的感觉就像是新鲜的伤口。“她为什么会嫁给他？她那时才多大，十九岁？她甚至都没有怀孕。十个月后她的女儿才出生，她女儿的样子和安德鲁是一个模子刻出来的。所以不是因为什么异常情况，我真的无法理解。”

他点点头：“那是个不同的世界，那会儿我们做事和现在是不一样的。”

“你到底进行到什么程度？你和塞琳娜？”在问这句话的时候，每个字都像是一记鞭子在我的背上留下一道通红的痕迹。

他轻轻地笑了起来：“多么奇妙古怪的问题啊，你听起来像三十年前的《女性时间》，‘进行’你是指什么呢？”

“你心知肚明。”

他安静了一会儿，然后耸耸肩：“我为她而疯狂。”

我是否早就知道这一点？发生了那么多事情之后，我太难以分辨我的猜测是否正确。听到他亲口说出这句话，我依然感到非常震惊。就好像一个亲密好友在经受漫长的病痛折磨之后终于死去。而我选择再饮一口毒酒：“谁提的分手？”

我看出我开始让他感到厌烦。我们再一次耗尽了虚伪的友情，重回我们对彼此真实的感受。“我不想一辈子都感到低人一头。”有一瞬间我看得出，他回到了那个我从未离开的地方。“我记得有一次，”过了一会儿，他说道，“当我去格雷沙姆——”

“你去过格雷沙姆家？”我不敢相信。那会儿我在哪里？睡在地窖的一个箱子里？为什么我一点儿也不知道这件事？

“你知道我去过啊，因为那次舞会。”他没有说错。我确实知道。“她顺路捎了我一程，所以我去了他们的公寓。在哪儿来着，贝尔格莱维亚区的什么地方？”

“切斯特广场。而且不是公寓，那是一栋房子。”

他看着我，明白了我对这些细节记忆如此准确无误意味着什么。“总之，我们把箱子都装满了，出发的时候，塞琳娜说——”他停下来，深深叹了一口气，似乎回想起我曾如此熟悉的那辆漂亮的红色两座小跑车，“她说，‘我们现在必须先好好编排一下’，然后她开始列出一个清单，写着到达那儿之后，我该做什么，举止如何。当她母亲问候我的时候，该对她说什么，不该说什么。我该怎么应对她父亲的问题。我和她的兄弟姐妹聊天时，应该提及的话题。她一直不停地在说这些，我一直听着，但心里想这样的生活不适合我。我不想去到一个被人认为是累赘的地方，一个一举一动都要被监控的地方，一个我要学完一门课才敢跨出车门进去的地方，一个不欢迎我去参加派对的地方。”他激动得有些喘不过气，只能停下来，直到呼吸正常一些。

“我能明白你的意思。”我说道。我真的能。

他看着我，仿佛怀疑我从他的坦白中获得了某种胜利感。“我那时选择不去面对这一切。如果我足够诚实，我想那次让我明白了，我们两人的未来是行不通的。至少不会长久。”

“你跟她说了吗？”

这问题让他有一点儿不舒服。“那时没有。”他恢复了平静，“后来有。”

“从那一刻起，你们之间就真的结束了？”我到底想从他这里知道些什么呢？

“我不知道，我不记得了。重点是，我意识到如果我要结婚，我希望对方家人会高高兴兴地往阳台上悬挂彩旗，放烟花，在《泰晤士报》上刊登我们的婚讯。而不是在无情的沉默中，对我们的不般配翻着白眼。你看到了她最小的妹妹嫁的那个男人了吧？他经历了什么？他一直被他们轻视甚至彻底决裂。”

“苏珊娜的家人悬挂彩旗了吗？”我想这句话听起来大概很不友好，可我整个人都嫉妒到恨不能杀了他。我得说，他轻松逃过了这一劫。

他的微笑变得十分凄凉。“麻烦的是你们这些人已经把我给宠坏了。我不喜欢你们，或者你们的世界，我也不想要你们拥有的那些东西。可当我试图回到我之前的圈子时，我发现自己已经无法欣赏他们的品位了。我成了像老贝尔顿夫人那样势利的人，太过看重那些微不足道的区别，总忍不住事先编排好自己要说的话。”

“所以，我们把你从圈子里驱逐出去，可是却毁掉了原本的你。”

“简单来说，是这么一回事。”

“那么，塞琳娜是在和你分手之后结的婚？”

“在那之后没多久吧。”他认真回想了一下，“我希望她过得快乐。”

我抿了一口茶，想要安抚自己混乱的情绪：“她不是很快乐吧，我猜。不过她们那种人，很难看出来。”

他再一次注视着我，像生物学家研究某种难以预测的稀有动物：“你一点也不享受这一切吗？这种普鲁斯特式的回溯。这是我的过去，也是你的过去。”

“不怎么享受。”

“你的那位……”他迟疑了一下，“我讨厌‘伴侣’这个词。她是如何看待这一切的？”

“布里吉特？我不觉得她对这些事情会感兴趣，这又不是她的故事。”最后一句话是真的，前面的则不全是实话。我依然不希望自己陷入那些麻烦当中。“不管什么原因都不重要，”我继续说道，“我们已经分手了。”

“哦！天啊，我希望只是碰巧而已。”

“不完全和调查无关。但我们迟早会有这一天。”

他点点头，不再追究下去：“所以，下一个调查对象是谁？”

“坎迪达·芬奇或者乔安娜·兰利。也许先找乔安娜。”

“为什么？”

“我一直对她很有好感。”

他为我的坦白露出了笑容：“很显然在这一点上，我们有共同之处。”

“你还记得发生在英国皇家爱斯科赛马会上的那次吗？”

“谁会忘记？”

“那时你和她在一起了吗？”我故作轻松地问道，“我知道你和乔安娜没有一起到场，是格雷沙姆一家带你一起去的吗？”我感到摇摇欲坠并隐隐作痛的那颗牙齿，又遭到了一记暴击。

他皱起了眉头，似乎在努力回忆：“严格来说，是的。不过我不觉得哪个阶段我和她们当中任何一个人‘在一起’，后来才算。”

我内心有些畏缩，但仍然说出了我的想法：“我曾经认为，你和乔安娜在一起非常般配。”

他点点头：“因为我们都出身平凡，追求自我实现？而我不会妨碍到你？”

“因为你们两个都属于现代社会，贴近现实。我们要花很长时间和很大力气去学习的东西，对你们两人来说，完全不是问题。”

“你过奖了。”他礼貌地点了一下头，表示他领了我的情，“不过我和她相处时，不像表面上看起来那么和谐，你记得吗？我那会儿可是野心勃勃的。”

“我当然记得。”

我的语气也许比自己预想的更坦诚，使得他的眼神忽然向上看了我一下。“整件事的前几个月，我一直没想清楚我想从你们这里得到什么或不想要什么。乔安娜什么也不想要，只想摆脱她的母亲，躲起来。她自己那会儿可能还没清醒地意识到这一点。但是这个想法一直在她的脑海深处。当然没过多久，她就发现了。”

“如我们所知。”

达米安笑了起来，说：“如我们所知。”

“她发现自己的真实想法后，很显然你们就不会在一起了。”

他同意地点点头，尽管我能看出每次当我打断他的节奏时，他都感到心烦意乱。事实上，我完全理解这有多么让人讨厌，就像晚宴上某个乏味无趣的人硬要起哄，打断别人讲的笑话，自己却讲不出什么能逗乐别人的故事。即便如此，我不准备听达米安陈述的这些事情经过的删减版，我怕自己会忍不住发表什么奇怪的评论。他继续说道：“当你见到她，完成了你的调查之后，我很想知道她现在对那些事情是什么感受。当你找到她时，我很期待听到这些。”

这个要求让我觉得棘手得很。在清单上的所有女性当中，她的信息是最少的：“你给我的线索太少了，不足以让我找到她。”

达米安也这么觉得：“我们在网络上搜索她的名字，找到的信息就这么多。当然我知道英国皇家爱斯科赛马会上发生的事情，还有其他一些早年的事情。她离婚之后的信息却寥寥无几。”

“离婚？”

“是的，在1983年。”那一刻我看起来一定很严肃。他一边摇头，一边咂舌：“请别装作很震惊的样子。他们竟然能在一起十四年才是个奇迹。”

“我猜是的。她那个丈夫叫什么名字来着？我又忘了。”

“基兰·德庸。你会找到很多关于他的信息。”

“基兰·德庸。”我有相当长的一段时间没想起过这个名字了，此时想起，它依然能让我的嘴角上扬。

达米安显然也有同感。“我曾在伦敦一个典礼上碰巧看到他，不过他总是故意对我视而不见。自从他们分手之后，我没有看到乔安娜的一丝踪影，不管是在报纸上还是生活里。”他若有所思地说，“你觉得他的真名会是什么？”

“反正不是基兰·德庸。”

他笑了起来：“基兰没准是真的，不过德庸就不好说了。”

我在试图回想起那些头条标题和那个奇特的年轻人。“他是干什么的，一个发型师？模特公司经纪人？服装设计师？反正他当年从事的应该是和时尚潮流有关的职业。”

“我想你会大吃一惊的。大部分人从未来得到的东西都比他们预期的少，不过有一些人得到的比他们想象的多。我们有他现在的地址，他们应该已经给你了。”

我点点头：“他们已经分道扬镳，他还会知道去哪儿能找到乔安娜吗？”

“他肯定知道。他们有个儿子。”他顿了顿，“或者我们有个儿子。总之，就算他不知道，总归也能提供一点儿线索。不管怎样，我们也该从他着手，因为没有其他选择了。”

在我即将离开的时候，我问出了最后一个问题："你真的是个天主教徒吗？"

他笑了起来。我想可能是我的措辞听起来实在是好笑。"我不确定你指的是什么。我一出生就是天主教徒了，你难道不知道吗？"

我摇摇头："所以你是堕落的信徒？"

"恐怕是的。"

他的回答引起了我的好奇心："为什么是'恐怕'？你到底愿不愿意信教？"

达米安居高临下地睨了我一眼，仿佛我是个小孩子。"我当然愿意。"他说，"我快要死了。"

车子在门外耐心地等候，拜那位完美司机所赐，我知道每二十分钟就有一班火车，就偷闲在游园会的摊位中逛了一会儿。我脑子里一直盘旋着刚刚达米安出乎意料的话，当我看着摊位上那些古旧的、破烂不堪到已经无法阅读的书籍，一堆堆饱经沧桑的灯盏，那些煞费苦心制作，但估计很快就会被健康安全组织取缔的蛋糕和果酱，音箱都没了的玩偶娃娃和总是有一块下落不明的拼图玩具时，我确实从它们所代表的高尚行为中感受到一种抚慰。这些东西当然很老套，而我也非常肯定，如果新工党那位主张多元性的文化部长连昨夜的音乐会都吃不消，要是看到游园会这种大英帝国独有的滑稽戏还不得想自杀？可这样的活动恰恰流露出美好的意愿。这些人一直为我曾经认为是微不足道的东西而付出，他们也无意争取我的认同。可事实上，这让我感动得几乎落泪。

时代久远，模糊的记忆让我对一些事情不再有把握，但我颇为肯定的是，夏洛特女王舞会之后，紧接着就是英国皇家爱斯科赛马会。在活动开始举办之前，我已经见过乔安娜·兰利几次。不过我想直到那一天，我们才真正变成了朋友，就算现在我也情愿这么认为。彼时，我总认为她是横空出世的时代骄子，不像我们这些人需要沿着父辈的足迹前行。

英国皇家爱斯科赛马会已不是从前那种盛大的时尚活动了。女王陛下的代表为了让赛马会能长久地举办下去，明智地决定把它定位为赛马界和企业娱乐活动。为此，皇室（这些可怜人儿，也就这么点儿特权了，而他们的这一特权能换来的也就是一些免费的微笑致意）与其他各种不合时宜的家族都从新的看台上消失了。此外，新看台的规划里也不再包含著名的皇室专区。嗅到了不受欢迎的意思，许多皇室成员便另寻其他的休闲活动，紧接着，时髦人士和社会名流也纷纷作鸟兽散，反正他们本来对赛马也没什么兴趣。很快，大部分人抛弃了这项活动，我猜他们可能永远也不会重返赛马场，因为一旦贵族们被允许卸下某项义务，你很难再让他们扛起来。有人会说，这棒极了，赛马会回归了本来的性质，马迷们会很高兴。无论当今人们是否同意这点，在20世纪60年代，我们对赛马会可相当着迷。

出于一些原因，那一年我是同一个名叫明娜·邦汀的女孩一起去的，同行的还有她的家人。她的父亲任职于白金汉宫，具体什么职位我现在已经记不清了，也许是皇室内库保管人，或者至少是一个听起来历史悠久的头衔，这样才能让他在为皇室成员专门预留的爱斯科停车场占据一席之地。停车场隔着一条马路，位于赛马场主入口的正对面，是一个绝佳的地点，但它本身是一块巨大的普通的沥青地，上方是一座气味不佳的大马厩，以及一个为马夫们砌成的单人厕所。一边有个快倒塌的荷兰谷仓给人一点儿遮蔽，另一边有两个废弃的小马厩提供了少许阴凉。除此之外，就是一排排的车。一整片区域的管理每年都由一个最为友好的团队进行监督，为此地平添了不少荣光。而我把自己能在这里午餐看作某种殊荣，尽管马厩里飘来的气味时不时让食物变得实在难以下咽。

在那次活动之后，明娜和我很快就熟络起来，以一种不那么热烈的方式表达对彼此的好感。我们共进了几次晚餐，可我已经不记得我们最终分手的原因是什么了。回想起遥远的往事，有些尽管记忆变得模糊，我依然为人们理解其内心真实动机之艰难而感到震惊。为什么这个女孩无论如何无法让你喜爱，而那个女孩让你彻底心碎？为什么这个男人让你微笑，而那个男人使你的灵魂沉沦到万劫不复的地步？他们看起来都是那么地友好，风华正茂，春风得意。你分不清谁是爱人，谁是敌人，谁是朋友。说实话，马后炮几乎都大同小异，可四十年前，到底是他们本身的什么特质，勾起了我的兴趣，或者令我心生厌烦呢？

我们用完了午餐，该穿过马路走向赛马场了。我们沿着小路慢慢踱到入口处，小路两边栽满高高的月桂树。尽管那个年代没有多少车辆，但是警察们仍然兢兢业业地指挥交通，我们被迫停下了脚步。“到底发生了什么事情？”明娜说道。

她问得没错。通往主入口那条路的另一边，围成一圈疯狂拍照的人，后来我们称之为“狗仔”。按道理，那会儿狗仔的人数比现在少得多，就几个时尚杂志记者，穿着古怪的红色上衣，不过在1968年，公众对名流的衣着品位远没有现在这么挑剔。然而在这一天，眼前的情景会让你以为震惊世界的事件就在我们眼皮子底下发生了。我们抄至另一条人行道，穿过大门，走进一个小小的院子，散客可以在这里买到当天的徽章，然后向通往王室内院的门走去。检票处发生的事情显然能勾起摄影师的最大兴趣。有些人不得不用上现在随处可见，当时却闻所未闻的伎俩。他们把相机高举在头顶上，闭着眼睛只管按下快门，万一侥幸拍到一两张用得上的照片呢！

我们的衣服翻领上别着徽章，带着某种特权感从人群中挤过去，引起骚乱的原因就在眼前：乔安娜·兰利穿着一身精致的白色蕾丝西服套装，戴着一顶浅色帽子，帽檐上缀着蕾丝，白色的花朵使她的卷发显得更加闪闪发光，手上是白色的手套，肩上背着一只白色的包。她正试图和一个把守在门口的退伍军人理论，那个人虚张声势，头上戴着一顶圆顶高帽。“抱歉，小姐，”他说道，语气中没有恶意，却毫不退缩，“这里的规定是不能穿裤装入内，即便我想通融也无能为力。女士只能穿裙装，上面就是这么写的。”

“可这件套装几乎相当于裙子啊！”乔安娜如此回答。

“恐怕只是‘几乎’是不行的，小姐。现在麻烦您往边上站一站，给后面的人让个路。”他向我们这里招手示意，于是我们向前走去。

“你好。”当我们靠近时，我向乔安娜微微一笑。那时我虽然和她并没有很熟，但我们之前遇见彼此的时候都非常友好：“看来今天是你在制造新闻了。”

她笑了起来：“这是我妈妈的主意，是她逼我穿这一身的。我一直觉得她弄错了。估计她以为他们肯定会让我进的，看来似乎不行。”

“我们快走吧。”明娜拉了一下我的胳膊，急于摆脱纷至沓来的记者和狗仔。无论是从前还是现在，这些贵族对媒体的厌恶都不是装模作样。他们是真的痛恨这些人。

我有点好奇。我没听懂乔安娜说的那些话，如果她母亲早就想到她会被拒绝进入，又怎么会逼她穿这身衣服？“为什么你的母亲会希望你被拦在门口？她在这里吗？”

乔安娜向栏杆外的一群人点点头，我认出了那位娇小的女士是乔安娜的母亲，我曾经在夏洛特女王舞会上见过她，她那时显得比较焦虑。她穿着一身定制的海棠色西服，胸口别着一枚相当精美的胸针。她把同伴们推搡到一边，只顾注视着她的女儿，兴奋得不得不咬住微颤的下唇。不过奇怪的是，她并没有试图往前再靠近一点儿。“她在等什么呢？”我问道。

乔安娜叹了口气：“喏，这个。他们都在等着呢。”在我惊诧的注视中，她把手伸到西装宽松的外套下，解开了扣在裤子上的腰带，以极其优雅的动作，率先将裹着丝袜的一双纤细匀称的长腿，暴露在众人的目光之下。人们直到清醒之后，发现她其实穿着一件白色的超短迷你裙，褪下的西装裤成了地上的一摊蕾丝。可想而知，周围的那些狗仔们都疯狂成什么样了。他们就像目睹了玛丽莲·梦露的最后一次亮相，发现了希特勒的孩子，看到了基督再临的情景，他们为这突如其来的转折而激动万分。“现在我可以进去了吧？”她用轻柔的语气对门口那位目瞪口呆的侍卫说道。他再也无法装作无动于衷了。

“我想大概可以吧。”他点点头，终于放行。

当乔安娜终于和家人团聚时，我就在他们的旁边。“天啊，那么做太傻了。”她走到他们中间时说道。

“等着瞧吧，等不到明天早上，今晚的报纸就会铺天盖地登上你的照片。”她母亲声音短促尖锐，乐得合不拢嘴，就像一只饥饿的鸟飞进了灌木篱。

“这简直太尴尬了。”一个大块头的男人说道，带着浓重的北方口音。

“那是因为你什么也不懂。”兰利太太永远对这个我后来逐渐了解的男人，她的丈夫，同时也是乔安娜的父亲，充满着一种异样的情绪，掺杂着百依百顺和居高临下。她需要一个丈夫在身边，同时希望他能安分守己，循规蹈矩。

“我更同意爸爸的话。来吧，给我买瓶香槟庆功。”乔安娜挽起父亲的胳膊。她从不掩饰自己对父亲无与伦比的爱，只是不知何故，这份真挚的感情并没有给予父女二人反抗她母亲的力量。这是一个古怪的、令人不适的家庭组合。

我和明娜看着他们离去。“你想去喝一杯吗？”我问道。

明娜摇摇头：“暂时不用了，至少等他们不在的时候。”

也许是因为她听到了我们说的话，即便我不这么希望，但乔安娜再一次回过头来向我喊道：“你们一起来包厢里喝茶吧。531号包厢，四点钟左右来，正好赶上看下一场比赛。”我向她挥了挥手算作回答，然后他们便走远了。

“我们四点钟要在怀特酒店见我父亲啊。”明娜说。

“只要愿意，我们肯定能想出个两全其美的方法。”我们随着台阶移动，走进了巨大看台下一道长长的、风格有点粗俗的通道。这条通道建立于20世纪60年代这样一个格调低俗的时期，却在彻底拆除重建成一个高级得多的新通道之后，被许多人怀念。我们穿过通道，来到了赛马场和草坪的后方。就在那一刻，我看到了达米安正在拱形门附近闲逛，他看着他的下注单，左胳膊随意地垂悬在旁边女孩的纤腰上。他的打扮对我们这群人来说无可挑剔，他穿着黑色晨礼服，如果说有任何出位，也只是因为黑色晨礼服看起来像是为他量身定做的一样，我们大多数人的衣服都不怎么合身，就像从楼上的衣柜里随手拽出了一件曾属于某个远房叔叔的礼服，而母亲都会认真地告诉你，只要把袖子放下来，就一切都完美无缺了。我很高兴看到他的丝绸礼帽倒是又黑又旧，还暗自思忖了一下，这是他打哪儿弄来的？在“二战”以前，赛马运动较为辉煌的年代，人们对黑色和灰色的礼服外套有着各种各样的繁文缛节。对黑色和灰色的帽子也是，德比赛马大会之前戴哪顶，或者奥克斯赛马会之后戴哪顶帽子都有一定的讲究。只是等我开始在社交场合走动时，规矩倒是简化了不少。如果你是个公子哥儿，就穿黑色礼服，戴黑色礼帽。如果不是，就穿灰色的那套。我唯一一次真正符合条件要到20世纪80年代早期之后。那会儿风气变了，如果你是时髦的花花公子，或者想成为时髦的花花公子，那么参加婚礼时就绝对不能戴帽子。

事实上，不像许多时髦服装在剪裁上的调整，不必戴帽子是一个巨大的进步，因为除了去教堂或者餐会，我们简直找不到一次需要戴帽子的机会。衣帽间的帘子后面，被主人遗忘的帽子堆成了小山，而且极容易被人拿错，留给你一顶更难看的帽子。然而在赛马会上，戴帽子的风俗则被强制保留了下来。随之而来的还有点小麻烦，因为商家不再制作精美的丝绸礼帽，我猜是出于某种政治主流风气，或者因为环保之类的理由，所以人们又开始拼命抢购，在它们完全从市面上消失或飙升到几千镑一顶之前。因此，你可以从帽子上面分辨出谁才是真正的时髦人士，有差不多一半的男士，他们戴的帽子一看就不是专门定做或购买的。

相反，更像是去世的父亲或祖父传下来的遗物，或者叔伯表舅不要的旧货，皱皱巴巴的，有点磨损，不是太大就是太小。我自己的那顶帽子则承蒙亲爱的父亲大人惠赠，顶在脑袋上，像一个摇摇晃晃的20世纪50年代鸡尾酒帽，不过凑合用吧。

“哎呀，”我向他打了个招呼，“不管我去哪里，总能遇到你。”

“那你可算去对了地方。”他笑着说道，那位女伴听到我说话的声音转过头来。是塞琳娜！

心胸狭窄的人一般都不露声色，很少有人会在他们的朋友彼此亲近时表达出明显的憎恨。可惜遗憾的是这种情况时常发生，当他们听到这一对那一对约会的消息时，会气得咬住自己的嘴唇，明明是自己牵线搭桥让双方认识，却没有受到邀请。“真感谢你把库伯夫妇介绍给我们。”这对沉浸在爱情中的人儿，给了你一个颇为勉强的微笑，算是含糊地致谢，仅此而已。当然有些人丝毫察觉不出，他邀请来共进晚餐的人，彼此结交了新的友谊。有人则心胸宽广，十分乐于看到自己的朋友之间能互相喜爱，然而恐怕有相当多的人永远也无法对自己被排除、遗落、忽略在外感到释怀。他们永远也无法原谅自己成了不被爱的那个人，因为热恋中的男女能够给予的爱只限于彼此，而不再像曾经，将注意力一度投射在他们身上。思维正常的人知道这是可耻的情绪，应当极力避免产生这样卑微、哀怨的心态，甚至是可怜的情绪，尤其是在公众场合，简直就像当众挖鼻孔一样令人唯恐避之不及，然而……

如果对朋友产生这样的情绪已经不妙，那么更糟的就是对爱人。更确切地说，是对那位与你毫无缘分的爱人。看着你曾远远注视的暗恋对象和你所谓的朋友真正坠入爱河，你被迫看着他们温馨、般配、心心相印的爱情热烈绽放。他们的热恋与你小心翼翼珍藏在内心深处黑暗的、凋谢的、一厢情愿的、苦涩的那个秘密，形成了如此刺眼的对比。站在旁边目睹这一切，对一个人来说委实艰难。尤其当你对自己的真实感情守口如瓶时，你清楚地知道你是在贬低自己。但你仍然像往常一样躺在浴缸里，在邮局排队，可内心被炙热的愤怒和沸腾的憎恨所煎熬，恨不得摧毁一切，就算对方是你全心全意爱着的人。尽管我羞于承认，但是我对塞琳娜就是如此。或者说，我憎恨的人是达米安，因为他才是我所有苦难的罪魁祸首。

他的胳膊如此漫不经心地绕过她穿着粉红色克里斯蒂安·迪奥套装的后背，轻轻搭在她腰下温柔凸出的臀部曲线上方。那只胳膊是如此触目惊心，违背伦理，背信弃义。在问候时，我按照惯例会扶一下她的胳膊，我会握住她的手，甚至会和她脸贴脸，所有这些特权是和她见面超过两次以上的人都可以拥有的。我从未对她有过过于亲昵的举动。我只像一个正常人那样对她表示友好，从来不会引起男女方面的遐想。我发现自己在琢磨：她裙子的质感摸起来会是什么样的？棉纺品轻微的粗糙是否会在他的手掌边留下痕迹？衣料下哪怕最不易察觉的动作是否都会撩拨他的手指？他能感受到她身体的温度吗？在想象中这一切都如此真实。只是我不是达米安，我无法感同身受。

“两点半那场比赛，你有什么想法？”达米安这一问把我从遐想中惊醒过来。

“你可别问我，”我说，“我只把赌注押在和我完全不相干的名字上。”

“‘狂野之梦’，”塞琳娜仿佛说中了我隐秘的渴望，“弗莱彻给了我一张名单，他对‘狂野之梦’相当笃定。可是他又说‘幸运小子’会得最终冠军。”能不能有一匹赛马的名字不要这么准确地道破我无望的心情？

“谁是弗莱彻？”达米安问道。

“我们在格雷沙姆庄园的马夫。”这简简单单的一句话，寥寥几字却传达出她和他之间不可逾越的鸿沟，把他从她身边粗暴地推开。

“乔安娜·兰利在向我们招手。”他把胳膊从塞琳娜的侧腰上放了下来，穿过草地，向不远处的人群走去，他们正围着身着迷你短裙的乔安娜，我趁机占了他的位置，而明娜在另一边依旧无聊地到处闲逛。

“你看到门口发生的荒唐事了吗？”明娜眯起眼睛，试图在刺眼的阳光下看清楚他们那群人。

“没有，不过我听说了。”塞琳娜微微一笑，说，“听起来很有趣，只是我不明白这么做有什么意义。”

“意义就在于，明天的报纸会铺天盖地全是她的新闻。”我说。

我的话听起来一定像是个白痴。“这我知道，”她说，“不过，她想得到什么呢？她能得到什么？”

“为了出名？”

“可是，为做了什么而出名？将她的裤子变成了裙子？也许这能让她为了出名而出名，可这又有什么意义呢？”塞琳娜被乔安娜那天早上在门口的所作所为搞糊涂了，就我所能回忆起来的记忆，当时我和明娜都一个劲地点头附和她。也许我们的确是这么想的，如果不是的话，那么就是我们自认为应该这么想。

“为了出名而出名”是我们常用的说法，在以前，这种行为是一种可笑的、令人轻蔑的做法，当然这个概念本身超越了我们的时代。当下对于名利的狂热追逐常常被错误地解读为对名人的盲目崇拜，这不是什么新鲜事。永远都有名人，而公众也永远会对这些人抱有极大的兴趣。就和今天一样，他们出名并不都是因为他们做了什么了不起的壮举。这些名人中历来都有著名的浪荡子、艳舞女郎、罪犯和一文不名的偷渡者。通常他们只是表现出某种人格从而好让自己配得上自己的明星光环。如今太阳下真正的新鲜事，是对素人的疯狂追捧，仿佛是对他们身为普通人却能出名的颂扬。路人一夜爆红的矛盾现象是现代社会所特有的。也许这是某种敏锐的时尚触觉，预示了人们开始对名气本身产生兴趣，这将自然而然地推开瓦尔哈拉殿堂的大门，怂恿像兰利夫人之流，利用它的一切可能性。但是她计划的核心有一点儿令人困惑之处，那就是她原来预期的观众。她演出的对象错了。上流社会人士从来不会被名气所吸引，也许他们有时很欢迎名流来参加他们的晚宴，不过他们从不认为贵族适合成名。即便现在，他们也不需要靠名气让自己从一群人中脱颖而出，这就是上流社会的默认规则。无须追究其他什么原因。现代主义的追随者也许时不时会使用这种粗鄙的伎俩谋取些好处，不过人们心中始终还是存有一丝道德责任感，即便是年轻贵族表面上也要装出对博人眼球的行为不屑一顾的样子。

乔安娜非常清楚这一现实，这也是她的母亲一直没能领悟的。她明白自己越是得到媒体的宠爱，越常被邀请登上当年时兴的“流行人物排行榜”之类的名单，她母亲渴望她能融入的那个世界，就会离她越远。可怜的兰利夫人陷入了误区，以为没事炒炒花边新闻，美丽的女儿就能一步步接近自己定下的目标，找到称心如意的丈夫，在社交界占有一席之地。而在她玩弄这些小花招的同时，恐怕她正一步步地把可能性降低到几乎为零。

我能知道乔安娜的这些想法，正是因为接受了她的邀请，从而在去兰利家包厢的路上和她有了一番深入对话。明娜为此和我进行了一番争执，我虽然一路退到了门边，却无论如何不为所动，看起来就像把守入口戴着圆顶礼帽的卫兵一样。最终，她只能孤身一人去和她的父亲喝下午茶。当然这不是什么大的罪过，当天晚上，我又和明娜一家共进了晚餐，不过这件事也许某种程度上导致了我们这段暧昧关系的终结。无论对方是出于什么理由，我都不太知道该怎么和固执己见的人处好关系。

穿过这扇门，我仿佛突然被推进了另外一个爱斯科马场，周围的一切被按了快进键，变成了如今的样子：壮汉们穿着闪闪发亮的礼服，或者干脆没穿礼服，带着他们花枝招展的女伴从我身边挤过去，只有在自动扶梯上被我不小心推搡到的时候，才会露出夸张的惊讶表情。我登上了兰利家包厢所在的那一层，看起来有所不同，实际上则更为丑陋。贵族在皇室区域和包厢间匆匆来去，他们与众不同的装束时不时引来民众几声玩笑性质的口哨声，这种鼓噪一直持续到英国皇家爱斯科赛马会作为一项时尚活动的衰退。随着时间推移，舆论对赛马会活动变得越来越不友善了。形形色色的政客们从来都把阶级斗争视作操纵舆论的重要武器，很难不去拿它大做文章。即便是今天，我们仍然一边被不断灌输对资本主义经济的信念，一边被教唆去鄙视和谩骂那些既得利益者。我们至少得说，这是一个奇怪的哲学立场，一个失序的理论导致了一个失序的社会，不过如我所说，20世纪60年代只是一个开端。冲破阶级桎梏当时依然被视作一件美好的事业，因此对于上流社会的揶揄总体上来说还是善意的。

从赛马会活动整体来看，包厢总是占据一个相对来说有些边缘的位置。主办方为主要的驯马师和马主另辟了包厢，可我说的当然不是那些。这些人的重要性自然不用多说，不过他们总是以赛马爱好者的形象出现，而非时尚人物。他们在名流热潮散去之后，仍会继续出现在马场上。对于那些仅仅因为好玩才参加赛马会的人来说，一整天在外面风吹日晒，只为了远远地看几匹马，包厢其实没那么有吸引力。

首先，你无须佩戴皇室区域的徽章就能租到或进入一间包厢，彼时对皇室区域的进出管理比较严格，因此包厢成了不为社会所接纳的人的避风港，比如离了婚的女明星，被保守势力所轻视的汽车经销商等。

其次的问题是大多数包厢都太小了。你穿过一道门，走进混凝土建的边廊，里面是一个小到不行的门厅。一旁则是仿佛从20世纪50年代的大篷车里搬来的迷你厨房，这便是用餐和聚会的地方了，和酒店的洗手间差不多大。穿过这里便是阳台，空间勉强够两个人并排站，中间隔两三步的距离。总而言之，包厢空间的平均大小和塞尔福里奇百货公司的电梯不相上下。不过对于严重缺乏社会安全感的人士——这个群体远比大多数人意识到的多得多——他们得以在包厢里舒舒服服地享受赛马会带来的乐趣，也许条件简陋了点，但这儿完全是自己的地盘，总比身处人群当中，整天怀疑别人是不是在对自己冷嘲热讽要好。我猜这大概是乔安娜父亲的心声，老阿尔弗雷德·兰利十分乐意陪伴他的妻子和女儿，只要大部分时间能躲在包厢里就行。

兰利夫人向我冲过来，朝我背后看了一眼，确保没有更重要的人跟我一起进来。“乔安娜在阳台上，”她说，“她和几个朋友在一起。”她担心这句无心的话也许冒犯了我，紧接着说了一句："她告诉我们，你会来的。"

"抱歉，明娜要去怀特酒店见她的父亲，不能前来，她让我向您问好。"

兰利夫人点点头。"蒂莫西邦廷爵士。"她喃喃自语道，仿佛我不知道是谁邀请了我似的。

"是的。"我说。

她再次点了点头。她看起来有些不大对劲，就算柔顺的头发、剪裁合身的套装、精致的钻石胸针也无法掩饰。她有点神经质，像那部关于黑手党的黑白惊悚片里等待被拘留的彼得·罗瑞。随着我越来越了解她，我才知道这种担惊受怕的不安全感从未离开过她。她永远无法放松，我想这一点既造成了她女儿和她之间的矛盾，同时也是她强势的根源。

当我走到阳台上时，乔安娜正倚靠在栏杆上，乔治·特里梅因勋爵和其他追求者陪在一旁，都有一点儿微醺的醉意，端着空的或快要空了的细长香槟杯。这种新出的玻璃杯型刚刚开始出现，就已经取代前几十年备受青睐的优雅的弧形酒杯。若不讲究潮流时尚的话，兰利家便不值一提了。即便如此，天气晴朗，乔安娜微笑地望着我。她戴着蕾丝帽子，帽子上有着白色的帽檐，金发散落在脸庞两边，身后是宽阔葱郁的绿色赛道，一切都如此愉快，令人振奋。"我来了。"我说。

"你终于来了。"她向前一两步，在我的脸颊上轻轻吻了一下，然后转向那几个人。"挪一挪好吗？"他们不情愿地抗议了几句，但她倒是毫不含糊。"到屋里去，倒点香槟，待会儿帮我端一杯过来。"哪怕只是稍微遵守一点她那个交际圈的规则，以上这些话她都不可能说得出口。但我也不是第一次觉得，若不受常规的掣肘，办事情常常高效得多。

我在前面已经写过她的美貌，也许在我欣赏的特质中，外表的美丽排得过于靠前。不过乔安娜的确惊为天人。无论你凑得多近去看，她的脸庞永远是那么地完美，不逊于我在现实中、画像中和大银幕上见过的任何美人。她皮肤光滑，色泽均匀，没有一点瑕疵。线条柔和的嘴唇宛如一片花瓣，眼睛很大，湛蓝色的双眸深邃到接近紫色，睫毛浓密纤长。一个雕塑般高挺的鼻子，闪闪发亮的天然金色卷发勾勒出她的脸颊，垂落在肩膀上。她看起来实在是赏心悦目。“你在看什么呢？”她的声音夹杂着那么一丝埃塞克斯郡口音。她显然捕捉到了我的想入非非，点出了我脑中所想。我一下子惊醒过来，回到了现实中。

“在看你呀。”我说。

她微微一笑：“你真会说话。”不说别的，她空灵的外表和毫不矫揉造作的性格所形成的巨大反差在我看来迷人极了。她那种邻家气质很难用语言去描述，也许正是这种特质让查理二世国王坠入了内尔·格温的情网，同时也是20世纪90年代那么多伦敦东区的杂耍女郎得以嫁入侯门的原因。某种程度上可以说她的活泼开朗恰恰就是虚荣自负的对立面，但也不是出于某种刻意的谦逊。她就是完全浑然天成的一个人。

“你要跟我私底下说的事情到底是什么？我实在太好奇了。”我说。

她的脸上泛起一层淡淡的红晕，不是出于愠怒，而是一团温柔的粉色在两颊均匀洇开了，就像曙光毫无防备地洒在一个人脸上。“也没有什么事情，我这么说只是为了让他们快点走开罢了。”我笑了起来。“很抱歉，让你看到了入口处那一出闹剧，我不希望你因此觉得我不好。”她简单直接的恳求再一次让我感觉十分舒适，同时乖乖对她缴械投降。

“我不可能觉得你不好。”我回答道，这句话千真万确是我的真实想法，“总而言之，我敢肯定，明天早上的报纸头条一定都是你，作为目击那一幕的人，我得意还来不及呢。”

恐怕这番话没能安抚到她，“我妈妈觉得这么做对我能有帮助。上报纸什么的，让每个人议论我，她觉得这样能让我显得……”她犹豫了几秒钟，大概是在寻找一个准确的词，“显得有趣。”无论她用的是哪一个词，这显然是一个问句。即使表面上看来并无此意，实际上她正在向我寻求帮助。

我努力让自己看起来鼓舞人心，而不是评头论足：“引用一句王尔德的名言，‘世上唯一比被人议论更糟糕的事情，就是完全不被人议论’。”

她敷衍地笑了笑，那笑容与其说是她被逗笑了，不如说是她礼貌地意识到，我是因为觉得这句话有意思才说出来的。过了一会儿，她说：“是啊，我之前也听过这句话，只是你不是真的这么想，对吗？你们没有人会这么想。”

麻烦在于她说的这些是真的，不过我不想做个扫兴的人，尤其不想扫她的兴。可既然她在征询我的意见，那么我就努力做到尽可能真诚吧：“这完全取决于你想从中得到什么，你想争取什么，你的目标是什么。”

她思忖片刻：“问题就在这儿，我也不知道。”

“那么你为什么要参加社交季的活动？一开始参加的时候，你想要从中获得的是什么呢？”

“这我还是不知道。”她无助的样子就像掉进陷阱里的小兔子。

理论上我能够明白她的心情。乔安娜本应过上更自由的生活。她的父亲是白手起家，因此她并非生活在象牙塔中，对现实一无所知，然而在其他方面，她受到的约束确实过于严苛了。这也许是历史上，贵族阶级对是否接纳新兴富人，握有一票否决权的最后一个时代。当奢华的生活方式再次风行，刚刚富起来的人梦想着重新加入潮流时，他们更有底气不管不顾地闯进旧世界。不过，在20世纪60年代末这样的时期，前统治阶级依然保有相当的话语权。我清楚地记得，我母亲的一位朋友威胁一个把她的公寓弄得乌烟瘴气的傻小子，“再有一次类似这样的行为，”这位太太气急败坏地低声怒斥道，“我会确保伦敦任何社交场合的大门都对你关上！”这句话真是掷地有声，并且真的发生了。在1968年，她依然能够说到做到。到了1988年，就没什么人买账了。当然若是放到现在，上流社会恐怕连大门都保不住了。

为了引用一个之后二十年都没什么人提的名言，我决定单刀直入。“这并不复杂，”我说道，“如果你的母亲和你希望今年能攀上一门好亲事，那你们可能走错方向了。但如果你想要变得有名气，上电视节目，嫁给一个电影制片人或某个想要生活变得多姿多彩一点的汽车制造商，那你这步没准还走对了。”

她看着我。“这很傻，我知道。”她叹了口气，“你是对的，我妈妈希望我能当一个‘目空一切的夫人’。这是她朝思暮想的。可悲之处就在于，她以为这些乱七八糟的事情能对我有所帮助，可我比她懂，我知道这样做的结果根本是南辕北辙。”

“那就让她听取你的意见啊。就当走了一点儿弯路，但我敢肯定，你依然能达到她的期望，不会受到她的责备。作为‘目空一切的夫人’，你只要足够用心，加上你得天独厚的优势，一定能取得了不起的成绩。”我知道我听起来就像星期日唱诗班的虚伪教士，不过那一刻，我也不知道还能说什么。我甚至觉得自己都相信了这番鬼话。

乔安娜摇了摇头，“这不是我。我不是说我不认同这种身份，可这不是我。挂委员会成员的头衔，为活动剪彩，组织义卖，给本地医院引进新的 X 射线机器筹款……我的意思是——”她的话戛然而止，显然是唯恐冒犯到了我，“别误会我的意思，我觉得这些都很好，只是我没办法做到。”

“可你的母亲希望你这么做。”

她又摇了摇头：“事实上，我不觉得她能想到那么远。她只是梦想我能举行一个盛大的、奢华的婚礼，照片登满《尚流》杂志。她不会再往下想了。”

“那你为何不替她继续往下想呢？也许你并不需要参加慈善活动，或者一般意义上的慈善活动。也许你可以参与建立一所特殊教育学校，或者在当地政府工作。一旦你有了社会地位，所有地方都想要你为他们工作。我的意思是，我觉得你完全可以。”我的眼前突然浮现出某种景象，特里梅因兄弟正得意扬扬地站在我们上方的包厢里，巴不得赶紧娶了她，仿佛那是一件巨大的战利品。“也许当你仔细考虑一下可能性，你就想通了。”当我回想起我这番苦口婆心、自以为是却毫无成效的建议时，我发现，自己竟然完全没有想过提议她去追求一项自己的事业，而是出了一个毫无价值、有悖道德的馊主意。为什么当时我没有想到呢？那会儿已经出现了职业女性，并且为数不少。也许只是因为我身边的人当中不太可能出现？还是我们已经在海上漂得太远，以至于都看不到陆地了？无论是什么原因，像很多其他事情一样，我对这件事的判断完全错了。

“你这番话听起来像达米安。”她说。这让我猝不及防。

“是吗？”

“是的，他一直告诉我，要好好利用我的外表优势，要‘放手一搏’。虽然我也不知道我要博得什么。”

“我不知道你和他都这么熟了。”难道我命中注定要像一个随军苦役一样，不情不愿地追随达米安的脚步？

“好吧，我们挺熟的。”她看着我，眼神冷静。一切不言而喻了。当我迎上她的目光时，我想到了那天早些时候达米安的手，轻轻地搁在塞琳娜·格雷沙姆的臀部上方，我在想自己这辈子到底做错了什么！我竟然花了整整一下午的时间，被迫听到了达米安是如何孜孜不倦地——不是爬上了这些女人的床，就是无耻地骗取了她们的感情，而在我心目中，她们都是令人魂牵梦绕的女神，尽管各不相同。简单来说，我一手打造的玩具，这个会动的玩偶，显然在我的世界里已经玩得不亦乐乎。在我把他引进门之后的几个月，甚至几周，这只狡猾的狐狸就把我的温柔乡给一锅端了。乔安娜也许从我紧蹙的眉头中读到了什么。“你喜欢他吗？”她问。

我意识到这是一个恰如其分的，直到现在才被提及，却早该面对的问题。可我选择了回避：“我可是那个把他介绍给你们大家的人。”

“这我知道，可你现在听起来并不怎么喜欢他。”

我是在这一刻就已经意识到我确实不喜欢他了吗？如果是这样，过了很久，我才直面这个事实：“我当然喜欢他了。”

“我之所以这么说，是因为我不觉得你们两人有什么相同之处。他一心要出人头地，可他并不是想融入你们当中，成为另一个你，也不想通过你以为的那种途径。你认为他会利用一切可利用的机会，拼命讨好巴结那些人，最后成功娶到佩尼罗普夫人什么的为妻，把孩子送进伊顿公学读书……你错了。他根本受不了你们这些人，真的。他随时都有可能摆脱这一切，和你们这帮人决裂。”很显然，这番话里的某种意味令她激动起来。

对这番话我并非完全没有心理准备，我无法装作大吃一惊："也许你应该和他一样，摆脱这一切。你们似乎很合拍啊。”

“别像这样说话。”

“像哪样？”

“像这样盛气凌人，妄自尊大。你听起来就像个傻瓜。”这句话自然让我在接下来的几分钟闭上了嘴，可她还没完，“总之，达米安和我，我们并不适合彼此，本质上不是一类人。我以为我们会有一点儿共同点，可并没有。”

“在我看来，你们可都是时髦人儿啊。”出于某些原因，我无法克制自己不像她说的那样，听起来像个愚蠢的傻瓜笨蛋。用我母亲的话来说，我就是在嫉妒。

但这句话没有激怒她，反而让她思考起来。“他的确想成为新世界的一分子。”她承认，“我也是。不过他想要的是完全统治。他想要取得新世界的霸权，彻底取代旧世界，成为举足轻重的大人物，让你们这样的人对他唯命是从。”

“而你不想当一位雍容华贵的贵族夫人，在道路尽头的豪宅里散发温情和智慧？”

她再一次摇了摇头。“你一再这么说，可我真的不是这样子的人。我不想上电视节目，也不想嫁给什么在梅菲尔区有现代公寓、在法国南部有度假别墅的有钱老板。”她用简简单单的几句话，准确无误地描述了这个她熟悉同时也鄙视的世界，连同乡郡生活、贵族社会，以及达米安想要在伦敦大展拳脚、少年得志的憧憬，尽管这份志向让同龄人望尘莫及。

“肯定有什么是你真正想要的吧？”我说。

乔安娜又笑了起来，只是笑容有些凄然。“继续玩这个游戏的话，也不能让我找到想要的。”她沉思了一会儿，“我不想听起来很无礼，”这句话后面一定接着最有攻击性的话语，“可你们这帮人已经完全脱离了现实。达米安的看法是对的。你们根本没有活在真正的20世纪60年代，无论是时尚，还是音乐……”她顿了顿，缓缓地摇了摇头，仿佛一想到我们处于时代边缘就有点头晕目眩。

我感到有点儿愤怒：“我们也听那些音乐。”

她叹了口气：“是的，你们也听，也跟着披头士和滚石乐队的音乐跳舞，可你们是穿着晚礼服，在饭店的舞厅或者大帐篷里跳舞，仆人在旁边排成一排，从凌晨两点开始奉上热腾腾的早餐。这根本不是歌里唱的生活，不是这个世界真正的样子。”

“我想应该不是吧。”

“世界在发生变化，我想要加入，想要参与。”

“亲爱的！”我不用回头就能听出来这是达米安的声音。

“真是说曹操——”乔安娜说。

我接上：“曹操到。”

达米安步伐慵懒地从楼梯上走下来，迈过最后一级台阶时，他给了乔安娜一个大大的拥抱。“过来活跃一下气氛吧。你跟这家伙混够久了，他搞不好还觉得自己有机会，到时候拉都拉不住。”他朝我眨眨眼，想让我也觉得这是个笑话，当然我们都对其中的侮辱意味心知肚明。一开始，在社交季的初期，他还觉得有必要对我表示尊重，以确保我在一边为他保驾护航，而这点儿需求早已不复存在。他现在已经在社交季里如鱼得水。

“好吧，”她说，“我这就来。不过除非你告诉我，下一局比赛该押哪几匹。”她微微一笑，开始向她粉丝俱乐部的包厢门走去。

达米安回给了她一个微笑，他的手臂依然环绕在她的腰上：“你只有一个选择，押我。”

他们心照不宣地笑起来，接着就从我的视线中消失了。

那之后，我经常会想到那个明亮的夏日，在拥挤嘈杂的赛道上方的专享包厢中，乔安娜和我的那番交谈。某种程度上，20世纪60年代的美梦是一个大陷阱，同辈中有许多人在接下来的十年里被这个陷阱所吞噬。世界在发生变化，没错。人们从战后的萎靡不振中迅速恢复过来，经济蓬勃发展，许多旧时的价值观被抛到一边。但它们当中的大多数都会被重新拾起。也许没有白色领结的回归，也许没有夏天在弗林顿的别墅度假，但一定会有野心、贪婪和对权力的欲望与追求。有约莫十五年的时间，人心惶惶，纷乱不堪，大部分旧日的规矩卷土重来。现如今，在贝尔格莱维亚区购入豪宅的顶尖人士，比爱德华七世[①]以来任何一个时代的精英都更富有。但这不是乔安娜以及像乔安娜这样的人所期待的变化。

① 爱德华七世（1841—1910），英国国王，维多利亚女王和阿尔伯特亲王之子。

他们以为，或者他们认为，在即将到来的新世界里，金钱会变得毫无价值。民族主义、战争和宗教的意义将会消失。阶层和等级以及其他无足轻重的差别，会像蒸发的水汽一样消散在朗朗晴空下，唯有大爱留在人间。这是对我这一代人影响至深的一种信念、一种哲学，许多人至今仍无力摆脱。那些日渐衰老的部长和皮肉松垮的摇滚歌手，仍重复着这种幼稚的观念，他们越迫近退休的年龄就越感到焦虑。我确实也嘲笑过这些老傻瓜。但即便如此，我也不介意承认，那一天这位沐浴在阳光下，可爱善良、聪明美好的年轻女孩，把她所有的赌注都押在了乐观主义上。她真的打动了我。

如我所料，第二天每一家报纸上，都刊登了一张乔安娜·兰利脱下白色蕾丝西装裤，得以进入爱斯科马场的照片，我依稀记得不是《每日邮报》就是《每日快报》上面，甚至放出了一系列照片，就像一串连环漫画。我们都拿这件事打趣，她在大部分人心目中的分量比之前更轻，兰利夫人的美好愿望被进一步踩得粉碎。当然，这一切很快就被人们忘到脑后。我永远不知道乔安娜是否跟她母亲倾诉了她的疑虑。如果她这么做了，也改变不了什么。不久之后，我收到了一封邀请函，来自阿尔弗雷德·兰利夫人，为她的女儿初入社交界而举办亮相舞会。那张白色卡片十分坚硬，也许是用从陈年橡树上劈下来的木头制成的，压印的浮雕字体凹凸有致，脚趾踢上去都会痛。我猜大部分人都接受了邀请。我们英国人虽然无情却理智，估计兰利家花了不少钱操办这一晚的活动，应该值得一去，至于我们怎么看待这家的女儿则不重要。我一直对乔安娜抱有好感，坦白说，我十分期待那一天到来，现在回过头看，那时如此期盼，自然是因为当时举办如此盛会的人寥寥无几，后来见多了世面，也就不过如此了。我能想象，兰利夫人会把她喜欢的娱乐活动一股脑儿地给安排在舞会上。我敢肯定，这将会是一个丰富多彩并且非常难忘的夜晚。

然而，事情的发展出乎意料。在7月初阳光灿烂的一天，我们打开报纸，看到了头版头条的新闻标题："女继承人的爱情冲刺！"

标题下方的文章内容大意是旅游大王阿尔弗雷德·兰利的独生女乔安娜和她的礼服设计师基兰·德庸私奔了。文章里写道："两人至今未婚……人们认为两人住在德庸先生位于梅菲尔区的公寓里……"

我想起了乔安娜在赛马场上说过的那些话，不禁感到一丝惆怅和唏嘘。

两天之后，我们又收到了来自兰利夫人的第二张卡片，上面只是简短直接地写道："谨此取消为乔安娜·兰利小姐举办的舞会。"

第十章

被诅咒的男人

某种程度上说，达米安·巴克斯特和我都是在那一年从“生活”这所大学毕业的。

和我半开玩笑半势利的预期恰恰相反，自从上次见面之后，基兰·德庸俨然变得炙手可热，这一点大大出乎我的意料。媒体上铺天盖地都是他这些年参加活动的报道，超乎常人的活跃程度令我瞠目结舌。在和“天佑萨里郡獾林居的阿尔弗雷德·兰利之女”乔安娜私奔的时候，他已经二十八岁了，也就是说，他的年纪比我们大多数人大九岁或十岁的样子。私奔后的第二年他们就结婚了。在那之后，估计是兰利家给了他一笔启动资金，靠着这笔钱，他在20世纪70年代末，创建了一系列取名为“简裁”的女装连锁店，我认为相当有创意。那段时间，报纸上登出各种他出席红毯活动的照片，照片上他紧紧搂着乔安娜，穿着极其可怕的服装，即便在那个审美标准较为糟糕的年代，他也令人无法直视。我们这代人的品位到底有多糟？穿着缀满牛仔铆钉、垂着流苏的白色皮夹克，或者闪瞎眼的浅蓝色西装，里面搭配黑色衬衫，打着银色的鲱鱼领结，就敢走出家门，这内心得有多么强大？或者搭配俄国农民的那种衬衫，穿上像屠夫的军队制服？我猜他们心里一定觉得自己看起来像猫王或马龙·白兰度吧？可事实上，他们只和变帽子戏法的魔术师有那么点相似之处。

然而，在那之后的几十年，德庸似乎变得低调了不少。照片中他身边的模特走马灯般换个不停，直到遇到惊艳绝伦的第二任妻子才消停。也许正是她让他在着装方面终于开了窍，从花枝招展转为大方得体。在20世纪80年代，他以数百万的价格卖掉了服装连锁店，转而向当时的摇钱树——房地产界大举进军。他买进了伦敦港区的巨额股份，这样的冒险当时必定让他在深夜辗转难眠吧。事实证明，质疑他的人看走了眼，他不仅安然渡过危机，而且财富一夜之间涨了七倍。接着，他开发了几栋伦敦的地标性建筑，还有西班牙的一处度假村和坎布里亚郡的一个新城镇。同时，他进军制药业，针对关节炎和几种不太棘手的癌症进行研究，将获得的利润投入教育界。他呼吁学院和学术界正视社会流动问题，严格说来是缺乏流动的问题。我惊讶于这个20世纪60年代的宠儿，竟然有勇气向一群仍被20世纪60年代僵化的观念所奴役的人发出挑战。简单来说，他过了一个勇敢、充实的人生，精彩又过瘾。我唯一没有想到的是，我和其他公众对他几乎一无所知。

我其实一直都不了解基兰·德庸。我们此生唯一一次共处就是那次葡萄牙旅行。我仍然时不时因为梦到那晚的派对而从梦中惊醒。不过即便那时我们也没怎么说过话，当大家都回到家之后，大概这辈子都不想再看到其他人的脸了。至少我是这么想的。因此，我跟他更加不可能有什么后续。但在当时，我的确视他为既平庸，又没受过什么良好教育的人。他呆头呆脑，局促不安，穿着噩梦般的丑陋外套，偏偏还想让自己看起来很酷。火上浇油的是乔安娜对他过分激烈的保护，无论他们何时出现，她的咄咄逼人瞬间让在场的温度降到零点。容我为自己说句话，你得承认，当眼前的男人染了头发——还是草莓金色——你很难认真去听他说了什么。现在看着他辉煌的人生履历，我由衷地感到折服。我人生中取得过什么成绩能和他平起平坐？我朋友中又有谁值得和他相提并论？

他的私生活更加神秘。1969年，他和乔安娜结婚，可以确定并非奉子成婚，无须赶紧举办一场婚礼来欲盖弥彰。这位身世待定的婴儿是个男孩，我已查到他的名字叫马尔科姆·阿尔弗雷德，然而维基百科词条下就没有其他更多信息了。1983年，他和乔安娜离了婚，说实话，我和达米安都对这段婚姻能持续这么久感到不可思议。他和惊艳绝伦的第二任妻子在1997年结婚，珍妮·拉格朗日，这个名字能看出她应该出身良好，经常周游世界。除此之外便没什么了。没有其他关于离婚的信息，没有其他的妻子，也没有其他孩子。我主要感兴趣的一点：根据达米安的说法，乔安娜一直到婚后都和他保持着密切联系，似乎可以确定，她和德庸结婚只是为了摆脱她的母亲，而不是出于狂热的、不顾一切的爱情。对此我并不感到惊讶，老实说，我之前就认为没有别的可能。

达米安给我的名单上列有很多基兰·德庸名下的产业，我本以为一通电话便能直接找到他，不过现在就不敢肯定了。这好比打电话给白金汉宫，请求和女王通话一样。幸好，我接通了他办公室的电话，最终顺利地和他的私人秘书联系上了，对方非常礼貌。我向她解释，我是基兰·德庸多年前的一位好友，并搬出对达格玛使过的那套伎俩，以举办慈善活动为借口，猜想他可能会有兴趣。她在电话那头叹了口气，虽然很轻，但是被我敏锐地察觉到了。我搞不好是那一天想问他要钱的第五个人。“德庸先生的慈善事业由另外一个部门负责，”她说，“需要我帮你接通吗？”

我决定试试运气，因为没什么其他可行的办法，我的信心也在一点点流失。“呃，说实话，我希望可以直接和基兰通话，如果他有空的话。”直呼其名虽然有些无礼，但是可以使我的话听起来更有说服力一些。我也不确定这么做对不对。她犹豫了一下，然后再一次问我，我的姓氏怎么拼。然后，我就在等待中，被迫听了一段录得相当可怕的斯特拉文斯基[①]的《春之祭》。如果他拒绝见我，我真的无计可施了。坦白说，我也很难想象他会愿意见我。如果他对我还残留着那么一点儿印象，那也只能让他想起当年那个满脸粉刺的毛头小子，趾高气扬，压根儿没把他放在眼里。除此之外，便是我们上一次见面的葡萄牙之夜。当然，功成名就的最大乐趣之一——特别是在当年很多人都不看好你的情况下——就是找到这些鼻孔朝天的人，强迫他们撤回原先的错误看法。为了让他们真正认识到自己是多么有眼无珠，而不只是嘴上敷衍了事，那么你就得让他们看起来完全是个傻瓜。我只能希望当他看到我自惭形秽的样子时能觉得逗趣。

电话里响起“咔嗒”一声，令我大吃一惊，电话里传来的竟是基兰的声音。“我的天啊，”他说，“真是突如其来，我这是何德何能？”这话

---

① 斯特拉文斯基（1882—1971），美籍俄裔作曲家、指挥家。代表作《春之祭》。

虽然老套，可我一听便知，他比之前老成持重多了，原来一口伦敦东区的土腔淡化不少，但并不做作。还有，他的语气出乎意料地热情。

“你竟然还记得我？”

“胡说八道，我可是一直关注你的作品呢。我读过你的一些书。”

我如释重负地笑了，孤注一掷的冒险再一次被证明是可行的。“够了够了，太肉麻了。”我说，这一次他笑了起来。但当他问到我找他有什么事情的时候，我自然还是乱了点儿阵脚。我没有想到这么快就和本人对接上，脑中还没来得及打好草稿。

幸好，他及时打断了我的结巴，直接邀请我和他见一面。鉴于他的午餐档期已经排到了几个月之后，他问我，晚餐是否有空。

“还是晚上对你来说，不太方便？”

“说来见笑，太方便了。你呢？”

“我也是。”晚餐就这么安排好了，他建议去萨沃伊饭店。这家店不久就要进入为期一两年的“整修”，即将暂停营业。他问我是否有其他意见。我当然没有。这家餐馆在我们共同的青春年代赫赫有名，在那里重聚叙旧是个相当明智甚至是绝妙的主意。我们就这么约定了。

从前的萨沃伊饭店已一去不复返，那融合了古希腊音乐厅加欧洲“美好年代”风格的装潢，虽然不合常理却令人印象深刻。它是我童年时期的一座灯塔，年迈的姑婆们作为资深名媛常会带我来喝下午茶，或者在河岸厅参加舞会和鸡尾酒派对。这么多年，我曾出席在这里举办的各种婚礼、生日宴会和其他私人活动，谈笑风生。我还来这里参加了各种节日午餐和颁奖晚宴，菜单我都背得出来，我在这儿和人拥抱，互相拍背，刻意营造出一派其乐融融的景象。我和基兰那次晚餐后不久，饭店的新主人便关门大吉，将里面所有东西打包拍卖，重新开门的日子遥遥无期。自创始人理查德·多伊利·卡特美梦成真的一个多世纪以来，就算在新团队的打理下，萨沃伊饭店在伦敦人心目中的崇高地位和辉煌历史得以保存，这座曾受到内莉·梅尔巴、戴安娜·库珀、阿尔弗雷德·希区柯克、阿盖尔公爵夫人、玛丽莲·梦露和保罗·麦卡特尼等名流贵胄偏爱的饭店，怕是也要步上曾经伫立在这里的兰开斯特公爵宫殿的后尘，从此湮没于历史的尘埃中。

我有段时间没有造访萨沃伊饭店了，当我那天抵达时，发现饭店与我年少时记忆中的样子大相径庭。在20世纪60年代初，我同我父亲的一位堂弟定期造访萨沃伊饭店，此人声名狼藉，我彼时却将他视为偶像。他将此地当作私人俱乐部，每有不幸的猎物刚一上手，便带来这里大啖一顿新鲜牡蛎，佐以花言巧语和虚情假意。我这样一个相貌平平的青少年，自然把他当作时髦潇洒的榜样。堂叔帕特里克在四十几岁自陆军退役之后，便过上了“即用即抛”的生活。不安定下来，也不负什么责任，只享受人生，及时行乐。他非常英俊迷人，比起其他人他更容易做到这一点。我的母亲对他十分倾慕，我的父亲则对这种生活方式不屑一顾，批评他最终将自食恶果。一语成谶。他耽于享乐、逃避承诺的选择令他在一次中风后无人照料，孤独死去，再一次验证了我们迟早都要面对自己的因果。

尽管如此，他不受任何规则或界限约束的态度，大大地启发了我。我在父亲严苛强势的管束下成长，因此，堂叔帕特里克那种自由自在的生活，在我看来宛如天堂。记得有一次，我和他在一家餐馆准备用餐，半天不见侍应前来招呼，他一气之下抓起那种放着菜单、餐垫、盐和胡椒瓶的托盘，向餐厅另一头甩过去，托盘砸在地上，发出了震耳欲聋的巨响，宛如核弹爆炸，让充斥着聊天声的餐馆立刻一片死寂，针掉在地上都听得到。令我大为意外的是，我们非但没有受到叱责或被赶出去，侍应的服务态度反而来了个180度大转弯。故事中的颠覆意味，恐怕是我的父亲一直不怎么希望我体会的。

我走进饭店的那一瞬间，想到了我的堂叔帕特里克，想起他站在门口，带着慵懒的微笑扫视全场，查看别桌是否坐着可以勾搭一下的艳遇。人日渐衰老最奇特的变化便是身后的亡魂越来越多，时不时在你的脑海中轮番进出，让你不得安生。一幅画，一家店，一条街，某人送你的一个挂钟，已故的姨妈送你的某个装饰品，已故的叔叔送你的一把椅子，上面附着的灵魂总是在某一刻突然复活，趴在你的耳边轻声絮语。世界上有些宗教认为：人会经历两次死亡。第一次是自然的生老病死，第二次是我们认识的最后一个人从世上消失，从此，关于你在世的全部记忆也就此烟消云散。我对此坚信不疑。那天对堂叔的追忆令我欣慰，哪怕只是因为注意到自他离开之后，这里发生的巨大变化。墙上的壁画不见了，整体气氛也随之大不相同，取而代之的是墙上浅色的、光滑的墙面镶板，令人产生了错觉，仿佛置身于一个巨大的雪茄保温盒中。在21世纪，所谓“品牌重塑”乃是让生意起死回生的灵丹妙药，屡试不爽。我到达时，基兰已经坐在了座位上，我们隔空打了个招呼，之后握手坐下。

每个人都很清楚，若非天天见面，成长衰老的过程从来都会让很久不见的彼此震惊不已。我印象中的基兰是个略带稚气的大老粗，头发是染过的，古铜色的皮肤是晒出来的。印象中的他，和我对面这位老练世故的生意人，几乎毫无相似之处。不过，年近七旬的他尽管面容沧桑了不少，却比年轻时耐看许多。斑点和浮肿都消失了，显得更自信。他的两颊不再总是泛红，油亮的挑染被原本的发色取代。现在这一头德高望重的灰色头发，使他看起来竟神似Grecian2000的广告男模。他的发质原本就强韧，眼睛也不像我的记忆中那般又小又肿，对于一个久经沙场的房地产商而言，反而意外地充满了善意。

“非常感谢你愿意见我。”在他请服务生给我们来两杯香槟的时候，我说道。

“这是我的荣幸。”他研究着菜单，而我研究着他的脸。该怎么形容他的变化呢？想来想去只能说，他现在是真正有“身份”的人了，多了一份大人物才有的权威感。他很客气，自然并且放松，无形中期望对方能够顺从，以显示他是那个占主导地位的人。服务生奉上了两杯香槟便离开了。“怎么样？”他说，“你找我有什么事情吗？”我支支吾吾地扯了一通募款的说辞。不完全是胡编乱造，如果他真的捐了款，那么确实会有人从中受益。只是我当时就能感觉到，他对此并不感兴趣。“我就直说好了，”他和气地举起一只手，打断了我滔滔不绝的演讲，“我的捐款对象只限于三四个机构，我目前一周差不多能收到一百多份募款申请，当然都是基于完全正当的理由。但是，我一个人也不可能把全世界的善事都做了。如果你愿意，我现在就可以开一张支票给你，数目不会太大，聊表我的心意。”

我点点头。他是个很难让人拒绝的人。就算我真的只是前来募捐，我也会接受这个决定。“谢谢你。”我说，不过我心中却有一丝疑问。第一通电话中，他的秘书便说过类似的话，接通之后，他大可以顺水推舟地把我给打发了，那也不伤和气。“可是，你为什么还要安排这次晚餐呢？”这句话和我的本意有些差距，我赶紧追加了几句解释。“当然，我很高兴我们能一起坐下来聊聊，能再见到你实在是再好不过了，我只是很意外你竟然有空。”

“我有空啊，”他说，“对我想做的事情，我有的是时间。”这话是很礼貌没错，但并没有回答我的问题，他自己也意识到了。“这段时间，我发现自己经常回忆从前的事情，审视我的生活。简单来说，就是思考自己是如何一步步走到现在的。”

“所以，之前认识的人一旦出现，你都会破例约见吗？”

“我愿意见到他们，尤其是像你这样不怎么见得到的。”

“老实说，我很惊讶你竟然记得我，我以为你会劈头就问：‘你是哪位？’”

他“扑哧”一笑，我却留意到他的眼神相形之下要忧伤得多：“我想，还活着的人大概都忘不掉那顿晚餐。”

“没错。”我说道。

他举起了杯子，在上流社会浸淫多年，他已经戒掉了碰杯的陋习，若是当年，他绝对会敲得砰砰作响：“为我们干杯！你觉得我们变了很多吗？”

我点点头：“非常多。比起当年，我更胖、更秃、更可怜了。但你却好像脱胎换骨。”

他放声大笑起来，似乎对这样的形容相当满意：“基兰·德庸，明星专属设计师。”

“我以前认识这哥们儿。”

“上帝保佑你！”

“他没那么糟啊。”

“你不是喝多了，就是太抑郁了，才会变得容易心软。以前的他太可怕了。”

我懒得再反驳他，因为他说的都是事实。我瞄到服务生在附近流连，等对话一出现空当，便能伺机来帮我们点单。基兰对他微微一点头，他立刻凑上来，举起纸笔要写。一流的服务尚未绝迹，这一点令人宽慰，只是这年头你得踏破铁鞋，再付出昂贵的价格才能享受到。近日来，大批东欧移民涌入餐厅，他们的任务就是问你想要吃点儿什么。对此我毫无指责之意。他们看起来精神愉悦，态度良好，与摆着一张臭脸，仿佛等不及在你汤里吐口水的英籍侍应有着天壤之别。我只是有一个小小的期望，就是最好有人能点拨他们一下，别在客人正妙语连珠的当口贸然闯入，坏了兴致。

服务生得到了所有他需要的信息，便立即离开去履行职责。“什么改变了你？”我问。无须提示，他知道这问题的意义。

他思索片刻。“教育。经历。或者这两者是同一样东西？当年我总觉得自己没有背景，但显然这个想法错了，每个人都有自己的起点。我常觉得自己什么都不懂，这想法不至于全错，也不全对。因此，我总觉得自己应该表现出一副无所不知无所不能的样子，恨不得上天入地，成为时代精神的化身。我当时想象自己是一个能掌控命运的强者，而不是一个染发的土老帽。”他想到当年的自己不禁边笑边摇头，“别的不说，就那些外套，我的天啊。”我忍不住和他一同笑了起来。“现在你知道，我当年为什么讨厌你们这帮人了吧？”我没料到他话锋一转，心里微微一惊。

“这是什么意思？”

“我当年觉得你们才是掌控形势的人，而我不是。”

“没那一回事啊。”

“对，只不过我现在才明白。不过，当时的我，你们哪儿都瞧不上。我难免会这么觉得。”

这句话让我感到惆怅。为什么我们要让身边无辜的人感到不愉快？“希望我们当年没那么糟糕，我讨厌‘瞧不上’这个字眼。”

他点点头：“当然，你们现在好多了。我知道会有这一天，任何有脑子的人都会对人越来越友善。当时的我们年轻气盛。”

“你似乎很懂得如何驾驭愤怒，看看你的成就。”

“有人曾对我说，聪明的年轻人若感到愤怒，不是原地爆炸就是成就斐然。”

这句似曾相识的话令我一下坐直了身体。“真巧，我不久前才听到一个朋友，对我认识的另外一个哥们儿，说过一模一样的话。你还记得塞琳娜·格雷沙姆吗？”

“参加那次晚宴的人我都记得。”我挑了一下眉毛，他意犹未尽，“我还记得她对乔安娜十分友好，即便是在她退学和我私奔之后。劝我别因为愤怒而自毁前途的人就是她。”

我既佩服塞琳娜的包容大度和远见卓识，因为当时大多数女孩都和乔安娜他们断绝了来往，同时又感到一丝失落，我本以为这句金玉良言只有我才知道，没想到她也对别人说过。“她说这句话的时候，指的是达米安·巴克斯特，那次‘葡萄牙晚餐俱乐部’的另一个成员。”

“是创始成员。”他啜了一小口酒，“某种程度上说，达米安·巴克斯特和我都是在那一年从‘生活’这所大学毕业的。”

同为世界的主宰者，他们当然认识对方。达米安曾告诉我，基兰一直在刻意回避他，我想知道这是否属实："我猜你们这些年时不时都会撞见对方吧，在那些高端的场合？"

"没有吧。"我得到了这样的回答。

"看来我们一辈子都摆脱不掉葡萄牙晚宴的阴影了。"

他微微一笑，耸了耸肩："达米安并不是我的朋友，但不是因为那件事。"

我自然很想刨根问底，不过又担心一揭开旧日疮疤，整个气氛都会随之一变，在告别彼此之前都很难拉回正题。选择这时打开潘多拉盒子的时机也不对。"和你相比，他对自己的成就倒不是那么低调。"话一说出口，我发现自己心里其实对基兰颇为欣赏。自知能毫无保留地欣赏他人，有种说不出的舒坦。我也喜欢自己能大大方方地赞美他。特别是这样一来，我长期对某人的反感就显得格外正当了。

他却摇了摇头："达米安不是那种追逐名气的人。他只是顺其自然。倒是我，为了不张扬，不知道花了多少钱。相比之下，真不知道哪种做法更虚荣自大。"

"你为何这么介意出名？"

他想了一会儿。"各种各样的原因。一方面觉得不要锋芒毕露是成年人应有的态度，一方面我真的是受够了。身为名流设计师，我不知道参加了多少首映礼，四面逢迎，热情招呼，各种讨好别人。这在当时是有必要的，但不是那么必要。而对房地产开发商而言，名气只会带来你不想要的东西。"

服务生端着一堆东西出现了，基兰等他将食物和餐具一一摆好才又开口。“名气不是没有用处，搭飞机、看医生都可以优先。餐厅客满，一通电话过去照样可以订到好位子。总有人送你戏院和歌剧院的票，甚至你仰慕的人都会给你发邀请函。但是，这些东西有钱都可以办到，还没有那么多人情来往。你不会被迫去参加这个开幕式，那个募款会，因为没人听过你的名字，你去了也没用。报纸不会翻你的老底，不会去采访你的小学同学，调查你在1963年偷偷亲过的躲在自行车后面的女孩是谁。我无须忍受这些东西。有人让我捐钱，我就捐，人们对我的期望也只能到此为止。”

“当年赚到钱的时候，你有很惊讶吗？我的意思是，赚到那么多钱。”对四十年不见的旧相识问这个问题，听起来也许有点儿奇怪，只能说在那一刻我们都浑然不觉。

“每个成功人士都会告诉你，他们一开始完全疯了。一部分的自己会想：这么多钱，都是我的？搞错了吧！另一部分的自己对着巨大的财富则会想：怎么这么久才来！”

“我猜，相信自己有一天会成功才是关键因素吧。”

他点了点头：“据说是这样。不过再怎么有心理准备，真到了这一天也会手足无措。卖掉服装连锁店让我赚了很多钱，即便如此，当我第一次投资房地产开发后，估算收益时还以为自己多数了好几个零，不敢相信利润如此巨大。但就是这么多。接着，我赚得越来越多。然后，一切都变了样。”

“可你没有变。”

“有，我也变了。最初几年我就像疯了一样，对什么都很挑剔，一点儿小事也要吹毛求疵。我的家，我的衣服，我的车，每件事都必须按照我的想法来。现在回想起来，我当时一定是在模仿上流社会的言行，可惜模仿得全都不对。我总是在餐馆里抱怨，住酒店坚持换不同颜色的毛巾，要不同种类的饮用水。连我认识的人打电话来我都不愿意接。”他停下，满脸困惑，仿佛在努力理解这个记忆中的疯子。

“为什么不接？”

“我以为大人物从不自己接电话。真是疯了，就算是美国总统，知道致电的是他认识的人，也会自己拿起话筒，但我就是不接。我请了一大帮助理帮我处理留言，把一大堆待办事项发给他们去做。然后就是取消与认识的人见面。天啊，我总是临阵脱逃。那会儿我就是这样。”

“我永远无法理解，为什么有人会这么做？”我从不这样。然而，在效仿名人的人群中，这种现象越来越普遍。

他咬住嘴唇：“我也理解不了，真的。我觉得当我答应某件事情的时候，自己就被束缚了，因为无论是什么事情，你都无法完全掌控。然后当日子越来越近，我就开始恐慌，到了那一天我就决定自己去不成了，通常会找一个完全荒谬或者不相干的理由。而我付钱请来的员工会拍我的马屁，他们告诉我没关系，主办方会理解的。于是我总是故伎重演。”

“什么时候不再这么做了呢？”

“当没有人邀请我的时候。那时我还自以为是各界争相邀请的贵宾，直到有一天发现只有需要名人制造噱头的场合才会想到我。一些有意思的聚会不会邀请我，政坛人士、演艺人士、作家，甚至思想家，这些人出现的场合我再也没有被邀请过。因为我太不靠谱了。”

他的坦白让我感触良深。我认识太多影视明星逐渐从一些社交场合消失，至少是那种没有利益关系又非狂热粉丝邀请的社交场合。一般来说，他们自己对此浑然不觉，还以为自己仍是受欢迎的红人，其实并不是。“我的祖母以前常说，你可以作，但不能作死。”

“太有道理了。我没有遵守你祖母的话，付出了代价。当年我作的程度远远超出了别人愿意忍受的范围。”他的语气原本带有一丝愤慨的意味，却突然充满了实实在在的痛苦。我看着他。“就在那个时候，乔安娜离开了我。我能理解她。她嫁给我是对权力阶层那一套的抗议，结果突然发现自己的丈夫变成了那个同样吹毛求疵的人，要求两个袖子长度一定要相差四分之一英寸，领带只去罗马买，鞋子只给圣詹姆斯一家指定的鞋匠修理。这太无聊了，你能怪她吗？”

话题太沉重了，我想到了该活跃气氛的时候了："根据我对你老丈母娘的印象，她应该对你的变化很满意吧？当然，钱也很重要。"

他看着我。这时，服务生端上了第一道菜："你跟瓦莱丽·兰利很熟？"

“不算熟，我只知道她是乔安娜的母亲，不敢说了解她这个人。”

“想达到她的标准，没两把刷子可不行。”他的语气并不是在调侃，我努力想着该如何应答，不过他还没有说完，“你知道吗？她带我们去葡萄牙的唯一目的就是拆散我们。你能想象一个母亲对自己的女儿做出这种事情来吗？”

如果这位母亲是瓦莱丽·兰利，其实不难想象。只是现在火上浇油似乎意义不大，我决定稍微调整一下聊天的方向："你和乔安娜离婚之后，你又再婚了，对吧？你们还在一起吗？"

他几乎跳了起来，仿佛正埋头忙什么事情，被我的话吓了一大跳："没有，我们离婚了，好多年之前。"

“抱歉听到这样的消息，你的生平简介里没有提到。”

他再次望着我，好像我在强迫他讨论别人在1953年接到的违章罚单："没什么好抱歉的，珍妮对我来说没什么。"这话听来令人心寒，不只是残酷的措辞，这句话似乎透露了他的孤独。

"乔安娜还好吗？"我问道。既然他已经提到了她，似乎我就没有理由不方便问了："你们相处还算和睦吧？"

我这一问，他似乎又被吓到了。对他而言，我的话大概别具含义。"你到底为什么想要见我？"他问道。

忽然间，我有种在商店顺手牵羊被逮个正着的感觉，或者更糟，像偷拿同学的手电筒藏在口袋里被抓到："好吧，我其实有任务在身。"

"什么任务？谁给你的？"

"达米安。"我迟疑着，祈祷自己能灵感迸发，编出一个像样的理由。"你知道他病重——"

"病入膏肓了吧。"

在这种情况下，他竟引用了莎士比亚《理查三世》里的台词，我几乎觉得好笑。"没错。他想了解当年的朋友现在过得怎么样……"我完全不知道自己该如何收场，"看看大家后来……的人生道路……你知道的，就像你说你常常回忆从前，想和从前的朋友聊聊往事。"我试图把两人的想法归在同一处，只是最后这句话实在太蹩脚。

"他的所有朋友？还是他的一些朋友？"

"现阶段只是其中一些，他找我来帮忙是因为他和大家失联太久了，而我和他当年走得很近。"

基兰并不买账，这也不奇怪："这么多人当中，偏偏是你相信了这种说法，我真的太意外了。"

这话当然完全合理。“其实我也很意外。他提出这个要求时，我的第一反应是拒绝。但后来我去他家，看到他奄奄一息的样子，觉得……”我说不下去了。当时到底是什么样的感受，能让我忘记一辈子的恩怨？

基兰替我说出了答案。“你觉得你无法拒绝，因为他现在已经奄奄一息，而当你看到这一幕之前，脑中只有他年轻时的可恶嘴脸。”

“差不多吧。”的确如此，但不完全是这个原因。在同情的表层下，我承认，一种更为广阔的伤感在我心中渐渐扩散开来，成为对岁月无情世事变迁的惆怅。基兰的话，让假借募款名义窥探他人生活的我感到尴尬又丢脸。

“所谓‘一些’，又是指哪些人呢？”

“什么？”这句话让我摸不着头脑，我没明白他的意思。

“我是说，达米安想要知道‘哪些’朋友的近况？”

我说出了列在清单上的名字。他一面听，一面切开吐司，抹上粉红色的鳕鱼籽，再一丝不苟地吃掉，带有一种独居男人特有的讲究，既不花哨，也不过于繁琐。严谨，利索，就像军营里的一个置物柜。直到吃光面前盘子里的食物，他才重新开口：“这件事，跟我的儿子是不是有什么关系？”

这句话简直像直击腹部的一记老拳，我感觉一阵反胃，有那么一瞬间，我以为自己真的要吐出来了。但至少我下定决心要立刻终结我的谎言，因为很显然对基兰来说，我的表演根本是漏洞百出，就像隔着层玻璃一样，一览无余。“是的。”我深吸了一口气，回答道。

他艰难地消化着这个回答，似乎在脑中翻来覆去，从各种角度审视着，像珠宝鉴定专家对着一片昂贵的古瓷反复端详，总怀疑传闻把价格抬得过高。然后，他做了一个决定："我不想在这里讨论这件事情，你有时间去我家里喝杯咖啡吗？"我点了点头。"那就这么办吧。"他就这样在我眼前脱下了谦逊亲昵的外衣，换上了圆滑世故的面具，轻松而随意地聊起他想去的国家、对英国政府的失望、环保运动闹得多么不可收拾等话题。等到我们吃完饭，付好账，走出饭店，门口正停着他的劳斯莱斯，司机站在打开的车门边恭候多时。

基兰冲着那辆精美的豪车点了点头。"有时候，老东西才是最好的。"他轻声发表感想。我们上了车。

我们驶过沃克斯豪尔桥一边近年兴建的街区，我从来没有踏进这个地区一步，心里正纳闷他为何会选择这一带作为自己的住处。我以为他会住在切尔西区某处奢华庄园里，那种古老奢华的庄园一般由18世纪30年代某位爽朗的乡绅所建，如今的市价足以还清马德里的债务。然而，当电梯升到顶楼，我踏进基兰家门的那一刻起（我一直有点抗拒美式英语里的"公寓"这个词，但我认为它此时比其他词更为准确），我就立刻明白了他选择住在这里的原因。挑高宽敞的门厅尽头是一间巨大的休息室，深约30英尺，长度不得而知。前后贯通，三面墙都是挑高的窗户，从窗户望出去，整个伦敦一览无余，景观之美大概仅次于伦敦眼。我俯瞰着曲折蜿蜒的泰晤士河，来回穿梭的游轮就像玩具小船一般，闪烁着五颜六色的光芒。指甲盖大的汽车在纵横交错的车道上快速行驶。人就像一个个小圆点，在路灯下的人行道上匆匆移动。这感觉就像飞翔。

视线转向屋内，屋内的布置让人赞叹。整间公寓满是我在私人宅邸里见过的最精美的物品。通常来说，在家庭式住宅中，即便是豪宅，精致的家具摆设中也免不了混入两把姑妈送的椅子，或者老爹从苏丹带回来的什么东西，然而这些在这里却毫无踪迹。两块颜色相配的萨伏内里地毯覆盖着光亮的地板，上面摆放的家具像是从欧洲宫殿里运来的一样华丽。墙上的油画大多是风景，而不是肖像。虽然我平时觉得风景画有点乏味，但是基兰家里挂着的风景画，可以说是这一题材中首屈一指的杰作，均出于卡纳莱托、克劳德·洛兰、托马斯·庚斯博罗、约翰·康斯特布尔等名家之手，还有其他的我只能瞎猜了。我的视线逗留在其中一幅动人心弦的作品上，画作名为《摩纳哥公主》，作者为安杰莉卡·考夫曼。基兰注意到我的视线。“我一向不喜欢肖像画，太多愁善感了。但我买下那一幅是因为它让我想起了乔安娜。”他说得没错，真的很像。酷似乔安娜的画中人戴着缀有花朵的宽边帽，穿着18世纪90年代宽松随意的时装，看起来无忧无虑，谁都想不到三年之后她就惨死在屠刀下。法国大革命期间，“热月政变”[①]爆发，恐怖统治下的最后一班死囚车载着这位不幸的公主驶向断头台，押解囚车的军官听闻政变的消息，认为如果政权被推翻，没有人会追究他们对公主行刑的责任。但倘若罗伯斯庇尔安渡难关，掌握了大权，他们会因为饶恕了这批死囚而获罪，因此这趟车必须走完。他们的决定也许没错。

这幅画挂在一个华丽的壁炉上方，我很喜欢这个壁炉。基兰告诉我，它来自我们这一代家道中落的世袭贵族家庭，在惨淡的看不到希望的20世纪50年代，他们拆除了大量的门框、壁炉、扶手等贵重装潢，这座壁炉就在其中。那一家人如今在一个改装过的橘园里，开开心心地过着小日子。

---

① 热月政变，法国大革命中推翻雅各宾派罗伯斯庇尔政权的政变。

“这么新的房子，能在壁炉里生火吗？这是真的壁炉吗？”

“当然，我买顶楼的原因就是为了能装烟囱，有客厅却没有一个能烤火的壁炉，多讨厌啊。其他人也没有怎么为难我。”他语气轻松，就像只是多安装了一个浴室。

我不是第一次体验到富人过的是什么样的生活。当然和地球上大部分地区相比，我们已经算是富人，我不想让自己听起来这么不知足。但是，当一个人富有到不做某件事，不买某件东西，不吃某种菜，不喝某种饮料，仅仅是因为他“不想”，这又是一种什么样的感受？有人会说：“那一定无聊透了！”可是真的吗？当你每天早上享用热水，每天晚上享用美味晚餐，在高级床单上入睡，在华美的房间里醒来，没事收藏两幅不错的画，又怎会无聊？上述享受若再放大三倍，又能无聊到哪里去？我敢肯定，我会相当热爱这种生活。“你在乡下有别墅吗？”我问。

“没有。”他的语气中含有一丝宽容，仿佛我不该问这个问题。“现在没有了，那些我都经历过了。”他笑了起来，“有段时间，我在格洛斯特郡和苏格兰各有一处庄园，在纽约有一间公寓，在意大利佛罗伦萨市附近有一座别墅，伦敦的房子在切恩道。每到一处都要为里里外外是不是和我上一次离开时一样而操心。但由于我在哪里住不到三天就要走，所以我永远都在抱怨和烦恼。不过，我倒是真的很怀念在科茨沃尔德丘陵的那栋房子。”一朵怀旧的粉红色云彩在他头顶盘旋了片刻。“那栋房子有我迄今为止不仅是住过，甚至是见过的最美的图书馆。不过我还是没住多久就卖了。”他摇摇头，仿佛想甩掉脑海中这些容易让他耽溺情绪的画面，“我已经过了那个时候了。现在，这些东西对我来说都没什么意义了。”

这句话听起来有些怪，但我不想再追问了。基兰在路上已吩咐人准备了咖啡，由一位举止十分谨慎的男仆端进来。我再一次恍惚置身于朗斯代尔喜剧的某个场景之中。现在我开始怀疑，当我接受达米安给我的报酬时，我是否意识到自己将见识现代社会的真正面目？所有这些奢侈的生活方式，20世纪60年代期间大家都深信不疑即将消失殆尽的生活方式，不仅延续了下来，而且日益发扬光大，甚至越来越多人都在享受它。我自认经济状况还算宽裕，能够自在行走，也在令人艳羡的各种豪宅里逍遥快活过。但我逐渐开始明白现在和以前不同，如今不会冒出来一个明明因为发明了电而成为百万富翁却始终坚持爱德华时期简朴生活的怪人。现在引领富豪生活的人是全新一代富人阶层，数量媲美乔治王时期。唯一区别在于，由于媒体长期以来热衷对富人生活的八卦，导致这部分人只能关起门来悄悄享受。因此，大众对全新一代富人阶层的生活方式，基本上一无所知。而和一个世纪以前的富人不同的是，新贵阶级不认为自己肩负着救济穷人的职责，也不认为自己有必要把民众引向什么方向，除非是以王室的名义。

我给自己倒了一杯咖啡，坐到一把用锦缎覆盖着，估计来自18世纪中叶的法式扶手椅上。我觉得我们差不多可以打开话题了。“所以，乔安娜最近过得如何？”我接着之前的话问道。

基兰定定地看了我一会儿。他对我们为什么在这里喝咖啡心知肚明。“乔安娜死了。”他说。

“什么？”

“而且遗憾的是，她死时的情况还很悲惨。有人在离斯温顿镇不远的一处公厕里发现了她的尸体，身边还有一支空了的针筒。死因是海洛因注射过量。当警察赶到的时候，他们认为她把自己反锁在公厕的一个隔间里，死了差不多有五天了。有人闻到味道才报警的。你可以想象在那种地方，一定是味道已经相当大，才会被人注意到。”就在这一刻，我意识到基兰·德庸是个被诅咒的男人。自己曾经爱过的女人惨死于这样可怕、龌龊的场景下，这个画面恐怕会一辈子跟着他，无时无刻不在他的脑海里盘旋，即便在梦里也无法摆脱。当初他爱上她的时候，应该不会想到自己有一天会爱她如此之深。我终于明白了他愿意和我见面的原因，因为他真正想要谈论并且思念的唯有乔安娜，而我碰巧认识她。然而，当我们见面时，他却发现只要提到乔安娜，就无法避谈她悲惨的死亡。同时，无论他之前做了多少心理准备，餐厅这样一个嘈杂吵闹的地方，怎么也无法让他开口谈到乔安娜。终于说出了这番话，他几乎是大大松了口气。

有时候，当一个人听说或目睹了极为震撼的事情，那一刻他的大脑会瞬间停滞，无法运转。我记得自己有一回在南美洲遭遇了地震，当我看着装饰品和书本到处飞来飞去的时候，一两秒钟之后，大脑才告诉我发生了什么。现在就是那样的时刻。乔安娜·兰利，令人神魂颠倒的乔安娜死了，以一种被遗忘、被抛弃、彻底迷失的人才有的方式，而不是众神的宠儿。

“天啊！”刹那间，我觉得泪水就快要夺眶而出。基兰看起来悲恸欲绝，但是他强打起精神，慢慢地点了点头，就像我的震惊反应是对他这番话的质疑。有些人在安详中逝世，这样的死亡多少能抚慰后人的伤痛，乔安娜之死不在其中。“这是什么时候发生的？”

“1985年的10月。10月15日。在悲剧发生之前，我们已经离婚，你大概也知道这件事。之后的一段时间，我们不再说话，除非是关于马尔科姆的事情。因为我们正处于……”他踌躇着。正处于什么？“争议当中。意见不合。”他正在努力累积将话题谈论下去的力气。“我们当时在吵架。后来，判决书下来了，至少给了我们一个定论。我觉得我们不能这样僵持下去，至少应该携手渡过这一关。”他做出一个无可奈何的手势。

“但你们没有。”

“显然没有。”

“你们争执的是什么？”这句话以文字呈现出来，有点儿窥探隐私的意味，但我们在那一晚，套句时髦的话来说就是“交心”。至少我是这么觉得。所以当我说出口的时候，并不感到自己是在打听什么八卦。

“唉，乔安娜那会儿问题缠身，”他用手指梳了梳令人羡慕的头发，“从她过世的状况就可想而知。我当时一心想成为马尔科姆的主要监护人。我不是说，我不想让她见他之类的。”他对第一任妻子的死抱有的愧疚显然深入骨髓，二十三年之后的今天，他似乎仍在被那种痛苦灼烧。“我当时只是认为，儿子跟我住在一起，总比被他的母亲拖来拖去要好。那会儿我比她有钱太多了——”

“天啊。”

他摇摇头。“阿尔弗雷德在前几年遭遇了房地产崩盘，财产基本上所剩无几，他们一家的生活和你之前看到的完全两样。他们破产了，不得不搬到了伦敦南边斯特里特姆边上的一栋公寓里。”我的脑中突然出现了兰利夫人那副生动的形象，她打扮得珠光宝气，从舞池的那一边看过来，如同一只鬼鬼祟祟的雪貂，暗中侦查萨默斯比子爵是否对她的女儿有意思。我向来不太喜欢她，但同样为她感到难过。那时候，没有人能想象得到她的晚景会如此凄凉。“不只是钱的问题。乔安娜对时局的转变非常失望，她以为到了20世纪80年代，我们都应该过着尼泊尔人那种生活，抽抽大麻，哼着《毛发》里的小调，而不是在撒切尔夫人统治的大英帝国里领着年金混日子。”

“我们这一代有这种想法的人很多。有一些人还进了政府。”

但我无法阻止他。基兰得说出他的故事。套一句电视上问答节目的台词：让他有始有终。“当然，从她的角度来看，我才是神经错乱到极致的那个人，看见领口有道皱褶就大吼大叫，厨房抽屉里的刀叉若是不够整洁就立马开除员工……她这么想没有错。”他对亡妻的公正评价不仅值得褒扬，而且令人心碎。他再一次叹了口气。“总而言之，我们为了儿子打得不可开交。她说我会毒害孩子的思想，把他变成一个小法西斯分子。我说她会毒害孩子的身体，把他变成一个小瘾君子。我们就这样成天吵个不停，死命掐住对方的脖子。直到最后她丢出了一颗炸弹。有一天早上，我们正在吃早餐，气氛非常诡异，就是那种关系随时破裂，怒火一触即发的气氛。我们沉默地坐在那里，然后她抬起头看着我，准备开口。我知道她多半是要损我，所以干脆不问。过了一会儿，她不耐烦了，干脆直接说了出来。”

“她说了什么？”

“她说，马尔科姆不是我的儿子。”

“她是怎么说的？”

“就这么说的，‘马尔科姆不是你的儿子’。”

他不再说话，让这句话在心里沉淀下去。我的寻亲旅程是否到此结束了？终于抵达了目的地的感觉有点奇怪。不过让那位男孩的父亲终于知悉了他血亲的存在，也算聊慰乔安娜的在天之灵。只不过他偏偏生在全英国唯一一个会对达米安的财富不以为意的家庭，这让我多少有点儿扫兴。

基兰却没有说完："你提到了葡萄牙那次晚宴。"

"是的。"我就知道葡萄牙是跑不掉的。

"她说她在那里碰到'儿子的亲生父亲'，还说我们回到伦敦后和他发生了关系。就在刚回国的那一晚，我们从机场一回到家就为这趟旅行大吵一架，她气得夺门而出……"他耸了耸肩。"很显然她说的是达米安。"他一定是对我的反应会错了意，急忙进行补救。"她一向也非常喜欢你，不过……"这还能怎么补救呢？

我帮了他一把："她对我没有意思。"

我们都知道她没有，他又何必争辩？"不是那种喜欢。"他说道，算是接受了我的判决，"而且乔安娜也压根儿看不上特里梅因兄弟。所以她喜欢的人只能是达米安。"他顿了一下。无论这件事在他的脑海中来回审视了多少遍，仍令他感到受伤。"我坐在那里，一只手抓着吐司，另一只手端着咖啡，她一句话就把我的人生炸成了一地碎片。她告诉我的时候，我痛苦极了，非常痛苦。"

"当然会痛苦。"

"不只是儿子，她拆散了我们的生活。所有的一切都分崩离析。发生这件事的时候我们才刚结婚一年，我以为我们的婚姻幸福美满。当初我一开始就反对去葡萄牙，就因为我不想她又和那帮人混在一起，对她一点儿好处都没有。"

"但你们还是去了，因为她的母亲强迫了你。你们回国之后，她就和达米安发生了关系？”至少我现在明白他为什么对达米安发自内心地厌恶了。

“差不多是这样。我们为监护权打到这个地步她甚至乐于吐露这件事情的真相，她以为这能避免儿子重蹈我的覆辙，陷入利昂娜·赫尔姆斯利的那种物欲横流的世界。她以为我会就此罢手，马尔科姆会和她生活在一起，我只能孤独终老，一边数钱一边抽泣。”

“但事实并非如此。”

“当然不是。儿子的出生证明上写的可是我的名字。她受孕的时候我们都已经结婚了。我见证了他的出生。我爱他，他就是我的儿子。”他又陷入回忆中的争吵，几乎是喊着说出这句话，不过在看到我惊愕的表情时回过神来，把这句话以轻柔的口吻又重复了一遍，任何人听了都会感动，“我爱他，他是我的儿子。单凭这一点我就敢说他是。”我坐直上半身。如果基兰和那个孩子保持着联系，那么我猜他确实对此坚信不疑。从他说话的样子来看，他们显然一直有来往。

“但你没有单凭这一点就相信乔安娜的话？”

他摇摇头。“我做了亲子鉴定，我想了解一下这个官司会有多难打。”他再一次看着我，目光凶狠，有那么一瞬间我同情起乔安娜来，那些年也够她受的。一个人如果不是在什么地方特别强硬，恐怕很难拥有基兰那样的成就吧？“鉴定结果出来，马尔科姆就是我的亲生骨肉。”

任务完成的美梦在那一刻烟消云散：“乔安娜的反应如何？”

“你觉得呢？”他白了我一眼，“她那会儿脑筋已经不正常了，她说她不相信我，一定是我做了什么手脚。你能想到那些话的。”我确实想象得到。“所以我们在她的监督下，又去做了一次亲子鉴定，很显然结果还是一样。到了那个阶段，她已经身心俱疲……”他站起身来，凝视着窗外，玻璃上的身影倒映在宛如深蓝色天鹅绒的星空中。他面朝夜空，继续说下去，几乎没注意到我的存在。“你应该能预料到，她在法官面前就像个疯女人一样，完全无法保持理性，这对她自然是不利的。所以，当法官把监护权判给我的时候，我一点儿也不意外。她获判探视权，已经是不幸中的万幸了。这场官司是在1985年9月份结束的。”

“结果10月份她就自我了断了。”

“不知道是自我了断，还是不小心吸毒过量。总而言之，”他疲倦地叹了口气，往事的怒火已经烟消云散，“她已经死了。这就是乔安娜的结局。实在是太没必要了。马尔科姆当时十四岁，他若是想见他的母亲，即使我想拦也拦不住，顶多拦个一两年。”

有些决定令人摸不着头脑。一些是对国家大事的决策，一些是永远解释不清的个人抉择。拿破仑为何没有入侵俄罗斯？机会送上门来的时候，查理一世为何不求和？乔安娜·兰利为何跟一个急躁阴郁的小伙子私奔，还嫁给了他？在他刚开始崭露头角的时候，她却毅然离开了他？为何等儿子长到对父母间的交战有了自己主见的年纪，却想把他一分为二？为何她在没有什么可畏惧的时候，却让自己坠入致死的绝望深渊？

“我们怎么从来没有听说过这件事？为什么网上都查不到？”

“主要因为我花了大量时间和金钱，来确保没有人会知道这些事情。我把相关的新闻报道压到最低限度，我不能告诉你，我是怎么做到的。我有专业人士的帮助，负责每天在互联网上筛选屏蔽掉任何我不喜欢的文章，哪怕只是和乔安娜稍微沾点儿边。”

“为什么？”

“这是我亏欠她的。我毁了她的人生。我不会让她的死变成八卦小报上的新闻。”

“我毁了她的人生。”这句话中包含着朴素的、分明的、毫不含糊的内疚，令我为之动容。他对这份内疚完全不做抵抗。“太悲伤了。”我由衷地说道。我真的感到非常难过，短短几分钟的话语里，兰利一家的命运被不幸所吞噬，几乎是灭顶之灾。富有、和善的阿尔弗雷德和他野心勃勃、难以相处的妻子瓦莱丽，这些在我脑海里极为牢固的形象仿佛被人从神坛上骤然拉下来，就像《堂·乔凡尼》[1]里那样，一路跌到比起点更低的地方。然而，乔安娜，我毕生以她为标准衡量所有女性的魅力。她竟成了一具腐烂的尸体，躺在不知道什么地方，手腕上遍布针孔，肮脏打结的长发散落在满是尿渍的水泥地上。“太令人悲伤了。”

我看了一眼手表。该和基兰告别了。我现在明白了，他见我就是为了向人倾诉。虽然他和妻子天人永隔，但是她从来没有离开过他的脑海一刻。他就是想和认识乔安娜的人谈论她，而这样的机会只会越来越少，即便是他如此富有。他注意到我在看表。“你走之前，我想给你看样东西。”他说道。我们离开了美轮美奂的房间，他带我穿过了走廊，几扇半开的门通往吃饭、读书和其他消遣的房间。直到来到最后一扇门前，他打开门引我入内。这间房间大约是书房之类的，里面有书桌和一张舒适的椅子。我意识到基兰真正的工作大概都是在这里完成的，而非在走廊那头的图书室里对着奋笔疾书的秘书发号施令。他一定会在这里待上很长一段时间，但我会这么想，并非因为房间多么干净整洁。事实上，书

① 《堂·乔凡尼》，由莫扎特作曲、达·朋特编剧的歌剧。

房并不是这间屋子存在的本意。这是一间“追思房”。四面墙上挂满了镶着相框的照片，其中一面墙上全是乔安娜，正是我记忆中年轻美丽、光芒四射的她。然后，照片中的她年纪长了几岁，又长了几岁，但从未衰老。三十岁的乔安娜看上去多了一份焦虑和憔悴，显露出实际年龄不该有的皱纹。还有三十三岁的乔安娜在办理离婚手续期间，被晚报记者拍到她离开法庭的样子，照片透露出她发自内心的不快乐，这张照片应该从未刊登过。三十五岁的乔安娜和她的儿子坐在一起大笑。基兰望着我，说：“这是她的一个朋友拍的。马尔科姆在那儿吃午餐，被她的朋友拍了下来。那之后不到一周她就走了。你根本无法预料会发生什么。”

“是的，我一点儿都看不出来。”我看着照片中的她那微笑的嘴唇和疲倦的眼神。我不禁祈祷那天她和她挚爱的儿子度过了快乐的一天。我大致浏览了一下，想找到一篇带照片的报道。虽然他说了有人替他清理报道，然而我还是惊讶，真的没有任何关于乔安娜的消息被泄露出去。“有关乔安娜的一丝风声都没有走漏？我还是不明白你是怎么做到的，这么多报纸刊物你都能完全封锁？连地方报纸都被封锁了？”

他看起来有点儿不自在：“有那么几条而已，不过不多。”

“我在谷歌搜索上什么也没有找到。自从你们分开之后，网上就没有一条关于她的新闻了。”

原因只有基兰知道。“离婚之后，她改用了我本来的姓氏。警察发现她的时候，她包里的每样东西都是这个名字。我设法阻止他们联想到我。”他迟疑了一下，“如果你用这个名字应该就能搜到一些她的信息。试试搜索乔安娜·法塔克这个名字。”

“法塔克？”我真庆幸自己还有一丝幽默感。

他看起来相当局促不安："不然我为什么离开时尚圈之后，还要坚持用'德庸'这个名字？"

"我确实好奇过。你母亲的娘家姓什么？"

"考克。"他绝望地发出叹息，"你说说看，我还有别的出路吗？"

"有些人就是这么走运。"我说。我们都笑了起来。

我开始浏览这间"明星纪念堂"的其他照片。墙上有乔安娜和基兰的照片。年轻时的他顶着那头碍眼的金发，穿着仿佛永远穿不完的世界上最难看的衣服。接着是成年的基兰，功成名就的基兰，和各国元首、国王握手的基兰，甚至西装一套比一套好看的基兰。在基兰旁边也有马尔科姆越来越多的出镜。上幼儿园的马尔科姆，在游泳的马尔科姆，自行车上的马尔科姆，骑马的马尔科姆。上公立小学的马尔科姆，板着一张脸夹在父母中间，十分抗拒演讲日的庆祝活动。马尔科姆在滑雪，马尔科姆读大学了，马尔科姆表情严肃的毕业照，马尔科姆在不知道什么地方背包旅行……

"他现在在做什么？"我问。

基兰沉默了一秒。然后，他以尽可能轻松的口气说道："他也死了。"

"什么？"我对这个男孩一无所知，和他的父亲交往也不深，但我感觉自己就像被人用手枪手柄痛殴一番。

"不是像他母亲那样死的，他没有那么惨。"这一次，我看到他尽管以惊人的意志力控制自己的声音不要发抖，泪水还是快要夺眶而出。"那是他二十三岁的时候，本来一切好好的，刚进华平投资没多久，他被传染到流行性感冒，一直不见好转，所以我们认为应该找人看看是怎么回事。"他停下来喘了口气，重温那可怕的一刻。"我带他去医院做了一些检查，七个星期之后他就死了。”他用左手匆匆揉了一下鼻子，想要止住泪水流出，但没有成功。他继续说下去，更多是为了稳定自己的情绪，而不是讲故事给我听。“就这样，真的。一开始我都不知道发生了什么事情，过了好一阵子才明白过来。几年之后我甚至再婚了。”他为人生的荒谬而摇头，“当然，这段婚姻是荒唐的，也没维持多久。我犯了一个错误。”他再看了我一眼，“那就是我以为自己能若无其事地继续过日子。总而言之，”他叹了口气，仿佛至少我能理解他，“我甩掉珍妮以后，把房子、别墅和所有东西都卖掉了，搬到了这里。你能看出来，我也带来不少东西。我还做不到完全看淡身外之物。”

“那你平时都怎么消磨时间？”

“哦。”他想了一会儿，仿佛这是一个有趣的问题，很难回答，“我手上还有很多事情要忙，也对投资医学研究有点儿兴趣，主要是癌症。希望能避免同样的事情发生在别人身上吧。另外，这些年我对教育问题也比较担忧，或者说教育的缺失。如果我出生在这一代，搞不好只有在切姆斯福德郡当酒保的份儿。我害怕那些孩子得不到他们应有的机会。”这些想法似乎让他振作起来，他在其中扮演的角色也值得让自己欣慰。“除此之外，我就读读书，看看电视，我很喜欢看电视，虽然没人会承认这个爱好。”他想挤出一个笑容，最后还是作罢了。“当你唯一的孩子死去了，你也跟着死了，就是这样。”他停顿下来，仿佛为了向自己证明这句话的正确性，“你的人生结束了，你不再是一个父亲，你什么都不是了。一切都结束了，你所能做的就是等待身体步上灵魂的后尘。”

他停下来，不再说话。我们沉默地站在这个充满柔情的圣境中。这时基兰才大大方方地抽泣起来，泪水自他的脸颊上滚落，在昂贵衣服的襟领上留下了深色痕迹。我毫不避讳地说，我也哭了。我们什么话都没有再说，一动不动地站在那里。如果这时有人贸然闯入，一定会觉得这幅景象诡异极了。两个年近古稀的发了福的男人，穿着萨维尔街名店定制的西装，定定地站着，流着泪。

第十一章

蜡像馆一夜

紧接着发生的事件，起初似乎是由谣言而来。一种怪异的气氛逐渐在人群中弥漫开来，却没人知道源头在哪儿。

经过了一夜的情绪波动，我自然决定要让自己出去透透气。基兰提出让他的司机开车送我回家，但我想走走路，哪怕走一小段距离也好，他也就不再坚持了。因此，我们以英国人特有的别扭方式握了握手，仿佛什么都没有发生过，假装我们不曾共同经历一段激荡感情，假装我们为之落泪的只是一些无关紧要的事情。我们嘟嘟囔囔地说了一些再见面之类的客套话，每个人都会说的那种。不同的是，我的确希望我们能够再见到彼此，但恐怕不太可能。告别之后，我走上了泰晤士河的堤岸。

步行回家的路途并不算短，寒风料峭，但我似乎浑然不觉。我踽踽独行，既为了重温记忆中的乔安娜，同时又为了安葬那一段往事。我庆幸自己可以有机会重新评价基兰这个人，尽管我知道谁都无法帮助他走出伤痛，可我还是幸运地窥探到一颗珍贵的灵魂。我怀着满脑子的惆怅，刚从格洛斯特路转进赫里福德广场，就听到了一声尖叫，接着传来笑声，随后又是喊叫，最后是有人呕吐的声音，那声音像一大盒打包的印度菜一股脑儿洒在了人行道上。不过，这年头有人喝多了香槟在街上吐了一地的景象比比皆是，早已见怪不怪，除非是来自火星，而且还是刚从外太空抵达地球的火星人，才会对这种事情感到新鲜吧。我走近一看，原来是一群看起来约莫二十岁的少男少女，在广场的一角闲逛，可能是刚被马路对面的赫里福德阿姆斯饭店轰出来，也可能不是。一个穿着皮短裙和运动鞋的女孩子在剧烈地呕吐，另一个头发黑得过分的女孩子正在照看她。其他人则百无聊赖地站在那儿，等着今晚的下一场娱乐节目。我一时犯傻，竟停下脚步盯着他们看。“你有什么问题吗？”其中一个剃了光头的男孩冲我喝道，他右耳边缘打了一连串耳洞。我倒好奇耳环的重量怎么没有让他失去重心。

“我的问题同你们相比，压根儿不算什么。”自以为是的俏皮话一出口，我就后悔了。他杀气腾腾地朝我迈出一步。

“别管他了，罗恩，他不值得。”黑头发女孩回头喊道。她的臀部像裹着四件不同的衬裙。还好他似乎也是这么想的，便掉头走回去了。

他在往回走的时候，对我说了一声“滚开”，听起来更像某种例行标准，就像村民们走在路上问候彼此早安一样。于是，趁他改变主意之前，我赶紧溜之大吉。

我不常在晚上外出散步，与其说是担心自己的安全，不如说是懒惰。但我出来散步时，总是诧异于伦敦这些年的变化。当然让我真正诧异的不是抢劫和犯罪事件频发，甚至也不是灰尘漫天，垃圾满地无人打扫，在栏杆旁和悬铃树下堆积成山。让我诧异的是，街上到处是烂醉如泥的人，不光是伦敦，几乎每个地方都是如此，城市的街道成了守法市民的炼狱。据报道说，在斯大林独裁统治达到巅峰的时候，西伯利亚也常有这种市民烂醉的现象，因为民众被压抑得苦闷。或者，在极地附近的地区，连绵不绝的漫长冬夜让意志坚强的人崩溃发疯。可是，这种事情为什么会在这里发生？是什么时候开始的？我曾认为这是阶级不平等造成的，是社会资源分配不均导致的问题。其实不然。不久前，我出席了一场成年派对，地点在圣詹姆斯最时髦的夜店之一。生日主角是一个男孩，聪明迷人，贵族阶级有半数都和他家沾亲带故，前途一片光明。我眼瞧着这群年轻人仰头给自己灌酒，直到站都站不稳，或者开始大吐特吐。我离开时，听见整整一托盘的酒杯稀里哗啦倾倒的声音，引发了哄然大笑。一个穿着美丽的淡紫色雪纺礼服的女孩一把推开我，手捂着嘴，希望她还来得及。夜店外，一个衬衫上满是呕吐痕迹的男孩正对着一辆车尿尿，我的车就停在旁边。我赶紧落荒而逃。

在我年轻的时候，人们当然也会喝多，这种事永远都在发生，但醉酒的情形却很少见。把自己喝成一个傻瓜，那也太悲哀了。就在十年前，醉酒还一直被视为人生污点，是寻欢作乐的副作用，是一种不得不在隔天跟人道歉的错误行为。而现在这成了唯一的意义。有人能告诉我，为什么我们要让这件事发生吗？我真的无法理解。我当然懂得我们拥护“咖啡馆文化”的好处，但是一个头脑清醒的人要花多久才肯承认自己的失败？乐观主义是什么时候成了神经错乱？前几天，我听见广播里一个喝多了的女人正对着愁眉苦脸的采访者大放厥词，矢口否认酗酒文化本身存在弊端，坚称真正的问题在于那些人到中年的中产阶级人士关上家门猛灌自己。而那位可怜的主持人甚至不敢和她辩论。我认为，就算这些中产阶级良民每晚都把自己喝趴下，还一边大喊船工号子，这也没有什么，因为他们并未给其他人带来麻烦。为何政府不明白他们的职责并非控制人们私底下做什么，而应该对公开的反社会行为进行治理？只有在我们的行为侵扰到他人的时候才需要收敛。有时候我们不得不体会到，自己迷失在一种永远不肯承认事实，永远在虚无里打转的文化氛围中。

我转动钥匙打开门，进入孤零零的黑暗中。我走进客厅，打开门边的开关，灯亮了。我正在慢慢习惯每一次回到家时，一切都和离开的时候一模一样。布里吉特搬走了，可以说搬得相当彻底。我挥手送别她的时候，还以为她八成觉得我们只是暂时分开，我以为不久就会发现她想要复合的信号，不过现在看来我搞错了。某种程度上她和我一样，认为分手对她而言是件好事。这真是匪夷所思。你苦苦挣扎了好几个月，甚至几年，犹豫是分手还是继续在一起。好不容易下定决心了，你像圣诞夜前夕的小孩子一样迫不及待，拼命按捺住想要帮对方打包行李，把他们塞进一辆出租车，看着车子绝尘而去的心情。你实在太希望对方离开了，巴不得他们赶紧走，以便你开始好好享受接下来的人生。“你会想念我的。”她临走前还在检查有没有忘拿什么东西，在整个人终于踏出我的公寓时，她说道。

“我知道我会的。”我说。在这种情况下，你必须这么说。“错不在你，是我不好”之类的话基本上算是种礼数。事实上，那一刻我确实认为我会想念她的。不过我确实没有怎么想念她，或者比我预期的要差一大截。如果我有心下厨，也能做出一大桌好菜。有一个清洁工每周来帮我打扫几次屋子。主要的区别在于我终于不用和一个整天对我感到失望的人共度漫漫长夜了。这种感觉其实不赖。随着年纪的增长你会慢慢发现，你曾经最害怕的事情——孤独一人——比你想象的好太多了。我应该再详细描述一下：年老体弱，孤独死去，通常是一件悲哀的事情，人生走到某个阶段，必须尽可能采取一些行动，以免自己沦落到这种“孤独死”的命运。我想这种凄凉的景象对于膝下无子女的人来说更加可怕，因为他们只能独自面对肉体的分崩离析，但即便是他们——我也是其中之一——若能自己扛下这个命运，在升天之前及时行乐，又有什么不妥呢？想吃什么就吃什么，想看什么就看什么，想喝什么就喝什么，多爽！完全不需要有负罪感，也没什么可着急的，想交际了就出门，不想就待在家里。想和人聊天了就打电话，不想说话就不打。只有幸福的宁静环绕着你，是完全的平和，而不是负气的冷战。

当然正常来说，只有刚从一段不愉快的亲密关系中挣脱出来的人才会有这种感受。婚姻美满却痛失另一半的情形是不可拿来相提并论的。我永远记得，在我的母亲去世之后，父亲感慨道，别人或许认为他终于可以呼吸自由的空气，可以培养兴趣爱好或是做一些以前在婚姻的状态下做不了的事情，但是所有的好处他都没有感受到，只感到自己什么都没有。他对妻子的这段讴歌感人肺腑，更何况我母亲值得赞美的地方太多。但对于长期渴望分开的怨偶来说，情况则大不一样。有些东西确实是没有了，比如性，但我和布里吉特之间的性在很长一段时间都像例行公事。我无法否认，对超过五十岁的人来说，一想到自己又要再回到约会市场上以填补空白，实在令人望而生畏，但即便如此，自由二字放在任何地方都会熠熠生辉。

第二天上午，我坐在书桌前审视着自己的任务进度，寻子之旅虽然处处碰壁，但我感到自己在慢慢接近最终的真相。名单上只剩下两位女性：坎迪达·芬奇和特丽·维特科夫。调查完这两个人之后我的任务就算完成了。当我在行动之前思考谁比较有可能时，认为应该先就近找坎迪达，因为她人就在英国。如果她就是我在找的人，我就不必千里迢迢跑到洛杉矶去了，想想就觉得奔波，所以把特丽放在后面是完全合理的。但当我照着名单上打印的电话号码打给坎迪达时，却遭到了这次旅程中前所未有的冷遇——我得到的是电话答录机中一遍遍重复的录音回复，留言也是石沉大海，到目前为止一无所获。基兰无意中拆穿了我的募款借口，我不想再编故事，而是决定开门见山地报上名字，说我们以前认识，她也许不记得了，如果有空请和我联系。然后，我留了自己的号码，小心地把话筒放回听筒架上，祈祷能有最好的结果。可惜最好的结果迟迟不来。连续打了三个星期电话，外加寄出一张得不到回应的明信片之后，我也不知道接下来该怎么完成这个任务了，毕竟达米安已经时日不多。

“去洛杉矶吧。”达米安在电话那头说道，“就当给自己放个假，多待几天，你至少可以把特丽的名字画掉，人也能轻松一些。你在洛杉矶有代理人吗？”

“只有伦敦代理公司的一个合伙人，我也没有见过他。”

“就他了，去招待他一下吧，找几个姑娘，带他去享受享受夜生活，让他也快活一下。我来买单。”

我该不该厌恶他的这番话？他总是想要自己显得很慷慨？或者他是真的这么慷慨？“伦敦的代理人说他是男同性恋。”

“那更好。和他调调情，让他觉得自己是你见过的唯一有魅力的男人。多向他请教，假装他的建议让你受益良多，然后把你没写完的稿子交到他手上，让他对你正在做的事情产生参与感。”他的这番话令我不得不痛苦地意识到，他对这个世界比我了解得多。

我已经和达米安汇报了我和基兰·德庸见面那晚的情况，不是和盘托出，也不是只言片语，只让他了解到我对基兰这个人的欣赏和那个不幸死去的男孩并不是他的亲生骨肉。他在电话那头沉默了一两分钟。“可怜的乔安娜。”他说。

“是啊。”

“她有足以在新时代傲视天下的天赋。”

“我也同意。”

“如果她是个愤世嫉俗的人就好了。可以说，是乐观主义害了她。”

“就像很多20世纪60年代的宠儿。”

“我很高兴你对基兰印象极佳。”他的语气异常宽容大方，“当然他是受不了我的。”

“这个原因我们俩都知道。”我犹豫了一下，斟酌是否要重提令人烦心的葡萄牙之旅，但我也很清楚，这段旅程中每一个解开的谜团都让我不得不重提。“我们在葡萄牙度假那次，所有人都知道你在忙什么呢。我听到的这些故事真实性有多高？还是事情太久远，他们记忆中的版本和真相有出入？因为听起来好像你在那短短几天里恨不得睡遍了全世界。”

“我那会儿年轻嘛。”他回答道，我们都大笑起来。

如前所述，我第一次见到特丽是在达格玛公主的名媛舞会上，露西·道尔顿和其他几个女孩一见到她就心生厌恶，我倒没有。我不是说我很喜欢她，反引基兰一句不怎么令人开心的话，我觉得“她并非一无是处”。她精力充沛，用当年的话说，“浑身是胆”。她和她的母亲坚定地认为，活在当下是第一重要的事情，这一点让我很欣赏。她的父亲我们倒没有怎么见过，早几年他在辛辛那提的广告公司大赚特赚，然后在麦迪逊大道开设了分公司，当时的世界刚开始领教商业广告的威力。整个20世纪50年代，许多领域的人都认为东西做出来之后喊一声“快来啊，超好用”就会有人买账，能获得大众感恩戴德的拥趸。直到我的青少年时期，营销文化彻底地改变了，开始大举进军我们生活的方方面面。杰夫·维特科夫比大多数人更早地发现了这个即将到来的新时代。他目标简单，毫不做作，头脑聪明，或者我们是这样认为的。他的欲望和需求都不复杂，可能全世界最不想往上爬的人就是他了。即使搬到纽约这样的地方，他也仍把辛辛那提看作家乡。他本来很有可能想把家人留在那里，周末从纽约飞回去，度假时住一个还不错的酒店，舒适就好，可他的妻子维丽娜赫然发现，就算银行账户里的数字噌噌飙升，达到令人晕眩的程度，她还是得不到自己渴望的、与她的财富相匹配的社会地位。在英国，人们常听到一种说法，即美国是一个没有阶级的社会。事实上，每个去过美国的人都知道根本不是这样，而且越是在乡下小镇，野心勃勃的新贵越是不得其门而入。不久前才有人说过，进入国王在凡尔赛宫的卧室都比打进查尔斯顿的核心社交圈简单。凡是正统美式风格的城镇皆是如此。

自古以来都是这样。19世纪80年代至19世纪90年代，美国新富阶层的名媛像海盗一样大举入侵英国，原因就是因为在克利夫兰、圣路易斯或底特律，她们想要融入上流社会却到处碰壁。于是她们决定不远万里来到英国，享受一把英国贵族的豪华待遇，同时，英国贵族们也同样欢迎大小姐们带来的丰厚嫁妆。大家各取所需，皆大欢喜。确实很难否认，弗吉尼亚·博宁，也就是迪厄赫斯特子爵夫人，一个来自美国中西部的杀人犯的女儿，来到英国却能嫁入上流社会，好像很能说明大西洋这一边的阶级意识相对来说更模糊。不用说，英国人肯定不甘示弱，比如曼彻斯特公爵夫人，或者伦道夫·丘吉尔——丘吉尔首相的父亲——以及其他许多人，打了个漂亮的翻身仗，最后衣锦还乡，回到她们曾经饱受冷眼的地方，在姐妹们面前扬眉吐气。我猜当时特丽的母亲脑海中也有类似的念头，所以才会在1967年底决定让女儿全程经历一次伦敦社交季。

当年，母亲若感到办舞会负担太重，她会以多种方式和其他家庭分担。与战后比较起来，战前时物质虽然没有那么丰富，可战前每晚在伦敦有三四场舞会举行。等废黜皇室接见礼的时候，每周有六场舞会。等到我们那时候，每周只有两三场舞会。十五年后，整个社交季总共才有不到十场舞会。甚至到了1968年，有些女孩只办鸡尾酒会，不办舞会。有些两者皆办，但舞会要和其他家庭合办，没什么需要不好意思的。塞琳娜·格雷沙姆的元媛舞会就是和表妹坎迪达·芬奇合办的，尽管出资人都是克莱尔蒙特夫人。但特丽·维特科夫从一开始就决心每场都要办到底，我敢肯定，她那位犹如不沉战舰的母亲一定在背后给了她足够的底气。酒会办在社交季之初，正是维特科夫一家晕头转向的时候，因此这场在戈林的酒会办得普普通通，但母女俩都坚定信念，要办一个轰轰烈烈的舞会，让所有人铭记那一晚。这件事她们毫无疑问办到了，只是和她们所期望的那种印象深刻略有差池，这个我稍后再慢慢说。但平心而论，舞会场地的挑选可谓空前绝后。维特科夫夫人寄来的邀请函上写着，“为特丽举办”的小型聚会，某年某月某日，地点是尤斯顿路上的杜莎夫人蜡像馆。

我不知道现在人们是否还能包下整栋蜡像馆举行私人派对。不只是其中一间屋子，或是留作“招待用”的一个特别房间，而是包下整座蜡像馆以及其中的展览品。我怀疑蜡像馆现在不会这样对外开放了，即便可以，租金也会高得令人咋舌，但四十年前，这并不是完全做不到。与现在的时代比较起来，当年的风险当然比较低。排除其他因素不说，当时的人守法得多，行为举止相对谨慎。涉及中产阶级和上层阶级的犯罪相当罕见。现在的人一听到当年乡下房屋不用锁门，就会感叹世风日下。其实没那么夸张，只是出去买个东西大概是不用锁的。在伦敦中区，晚上独自走路回家也不用提心吊胆。没有人认为在商店顺手牵羊是一件很酷的事情，那和偷窃性质是一样的。当街“抢劫”尚未风行，当时还没有这个专有名词用来称呼它。还有我也说过了，喝到酩酊大醉的人也比现在少得多。当然这并不是说派对上也不会出什么乱子。

在特丽举办舞会的那天晚上，我享用了一顿丰盛的大餐，还要多亏了招待我们的那家人完全记错了日子。我来到蒙彼利埃戏剧广场一座漂亮的房子前按了门铃，和露西·道尔顿以及一个我不认识的男生，一块儿站在门口的台阶上，等人来给我们开门。那男生看起来貌不惊人，后来却好像成了施罗德集团的总裁，还是其他什么厉害的人物。我们三个人等啊等，重心从左脚换到右脚，才终于等来了诺斯布鲁克夫人（对，我就是要曝光她的名字）。她穿着牛仔裤和毛线衫，一手开门，另一只手端着一杯金汤力鸡尾酒。她一看到我们脸色就变得煞白，脱口而出：“天啊，不会是今天晚上吧？”结果是她尖叫着把诺斯布鲁克先生喊来，让他快去一家高级餐厅订一张十个人的桌子。餐厅在哈罗德百货公司对面那个小到滑稽的三角区里面，我记得以前它前面有一小块草坪，还是我记错了？在我们等待的时候，我们都坐在他们美丽的、乱糟糟的、尚未收拾过的客厅里。劳拉·诺斯布鲁克（我已经原谅她了）从冰箱里找出一瓶上好的普伊－富美[1]给我们，然后，急急忙忙上楼和诺斯布鲁克先生一样换上得体的衣服。经过这样一番欢迎，他们对这帮陌生孩子格外大方，结果变成了我整年吃过的最美味的大餐之一。

因此，当那天晚上十一点左右到达著名的杜莎夫人蜡像馆门口时，我们几个都有点飘飘然了。当时应该是有门卫之类的人让我们进去，我不记得是否有人检查我们的邀请函或拿着名单打钩。舞会的主要场地位于当年被称为“国王厅”的一间屋子里，英格兰历史上历任国王的蜡像围绕着舞池被排成一圈，大家可以在中间跳舞。蜡像和我们之间隔着一段距离，大家可以放心地来回穿梭。我们的照片后来还登上了杂志——虽然不是原本计划的《尚流》。照片中，名媛和男伴们站在亨利八世或安斯巴赫的卡罗琳王后旁边。和我一起被拍到的，是我住在汉普郡时期认识的一个女孩，那是在我父亲卸任外交官以后的事了。谢天谢地，这张照片从来没有刊登过，但我也忘了我现在还保留着这张照片的原因。照片中，我们假装在和玛格丽特公主蜡像聊天，“公主”看起来不仅惊吓过度，而且像是受到了极大的冒犯。

众所周知，每一尊蜡像看起来都很像真人被注射了镇静剂，或者近期因为袭击他人而被逮捕的嫌犯。这些蜡像在过去四十年间几乎不曾有

---

① 普伊－富美，法国著名葡萄酒产区，只生产长相思一种葡萄酒。在此处即意为长相思葡萄酒。

过变化，唯一例外的也许是人物。当年，全英国每个人的历史知识都比现在的人渊博多了，不只是特权阶级。彼时，教育机构尚未切断教学与传授知识之间的联系。因此，威灵顿公爵和迪斯雷利首相以及戈登上将的蜡像，在精英阶层以外，依然能引发大众的共鸣。在今天，除了精英阶层，大概没有人听说过他们了。此外，说到蜡像本身，也无须担心会冒犯到谁。我发誓，当年的“恐怖房间”真的非常可怕，它被指定为当天晚上的迪斯科舞厅。当露西和我下楼去探险时，很显然馆方并不担心旱金莲的吊篮或七叶树的果实会突然掉下来砸晕某人。安全意识是很久以后才出现的。

恐怖房间以岩石圆柱隔开，每一根柱子上面有一个小台座，各放着一颗头颅。那些头颅有的因为遭到了毒手而容貌尽毁，有的眼珠挂在眼眶外面，有的皮肤掀起露出白骨，甚至有一颗头颅整个被铁条贯穿，露出惊骇的表情。房间里还有一个长方形的玻璃匣子，陈列着各种人类历史上的酷刑，有些令我大开眼界。我们不由得越走越慢，感叹着人类天性的残忍。然后就是各种连环杀手，只不过当年的名词应该不是这个，虽然性质是一样的，只是当时另有称呼。乔治·约瑟夫·史密斯，曾接连淹死了几位不幸的新娘，他的蜡像站在一个浴缸旁，据说那就是他当初用的凶器。霍利·哈维·克里平也在，还有约翰·海格，他在翁斯洛苑酒店遇到了他的目标受害者，那间酒店我熟悉得不能再熟悉了，因为就在我祖母曾经生活过的那条街上。他在餐厅的食客中锁定了杜兰德-迪肯夫人，设法骗取了她的信任，然后把她带到乡下，扔进一大桶酸液里。露西和我站在那儿，被他的恐怖震慑得一句话都说不出。这些人看似平常，甚至平庸，却能犯下如此惨绝人寰的凶案。如今若要展出这些蜡像，多半会加上一点儿滑稽甚至搞笑的元素，以保护民众脆弱的心脏，让他们觉得这些事情没有发生过。但那时的蜡像馆会把这些蜡像制作得栩栩如生，形象极其可怖，多年后我回忆起来依然心有余悸。

最后，在恐怖房间的正中央，我们看见一道脏兮兮的幕布，旁边的说明板上写着："揭开前请务必做好心理准备。"我想上面好像还写了十六岁以下禁止观看，或类似让人忍不住犯禁的话。我对幕布本身很是着迷，那是一块又脏又旧还开了线的红色锻布，像园丁室里的窗帘，用来盖在除草剂上面。和里面声称吓人的东西相比，这块布反而给人感觉更狰狞。"我们看看吧？"我说。

"你来掀开吧，我不想看。"露西把脸转向另一边，当然也不至于害怕到跑开。人们嘴上这样说，并不是因为不打算看，而是不想为即将露出真容的恐怖担责任。这么说既能享受到低级趣味，又无损高人一等的优越感。

我一把揭开了幕布，被震惊到目瞪口呆。一名年轻女子被铁钩刺穿心脏，悬挂在半空中，痛苦挣扎的神情生动到几乎可以以假乱真。但令我心惊的并不是这座蜡像，这我还能接受。让我几乎出声哀号的是，达米安热烈地吻着塞琳娜的那一幕。很显然他的舌头几乎快塞进她的喉咙里了，害得她一副呼吸困难的样子。但即便是在我看来，她似乎也没有拼命挣扎的意思。相反，她紧紧抓着他的背，手指插进他的头发里，他们的身体贴合得如此紧密，几乎要合二为一了。"难怪幕布上写着警告。"露西说道。正激情四射的两人一下傻眼了，向我们望过来。我绝望地寻找措辞能一语涵盖我对达米安的暴怒，对塞琳娜的失望，对这种行为的鄙视。这野心太大了。我或许可以用几个德语词串联起来组成一个新词，遗憾的是英语有其限制。

“你们可真够忙的。”我说，只是这还不能完全表达我的情绪。

这会儿他们已经分开了，塞琳娜正在整理仪容。她的身体语言明确表示她恳求我和露西不要对外吐露此事，不过她当然会觉得这个要求有点低声下气。“我们什么都不会说的。”我说。

“说了我也不会在乎的。”话虽这么说，她看起来却大大松了口气。

与此同时，达米安却摆出一贯漫不经心的样子。“待会儿见。”他飞快地抱了一下塞琳娜，又用手帕擦拭掉嘴上沾染的口红，然后放回口袋里，一句话都没跟我们说，便穿过幕布扬长而去。

O. C. Smith 的歌声骤然响起，充斥了整个房间。那年夏天，他的专辑《霍勒的浪荡女》大热。放满了断头、杀人犯、挂在钩子上不幸的受害者等恐怖装饰的房间，和欢乐的乡村灵魂乐显得有些格格不入。我们三个人仍站在原地，直到有脚步声响起，有人探头进来，是安德鲁·萨默斯比那张讨人厌的脸。“原来你在这里啊，”他说，根本无视我和露西，“我到处都找不到你。”他打量了一眼钩子上死状惨烈的蜡像。“哦。”他笑起来，“某人明天大概要消化不良了。”他说着，推了一把蜡像，仿佛它是小孩子的玩具秋千。蜡像在绳索一头慢悠悠地来回晃荡起来。

“走，我们去跳舞吧。”露西对我说道，我们没再和塞琳娜说话，丢下她应付安德鲁这个尊贵的蠢货。我们走向笼罩在断头台阴影里的一个小舞池，上面有两个壮硕的革命者正用皮带捆着一个穿着皱巴巴外套的法国贵族，衣服的质地是廉价的棉质天鹅绒。断头台旁边有个挂着帘子的小隔间，法国国王一家正神情祥和地看着这一幕。

“你没事吧？”我困惑地问道。露西看上去泫然欲泣，我压根儿摸不着头脑。

我好心的询问却勾起了她的满腔怒火。“当然没事。”她的语气尖厉，随着音乐一阵猛点头。等她稍微平静一点之后，望着我，面露歉意。“别理我。”她说，“刚出门之前，我听到了一个坏消息，现在突然想起来了。”我流露出适当的关切，她继续说道：“我的一个姨妈得了癌症。”现在回想起来，不得不说她真会随机应变。那时候的英国人刚刚开始不再用“难于承受的长期疾病”来指代“癌症”。尽管如此，这个词还是带有某种不好的意味，一般人都会尽量避讳。那个年代，被诊断为癌症几乎就是被宣判了死刑，而当一个罹患癌症的人在积极接受治疗，人们几乎要鄙视他不敢接受事实。只不过常理上来说，他们当中一些人确实会存活下来，难道不是吗？总之，重点是当年癌症的治愈率远比现在低，但即便是现在也不是每一种疾病都能得到治愈。露西拿这句话当借口搪塞我是绝对明智的。话虽如此，现在回想起来自己当时竟然对她的谎话照单全收，不禁还是有点难为情。

“很抱歉听到这个消息。”我说，“可是应该有一些方法可以治疗吧？”这种时候陈腔滥调很自然地脱口而出，就像日常打招呼一样，你从不会去追究其中到底有多少真实性。她也习惯性点点头，我们又继续跳舞。

出于某种原因，当然是无伤大雅的原因，我肯定特丽——更有可能是她的母亲——决定当舞会达到高潮时，把一个蛋糕推出来，切给大伙儿吃。这不是舞会的惯例，以我亲眼所见，在酒后不开车还没变成法律的年代，大家会在舞会开始前用完餐，舞会接近尾声时，主办人会提供早餐，这两餐之间通常不进食。舞会进行到一半时，偶尔会有人冒出来致辞敬酒，不一定每场都会，经常是哪个长辈起身，赞扬某某是个多么出色的女孩子，大家听了便一起举杯致意，然后继续该干吗干吗。这样脱离常轨的举动带有一定风险，不过说实话，舞会如果完全没有这个环节，有时候反而会有些过于平淡了。我们到达舞会，喝酒，跳舞，回家，整晚都波澜不惊，毫无我母亲曾说的“亮点”值得我们铭记回味。舞会女主角的父亲更是愤愤不已，为了这个晚上撒出去的大把钞票就像扔进水里一样，连个回音都没有。另一方面来说，脱离常轨的风险在于有可能会把气氛搞僵。至少，如果不是婚礼之类的场合，人们一般不会想要听到致辞。总而言之，在这场舞会上，或许因为特丽或者她的母亲尚未适应新环境的缘故，她们决定来个蛋糕，再来个致辞，把舞会彻底当作婚礼来办。

人们正在蜡像中间晃荡的时候，广播突然响起了——一定是装在室内用来控制人流的，但我和露西那时已经回到国王厅，两人都精疲力尽，我们和乔治娜·沃迪拉夫、理查德·特里梅因坐在一起，那种打死你也想不到的组合。几个汉诺威王朝的国王蜡像就站在桌子后面，看起来没精打采的，其中一个人大概是理查德的祖先，特伦特公爵一世的亲爹，估计以前的他不像现在这么呆滞。我忘了理查德为何会和我们在一起，也许他累到虚脱，其他桌子又没有座位。这时候，特丽的父亲出现了，他专程从纽约赶来，显然执意要让自己在女儿的舞会上留下点印记。他问乐团主唱要了麦克风，宣布要向他“年轻美丽的女儿以及她更年轻更美丽的母亲”举杯致意，那种英国人听了就浑身起鸡皮疙瘩的话。大家好不容易平复下来，他又发话邀请所有人享用“纯正的美国布朗尼”，以铭记这位“纯正的美国女孩”，呃，“的初次亮相”。撇开肉麻兮兮的感觉不谈，对我们这一代英国人而言，“布朗尼”指的是女童子军，就像“小动物”指的是男童子军。在我们听来，“来点布朗尼吧”这句话实在是太滑稽了。父亲还没夸完，特丽就抢过他手中的话筒，声泪俱下地感谢“爹地和妈咪”的养育之恩，这下我们尴尬得更加动弹不得。然后，她拿起一把巨大的蛋糕刀，插进小山一样的布朗尼。随后，一大票女服务生端着盛满一块块小褐色蛋糕的装饰托盘分发给众人。现在我们已经很熟悉这种甜点了，当时却没什么人知道。可惜我讨厌巧克力，乔治娜也是，所以参加舞会的人就我们两个一点儿都没碰，不过我想味道一定很不错，因为其他人几乎都吃了，我看见房间另一边的达米安几乎是埋头大快朵颐。

紧接着发生的事件，起初似乎是由谣言而来。一种怪异的气氛逐渐在人群中弥漫开来，却没人知道源头在哪儿。我记得我当时正在和明娜·邦汀跳舞，虽然当时我们那点暧昧早就没有了。然后突然传来有人剧烈呕吐的声音。所有人都呆住了。大家站在舞池里面面相觑，接着越来越多奇怪的声音开始此起彼落，人们都开始狂笑，不是平时那种开怀大笑，而是仿佛女巫在大聚会发出的那种可怕的尖笑。顷刻之间，四面八方都传来了叫嚣声，大家高歌、呐喊、哭号……我满脸不解地看着舞伴，她也一头雾水。“我好想吐。”她说，然后一言不发地转身离开。我急忙追过去，她刚走到舞池边缘的时候，猛然抱住脑袋飞快地跑开，我猜是冲进远处的衣帽间里了。跳舞的人尚能勉强维持常态，但一旦离开舞池我就发现，周围这些东倒西歪的人都有点——或者说非常——疯癫。一位母亲冲过我身边，胸脯呼之欲出。我还看见安德鲁·萨默斯比的妹妹安娜贝拉·沃伦，四仰八叉地躺在地上尖叫，身上的裙子都掀开了，露出了样式极为罕见的内裤——可能是从她祖母那里继承来的。不远处的角落里，一个年轻人正在脱掉上衣，脑袋卡在衣服里。混乱中，我转眼就把明娜跟丢了，但这时有人抓住了我的胳膊。

“到底是什么情况？”是乔治娜，她庞大的身躯让我感到了避风港般的安全感。有个女孩子绊倒了，正好摔倒在我们脚边，可她还在笑。

“大家一起拍手啊！拍手！”一个人的声音透过麦克风传了出来，熟悉得不能再熟悉了。我们转过身发现刚才在脱衣服的男生不是别人，正是我们的巴克斯特先生。他几乎脱光了，仅穿一条内裤在舞台上疯狂游走，唯一的遮盖看起来岌岌可危。

这会儿的舞厅成了疯人院。一定有些人刚见苗头不对就开溜了，这些英国上层阶级人士天生就带着这股机灵劲儿，绝不会等到事情不可收拾才反应过来。那些慢一拍的人发现不对劲儿时，现在连走到出口都不太可能了。突然，我用余光瞄到了困在一群疯子当中的特丽。她的头发塌了，一缕人工卷发脱落下来，被脖子后面的拉链勾住，好像背后长出一片鬃毛，再加上她正拼命从人群中挣脱出来的样子，让她看起来格外狂野不羁。我越过一个吐了自己一身、正在啜泣的男人，一把抓住了她的手腕，把她从人群中拖了出来：“到底怎么回事啊？发生了什么？”

“有人在布朗尼里面加了好多大麻。”

“什么？”我如果说自己当时对这个词还很陌生，不知道会不会有人相信，还是这件事太震撼了，让我脑筋一时转不过来？

“大麻。叶子。燃料。”特丽显然对这个话题比我熟悉得多。

“为什么会有人这么做……是谁干的？”

“想搞破坏的人呗！还假装自己只是开玩笑而已！”我想她一点儿也

没说错。她漂亮又有钱，还是个新来的，什么都不用干，光这三种特质就足以惹毛好几拨人了，只不过以这种方式来传达敌意也太恶毒了。但话说回来，捣乱的人搞不好也没料到这个恶作剧会升级到全场大骚乱的地步，我们并非都是老手。

“你好像还OK？”

“我没事是因为我正在减肥。”她语气微愠。如果不是置身于混乱之中，我可能会觉得还挺好笑的。在这个时候，维丽娜·维特科夫流着泪从房间那头冲过来，拉走了特丽。她的衣服被人踩到了，正好腰部有个地方开了线，于是下半身的裙子被扯开，可露出来的不是腿而是束身内衣，简直不能更惨。

“我们快离开这儿吧。”我对乔治娜说。她点点头。但这时发生了两件事。第一件事情是，我看到了塞琳娜拿着一件应该是达米安的晚礼服爬上了舞台，不顾他的抗拒想把衣服套在他身上。达米安的长裤搭在她另一只胳膊上，但显然她一次只能接受一项挑战。我们注意到的第二件事情是，警察的哨声如丧钟般响彻全场。原就混乱不堪的场面一下子变得更加无法收拾。尽管去想象一下在如今的派对上，警察突击临检的情境。经过四十年的历练，毒品不再是什么值得大惊小怪的东西。这点令人遗憾，毒品不是好东西，只是大家的确不再以异样的眼光看待它了。当年我们当中的大多数对这个东西是很陌生的。无论流行歌手和第四频道打造的20世纪60年代给人们带来什么印象，那个圈子和我们这群人几乎是平行世界，更何况我一直都怀疑它的真实性。很显然我们当中的坏孩子也开始尝试毒品了，尽管七八年后我们许多人也见识到了毒品文化，但当时却不是这样。毕竟大部分所谓的“20世纪60年代现象”实际上到

20世纪70年代才开始发生。可在这里，少男少女和他们高贵体面的父母却被警方的临时药检一网打尽，明摆着一定会被隔天的报纸拿来大做文章。为了不给家族抹黑，也没有别的原因了，这些伯爵和子爵、将军和大法官、银行家和企业家的乖宝宝们都得偷偷溜出蜡像馆。否则他们无辜的父亲会淹没在公众蓄势待发的嘲讽谩骂中。人们到处惊惶奔逃，就算是失火，可能也不会跑得这么快。

我本打算随着人流一起走，却被乔治娜拉住："警察一定就在外面等着我们呢。"

"那能往哪里走？"

"走那边，肯定有个服务人员出口，不然服务员从哪儿端饮料过来？"

我们合力推开人群。我瞥见坎迪达·芬奇靠着墙壁，看起来束手无策，脸色发青，可惜距离太远我没办法去拉她。我们中间隔着舞池，一些女孩还在跳类似锁舞的动作，扯着喉咙尖叫。然后坎迪达就被人潮冲走了，我再也没有看到她。"真是噩梦。"我身边有人说道，是塞琳娜。她一手搂着达米安，这哥们儿还在嚷嚷着让大家都来拍手。"你要是再不闭嘴我就要好好拍你的手了！"她说道，然而好像没起到什么作用。达米安倒在地上，其他人涌过来，这令我开始担心他会不会被踩成重伤。"帮我把他扶起来。"塞琳娜说着蹲下了身子，我知道我不得不使出吃奶的力气了。我们一人一边勾住他的胳膊，将他拖到了墙边。

"你怎么没事？你也一口没碰吗？"

塞琳娜俏皮地皱起了鼻子："我一点儿都不饿。"

"找到了！"足智多谋的乔治娜在一道帘子后面发现了服务人员通道，有几个人，不是很多，正在往里钻。我们身后传来的哨声和叫喊声的分贝骤然提高，显然那些想从大门出去的人得先经受一番惨痛的羞辱才能得以脱身。

“上帝啊，外面有记者！”说话的人是露西，她前脚才踏下正门楼梯就发现情况不对，赶紧往回撤退。“如果被拍到这个样子，父亲会杀了我的！”有意思吧，当年我们对父母的权威还是相当敬畏，不像现在。

乔治娜打头，我们跟在后面，来到一个服务人员使用的石头楼梯前面，狼狈程度不等的客人们正急不可耐地往下走。一个女孩脚下的鞋跟断了，走到一半从楼梯上滚了下去，伴随着一声尖叫，但她一爬起来就立刻脱掉鞋子赤脚冲关，一口气都不带喘。倒霉的是达米安的情况变得更糟糕了。他不再叫大家拍手，只是困了想好好睡一觉。“我一点儿问题都没有，”他嘟囔着，下巴开始往胸口靠近，“我就稍微闭个眼，等下就好。”他的下巴已经快贴到胸口了，眼睛也闭上了，甚至开始发出鼾声。

“只能把他丢下来了，”乔治娜说，“他们不会拿他怎么样，只会记下他的名字，给个警告什么的就没事了。”

“我不会丢下他的，”塞琳娜说，“谁知道他们会做什么？后来会发生什么？如果上了毒品临检名单，他搞不好连护照都申请不到，别说信用评定，或者大使馆工作之类的。”这一连串话脱口而出，我们当时的状况——在肮脏的后楼梯间躲避警察搜查——和她所说的达米安在大使馆的酒会上谈笑风生，动辄去国外旅行，在伦敦金融城飞黄腾达，差距也太大了。我暗自许愿塞琳娜也能替我考虑到这些。

但乔治娜不为所动。“别犯傻了，”她说，“他又没有新闻价值，这是我们唯一要担心的事情，你们都会上头条，连我也会被记者写进去。可他不会啊。把他留在这里睡觉吧。没准警察根本发现不了这里。”

“我不会丢下他的。”塞琳娜说，“你们想走就走好了。”

我记得在达格玛的舞会上，眼看着达米安要被赶出酒店，所有人都不敢讲话，只有塞琳娜挺身袒护他。我希望这次能有所不同。“我来帮忙吧，”我说，“如果我们一起扛着他，应该没问题。”塞琳娜望着我，我看得出她很感激我没有让她独自一人面对后面的“追兵”。因此我们就这么把他抬起来，不顾他还在那里喃喃抗议，想要闭目养神。我们手忙脚乱地扛着他走下楼梯，偷偷绕过一楼，因为我们隐约听见几个家长抗议被拦下来盘问，他们的孩子还在旁边吵吵嚷嚷。最后我们只能躲进地下室里，到处找有没有能打开的窗户。

现在只剩下我们，一个小小的团体，躲在昏暗的通道里，独自和全世界对抗。这时候，一道侧门打开了，一个女孩探进头来。“这里有扇窗户，可以出去。”说完她就把头缩回去了。我不太认识她，她的名字好像叫夏洛特什么的，后来嫁给了一个伯爵，我也忘记是哪个伯爵了。虽然我们不熟，但是我会永远把她铭记在心，时时感恩。她没有义务折回来告诉我们她的重大发现，大可以爬出去一走了之。这种不求回报的义举一向最打动人心。我们跟着她，爬进一个看似放清洁用品的碗柜，里面放满了刷子、掸子和一罐罐亮光剂，一个没焊上铁条的窗户已经被人强行打开，看来自从休战协议以来这扇窗户还是头一回被打开。

都到了这关头，问题又出在达米安身上。这会儿他已经接近昏迷，我们费了半天劲，直到比我们力气都大的乔治娜也加入一起帮忙。她弯下腰，以消防队员的手法把他扛到肩头上，发出一声郁闷的叹息，然后一使劲把他丢出了窗外。塞琳娜已经先爬出去，抓住他的一只手臂和脑袋，和露西两人一起使劲拖拽。我和乔安娜在另一边往外推，总算把他弄过去了，只是狼狈程度不亚于帮大象接生。当乔治娜挣脱出来的时候，门外传来了说话声，我想我们大概是从这个通道成功逃脱的最后几个人。这个出口马上就会被“敌人”封锁，我们赶快拉下窗户冲到巷尾。乔治娜和我扛着达米安，你能明白拖着一个像他这样大块头的小伙子，还是一个只穿了一条内裤和礼服外套的大小伙子是多么不寻常吗？只用“不寻常”来形容是最轻描淡写的了。直到塞琳娜拦下了一辆出租车，招手让我们赶紧钻进车里，这才算是真正地安全了。司机完全不知道发生了什么事情。

“我们该载他去哪里？”她转过头，轻声问道。看得出来克莱尔蒙特家难以将他收留。我想他原本的计划大概是跳完舞喝几杯咖啡，再自己开车回剑桥，说来令人惭愧，这是我们当时惯用的醒酒方法。显然这个计划现在是行不通的。

“去我家吧。威瑟比花园。”我说。我父母也在那儿，好在忍受了我十九年，他们对此不会完全没有心理准备。塞琳娜把地址告诉了司机，然后打开车门先坐进去，等我和乔治娜半推半扛地拖着达米安穿过人行道，将他塞进出租车里。我们做到了。露西顾不上喘口气也急急忙忙冲进来。这辆车一定超载了，但你能想象当时我们对此毫不在意，从司机到乘客都没意见，政府更懒得管。当时的政府不像现在管东管西，对再小的事情都揪住不放，我们当时的日子也因此快活多了。有些变化是改进，有些现在还不好说，但如果政府事事都要插手，老百姓的日子就难过多了。当然我们也会遇到危险，自以为是的当局就会大发牢骚，但我们还是情愿冒一点儿风险，也不愿意交出自由。

“我们要不要帮他把裤子穿上？”塞琳娜竟然还带着他的裤子。我们低头看达米安像胎儿一样蜷成一团酣睡，这个工程太浩大了，我们已经筋疲力尽。

“算了吧。”露西的语气很坚定。

“你的父母怎么办？”乔治娜问道，“他们还没有睡吗？”

我扫了她一眼，确认我之前的决定不变。“他们行的，”我说，“没问题。”出租车开始发动前进，但绕回尤斯顿路时，我们能看见警察仍在现场，大批的警车和面包车，照相机的闪光刺得那些可怜虫睁不开眼——我们从未见过这景象。

我的父母穿着晨衣站在家里，低头看了看瘫在椅子里的达米安，眨眨眼睛，非常冷静。达米安还穿着他离开舞会时的那一身衣服，他的长裤揉成一团在他脚边，宛如祭品。“他就睡在你房间的地板上吧！”我母亲斩钉截铁地说，“明天上午十点，我有个组委会要在这里开，让他睡客厅的话，不知道他在那之前能不能醒得过来。”

“好的。”我说。我们一起把达米安拖到走廊尽头我的房间，把他扔在一床鸭绒被上，拿了几条毯子盖在他的身上。

“他其余的衣服呢？”母亲问，“他的衬衣和其他那些衣服？”

“大概丢在蜡像馆了吧。”

“他最好别回去拿。”她的语气过于严厉了，“他这样会害你们两个都惹上麻烦的。”

“这么说不太公平吧，”我说，“又不是他的错。”但母亲对我的申辩置若罔闻。如果他们因为社会地位而认可孩子的朋友，那么就算这个人举止再不当，他们也会千方百计地为他找借口，尽管他们死都不会承认这一点。反过来说，如果他们还是因为社会地位阶级之类的原因对他看不顺眼，那么无论他做什么都会被指责得体无完肤。有同样的情况还发生在他们指路的时候：如果父母认为他应该去参加某个场合，地点就“再好找不过了，开上M4公路，一路南下就到了”。但如果他们不想你去，同一段路就成了“很难找。要在M4公路开很久，下了交流道那个路就跟迷宫似的，不值得”。我母亲怎么也不能说是个“势利眼”，假如被人贴上这个标签，她会大吃一惊，但每当她认为我被“沾上”（她的用语）时则会感到被大大地冒犯了，而她对达米安的看法就是如此。当然，其中不无道理。

隔天凌晨，大概三点左右，达米安醒了。我之所以知道，是因为他摇醒了我。我睡得正香，他就趴在我的耳边一遍遍地问：“你醒了吗？”直到我不堪其扰。他已经完全清醒了。“我饿死了，”他说，“有吃的吗？”

“你能不能等等？再睡一会儿就有早餐了。”

“等不了啊，你要是不起来我就自己去找东西吃了。”

这样岂不是更糟。我只能挣扎着起床，在睡衣外面套上一件晨袍，从这些东西就能看出来那是多久以前的事了，因为和所有男性一样，后来的某一天我把所有这些传统睡衣都扔掉了。达米安跟在我后面进了厨房，我好不容易才劝说他不要煎蛋，最后我用一碗麦片、几片吐司和热茶让他妥协了。我在喝茶的时候加入了他，和他一起缩在小小的厨房龛旁边。他突然开始笑起来。

“有什么好笑的？”

“整个晚上都好好笑。我真想看看明天报纸会怎么写。”

“只要不写到我们就好。可怜的特丽。”舞会搞成这样，似乎没人为她感到抱歉，但我觉得该有人替她惋惜才对。

达米安摇摇头。“别担心她了。这个新闻会让她彻底轰动的，她整个社交季最有意义的可能就是这场舞会了。”

“也许是吧。”

“也许。”如今回头看，在我们很多人心目中，那场舞会是一个历史性的时刻。过去、现在和未来以某种疯狂的方式交会在一个节点，同时反对权威、引起动荡的反文化运动（我们认为会最终胜出，尽管方式和我们那时设想的略有出入）横扫我们这个安分的如“二战”前的小圈子，连带我们也开始加入这个反叛潮流。达米安又把一片柔软的吐司放进了烤面包机：“我也不知道我怎么这么饿，大麻会让人特别饿吗？”

“你问错人了。”

他望着我，有点儿迟疑，然后决定还是开口：“你掀开幕布时，好像受到了很大惊吓。”我默不作声，并非出于愤怒或委屈，只是想不出准确的措辞来表达我的感受，因为我也不知道我究竟是什么感受。他点点头，好像我已经回答过了一样：“我知道你对她有意思。”

“那她呢？”我忍不住问道。有时候我们就是这么可怜，不是吗？奇怪的是，我也不确定我希望从他那里听到一个什么样的答案。

达米安耸耸肩，伸手去拿黄油：“要我说的话，我觉得她也有。”

“那你呢？”

我这个问题大概问得很奇怪，他抬起头看着我：“你指的是什么？”

我当然想揍他，重重的、有杀伤力的一拳，不偏不倚地打在他脸上，揍得他人仰马翻，最好倒下的时候后脑勺正好磕在炉子上。我以前经常幻想过一种暴力的生活是什么感觉，甭管什么，先打了再说。人们总说暴力多么可怕，暴力当然可怕，但一定有好处。“你对她是认真的吗？”

我问。

他笑了起来："少在那边装腔作势了。"

"我的意思只是……"

"你的意思是你嫉妒到自己都控制不了，只好假惺惺地扮演长辈来教育我，顺便踩我一脚，让我知道我只是个荒谬的外来物种，竟敢痴心妄想做这种白日梦。"他又在吐司上涂了一些果酱，咬了一大口。当然我必须承认，他说的每个词都千真万确。假如揍扁他，能让塞琳娜爱上我，我当时一定会这么做。"啪！""砰！""嘣！"几下就解决了。但我选择了不光彩的方式。"我以为她在和安德鲁·萨默斯比约会呢。"我也不是没有两把刷子。

达米安陡然抬头，目光如炬："你怎么会这么认为？"

"你走了以后，他过来找塞琳娜，就像她是他的一样。然后他们一起走了。"

他挤出一个恼人的笑容："塞琳娜吃晚餐的时候和他坐在同一桌，她的父母大概以为他们两个在交往吧。没想到安德鲁也有这样的错觉，她懒得今晚就把话说开。但过不了多久她肯定会的。"

我思考着他这番话。听起来塞琳娜和安德鲁似乎真是一对，而达米安只不过和她热吻了一次，就极力吹嘘自己多有把握和她在一起，想想真是恶心。当年我们虽然纯情，风气也保守，但区区一吻也不代表什么。"你打算参加她的舞会吗？"

"这还用问吗？我都打算在她家住下了。"

我从小就不是一个很自信的孩子，虽然我也不知道为什么。没错，我年轻时长得不算英俊，但我很聪明，人也机灵。我父母很爱我，这点我确信无疑，而且我的朋友也很多。对我而言，交女朋友不是无法克服的难题，我还没有，只不过因为我想要找更好的。妹妹结婚之前，我们兄妹相处融洽。尽管如此，我还是不自信，也许这是我对达米安一直很欣赏的原因。再坚固的城墙似乎也挡不住他，我很羡慕他这一点。即使在那一刻；即使我恨不得他被锁链绑起来，双脚被水泥封死，丢进海里喂鱼；即使我幻想他茂密的头发随波漂散，鱼儿在他空洞失神的双眼前游动。即便如此，我还是很羡慕他："克莱尔蒙特夫人邀请你了吗？"

"还没有，不过迟早会的。坎迪达和塞琳娜正在想办法。塞琳娜会告诉她，坎迪达对我有意思。"他看着我说。这个借口倒是合情合理，克莱尔蒙特夫人应该会相信，因为坎迪达对任何会移动的雄性都有意思。但这句话同时也说明他还没把话完全想好就说了，这让他有点心烦意乱。因为这个借口意味着，如果克莱尔蒙特夫人察觉到他对自己的女儿动了哪怕一丝念头，他从此就没有可能再踏进她家门一步了。"没关系，"他回答了我没说出口的问题，"我清楚她那个类型。我能让她喜欢上我，这个我知道。"显然他不清楚克莱尔蒙特夫人或她的丈夫或他们那个圈子当中任何人的那个类型，因为无论那时还是现在，那些人根本不想被达米安·巴克斯特这样的人搞清楚。说实话，如果换一个环境，克莱尔蒙特夫人也许会喜欢上达米安，可能会欣赏他的幽默、自信，甚至可能会将他作为真实世界大赢家纳入圈子。可也最多是这样。

第十二章

特丽·维特科夫的秘密

从我年轻时和特丽·维特科夫结下友谊到现在即将重逢，四十年弹指一挥间，这些年特丽的人生一直起起伏伏。

我不是那种讨厌洛杉矶的英国人。那些英国演员和导演坚称在洛杉矶的每一天都糟糕透顶，所见之处都是虚假繁荣，多待一分钟都是玷污他们的灵魂，飞机从洛杉矶国际机场起飞时，他们简直喜极而泣。我猜他们当中有一些人说的也许是真心话，但这样的人大概没几个。真实情况通常是，唯有好莱坞才能带来如此丰厚的回报，他们为自己追逐奖项和金钱而感到羞愧，于是反过来贬低这座伟大的城市和它的辉煌，以免在同胞面前抬不起头。在这次旅行之前，我在很多年前来过洛杉矶一次，当时的我还像无头苍蝇一样争名逐利，但最近几年我又来过几次，每次都玩得很开心。洛杉矶是一个乐观向上的地方，对于长年累月忍受英国式消极悲观的人来说，能看到生活阳光灿烂的一面感觉真的很好。洛杉矶人把阳光灿烂发挥到了极致。无论如何，这种“向上！向上！再向上！”的积极心态，对于悲伤的灵魂可谓一剂强心针，我每次去都心情大好。

从我年轻时和特丽·维特科夫结下友谊到现在即将重逢，四十年弹指一挥间，这些年特丽的人生一直起起伏伏。纵使在伦敦期间事情发展得不尽如人意，但总的来说，特丽和她的母亲都过得很不错，但她到底没有过上子爵夫人的生活，住在拥有二十个卧室、对公众开放参观的城堡里。毫无疑问，她们对没能达成终极目标而感到失望。回首过去，我想维特科夫一家的失策主要在于误以为薪水优渥就相当于有钱。当你有一份丰厚收入时，手头自然阔绰，但却无法改变你的阶级和社会地位，对此没有人比英国上层阶级体会更深了。比如电视剧集热映时，演员的名气迅速飙升，得到像电影明星一样的待遇和追捧，可一旦剧集被砍，鲜少有人能延续之前的辉煌。当然，如果有个条件不错的年轻人爱上特丽，以上这些也就不重要了。可惜她性格生硬粗暴，五官都不娇小，牙齿也大，笑声过于嘹亮，又缺乏幽默感，还丝毫不掩饰自己的欲望，就算再见多识广的人大概也会倒胃口吧。简单来说，她没有钓到那条大鱼。有一阵子一个陆军少校对她颇有好感，他本人眼看着就能从年迈的伯父那里继承到“准男爵”的头衔（虽然伯父一直未婚，但这种事谁也说不准），可惜这位年轻的军官在她那里受到了惊吓，转而投进拉特兰郡一位法官女儿的怀抱。某种程度上，如果他和特丽能结婚其实是个更圆满的结局，她至少能带来一屋子不愁没话讲的人。头衔是有了，也在雨中散步了，也边吃夏日布丁边讨论养马经了，但这样的生活又能持续多久呢？尽管少校选择了比较沉闷乏味的道路，可长期看来也许更加平稳吧。

我最后一次见到特丽，应该就是在葡萄牙之旅前后，但她没有去。事实上，她对自己没能获得邀请颇为气恼。如果受到邀请算好事的话。她当时可能已经怀孕了，但我们都被蒙在鼓里，只知道有个长相一般的美国富翁正在热烈地追求她，此人虽然离了婚，但年纪不是太大，特丽适时地嫁给了他，正好赶上了宝宝的出生。这位富翁的名字好像是格雷格什么的，彼时在东欧发展。婚后他们一起离开了那里，回到了阳光灿烂的加州。我们只知道他在美林证券工作，之后就断了联系。我对他所知甚少，但我觉得他是个不错的人，从寥寥几次见面就可以看出来，他比她身边任何一个英国小哥都更适合她。如果我对这段婚姻上点儿心，那我应该祈祷祝愿他们幸福美满，最好白头到老。遗憾的是，据说两人结婚十年后，特丽看上了来自康涅狄格州的一位更有钱的银行家，不料格雷格却先下手为强，抢在她之前提出离婚，又和一个模特再婚，留下特丽两手空空。她的前夫趁事情还没变得太难看，巧妙地全身而退，再婚后一家人搬到了弗吉尼亚州北部，从此安居乐业。

这样一来，特丽和女儿就留在了洛杉矶，她找了一份类似电视频道主持人的工作，据说主持的是一个叫作《购物资讯》的节目，几个女人以轻松自然的方式在电视上大聊美发产品、厨具和行李箱，仿佛连她们自己都开始相信她们发自内心地喜爱这些产品，而不是为了要卖给观众。

我事先从伦敦给她打了电话，为了确定她还住在洛杉矶，她对见面叙旧的建议兴致很高。我知道她对慈善事业丝毫不感兴趣，因此用了另外一个借口，就是某个电影公司对我最新一本小说很有兴趣，果不其然，此事让她遐想联翩。“这太棒了！”她兴奋地叫道，“我们见面的时候，你一定要原原本本讲给我听！”我之前做了一些功课，提议抵达当晚我们就在圣莫尼卡海边的一家餐厅吃晚餐。

她进门后，在前台驻足了一会儿，我一眼就认出了她，餐厅领班把我指给她看，我向她挥了挥手。她从桌子中间穿过，向我走来，还是那么不拖泥带水。她打扮成美国东海岸贵妇的风格，有别于演艺人员热爱的牛仔裤和链子，更偏向纽约名媛，而非球星娇妻，我觉得很有意思。她穿着一件精致的米色衬衫式连衣裙，肩上披着剪裁良好的外套，佩戴质地上乘却低调的珠宝。品位完全不俗，比我预期的更有格调，但特丽还是原来的特丽。虽说我早就认识她，可眼前这位头发漆亮的女士却让我有点儿不敢认。她的下巴依然突出，眼睛与牙齿也同以前一样，但她脸上其他地方都发生了显著的变化。她大概动了丰唇手术，往里面注射了什么东西——现在的美国女人常常这么做。这点令我百思不得其解，因为我遇到过的男人无一不对丰唇厌恶有加。我只能猜测他们当中一些人必定口是心非，否则怎么解释整形医生的生意如此火爆？也许和欧洲男人相比，美国男人更喜欢丰满的嘴唇。

幸好就算特丽的嘴唇肿成球，也只是轻微碍眼，不至于触目惊心。然而动过手脚的似乎不止这一处。她的额头像死尸一样过于光滑饱满，因为再大的表情和仪态都无法波及眉毛以上的部位，眼睛也纹丝不动，只剩眼珠可以转。这些整形手术在我脑海里总能挑起一幅幅可怕的画面：针刺，拉扯，把血肉模糊的皮肤划开又缝上，骨头被碰伤。我应该不是唯一一个感到这种行为荒谬的人。在女权运动日益壮大的同时，整容手术也随之遍地开花。为了取悦男人把脸切开，似乎无法说服人们男女真的平等，女性真的得到解放。事实上这充满了令人不适的不安全感，仿佛西方女性效法行割礼，自毁容貌，或者其他来自未开化的男权文明的古老陋习。

现在的整容技术比四十年前更精湛，那时候只有女明星，而且是外国女明星才肯挨刀。但即便整容效果达到鬼斧神工的今天，动刀的代价不免过分高昂且讽刺，因为多数男人都不会接受人工美女。知道这个女人曾经开膛破肚，任何男人恐怕都会丧失“性趣”。只不过我得承认，在这方面，有时男人付出的代价要比女人高。人工美女只是失去了对男人的性吸引力，而男人一旦踏上这条路就是万劫不复。

特丽走到我桌前。“天啊！你看起来——”她犹豫了一下，我想她是准备说“和以前一模一样！”之类的话，但靠近一点儿，看清了之后，发现我衰老得几乎判若两人。我若是和20世纪60年代之后就未曾见过面的老友重逢，最好随身携带一本护照以验明正身。“真是棒极了！”她改口说道。多么巧妙的救场。我微微一笑。我早已站起来，倾身过去亲吻了一下她的脸颊。“你现在看起来才是棒极了！”说完，我们愉快地坐下，有时一点儿善意的谎言让大家都感到舒服自在。

一个样子温和讨喜的服务生快步上前，告诉我们他的名字叫作盖瑞，先预祝我们度过一个愉快的夜晚，我心里也是这么祈祷的，尽管我想不出我们愉不愉快关盖瑞什么事。他给我们倒了两杯冰块，在里面加了一点水，说这是今晚的特选饮料，这听起来实在是吓人；他还介绍了各种千奇百怪、闻所未闻的鱼类，在答应等会儿给我们上点霞多丽酒之后，他再次快步离开。“加州的生活怎么样？”开头虽然老套了点儿，但以我到目前为止履行任务的经验来看，开头低调点总是没错，只要今晚结束前逐渐带入正题即可。

她给了我一个明亮的、未置可否的微笑。“很好啊！”我也正期望她会这么说。对加州人来说，任何交谈以这句话开头就对了，他们迄今为止所做的任何决定都没错。当然不是所有时候都是虚情假意，但再想敞开心扉一吐为快的人也得先过一遍这套例行仪式才行。就像你得先把面包涂黄油吃了，保姆才会同意给你吃蛋糕。

“你从没想过回辛辛那提？”

她摇摇头：“那不是我想要的。格雷格的事业当时都在这边。”她微微一笑，向窗外的城市挥了挥手。在嘈杂的餐厅里，我们似乎也能听到海浪的声音：“而且，这里的天气实在是无可挑剔啊。”

我点点头，主要是因为我们似乎理应对此表示同意，以礼貌，但我不会是唯一一个觉得日日晴好未免也有点乏味的英国人。我喜欢英国的天气，喜欢暗淡天空中透射出的柔和光线，喜欢雨后空气清新的味道，最喜欢的恐怕是它的阴晴不定，变幻莫测。常言道：“如果你厌倦了英国的天气，等五分钟再说。”我知道这样的气候很难制订户外活动的计划，举办方除非脑子有问题，否则不会规划过分依赖天气状况的活动，但即便如此……算了，不必多想。

好脾气盖瑞回来给我们倒了一些酒，我们最后看了一眼菜单，“海鲜沙拉里能不能不加大虾或者鱿鱼？”西海岸的居民在餐馆用餐，通常都会像这样分解菜谱。“沙拉酱里具体有哪些调料？”盖瑞耐心回答，但特丽还是决定放弃这道沙拉。“朝鲜蓟汤里有没有鸡肉高汤？”他认为没有。但他真的确定吗？不，他不能完全确定。于是他去厨房问了个明白，然后带回了一个好消息，这道汤完全适合素食主义者享用，然而在他离开的时候，特丽已经又把这道汤给否定了。“不知道天妇罗的炸粉里面有没有面粉？”我看着她。她笑道：“我对麸质过敏。”她对这种事情显然感到高兴。而盖瑞想必对这情况司空见惯。他本人没准就是个西海岸长大的男孩，从小就知道大概唯有地位卑微的客人才会二话不说直接点餐。然而我想我们都开始觉得即便在圣莫尼卡海滩这样的地方，也到了该做决定的时候了。“我想我先来一盘芦笋吧，不过不要用黄油，也不要放酱汁，就用橄榄油。然后再来一点儿扇贝，不过综合沙拉改成卷心菜心，不加料。”盖瑞正在奋笔疾书，显然为即将被放过而备感轻松。然后他转向我。可惜特丽还没点完，“我能不能拿点菠菜？”为什么美国人在这里要说“拿”？该不会真的想亲自跑到厨房去拿吧？“马铃薯泥，但不要加奶油，绝对不要奶油。”

她转向我，但我抢先说道：“因为你对乳制品过敏。”

她开心地点点头。同时盖瑞在他的小记事本上已经记下了所有信息。她还意犹未尽地问：“菠菜会加盐吗？”似乎有着无尽耐心的盖瑞斗胆说了句：“是的，做的时候会加一点盐。”特丽摇着头，仿佛她不敢相信这年月还有人做菜会放盐。“做菜的时候不能放盐。”我简直难以置信，在这样的挑衅下，耐心的盖瑞还能保持如此淡定。他说如果她希望，他们可以不加盐。“必须可以，”特丽说道，“不加盐。”现在我看得出，就连遇事泰然的加州男孩盖瑞似乎也想把他那支铅笔捅进特丽的脖子里，然后在旁边看着她的血从笔尖汩汩不绝地流出来。但他没有，而是不断点头，生怕自己一开口就会忍不住恶语相向。

他转脸看着我，我们交换了一个心照不宣的眼神。两个素昧平生的陌生人因为共同目睹了一场可怕的情景达成了某种同病相怜的结盟。“我来一碗朝鲜蓟汤，一块五分熟的牛排和一份绿叶沙拉。”我如此迅速而高效地点完餐，他露出近乎困惑的神情。

“就这样？”

“对。”

他微微吁出一口气，正要转身离开，这时特丽又开口发话了。“卷心菜沙拉里面有蛋黄酱吗？”

盖瑞大气也不敢喘。当他开口时，声调极其轻柔，宛如医生在好言劝说一位随时可能行凶的病人。“是的，女士，”他说，“我们的卷心菜沙拉里有蛋黄酱。”

“哦，那就算了。”她粗暴地对盖瑞挥了挥手让他退下，然后又给自己倒上一杯酒。

默默目睹了这一切的发生，我觉得自己有必要干预一下，说句公道话。“特丽。”她向我看过来，也许是对我要发表意见感到意外。“卷心菜沙拉里总归要有蛋黄酱的。”

她再度微微摇头，表示难以置信。“在我们家里可没有哦。”她说。盖瑞趁机赶紧溜走了。

很显然，这一段小插曲告诉我，特丽在加州过得并不如她所说的那么“好”，这些为了让自己显得与众不同、硬要改来改去的言行，为了彰显自己对餐厅的绝对主导权的举止，只能来自一个在其他地方找不到存在感的人。洛杉矶是一个弱肉强食的城市，地位就是一切，唯有成功者才会被另眼相看。公爵、富翁、花花公子们或许能得到一时的热情追捧，但他们若是因此而头脑发热选择定居此地，就太不明智了。这里的人向来只认同事业成功的人士，他们觉得唯有成功才具有长久的价值，其他一概不认。本地人身上背负的重担便是时刻得呈现出一副成功人士的架势，否则视为自动放弃了被尊重的权利。家里怎么样？好极了！新工作怎么样？那是我做过最好的决定！房子怎么样？太赞了！而实际上，此人有可能已经破产，资产面临收回，孩子吸毒，本人则随时有可能婚姻破裂。在这个城市里，没有所谓“有趣的失败者”，也容不下安于现状的人。

“对了，格雷格是怎么回事？我听说你们分开了？”

这似乎给她打了一剂强心针：“大家会谈论到我，是吗？在那边？”

“嗯，是啊。”我说。尽管在达米安这事之前，已有三十年没人想起过她了。

“我想他们还记得我的派对。”

他们早忘了，不过我想也许有那么几个人会记得：“你们后来有找到是谁干的那件好事吗？在蛋糕里放大麻？”

“很久以后才有人说，好像是那个娶了露西的人。是你的朋友。他认识那个做布朗尼的女生，就趁她不注意的时候在里面加了料。总之，那女生是这么说的。”

菲利普·罗恩斯利·普莱斯。搞这种鬼对他又有什么好处？

她却突然回到正题：“格雷格挺好的，我现在不怎么见到他。”她耸耸肩，又倒了一杯酒。整瓶酒快见底了，第一道菜还没上。我问她想不想换瓶红酒喝，她没意见。老伙计盖瑞端来了一些菜，在特丽还没来得及发问之前，借拿酒之名落荒而逃。她一脸轻蔑地用叉子在盘子里戳来戳去，把不吃的东西拨到了一边：“天啊，真希望他们没在里面用玉米粉。”

“他们为什么要放玉米粉？”

“他们有时候就是会放，如果我吃到，第二天看起来就会像浣熊一样。”危机四伏的生活该多么令人疲倦啊。危机解除，她津津有味地大口吃起来，“其实格雷格过得蛮好的。他很有先见之明，在大多数人之前就预料到硅这种东西大有前途。于是他从美林证券辞了职，专心从事这方面的生意。我要是一直和他在一起就好了。”她自嘲地笑起来，我能看出其中有些真实的情绪。

“你当初为什么没有呢？”我有点儿好奇，不知道她会不会向我介绍那位引诱她离婚又独自落跑的富翁。

“哦，你知道，”她笑了笑，“我遇到了一个人。”

“然后呢？你们发生了什么？”

特丽又耸耸肩。“没成。”她把头发往后一甩，微微苦笑了一下，“主啊，上帝啊，甩掉他我真是太幸运了！”

“是吗？”

她对我瞥了一眼，算是回答，眼中流露出的神情告诉我事实恰恰相反，摆脱此人并非如她所说般幸运，反而他正是她可遇而不可求地想要共度此生的那个人。“好了，我们不要再聊他了。”

当然，我也许不应该追问她这段遭遇。毕竟那是一段失败的往事，加州生活的反面。我正在揣测她每隔多久就会后悔离开格雷格，毕竟后者现在已经富可敌国：“你女儿还好吗？”

“苏西？”她似乎很好奇我竟然还掌握了这个信息，“你记得苏西？”

“呃，我记得你们结婚之后小孩就出生了，比我们大多数人都早了好几年。”

她已经把自己喝到半醉，对这段往事她侃侃而谈，毫不避忌：“当然结婚之后马上就出生了。我可是豁出去搏了一把，而且可以告诉你，差那么一点儿我就输了。”这句话实在太令人好奇了，所以我沉默不语，生怕打断她的兴致。果不其然。“格雷格这个人其实挺复杂的，出生于那么保守的家庭，崇拜的却都是特洛伊·多纳休、桑德拉·迪之类的偶像，他参加舞会，跟着海滩男孩乐队的歌跳舞，你知道的那一类的事情。”

“我知道。”事实上，我年轻时“美国风”确实盛极一时，它让人们对一个更洁净、更纯真的世界心生向往。在好莱坞电影里，全世界人都想成为美国人，不光是格雷格，当年所有人最关心的就是谁胸前别着你送的胸针。没错，这种行为是很肤浅片面，但这种没来由的自信格外迷人。

特丽继续说道：“他父母是那种非常虔诚的中西部人，那就是他们的全部生活。但格雷格同时也是个地地道道的60年代男孩，说60年代的语言，做60年代的事。抽抽大麻啦。是怎么一回事，你也知道。”我当然知道是怎么一回事。我们这代人都在等着看世界会倒向哪一边，其中至少一半假装这一切对他们来说不再重要了，其实心里倒并非真这么想。“总而言之，他一直在说他太年轻了，还定不下来，难道我们就不能只是开开心心在一起……”

“不能吗？”

她眯眼想了一会儿。“我需要一个家庭。我需要继续往前走。”酒精使她变得非常诚实，“我需要钱。”

“你父亲就很有钱啊。”

“我父亲有一份很高的薪水。”这其中的分别我再明白不过了。“我喜欢格雷格。我认为我们在一起会很快乐的。而且我知道，他永远不会让他父母察觉到未婚生子的事情。”她停顿了下来。

“所以你搏了一把？”

“没错。我们住在一起已经几个月了，如果你记得的话，那会儿这是很疯狂的。然后，格雷格工作的那家银行把他调去了波兰，他让我也一起去。我也去了。到了那儿，他还是下不了决心和我结婚。所以我怀孕了。”

“你们在波兰的时候？”

“当然。然后我们就结婚了，苏西出生在那里，在华沙。”

“好浪漫啊。”

“当时的情况可不像现在听起来这么浪漫，相信我。”我相信。

“你父母是怎么看待你们结婚的？”

“他们很高兴，他们很喜欢格雷格。”她想了一会儿。“他们后来离婚了，你知道吗？”

“不，我不知道。很抱歉。”

“离婚对他们来说是件好事，分开之后他们都过得很好，我妈妈又再婚了。”

“代我向她问好。”她点点头，“你父亲呢，结婚了吗？”

她摇摇头：“还没有，他决定‘出柜’了。当然，在今天这个时代，出柜了应该还是可以结婚的，不过他还没有。”

“他过得开心吗？”

“我也不知道。他还没有遇到那个……特别的人。不过，我妈妈不会再对他大吼大叫了。”

我们想起了令人敬畏的维丽娜，不禁相视一笑。但这是我第一百零一次对此感触良深了。似乎人人都得另辟蹊径才不枉活在一个崭新的时代。当年那个和善但无趣的杰夫·维特科夫，好好先生，聪明绝顶的创业者，怎么突然决定在知天命的年纪搞清楚自己真实的性取向了？偏偏是这个时代？如果提早二十年出生，他只会打打高尔夫，在俱乐部和老友相聚，其他的根本不会多想。这么活又有什么不好吗？我怀疑没有。不过这个话题倒不太会勾起怀旧伤感的情绪。即使我不崇尚为变而变，对大多数改变也相当反感，但我也有把握，只要我们彼此尊重勇于承担，任何性取向最终都会和平共处。我想我可能只是希望这个话题能变回从前那样，不会天天被拿出来给人们翻来覆去地讨论。

关于杰夫·维特科夫和他的人生轨迹，我想不出我还能再给出什么建议了，所以我只能干笑着说道："总而言之，你过得不错，这才是最重要的。"

"对呀，"她微微一笑，然而眼里并无笑意，"唐尼很不错。"这么说来唐尼就是她第二任丈夫了，用"很不错"来形容多少有些牵强，不过我想这段婚姻到目前为止应该持续多年了。

"他和苏西合得来吗？"我当然是有目的地把话题往回引。

"唔。"她耸耸肩，"苏西已经是个大人了。当然，他们处得挺好的吧，我猜。"

如果要对愉快的程度进行评级的话，"我猜"和"还行吧"差不多属于同一等级。我再怎么乐观，也无法想象这一家人如沐浴在阳光下那般温馨和谐。"她现在在做什么？"

"她是一个制作人。"

当然，在洛杉矶这样的地方，这句话就和说"她是人类的一分子"

差不多。此行之后，拜达米安给我的这项任务所赐，我后来在美国打开了一片新天地，对洛杉矶这座城市的方方面面有了更多了解，不过当时我还“涉世未深”。“多有意思啊，”我说，“她制作了什么电影？”很显然，倘若我当时知道的信息多一点儿，就绝不会问出这个问题。

特丽的笑容更加明亮。“她现在在忙几个很有意思的项目。目前手上在为华纳公司做一个东西。”她点点头，仿佛这个话题就此结束，当然也确实如此。

“她结婚了吗？”

“离婚了，伤得不轻。”这句话不经意地从她口中冒出来，声音颇大，令她有些追悔莫及。“说实话，我们见得不多。你知道，她很忙的。”她又耸耸肩。我无法想象她觉得这么做能隐藏住她的痛苦，不过也许她自认为可以。

“当然。”我知道我的回答越来越有气无力，她的声音越来越高，我开始不安地意识到邻桌可能是一边假装在聊天，一边支起耳朵偷听我们的对话。

胆战心惊的盖瑞回到我们这一桌，看着他手中堆成小山似的、满满加州分量的餐盘，我的胃口立刻消失得无影无踪，然而特丽又点了一瓶酒。“你现在还跟谁有联系吗？”她口中的酒还没来得及咽下，含混不清地说道。“原来那个圈子。”如果当年那帮人算是“圈子”的话，我也不确定特丽曾经是不是这个“圈子”里的一员，但趁这机会提起达米安则再合适不过。于是我装作不经意地说起他，而这一次特丽终于认真地在听我说话了。“他怎么样？”我解释了他的近况，看得出就连铁石心肠的特丽听了也颇为震动。“很遗憾听到这些。”然而话音一落，她就立刻从惆怅的感伤中抽离出来，回归了她本来的样子，“他赚了很多很多钱？”

“是的。”

“你当年能预料到他会有这一天吗？”

我想了一会儿：“我一直都认定他会过得很好。”

“即使当时你那么恨他？”

看来她记得一些。“我不是从头到尾都恨他，一开始并没有。”这点她也同意。我想我们干脆直接点好了：“你当时和他有点儿什么，是不是？”

这个问题让她整个人都坐直了，从鼻子里发出了“哼”的一声，颇为唐突。虽然对她来说可能这也不算多么放肆。“我当年可是和不少幸运儿都‘有点儿什么’。”她说。此言属实，以当年的民风来看，她当然作风大胆了些，这话出自她本人没有什么不妥，我就不方便明说了。说话的同时她还瞥了我一眼，因为她暗指的幸运儿之一就是我。虽然我们只是一夜风流，但是的确算“有点儿什么”。特丽察觉到我回想起了这档子事儿，便举起酒杯说：“敬好时光。”她脸上诡异的笑容让我心里有点发毛，有一种莫名其妙的灵魂脱窍的感觉，当你和一个曾有过露水情缘的人聊过去，而那段往事离你现在的生活实在已经过去太久，那感觉就好像在聊两个完全不相干的人。尽管如此，如我所言，我确实和她有过点儿“什么”。

那晚我住在斯塔福德郡的一栋房子里，但当我到达时，招待我的那对夫妇正吵得不可开交。我是来参加明娜·邦汀的父母为她举办的舞会，就是那个曾和我有过一小段纯情交往的明娜。这段无疾而终的关系没留下什么心结，因此我们还是朋友。也许听起来很奇怪，在那年月这种事情确实司空见惯。在1968年，如果你介绍某人为“这是我女友”，现在人听来可能会自动理解为“这是我的情妇”，你若非说她和你不是那种关系，搞不好还会被认为是欲盖弥彰。但当年不是这样。总而言之，我像往常一样收到了邀请函，上面写着一行字，“诚挚邀请您于明娜的舞会期间在敝舍留宿”。我应约前往，我记得那地方应该是位于利奇菲尔德的一栋宽敞漂亮的岩石住宅，到达后我把车停在外面。卡片上写着招待我的女主人为彼得·梅因沃林夫人，她自己又在旁边写了“比莉”，所以当我下车时感觉应该不会出什么差错。有些人名的拼写和发音相去甚远，有时候会出点儿小问题。她会时髦一点儿，自称为“曼纳林”，还是没那么时髦怎么拼就怎么读？几经思考，为了有备无患，我觉得还是念成曼纳林比较好。事后证明我的顾虑是多余的，她压根儿顾不上关心我怎么称呼她。“什么事？”她哗啦一下打开门，对我怒目而视，脸色因愤怒涨得通红，脖子上青筋毕露。

“我是来参加邦汀家的舞会的，应该是在府上留宿。”我紧张地小声说道。

有那么一刻我感觉她很想揍我。“哦，看在上帝的分上！”她厉声吼道，转身回到大厅。我承认即使到了我这把年纪，自认为也算经历过大风大浪，我还是得说这种状况相当棘手。他们和我素昧平生，应对之道实在很难拿捏。而当时年轻的我更是束手无策。我记得当时自己心里一直在嘀咕，要不要直接掉头开车去附近的本地旅馆投宿，然后再去参加舞会也许比较礼貌？或者这样做会让情况更糟糕？但彼得·曼纳林的夫人不会就此罢休：“你还在等什么？进来啊！”

我拎着行李箱，踉踉跄跄地走进一间宽敞明亮的大厅。整间屋子呈现出向日葵般活泼的色调，和山雨欲来风满楼的压抑气氛似乎不搭调。墙壁漆成白色，后墙挂着一幅18世纪雷诺兹画的感人肺腑的母子图。一位身材高大的男子，想必是彼得·曼纳林先生，正站在宽阔的楼梯中间。“是谁啊？”他吼道。

“又是一个来参加邦汀家舞会的！你到底请了多少人？这儿又不是酒店！”

“闭嘴吧你！带他去他房间就是！”

“你带他去房间好了！”

在炮火交错间，我站在一楼美丽的大厅中央，紧张得一动都不敢动，像雪茄店里的印度人像。接着我灵机一动，觉得自己是不是该扮演一下和事佬的角色。“我应该自己能找到房间。”我说。这绝对是个错误。

她转向我，像一头狂暴的野兽一样。“别在那儿自以为是了！”看得出来，我的出现本来只是让她烦躁，现在则正在转变为极度厌恶，“你根本都没来过这里，怎么可能找到？”

到了这个地步，假如我当初再成熟自信一点儿，大概会叫她别把气出在我头上，掉头就走。但是少不更事就意味着你总觉得一旦出了问题，多多少少自己都有点儿责任。当年的我就是这样。我敢肯定20世纪30年代的年轻人当中，大多数人会认为“二战”的爆发多少归咎于自己。总之，我面红耳赤地站在那儿，话都说不连贯，看着男女主人冲彼此大声咆哮。而这时奇迹发生了，特丽·维特科夫出现在二楼的楼梯口，越过彼得·曼纳林的头顶向我招手。我想不出还有什么让我更开心的了。“特丽！”我冲她喊道，好像自己从十四岁情窦初开时就深深地爱慕着她。然后，我快步冲上楼梯，越过这对火爆夫妻，来到她面前。“我来带他去他的房间吧，就在我房间隔壁，对吧？”等不及他们点头，我们就一溜烟跑掉。总算得救了。

我和特丽互相扶持着度过了接下来的几个小时。据说这位男主人彼得，瞒着妻子偷偷在法国什么地方买了一栋别墅还是房子，而在特丽进门前大概二十分钟，比莉才刚得知这个消息。特丽是搭火车来的，我也不记得我当时为什么没想到载她一程。也许我是从别的地方开车过来的。重点是，她比我早到一小时左右。在这一小时里，原本的小吵架却迅速升级成炸药桶，直到比莉站在大厅里破口大骂，让人听不下去，还放话威胁要离婚，卷走丈夫的“每一分钱”。我一直都没搞清楚，彼得到底犯了什么滔天大罪？现在想来，如果不是牵涉到第三者的话，就是比莉原本对这笔钱另有打算，却被丈夫抢先一步挪作他用，自然咽不下这口气。

我的房间很舒适，大致符合我的期望，能在不熟悉的人家中借住到这样的房间，我已经很满足了。墙上贴着淡淡的、仿维多利亚式的美丽壁纸，夹层窗帘不太像科尔法克斯制品，一些花朵图案在灰青色的布面上以金粉细细勾勒出来。房间自带洗手间，这是当年的标准。更棒的是没有蜈蚣和潮虫，而我的床更是无可挑剔令人赞叹。只是再舒适也无法抵消楼下传来的激烈战况，毫无疑问没有我们这些人在旁边碍事，他们能更毫无顾忌地扼住对方的喉咙。

还有另外两个人，一个是叫作山姆·霍尔的男孩，我之所以对他印象格外深刻是因为他立志成为一名演员，在当年这是个了不起的志向。至少在我的社交圈里，想在舞台上表演与其说注定失败，不如说会被人当作精神病。他个子很高，是个英俊的小伙子，后来如果我没记错的话，成了著名的电视节目制作人。他当年不顾父母反对坚持走上这条路，最终没有辜负自己的理想。另一位客人不只为晚餐而来，还要在这里留宿，她叫作卡瑞娜·福克斯，是个和善的女孩，我不知为何一直很喜欢她。我们听到狗吠声，有人在楼下大厅说话，然后就像特丽之前救了我那样，我们冲出去把他们接了上来。曼纳林夫妇把他们转交给我们，之后便绝尘而去，无论是彼得还是比莉都对客人完全不闻不问，不关心他们是否旅途劳顿，要不要来杯热茶。在危机下人们总是能迅速建立起友谊。我们四个待在我的卧室里交流心得，想着如何才能熬过漫漫长夜，直到后来大家多少都觉得彼此成了朋友，若是在正常情况下，顶多也就是半生不熟吧。

晚餐的开端还算平和。毕竟他们花了些时间平息怒火，而且又来了两对和主人年纪相仿的本地夫妇，他们也获邀前来加入我们的晚宴。因此，在花园里一番寻常的觥筹交错之后，在八点四十五分左右，我们十人终于坐下，开始若无其事地闲聊。其中一对是陆军将领和他友好的妻子，另一对是在附近持有土地的夫妇。说实话，我确定这两对完全不知道他们亲爱的朋友彼得和比莉，在他们进门之前刚上演过《谁害怕弗吉尼亚·伍尔夫》[1]，然后各自洗了个澡，才能心平气和地坐在这里。餐厅美轮美奂，桌上放着精美的瓷器和酒杯，墙上的画再一次让人惊艳。我猜彼得应该是家道中落，但保留了一些从前的家具和收藏，这在当时或现在都很常见。我不确定他们手头是否宽裕，这顿饭没准是比莉亲自

① 《谁害怕弗吉尼亚·伍尔夫》，爱德华·阿尔比（1928—2016）创作的三幕剧。引用在此处，意为争吵大战。

下厨的成果。在朴素的教堂式寓所，即使主人当年曾属于所谓的上层阶级，60年代的人也不像今天这样动辄找来餐饮服务，大多数女主人或基于一些旧时的观念，觉得靠人代劳是不道德的。我之前说过，舞会前的晚宴鲜少丰盛美味，通常是照着杂志上的方子胡乱调配一通。当时的主妇在杂志上看到食谱就剪下来贴在剪贴簿上，图片好看是主要原因。做完菜之后，她们常常会请附近的主妇们过来帮忙将菜端上桌，清洗碗盘等。这晚便是如此安排的。我们轻松愉快地用完了第一道菜——当年家家户户必备的三文鱼慕斯，吃到人味觉都钝化了。下一道菜是某种炸肉块，浇上了黏糊糊的酱汁，撒了亮晶晶的不知道什么东西，胡萝卜还雕成了可怕的玫瑰花状。我们依然坚强地挺了过来。然而在端上布丁之前，灾难的前兆轰然响起。我一如既往地坐在桌尾一个微不足道的位置上，当女仆端走了空盘时，将军的妻子格雷森夫人转头，对坐在她右边的山姆·霍尔说道："味道真不错，是不是？"这句话无论怎么听都看不出有什么争议。

山姆还没来得及开口附和，一个声音从格雷森夫人的另外一边传来："比原本好一些，不过也不能说明什么。"

"你说什么？"比莉·曼纳林的声音划破了空气，吓得我们立刻闭上了嘴巴，连被蒙在鼓里的人都不敢再说话。

格雷森夫人虽然是个和气的女人，可惜脑筋不是太灵光，她审时度势了一番，抢在彼得回嘴之前说道："我们只是在说刚才那道菜多么好吃。"

彼得一直在狂饮他珍藏的好酒，到了这会儿，他脑中最后一道防线也应声溃堤。"是的。"他说，"每次只要你做，我都很爱吃。可惜只有哪个倒霉家伙来这做客的时候，我才有口福。”更不巧的是，女仆这时正好走到格雷森夫人左边，也就是彼得位子旁边，端上了一大盘看起来像芝士蛋糕的东西。“天啊，我亲爱的。”他翻起了眼睛，“又是这玩意儿！”

“我喜欢芝士蛋糕。”格雷森夫人的声调越来越生硬，仿佛她也嗅到了一丝不对劲，决心无论如何都要维持聚会该有的秩序。这么强硬的女人，在勒克瑙这样的地方应该会大有作为。

“草莓呢？”彼得这时竟然直直地瞪着妻子。

“这是芝士蛋糕。”比莉的声音就像自动报时钟一样，“我不觉得我们需要加上草莓。”

“可那是我专为今晚买的！”

“非常好。”餐桌上弥漫的紧张气氛让我想起当年在世界范围内都大受欢迎的、关于冷战和核危机的那些电影，电影的关键一幕总是围绕某国总统会不会按下那个按钮，然后触发世界大战。比莉任由紧张气氛盘旋片刻，然后又开了口："卡特夫人，请把草莓拿来。"

那个可怜的女人不知该如何是好。她看着女主人，仿佛她一定是在开玩笑。“可是——”

比莉举起一只手打断了她，然后像罗马皇帝下令处死某人一样点点头："请你去把草莓拿来，谢谢，卡特夫人。"

当然，有些时候这种场面会让客人随着兴奋。众所周知，夫妻拌嘴最能够活跃晚宴的沉闷气氛。然而，这场事故的严重程度似乎超出了取悦客人的范围——它太生猛、太真实了。还好，下一幕没等多久就上演了。我们趁着幕间休息接下了芝士蛋糕，只是没人敢动。我看见山姆对卡瑞娜匆匆使了个眼色。在我左边，特丽的椅子开始摇晃起来，伴随着忍不住的咯咯笑声。除了这些小动作之外，大家坐在原位，就像谐星常常说的，而我们也都心知肚明的："好戏还在后面。"卡特夫人端着一大碗草莓重新回到餐厅，走到格雷森夫人旁边，可正当她从碗里舀出草莓来的时候，在场所有明眼人都能看出，这草莓是冻过的，硬得像钢珠一样，显然才从冷冻冰柜里拿出来。可怜的夫人舀起一勺放在自己的盘子里，叮当作响。卡特夫人转向彼得，他非常小心，可仍免不了发出一通"咔嗒咔嗒"的响声。然后卡特夫人继续往前走，请客人逐一自取，一个都没敢漏掉，也没人敢斗胆拒绝。每个人的盘子里都丁零当啷地落入了不少坚硬如大理石的小圆球，连我也是。我到现在也想不明白为什么当时就这么不敢拒绝，就像我们在正常情况下婉拒一样东西那样。卡特夫人带着一头雾水的表情退回厨房，我们开始努力啃这些冰草莓。到了这个阶段，全场没人说话，连一点儿开口交谈的意思都没有，只有十个人在努力将这些小小的球状物吞进肚子里。吃到一半，将军的气管似乎被噎住了，陡然仰起头来，宛如一只被绳子套住的野兽。这个危机刚过去没多久，地主汤利的妻子汤利夫人咬下去的时候，发出令人胆战心惊的喀嚓声，然后捂住嘴惨叫，说自己咬断了一颗牙齿。两度危机也无法唤起主人家的怜悯心，我们只得继续啃下去，彼得尤其起劲，又啃又嚼又吸，还面带微笑，仿佛在品尝世界上最美味的甜点。"你好像很爱吃这些东西。"格雷森夫人说道，她今晚注定越想缓和气氛就越是火上浇油。

"吃到这么特别的东西真是享受，"彼得说道，"对我们家来说就是如此。"他的嗓门又大又响，响彻整间屋子。众人的视线不可避免地转向了比莉。

一瞬间我以为她不会回应。但她还是开口了："你这个浑蛋！"她用了被激怒时的标准词汇，不过这次她的语气相当轻柔，尽管有些缺乏独创性，杀伤力却相当显著。接着她站起来，向前倾身拿起还剩下一些冰球的大碗，像泼水灭火一样把碗里的东西向彼得狠狠地甩过去。我们这些人也跟着遭了殃，被这些四处飞射的坚硬的"小型导弹"砸得人仰马翻。这还不够解气，她把整个碗向彼得投掷过去，不过被他躲过了这一劫，空碗砸中了角落里一个精美的乔治四世时期风格的冷酒器。随后一片死寂，大厅里只听得到众人的呼吸声。

"我们去拿外套吧？"格雷森夫人爽朗地说道，"开几辆车去舞会呢？"她想站出来结束这场闹剧，但当她起身推开椅子时，不幸踩中了一颗冰草莓，狠狠地摔倒在地，脑袋重重地在桌边磕了一下。她身上的晚礼服向上掀开，露出皱皱巴巴的衬裙，右腿的丝袜上还有一道垂直的破洞，不过也许是摔倒时剐到的。她躺在地上一动都不能动，那一刻我以为她已经断了气。我想其他人可能也被吓到了，因为没人敢动或说话，我们被原始的寂静重重包围。然后，她发出了一声低沉的呻吟，所有人都大大松了一口气。

"不必每个人都开车吧，你说呢，亲爱的？"彼得也站了起来，晚宴真正地结束了。

说了这么多前奏，不过是为了解释那晚我和特丽为何会搞到一起。直到来到舞会，我们都一直紧紧依偎在一起，目睹了之前那种场面，没理由再去找其他人做伴。山姆与卡瑞娜似乎也是这么想的，不久便牵手去跳舞。事实上，他们就是在这一晚埋下了浪漫姻缘的种子，随后便结了婚，有了三个孩子。然后在1985年，山姆和一个意大利汽车制造商的女儿私奔，他们以不愉快的离婚收场。总之，这样一来，只剩下我和特丽，我也没什么可遗憾的。从那一刻起，不知道为何，事情的发展似乎都是天意，只需顺其自然。舞曲轻快，我们随着音乐摇头晃脑，但在凌晨一点左右，灯光开始暗淡下来，DJ 播放了歌曲《蜜糖》。我们渐渐融化在对方的怀抱里，一言不发，只是随着轻柔的旋律缓缓移动身体，直到舞会接近尾声。

就某种意义而言，这些颓败的、旋律忧伤的歌曲代表了当时的风气，虽然这种情调现在已不复存在。如今回想起来，那种悲情歌曲都是缅怀已故的夫妻或情侣，他们大多死于车祸、火车事故、癌症，而其中最常见的是摩托车意外事故。死于意外的情境结合了当年时兴的风潮，听起来既流畅又煽情。这一类歌曲有的曲调哀伤又宏大，例如《告诉萝拉我爱她》或《天使少女》，或者像那首《蜜糖》。但这类哀歌最典型的还是《摩托车队长》，这首歌和时下流行的歌曲《舞后》一样，只是我们更常在浴室里表演这首歌。这里面，有一段歌词让我百听不厌：

> **“某天父亲叫我另寻新欢 / 我不得不告诉吉米，该分手了 / 他怔住了，问我为什么 / 我只能不停地哭 / 摩托车队长，伤你的心是我的错。”**

谁能做主？猜都不用猜。一个是爱得疯狂却难抗父亲命令的女孩，一个是骑着闪亮重型摩托车的皮衣男孩，两个人都明白，爹地已经表态，反抗没有好处。“换一个男朋友吧！”“是的，父亲。一切按照你的意思。”如果这首歌放到今天会怎么写？“我不会妥协，叫老爸去吃屎？”家庭结构失衡，社会秩序颠覆，歌词能够反映现状，而且描述得更逼真。难怪现代人都在嘲笑我们那一代。

在舞会的那一夜，这段副歌发挥了作用。早餐在大帐篷里供应，帐篷里别出心裁地摆着农具和玉米作为装饰。我和特丽吃着自助餐，两人对接下来要发生的事心知肚明，这让我心情愉快。多数人应该都会记得早年浪荡生活的那种甜蜜滋味，下一个性爱对象已锁定，而且对方也有此意，不开心都难。

我开车载她回曼纳林家，由于我喝多了，特丽一直在一旁用手肘撞我，防止我睡着。到了曼纳林家，我们依照主人之前的提示自行穿过正门。是现代人根本不会让这种事情发生，因为他们防范意识这么强，不知要安排多少道机关才能让人进门。接着，我们爬上楼梯，小心不发出一点儿动静，等到接近各自房间的时候，我记得我们俩迟疑一下，干脆连忸怩作态都省了。我清楚地记得，我直接跟着特丽进了她的房间，没有解释也没有询问，只是轻轻地关上了门。

当然，我想男性自古以来的弱点之一就是难以战胜自己的欲望。而且我猜我们以后也不会克服。年轻人往往会像飞鱼导弹一样，一心一意追逐性爱的乐趣。那些年尤其如此，因为当时的大部分女性都不会接受随便的性，结果导致一旦有得逞的可能性，哪怕道德高墙的裂痕微乎其微，我们男生都不会有丝毫迟疑，更不会停下来想想自己是不是真的想要这么做。我们只会抓住机会一鼓作气向前冲。可惜的是，我们往往到事后才会反思、才会质疑自己的动机。通常是在两个人已经滚在床上，想反悔也来不及的时候。我们那一代人，包括男生在内（无论赶时髦的老家伙再怎么暗示），即使到滥交盛行到极致的今天，我们乱来的程度根本比不上我们的后人。但1968年是这种乱象的开端。在我父亲那一代，男生二十岁出头仍是处男是很正常的事情，到了我们这一代则成了异数，正常人的目标都是尽可能征服更多猎物。因此，男人常常发现怀里这个女人，其实根本不是自己钟情的类型。

遇到这种情形，男生通常是先睡了再说，睡完再问自己是脑袋进水了吗。这是隔天早上才会浮现在脑海里的问题。然而难免有时候箭在弦上，疑问却偏偏在这时冒出来，让你顿时清醒过来。整件事太疯狂了，连反驳的余地都没有——你赤身裸体躺在床上，和一个你不想要的人。我与特丽·维特科夫的那一夜便是如此。事实就是如此，我对她一点儿感觉也没有，正常情况下连好感也无，假如没有曼纳林夫妇大战，假如我们不是共患难过，我绝对不会让自己沦落到这个地步。如果不是这些乱七八糟的事情，让我们生出一丝亲密感，我定会自行就寝，欣然入睡。但现在，我却和她同床共枕，能嗅到她微微的体味，感受到她钢丝般的头发和软绵绵的腰身，握着她下垂的胸部。这时我才赫然发现，此时我情愿待在世界上任何一个地方，除了这张床。我翻身躺回到枕头上，顺势从腻歪中挣脱出来。

“怎么了？”特丽说道，她这时的声音已让我厌烦。

“没事。”我说。

“最好是。”

这句话自然判定了我的命运。我想象自己成了笑柄，成了只会哄人的冒牌货，成了其他女生指点嘲讽的对象。这些事情，我知道特丽都做得出来。“真的没事，”我说，“过来。”在那一刻我下定决心，哪怕排除万难都要恪尽男人的义务。

我与特丽的晚餐进行得不是非常顺利，盖瑞对我们不理不睬，特丽则喝得酩酊大醉。我们正在看饭后点心，特丽看上一道像是水果馅饼的甜食，又开始对水果馅饼的成分挑三拣四，从盖瑞的表情看来，我们已经将他逼近到良好教养的临界点。“我来一杯咖啡就好。”我说。这是没办法的办法，为了推向今晚计划的下一阶段。果然，这让她灵机一动。

“来我家喝咖啡好了，你想不想参观一下我住的地方？”她的尾音开始拖长，听起来接近美国南方口音了。我记得她老家是在中西部，所以她那一口南方口音真是令人费解。我想到多萝西·帕克，那个女人把她婆婆描述成唯一能把“蛋”拖成三个音节的女人。

“两位可以结账了吗？”盖瑞积极地问道，想趁机在真正的风暴来袭之前，摆脱这个很有可能惹是生非的客人。没过多久，我与特丽站在停车场。

现在有点儿进退两难了。我知道自己得开车，所以酒只喝了一点儿，但特丽灌了将近三瓶酒。“我开车送你吧。”我提议，“明天早上你再叫人过来把车开回去。”

“别这么没劲，”她笑了起来，好像酒驾只是青少年的一个恶作剧，而不是可能闹出人命的违法行为。“你跟在我后面开好了。”接着发生的事令我头皮发麻，我从未有过如此惊心动魄的体验。我们先是直接开车去往比弗利山庄，在洛杉矶山路宽阔的弯道上甩尾转弯，直到我们设法——别问我是怎么做到的——开上了穆赫兰大道。那条公路位于宽阔的山脊上，一边是洛杉矶市区，另一边是圣费尔南多谷。有一部由演员拉娜·特纳主演的惊悚片《黑色肖像》，里面有个女人明明不会开车，却被她的情人也就是凶手劝说坐进驾驶座，尾随他的车子行驶。她把车子开得七拐八拐，差点儿出车祸，因为这时开始下雨，可是她却不知道如何开启雨刷，只好把方向盘猛转一气，同时自己也哭成了一个泪人儿。（我说的该不会是她主演的另一部电影《玉女奇遇》吧？）总而言之，以上差不多就是那天晚上特丽在前面带路给我留下的深刻感受。区别在于，我跟在一个疯女人后面，而不是她跟着我。我都不知道自己是怎么活着到达她家的。

她的房子没有我之前预期的那么富丽堂皇，但肯定不算糟糕。开放式大厅，左边有一座佯装图书馆的吧台，一个宽敞的起居室三面全是玻璃，将最动人心弦的城市景观尽收眼底。山下是万家灯火，颜色应有尽有，像一个巨大的珠宝盒，在我们下方晶莹闪烁。整个画面就像飞机即将降落时你能看到的繁华夜景。但是，室内光线暗淡，有一种廉价寒酸的感觉，长毛地毯脏兮兮的，长沙发上盖着燕麦色织布，扶手部位已经被磨损。屋内有几个仿制的古董，一幅她自己的粉笔素描肖像，修饰得比真人苗条不少，感觉出自国立画廊外面的街头画师之手，除此之外没有别的装饰品了。“你想喝点儿什么？”她问了一句，然后踉踉跄跄地走向吧台。

“不用了，我什么也不喝。”

“不来一杯那怎么行？”

“好吧，一杯威士忌就好，谢谢，我自己来。”自己倒酒比较安全，否则会拿到满满的一杯酒。特丽为自己倒了一点儿波旁酒，在制冰机里摸索着冰块。就是那种不管你什么时候需要，它都会发出巨响吐出冰块的机器。“唐尼在家吗？”

“好像不在吧。”

她的冷淡再次表明了这不是一段天天十指紧扣的婚姻。我啜着酒，不知是否应该庆幸旁边没有其他人，还是该担心自己会不会被特丽霸王硬上弓，或酒精中毒？我也不知道。无论是哪种，我都得在唐尼回家前，把话题拉回格雷格和苏西。

“所以你这次婚姻维持多久了？”

“大概四年吧。”

“当初你们怎么认识的呢？”

“他是制作人，电视制作人。”她急忙加以补充，以区别丈夫作为一个忙碌的制作人和普通的洛杉矶市民是不一样的。“我做的节目是讨论市面上的——”

“我知道，购物资讯节目。”我微笑着，显摆自己能熟练使用现代电视节目的术语。

没想到她却瞪了我一眼，好像被我隔着桌子扇了一巴掌似的。“我讨厌那个词！”幸好，餐厅点菜大战已经消耗了她的体力。她只是喝了口酒，然后一本正经地说：“我认为自己更像是一个‘消费者大使’。”她说得字正腔圆，希望我能理解这句话的含义。经过长度适中的停顿后，她才又说道：“我跟唐尼约会了一阵子，后来他向我求婚了，我心想管他呢，我们就结婚了。”

“敬你们二人。”我说着向她举杯，“祝你们幸福美满。”

她又啜了口酒，向后靠在沙发垫上，不出所料，她现在身心松弛，防备心也随之降低，然后我意识到，就像我已经猜到的一样，她过得并不快乐。严格说来，她过得一点儿也不快乐。唐尼似乎比她年长很多，鉴于我们都已经快六十岁了，我估计他应该年近七十。此外，唐尼曾经给她灌输了他财力雄厚的错觉。“这对我是很大的伤害。”她说。最糟糕的是，他有两个女儿，据她说，“她们老是缠着他不放”。

“她们是怎么个缠法？”

“她们一直打电话找他，想跟他见面。我知道，她们还不是看上了他的遗产？”

这句话很难让人回应。女儿想见父亲是天经地义的事情，即使期望继承父亲的财产也无可厚非，这也不代表她们不爱自己的父亲。“至少她们不会在他活着的时候争财产。”我说。

她猛摇头，“你不明白，我需要那笔钱。那笔钱是我应得的。”她的醉意浓到极点，毕竟一夜下来，她那无底洞似的喉咙已经灌进了几瓶霞多丽、梅洛、杰克·丹尼等酒水。

“嗯，我相信他会给你一份合理的财产。你们为什么不直接坐下来谈一谈？”

“他打算给我半数财产的终身权益，在我死后转给她们。”

她的语气听起来像在描述一桩令人发指的罪行。我倒觉得唐尼的规划合情合理，甚至相当慷慨，当然我不会这么说。虽然我认识特丽，但是对唐尼却一无所知，也没道理替他说话，于是我转而说：“你要的不是这个？”

“当然不是！”她伸手越过我拿起酒瓶，又给自己倒了满满一杯酒。吧台里的架子上有几张加框的照片，她倒酒的时候瞥见其中一张，照片中间的白发年长男子左右各拥着一位年轻女子，三人都在微笑。“贱人。”她带着柔和的恶意，伸出没拿酒杯的那只手，猛地把相框面朝下磕在台面上，木架发出刺耳的撞击声，我无法分辨玻璃是不是碎了。

“你们结婚四年了，对吧？”我试探性地问道，企图把船划向浅水区，碍于此行的目的，我不得不打听她的私生活。

“对啊。”她又往喉咙里灌了一口杰克·丹尼威士忌。

“既然才四年，再久一点儿，说不定他就会改变主意。”

“我和唐尼在一起四年就相当于过了一辈子，相信我。”像特丽这种人，我也认识几个，这些人总让我看不透，他们总认为自己站在道德的制高点上。我们都知道她去主持那种可怕的购物资讯节目是因为她那时已经面临绝境，不确定人生能否重新开始。然后，有一位寂寞的老绅士出现了，她决定嫁给他，巴望着继承她其实无权拥有的财产，而且是越早越好。接着，她发现唐尼有意把财产留给他的两个女儿，他爱他的女儿，留给她们财产是理所当然。两个女儿也对她们的父亲充满感情，除了讨厌继母之外，我敢说她们是正常的、通情达理的女人。然而，像特丽这一类人却不能接受这么单纯的故事，他们一定要颠倒黑白，扭曲是非。他们的眼睛里仿佛插满了玻璃碴子，以漏洞百出的逻辑使自己站在道德制高点上，好让自己有权利抱怨。抱怨自己是被体制残忍剥削的受害者，他们才是值得被同情的人。我告诉自己，他们内心一定知道这样是自欺欺人，只是掩饰了自知的迹象。通常他们的朋友或同事最后只能投降，一开始是装作站在他们那一边，到了最后就真的听信了他们的说辞。好在我的价值观经受住了考验，简直想当场写信给唐尼表示我对他的支持。

特丽的尖嗓打断了我的沉思，让我重回现实。“告诉你一件事。”她喊道，显然她又想举出一个例子证明她的丈夫是多么令人无法容忍，就算我还没听我也打算举双手赞成。“他甚至打算给苏西留一笔钱，无条件地。”她停顿一下，为了强调这一难以置信的不公正，“却不会无条件给我。他给我的是‘终身权益’。”她说得口沫横飞，几乎是得意扬扬地点着头，好像终于讲到了滑稽故事的结尾。

我越来越喜欢唐尼了，远超过我对他妻子的喜欢。“唐尼是她的继父。”

“太好笑了！”她笑得很假。

“苏西住在哪里，在洛杉矶吗？”我该意识到这个问题有点儿过头，是不早了，我还有点儿时差，到这会儿也有点儿醉意。总之，我只想速战速决。我的话似乎还在屋里回荡，气氛为之一变。

特丽身上的问题很多，可她并不愚蠢。“你到底是为什么来洛杉矶？”她说道，语气突然变得完全冷静理智。

各位必须明了，这项任务即将接近终点，名单上只剩下特丽与坎迪达。因此，苏西有百分之五十的概率是达米安的亲骨肉。我承认，就算是为了达米安好，我有点儿更希望那是坎迪达的孩子，然而也没有理由不能是特丽的孩子。既然这里离英国那么远，那么我干脆直接问她也没什么关系吧？我无意把名单的事情告诉特丽，而且万一特丽想张扬她背着前夫偷情的往事（我猜她八成不想），达米安在美国也没有太大的新闻价值。“你说过，你和格雷格交往很久才怀孕。”

“对。”

“达米安记得在那段时间，曾和你有过一段关系。”

她微笑着，并未立即做出回应。“我们没有过‘一段关系’，当年没有，从来也没有，那种事情不能用‘关系’来形容。”她再次放松警戒，再一次把尾音拖得冗长。某种程度上我觉得她也算聊开心了。“我和达米安那种微妙关系时有时无，持续了几年，从来不算正式交往，也没有决裂。如果你想问我当年是不是不忠，我觉得以我和他的关系根本不算。”

“没关系，我的意思是”——重点来了——“他想知道，苏西是不是格雷格的亲骨肉？”

我本以为她会非常愤慨，但出乎意料的是，她仰起头大笑起来。这一次是真心的笑，一时间好像止都止不住。过了一会儿她终于停下来，擦了擦眼角。“不是，”她摇着头说，“她不是格雷格的女儿。”我不说话。“你说得对，我当时已经和格雷格在一起很久了。在那之前我很早就决定要怀孕了，因此从不避孕。然后我开始怀疑他是不是不能生育，你知道，我怀疑他无精。”

“所以，你回头去找达米安，想靠他怀孕？”我很容易想象这事的发生。她想促使格雷格求婚，当年的亲子关系又不那么容易弄清，如果这是个计谋，其实很容易成功。问题在于，此事有悖最初那封匿名信的逻辑。既然从头到尾都是特丽自己的主意，她后来又为何写匿名信给达米安，指责他诱惑或“欺骗”了她呢？绝大部分的责任明明在她自己身上。不过这点后面再弄清楚也不迟。

“对，差不多是这样。”她大胆说道，她在烈酒的撺掇下变得勇敢，甚至无耻。她歪着头，仿佛在向我调情。

“我不是来批判你的，我只是想知道真相。”

“知道了真相，他想怎么样？”

看来我冲过终点线了，我们到达目的地了。我暗暗窃喜，心想现在说些实话也无妨。“我说过，他快死了。我相信他想确保子女以后能过上高枕无忧的生活。”点到为止就好。

“有必要让苏西知道吗？”

这话问得耐人寻味，苏西当然应该知道，不过特丽想开条件吗？话说回来，苏西想不想知道，岂能取决于母亲？毕竟苏西都快四十岁了。“我应该会和达米安沟通一下。亲子鉴定是必要的，如果逼不得已，我们可以找个完全可靠的借口，或者可以瞒着她去做测试。”

“哦。”从她的语气我马上判断出来我的话起到了作用，但我不明白究竟是出于什么原因。我好像没有定下多么严苛的条件。她站起来走向玻璃墙，拉起插销，把窗户推开，让晚风吹进室内。她深吸一口气，“达米安不是苏西的父亲。”她说。

这话听起来完全不可理喻，但愿我能传达那种感觉。整整一个晚上我都在听这个视钱如命的女人——不管是谁的钱，哪来的钱都好——这个一生都不得志的女人，受困于她痛恨的命运，受困于她不在乎死活的丈夫，现在最不可思议的运气降临到了她头上，她女儿即将成为全欧洲最富有的女人，可她却不要？而且连一丝争取的意思都没有？“你也没法确定吧，”我说，“你说了她不是格雷格的小孩，那她总归是什么人的小孩吧？”

她点点头。“对，她当然是某人的小孩，但那个某人既不是格雷格，也不是达米安。”她停顿了一下，我现在知道她在想什么。她在犹豫是否要说下去。我很庆幸她最终还是决定和盘托出。“她也不是我的小孩。”

刹那间我惊讶到说不出话来，连最基本的“什么”“怎么可能”，甚至连“哦”也说不出口。我呆呆地望着她。

她叹了一口气，忽然被夜风吹得打了个寒战。她走向脏沙发：“你说得没错，我当时是想怀孕，因为我知道这是唯一让格雷格娶我的方法。

那时候，我断断续续跟达米安睡了两三年了，我相信他不会介意，他也确实没有。最后一次是在你们去葡萄牙度假不欢而散之后。”

“他好像说在那之前。”

“不对。那天我打电话给他，他室友说他去葡萄牙了，所以我留了言。他回国之后，打电话找我，我就过去了，很好笑，我们最后一次见面的时候……”她陷入了沉思，瞬间变成了一个和善一点的人，回忆着年轻时的美梦，“我曾以为我们能永远在一起，因为他回国后好像不一样了，比较不那么……我也说不上来，不那么遥不可及了。我曾一度以为我会跟达米安结婚，而不是跟格雷格。”

“但是你们并没有继续在一起。”

“对，达米安在葡萄牙又碰到那个女孩，等她一回伦敦，他又跑去见她了。”

“好像只有一次。”

“真的吗？我觉得不止一次。她叫什么名字？”

“乔安娜·兰利。”

“对，她后来怎么样了？”

“死了。”

“哦。”她叹了口气，为世事无常而黯然神伤，“重点是达米安回国之后，情绪变得很奇怪。我听说了在葡萄牙发生的事情。”我点点头。她继续说：“我想事实上，他当时对我们所有人都感到很厌恶，后来我和他就没有来往了。”

“我们所有人都是。”

“乔安娜·兰利死了，天啊，我以前一直嫉妒她。”我看得出这个消息让她一时出神，你以为某人活得好好的，却突然听见那个人的死讯，会感觉那个人有点儿像死在你手里，因为原本活在你脑海里的人却突然死了。对20世纪60年代的人而言，这种现象尤其明显。20世纪60年代的人喜欢宣扬青春的价值，无法相信上帝怎会忍心让他们变老，他们更不能接受自己也有离开人世的那一天。所以他们刻意往年轻打扮，穿那些明明更适合年轻人穿的衣服，以为这样就能青春永驻，能躲避死神的追赶。每次一有摇滚老将去世，电视节目和报刊文章都是哀声一片，可这有什么好吃惊的呢?

终于，特丽幽幽地点了点头，继续说了下去 :“我和达米安又睡了两三次才结束这种关系，我们没有闹掰。”她停顿一下，以确定这份感想是否和我掌握的信息相符。

“我相信，可是，你没怀孕吗?”

她仰起头。“没有。后来，格雷格被调去波兰，我跟他一起去，照样没动静，就是没有。我实在没办法，去看了一个波兰医生，结果你猜怎么着?”

“没有生育能力的不是他，而是你。”

她露出了微笑，像老师对回答正确的学生那样。“是的，始终是我。总之我缺了一个什么管……”她挑了挑眉毛，尽量控制语调，“你知道我第一个念头是什么? 当年那么担心怀孕根本是多余的。十八九岁那些日子没玩过瘾，多可惜啊。”

“倒也不是没玩到。”我说。

这话逗笑了她。“总之，我知道我没有生育能力这件事，一旦被他母亲知道的话，婚事铁定没戏了，一切都要从头开始。所以，我向人买了一个婴儿。”

这么说有点儿奇怪，不过当时这句话完全出乎我的意料。为什么？我想不出答案。当年还没有代理孕母这种事情，即便有我们也没听过。她说她无法生育，所以买个婴儿逼格雷格娶她，那么婴儿是怎么来的？又是怎么假装是自己亲生的？我哑口无言，只能挤出一句话：“怎么会？”

她微笑着说道：“你要有心理准备。”她已经说得太多，现在想反悔也迟了。“那时候，大使馆赞助了一个公益团体，我去帮忙做义工。那是在1971年，政党还没有垮台，也没有工会，更没有希望。波兰被侵占，人民生活绝望。我找到一个少妇，她已经是四个孩子的母亲了，刚发现又怀了一胎。我和她商量，不管是男是女，不管婴儿是否健康，我都接受。”

“真的都接受吗？”

她思考了一阵。“希望如此。”她说。她这点善心令我欣赏。

“但是，你是怎么安排整件事的？”

“不难，我收买了一个医生。”她说。我当时表情一定很错愕，因为她突然怒气冲冲。“拜托，那个医生给青少年开了多少禁药啊，我的事有更糟糕吗？”

“当然不。”

“我‘怀’了五个月肚子才大起来，我告诉格雷格我现在的状况可能不太适合发生亲密关系，何况他是清教徒，也觉得不妥。后来我问他，我分娩的时候他可不可以在外面等着，因为我会感到不自在。哇，他的表情好像卸下了一块大石头。今天当爸爸的人如果不进产房，不看着婴儿的头从娘胎里冒出来，保证会被骂死。不过在1971年，进产房陪伴妻子分娩还不是丈夫的义务。”

“你是怎么隐瞒分娩那天的状况的呢？”

“算我走运，婴儿来的前几天，格雷格正好因公事回纽约。我告诉他的预产期比实际晚了三个星期，给自己留了一点儿余地。我本来订好了房间，打算在外面住几天，结果发现根本没必要。产妇一阵痛我就带她去妇产科，在医生默许之下，她报了我的姓名。婴儿生下来以后，出生证明就顺理成章了。格雷格回波兰时我在家抱着小苏西等他。我们感动得哭成一团，实在太高兴了。”

“从来没被人发现吗？”

“从来没有。我告诉格雷格我爱他，不过我在身材恢复之前要保持距离，他没有怀疑。没有人知道事情真相，连苏西也不知道，我说真的。”显然没有人知道，我认为她的话或许是真的，只不过人们很难百分之百确定这种事情。现在把婴儿丢给明显不能胜任的母亲照顾已经不新鲜了，虽然我很难苟同这一做法。特丽就快讲完了。“有一阵我很怕医生勒索我，幸好没有，所以事情到此为止，搞不好他还反过来怕我勒索他呢。”

“后来也没化验过什么，没露出破绽？”

“有什么好化验的？父女都是O型血，我真是松了一口气。谁会去比对自己女儿的DNA呢？”

“格雷格有其他小孩吗？”

“有，但也不是他亲生的。他有两个继子。他很疼爱苏西，苏西也爱他。”她有些疲倦地叹了口气，“她比较爱她爸爸。”

我点点头。“这样看来，格雷格会照顾她。”基于某种因素，我还挺庆幸的。在我没搞清状况期间，苏西有望继承巨额财富，可两三分钟之后却失之交臂。我高兴的是她仍有财产可继承。

“对呀，她的未来比我安稳太多了。”

我不得不问：“假如我没有提到达米安要求做亲子鉴定，你会说实话吗？”

她思考了一下：“大概不会，诱惑太大了。当然，进行到最后阶段，肯定会出岔子，所以我很高兴你事先提到了这件事。省得我空欢喜一场。”

又是告别的时刻，这一次我明确知道我们不会再见面。即使我下一次来洛杉矶也不想约她出来。但在她述说的过程中，有一件事稍微挽回了我对她的看法。我想起卡洛琳·兰姆夫人的警句：“纵然常言道人生苦短，你我多数却觉得人生漫漫无期。”特丽的人生道路坎坷而漫长，得到的总是不及预期。虽然我很明白该对此负责的是她自己，但也无法慰藉到她。她放弃了能带给她体面未来的格雷格，却再也没能交上类似的好运气。如今，连她费尽心机抱回家的孩子都和她不亲近。我们在门口吻别。“请别把这件事告诉任何人。”我说。她摇摇头，我还有话要说。“也请你千万别告诉他们。”

“我会吗？”

“我不知道，你如果喝得太醉，也不是不可能。”

这话没有惹她生气，值得表扬，但她反驳时自信满满：“四十年来我喝醉发火不知道多少次，照样没告诉任何人我的秘密。”我确定这是真的，字字属实。

“那就好。”我真的要走了，但是临走前还有最后一个心愿。“对唐尼好一点儿，”我说，“他听起来是个不错的人。”

夜访归来，我对她的评价多了一份情感因素，没法再那么客观。事实上，除了她谈到苏西时流露出的真情之外，特丽·维特科夫仍然是原来的特丽·维特科夫，变化不大。“他是个浑蛋。”说完，她关上了门。

第十三章

格雷沙姆庄园的元媛舞会

以我个人而言，我已经清楚明白一件事：塞琳娜曾经、现在以及永远都是我一生挚爱之人。

只剩下坎迪达·芬奇了。

我在洛杉矶逗留了几天，确切来说是在舒适的比弗利山庄半岛酒店——对英国人而言这里宛如避风港，走路就能到邮局，吃个饭也不必站半天等制服笔挺的泊车小弟把你的车开过来。我见过代理人了，他性格很好，即使我没有全照达米安的意思去安排，我们相处得也十分融洽。他帮我约到了几个本地的朋友，让我顺便去认识一下。由于回程有幸享受了头等舱的待遇，回到伦敦时我顿觉身心轻松，元气满满。说也奇怪，睡眠充足加上精力恢复竟能让人产生无所不能的错觉。相反，如果缺乏睡眠，大概就是反效果吧。

踏进家门时，我有点儿期待答录机里是否会留下一连串坎迪达的留言，然而我失望地发现一通留言也没有。于是，我拿起电话打给她，又是无人接听，我只好在她的答录机里再次留言。接下来的一两天，我气定神闲继续写我的小说，讲述中产阶级的苦闷，场景设定在某个海滨城市，即将写到我勉强称之为高潮的地方了。可想而知，我最近疏于下笔，小说推进得不是很顺利，当我终于渐入佳境，重返那个不断出事的海上三角洲时，我桌上的电话终于响起。

一位女子说道："你昨天打电话给了坎迪达·芬奇？"我一时竟没来由地认为电话那头是坎迪达本人。为何有这种错觉我也不清楚。

"对，不知道能否约您见个面，我知道有点儿唐突。"

"的确非常唐突，而且我不是坎迪达，我是塞琳娜。"一千包冰冻果汁在我的五脏六腑里炸开。

"塞琳娜？"当然是她，这是她的声音，千真万确。我在想什么？可问题是，为什么回电话的人是她？怎么会这样呢？我没有说话，把听筒按在耳朵上，脑子里反复盘旋着这些疑问。

"喂？"她提高了音量。

"是的。"

"哦，我还以为电话断线了，突然好安静。"

"没有，我还在这里。"

"那就好。"

她似乎有些质疑的意味，仿佛生怕电话另一端的人是个神经病，谈话继续进行可能会有危险。我想到这里忽然颤抖起来，担心她因为潜意识里的警惕而挂断电话，可见我的想象力有多疯狂。"有什么事情吗？"

“我今早和坎迪达通过电话，她说她接到了你的一则留言，说你想见她。”

“我的留言不止一则吧，我还以为她移民了。”

“她去巴黎了，昨晚才回来。”

“你们还保持联络，真好。”这话一出口我就知道是废话，为什么保持联络真好？她们凭什么不能保持联络？我疯了吗？

“她是我的表妹啊。”

我早该知道的。不对，我好像知道。不对，我确实知道。我知道得清清楚楚。她们合办过舞会！我明明去过。什么样的傻瓜会忘记这种事？什么样的白痴呢？“当然，”我轻描淡写地说道，“你们的确是。我一时糊涂，忘记了。”我胡言乱语到底在想什么？赶着参加什么国际白痴大会吗？为何除了这些没头脑的胡话什么也说不出呢？

“总之，我在想，你想见她，会不会和达米安寻人有什么关系？”

我的心跳一下子停止了。在格雷沙姆庄园遇到她时，我说漏嘴了吗？露出了马脚？可能吗？我告诉她什么了？我开始胡思乱想，活像一群找不到栖息地的乌鸦。我以为自己对当时的每分每秒都记忆犹新，却好像什么也记不得了。“寻人？”我说，只能借反问来打探对方的虚实。

“你说，达米安叫你替他探访几位老朋友，是你在庄园遇到我的时候说的。我怀疑坎迪达是不是他想寻访的人之一，因为她想不出你有什么其他理由这么想见她。”

“她太谦虚了，我想见她的理由多了去了。”

“所以，到底是不是？”

“老实说，是的。我想请她吃顿午餐，问候她的近况，达米安要求的就只有这么多。”

“这样的话，我有个更好的主意。下周末她会来我家做客，不如你也一起？大家聚一聚。我们欢迎你来。”

我本来对自己的胡言乱语已经绝望到了极点，听见这句话突然心情大好，一只乌鸦被天使之翼取代。“感谢你的邀请，说真的吗？”

“当然，星期五过来吃晚餐，你可以待到星期日下午再走。”

“只等你和家人说好。”

她笑着说：“客人只要在星期日晚餐之前离开，安德鲁就没意见。”

我想也是，那只没礼貌的癞蛤蟆。“我穿什么衣服比较合适？”

“他穿室内便装，不过星期六晚上不打领带。除此之外，我们就随便穿好了。”

“好吧，如果你能确定……”

“当然确定。我会发电子邮件给你，告诉你怎么走。我们家很容易找的。把你的地址给我。”

我报上地址，就这么约定了。我犹豫，该不该再打给坎迪达？但我一直没接到她的电话，估计塞琳娜已经转告她了。

电话挂掉之后，我在书桌前呆坐，整理自己的思绪。塞琳娜的邀请让我心中响起了一阵银铃般的欢歌，我满怀期待和她度过整整两天的美好时光，能尽情看着她的脸我就心满意足了。然而，我也想起一句谚语，大意是满怀希望的旅途比到达目的地更美好。如今，塞琳娜有望重返我的生活，我却反过来隐隐觉得不安。当然这一切全是达米安的错。三十八年前她离开了我的生活，也是达米安的错。至少我是从葡萄牙之夜算起的。现在她回来了，还是达米安的错。以我个人而言，我已经清楚地明白一件事：塞琳娜曾经、现在以及永远都是我一生挚爱之人。如果我敢诚实面对自己的话，她重返我脑海的那一刻，正是可怜的布里吉特被我排除于我生活之外的那一天。我多少也和父亲谈过。在它的强大力量相比之下，现有的生活简直不堪一击，也没有意义。

可是，塞琳娜对她的生活是满意的。就算她不满意，她也绝对不会离开她的丈夫，这点我很肯定。就算离开了她的丈夫，也不会是因为我。就算是因为我，我也拿不出同等优渥的条件。就算是……诸如此类。我同样有把握的是，她不是搞婚外情的那种人。即使我连这一点也猜错，我绝对不会是她的婚外情对象。我有自知之明，虽然我比年轻时成熟一点，事业也小有成就，如果有些寂寞的失魂女性想要为自己的下半辈子找一个依靠，也许会觉得我是不错的对象。尽管如此，我知道自己不是那种能够诱惑女人做出越轨行为的人。我既没有那种外表，也没有那个魄力。

不，不能妄想。等待我的未来——或者干脆说，等待我的只有一个可能性——就是成为一个朋友，一个陪她散步的人，一个同伴嫁给了傻瓜或者工作狂丈夫的名媛所需要的有修养的伙伴，是可以请她们吃午餐，去戏院看戏时帮她们拿大衣，在意大利阿尔玛菲别墅办宴会时逗其他宾客开心的人。这是我要的吗？这种事情我已经经历过太多次，在晚宴上妙语连珠不下一千次，我不仅要再次扮演这种角色，还要多挨一份心痛？我只能坐在一边，看着我愿意以生命相许的女人，听她大谈在特鲁维尔度过的周末，在阿尔美达剧院欣赏的舞台剧，或者最近的购物收获。不，这不是我想要的。男人有男人的尊严。我的脑袋显然还在空转。周末之行我一定会去，不管怎样我都有调查坎迪达的任务或借口，这一趟就能画下最终句号。事情快结束了，我也借此机会可以旧地重游。一旦结束，坎迪达的孩子得到遗产，达米安病逝，我回家继续写我的小说，在佳士得的夏日晚宴上碰到塞琳娜时和她打个招呼，一切如常。知道她过得好就足够了——至少我对自己是这么发誓的。

韦弗利庄园听起来浪漫，其实稍嫌古板。贝尔顿伯爵的长系在19世纪90年代只剩最后一个女继承人，梅林伯格城堡也流入外姓，如今被埋在米尔顿凯恩斯的一个车站停车场底下，大部分城墙成了停车场的墓地。然而，爵位落入旁支，新伯爵为了庆祝封爵，迎娶了一位美国富豪的女儿，购置了多塞特郡的韦弗利庄园，不远处就是侏罗纪海岸。历经两度世界大战，家产大大缩水，老贝尔顿伯爵过世之后更是一缩再缩，人们这才发现他的遗嘱拟得不太妥当，安德鲁的胞弟与胞妹将会瓜分掉半数家产。我相信有人期望弟弟妹妹会主动把家产交还给大哥，但就和通常的情况一样，他们不还。雪上加霜的是，妹妹安娜贝拉·沃伦后来嗜赌成瘾，分到遗产不足三年，就把自己那份全输光了，农场中间留下一个大洞也不修。至于安德鲁的弟弟尤斯塔斯，娶了一个比他母亲还泼辣的女人，后来把他那份遗产分给了四个女儿，想留也留不住了。我听说，引发这场混乱的源头是贝尔顿夫人，因为她坚持用表亲的儿子当律师，而不是找一个专业人士。传闻有多少真实性我不敢妄言，但听起来可能性很高。遗嘱事件的结果是，安德鲁分到的家产太少，无法支撑家庭开销，而他本身又不太聪明，完全指望不上他能赚钱贴补家用，塞琳娜或许有父亲的遗产可期待，但克莱尔蒙特家族这样的大家族，若想让每个孩子都丰衣足食，家产迟早也会被瓜分一空。塞琳娜即使能分得到，也不会太多。

庄园本身相当大，却毫无特色可言。从17世纪60年代开始有人在此定居，残存至今的只剩悬臂梯，是整栋房子最具欣赏价值的部分。房子外围整修过两次，18世纪50年代那次修得不错，20世纪初却修得非常失败，始作俑者是欢天喜地住进房子的贝尔顿家族。在19世纪40年代末期，房子传给了安德鲁的祖父，他一时兴起，叫人拆掉了服务人员专区，将厨房移到从前的晨厅，把大厅变成了图书馆，导致正门无处安放，只能在一个角落里，远离正门门廊。如今，你一进门，会经过一个类似隧道的走廊，来到楼梯的正下方，稍微转个弯才能上楼。擅自更改一栋房子的格局只有自讨苦吃，韦弗利庄园也不例外。改造的过程中，各个房间的“角色”也跟着变来变去。最后结果就是晚宴厅里堆满沙发，客厅里放满了餐桌椅，大壁炉安置在小书房，细腻精致的卧室雕饰出现在半个舞厅的墙壁上。更不凑巧的是，整修是在战后几年进行的，建筑物资有限，几乎所有建材都是用三合板与刷了漆的石膏板搭建的。当然，并非所有改造都是失败的。改装后的图书馆依然可圈可点。早餐室虽然不大，装修却很雅致。说实话，这栋房子有一种让人迷惘的、不知所措的感觉，像是私人住宅突然被改成了旅馆，变化太仓促，屋内的房间还来不及适应它们的新角色，所以显得杂乱无章。安德鲁想必是把韦弗利庄园当成了宫殿，每个来访的客人都是乡下人，能踏足禁地享受几分钟的圣光沐浴，都是他们至高无上的荣幸。

在星期五下午开车离开伦敦是一件苦差事，我抵达韦弗利庄园的时候已经过了六点。我拎着行李，跌跌撞撞地走进去时，塞琳娜正从一道门里出来，站在门口欢迎我。她身上穿着一件连衣裙，随性而美妙至极。“行李就放这儿吧，待会儿再提上楼。先来喝点儿茶吧。”我跟着她走进图书馆，几个人同时转过来看着我。除了坎迪达之外还有几个人，有一个人正在装模作样埋头读着《乡间生活》杂志，我一看就知道是脾气暴躁的安德鲁。

有一对男女是詹姆森夫妇，我在伦敦见过他们几次。另一对夫妻来自诺福克，名字分别叫作休·普布里克和梅丽莎·普布里克。他们的生活以农牧为主，以狩猎为乐，没有别的爱好，他们是我母亲一位老朋友的远亲，所以我猜他们不会为难我。“你想不想喝茶？或者拿一杯酒去楼上喝？”塞琳娜说。我婉拒了，直接在坎迪达旁边的沙发上坐下。

“我觉得很内疚。”她说，“我一回家就发现答录机的灯不停地闪，就像黑泽的彩灯节一样，我还以为要么自己中彩票了，要么就是有可能谁死了。但是留言的人只有你一个。”坎迪达衰老得很明显，不像她的表姐塞琳娜那么幸运。她的头发全部灰白了，脸上的皮肤粗糙，皱纹深刻，肤色比以前更泛红，但我不愿意猜测原因。整体而言，她的外表符合她的实际年纪，可谈吐与当年相比，乍看之下提升了不少。她似乎变得镇定多了，不是镇定多了，而是相当镇定自若。用法语来形容的话，她是“找到了自己”。因此，我不知不觉想拉近和她的距离，这是我在年轻时从来没有过的感觉。

“对不起，我可能太急躁了。”

她摇摇头，意思是我们都无须向彼此道歉。“我出国前应该关掉答录机，至少不会让人等不到回电，一个劲干着急。”

“你去巴黎做什么？”

“没什么，随便逛逛。我有个孙女非常喜欢艺术，我带她去参观奥赛美术馆。当然，逛美术馆才花了差不多三分钟的时间，其他时间我们都在购物。”她微笑着。这时，她开始好奇我找她的用意。“怎么了？有什么大事吗？塞琳娜说你是达米安派来的‘特使’。”

“可以这么说吧，不对，我确实是。”

“你是来找他当年的朋友？”

“算是吧。”

“我也是其中一个？真是受宠若惊。你见过哪些人了？”我告诉了她名单上的人。“这么说来，我比较没有刚才那么受宠若惊了。这名单太奇怪了。”她琢磨着名单上的人，“这些人全都去过葡萄牙吧？”

“除了特丽。”

她思考了一阵。“当然，那晚是另外一码事。”她默默看着我，彼此交流着回忆，“我们聊过那件事吗？”

“没有好好聊过。大家回国以后，几乎没什么见面的机会。”

“是没有，你说得对。”她再次思考我告诉她的事情。“特丽·维特科夫……”她苦笑着，“她居然也是达米安的‘老朋友’？我还以为达米安的品位没有那么糟糕。”

“你太犀利了。”我暗笑。看来当年很多人对她有着相同的评价。

“她和以前一样吗？”

“一样，外加四十年人生不如意带来的副作用。”

坎迪达消化了这个消息一会儿：“你记得她的那场舞会吗？”

“不用些医学手段的话，在场的人没有一个人能说忘就忘。”

她哈哈大笑：“我第一次上报是在出生的时候，第二次就是那场舞会。气得祖母好几个星期不理我。”我思考着坎迪达随后的人生历程，经历了放荡不羁，未婚生子，后来碰上了“9·11”恐怖袭击事件，不知这位祖母如果知道会有何感想？幸亏她死得早。坎迪达的思绪仍留在蜡像馆。“我知道，下药的人是她，不管她怎么辩解。”

“她说不是，是菲利普·罗恩斯利·普莱斯。”

“菲利普是有可能帮她做这件事，他那么蠢，但是她不可能不知道，不然她为什么挑布朗尼当甜点？当年我们太天真了。”

“是很天真。”我懒得为特丽辩护。虽然我也不相信坎迪达的指控。我想我并不在乎究竟是谁搞的鬼。

坎迪达盯着炉火看。进行了这么多次的访谈，我已经明白这些人都在想些什么。见面之后，本周女主角会再次回到四十年前的世界，而她亦有很多年未曾回顾过那段往事了。“天啊，那一年我们活得多自在。你还记得达格玛的舞会吗？”

“谁会忘记呢？”

“达米安不请自到，还大吵一架——”她捂住嘴，忽然想起和达米安争吵的对象是谁。男主人陡然甩了甩手上的杂志。

“我记得很清楚。”我说。我们默默沉浸在往事中，尽量不去注意安德鲁鼻梁上的伤疤。

坎迪达叹了口气：“我念念不忘的是当年我们多么年轻，完全不知道将来会发生什么。”

“我觉得我们当年还好。”我说。她没什么意见，微笑着。“你儿子最近好吗？”

“我其实有两个儿子和一个女儿。”她瞥了我一眼，神情中有点防备的意味，“不过我知道，你指的是阿尔奇。”或许她能明白我并无恶意，所以放松下来。“他自己开了一家房地产公司，有钱，成功。”

我心想，再过几天他才会知道什么叫有钱吧。“他结婚了吗？”

“是的，妻子叫作艾格尼丝。他们有两个小孩，十岁的女儿就是那个购物狂，儿子六岁。很有意思的是，艾格尼丝的母亲是你以前交往过的那个女孩，明娜·邦汀，她嫁给一个姓氏为哈沃拉克的军人，你还记得她吗？”

“记得。”

她微微扮了个鬼脸。“问题是，我不记得了。当年我不太认识她，不过现在我们俨然装作之前很熟的样子，我们自己几乎都快信以为真了。”

从前的缘分现在依然交织，是令人宽慰还是让人窒息？道德革命或许会爆发，社会主义可能会再次气势汹汹地登场，但相同的面孔、相同的家族、相同的关系却永无止尽地重复着。“我喜欢艾格尼丝这个名字。”我说。

“我也是，很喜欢。”她接着说，无意间多透露了一些她对儿媳妇的看法。

“你们母子俩，当年辛苦吗？”

坎迪达沉默片刻。她没有装作听不懂我的问话，算是对我表示亲近吧。“与很多和我们一个处境的人相比来说，我们还算好。我父母很早就走了，祖母那时也已经过世，刚刚过世。我痛恨继母，所以我根本就不关心她的看法。经济状况当然很拮据，单亲又带一个孩子，继母一分钱也不给，到最后她也没什么钱能留给我了。不过，至少我不必觉得自己让身边所有人都失望了。其实，姨妈虽然觉得我脑子有问题，对我却很好。”

“但是……”

"就像我刚才说的，我爸妈死了，我痛恨继母。没有近亲，没有后援，只有姨妈和塞琳娜，而她们母女认为我已经疯了。老实说，我朋友也这么认为，不过他们比较小心，不敢太明显地表现出来。"

"我知道你后来结婚了。"

"对，嫁给了一个叫作哈利·斯坦福斯的男人。你见过他吗？"

"第一次听到他的名字时感觉很熟悉，所以可能见过他吧。但是，我不记得是在哪里认识他的，他的遭遇让我感到非常遗憾。"

"对。"她微笑时脸部的肌肉微微抽动，像在强忍悲痛，"遗体没有找到，让我很痛苦。有时候，儿子战死在海外，没法领回遗体回国安葬，我以前听说过这种事情，常常替做母亲的心痛。不知道为什么，我总觉得得好好办一场葬礼，否则会觉得事情没有结束。总不能只下葬一张照片吧？可我当时只有一张照片。"

"美国人把那种结束的感觉称为'完结'。"

"我不会用那种字眼来表述，不过我知道美国人的意思。我总忍不住想，他只是昏迷了，躺在某个地方，或者失忆，或者逃生成功可是精神崩溃了，或者流浪到夏威夷的威基基。碰到这种事情，我当然会劝自己接受现实，不要胡思乱想，可是我就是总忍不住。每次电铃突然响起来，每次三更半夜有电话打进来……"她淡淡地笑自己犯傻，"最后总会释怀的。"

"这太糟糕了。"

"可是，你千万不要以为我是个悲伤的人。请别这么想。"坎迪达的语气变了，直视着我的眼睛。我看得出她迫切地想要我相信她的说法，而我也认为她说的是实话。我猜她是想忠于对亡夫的记忆。"我一点儿也不悲伤，真的。认识哈利之前我很悲伤，因为困在绝境中，还带着一个男孩，半数的亲戚见到他就浑身不自在。我知道，当年你们都觉得我很荒谬。”

“不荒谬。”

“荒谬。一个讲话大声的脸色泛红的荡妇，站在她身边都觉得丢脸。”因为全是实话，所以我没有反驳。然而我访谈这些女人时，几乎每个人都让我意识到：四十年前，大家对彼此并不了解，否则相处起来必定融洽很多。坎迪达耸耸肩，甩开这些不快的回忆。“有一天，哈利出现了，他拯救了我，拯救了我们母子。到现在我也不太明白他看上我哪一点。不过我们在一起，一直都非常快乐。”

“因为他爱你。”说来好笑，这是真心话。我意外地发现我现在渐渐能体会哈利爱上她哪一点了。

她点点头，眼里开始泪光闪烁。“我想是吧，天知道为什么。他完全接受了我们，收养了阿尔奇，法律文件一切都办妥了。后来我们又有了两个孩子。在他……”我看得出来，尽管她极力克制，泪水还是逐渐盈满了眼眶，我也快要落泪。“在他死后，我发现他的遗嘱把财产平分给三个孩子。三等份，一视同仁。阿尔奇非常感动，非常非常感动。被困在世贸大楼里的那些人，当时他们的手机还有信号，你知道吗？”

我点点头。“我在报纸上读过。”

“最奇妙的是，他们多数人不是打电话求救，而是打给最亲近的人，丈夫、太太、孩子，表达自己对他们的爱有多深。哈利也是。可惜我老毛病犯了，手机又没开机，后来想打回去已经打不通了。他留言说，跟我结婚是他这辈子做的最棒的一件事。这则留言我一直留着。现在还留着。他谢谢我嫁给他，你能想象吗？在那种时候，害怕都来不及了，他竟然会想到谢谢我嫁给他。所以说，其实我一点儿也不悲惨，我很幸运。”

我望着她的脸，看着她两眼噙泪，知道她说的字字属实。“确实。”我说。见她之前，我做好了同情她的心理准备。但是自我们上一次分别以来，她这些年的生活，比特丽、露西、达格玛甚至是乔安娜要好得多。任何人都得承认，本姓芬奇，夫姓斯坦福斯的坎迪达，是达米安名单上最幸运的一位。以当年所有人最看重的各种评判标准而言，坎迪达的起点比她们都要低，后来却遥遥领先。“你以前不是想进入出版业的吗，后来有吗？”

她点点头。“有啊。不过，我做的是正式的出版业，不是出版无聊的刊物。我当年以为自己只配做一些毫无价值的书，是哈利一直鼓励我，通过他的引荐，我进入一家专门栽培女作家的小出版社，在里面审稿。我硬着头皮做下去，他们也继续用我，最后我编了好几本书。”

“现在不做了？”

“暂时休息。我想静一静，尽量忘记…… ”我急忙点头，不愿她再回忆那惨痛的一天。“不过，我最近考虑回去上班，其实我做得不错。”从这句简简单单的话，我听得出她最感激哈利的是什么，也明白她为何至今仍拼命希望大家领会这段婚姻的幸运。现在的坎迪达自尊自爱，这是我在当年那个既爱生气又不快乐的丑小鸭身上完全看不到的。当时她太年轻，受童年经历影响，阴霾挥散不去。“重要的是，在二十三年的时间里，我有一位善良、正直、帅气、爱我的男人相伴。”这样的称颂措辞简单却感人至深。我听了不禁对哈利大为欣赏。她向我凑过来，压低声音，悄悄说："我的命比塞琳娜好。"说完，她和我相视大笑。交谈就此告一段落，不久后我们上楼更衣。

我的卧室在拐角处，以木板为装潢，房间漆成米黄色，两侧有大窗户，外面是一望无际的葱郁树林。卧室里有一张美丽的帷幕床，床身表面以旧印花棉布作装饰，墙上挂着奥杜邦的复制画。整体而言，房间装饰得还不错，只是稍微欠缺了创意。装潢有些褪色，画像基座的艳桃红色，给人一种20世纪70年代的感觉，让人不禁觉得这家人至少有三十年没花钱重新设计了。在这个房间里有一间独立卫浴，里面的色调和卧室差不多，只是拧开热水水龙头之后，管道里"咕噜咕噜"响了半天，流出来的水却是半冷不热。我用海绵尽量擦洗身体，然后从行李箱里取出衣物。

英国上流社会喜欢把随性挂在嘴上。"没有别的客人。"他们喜欢说，"只有我们。"其实十有八九还有其他客人。"你什么也不用做。"你当然不能闲着。最夸张的是，如果他们说"不必换"，那么你多半得换身衣服。他们的意思是，你不必穿晚礼服，但不能是同一套。说来其实好笑，因为在乡间出席"非正式"晚宴的时候，尤其对男士而言，饮茶时穿什么，晚宴前照着换一套款式相同的衣服就对了，重点是不能穿同一套衣服见人。应邀去乡下别墅度假时，最忌讳的是穿黑西装，除非你是去参加什么公益活动或丧礼，或参加有特别规定的派对，否则绅士的都市套装在乡下是派不上用场的。晚宴的服装有两大主流：一种是尊贵风格，要么是尊贵华服，要么是破烂不堪的居家便装。其他免谈。

以乡间晚宴而言，我认为尊贵华服的再次兴起相当有意思。晚礼服被打入冷宫好一阵子，俗称"男用晚间便服"的室内便装更是无人问津。

但在短短几年之间，风气骤变，两种男士服饰再度风靡。在这两种服饰当中，我对室内便装比较有兴趣，因为在我这一代，穿室内便装的规矩完全不一样了。不久之前，你如果在朋友家做客，或者在自家穿着室内便装，会被人暗笑低俗。如今，这种以各色绒布剪裁的男装越来越多地出现在乡间晚宴上，它们紧紧绷在男士宽阔结实的后背上，让晚宴增色不少。室内便装流行不打领带，这让脖子上的红斑难以遮掩，对中年男人是一大致命伤。我起先抵抗了一阵，嫌这种衣服不够体面，现在却成了拥趸者。男士被黑白两色桎梏长达两个世纪，终于能第一次穿上色彩缤纷的衣服了。

如我之前所说，上楼时穿的旧衣服不能与下楼时是同一套已经成为一种规定。我个人认为，原本是衬衫、套头衫、条绒裤，穿得好好的，脱掉，洗澡，再换上另一套衬衫、套头衫、条绒裤，未免有些滑稽。不过男士却都乖乖照做。谁敢不遵守“坦慕尼协会”①的规定呢？言归正传，在这天晚上，我按规矩穿好衣服，准备下楼进客厅，这时，我看见雕刻精美的壁炉架右边有一口箱子，上面摆着一张镶着边框的相片。相片里塞琳娜与坎迪达并肩站在一起，看起来像在迎接贵宾莅临格雷沙姆庄园的元媛舞会。她们背后有几幅画像，我依稀认得出画像里的人物。而相片中的克莱尔蒙特夫人正好转身，侧对镜头，想必是注意到了某位来宾。塞琳娜与坎迪达背后几步之外，有个男生正在凝神注视着她们，无法移开视线。我一眼就知道为什么他的眼睛转不开，因为“他”就是我。

① 坦慕尼协会，美国的一个全国性的爱国慈善团体，专门用于维护民主机构，尤其反对联邦党的上流社会理论。

以凡人世界的标准而论，格雷沙姆家为塞琳娜和坎迪达所办的舞会可谓十全十美。不知何故，这场舞会举办的日期相当晚，在暑假结束后到圣诞节之间的这段时间，当时被称为“淡季”。由于自从春末以来大家赶场无数，到了这个阶段已经对舞会感到有点儿疲倦了，女主人再怎么别出心裁，也难以惊艳到众人。克莱尔蒙特夫人或许知道大家这种心思，决定不走惊世骇俗的路线，只追求完美就好。那年我收到不少邀请函，曾莫名其妙地保存了很久，现在都不知去向，所以我也忘记那场舞会是在10月底还是11月初，总之是在冬季。大家都知道，这是最后一场真正盛大的私人舞会，随后登场的都是慈善晚会，然后社交季才正式落幕。也就是说，基于这个时间里，格雷沙姆庄园的舞会自然带有一种仪式感。

那时，我已经断断续续在格雷沙姆家住过几晚，当然希望获邀出席舞会前的晚餐。可惜竞争激烈，而我被判出局。我分配到的晚餐会主人是一位退役将军，性格沉闷，幸好没有到侮辱客人的程度。将军夫人是典型的军人妻子，待人客气，夫妇二人住在一栋庄园式的小房子里，“看不出品位”的装潢，刚好迎合了屋主的喜好。房子里虽然没有丑陋的东西，但是也称不上迷人或美观，唯有继承来的少数绘画或家具例外，这也无关他们的审美。同样被分配住到将军家的人当中，算是朋友的只有两位，一位是明娜·邦汀，另一位是在明娜舞会前目睹曼纳林夫妇大战的山姆·霍尔。其他客人也算熟悉，毕竟大家在这六个月里经常出入相同场合。几位本地夫妇按惯例也应邀出席，菜色是一道没什么可挑的三文鱼慕斯（又来了），一道皇家奶油鸡，一道法式焦糖布丁。这几道菜或许比较适合牙齿掉光的老年人，不适合拿来招待一帮饥肠辘辘的青少年。但我们照样大吃特吃，也聊得相当和谐。这场晚餐会没什么好挑剔的，也没什么可回味的，绝对不会让大家忘记今晚唯一的目标：参加舞会。有时候餐点太丰盛，氛围太好，让客人流连忘返，拖太久才磨磨蹭蹭去舞会。进场晚了，也玩不尽兴。还好这场晚餐绝不可能让谁分心。大家礼貌交谈了一阵子，喝完咖啡，托辞上厕所，然后上车。

我们一进大厅就嗅到空气中弥漫的兴奋，当时我想不出原因。塞琳娜和父母带着坎迪达列队欢迎客人。“很高兴你能来。”塞琳娜边说边亲吻我的脸颊，让我差点儿窒息。“你能在我家过夜就好了。”她接着悄声说道。与其说是真心话，不如说是恭维。那年年末，我为了参加北部的舞会，在格雷沙姆庄园留宿两次。还有自己从苏格兰南下，也是在她家借住，已经有点儿像是她家的常客了。有一种客人因为住过令人羡慕的豪宅而喜欢吹嘘，让大家知道他有多么受欢迎，我当时有沦为这种人的危险。当时我还不知道，现在已经明白了，我之所以受到格雷沙姆家欢迎，主要是塞琳娜喜欢被我爱慕的感觉。我并不是说她对我有好感，完全不是。她只是喜欢我喜欢她，直到她觉得不好玩了为止。年轻人都有这种心理。我现在想起那张相片按下快门的时间点，正是我听了她的悄悄话，乐得晕头转向，一时回不过神的时候，即使自知不便多逗留，也无法强迫自己离开她所站的地方。于是我走向她们后面一点，希望能多徘徊一阵子，不料此时镁光灯大闪特闪，我被永远定格在这一刻，宛如裹在琥珀里的苍蝇。这时，我的救星露西·道尔顿来了，她勾住我的手拉我走开。“你的晚餐怎么样？”

“无聊，不过还算不错。”

"跟我住的地方比较起来，你的像是天堂。我住的那一家根本没有自来水。不骗你，打开水龙头，只有细细的一道脏水流出来，看起来像蜜饯梅子汁。塞琳娜好美啊，是不是？哎，我干吗问你？反正你肯定赞同。我听说舞厅布置得非常漂亮，设计师是谁的男朋友来着，我忘了那个人的名字。跟我来吧。"她一口气讲完一大堆话，没有停顿没有换气，我连一点儿插话的机会也没有。

舞厅的确很棒，这里是地下室，原本用人的区域，有一大部分被隔开当舞池，甚至挪用了面积辽阔的酒窖。楼梯下面有一扇门，周围布置着人造火焰，招牌写着"欢迎光临地狱"。门的另一边，包括楼梯间的墙壁在内，全贴上了锡箔。风扇吹着装饰着亮片加绸缎的假火，它在旋转灯照耀下，火光熠熠，以假乱真。最底层的区域布满了地狱主题的装饰，走廊两边挂着几幅恐怖的复制画，原作是荷兰画家耶罗尼米斯·博斯画的地狱的苦难万象，火焰从天花板对着舞者猛吐。为了融入场景，DJ 和两位女服务生也扮成猩红色的恶魔，不仅娱乐宾客还维持假象。只是音乐不太搭调，不适合在这样的情景里播放。我们下楼时，听见的是乌龟合唱团的热门抒情歌《艾莲诺》，歌词有一段是："我觉得你有个性，想约你看电影。"无论怎么听，也不太能让人联想到饱受诅咒折磨的亡灵。

大家跳着舞，聊着天，彼此招呼。到了十一点半或十二点左右，楼梯突然传来匆忙的脚步声，来人告诉大家不容错过的场面就要出现了。

露西和我急忙上楼回到大厅，被人潮挤向国宴厅。这间大宴会厅是今晚的主会场，家具全被挪走了。与我参加过的舞会不同的是，房间的尽头设有舞台，请了乐队来表演，更加不寻常的是，灯光舞美看起来十分专业。这样埋下伏笔，让人有所期待。和在大帐篷下跳舞，踩着椰丝垫，在可拆式舞台上被震得摇摇欲坠相比，在这样壮丽宏伟的大宅中才更让人尽兴。而格雷沙姆庄园正是庄园中登峰造极之作。偌大的大厅墙上挂着与真人等高的全身画像，克莱尔蒙特家族的祖先们神情严肃，穿着盔甲和锦缎，以及维多利亚时代的棉麻混纺布，长发披肩，头戴假发，伸出穿着白袜的腿，好露出吊袜带。在大理石壁炉的上方，巨幅骏马油画睥睨全场，该画出自画家戈弗雷·内勒之手，骑马的人是克莱尔蒙特伯爵一世，他仿佛在放声夸耀自己的丰功伟绩。这样象征高贵出身、卓越成就的画作下方，却是一群摇头摆尾的青少年。两者对比几乎令人瞠目结舌。

就在这一刻，门开了。这道门平常通往备餐间，楼下就是厨房，此刻冲进来的竟是一群年轻人，他们跳上舞台开始演奏，放声歌唱。大家这时认出歌手是谁，不禁齐声惊叹，因为主唱是史蒂夫·温伍德，随后上台的则是史宾塞·戴维斯。活生生的史宾塞·戴维斯乐团，在为我们现场演奏。大家回过神来的那一刻，乐队开始演奏两年前的金曲《不停奔跑》，当时那种心情现在很难解释。现代人对演艺圈已经无动于衷了，满街都是电影明星、歌手以及各种门道成名的名人。翻翻杂志，有时会产生名人比普通人还多的错觉。但在1968年不是这样。当时能听到乐队现场表演我们两年前都买过、听过的歌曲，简直恍若置身梦幻天堂。大家张口结舌，脑袋在灼烧，一时激动得不能自已。就连露西也讲不出话——暂时。“你能相信吗？”她说。我不敢相信。当时大家都沉浸在迷醉当中。

就在这个时候，我看见了达米安。他站在一个窗洞里面，因此半个身体被阴影遮住。他望着场内热火朝天的情景，却显露不出丝毫亢奋或喜悦。他只是看着这一切，站着、听着、面无表情。我的注意力被拉回了舞台，老实说，我瞬间就把他忘到了脑后，很久以后才想起。但那番情景，狂欢节里的一个失意人，深深烙进我的脑海里。演出结束之后，我回到舞池继续跳舞，然后聊天，喝酒，到了凌晨两点半左右，我才去温室寻找早餐。这间温室占地庞大，以铸铁和玻璃构筑，建于19世纪80年代左右，原为某位伯爵夫人打造的冬季庭园。为了办这场舞会，温室里的植物都被搬走了，摆满了椅子和小圆桌，每桌以鲜花金字塔装饰。温室的一侧摆着长长的自助餐台，背面的岩壁长满了异国爬藤花，成了鲜活的壁纸。让这间温室更不寻常的是，全场铺着鲜红的地毯，一直精心地铺到中央的石头喷泉为止。客厅与温室之间是一座露台，以短短的走道相连。为了今晚的盛会，格雷沙姆家特意把这条走道改造成了走廊，以木板打造，建材一律比照客厅，从护墙板、装潢板和掩口都与客厅材料一致，连开关窗户的把手都比照客厅的窗户把手来复制。简而言之，无论是哪一种事物，如果能达到至臻至美的水准，那么那件事物本身就是一件艺术品。对我而言，这条小走廊就属于这样的水准，与舞会其他事物一样，不同凡响。

我沿着自助餐桌挑选着美味食物，然后四处游走，和客人们交谈。乔安娜也在，我跟她、达格玛聊了几句，最后在坎迪达的桌子坐下。一般来说，舞会进行到现在，坎迪达会笑得像个百日咳末期病患，我会对她敬而远之。但这一晚，在她自己的舞会上，她却一反常态，举止轻柔，所以我在她身边坐了下来。这时我好像已经摆脱露西了。参加舞会的人通常会携伴，但我今晚独自前来，什么原因，我也说不清楚。我绝对没有不开心。现在回想起来，也许是因为携伴参加免不了还要陪女伴打情骂俏，假装把她当作我今晚唯一的焦点。在塞琳娜家参加舞会，我如果这样做，也许会觉得不够诚实吧。“你有没有看见你那个朋友达米安？”坎迪达说道。她的态度和往常不同，内敛多了。在凌晨两点半，平常大家不会以“内敛”来形容她。

这问题突如其来，我不得不仔细回想一下。“我之前有好一阵没看到他了，不过刚才看演出的时候，我看见他也在宴会厅。你为什么提起他？”

“没什么。”她转向特里梅因兄弟其中一个。他正带着几个女生坐下，手里端着一盘香肠。

我吃完了，卡拉·韦克菲尔德想坐我的位置，所以我离开了温室，漫步走回人群渐渐稀少的大厅。我无意中走进宴会厅外面一间椭圆形的小前厅，音乐依然震耳欲聋。这里有一组小画，描绘人的五种感官，我被它深深吸引，想凑近看个仔细。这时，一阵寒风袭来，我看见通往露台的门大开着，塞琳娜独自一人从外面走了进来。虽然在我眼里她是至高无上的女神，但这会儿女神看起来冻得够呛。“你去外面做什么？”我问，“冻坏了吧？”

她愣了一下才反应过来。回过神来之后，她点点头。“是有点儿冷。”她说。

“你待在外面做什么呢？”

她耸耸肩，“想事情。”她说。

“你大概不想跳舞吧？”我语气轻快，但不抱希望。

我知道，在描写塞琳娜与我的关系时，我一定显得既悲观又消极，到了烦不胜烦的程度。但你必须了解，那个阶段的我年少而丑陋，没体验过的人永远无法明白这种感受。什么“虚荣的价值观”、什么“心灵美最重要”、什么“与众不同最棒”，这种母亲拿来哄小孩的废话，我听得多了。明明白白的事实是，长相是唯一有价值的货币，而你只有破产的命，朋友再多也无济于事，在情场上，你拿不出以物易物的东西，那么你注定无人问津。就算被女孩吻过，你也不会变成王子，最多是一只被人吻过的癞蛤蟆，而且通常会在隔天早晨让献吻的人后悔不已。你能争取到的最高评价就是口风紧密。如果你是个不错的男伴，而且不会到处乱说，那么多多少少还是有点好处，但是如果膨胀起来到处吹嘘，就会大祸临头。当然事情不会一成不变。随着时间的流逝，最后总会有人看出那张丑陋脸庞背后的美丽心灵，进入三四十岁之后，其他因素也会开始产生影响，成就可以弥补五官的缺陷，金钱也是。这话并不是说，看上你的女人都是看上了你的钱，主要是你开始散发出不一样的气质了。成功会让人改头换面，然而事业再大，你也不会忘记，当年你不名一文时爱过的那个美人。套用一句惊悚片的台词：我知道你是谁，你将永远在我心中。然而，我一直到二十五六岁以后才慢慢尝到甜头。十八岁，相貌丑陋却坠入爱河，我知道自己只有默默爱慕的份。

“好，我们去跳舞吧。”塞琳娜说。这句话让我产生了复杂的心情，我至今记得当时那种心花怒放和头晕目眩混合在一起的感觉。

乐队已经走了，完成舞会传奇，赚得盆满钵满，想必正奔驰在高速公路上。愿上帝保佑他们。他们带给我们多大的快乐，我希望他们能明白。此时已经三点了，舞会接近尾声，DJ 又上台了，但大家从他的语气听得出，舞会快结束了。他播放了一首我很喜欢的慢歌《单身女孩》，是一支两年前的流行曲。我们靠得更近。共舞的奇怪之处在于，你可以轻揽她的腰，把她抱近一点儿，隔着衬衫与薄纱晚礼服感受到酥胸，体会秀发轻轻摩擦脸颊，感受体香的刺激，两人之间却毫无亲密可言，只有客套与礼仪。不消说，我已经意乱神迷，双脚随着音乐变换，聊着史宾塞·戴维斯乐团，聊着舞会点滴，称赞今晚是多么完美。然而，尽管塞琳娜听见赞美显得高兴，她仍若有所思，不如我期待的那么兴高采烈，她应该兴高采烈才对。“你见到达米安了吗？”她说，“他刚刚在找你。”

“为什么？”

“好像是想叫你明天载他一程。”

“我很早就要出发了。”

“他知道，他也想早一点儿出发。”我当时沉浸在与她共舞的欢愉中，没有想那么多。但我记得，我确实想过假如我有幸能在格雷沙姆家过夜，我一定会在第二天早上找借口逗留。

“你玩得不开心？”我问。

她想了想。“有些场合注定是人生重要的里程碑。”她说。尽管这句话有道理，作为回答却有些奇怪。这些场合确实是我们这一代人的成年礼，我们从不质疑它们的意义。作为年轻人应该有反抗体制的勇气，可我们当年却深知仪式的重要。女孩们十八岁成年出来见世面，男孩们二十一岁成年进社会。尽管政府早在多年前已将男女成年定为十八岁，但当年的上流社会完全不当回事，如今也未必接受。这些舞会是进入成年的象征，经过舞会的洗礼，男女就此成为社会的正式成员。他们在成长中还会经过以下几道考验：婚礼，婴儿施洗，子女舞会，子女婚礼，最后是丧礼。这些人生必经的重要时刻都曾要有仪式感，如今却一项也不剩，似乎不再有什么应尽的义务了。仍能真正区隔贵族与中产阶级的是，上流社会仍遵循先结婚后生子。如果不是，便是异数。除此之外，能将上流社会和普罗大众区分开来的许多传统似乎全埋进沙子里了。

曲子结束了，塞琳娜忙着送客；我则在屋内随意游走，很晚了也不愿告辞，结束这美妙的时光。我离开舞池，穿过前厅，见到一个穿着粉红装的女孩睡在漂亮的沙发上。我将头探进一扇半开的门，望进隔壁的挂毯客厅。起先我以为里面没人，厅里只开着几盏灯，光线昏暗。这里有一座凯瑟琳大帝时钟，其中一盏灯刻意照在钟面的玻璃上，让时钟反光闪烁。这个房间显然已履行完今夜的责任。接着，我发现里面并非空无一人，有一面超大的织锦画从墙上垂下来，下面的椅子里坐着一个人，正是达米安·巴克斯特。“你好，”我说，“塞琳娜告诉我你想问我些事情。”

他抬头。“是的，我在想，如果你明天直接开车南下，可不可以顺路载我一程？我知道你一早就要出发。”

他的话让我产生了兴趣，因为我从未听过达米安提及他家。“你家在哪里？”我说。

“北汉普顿。我估计你开车回家的路上会经过。除非你不打算直接回伦敦。”

“当然可以，我九点来接你。”

他的心愿似乎就此达成。他站了起来，说：“我想去睡了。”我总认为，达米安的一举一动全都是精心策划过的，今夜的态度却不加修饰，令我狐疑。

“你觉得舞会怎么样？”

“棒极了。”

“你玩得开心吗？”

“还好。”他说。

早上九点左右，我依约开车回到格雷沙姆庄园，门开着，所以我直接进去。如我所料，留宿的客人或许仍在卧房，但整栋房子里却已经人声鼎沸。大宅办完晚宴，隔天总是这么热闹，用人走来走去，收拾遗忘的酒杯和餐具，把家具搬回原位。餐桌在餐厅的末端拼回原状，卷成柱状的大地毯在我面前摊平。我打听到客人用餐的地点就在隔壁，很简单的一间餐厅，其实并不算小，以赛马图装饰，骑手身佩克莱尔蒙特家徽。克莱尔蒙特夫人破例开了三桌席，有点拥挤，但能坐大约二十四人。达米安正独自一人在嚼着一片吐司。我一进门，他便站起身说：“我的行李已经放在大厅了。”

“你不想跟谁说再见吗？”

“大家都在睡觉，而且我昨晚已经道过别了。”因此我们直接把他的行李搬上车，启程南下。他的话不多，只简单指一下路。车子开上 A1 高速公路以后，他终于开口了。“我不想再这样了。”他说。

“你就是想玩剩下的机会也不多了。我只有两个舞会和几个慈善宴会要参加了。”

“我连最后这几个也不想去了。已经够了，我应该稍微用点儿功了，以免荒废学业。”

我望着他。他的神态里带着某种坚决、阴郁，是我在他脸上从未看见过的表情。“昨晚发生了什么事吗？”我问。

“为什么这么问？”

“你有一种如梦初醒的表情。”

“如果我有如梦初醒的表情，跟昨晚也没有关系。这些事从头到尾都太疯狂太无聊了。我受够了。”

“不想去是你的权利。”

之后，我们都陷入了沉默。车子终于驶进北汉普顿。我对这地方不熟，跟着达米安的指示，才不至于迷路。我们最后来到一排外观体面的半独立式别墅，是20世纪30年代的建筑，全数以砖块堆砌，腰部以上贴着瓷砖，每间的大门上都注明屋名。车子在名为“向阳坡”的一户门口停下。在我们下车取行李之际，门打开了，一对中年夫妇走出来，男人穿着相当花哨的无扣上衣和精仿绒长裤，女人穿灰裙，羊毛衫套在肩膀上，以亮晶晶的链条固定住。男人向前接下行李箱。“这是我父亲。”达米安对我说着，然后又对他的父亲介绍了我。我和他的父亲握了握手，并打了个招呼。

“认识你真好。”巴克斯特先生说。

“你好。”我回应道。我故意不用对等的问候语，以挡掉他的盛情欢迎。年少无知的我误以为这样做可以显示自己的出身高贵。

“你不进来坐坐吗？”巴克斯特太太说，“要不要来喝杯咖啡？”

我没有进门，也没有喝咖啡。我后悔拒绝了他们的热忱邀请。我的遁词是我有约在身，三点必须赶到伦敦，立刻上路恐怕也来不及了。我暗示自己，伦敦之约很重要，但我现在很后悔。纵使当时我说不出口，其实我确实很高兴认识他们，他们是善良正派的好人。母亲礼数周到，父亲应该是个聪明人。我事后得知，他在制鞋厂担任经理，嗜好欣赏歌剧，我很遗憾没能早一点儿认识他们。我更难过的是，那一年活动这么多，他们一场也没露脸，连在大学校园的活动也一样。回首当年我这才发现，当时我有所不知，在达米安家门口的那一刻对我具有重大意义。在经历了很多类似的时刻后，我渐渐明白我们的这种自命不凡对我们的毒害之深、压迫之切，这种无意义的价值衡量强迫我拒绝他们的友好邀请，让达米安把这两个亲和、聪明的人藏起来，只因为他为他们感到羞耻。

如今我明白了，那天早上达米安带我到他家，是在以实际行动向父母道歉，宣布他不再觉得羞耻。他之所以一直躲在屏障后面，是因为不想让我以家世评判他、轻视他。而无论从任何角度看，都看不出他的父母哪里不好。但他把父母藏起来的本意是正确的。他若把他们介绍给我们，我们确实会轻视他。写这句话的同时我不禁汗颜。我初次见到他们时，确实对他们有好感，但事实是我们这种人的确会因此轻视达米安，这种轻视自然毫无道理。他想争取进入另一个世界的机会，认为删除背景是必要的步骤。转型的过程他设法办到了，但在那天早上，我认为让他觉得羞耻的是他的野心，是他排斥身世的心态。事实是我们所有人都应该觉得羞耻才对，因为大家对这种心态毫不质疑，还在一旁推波助澜。言归正传，我们互道珍重，承诺下星期一在剑桥见，接着我上车回家。

我们后来确实见了面，见过几次，但在大学期间，我们始终没有再单独见面。基本上，我与达米安的友谊在塞琳娜的舞会隔日上午就此结束，现在的我无法假装当年很遗憾，即使那时我跟他还没有深仇大恨。但葡萄牙之旅是两年以后的事，当时我们已经进入社会，不可同日而语。

第十四章

真 相

如果他说他爱塞琳娜，那我相信他一定爱她。

周末过得还算惬意，我们吃饭、聊天、睡觉、散步。我和苏菲·詹姆森都对法国历史有兴趣，而我有几位亲戚不仅住在普布里克夫妇附近，而且是他们的好友，因此我们聊得非常愉快。我必须得说，这些年来安德鲁毫无长进，他继承了伯爵爵位，本就所剩无几的家产经过律师的趁火打劫之后就剩一点零头，他仿佛将最后一丁点儿自知之明或自我怀疑都抛到了九霄云外。他是国王，一个脾气乖戾的国王，动不动就因为任何一点儿小事而责骂园丁、厨师，甚至妻子。塞琳娜一概隐忍下来，唯有一次在星期五晚餐之前，我走下楼梯，听见他在大厅里责怪塞琳娜没有把相框拿去修补或是什么的。我走向图书馆门口，和她视线相交，她不但没有把头转开，反而微微挑起眉毛，从安德鲁的角度是不会看见的。我认为此举是英国贵族能给的最大限度的认同：她将我纳入私人的家庭纠纷中。

星期六午餐之后，大家在客厅喝咖啡，塞琳娜提议去河边散步，多数人举手想跟着去。“记得穿靴子去。”她说。幸好家中有许多备用靴，以便忘记带靴子的客人使用，于是我们很快穿上靴子出发了。韦弗利庄园的庭院美得毫无悬念，布景是常见的维多利亚风格，碍于园丁只有两个而非十二个，规模也按比例缩小了。我们一边穿过庭院一边赞叹，但这还不是最令人惊艳之处。塞琳娜带我们走出一道门，顺着门口的路穿过一座小牧场，一直走进树林。直到我们看见一片绿草如茵的河岸，名字我忘了，河面宽阔，非常适合徒步。我暗自赞叹自然的奇迹。“全是人造的。”她说，“19世纪50年代，他们重新做了规划，沿着改道的河边开辟了这几条步行道。”那个年代的有钱贵族深谙享乐之道，我只能暗自欣羡。

我与塞琳娜走上步行道时，其他人远远落后，这下自在多了。在我欣赏风景的时候，塞琳娜伸出手臂挽住我的胳膊。对岸有一株大柳树斜倚向河面，藤蔓状的枝叶垂映在水上，点在潺潺流动的河水中，泛起层层涟漪。突然间，河面发生了一阵骚动，一只翼幅宽广的苍鹭从树梢掠过，缓慢而有节奏地划破天际，振翅而去。“它们是很厉害的小偷，安德鲁说我们应该开枪打死它们，不然整条河的鱼都会被它们捞光的。”她嘴巴虽然这么说，目光却跟随灰色大鸟翩然飞去。“能住在这里真是幸运至极。”一两分钟后，她说道。

我望着她。“希望如此。”

“是这样。”她直视着我的眼睛。我想她已对我尽量诚实。“没有旁人的时候，他是个完全不同的人。”

她没有指名道姓，也不多加解释，暗示我俩之间的某种默契，这令我受宠若惊。更让我欣喜的是，她承认了这份默契，却也同时愧疚自己不该让我看见安德鲁昨夜在大厅的恶行恶状。她这句话很能代表一部分女人的心声，当发现自己嫁给了一个被所有朋友排斥的男人，且困在婚姻中时，她们会为丈夫辩护一番。通常她们以为自己的丈夫是受欢迎的，只不过一段时间之后，她们才失望地发现事实并非如此。但我猜想，塞琳娜不曾有过如此错愕的顿悟，因为从来都没有人喜欢安德鲁，当然她对安德鲁的辩护无疑透露了另一半的某些隐藏特质，还是颇具说服力的，因为外人也无法举例反驳。我猜想依照逻辑，这种辩护必定有几分真实性，但我很难相信安德鲁·萨默斯比私底下是个感情细腻、充满爱心、风趣活泼的人。原因不外乎，愚蠢是无药可救的。尽管如此，我依然祈祷塞琳娜的话至少有几分属实。“既然你这么说，那么我相信你。”我回答道。

我们再走几步，塞琳娜才又开口：“达米安叫你来的真正目的是什么？希望你能告诉我。”

“我已经告诉你了。”

“你替他奔波这么久，不会是只想重温四十年前的趣事吧？坎迪达告诉我，你去洛杉矶见过特丽了。”

既然任务即将完成，再瞒下去也没有意义。“我现在不能告诉你。”我说，“因为这秘密不是我的。不过，你有兴趣的话，我过一阵子会告诉你。”

“我有兴趣。”她思索了片刻，答道，“那可怕的一夜之后，我再也没见过他了。”

“大家都没有。”

“我却常常想起他。”

既然她主动提起，那么我不如顺便了结一下不断烦扰我的一件事。“你和坎迪达的那次计划，你们突然出现在那里，到底是为了什么？我还记得你们站在广场上的样子，都快被太阳烤熟了，穿着借来的那身难看的黑衣服，你们到底在打什么主意？”

她“哼”了一声，笑说：“那件事太疯狂了。”

“可是，你的目的到底是什么？”

这问题非常重要，如果是几年前根本没人敢问。但她没有责怪我的意思，甚至也没有因为难堪而面露愠色。“没什么，因为我爸妈也一道来了。一听他们也要来，我就应该放弃这个计划。不晓得为什么当初我没有放弃这个计划。”

“可是，最初呢？你一开始的目的是什么？”

她摇摇头，头发闪耀着太阳的金光。“老实说，从我事后的行为来看，我也不太清楚，我当时是为了什么。大概是我觉得自己被困住了，而且愤怒。那时我已经结婚生子，而我还不到二十一岁，总觉得自己被关进了笼子里，没有出路。达米安象征了我被剥夺的一切。可是当时我们太蠢了。我们当时对彼此没有足够坦诚，这一定会出问题。假如时光倒流，情况一定会不一样，不过说这些也于事无补了。”

“你现在还觉得像被困住吗？”

她微笑。“不是有一种动物实验吗？动物被关久了，即使放生也会自动往回跑。因为笼子是它们的家。”我们继续漫步，聆听鸟叫。“他有没有提起我？”这问题条件反射般地让我心烦，但也让我感兴趣。那些我访谈过的女人，几乎个个都问过这个问题，而塞琳娜甚至不在名单上。当年的达米安显然不止有我看到的能耐，这一点我即使想否认也没用。

“我们当然会聊到你。你是我们唯一的交集。”我把这话当玩笑说。但这句话的真实性超出我先前的认知。我不知道她做何感想，她只是笑笑，继续陪我散步。

“你房间里的那张相片，你看到了吗？”

“看到了。”

“经典之作。我特别替你摆出来的。天啊，我们那时候好年轻。”

“我很年轻，你很漂亮。”

她叹了口气。“我一直不懂，你和我经历了这么多，怎么始终没有凑成一对。”

我愣住了。“你不懂吗？因为你对我没意思。”没必要再旁敲侧击了。

她露出微微愠怒的表情，或许因为这话听起来像是在责备她，但我真的丝毫没有这个意思。“是你自己追得不够认真。”她久久之后才说。显然她想试图让我也分担一点儿责任。

“因为我知道，如果我操之过急，我们连朋友都做不成，最后我只能从你的生命中退出。你看我暗恋你看得津津有味，你知道我偷偷爱你爱得死去活来，只要我不至于让你尴尬就无所谓，而我永远都不会这么做。你完全知道，你只要动动手指我就一定会来。可惜你从来不想要我成为你的爱人，你只希望我心怀爱慕地臣服于你。那样的我其实很快乐。如果我只有朝拜你的份，我也心甘情愿。”

面对我的肺腑之言，她露出微微惊恐的表情。“你当年就知道了吗？”

我摇摇头。“不知道，潜意识也许知道一点儿吧。但我现在知道了。”

“天啊。”她说，“我听起来真像个坏女人。”

她会错意了，我急忙纠正过来：“我完全没有那个意思。这样的关系存在了很久不是吗？卖弄一句法文：当年我是你的铠甲骑士，而你是无情的美女。再怎么说，这种关系也流传了几百年了，可见经得住考验。至于后来，要怪还是得怪葡萄牙那场晚宴，不能怪你。那天晚上之后，因为我们见了面就变得彼此尴尬，所以我们才不再来往。但是，假如我对你表白，我们的关系恐怕早就结束了。”

她沉思片刻，我们继续在沉默中散步。林荫灌木丛里传来窸窸窣窣的动静，红色的毛皮在绿叶褐梗之中一闪而过，肯定是狐狸。她仿佛认为那狐狸是达米安，说：“达米安该负大多数责任。”

“有趣的是，我想他也会同意你的看法。”

这时，其他人渐渐跟上，我们的对话很快就会回到泛泛之谈，但在他们靠近之前，塞琳娜轻声说：“希望你没有恨我。”

她语气轻柔，我想也非常真诚，而我转向她时，她正向我微笑。我不认为这句话是严肃的请求，应该是为了年少时对我的伤害而道歉。那些年间，我时时都能感受到锥心的痛苦，随时都会陷入感伤。我望着她的脸庞，五官每一处都经过我几百万次的赞叹，如今再添一次。她的嘴角上残留了一小块午餐的残渣，我遐想着自己有一天能有资格替她舔去。“你认为呢？”我说。

当晚的晚餐是整个周末的主要活动，我照规矩先洗了个澡，换上晚宴长裤和衬衫，满心不愿意地省略领带，套上室内便装。下楼时，我心情愉快，脚步轻盈，但前脚才踏进客厅，立刻觉得气氛凝重起来。安德鲁的母亲也是今晚的贵宾，身为伯爵的遗孀，她本应住在真正的遗孀屋里，那栋乔治时期的精美别墅是亡夫留给她的，位于庄园边缘。相反，她却把大屋租给了一位美国银行家，自己住在村子里原本留给园丁长的一栋小屋里。我走进客厅时，她站在壁炉旁，姿态僵硬。贝尔顿夫人自然比我上一次见到她时要苍老得多，但岁月也没能缓和她的疯态。她依然瞪着淡蓝如荷兰洋娃娃的眼睛，头发染成年轻时的意式黑。她的服饰品位也不见长进。她穿着一身奇怪的服装，长长的卡其色晚礼服，领口也不平整。我不太明白她想借这套衣服表达什么想法，只知道必定适得其反。不用说，她的珠宝倒是璀璨夺目。

塞琳娜对贝尔顿夫人介绍了我，她以为她的婆婆必定对我有印象。贝尔顿夫人却置若罔闻。“你好。”她说着，伸出瘦骨嶙峋、关节凸显的手。明明见了不下一千次了，还是以“你好”来敷衍，天底下有比这更讨人厌的吗？如果有，我倒想听听。我最近遇到一个我从小就认识的女生，后来她有了点儿名气，但有好几年的时间，她每次遇到我，都把我当陌生人，身段优雅却一脸素昧平生的模样。最后我下定决心，发誓她如果再这样对待我，我一定要她好看。但是，像贝尔顿夫人这样的讨厌鬼想必自带触角，或许是我恶狠狠的表情出卖了我，她立刻就学乖了，看懂了我的眼神，向我伸出手来。“能见到你真好。”她说。

塞琳娜去帮我拿酒，留下我和这只“老扫帚”独处。我找不到合适的开场白，有气无力地说：“过了这么多年，我还能再和安德鲁、塞琳娜叙旧真好。”

“你认识贝尔顿勋爵吗？”她脸上没有一丝笑意。她想必是在训诫我，应该以正式爵位来称呼安德鲁。附近小茶几上有一大碗牛油果泥，我按捺住想要拿起碗来丢在她脸上的冲动。

我想说："对，我认识他们，也认识你这只愚蠢的老蝙蝠。"但这样骂她又有什么用呢？她只会以我"可怕的无礼举动"当挡箭牌，绝不会承认自己冒犯我在先。谢天谢地，晚餐就座时，我没有坐在她旁边，而是远远望着可怜的休·普布里克，看他努力想要打破僵局，聊聊夫人一定认识的人，她却一概声称不认识，普布里克想找话题，她也明确表示没兴趣。简而言之，她一点儿都不给人留情面。

年轻人常被告诫——至少我小时候常有——暴发户与俗人难免举止无礼，真正的绅士淑女从来都会以礼待人，这种话当然是胡说八道。粗鲁的人，就像有礼貌的人一样，社会的每个阶层都有。然而，有一种形式的无礼是上流社会的专利，令人难以忍受。这种无礼就是没来由的自命不凡，这些人自视甚高却一无可取之处，贝尔顿夫人便是典型的例子，满腹虚假的道德观，脑袋空空，是点燃革命的导火索。我年轻时就不喜欢她，但是现在，经过四十年的深思熟虑之后，我发现她不单纯是愚昧又讨人厌。她若不是这么愚蠢，我一定会将她视为心思近乎邪恶的人，否则怎会让自己的孩子也过着同样空虚的生活？我年轻时代的英国有许多值得怀念的优点，然而还有一些坏处被我们抛弃了，但有时候，人们应该知道问题出在哪儿，为什么会发生这样的改变。以上层阶级而言，贝尔顿夫人就是社会需要改变的一个活生生的理由。旧体制的所有坏处都在她身上体现得淋漓尽致，美德则是一点儿也没有。我不喜欢憎恨，但我坦承，再次见到她让我快要恨上她了。我恨她象征的事物，最重要的是，我恨她造就了安德鲁这个窝囊废，如果我对安德鲁心存一丝慈悲的话，当然这几乎是不可能的，我会体谅他的难处，毕竟有这样一个母亲。就是这对母子一唱一和，糟蹋了塞琳娜的人生，我的塞琳娜。晚餐席间，贝尔顿夫人的另一边其实是安德鲁，因为她照惯例坐在儿子右边。母子俩从开胃汤吃到最后的坚果，坚持一句话也不说，谁也不算输。

晚餐后，有几个人凑成一桌打起了桥牌，有几个人溜出去找电视看晚间电影。安德鲁认为电视是“邪恶机器”，于是把电视放到小孩子乱七八糟的游戏间里。等到当地客人回家，其他客人就寝，最后就剩下我和坎迪达握着威士忌坐在图书室一角闲聊，看着炉火渐渐熄灭。塞琳娜走进来，端来了一盘酒，但她随后忙着招呼其他客人，我见她忙来忙去，也就心满意足了。我也庆幸有机会和坎迪达独处，意味着我这下可以深入打探了。我告诉她昨晚在我的房间里看到那张相片，现在没有旁人，我们可以尽情回顾多年前那场舞会的来龙去脉了。我提醒她，舞会隔天我开车载达米安回伦敦，车上的气氛着实阴郁，他声明再也不扮演“名媛男宠”的角色了。“可怜的达米安。”她说，“最让我感到抱歉的人就是他。”

这句评价出乎我的意料，因为我不知道她在说什么。“为什么？”

我的反应同样令她意外。“因为整个风波。”她回答，仿佛事情再明白不过了。

“什么风波？”

她狐疑地看着我，以为我在装糊涂，想逗逗她。但我的眼神就像新生儿一样无辜。“太不可思议了。”她说，“他真的从来没告诉你？”

我问了她，听了她的讲述。

早在舞会之前，坎迪达已经与达米安混得很熟。她以自己那种吓人的方式挑逗过他，和他跳过舞，我甚至怀疑她也上过他的床，总之在社交季期间，他们渐渐成了朋友。之后，她想办法把达米安列入家庭晚宴的邀请名单，甚至没有惊动塞琳娜，而且……

“可是，我不明白。为什么呢？你自己不是喜欢他吗？”我记得当年的坎迪达，记得她在夏洛特女王舞会上翻白眼的样子，差点儿打了个寒战。

她摇摇头。“我跟他早就吹了，到了那个阶段，他已经和塞琳娜在交往了。”照她的口气，我当年怎么也应该对这事起点儿疑心，我竟然假装不知情，太少有了。“应该说是，我以为他们彼此相爱，至少塞琳娜爱他是真的。”

“我不信。”我不愿相信，事实上我当年见到的证据也不多。我确实撞见过他们在热吻，但话说回来，假如接吻就代表相爱的话，那么人类岂不是……

她耸耸肩，像是说信不信随便你，反正我说的是实话。“她想要嫁给他，很荒谬吧？你也知道，她那年才十八岁，达米安十九岁，还在念大学，所以他们两人结婚需要父母的同意书。”

“为什么？法律是哪一年改的？”

“1970年初。在1968年时，法定结婚年龄还是二十岁。”

“可是，就算达米安是格洛斯特公爵，克莱尔蒙特家也不可能同意她结婚的。”

“会啊，怎么不会？一年后她才十九岁，他们就把她推给安德鲁了。”果然如此。“总之，塞琳娜坚持认为如果爸妈能多了解一点儿达米安，一定会欣赏他，迟早也会同意他们结婚。我现在看来，这显然是不可能的。”

“比不可能更糟，简直疯狂。”

我的插话并未纾解她的心痛。“对，我说过，我现在是知道。不过当时我也说服了我自己，或者是被塞琳娜说服了，相信也许有成功的希望。她又不是想跟达米安一起过平庸的日子。她确信达米安以后的成就不可限量，而历史也证明她的预言再正确不过了。”

我点点头。聊到这里我已经感到不太舒服。那感觉既麻木又有一种异样的针扎感，宛如流行性感冒的前兆。我不是假装自己不知道他们两人对彼此有感觉，毕竟是金童玉女，又一同进出舞会，而且我也承认目睹过他们在特丽舞会上热吻，这就足以让我嫉妒，生气，愤怒。但坎迪达说的完全是另外一码事。我这时得到一个难忘的教训，只可惜这个教训来得太迟，作用不大。我得到的教训是，仅仅因为你在起跑点上帮助了一个人，不代表他开跑之后你还能控制他，你也无法假装你有权控制对方。尽管那一年达米安在我的庇护之下进入了我的圈子，尽管我最初介绍他给大家认识。到了社交季接近尾声时，他已俨然成为那群人当中的一分子，就像我一样。起初我拉了他一把，但到终点时，他却把我终身爱慕的对象据为己有。我嫉妒到简直想见人就砍。

“不知道为什么，她的计划走漏了风声，被她爸妈发现了。我后来还以为搞不好是安德鲁向他妈妈告的密。贝尔顿夫人今晚也太可怕了吧？”

“很恐怖。”

“对，她一心想撮合塞琳娜和安德鲁，所以很有可能是她从中作梗，但事实是什么，永远没人知道。在舞会那一天，达米安和塞琳娜一起开车从伦敦过来。我当时在别的地方。等我到格雷沙姆家的时候差不多五点了，家庭晚宴的客人多数都到了，大家在客厅喝茶。小豆姨妈当然非常迷人——”

“为什么叫她小豆？”

坎迪达思考片刻：“我不太确定，好像跟《小熊维尼》有关吧。《小熊维尼》里面不是有一只母袋鼠吗？它叫作康佳，小袋鼠叫作小豆。”我点点头：“他们小时候住在爱尔兰，常在贝瑞蒙特庄园玩袋鼠游戏，她的真名是罗斯玛丽，但在家人面前一直被叫作小豆。”克莱尔蒙特夫人的绰号俨然是一堵铁墙，牢牢地保护着年轻气盛的达米安妄想攻破的城池。

“总之，我走进客厅，看见达米安非常努力，努力过了头。他又是微笑又是聊天又是咯咯笑又是抖机灵，小豆姨妈也笑着问他在剑桥的学业等，不过我记得，当时我心想，佩尔姨夫好安静——那时候的他平时可没那么沉默。塞琳娜看了我一眼，我从她的表情就知道，情况不如达米安想的那么顺利。留宿的客人一片沉默，半笑不笑。我另一个姨妈也在场，趁达米安闲扯的时候，她和小豆姨妈相互使了个姐妹间才有的眼色。我看见了，觉得她们好冷酷无情。我这么说不是很合逻辑，但我当时愤怒极了，特别替塞琳娜打抱不平，为他们两个。”坎迪达几乎喘不过气，不得不停下来，“塞琳娜的计划不可能成功了，我大概就是那时候明白的。”

她停顿了片刻，仿佛第一次彻底明白那一刻的意义。“后来大家换上衣服，我走进房间，坐在梳妆台桌前，尽力整理头发，我记得那天我忘记做头发了，轮到自己办舞会居然忘记做头发，也太离谱了。不过，就在这个时候有人敲门，进来的是小豆姨妈和佩尔姨夫，他们已经换好了衣服，姨妈浑身戴满了钻石首饰，他们应该欢欣鼓舞，可表情却不是那么开心。姨夫问：‘这事进行了多久？’我和姨妈都不敢说话，好像等别人问他指的是什么。不过，我当然知道他问的是什么，所以我开始为他们俩辩护，但就在我说话的同时，我都能听出那些话是多么幼稚和荒谬，好像我突然能从他们的眼中看到自己。我从没看过姨夫生那么大的气，说实话，我从来没看过他发脾气。然而那天晚上，他气得眼珠子都快掉出来了，怒火在他眼中熊熊燃烧。‘她还想跟这个粗鲁的马屁精私奔吗？’他说，‘这个油嘴滑舌的臭小子，发油抹得那么多，元音都发不准，竟敢跟我讲很高兴认识你，还穿着玛莎百货的便宜货！’我永远忘不了那句话，‘还穿玛莎百货’。我看着姨妈。她说：‘华森已经替他打开行李了。’接着她说，‘我们当然希望塞琳娜快乐。’她继续说，‘我们只有这个心愿，真的。’才怪，‘不过，我们希望她以我们能理解的方式快乐，长长久久地快乐。’”

“我说：‘我认为他们这段感情能长久维持下去。’可是我说这句话的时候，觉得自己像俏皮偶像桑德拉·迪，求爸妈准她晚一点儿回家。”坎迪达叹了口气，“我的话没起到什么作用。”

“达米安真的说‘很高兴认识你’吗？”

“据说是，可见他当时多紧张。”

“可怜的家伙，就这样吗？”

她摇摇头。“不止这样，姨夫还没说完。他气得在我面前双手挥舞，像情景喜剧里的老师，好像做错事的人是我。我现在想想，他当时一定认为如果不是我和塞琳娜共谋，达米安不可能进得了这个家门。‘你让塞琳娜甩掉这个妄想攀龙附凤的浑蛋。’他说，‘让她甩了他，如果她不愿意，就让我来处理。那种人想进我们家，只准走用人通道！不然休想！’”

我忍不住插嘴：“我印象里的克莱尔蒙特伯爵不会满口粗话吧？”

坎迪达点头：“对，这根本不像他。我认为他是气到已经开始胡言乱语了。姨妈也有点儿看不下去，她拍拍姨夫的背，说：‘好了，佩尔，说这种话听起来太像历史剧的台词，再骂下去你会叫他滚出你的领地。’我听到她这样说，不禁笑了出来，却被姨妈误认为突破了我的防线，转头以循循善诱的态度说，‘坎迪达，我们不是想为难这个年轻人。’她以非常镇定的口气说话，不过她的镇定比姨夫的怒火更令人绝望。我看得出来，她心意已定，是不会隔天早上醒来就动摇的。‘我们真的不是针对他，他很有心，对大家都很友善，我们也非常欢迎他这个客人，不过你必须认清事实，这件事是不容讨论的。只能以荒唐二字形容。’她停顿了一下，意思是等我点头，见我没动作，就继续说下去。‘你尽量找个方法告诉塞琳娜，我们认为她的想法不太合适，由你去说比较有效。如果我们去劝，场面就很难收拾了，她是个明白事理的女孩，我相信如果她能冷静思考一下，一定能明白这些话的道理。’我问她，要不要我在舞会当晚告诉塞琳娜，但姨妈摇摇头，‘不要。别扫了她的兴。’她说，‘明后天再说吧。在你走之前，等你们身边没有人的时候。’说完，她等着我的反应。看我没有说话，她知道我算是同意了。”

“这么说，是你告诉塞琳娜的？”

坎迪达又摇了摇头：“问题是，我没机会。我们刚说完话，第一批参加晚宴的客人就进门了，姨妈和姨夫忙着下楼去招呼他们，我继续坐在镜子前面，老实说，我当时感觉像挨了几记闷棍。这个时候有人讲话了。‘算是告诉我了。’我一转头，看见达米安站在我身后。”

“他在你房间？”

“对。”她点点头，眯了一下眼睛，回忆道，“他的房间在我隔壁，就算我知道，当时也忘了。两个房间中间有一道门相通，对爱德华国王时代的人来说特别有用。两道门中间有一点空间，大约两英尺宽，隔音效果特别好，而姨夫和姨妈也没有破口大骂，所以我不担心隔壁的人会听见，反正门关着，而且门前有一张扶手椅，我直觉以为门是锁着的，其实没有。我猜他躲在两道门中间，等姨夫和姨妈走了后，才开门进我房间。我吓坏了，几乎想不出该怎么解释。事情过了四十年，我现在回想起来，还觉得那是我这辈子遇到的最可怕的事情之一。相信我，我碰到的事情可不少。我们只能干瞪着对方，最后我嘟哝了一些大人们也许并未完全明白他的心意，希望他不要恨他们之类的话。达米安摇摇头，勉强笑了笑，说：‘恨他们？有什么好恨的？我只是撞在了枪口上。’我起先没听懂，因为塞琳娜让我深信，达米安是真的爱她。所以，当他否认这段感情，说出他真正想追求的是她的财产之类的话，我一个字都不愿意相信，不过他就是这么说的。当天晚上他就告诉了塞琳娜，所以我没必要再多说什么。她和我谈过这件事，不过只有一次，后来他们好像就再没见面——除了葡萄牙那晚。这些年来，他们也许在一些公众场合遇到过，不过就算有，我们也从没听她提起过。那年后来的舞会，全没他的影子。那次之后，他好像不想再和我们这些人来往了，我也不意外。”

“我也不意外。达米安什么时候告诉她的？”

“舞会快结束的时候，我相信他也不想扫她的兴，更不想她从别人那里听到。而且我认为他已经决定天亮就走，我记得好像他在舞会快结束的时候就找塞琳娜进挂毯厅，不过也可能是我记错了。”

“结果就是他告诉塞琳娜，他只是看上了她的地位，而不是真的爱她？”

“大概吧，对，只不过即使现在，我认为事实也许没这么简单。他也许在某些方面，的确把塞琳娜当成了捷径。但是我相信，他对塞琳娜的喜欢也是真心的。”

“我很怀疑你的猜测，他不会把塞琳娜当成捷径的。如果他说他爱塞琳娜，那我相信他一定爱她。”

坎迪达望着我，一脸讶异：“我以为你讨厌他。”

“我当年确实痛恨他，说真的现在也是，虽然恨意比之前轻一点儿。但这并不代表我认为他是个骗子，除非他太过分，否则我不会这么骂他。”

坎迪达苦笑说：“这我们都知道。”

但我不愿意谈论该死的葡萄牙。我想留在舞会之夜。“他为了挽回颜面对你说谎了。我纳闷的是，你当时怎么看不出来呢？塞琳娜以后也分不到什么财产，如果达米安想要钱，他大可以改追乔安娜·兰利。”

坎迪达脸红了：“你不认为他想娶一个有头衔的大家闺秀？”

“他对爵位也没兴趣。那时候没有，也许一开始往这方面想过。到了那个阶段就没有了。他拒绝了达格玛。如果他想，他可以娶一位公主做妻子，但他并没有这样做。”

她陷入了思考。“我当时一定跟你有同感，不然不会安排那次葡萄牙旅行。我想经过那么多年，我比以前更愤世嫉俗了。”

“可怜的塞琳娜，下定决心违抗父母的意志，嫁给爱情，结果短短一个晚上，梦想就落空了。她只能去露台上透透气，然后重新规划人生，其他什么也做不了。”

“是吗？你知道的比我多。”

“她确实是出去透气，回到屋里发现我在前厅，就和我跳了一会儿舞，然后我才离开。”我想起塞琳娜无神的双眼，听她喃喃说道：“这些场合是人生重要的里程碑。”假如她说成“绊脚石”我也不会惊讶。

“原来如此，好吧，达米安的心愿也许被你说中了。我希望是这样。反过来说，他也算是复仇成功了。他后来的成就比我们任何一个人都高。我想知道姨夫和姨妈后来心里会做何感想？”

“照你这么说，你当时对他很欣赏？”

“达米安吗？当然，我当时很欣赏他，我承认，我跟他确实交往过，不过那是社交季刚开始的时候。达米安在和塞琳娜交往之后，就不再跟我们圈子里的其他人来往了。”

“这不是后来才发生的事吗？”

她稍微脸红。“对，后来。人生还没着落的时候，多少会觉得有点儿寂寞。”

“我可以问一个放肆的问题吗？”

她微微一笑：“刚谈过这么私密的话题，我哪儿能阻止你呢？”

“阿尔奇的生父到底是谁？我认识他吗？是不是那段期间的什么人？或者是你后来才认识的对象？”

“很难说。”

这种回答听起来很奇怪：“你和他最近还会见面吗？”

“我不知道。”我望着她，想必我是一头雾水的样子。她呵呵笑着：“这几年我是受人尊敬的银行家的遗孀，以前就不是这么回事了。你应该明白，每个人都难免有点儿过去，是和现在截然不同的。”

我点点头。“我比大多数人了解。”我明白她的过去。

“说真的，我不太确定阿尔奇的生父到底是谁。那段日子，我从一个人换到另一个人，借口迷失人生方向，或者想寻找自我，或者用20世纪60年代的套话，好随心所欲放纵自己，一点罪恶感也没有。我当时什么借口都用了，直到有一天我一觉醒来，发现自己怀孕了。我打遍了通讯录里的每一个号码，朋友也好，亲戚也好，大家都劝我拿掉。我不愿意。而现在我万分庆幸我没有那样做。”

“你从来没有想过查清楚？”

“我觉得没有必要，查清楚有什么好处呢？干吗让不相干的人来管我的事情？如果他心态不端，认为自己有权掺和我的生活，就因为我生了他的孩子？我一开始怀疑孩子是乔治·特里梅因的。所幸后来被我排除了，你想象一下他在厨房喝得醉醺醺的样子，谁敢要他成为孩子的父亲？”她苦笑着，“所以算了，我决定自己撑下去。”

“你怎么确定孩子不是乔治的？”

她想了一会儿。“听说他老婆一直没有怀孕，他娶的那个胖胖的女生，那个女生的父亲是汽车制造商。她和前夫生过两个小孩，所以毛病应该不在她身上。”坎迪达点点头，满意于自己的结论，“总之，阿尔奇把我带回人生的正轨，路途虽然坎坷了点儿，窄了点儿，但那是一条笔直的路，好在我遇到了哈利。”

“所以这是一个幸福快乐的结局。”

她微微一笑。“你能这么说真好，说哈利是我‘快乐的结局’。这些日子提到他的名字，没有一个人不落泪，然而大家都错了，你才是对的。他带给我‘快乐的结局’。”她站起来，伸一伸懒腰，“现在我必须去睡觉了，不然我就要死了。”

我遁入深沉的梦乡。身边有工党党鞭尼尔金诺克、美国明星琼·克劳馥，还有一个我母亲生前雇佣的女清洁工波因特太太。我们四人想在白色断崖野餐，可是风太大，把方格花纹毯上的东西刮得到处都是，我们想尽办法也没能让毯子服帖。后来我们决定躺在毯子上，不过我们躺下以后，饭往哪里摆？不重要了，因为琼·克劳馥正在我背后磨蹭，一手搂住我的腰，往下游走，一直往下……我醒了，其实没醒，因为虽然眼前一片漆黑，野餐也消失了，可我仍觉得琼·克劳馥紧贴着我的身体。接着，我听见一个声音问：“你醒了没？”语气非常轻柔，一点儿也不像琼·克劳馥，甚至没有美国口音，仔细一听，这声音还有点耳熟，我应该认得声音的主人才对。后来听到她在喊我的名字，所有疑问一扫而空……是塞琳娜。讲话的是塞琳娜。她正躺在我身边。这个时候，我依旧无法相信这是现实，因为这是我毕生的梦想。我开始怀疑，难道这是梦中梦吗？该不会是我自以为醒了，其实还在做梦？我本来会再思考一阵，却被她的嘴唇打断。她凑向我的脸颊。转过头，果然是塞琳娜。

血肉之躯，在我怀中，在我床上。

“这是真的吗？”我低声问道，生怕声音太高，这一切化为泡影。时辰还早，天边微微发亮，灰暗的晨曦从窗帘的缝隙钻进来，光线只够我依稀分辨她的长相，让我看见她光亮圣洁的脸庞在我旁边的枕头上。

“你想的话，这就是真的。”

我微笑："你有半夜潜入男人卧室的习惯吗？"

"只有对方爱我，我才会。"她说。

我仍无法接受这天大的好事。"可是为什么？我知道你不爱我，下午我们不是才讨论过吗？我最不想的就是吓跑你，但我真的想知道。"

"我爱你的那份爱。"她说，"我不敢妄言自己对你的感情，也许年轻时我除了觉得有趣之外，其他感觉不多。然而这些年来，每当我心如死灰，我总知道这世界上至少有个男人是真心爱我，而那个男人就是你。再见到你，让我回想起那些年的美好。"

"所以你才邀请我来？"

"你带给我一份安全感。因此我很高兴在格雷沙姆庄园见到你。有你的爱，我才觉得安全。但愿我能常常见到你。我始终想不通为何这些年我们就渐渐疏远了。"

"应该是达米安说了那些话的原因。"

她摇摇头。"我知道他在胡说八道。我一听就知道，时间越久我越清楚他说的不是真心话，他是因为痛苦才说的。"

"那顿晚餐到最后，我也很痛苦。"那一夜至今，我首度想到，或许有一天我能对葡萄牙晚宴一笑置之。

她摸摸我仅存的头发："你应该留下来才对，你们两个事后都应该留下来，大笑一阵。"

"我没办法。"她没有争辩，我们一同让往事随风散去，回归此时此刻。忽然间，一阵冲动流窜我的全身——我能光明正大地碰她了。我此刻心情像孩子早晨一觉醒来，终于能放任自己去相信今天真的是圣诞节。我伸手过去，不敢置信地勾勒着她的唇线。

她轻吻我的手指。“你也许不知道，你陪我度过了人生的低谷，这是你的回报。”她边说边凑得更近，我们开始做爱。我一生中有过无数次这样的行为，可那些行为都无法称之为“做爱”，然而此时此刻，这个词却像《圣经》一样确切。在这个受到庇佑的早晨，我们在床上做的正是“爱”。纯粹的爱。纵然怀中女子已是年逾五旬的祖母，而非我多年前梦寐以求的那位身体纤柔的女孩，我的热情依旧丝毫不减。她终于成了我的塞琳娜，这一次我或许也是她的。

我终于抵达魂牵梦绕的终点。尽管我的欲火高涨，深怕再多一下我就会爆炸，但我进入她的时候，流淌我体内的是一种熔岩般的热意，我感觉到的不只是生理上的亢奋，而是极乐之乐。我平时不是一个多愁善感的人，但在深入她身体的这一刻，感觉自己被她的身体裹着，等待了四十年之后，享受这一生可能仅此一次的感觉，我不得不动容地说，这是我毕生最幸福的一刻，是我人生的高潮，命运的巅峰。直到死亡，我也不再期待有任何可以与之媲美的幸福了。

我不指望被她称赞为高手，与大多数男人比较的话，我猜我的能力不高不低，但我发挥到了极致，就在这一天。当时我应该觉得愧疚，然而却没有，她天天是丈夫的妻子，丈夫自始至终不明白这份珍贵，我却明白。我自觉我够格享受这一小时的鱼水之欢，不至于触怒太多天神。我庆幸自己这具松白肥胖的身体能够把握住这一刻，让我能够忘情于其中。在那段时间里，我没有未来，没有过去，只有她。三次之后她才溜走，丝质床罩已经翻起，我望着床顶，知道我已经不是昨晚躺下来的那个人。我死心塌地爱着的人同我做爱了，我心心念念的女人向我敞开了她的身体，再大的愉悦也不过如此。此外，仿佛印证了坎迪达的说法，因为这一件事，因为这么多年人生中的短短一个小时，因为我体会到了什么是真正的、无条件的幸福，我永远都不再是一个悲伤的男人了。当时我这么想，现在依然这么想，我非常感恩。如果说是因为达米安才有了这一刻，那么我算是获得了全额的报偿，而且远远超过任何凡人所能得到的。

第十五章

葡萄牙旅行

人总要追求心之所向。

命中注定的葡萄牙邀约来得出其不意。有一天，我在父母的公寓接到一个电话——出于经济状况的窘迫，当时我别无选择，只能住在这里。电话那边对方称呼我的名字，声音有点熟悉。“我就是。”我说。

“还好，不难找。我还以为非得查十个地址才能找到你。我是坎迪达，坎迪达·芬奇。”

“你好。”我无法掩饰语气里的惊奇。因为我们一直都没有很熟络。

“我知道，你一定在想，我为什么打电话给你。是这样的，我想邀请你7月底和我们一起去埃什托里尔度假两星期，不知道你有兴趣吗？我有个老朋友在里斯本的银行上班，公司给他一栋很大的度假别墅，他叫我多请几个人去玩，想住多久就住多久，所以我想干脆找一找1968年社交季的朋友一起去旅行，以免大家连彼此长什么样都忘了，而且一定会很好玩。你觉得呢？”我的惊讶之情并未减弱，在社交季期间，我始终不曾做过她的男伴，然而重聚旅行却选上我？

社交季结束已经两年，我不常碰见坎迪达·芬奇，当时是1970年的初夏，我作为护花使者的日子早已过去。6月，我从剑桥毕业，领到一张体面但也没什么了不起的学士证书，受到了写作这条危险道路的召唤。其实也不算受到召唤，因为我很快就发现，我想推开的不是门，而是一堵坚固的砖墙。父亲对我的打算并未如临大敌，虽然对我胸无大志有点儿失望，但是他很快就克服了，只是拒绝继续在金钱上补贴我。“这条路如果走不通的话，儿子，”他的语气充满了善意，“还是趁早改行比较好。”言下之意是让我赶紧另找出路。最后，我在一家出版集团的儿童杂志社找到了工作，担任办公室打杂跑腿的角色，9月就可以开始上班，薪酬优渥到可以让一条约克夏梗的日子过得风生水起。我的确去报到了，而且一干就是三年，终于晋升到初级编辑的职位，收入尚能糊口。所有母亲都会偷偷接济儿子，家母也不例外，她会时不时塞点儿钱给我，逛街时替我买单，替我付车子加油、修理的账单。然而，就算是我母亲也不会固定给我零用钱，因为她会觉得背叛了我父亲。在毕业后进入社会的头几年，我没有饿死，但前提是没有任何消遣和玩乐。这些严苛的现实我在毕业时已经预知一二，因此坎迪达的提议听起来格外具有诱惑力。

“非常感谢你的邀请，另外还有谁？”我当然知道这话一出口，就相当于接受了邀请。一旦问了这个问题，受邀人就不能撤回了，否则会让对方认为你嫌她的朋友层次不够高。

坎迪达也明白。“我们应该会玩得很高兴的。还有达格玛、露西和特里梅因兄弟。”我不太喜欢特里梅因兄弟，但也不至于特别讨厌。而另外两个人和我很投缘，因此度假的邀请越来越让我蠢蠢欲动。我知道如果不把握这个机会的话，鉴于我即将展开所谓的“职业生涯”，下半年能度过一个宜人假期的可能性趋近于零。坎迪达继续说：“我找到一家包机公司，便宜到几乎倒贴，所以机票差不多只要六便士。所以，你要不要加入我们？”

令我惭愧的是，促使我最后下定决心的正是票价。我有信心能靠亲爱的母亲支持一下机票钱，因此只需要带上一些零花钱和两三件干净的衬衣，就能在艳阳下享受十天的豪华假期了。我期待见到露西和达格玛，甚至也期待见到坎迪达，我已经很长一段时间没有和她们见面了。“好的，我也去。”我说。“太好了，我订好会把票寄给你，还有一件事……”她越说声音越小，停顿了一下，仿佛在考虑措辞，然后才继续说，“男生人数有点儿少，很多男生开始工作了，很难抽身，所以我有点儿凑不足人数。”

“所以你才找特里梅因兄弟？”

“这么说太刻薄了，乔治还可以。”我不禁怀疑，乔治勋爵是否想占坎迪达一点便宜，但我想不出有何便宜好占。

“如果我也加入，男女不是各三个人吗？”

她显然没有事先算好人数，一时不知如何应答。“对，好像……”她迟疑着。我几乎听见她啧啧出声。

我决定打个圆场：“你是担心有人临时退出，想多找几个男生？”

“是的，我很不喜欢女多男少的局面。”

“可以找山姆·霍尔。”

“他要上班。”

“菲利普·罗恩斯利·普莱斯？”

“呃，”她哈哈大笑，然后继续说，“事实上我的意思是，你可不可以问问，嗯，他叫什么名字来着？达米安·巴克斯特。你在剑桥的那个朋友？以前参加过社交季的那个。”这话带着预先排练过的随意，仿佛在告诉我，这项请求是经过深思熟虑的策划。我没有马上回答，她又说道：“当然，如果太麻烦的话……”

“不，不会。”我急忙说道。毕竟那个时候我并没有特别讨厌达米安。我讨厌他和塞琳娜的交往进度超过我，但那时我只知道这么一点儿，最多指责他享受和塞琳娜打情骂俏，反正最重要的是，我们俩最后都没有得到她。我猜我和他同样感到惊恐的是，她在去年4月嫁给了安德鲁·萨默斯比。这通电话之前的三个月，她刚刚诞下一个女儿，换言之，此时的她已经离我们太远了。“好吧，我问问他。”我说。

“他大概不会答应吧？”

“我不知道，他突然退出社交季，好像涉及什么重要的原则。”

“你们没有聊过这事？”

“一点儿也没有，你们那场舞会之后，我几乎没有见过他。”

“你们没有吵架吧？”

“怎么会，我们只是不常见面。”

“也对，我跟你也好久没见了，也没吵过架。”

我不知道为何突然有点抗拒。“好吧，就这么说了。我试试看。他以前的电话号码，不知道还有没有在用，我尽力吧。”

“太棒了，谢谢了！”她的心情似乎一下子好了很多，“一有他的消息你就通知我，其他到时候再说。”

在手机普及之前，找人比较麻烦，对方一搬家，电话就打不通，只能指望对方日后主动联络。当年也没有答录机，电话没有人接就意味着找不到这个人，但话说回来，办法也不是没有。我翻开旧通讯录，发现我还保存着达米安父母家的电话，我打过去，他们很高兴地告诉了我，他在伦敦公寓的新号码。据说他最近才搬进去。“他很厉害。”我说，这是真心话。“是啊。”我听得出他母亲是微笑着说出这句话。“他快要成功了，我们的小达米安。”

我打去达米安的公寓，他接了电话，我把这个消息传达给他。他说：“我跟人合租公寓，在沃克斯豪尔很烂的一个区。但这附近哪儿有什么好地方？我还差‘年度商业风云人物’一大截呢。”

“至少也比我好多了，你找到工作了吗？”

“毕业之前就找好了。”他报了一个响亮的美国银行的名字，“那时候他们在招人……结果把我给招进去了。”

我佩服得五体投地。我的人生教训之一就是：能够抵达人生巅峰的人，通常起点就在巅峰附近。“我8月底正式上班。”他说。

“我也是，不过我猜我没你那么风光。”我解释道，我在杂志社找到了一份卑微的工作。我们沉默了一阵，我怀疑这段交流让我们各自体会到还没毕业时我们的关系就已经疏远了。达米安不仅彻底退出了社交季，而且也彻底退出了我的圈子。在这通电话之前，我还没有完全意识到这一点。

我解释来电的原因。“我不知道。”他的语气不太热衷。

“我告诉坎迪达，我觉得你可能已经受够我们了。”

“我一向喜欢坎迪达。”这话让我很惊讶，我从来不曾留意到他们之间的友谊。但话说回来，其他的事情我又留意到多少？只不过我忍不住心想，假如坎迪达知道达米安把她当作朋友，她肯定会直接打电话给他，而不是通过我。达米安这时又开口：“好吧，也无妨，付了公寓的押金，买了几套上班穿的衣服，我一毛钱也不剩，错过这机会，今年大概就别想度假这档子事了。”

“跟我想的完全一样。”我惊讶于他接受了邀请，但整件事让我很高兴。也许可以借这次机会修补一下我们结束得有点古怪的友谊，让我们有机会在夏天结束之前平和地道别，然后各奔前程。

“你去参加婚礼了吗？”他问。

我正纳闷他到底会什么时候问。“对。”

“我没有。”

“我知道。”

“邀请函我是收到了。”他想让我知道是他单方面决定不去，而非塞琳娜没有邀请他。“你见过那个婴儿吗？”

“见过一次，她长得跟安德鲁一模一样。”

“幸运的女孩。”他“哼”了一声表示不屑，尽量淡化我俩共同的，但都不愿面对的心痛。“好。你接到行程安排就通知我吧，我们见面再聊。”电话到此结束。

别墅位于海边，夹在埃什托里尔和卡斯凯斯之间。我敢说，现在的房子比三十八年前多太多了，当年露台下面只有岩石，直通一片壮阔的沙滩，再往前就是一望无际的大海。风景美不胜收。这栋别墅建于20世纪50年代，与两三栋房子相邻，当时还没有所谓的住宅区规划。房子里有一间很大的主厅——不太适合称为客厅，因为满是藤制或类似的家具——还有一个餐厅兼大厅占据了整个一进门的区域，后面是一间大厨房。我们很难深入探访，因为里面有一群葡萄牙妇女整天都在忙活，每次我们一走进去，她们都会一脸不快。卧室位于一楼和二楼，就在房屋主体后方沿直角延伸的一个长长的偏廊里。每间卧室都有专用的浴室，楼上的落地窗外是阳台，有屋外楼梯通往楼下，一楼的落地窗直通一片宽阔的设有扶手的海景台，在这儿可以俯瞰大海。

主人的名字叫约翰·达林普，待人温和，是个年轻的知识分子，后来任职撒切尔夫人的内阁成员，但我不清楚具体什么职位。由于他为人做事有板有眼，有点难以想象他会喜欢亚丽奇这样的美国女孩。我猜这名字是亚力山德拉的昵称，但我不能肯定。她是个有点儿神经质的金发女郎，讲话带着浓重的鼻音，一直在抱怨喉咙酸痛。我对她的印象比较深，因为她是我遇到过的第一个末日先知，动不动就骂政府任凭食品添加有毒物质，动不动就喊世界即将崩溃。当时大家认为她是个十足的怪胎，但现在回想起来，我想她的想法确实超越时代。分配房间时，她提议为了保障大家人身安全，女生应该睡楼上，男生睡楼下。当年没有多少人有这种安全意识。不过这样一来我们就能享受房间里有落地窗的好处了，开窗就是露台，海景一览无余。我的卧室在一侧的尽头，有一种熟悉、干净的海洋气息，浅色的瓷砖地面，藤编的家具，白色的床罩和窗帘，一切都在告诉你，这是一栋夏日度假别墅。我有时会想，为何英国人尝试复制这种风格却无一例外总是失败？也许是因为北方日光惨淡的原因吧。

和我同班飞机抵达的人有坎迪达、达格玛和露西。达米安没有和我们同行，当我们到达别墅时，他已经在他的房间里换衣服了，所以大家也都各自更衣。特里梅因兄弟先在巴黎停留了几天，然后从西班牙一路开车抵达，继续享受着无忧无虑的假期。他们也在房间里休息，因此一两个小时之后，所有人终于聚在一起。女生穿着颜色鲜艳的夏装，我穿着索然无味的英国男士“休闲夏装”。这种衣服总让男生看起来迫切想要换回西装（我们多数人确有此意）。休息之后换好了衣服，再出来会合，以这种方式开始假期，让人感觉非常轻松。约翰让人为每个人倒了香槟，同时告诉了我们第一晚的行程安排。那就是全部人跳上车，沿着海岸线行驶一段距离到辛特拉，参观摩尔人的遗址，接着野餐晚宴。这个开头听起来非常合人心意。

辛特拉是个神奇的地方，至少当年是。我后来没有再去过。在19世纪某个时期，精神错乱的布拉甘萨王朝国王在小山顶上建了一座有塔楼的城堡，风格就像德古拉伯爵的家，而不像立宪制君主的宫殿。城堡建得有点高，更为这个地方增添一份独特的古怪风情，带着一种迪士尼式的华丽壮观。山上有一段经过加长加固的摩尔人的要塞，绵延在山丘之间，在中世纪被撤退的部落弃守。那个夏夜，这两处不同的失落帝国的遗迹，在夕阳的映衬下宛如历尽沧桑的电影布景。

根据我抵达别墅之后的观察，约翰·达林普调职到葡萄牙之后的日子非常苦闷，原因可能是银行的工作太无聊，更可能是他选错了女友，我不知道出于哪种原因，只知道有客人上门让他招待，就会让他万分高兴。坎迪达和他的交情似乎很深，虽然两人仅限于朋友关系，而从我们初来乍到的第一晚他便如此大费周章，看来没有什么事情会让他觉得麻烦了。此刻，城堡外墙的小树林里已经摆好了一张桌子，周围有几棵——也许是橄榄树？我印象中的那个画面里，这些树长得奇形怪状的，似乎在布满灰尘的土地上挣扎求生。点着蜡烛的灯笼挂在稀疏的枝丫上，树下铺着毛毯，散落着几个软垫，使得这一切看起来就像阿拉伯皇帝的盛宴。我们喝着酒，在古迹外散步，走在几世纪的残垣断壁之间。特里梅因兄弟比我印象中稍微好一些，他们显得从容不迫，因为靠父亲友人的提携，他们即将在伦敦金融圈闯天下。此刻，他们正殷勤地围绕在达格玛身边。露西正在同亚丽奇和约翰聊天。

在不远处，达米安和坎迪达正挽着手散步。我朝他们望去，不禁感到心情沉重。坎迪达在调情时，那副可怕的蛇发女巫的面目又快要原形毕露了。她大概听到达米安讲了什么无关痛痒的话，发出一阵狂笑，引来众人看她此时翻白眼的样子，我猜她大概以为这种表情还挺迷人可爱的。一如既往，她在这方面的判断力再次辜负了她。达米安开始暗自观察有没有人要过来和他们说话，显然他是急于逃生。虽然如此，野餐期间一切风平浪静，仿佛天时地利人和——与随后急转直下的事态发展相比，更显讽刺。就在此时，一阵铃声传来，宣布第一道菜上桌了，请大家自行取用。我们三三两两走向餐桌，拿起盘子、酒杯和其他餐具，端着满满当当的东西走向软垫坐下。露西在我身边重重坐下。“你最近在忙什么？”我问。我不太知道大部分女孩的近况，对她更是一无所知。

她不得不停止咀嚼，含着满口的食物嘟囔道：“有个朋友在富勒姆区开画廊，我去帮忙。”

“画廊里都是什么样的作品？”

“你知道的，就是那些东西。”我听不出她对这份工作的热爱。“我们下一步主推一位波兰艺术家，我看不出他的画好在哪里，好像把画布挂在车库墙上，拎几桶颜料乱泼一通。然而我朋友科琳说，他的画不是看起来那么简单，是表达他的愤怒什么的。”露西轻轻耸肩，我留意到她的打扮比我上次见到更显嬉皮风，里面穿着印度衫外面披着刺绣马甲，披肩或者围巾之类的裹了一身，露出里面的牛仔裤。我也搞不清她穿的是裤子还是裙子，也许是裙裤吧。“你呢？”她问。我解释了自己惨淡的职业前景。“你知道自己想做什么，我觉得已经很幸运了。”

“希望我爸也能这么觉得。”

“我说真的，但愿我知道自己将来想做什么。我本来想先去旅行一阵子，现在又不确定了。”她舒展了一下手脚，打了个哈欠。“全是空谈。”

“这要看你希望你的人生大概是什么样子的吧。”

“问题就在这里。我根本对自己的将来没有概念，我不想嫁给一个在伦敦进进出出的无聊丈夫，不想举办晚宴，星期五一大早开车去乡下别墅打扫房子好让大家来参观。”她语气轻蔑，一如所有持有相同价值观的人，认为所有头脑健全的人都该唾弃这种生活方式。但事实是，像露西这样的女生想另辟蹊径是不太可能的。她们最多不过是过上之前所说的那种生活的嬉皮版本，厨房天花板垂挂着干花草香料，床铺乱糟糟的，在周末会有艺术家朋友不请自来等等。但严格来说，这和她们那些更循规蹈矩的姐妹过的生活——在约好的日期去火车站迎接朋友，为了晚宴而着装打扮，定期上教堂做礼拜——并没有太大差异。排除其他不谈，无论参加哪一方的派对，客人几乎清一色都是亲戚。但露西还没说完：“我只想尝试一点儿不一样的事情，过不一样的生活，而不是每天一成不变。我想永久保持革命者的心态。”

“我可不想过那种生活。”说话的人是达格玛。她挑了附近一个涡纹花呢的软垫坐下，拉一条毯子盖住膝盖，然后才开始用餐。夜色渐暗，白天的热气开始逐渐消散。“我其实不赞成露西的看法，露西避之唯恐不及的那种命运，我倒觉得没什么不妥。我不介意星期五去乡下招待朋友，不过我也想做一点儿自己的事，有价值的事。我不想只是当一个妻子就好，我也想当一个独立自主的人。”听见这番话，大家或许认为20世纪60年代的人生哲学终于在20世纪60年代快要结束时成为主流，甚至影响了巴尔干半岛公主的价值观。达格玛染上的是当代一种典型症状——对他们来说，道德优越感永远是生理需要。

“什么？”我故作诧异，“吕丁豪森-安哈耳特-泽布斯特家族的公主，当一个上班族？”

她叹了口气。“麻烦就在这里，我母亲不希望我去工作，不过我已经开始在慈善机构做公益了，就算她反对我工作，也不能阻止我做公益吧？我希望能从现在开始打下基础，等到另一半出现——想想也无妨，我知道他会认同我的事业，因为如果他反对，我就不会嫁给他，我不想当一个哑巴太太。”社交季期间她一直沉默寡言，因此听到这番宣言，令我颇为感动。“我希望自己觉得……再说一次好了，我是一个有价值的人。”这时候我赫然注意到，在她憧憬崭新世纪理想人生的同时，她的视线一直在达米安身上。我看见达米安已经设法把坎迪达甩给了我们的主人——约翰和亚丽奇，让她不得不有所收敛，他自己好去树下的餐桌再拿些食物。堆满一盘之后，他转身审视着这群人，这时候达格玛与露西一同向他招手，他看见了我们，然后走过来加入了我们三人。

“我们正在畅想未来，”我说，“露西想当个野孩子，达格玛想当宣教者，你呢？”

“我只希望人生完美就好。”他说得很真诚。

“人生怎样才算完美？”达格玛怯生生地问道。

达米安思考了片刻：“我认为，首先是钱。所以我要赚很多钱。”

“非常好。”我们三人异口同声地说道。真心话。

“然后娶一个完美的女人，我们彼此相爱，生一个完美的小孩，过着高质量的生活，让看见我们的人都羡慕和嫉妒。”

“你要的也不多。”我说。

“这是我应得的人生。”这句话深深印在我的脑子里，嬉皮笑脸讲这种话的人很多，真正相信的人却少之又少。但是，对达米安而言，时间终将证实他的信念。

“‘完美女人’是什么样的？”发问者又是达格玛。

达米安想了想：“当然是美貌和头脑兼具。”

“家世呢？”我惊讶地听到露西发问。

他思考了一下。“只要她有自己的风格，优雅，成熟，见过世面，她的出身不会成为桎梏，不会成为负担。她不会允许父母或者早就死掉的祖先规定她该说什么做什么，她会活得无拘无束，如果有必要的话，她会斩断之前所有的情缘，和我相依为命。”

“我还不知道‘相依为命’这个词可以这么用呢。”我打趣道，但没有人注意到我的插科打诨。我看得出来，这两个女孩都想为自己争取到达米安心中那个暂时的空位，至少到目前为止她们都在反复琢磨达米安的话。“如果她有这个心的话，她就会这么做。”露西说，为自己创造优势。

“完全抛弃一切有价值的东西，这很难吧？”达格玛反对，但她的立场随即动摇起来。“我是说，既然认为那部分东西有价值，就不会抛弃吧？”达米安似乎点点头，好像希望她继续说下去。“而且一个人也很难放弃你爱的人，值得你爱的人。你的‘完美女人’如果将自己连根拔起，那她还能算忠于自我吗？”

“可能我要的太多了。”他若有所思地说。达格玛的话经过了对达米安的认真思考，为此他表示了尊敬，而露西失去了主动权。“我也不想为我的要求辩护，因为我开的条件可能完全不近人情，但是我想告诉各位的是，若真有必要的话，我得确定她能做到这一切。”

这时候达格玛说：“有必要的话，我想她会这么做。我只是强调这么做很难。”

“我从没说这很容易。”

显然，我当时是完全在状况外，因为各位都知道，两年前社交季发生的许多事我都蒙在鼓里。但我从那时便懂了，过了今晚，达格玛将不会再憧憬成为达米安的“完美女人”，我希望她这一夜玩得开心。

接下来的两天，我们闲来无事，早上赖床，白天游泳。露台上有一长排遮阳伞，下面设了一张长桌，我们在那里用餐，去村子里散步——做我们这种人最擅长的事情：花别人的钱找乐子。到了接下来的星期一，确切地说是7月27日，我们睡醒后，听到了一则震惊世界的新闻：第二共和国创始人，葡萄牙前总理安东尼奥·德奥利维拉·萨拉查在昨夜病逝，享年八十一岁。在那一年的西欧，法西斯国家仅剩西班牙和葡萄牙两国。

“太不可思议了。”我说。大家正开始聚集在露台上准备用早餐，倒咖啡，在吐司上面抹黄油，从堆积成山的水果中拿几个来吃。我以为这则新闻会带来一片沉默。然而根本没有。

“怎么说？”乔治·特里梅因问道。

“因为他是最后一个打过仗，改变过世界，塑造20世纪中期的独裁者。其他的都已经死了，希特勒、斯大林、墨索里尼、德里维拉将军……”

“弗朗西斯科·佛朗哥还活着，”理查德·特里梅因说道，“最后一个死的人应该是他吧？”

这话倒是真的。

“不管怎么说，他死的时候我们正好在葡萄牙，正好在里斯本近郊，这事还是非同小可。”我可没那么容易放弃。“报纸上说，他的遗体会在里斯本大教堂开放供民众瞻仰几天，我们绝对应该去排队。”

“排队做什么？”乔治问。

“去瞻仰他的遗体啊。这可是历史性的一刻。”

我转向达米安，期待他的支持，但他正忙着在玉米片上浇牛奶。

在这件事上，男女壁垒分明，几乎成了性别之争。所有女生都决定去广场，男生却只有我一个人投票。当然她们都没带合适的衣服，不得不进厨房向那些脾气火爆的葡萄牙妇女借黑裙、披肩和头纱。不过女生们都来了，包括亚丽奇，虽然她还在不停抱怨喉咙肿痛，我们的耳朵都快听出老茧了。

然而带着亚丽奇同行的好处是，她能使唤银行为约翰雇佣的司机。司机把车子停在大教堂前的广场边，亚丽奇告诉司机应该在哪里等候，同时告诉他，她不确定他会等多久。

傍晚的斜影越拖越长，我们排在无尽的队伍后面，跟随神色黯然的男人和不停啜泣的女人缓缓挪动。排除其他感想，我对民众表现出的哀恸印象深刻，或者说颇为好奇。

萨拉查给我的印象向来是最后几个邪恶的老傻瓜之一，令欧洲陷入腥风血雨的罪人，然而他却在死后得到了广大葡萄牙民众的公开悼念，从贵族到农民都有（照理说农民应该最有资格抗议他的统治）。我猜一旦对暴政习惯了，想抛弃都很难。

“坎迪达？”一个声音像培根切片机似的切穿了我。我不必回头也知道是谁。在这个离家遥远的、古老海洋帝国的首都，竟能听见她的声音，我简直不敢相信自己的耳朵。“坎迪达，你怎么会在这里？”这时大家一起转身，我们看到了塞琳娜，她穿越广场，拖着大汗淋漓的克莱尔蒙特夫人，后面跟着可怕的贝尔顿夫人。看来她们这群人里，男生同样对政治没兴趣。塞琳娜看见大家的脸，发出一声短促的惊叫：“我的天！怎么会，我不敢相信！你们怎么都在这里？”我们解释了度假的缘起，原来因缘际会中，塞琳娜的父母也在同一区租了别墅，并且邀请了安德鲁的父母同行，昨天他们才抵达葡萄牙，会在这里待一周时间，而且……这也太巧了吧？

事后我才得知，这不是巧合，一点儿都不是。三四年后的一个夏天，我在赛马场撞见了乔治·特里梅因，才明白了这件事的始末。一切都是因为塞琳娜，她想再见到达米安。即使听到乔治·特里梅因这么说，我还是不太理解她为什么非见到达米安不可（现在知道了）。约翰邀请坎迪达带一群朋友来度假，这部分属实。她们商量之后决定，如果坎迪达能找到达米安同行，塞琳娜与安德鲁就会“碰巧”在附近也租一栋别墅。假如事先知道塞琳娜会参加，达米安就不会来。而如果事先知道达米安会参加，安德鲁就不会来。因此有必要事先想好托辞。意料之外的是，塞琳娜的父母也许起了疑心，宣布他们也要一起来，费用全部由他们承担，所以计划很有可能出岔子。而安德鲁一听可以省钱，说什么也不可能让塞琳娜拒绝她父母的提议。最不妙的是，贝尔顿夫人提出她和她愚昧的丈夫希望加入，因为她“不愿意错过进一步认识亲家的机会”。我永远也没机会知道，假如我邀请达米安的时候被他拒绝，事情将会怎么样？也许整个计划会就此取消。然而当时我却没起一点儿疑心。我真的以为这是一次命运的邂逅，一个天赐的奇迹，塞琳娜·克莱尔蒙特——不，应该是塞琳娜·萨默斯比居然出现在南欧骄阳下的广场，同样穿着借来的不合身的黑衣，与我同样都在排队等候瞻仰驾崩的暴君。我允许自己对她持有片刻的惊叹。“你好吗？”我问。

“神经衰弱，我都要累垮了，听我的忠告，想要度假的话一定不要带爸妈和公婆，还有不要和两个月大的婴儿。”

“我记住了。”我望着她，她的容貌变化不大，我的黄金女孩如今已为人妻为人母，我几乎无法相信，“你最近好吗？”

她匆匆瞄了一眼贝尔顿夫人，见到那条“老鳟鱼”正在忙着冷落一位想要跟她聊天的观光客，因此没空留意我们。“还好。”接着她察觉到这样的回答听不出新婚燕尔的幸福，便微笑道：“我现在彻底进入大人的生活了。说来你一定不信，我整天忙着和水电工讨论事情，家里大大小小的安排，还要提醒安德鲁缴纳营业税。”

“你快乐吗？”我和她不需要交换眼神便知，我问出这个问题时心存侥幸。“当然快乐。”她说。

“安德鲁在哪里？”

她耸耸肩："在别墅。他说他对历史没兴趣。"

"这不是历史，是现在发生的事情。"

"我能说什么呢，他没兴趣就是没兴趣。"

我们不顾身后排队民众的怒火，让塞琳娜和她的母亲，以及她的婆婆一起插进队伍，好和我们一起踏上大教堂的台阶。教堂外观雄伟壮观，内部凉爽阴暗，使得哭声听起来更响亮，在走廊和回廊间荡气回肠，异常诡异空灵。哀伤就是哀伤，无论亡者值不值得悼念。终于轮到我们走过灵柩，萨拉查的脑袋裹着某种头巾，蜡像般的手交叉固定在胸口，仿佛在祈祷。"我在想是怎么做成这样的，"塞琳娜说，"他们是不是用了什么特别的保存方式？"

我凝视着遗体。所有独裁者死后好像总穿着质料轻薄的劣质西装，看似波顿裁缝公司的成品，萨拉查也不例外。"我不明白的是，"我低声说道，"人一死，他们就要马上把他变得像千年干尸，好像从来没有活过似的。"

塞琳娜点头。"足以让人信仰上帝。"她说。

走出大教堂后，大家互相约定，克莱尔蒙特夫妇和贝尔顿夫妇，以及萨默斯比夫妇回别墅更衣，几小时之后，他们将一同前来约翰的别墅共进晚餐。安排妥当之后，大家坐上了等候已久的车。

我现在觉得，对后来发生的事我也应该负一点儿责任。事后回想起来，当时不知道为什么，我竟然没想过要向达米安提及偶遇塞琳娜一行人。如果要为自己辩护的话，我当时对他俩之间的事情所知甚少，我只知道他们接过一次吻，也真心认为两人的关系仅此而已。尽管如此，可我确实没有向他提及这次偶遇。这很奇怪。我并没有想刻意隐瞒什么，我们一起回到别墅，到处都没见到他的影子。据露西说，他昨晚没有睡好，已经回房间补觉，以免晚餐没有精神。“别去吵醒他。”达格玛语气坚定，我们决定不去叫他起床。事实上，我当时应该冲进他的房间，扒开他的眼皮，告诉他巧遇的事情，但我当时并不知道这件事的紧急程度。我的想法可能是当客人抵达之前再找他也不迟。接着几分钟后，露西自愿去叫醒他，大家还来不及讨论，她就已经跑掉了，留下咬牙切齿的达格玛。当时我确实怀疑露西去达米安的房间另有居心，但我以为她多少会告知他教堂的偶遇，以及重逢的晚宴计划。可事实证明，她什么都没说。

另有一个惊喜接着出现，而且是度假期间最大的惊喜——如果不算上后来的大惊喜的话。我们回到别墅后，走上露台，约翰告诉大家：“你们有个朋友来电了。”我和其他人自然以为是塞琳娜来电想更改原定计划，但约翰否定了我们的猜测：“是一个叫作乔安娜·德庸的人，我没有念错吧？”

坎迪达一脸吃惊，“乔安娜·德庸？”她说，“她从哪里打来的？”

“她在这里，她和爸妈以及她的丈夫也来这儿度假了，就住在附近，他们今天刚到。”他面带微笑，仿佛为大家报喜讯，得到的反应却令他始料不及。

所有人哑然失声，面面相觑。天下大乱了吗？难道全世界的度假胜地只剩下埃什托里尔？事情发展得越来越像俄国舞台剧了。我记得当时那种诡异的气氛——当然被后来的惊涛骇浪吞没了。达格玛当时有感而发，说原本只想安排一次小小的重聚，命运之神却把社交季的所有重要角色都聚集到了此时此地。换言之，达格玛和我一样，对于事情发展如此超出控制感到束手无策。最后，露西开口："她想干什么？"她比大多数人都讨厌乔安娜，这点我倒是记忆犹新。

以为自己带来了一个好消息的约翰显得有点气馁。"她大概是想和大家叙叙旧吧。我已经邀请她和她的丈夫，希望大家没有意见。她问我还有哪些人，语气听上去很开心，所以我以为你们也会很高兴。"他停下迟疑了一会儿，生怕自己请了不该请的客人。

"我们当然高兴。"坎迪达说，但她显得不是非常高兴。我现在知道原因了。按照她们姐妹的原定计划，塞琳娜可以在晚餐和达米安重逢——这种做法是否道德先不谈——不料先是塞琳娜的父母和公婆掺和进来，晚宴已经不那么理想了，现在更是扩大成国宴的规模。

"她带她爸妈一起来。"约翰说。

这话超出大家容忍的极限了。"天啊！"露西大呼，喊出了所有人的心声。

各位应该猜得出，乔安娜夫妇现身葡萄牙也绝非巧合，而我最先得知这桩巧遇的内幕。当时我正在更衣，听见有人敲门，乔安娜不等我应门就已经闯了进来。她连声招呼也没打，一言不发地扑倒在我床上，大大叹了口气。"真不知道我们来这里干什么。"她说。

"为了度过一个愉快的假期？"我自从1968年底就没有见过她了，但她仍然那么美。

"才不是。"她躺着凝视我，翻了翻眼睛，我则等她说明。"我母亲没征求我的意见就擅自安排了整个旅行，你知道。"

"我当然不知道，你在说什么？"

"前几天我打电话去找塞琳娜——"

"你和她还有联系？"

她听出我的意外，微笑道："不是所有人都和我断绝了来往。"

"当然不是。"

她用质疑的表情面对我的反应，像在尽量忍耐一个智障："总之，塞琳娜告诉我，她要跟父母去葡萄牙度假，也说坎迪达会带几个朋友去，包括你和达米安。"

"真的吗？"此言和里斯本大教堂外刚刚上演的那一幕不太相符，我现在能明确回忆起她的说法，但我当时根本没往心里去，所以也没有把这几件事联系到一起。

"不知道是出于什么无法解释的原因，我把塞琳娜去度假的事情跟母亲说了。结果一个星期前，我母亲告诉我，她为我准备了一个惊喜，在埃什托里尔租了一栋别墅。你应该能想到，我明确拒绝了她的提议。"

"可是？"

"可是她唉声叹气啰唆个没完，问我为什么不理解她，说她一直试图为我减轻负担，现在又为了租别墅花了多少冤枉钱之类的话，我只好屈服了。"她握着一瓶可口可乐，是那种复古造型的玻璃瓶，懒洋洋地喝了一口。

"我很高兴你能来，见到你真好。"

她耸耸肩。"她认为我厌倦基兰了，自以为能拿你们当诱饵，让我回心转意。她以为让我见到你们，我就会想起自己错过了多少有意思的事情。她甚至问我，是否很高兴再见到达米安？"她仰头狂笑，"两年前，她以为我对达米安动了真格，她差点儿去自杀呢。"

我仍无法拼凑出事情的全貌，塞琳娜早就知道达米安会来，我为什么反应这么迟钝？“基兰好可怜。”我说。当时我已经见过基兰了。乔安娜私奔的事情见报几星期之后，她的母亲瓦莱丽为了让这桩婚姻显得合乎常理，在多切斯特为两人举办了一场鸡尾酒会，我也应邀参加。我承认那时候我看不上他。虽然当时我还年轻，但我也不至于因乔安娜眼光低而鄙视她。再怎么说，各人有各人的品位。“你们的婚后生活怎么样？”

“还好吧。”她说完顿了一下，又说道，“就那么回事。”此话含义之深令我有些不自在。我没说话。

“你见过达米安了吗？”

她摇摇头。“他还在房间里。我们来得太早了，我妈急不可耐，一直催促我们。从小她就盼望我能进这个圈子，她认为基兰就是我脱离这个圈子的罪魁祸首。根据她的说法，我已经快要淹死了，她想把我救回岸上。她恨不得我们明天就能离婚。”

“真的假的？”1970年听到这种话，感觉要多怪有多怪。即使十年之后，离婚这种事已经全然见怪不怪了。

“是真的。她认为假如我现在甩掉基兰，大家一定会飞快地忘掉他。反正还没有小孩，虽然我们那方面可是热火朝天。”她看出我受到了惊吓，当即没再往下说了。以前的世道还是保守，听见女生大聊房事，很多人确实会感到尴尬。她看见我面红耳赤的样子，自己也觉得不好意思了。她继续说：“重点是，如果她能说服我尽早恢复自由身，再婚就不会有什么负担，不管我的第二任丈夫是谁，我们都能把过去这一段隐藏起来。”

“她乐意接受达米安？”

“和基兰相比，即使是路过的洗衣工，她都乐意接受。”

我微笑。只不过老实说，我相当佩服瓦莱丽·兰利的意志力。我知道假如类似的事情发生在我家里，我父母只会耸肩叹气，只会偶尔和非常要好的老朋友谈起，但绝不会用实际行动来反对。我没有赞同瓦莱丽的意思，结婚时乔安娜是发过誓的，当年誓言的意义比现在重大得多。尽管如此，我也绝不会因此而不喜欢她的父母：“你父亲怎么说？”

“他挺喜欢基兰的，然而没有人征求他的意见。”

“基兰也来了？”

她点点头：“他完全知道我妈在打什么主意。”

“哇。”当然，我们尚未触及事情的核心，“你打算顺其自然离婚吗？”

她思考着我的问题，但我认为她内心毫无疑问。“不会。”她说，“我不会让她得逞的。”

我换好衣服去见大家，第一眼看到的正是基兰·德庸，想错过他也难。他的头发染成了草莓金色，像一头传染力极强的病毒，紧身牛仔裤搭配一件近似军旅夹克，像是陆军穿过的制服，袖口向上翻，露出粉红色绸缎的内衬，衬衫上的花纹密密麻麻，领口敞开，露出两三条粗项链，整体效果与其说不堪入目，不如说是可悲。再加上乔安娜刚才透露的实情，我更为他感到难过了。“你对葡萄牙熟悉吗？”我问他，尽量装作我有兴趣听他说话。

他摇摇头。“不熟。”

露西走过来，说：“你和乔安娜现在住在哪里？”

“皮姆里克区。”

基兰的回答短促，把露西和我弄得相当困窘，我们总不能整晚轮流拷问，听他一个字一个字往外蹦吧。但他接着说了一句话，显示他不是我们想的那么后知后觉：“我知道这是怎么一回事，她以为我不知道，其实我知道，我是不会离开的。”

露西自然一头雾水，但我听懂了，也更加钦佩他答应前来的勇气。唯有真正的勇士才敢于做这样的决定。我不便发表个人感想，以免惹出什么乱子，但我露出了微笑，替他倒满酒，想向他表明我并非敌人。

我看见达米安的窗户紧闭，依旧不见踪迹。就在这时，我听到几辆车驶来的声音，旋即是说话声和开关门的声音，踏上露台的是克莱尔蒙特家族和贝尔顿家族。塞琳娜女儿，大家自然要围着嘘寒问暖一番。我建议他们可以把婴儿床摆进我的房间，因为落地窗外就是露台，大伙儿吃晚餐的时候，方便就近照看，大家一致赞同我的提议。婴儿玛丽的长相和安德鲁一模一样，我不禁感到悲伤，不仅是因为长成安德鲁那样会带来晦气，而且更能在潜意识里引起令我痛苦的画面。

为了同“女人家的事情”保持距离，克莱尔蒙特大人一见我就拼命招手，以他那种含糊又热情的方式。我想他大概因见到熟悉的脸孔而感到放松吧，也能借此逃脱亲家的纠缠。我一眼看出，尽管当初他多么尽力促成这桩婚事，贝尔顿夫妇也绝不是他会喜欢打交道的类型。他开始走向我，但乔安娜和露西的美色把他勾了过去，一边喝着葡萄牙版的桑格利亚酒，一边和她们谈笑风生。贝尔顿夫妇依偎在一起凝望着海景，没和旁人交流，贝尔顿夫人是因为性格问题，她的丈夫则是因为旅途劳顿。克莱尔蒙特夫人走过来。“你好吗？”她微笑着。我告诉她近况。她说：“照这么说，你有心向艺术家的方向发展，这真是太好了。”

“家父家母并不是很赞成。”

这话让她呵呵一笑。“不是的，我就很赞成你的决定。我只是觉得这条路有太多未知，如果不怕窝在阁楼里挨几年苦日子，我相信你的抉择错不了，人总要追求心之所向。”

“我同意你的观点，何况在小阁楼里忍饥挨饿可不是最苦的。”讲这句话的时候我的视线转向塞琳娜，她正站在阳台的栏杆边和坎迪达交谈。这次纯粹是因为除了她找不到其他值得我定睛注意的事情，我这话一出口立即知道克莱尔蒙特夫人一定会误会，以为我是在影射塞琳娜的婚姻，而她无疑自认该为女儿婚姻的不顺利多承担一份责任。有这种想法也是应该的。她面色微微一沉，笑容紧绷了一些。

“你有空一定要去看看塞琳娜和安德鲁的新家，他们住在庄园边缘的一栋可爱的农场小屋里，漂亮得不可思议。塞琳娜全心全意装修了一番，而且走几分钟就到村子里了，太理想了，你熟悉多塞特郡吗？”

“不太熟，小时候我曾去过鲁尔沃斯。”

“那里实在太美了，非常迷人，几乎是世外桃源，塞琳娜真是太幸运了。”

“那我替她高兴。”我说。我觉得有必要让克莱尔蒙特夫人明白我不想惹麻烦，“我非常喜欢塞琳娜。”

克莱尔蒙特夫人再次发出笑声，这次比较轻松，为终于挨过艰难话题而如释重负。“哦，我亲爱的孩子，”她说，“我们都知道。”

这时候，我听见背后有打开门的声音，转身看见达米安站在门口。在背后的暗影衬托下，他宛如高高凸起的浮雕，纹丝不动，我自然知道他的视线固定在哪里。另有几人也注意到了他。最明显的是克莱尔蒙特伯爵，眉宇间颇为凝重，虽然他事先做了最坏的打算，但是在这一刻获得了证实。他瞥了妻子一眼，克莱尔蒙特夫人以几乎无法察觉的幅度微微摇了摇头。达米安依然一言不发地伫立在原地，气氛变得有点儿尴尬，所以我走过去。“没想到吧？”我说，“塞琳娜的父母也租了一栋别墅，就在隔壁，我们今天下午在大教堂外碰巧遇到了，意不意外？你真应该和我们一起的。”

“是啊。”达米安说，依旧完全静止不动。

我指向乔安娜给他看，匆忙解释第二个不是巧合的巧合。他微笑道：“美丽新世界，处处是奇迹。”但他依然不动，非但不向我们走来，连动弹一下的意思也没有。塞琳娜一直观望等候，我猜是在等他先迈出第一步，若真如此她必定得失望了，所以她决定主动对他的出现表示欢迎。我钦佩她的从容不迫，从小到大被教育不要喜形于色，要掩饰真情实感，这时候算是派上用场了。她快步上前，露出灿烂的微笑，“达米安，”她说，“太好了，你好吗？”安德鲁跟着她走过去，然后站住了，和达米安怒目相视，毕竟在达格玛的舞会上，一拳揍翻他的正是眼前这个人。达格玛或许想起了打架的事情，不得不中断了聊天，靠近了一点儿。“你记得安德鲁吧。”塞琳娜若无其事地说，仿佛这事没什么大不了。

“对。”达米安说，“我记得他。”

“我也记得你。”安德鲁说。

我想，此刻好几个人的脑中必定闪过一个念头，搞不好会看到这两人再次扭打在一起。但坎迪达见情况不对，赶紧走过去拍拍手。“晚餐前大家去散散步吧，这里有一条小路，下去直接通往沙滩。大家赞成吗？”塞琳娜还没来得及说话，坎迪达接着说：“贝尔顿夫人说，她会待在这里照顾婴儿的。”她身后的贝尔顿夫人往椅子里一坐，表情犹如出庭聆听判决的纽伦堡战犯。

听起来不失为解决之道，也没有人反对，于是大家分散成群，跟着坎迪达往下走。她拽着姨夫克莱尔蒙特伯爵作向导，他也不便推辞，倒满一杯酒端上，便同坎迪达一起出发了。所有人慢条斯理地走在沙滩上，眼前的景象实在是美极了。浩瀚湛蓝的大海在清澈的夜色映衬下熠熠发光，我们走走停停，倾听海浪拍岸。但就在走下沙滩漫步时，我发现了一件事情，心顿时微微一沉。其实我又有什么好担心的？塞琳娜已是人妻，要担心也轮不到我——塞琳娜和达米安落在大家后面。出于避开危机的绝佳本能，克莱尔蒙特夫人直奔女婿身边，挽起他的手，开始漫无边际地找话题和他聊天，只是什么话题能挑起安德鲁的兴趣呢？我看到克莱尔蒙特伯爵频频回头，视线落在最后的女儿和达米安身上，不难看出他们的互动让他越看越心烦意乱。

乔安娜走过来，悄悄对我说："待会儿说不定有好戏看，你觉得呢？"

"最好不要。"

"我妈妈气炸了，她以为我能一人独占达米安，现在看来，他连我是死是活都懒得理。"

当然，当时我以为她夸大其词，可见我多么迟钝。

这时候，安德鲁从岳母身边溜走，回头对远远落单的那一对投去了愤怒的目光，幸好露西过去救他。我觉得到了这一步，大家都不约而同地达成了默契，齐心协力确保不会出什么乱子。安德鲁扔下了克莱尔蒙特夫人，我听见伯爵走向克莱尔蒙特夫人时说道："你看见那个人了吗？"

"当然看见了。"

"你知道他会来吗？"

“这还用问吗？不知道。”

“他在跟她说什么？”

“我不知道。”

“向上帝发誓，如果他敢轻举妄动……”

“你别乱说了，只会把事情搞大。我要你向我保证，你在今晚睡觉之前不会讲容易引起争议的话，一个字也不行。”

克莱尔蒙特夫人咬牙切齿说“一个字也不行”时，犹如被激怒的巨蟒发出的嘶嘶声，让人知道她可不是说着玩的。我不知道她究竟有没有得到丈夫的承诺，就在我伸长了脖子想听清那些低声交谈时，伯爵的声音被海浪声淹没了。由于当时的懵懂，我无法理解他们对达米安为何抱有如此大的敌意。我把头转回，对左边的乔安娜问：“你刚听见了吗？他们在说什么？”

她摇摇头，说：“没注意听。”

我留意到达格玛从另一边走来。“你呢？”我问。但她也没听到，事实上，她那天晚上相当沉默，而且是一反常态地若有所思。我向她挑起了眉毛，意思是你在想什么。但她摇摇头，面露苦笑：“没事，我只是在思考余生的事情。”

“天啊。”

她等着，直到乔安娜放慢脚步和乔治·特里梅因一起走开之后，才又说道：“是你起头的，昨晚，”她说，“是你和达米安。”她湿润的嘴唇止不住地抽搐，这是她最激动的表现：“我只求盼到一个爱我的好男人，听起来很悲哀，但我要的就是这样。我不在乎我们会住在哪里，真的，只要不是茅草屋就行，我只想要一个好男人，爱我，尊重我。”

“你会遇到的。”我说。一个人年轻时，总会抱有这种毫无依据的乐观主义。但我当时万万没有想到，她连一个尚可忍受的丈夫都没有遇到。

达格玛点点头，轻轻叹气。当时我不明白她为何突然心事重重，现在才明白过来，那晚是她和达米安的最后一夜。达米安告诉她，他永远不会爱她。她得不到她的最爱，最想要的人。只要是遭遇过类似拒绝的人都会感同身受。最后，她怅然一笑：“也许吧，一切随缘。”

“一切都会是最好的结局。”

“我很怀疑。”她说。

最后，坎迪达意识到危机已经解除，或者她是这么祈祷的，让大家开始往回走。我们慢慢走回了别墅。夜色渐深，女佣们在餐桌上点起了蜡烛，打开了灯，把灯光投射到别墅外面。我们在海岩之间的小路往上攀爬，恍若正走向一座由晶莹剔透的宝石堆砌成的童话城堡。

晚餐开始时，天下太平。第一道菜是葡萄牙三色沙拉，添加了橄榄以增风味。我忘记这道菜叫什么了，只知道味道鲜美，所有人吃得津津有味。也好，因为直到第二天早晨，大家的胃里就只有这道菜。主菜上桌时，有一点儿不妙的端倪。主菜是一种炖鱼，色香味俱全，但我无缘一尝滋味。炖鱼盛在三个白瓷大碗里，由脾气暴躁的厨娘们端上桌，热气腾腾，三盘分开摆放，好让我们自行取用。克莱尔蒙特伯爵自进门之后，一杯接一杯灌酒，这时已有几分醉意，说一句公道话，他仅仅是因为发现达米安也来了而气得不轻而已，因为在他看来，他们夫妻俩中计了。他一到这栋别墅就发现那个骗子无赖也在，心情已经够差了。晚餐时，旁边竟然还坐着一个平凡的女人——瓦莱丽·兰利，这女人又偏偏一直在没话找话，聊些他听都没听过的人和事。而瓦莱丽则因为自己被安排坐在一个伯爵身边正欣喜若狂，因为她千里迢迢来到英国的目的之一，正是为了女儿和自己能结识像克莱尔蒙特家这样的贵族。她还不太明白事情进行得并不顺利。

为了搞清楚事情的来龙去脉，追溯冲突爆发的源头，必须谨记一点：克莱尔蒙特伯爵认定达米安是一个骗子无赖，企图诱拐塞琳娜和他结婚，毁掉她的一生，只为了达到自己卑劣的目的。这些想法绝非我个人解读，而是他本人的观点。因此，他为什么要和这样一个带来厄运的人共进晚餐呢？他不懂。明摆着的事实是，塞琳娜和坎迪达的计划不够周密。葡萄牙之旅就像两年前姐妹俩打算在格雷沙姆庄园向父母介绍达米安一样，是注定失败的计划。当初克莱尔蒙特夫妇决定同行，坎迪达就应该取消行程，或者至少也应该改变一下行程，不能让他们在这样的情况下巧遇。但根据我最近对这件事的理解，我想是因为塞琳娜无法拒绝和达米安见面的机会才导致了这样的局面。这件事真令人惆怅。

散步回到别墅之后，达米安一直沉默不语，接下来的时间也只以单字回答问题。我看见塞琳娜想坐在他身边，但他故意改坐在坎迪达和克莱尔蒙特夫人中间的空位上。他的选择让克莱尔蒙特夫人有些诧异，她不知道他为何选择坐在她的旁边，但她掩饰得很好。之后，达米安只和坎迪达交谈。若整晚都能如此，也未尝不是一件好事。岂料，在克莱尔蒙特夫人坚持的众多规则中，其中一条就是晚餐席间，一道菜结束到下道菜上桌期间，必须改和另一边的邻座交谈。因此炖鱼上桌时，克莱尔蒙特夫人抛下乔治·特里梅因，让他和达格玛聊天，自己则转头面对达米安。“怎么样，你最近在忙什么？”她和颜悦色地问道，“对将来有什么计划吗？”

达米安凝视她片刻，但为时过长，足以让多数人明白他刻意傲慢。“你真的想知道吗？”他说。说真的，达米安的态度确实无礼。当时席间所有人都无法想象，克莱尔蒙特夫人究竟说了什么话？怎会受到如此对待？话说回来，纵使我现在明白，她也算是摧毁达米安幸福的共犯，但我仍觉得他有点儿过分。克莱尔蒙特夫人只想平安无事地度过一晚，让坎迪达、约翰或亚丽奇觉得晚宴办得很成功。这么想又有什么错呢？

克莱尔蒙特夫人深吸一口气，点点头。“对，我真的想知道。”她说，语调尽可能镇定。“我非常想知道塞琳娜每一位老朋友的前途。”凭良心说，我敢发誓克莱尔蒙特夫人是带着善意说出这句话的，她不希望女儿嫁给达米安，这是真的，但我不相信她对达米安本人有任何恶意。克莱尔蒙特伯爵就不一定了。一时间，达米安的表情有点儿惭愧，他似乎打起精神，大概是想勉强聊聊银行工作之类的事情。

但就在他吐出第一个字之前，克莱尔蒙特伯爵抢先插话道："呃，"他边说边伸手去拿桌子对面的一瓶红酒，“我们只是有兴趣知道，你的人生规划不会把我们牵扯进去。”这句话的效应犹如电流，瞬间全桌都安静下来。克莱尔蒙特夫人缓缓闭眼，不想目睹即将爆发的海啸。约翰和亚丽奇越看越糊涂，不知道客人为何突然恶语相向。兰利夫妇面露惊讶，包括我在内的年轻人都是，贝尔顿夫人则露出她一贯的表情——愤慨的轻蔑。安德鲁默默地灌了一大口酒。

“我不会的，”达米安轻松地说道，“同样的错我不会再犯一次。”

“住嘴！”塞琳娜勃然大怒。我从来没有见过她如此气愤。“你给我闭嘴！”她眼睛里燃烧着熊熊怒火，可惜她开口太迟了。

克莱尔蒙特伯爵陡然做出手势，让女儿安静，然后注视着对手的眼睛，再喝一口红酒。接着，他缓缓放下酒杯，动作优雅，微笑了一下才开口。说实话，慵懒的动作不足以掩饰他浓重的醉意。“好，你给我听着，你这个狗屎——”此言一出，全场哗然，宛如排排坐的小老鼠，全体震了一下。克莱尔蒙特夫人发出了低低的哀叹，听起来像在说“唉，不要”。瓦莱丽·兰利则叫道：“什么？”只不过并无特定对象。

但到此时，达米安已经站起来了。“不对，”他说，“你给我听好，你这个膨胀、荒唐、无聊、弱智、乏味、狂妄、荒谬的笑柄。”全句共有七个形容词，我听得出神，因为我根本想不到比这七个词更能改变人生的字眼。达米安刚起立时，他还只是介入到一件小事故当中，道个歉，说句“喝杯酒吧兄弟”就能了事。但短短一分钟，他演说完毕之后，等于永远退出了这个圈子，再无可能返回。1970年，英国上流社会的大门对他砰然关闭了，空气中充斥着浓厚的桥梁焚毁的焦味。

克莱尔蒙特伯爵目瞪口呆，仿佛刚被车子碾过，不太确定自己的伤势有多重。“你竟敢……”伯爵说道。

但达米安没有示弱，不再留任何情面。“我竟敢？我竟敢？你到底以为你是谁？你是不是疯了，谁给你的权力用这种态度对我说话？你这个愚蠢的老东西。”这话让人觉得异样，因为对在场大多数人而言，除了最后一句话之外，整段话都可以反过来由克莱尔蒙特伯爵对达米安说，因此产生了难以名状的古怪感。大家应该明白一件事，在克莱尔蒙特伯爵五十八年的人生中，从来没有人以这种态度忤逆过他，连近似的态度也没有过。如同全世界所有的贵族，克莱尔蒙特伯爵并不真正了解自身实力的局限，因为他从小听惯了杜撰的夸奖，从未质疑过累计半世纪的马屁到底是真是假。可想而知，他也不够聪明，无法明白那些夸奖全是空谈，自己作为一个人事实上是无能的。他的确被震惊了，头一次打心底里感到恐惧，因为他突然领悟到，他也许不是公认的尊贵、庄重、赞美的化身，而是一个真正的傻瓜。

这时候，千不该万不该，贝尔顿夫人不该擅自决定干预。“你这个不知廉耻的小子。”她声音洪亮，对象是达米安也是在座的大家。可惜她一副飞扬跋扈的样子，声调又抑扬顿挫，似乎更像是闹剧的开场，而不是言之有物的论述。我猜她自认为这种态度能凸显震慑力，其实听起来反而像《八点钟晚宴》里的玛丽·朱斯勒。“立刻给我住嘴，”她以颤抖的尖声说道，“向克莱尔蒙特伯爵道歉！”

达米安转身，一眨眼的工夫，他做出了一个令所有人无比惊恐的举动——他抓起了插在面包板上的一把刀。这种面包刀很宽，可以拿来切肉，也可以一刀毙命。整个场景演变成了一场噩梦，没人能控制得了这个局面。请各位不要误解，我当时完全肯定达米安不会伤害任何人，他不是杀人犯，我们没有生命危险。但他懂得如何让人害怕，如何让刀尖上闪烁的寒光增强他语气和动作的张力，让所有人在这一刻都胆战心惊。他的判断是正确的，若说大家刚才吓得不敢动弹，现在已经是浑身瘫软了。

达米安缓慢而镇定地走向贝尔顿夫人的座位。贝尔顿夫人见他靠近，吓得紧紧攥住椅子扶手，死死抵住椅背。仅此一刻，我稍微对她感到同情。“你这个可悲的老巫婆！稻草人！怪胎！关你什么闲事？”他等着她的回应，好像问了一个合情合理的问题。贝尔顿夫人看着刀锋，一声都不敢吭。“你这个神经错乱的、皱巴巴的老蝙蝠，愚蠢的势利鬼，打扮丑陋，心里更是一肚子坏水，虚情假意，道貌岸然。”这时，他走到贝尔顿夫人身旁，停下来微微弯腰，一副好奇的模样，仿佛想近距离观察这个可悲的东西。“你好像哪里不对劲？等一下，我想一想。”他用刀尖碰了碰嘴唇，看似思索着难解的疑问。“你父亲是不是行为不端？还是你母亲？”达米安再次停顿，仿佛等着贝尔顿夫人证实他的诊断，但贝尔顿夫人瞪着他，傲慢的表情下隐藏着一丝恐惧。我不得不承认这招很厉害，宛如精锐刺入对方心脏的一剑。事实上，贝尔顿夫人的母亲——套句法文的说法——并非什么大人物，但贝尔顿夫人以为没人知道。贝尔顿夫人一如许多贵族，深信既然没人当面让她难堪，表示大家都不知道这个她想遮掩的事实。但我们确实知道，所有人都知道。她母亲嫁入豪门生下了她，却被她父亲狠心抛弃；她父亲开始了新的生活，再也没回来。贝尔顿夫人的遭遇无疑能解释她如此虚张声势的原因。“别担心。”达米安说，“没人知道你是一条杂种狗，只知道你是一个可笑的低能的欺负人的老东西。”她听到了，却仍然没说话，只是喘得仿佛刚刚长跑完，脸颊抽搐，更加泛红，我简直怀疑她要中风了。

我无法继续坐视不管。克莱尔蒙特伯爵再怎么膨胀，贝尔顿夫人再怎么疯狂，这么骂也太狠了。我站起来。“好了，达米安，够了。”我说。我感到大家轻轻松了口气，如释重负，仿佛我划定了线，到此为止，大家可以恢复理智了。可惜事实并不如我所愿。

达米安转身，这时我面对着他，才看出他已经被怒火冲昏了头脑。或许是暂时的精神失常，但也是不折不扣的失常。我此时的感觉无异于游客走到森林空地，忽然发现一只狼在慢慢向自己靠近。我看见他紧握着武器，心生恐惧，我承认我有点儿害怕。“什么？现在轮到你来教训我了？”他冷笑道，“你这个悲哀的、贪婪的小杂种。你这团狗屎，你这个垃圾，你这个懦夫！”

“达米安，拜托，他是你的朋友——”此言出自达格玛之口。面对凶神恶煞的达米安，在场挺身而出捍卫我的只有她。我很感动。或许塞琳娜也会站出来吧。但我朝她瞄了一眼，看见她仿佛正在地狱中煎熬。

达米安先望着达格玛，再看看所有人。“什么？你认为他是我的朋友？你们认为他是你们的朋友？他才不是你们的朋友。”达米安摇着头，继续沿着餐桌来回走，像一头豹子。我看见两位女佣在黑影里驻足观望，但桌上的宾客和主人无一敢动。大家眼见着贝尔顿夫人受到的待遇，不愿沦为下一个炮灰。“他鄙视你们。你以为他觉得你很风趣吗？”他对克莱尔蒙特伯爵问，“优雅吗？”他等着克莱尔蒙特夫人回答，“或者你以为他觉得你们在任何方面有意思吗？”这话针对全桌。“他觉得你们愚蠢、无聊。不过他喜欢你们的生活，喜欢你们的大房子，喜欢你们的贵族头衔，他喜欢让大家知道他认识你们，喜欢那种可怜的虚荣自负。”他在每个动词上面加了重音，整句话听起来像在吟一句诗，“他喜欢在你们背后匍匐，喜欢拍你们马屁，喜欢对别人吹嘘。他可不是真的喜欢你们。”

炮火轰击期间，塞琳娜一动不动，低头坐着，我这时发现她在哭，眼泪在脸颊上留下两道混着睫毛膏的痕迹。“你以为他爱你，对吧？”这时候，达米安站到塞琳娜的旁边，她抬头，但不回答。“把他当作你的小宠物，无论风雨都守护在你身边，可你却嘲笑他——”塞琳娜正想抗议，达米安却举起手让她安静，“你嘲笑他，跟我一起嘲笑他，然而你还是容忍了他，看在他暗恋你的分上，这让你觉得很甜蜜。”塞琳娜这时候向我望过来，摇着头，似乎想要为自己辩解，但我已经沉入另一个世界，一个麻木不仁的世界，一个空洞的孤独的地方，想要逃避却无处可躲。“他爱的不是你，而是你的地位。他爱的是他能拿来吹嘘的东西，你的姓氏，你的财产。”达米安停下来喘了口气，重整旗鼓，给出了最后一记重拳，“你们真应该听听我和他在一起的时候，他是怎么取笑你们这些人的，想知道吗？他只是再普通不过的一个马屁精，一个贪财的势利小人，在你们之间见缝插针，像个男妓一样钻啊舔啊戳啊，拼命想要混进你们的圈子。”

这时候，克莱尔蒙特伯爵以嫌恶的语气喊道：“老天啊！”这句话或许喊出了大家的心声。如果达米安想抹黑我，想让我跳进黄河也洗不清，这步棋是走对了。

他仍未放过塞琳娜。“你这个白痴，你这个傻瓜。”他语气里带着纯粹的轻蔑，令在场的人哆嗦一阵，“你本可以逃走，可以过上真正的生活，你却不要，而是选择和一个蠢货共度一生！”达米安走过安德鲁身边时，匆匆拍了一下他的肩膀。“这个饭桶，这摊烂泥！为什么？为了住进大房子，为了让你讨厌的人对你卑躬屈膝？”达格玛这时候放声大哭，达米安经过她身边时停下了。奇怪的是他又开口时，语调变得相当亲切。“你的心地很善良，你值得更好的人生。”但是话还没说完，他已经走到乔安娜身边停下来，乔安娜看着他，不知所措，好像碰上黄鼠狼的小白兔。“你也许还有逃走的机会，赶快甩掉那只阴险狠毒的母狗吧。继续努力。”奇怪的是，他咒骂的所有人都没走，全数乖乖坐在他眼前让他痛骂。乔安娜的母亲发出小狗一样的吠叫，却被丈夫一手拉住，不让她再出声。

达米安的火气开始消了。大家能察觉到。理查德·特里梅因从椅子上站起来，连安德鲁也有离席之意。达米安握刀的手松了一些："我恨你们所有人。我讨厌你们浮夸的价值观，无论怎样我都会诅咒你们。而现在，我同情你们。"其他人意识到炮火接近尾声，开始松懈了一点儿。也许这反应在达米安意料之中，但他还意犹未尽。"我想走了，不过在我走之前，想给各位留下值得回忆的一刻。"他微笑着。

"我想我们已经拥有值得回忆的一刻了。"坎迪达重返战区。

"还没有，还有更精彩的。"他说。他突然做出惊人之举，扔下刀，抓起靠他最近的一碗炖鱼，对桌尾砸下去。滚烫的热气腾腾的海鲜汤溅到了克莱尔蒙特夫人、露西、基兰、理查德·特里梅因的身上，被烫到的人非常生气，骂着脏话，喊着痛，但除了震惊之外别无真正的肢体回应。在大家还没来得及躲避之前，达米安又捧起中间的一个碗，"啪！"碗碎了，这次汤汁溅了坎迪达、克莱尔蒙特伯爵、达格玛、乔治和乔安娜一身。达米安一个箭步，想再捧起最后一碗，其他人反应过来，连忙伸手去抢。乔安娜的父亲站起来，双手按住碗边，无奈达米安的力量就像猛虎一样，手一抽，立刻获得主动权。他把碗捧起来，高举在头顶上，宛如邪教的祭祀。刹那间，全场静止了。接着，他把整个碗砸向桌子，以确保碗里的汤汁劈头盖脸地落在贝尔顿夫人身上。贝尔顿夫人"接受"贡品时，发出惊天动地的尖叫。浓稠的番茄酱汁洒满全桌，犹如波罗蒂诺战役的现场，所有人身上都是黏糊糊、热腾腾、腥臭的鱼肉和酱汁。瓷碗的碎片划过露西的额头和乔治的右脸，没有人因此失明算是奇迹了。"好了，祝各位晚安。"达米安说。他走过露台，穿过落地窗，走进他自己的房间，然后关上了窗。从此，他与我们形同陌路。

他走后，所有人都坐着，没有动作，陷入沉默，宛如一群坠机的乘客，逃过一劫却惊魂未定，无法确认自己是死是活。接着，塞琳娜和达格玛放声大哭，贝尔顿夫人也嚷嚷起来。她像极了太阳马戏团的红鼻子小丑，头发里粘着龙虾和螃蟹的碎肉，她的丈夫同样狼狈不堪，一脸茫然。她对丈夫大叫："快带我离开这里！快！带我离开！"

这时，瓦莱丽·兰利吵着要报警，立刻引起其他人的注意。兰利先生不必看大家错愕的眼神就明白报警是不明智的。这一夜或许是报业多年来的最佳八卦头条，大家才不会主动爆料。兰利先生理解地点点头，劝妻子打消报警的念头。

如果大家只是一哄而散真是太轻描淡写了。晚宴被炸得七零八落，成了一堆废墟。克莱尔蒙特夫妇和兰利夫妇直奔自己的座驾，仿佛枪手正从窗口瞄准他们。呆坐在原位的我们浑身腥味，静观其变。乔治给自己倒了一杯酒，同时端了另一杯给我们。他心地真好，我想。但从另一方面说，此举也证实了我生怕发生的事情：很明显，所有人都可怜我，可怜我又唾弃我。达米安的话，他们也许相信程度不一，但所有人都会至少相信其中一部分。我了解后果会是什么。亲朋好友会很快听到这个消息，消息会越传越离谱，我在伦敦势必成了一个趋炎附势的小人，低声下气，油嘴滑舌，受人轻蔑。当初我接受达米安的请求将他带进这个圈子，希望大家都能接受他，喜欢他，最终我却得到了报应。我在成人的世界再无立足之地，我被放逐了，沦为最底层的贱民。

坎迪达走来，或许是想表达同情，但在她开口之前，我把她拉到一边。"我明天就走。"我压低声音说道，不想再把事情闹大，更不愿让其他人可怜我，"一早就走。"

"别傻了。"

“不，我非走不可，他是我带来的，这是我的错。发生这种事情，我没脸留下来。”我感激她好意的支持，但我说的是真心话，我无颜在这里再多停留一分钟。坎迪达拜托安德鲁过来劝我别走，他摇了摇头。“我想，这是他唯一的路。”他以非自负的态度恶狠狠地说道。多亏女佣收走了那把面包刀，算他命大。

坎迪达不再劝说。“好吧，睡醒觉再说。”她说，“看看明天早上的感觉再决定吧。大家都知道他在胡说八道。”我微笑着，亲了她一下，默默地回到房间。

如今我对坎迪达更加了解，我觉得她可能真的没有相信过达米安对我的攻击，但我当时不这么想。那晚后来我洗完澡，身上仍有鱼腥味，但至少不像伦敦柏孟赛市场的海鲜摊了。我问自己，达米安真的是胡说八道吗？我认为有些部分确实是胡说，尤其是他数落塞琳娜的部分，他的措辞是经过特意挑选的，意在一举摧毁我，让我从此无法再和这群人像没事一样相处。他想从这些人的视野消失，也发誓要让我落得同样下场。他的攻势如此残酷，我相信他能得到的最大好处就是让我在塞琳娜面前无地自容。他把我的暗恋阐释成卑微、渺小的感情，一种获邀参加宴会的途径，而不是足以让我改头换面的动力。

尽管如此，他说的也不全是废话。好笑的是，有时候我确实羡慕他。我羡慕他有控制这些人的能力，这些人当中有很多是我从小就认识的人，但达米安在短短几星期就能左右他们，这是我可望而不可即的。当然，他相貌英俊，而且深具人格魅力，而我两样都没有，但关键并不在此。尽管他是新人，却不允许这群人主宰游戏规则。可我呢？也许吧，被克莱尔蒙特伯爵这种人消遣时，我不是多礼让他们几分吗？假如对方身份地位比我低，我会这么忍气吞声吗？每场晚餐之后，大家坐在餐厅里蠢话连篇，我不是假装他们字字珠玑吗？我不是陪那群傻瓜坐到深夜，赔笑脸猛点头，恭维他们无底洞似的狂妄自大，却从不透露一丝真实想法吗？假如达格玛不是公主，我会搭理她吗？我唾弃安德鲁，即使世界上没有塞琳娜，我照样讨厌他，但面对他这种人，我不是也表现得一团和气吗？若非在他面前我有一种想鞠躬的冲动，我会对他这么客气吗？我不确定。倘若家母尚在世，读到这一段，她会说这些都是无稽之谈。我自幼就被教育要待人礼貌，为什么要为此受到批判？我多少认为她说得有道理，但也多少认为……

无论上述疑问的答案是什么，葡萄牙晚宴让我在圈内销声匿迹了很多年。达米安从大家的视线里消失了，我也算是。除了极为少数的情况，我不再参与他们的活动。起初是怕尴尬，后来是自惭形秽，即使是塞琳娜也似乎有意在回避我，或者我是这么认为的。当初我仍会偶尔去拜访他们，一年一两次，看看她或者孩子们，或许是因为我无法割舍吧。但我觉得那一夜的阴霾始终如影随形，总觉得什么东西丢掉了。最后我还是接受了事实，断绝了所有来往。

我老了，也更柔软了。如今回过头看，我认为当年对自己太苛责。现在，我不会认为塞琳娜是导致我被放逐的幕后推手，我也不责怪任何人，因为我之所以惩罚自己，是因为我认为自己做错了。事实上，达米安那夜说的话是出于愤怒和对复仇的欲望，只不过至今我也不明白为何我成了箭靶。我没有挑衅他，为何遭到如此沉重的报复？也许他只是在怪我当初把他推到了这团烂泥当中。若真如此，以后来的事情来看，我倾向于认为他的炮轰不无道理。

第十六章

后　来

“最后一次见面至今，我始终爱着你，我也将爱你直到人生尽头。”

我从韦弗利庄园回家后致电达米安，向他转述我查访到的全部信息，也说出了一个让我内心很排斥的想法：“我想问一个蠢问题，你确定不是塞琳娜吗？”

“确定。”

“我现在才知道你们当年的交往有多深。”

“我很高兴你这么想，但不是她。某种程度上我希望是，可惜这是不可能的。”他很高兴我对他那一年的心路历程能多几分认识，我从他的语气能听出来。“我和塞琳娜最后一次发生关系是在1968年的秋天。她1969年春天结婚，这期间她没有生小孩。那场舞会之后我只见过她一次，就是葡萄牙的那天晚上。而且她那天还带着呆头呆脑的丈夫，傻乎乎的父母，可怕的公婆，以及她的女儿。更何况，即使我搞错所有的日期，我的孩子最有可能是玛丽，但我听说她到现在也跟安德鲁长得像一个模子里刻出来的。”这些都是事实，那位神秘女子不是塞琳娜·贝尔顿。

“这么说，肯定是坎迪达了。”

“你跟她提起过我的事情吗？”

“一点点，她说你们俩约会过，不过是在社交季刚开始的时候。”

“对，可我和她从未断交，我们一直都是朋友。社交季结束后旧情复燃，睡过一两次。我知道你对她没什么意思，不过我当时挺喜欢她的。”

这句话引起了我很大的兴趣，和我比较起来，他对这些女人似乎有着更深的认识，更能洞悉她们的本性：“她那时说，那年结束之后，你们有过一点儿暧昧，会不会是这时候有了孩子？”

“不会，不会是那会儿。那点儿暧昧早在葡萄牙旅行之前就结束了。”电话那头沉默了片刻，“葡萄牙那夜，她趁大家都睡着了，主动来找我，我半夜醒来，发现她躺在我床上，一丝不挂，我们就做了。早上醒来我发现她已经走了。”

“你第二天离开之前有见到她吗？”

“我走的时候一个人都没出现，我自己叫出租车走的。不过，她在我房间留下了一张字条，我们算是好聚好散。”

“后来在伦敦，你们有重逢吗？”

“他们这些人我从此一个也没见过了，包括你在内。”

“是的。”我同样是一大早前往机场，冥冥之中我们都设法避开了对方，至少我是有意错过。和其他人一样，葡萄牙之夜后，我也没有见过达米安，直到最近。

他打断了我的思绪："我倒是见过乔安娜，只有一次，可我们都知道不是她。"

"还有特丽。"

他面露疑色，旋即点头微笑："是我记错了，我一直以为是在出国之前，可是你说的是对的，其实是回国之后的事情。"

"坎迪达留的那张纸条上写的是什么？"

"'我依然爱你'？附上她那个好笑的签名。我当时非常感动，我这一辈子再也没有经历过比葡萄牙之夜更不愉快的事情了。"

"在场的所有人应该都一样。"

"我以前常祈祷，不要再让自己如此难过，既然我剩下的生命要以分秒计时，这点儿愿望应该可以实现了。"他想到那段可怕的回忆，发出轻轻的笑声，我说他轻笑，其实那声音就像快要倒塌的危楼里，老旧废弃的水管发出的吱吱嘎嘎声。"那晚我躺在床上，听着大家在外面讲话，直到所有人都离开了，我心里恨不得死了算了。有那么一刻我甚至觉得他们会报警。"

"那群人？不可能。他们可不想声张。这一点是不会变的。"

我们快抵达任务的终点了，有待解决的只有这几个细枝末节的问题："她的儿子快要富可敌国了，我要不要告诉她？"

"也好，然后你到我这里来，我想听听她是怎么说的。"

这一次，坎迪达欣然接了我的电话，也同样不介意我在当天上午前去叨扰一杯咖啡。她住在富勒姆区的老房子里，许多同一阶层的人后来住的也是同一类型房子。哈利生前显然收入颇丰，她把房子打理得非常精致。坎迪达以她一贯的——对我而言是最近才发觉的——从容自若迎接了我。她端着一个盛着咖啡用具的托盘，将我领进一间美丽的、以印花棉布装饰的客厅。沙发后面的桌上放着一张很大的加框照片，我猜照片上的人是去世的哈利·斯坦福斯。他有一张憨厚富态的笑脸，长相平凡，但讲述着永恒不灭的大爱。我默默地向他致敬。坎迪达倒好两杯咖啡，然后望着我。“怎么了？”她说。

我解释了达米安的心愿和我在其中扮演的角色：“我本来不愿帮他，不过我看得出来，他实在想不出其他办法了。”

她啜饮了一口咖啡。“我就知道你找我有事。但没想到是这件事，所以这和我有关系吗？”说完，她坐在原位，耐心等候我的解释。我不明白她为何没联想到自己。

“我们认为阿尔奇是达米安的儿子。”

她一时无言，只是满脸困惑。接着，她轻轻笑了一声，说：“怎么会？我又不是大象。”这下满脸困惑的人变成我。“我和达米安最后一次上床，和阿尔奇出生的时间相隔了近两年。”

“可是我上次找你，你暗示你们分手之后，还藕断丝连了一阵子。”

“是的，没错，在1969年夏天，他和塞琳娜结束之后，我替他感到难过。塞琳娜发喜帖的时候我去找他，看他过得怎么样，虽然之后又见过几次面，不过渐渐地我跟他完全失去了联络。所以一年以后，我想约他去葡萄牙，才让你去找他。因为我不太确定他是否还想见我。现在我想我是白担心了。”

“可是那天晚上你不是去找他了吗？”

“哪天晚上？”

“就是达米安发飙的那天晚上，把炖鱼泼在我们身上那次。你该不会忘了吧？”

“你疯了吗？我当然记得，谁忘得了？可是那天晚上我们并没有发生什么。”

“他半夜醒来，发现你一丝不挂在他床上，睡在他身边。”

“这不会是书店老板偷偷卖给你的小说里的情节吧？”

“你还在房间里留下纸条，说你爱他。”

这话唤醒了她，她凝神回忆片刻，匆匆点点头：“确实是我留的，我觉得他闹得大家那么不愉快，自己心情也不会好，所以我随手写了一张纸条，说……我忘记我写了什么了。‘我原谅你’之类的？”

“‘我依然爱你’。”

“是吗？差不多吧。我睡觉之前从他门下塞进去的。”

“你确定你没和他上床？”

我看得出她已濒临抓狂：“我知道我当年作风有问题，可经历了那么可怕的一夜，如果还和达米安上了床，我不可能一点儿印象都没有。事情闹得这么大，所有细节我都记得清清楚楚。”

“对。”我凝视着咖啡杯。现在我又退回了原点吗？我不相信。

她依然反复思考着我的话。“他醒来，发现床上有个女人，他们还发生了关系？”我点点头。她大笑不止，“不愧是达米安，人生已经走到了低谷，却发现自己置身《007》电影里的一幕。”她的大笑减弱了一点儿。

“所以……不是你？”

“我可以肯定不是我，如果我有那种习惯我一定会记得的。”

我仿佛意识到了什么。

塞琳娜·贝尔顿夫人在楼上，请我在晨厅等候，如果我不介意的话，她很乐意见我，因为——我想不出还有什么理由——晨厅显然是夫人平时喝茶的地方。我乐意在此恭候。

晨厅是韦弗利庄园较为美观的一间，以舒适为主，虽然不是那么华丽，但是挂着一流的画作。有一幅精美的画出自英国画家约翰·林内尔之手，我敢说这儿目前的主人是塞琳娜，因为桌子上面铺满了纸张，以及等候回复的信件和邀请函。一位和蔼可亲的妇人开门请我进来，在塞琳娜走进晨厅时，她正在布置茶具。“非常感谢你，本尼什太太。”塞琳娜一副贵族太太的语气，优雅但并非出于真心实意，而是确保他人对她的服从。事实上，我从她的仪态和服装以及笑容中可以看得出来，塞琳娜正在酝酿她大气从容的贵族风度。“这么快又能见到你，真是太好了。”她说着，贴了贴我的双颊。上次我们见面时，我们不但做爱，而且不只是爱，是我毕生最激情的爱。结果不知怎么的，在她寒暄两句之后，我们这一夜就全被打包装箱，推到安全距离以外的地方。她的态度热情而友善，但我当即就明白，同样的事情绝无可能再发生。

“我不相信你不知道我的来意。”

她帮自己倒了一杯茶，一面坐下，一面细心抚平裙子上的皱褶。她喝了一小口茶之后，望着我，投以相当羞怯的微笑。“我知道，坎迪达打电话给我了。”不寻常的是，她表现得相当腼腆——我通常不会用这个词来形容她的表情，“我不希望你以为我总是趁男人睡觉时溜上他的床。”

“你自己告诉我，只有对爱你的男人，你才会这样。”

她点点头：“谢谢你记得。”

她等了片刻，再次开口显然轻松不少。“我起先不太确定，因为我觉得如果他有兴趣，那当时接到我寄的那封白痴一样的信之后，他应该会采取行动。可是，他什么也没做。我之所以知道他没有动作，是因为二十年前，我仍跟当时几个有可能写那封信给他的女生保持联系。他怎么改变主意了？”

“因为他快死了。”

这话令她回到现实。“对，你说得对。”她仰望天花板片刻，“我想解释一下葡萄牙那晚的事情。我愧疚了许多年，特别是对你。”

“对我有什么愧疚？”

“因为最受伤的是你。你只不过找他参加了几次舞会，却被骂成一个卑躬屈膝、攀龙附凤的小人。那种感觉一定糟透了。”

“是不太舒服。”

“重点是，他说的不是事实。最过分的就是，他提到你对我的好感。我知道，我当时就知道。”塞琳娜微笑，相当于挑明了我们两个共度的快乐时光，我听了相当开心。虽然不多，但总比没有好。“我举行舞会那天发生的事，你听说了吗？”

“大部分吧，我最近才知道的。”

“那天舞会上，达米安告诉我，他根本不爱我，只是在利用我。没有他，我会活得更好之类的。我傻乎乎地站在那儿听他胡言乱语，因为我不敢相信他说了那些话。舞会的音乐还在放，前厅门外有个女生还在笑，我记得当时心想，我的人生都破碎了，你怎么笑得出来？你明白吗？我当时全身的每一条纤维都爱着他，想跟他远走高飞，想跟他在一起，爱到天荒地老。如果爱他意味着非得和所有人断绝关系，我也下得了决心。但他讲那种话，我整个人都呆住了。以现在的话说，我快要窒息了。

但是我们那时好像没有‘窒息’这个词。那时候的人遇到这种事，会出去散个步，然后日子照样过。总之，他讲完了，等着我开口，过了一会儿，我看着他说：‘好吧，如果你真的觉得这样比较好。’说完，我也讲不出别的话。他点点头，对我微微鞠躬，很滑稽吧？我经常想起他那个动作，现在就能想象。他微微一鞠躬，好像餐厅的侍应，或者被派去护送你的大使馆的助理，确保你不会坐错从巴黎北站到奥斯特利兹的火车。然后他走了，我出去在露台上透了一会儿气，之后进来，和你跳舞。”

“我当时特别开心。”

但这一次，她想陈述完整的经过。“舞会之后我自暴自弃，我猜我可能是精神崩溃了，不过当年我们这种人怎么会精神崩溃？女演员和挪用了客户财产的银行员工才会精神崩溃。我们这些人只会身体抱恙，暂时搁下正事，休息个几天就好了。爸妈给我施加压力，逼我和安德鲁交往，而他很认真。”她瞧见我的表情，停下来。“对，他很认真。我知道你不喜欢他，可是他并没你想的那么糟糕。”我挤出一个接受的表情。“何况我也想不出其他办法，我们又没上过这种课程。”

“我知道。”

“嫁给安德鲁，是唯一一条出路。我知道达米安和我分了手，但我还是不分昼夜地思念他，没有任何办法。重点是……”她耸耸肩，表情无助。“这确实发生了，发生在我身上。”她停下来，喟叹一声。接着，她忽然打了一阵哆嗦，抬头看着我说。“有人刚进过我的坟墓。”这是突然打寒战时常用的比喻，多么奇怪，听起来令人毛骨悚然。我们默默对坐半晌，塞琳娜突然明快地问道：“要不要再来杯茶？”

“麻烦你。”我递上杯子。

她继续说："于是，我结婚了，不久就怀孕了。之后事情一件接着一件，我开始忙碌起来，好多事情等着我做，好多东西等着我买，好多人围着我，我有阵子暂时忘记自己有多么不开心了。玛丽出生以后，坎迪达过来探望我，我们聊着聊着，她说看我爸妈当时的态度，我跟达米安肯定不会有好结果，她大概是这么说的。我当时不知道我爸妈讨厌他到那个地步，我的意思是，我想到我父母不会同意，从那顿晚餐就看得出来。然而，我当时没想到他们有机会向他慎重表明他们的态度，因为我以为他承认自己动机不纯跟我分手在先。后来我才听到事实的经过，这件事你知道吗？"

我点点头。

塞琳娜有点儿愤怒，我看得出来，即使她自幼接受过种种情绪控制的训练，还是情不自禁流露出一丝愤怒。她放下茶杯站起来，壁炉上散乱地放着几件装饰品和邀请函，她神经质地把玩着。"他们对我做的事情让我越想越生气，怪不得他们急着让我跟安德鲁在一起，最后我决定，我一定要再和达米安见一面，非见不可。"她几乎喘不过气来。看来她已经有段时间没有好好回想这件事情了，"接下来的事情你也知道了。"

"对。"

"当然，我一听爸妈想跟着去，公婆也是，就该取消这个计划。可是我太迫切想看他一眼，想再触碰他的手，闻闻他的气味，所以最后我没有取消计划。现在回想起来，我猜我爸妈就是担心这种事情。"

"看情况绝对是。"

"后来，我听说你说服了达米安一起去，我更是不肯放弃。我明知道应该退出，却无法逼自己下决心。那天晚上，我们来到你们住的那栋别墅，趁着大伙儿去海滩散步。我问他，两年前的舞会上，他为什么讲那种话？他承认那时说的都是谎话，没有一个字是真心的，他说他爱我，会永远爱我。我告诉他，如果那天他没有欺骗我，我当晚就愿意和他私奔。我会收拾行李离开家，一满二十一岁，就和他结婚，我们一辈子永远不分开。他说他不后悔，他觉得自己的决定是高尚的。”

“他确实这样认为。”

她转向我，两眼都是怒火。“是吗？去他的高尚！去他的愚蠢的高尚情操！我才不管他的动机是什么，他骗了我，毁了我的一生！”

“所以你才在信里提到‘欺骗’，我还以为是另外一回事。”

她皱眉，一时没反应过来：“哦，你以为‘欺骗’指的是用海誓山盟诱拐我上床？”

“对。”

“正好相反，他假装并不爱我，这就是我指的谎言。”

“你既然知道真相了，为什么不离开安德鲁？”

塞琳娜的情绪似乎逐渐平静。“因为我太软弱。”她伤感地说，“我在信中所写的‘软弱’，就是这个意思。”她走回椅子坐下。“达米安在葡萄牙那晚问了我同样的问题，他说如果我真的爱他，我们只有这条路可走。可惜那时候事情已经完全不一样了。物是人非，一切都不一样了。我已经是一个母亲了，家务事忙得不可开交。即使在1970年，离婚也是丑闻。另外，虽然我父母也该负一部分责任——”

“一部分？”

她点点头。“好吧，他们应该负全部责任，然而他们认为自己是在替我着想。”她看见我的表情。“好吧，他们以为对他们最有利的事情对我也最有利。”她停顿下来，“我也厌倦了被人推来推去。可是……”她几乎是以呻吟的方式在说话，我能感受到她身体的一呼一吸。“当然，假如事情发生在今天，我一定会离婚，我当初应该一走了之，应该痛下决心，可惜我没那种胆量，毁了两个人的生活。达米安只是原因的一半，另一半是我。”

“葡萄牙晚宴结束后呢？”

她回想起那一夜，几乎展现出笑容：“我们租的别墅离你们不是很远，大家回去后还惊魂未定，他们喝酒压惊，一杯接着一杯，连贝尔顿夫人也不例外。然后，他们醉得东倒西歪，各自进浴室洗掉一身海鲜，我也是。后来大家全都倒在床上，没有力气了。安德鲁睡前我说我不累，想晚一点睡。我等到他睡着，然后偷偷走了回去。”

“走路？”

“对啊，现在没有人会这样吧？或者应该说，为爱痴狂的年轻人才会。也许有些事情自古以来就是不变的。我知道达米安的房间是哪一间。毕竟他是在大家的注视下拂袖而去的。我到现在也不知道，假如门锁了会怎么样，现在的人一定会锁门，对吧？”

“你可以叫醒他。”

“谁知道呢。幸亏门没锁，我一拧开就溜了进去。我在黑暗中爬上他的床，心知这是最后一次。过了一会儿，他好像清醒了点儿，没有完全清醒，可是我管不了那么多了，我当时正在挥别曾经理想中的人生。这其实是个非常有仪式感的时刻。”

“可是，为什么是最后一次？即使你不能离婚，也可以维持婚外情吧？”

她摇摇头："不，我做不来，把和姐妹们共进午餐当作借口，那种事情我们做不来，不是我们的个性。我们是那种携手共进，一同驰骋江湖的一对，谁挡路就干掉谁。我们不是那种偷偷摸摸的地下情侣，老公一接起电话就赶紧挂掉。绝对不是。我一旦下决心不离开安德鲁，从那一刻起，这段感情就彻底结束了。"

"我希望安德鲁能清楚他对你的亏欠。"

"他不知道。如果他知道，会受不了的。告诉他反而会弄巧成拙。总之，那天晚上，我起床穿好衣服，离开达米安的房间，就再也没有见过他了。剧终。"

"你怎么知道潘尼斯顿是他的孩子？安德鲁也会尽丈夫的义务吧？"

"你说得太露骨了吧。"但她笑了，笑得很温柔，因为她想起了儿子，想起那位真爱的结晶，"我知道是因为他刚出生时实在太像达米安了，一直到他两岁的时候，相似的地方才大致消失。人们不是说，新生儿的长相无形中会接近父亲，这样父亲才会抚养照顾。他的鼻子，他的眼睛……我那时很庆幸，幸好没人注意到，虽然他刚出生时，我母亲看起来有点儿疑惑。我一直知道真相。"

"你为什么写那封信？你找他当面谈不就好了？"

"那段时间我心里很乱，常常顾影自怜，安德鲁比平常更讨人厌，所以我自己去了伦敦采购圣诞节礼品，然后喝醉了，我不清楚为什么写那封信，假如搁置到第二天，一定不会寄出去。可是，不知谁看见信放在桌上，在我起床之前，那封信就被寄走了，我后悔都来不及。"

我笑了笑："和达米安的猜想完全一致。"

这时，她严肃起来："接下来会怎么办？"

“我去通知达米安，他会更改遗嘱，你的儿子将富可敌国，贝尔顿家族会一飞冲天。”

“一切都要结束了。”

“我可以保证潘尼斯顿不需要等太久。”我记得任务里有一项条件，不遵守不行，“确认一下 DNA 会比较妥当，你不介意吧？”

她不吭声，走向书桌，打开抽屉，取出一枚信封递给我。信封上写着“潘尼斯顿的头发，三岁”。“这样可以吗？”她问，“要不要时间近一点儿的？”

“应该没有问题。”

“省着点儿用。”但我看得出她另有烦恼，“潘尼斯顿必须知道吗？有这个要求吗？”

“你不想让他知道吗？”

她环视晨厅。壁炉上方有一幅维多利亚时代的肖像画，主角是安德鲁的一位女性长辈，贝尔顿伯爵夫人三世。那幅画出自德国画家温特哈尔特之手，画中人有着栗色卷发和丰满的胸脯。塞琳娜叹了口气：“如果潘尼斯顿知道，他必须二选一，不是活在谎言里，就是和贝尔顿家族断绝关系，在从小看着他长大的人面前像个傻瓜，毁了他父亲的生活。”

“一个富有的傻瓜。”

“富有的傻瓜没错，可终究是个傻瓜。”她深吸一口气，“我不想他知道，我希望他明白达米安是个好人，我也可以大大方方地说我们相爱过。我想这样就够了。”

“我会转告达米安。”

塞琳娜另有一项要求：“我想亲自告诉他，可以吗？他会同意吗？”

我看着这个女人，她仍然健康，风韵犹存，人生路才走了一半。接着，我想起那具濒死的躯壳。“不太好。”我说，“你可以写信，你不是写过吗？”我们相视一笑，但我看得出，泪水开始在她眼睛里打转。“我不确定他想不想见客，特别是多年没见过的客人。因为现在的他已经不再……”我讲不下去，想不出贴切的字眼。

“美丽。”她说，一滴泪珠开始从脸庞上滑落。

我点点头：“对。他曾是个美丽的人。”

临走时，我致电达米安的管家巴塞特，告诉他事情的真相。他建议我直接从多塞特郡驾车来萨里郡。两个半小时之后，我抵达了达米安家里，律师已经在场。律师告诉我，他重新拟好了一份遗嘱，将大部分遗产指定给萨默斯比子爵，达米安已经签上了自己的大名。我很高兴，我痛恨这名字已久，如今却为他高兴，一股异样的感觉油然而生。达米安交代管家，我一到就立刻带我来见他。我一走进他的卧室，就明白我们正在跟时间赛跑。他躺在床上，令人胆战的瓶瓶罐罐和管子陈列在四周，药水在管子里流淌，这些全都连在这具干枯的身体上，两位护士在一旁守候，但他一看见我就挥手让她们离开。

“结束了，我签了字。”他说。

“律师告诉我了。你不想等检验结果吗？”

我去除封套，抽出一撮头发，递给他，但他摇摇头：“没时间了，而且一定会吻合的。”我看得出对他而言，这缕头发意义更为重大。他抽出金色卷发中的两三根，示意我拿走。

“交给巴塞特。马上。检测只要两三根就够了。”我按铃，管家过来取走了珍贵的金色发丝。我回过头来，看见达米安握着剩下的发丝，缓缓地将头发送到唇边。“我们成功了。”他说。

“我们成功了。”

“时间正好。”他的薄嘴唇咧开，做出类似笑容的表情，但令人见了心痛，“把事情的经过告诉我吧。”

我如实相告。他没有说话，在我提及他和塞琳娜在舞会面谈的事情时，我告诉他，我认为他的出发点很高尚，可他摇摇头。“旁人当然认为很高尚，”他说，“事实上，当时只是我自尊心太强。我要她的父母认同我，开车带着塞琳娜前去的路上，我以为他们会同意，可惜他们没有，而我也不打算成为他们女儿屈尊下嫁的对象。全是骄傲在作祟，我让自己的骄傲破坏了我们的未来。”

“她认为她在葡萄牙海滩拒绝你，是因为她的软弱，所以你们才无缘在一起。”

不知为何，他看起来心情好些了。“她错了，不过我现在才知道她和我的想法一致，我很高兴。这当然是自私所致，假如当年我对她的爱不那么自私，我会叫她忘记我，可是我办不到。”

“她不想让潘尼斯顿知道，她想说你的事情，但不想告诉他你是他的生父。”他点头，没有怨言。我看得出他准备接受这个要求。“塞琳娜说她想过来探望你，当面解释。”他躺在枕头上，两眼湿漉漉的，一听见塞琳娜想要探望他，脸上露出了警觉的样子，但我立刻安抚他。“我叫她别来，她写了一封信托我代转。”床头摆着一张椅子，我拉过来坐下，从内袋取出乳白色的信封。他点点头，示意我可以拆开。信纸上以深蓝色凸印韦弗利庄园的地址，下面是她的亲笔字，斜体笔迹厚重，我记得很清楚。信上写着：“*最后一次见面至今，我始终爱着你，我也将爱你直到*

人生尽头。”最后只签名“塞琳娜”。我举着信让他自己阅读。他的视线在信纸上游弋，一次又一次反复读着。

“你一定要转告她，信我读到了，我和她是一样的心情。”他喃喃地说，“完全一样。”接着他问：“你会留下来吗？管家可以替你安排。”我几乎不敢相信我居然迟疑了一下，脑海里涌进一堆事情，在最不合时宜的时机，满脑子是我应许的舞会，慕尼黑几位友人的邀约。在这种时候，我怎么会考虑这些杂事？我的一只手搭在床单上，在我回应之前，他伸手过来碰碰我：“拜托了，我保证这是最后一次，以后我不会再留你了。”

我马上点头，为自己久久没有应答而惭愧。“我当然会留下来。”我说。

我确实留下来了。管家招待我和律师斯莱德先生吃晚餐。晚餐设在楼下，用餐时的餐厅装潢奢华却冰冷。律师向我介绍自己的名字，与我聊14世纪的全球变暖现象，以及布朗首相任内匪夷所思的政绩，晚餐吃得有一搭没一搭。餐后，巴塞特带我去初次造访时我住过的那间卧室。虽然间隔仅仅两三个月，但我仍有恍如隔世的感觉。他把盥洗用具和睡衣拿给我，“我待会儿过来取衣服去洗，好让您明天早上就能穿上，先生。”他说。达米安在乐园中度过了晚年，这是一个孤独的乐园。对此我有切身体会。

巴塞特在凌晨摇醒我。“先生，麻烦您过来一下，他快走了。”我望着他的脸，看到他热泪盈眶，不禁感慨，如果管家为垂死的主人落泪，这表示达米安这辈子至少做对了一些事情。我匆忙披上全新的睡袍，走过几道走廊，来到他的房间，里面相当拥挤，有两位护士，一位医生，以及律师在一旁待命。他奉命留守在此，无非是担心达米安最后一刻想更改遗嘱，但他多虑了。房间里空气凝重焦躁，我想起路易十六在妻子分娩时，曾一拳击碎玻璃窗，好让妻子呼吸新鲜空气。我进来时，大家不约而同都转头看我，然后自动退到两旁，给我让出一条路走到床边。我猜这又是事先安排好的步骤，以临终的交代而言，没人比他规划得更周详。

达米安仅剩半口气，但他一看见我，嘴唇嚅嚅动了起来，我赶紧尽可能靠近，侧耳倾听。我听得相当清楚。“请告诉她，我和她有着一样的心情。”他说。一切都结束了。

亲子鉴定的结果表明他们确定是亲父子，不出我们所料，因此达米安的后事全部按照他的遗嘱办理。临行前，律师给了我一份遗嘱副本，请我从头到尾读一遍，若有问题他可当场释疑。遗嘱写得很清楚，我没有疑问，只感叹这份遗嘱影响了太多人。达米安没有在世的近亲，尽管有人觉得他的处理方式奇怪，也不至于招来质疑，何况条款都写得明明白白。作为遗嘱执行人，我的任务繁重，幸好有两方面足以慰劳我，一是遗嘱执行人只有我一个。因此，巴克斯特帝国所有的经理人、银行、委员会成员、财务顾问，都需要听我指挥。这颗药丸的另一层糖衣是，达米安留给我一大笔钱。“*以感激他不辞辛劳，肩挑重任。*”我毫无所求，但这份心意令我无限感激。坦白说，这份馈赠大大改善了我的生活。

他也分出一大笔遗产供我支配。“*依他之意，分配给名单上的其他人。他会明白我的意思。我没有任何建议，因为行善的人是他，不是我。*”在执行这项条款时，我问心无愧，将其中极大的比例分给了达格玛。再次欣然告诉各位，达格玛获悉好消息后，第一时间和威廉离了婚。我无法忘记，达米安在葡萄牙之夜大发雷霆时，只对达格玛表达了善意，因此我认为她的幸福对他而言意义重大。我给了坎迪达一笔数目可观的钱，她满心感激。另一份给露西，被菲利普拿去做亏本生意，三年之内赔得一分不剩。令人讶异的是，特丽用她的那一份做了妥善的投资，如今可以坐享收益。基兰不缺钱，所以我没分给他，但我将他视为乔安娜的法定继承人。我在初次造访达米安的图书馆时，极为欣赏里面几幅透纳的海景画，因此买了下来，转赠给基兰。他很高兴，我想。另一份不算少的遗产，我依照执行人的职责，也是个人的私心，赠给了潘尼斯顿的姐姐玛丽，也许是罪恶感作祟，因为我知道她才是贝尔顿家族嫡传后代。另一个原因是，达米安想让他爱过的女人及其子女分享遗产，所以我也让其他几位女性得到了一些，了却他身后的遗憾。由于遗产数目庞大，上述馈赠只销掉一个小小零头，但也能帮助巩固塞琳娜乐于看到的家族传承。除了我们之外，知道秘密的人只有坎迪达和特丽，我有必要请求她们保密。坎迪达是塞琳娜的表妹，没有泄密之虞。至于特丽，让我比较担心她能否守口如瓶，但假如给她钱的同时再附加一个沉默条款，恐怕会让她感到受辱，反而会弄巧成拙。所以我只能赌一把她的本性纯良，好在到目前为止，她没有让我失望。

葬礼的规模很小，仪式简单，达米安的遗体葬在亚维拉的圣特蕾莎教堂墓园。达米安在世期间，这座教堂一直受到他慷慨的恩泽，他适合在这里长眠。葬礼后几个月，我们在汉诺威广场的圣乔治大教堂举办了较为隆重的告别式，到场致哀的各界人士众多。遗嘱在此公开，为日后伦敦的社交场提供了不少聊天话题。告别式引来许多我们共同认识的人，我希望这些人不全是冲着仪式之后的午宴而来的。午宴在克拉里奇大饭店举办，邀请所有到场人士参加，塞琳娜尽心尽力地协助筹备了午宴，在她的建议下，潘尼斯顿上台致辞。他讲话的内容大致是死亡“不足挂齿”，这种悼文我听过很多遍，每次都很烦躁，但显然这句话有其深意。他也提到母亲对达米安的爱慕，我觉得这一举动高尚且勇敢。不得不承认另一件令我佩服的事情是，安德鲁不仅到场，而且在仪式和午宴期间，自始至终维持着凝重、傲慢的庄严神态。我猜他最深切的哀容大概就是这样了。他所知的内幕不多，在这种场合又怎能指望他悲伤？况且，天文数字的遗产让贝尔顿家族的财力一夕之间蹿升至英国前二十位，他如果流露出不胜感激的表情，恐怕也会遭人非议。尽管如此，无论任何事情，我们总无法尽如人意，我对他的表现已经感到满意了。

露西也在场，穿着样式奇特、近似丧服的连衣裙，外加一件黑丝晚装外套，领子上别着一朵紫色的塑胶花。坎迪达和达格玛结伴而来，两人仪容高雅，哀恸之情真切，令我感受到一股暖流——我太低估达米安在她们心目中的分量了。基兰也来了，但他或许只想证实达米安是否真的死了。特丽远在加州，指望她跨越重洋前来有些强人所难，但她送了鲜花，时髦但难看，是都市花店偏爱的一种。有个女人吸引了我的注意力，她的身形高大壮硕，穿着剪裁优美的套装，带着我少见的精致的钻石胸针。她望着我，微笑点头。显然我应该认识她才对。我担心她过来打招呼我却报不出名字，所以向塞琳娜求救。塞琳娜相当讶异："你怎么会忘了乔治娜·沃迪拉夫？"

"乔治娜？"我忍不住露出诧异的表情，"她后来怎么样了？"

"你脱离我们太久了。"她微笑，"她嫁给康宁斯比侯爵了。"

我确实是脱离那个圈子太久了："这是哪一年的事情？"

"差不多是在十五年前吧，我不敢相信你真的不知道，不过他们一直住在爱尔兰，这是她的第一次婚姻，侯爵是再婚。不可思议的是，前妻只给他生了女儿，乔治娜一口气给他生了两个大胖小子，第一胎是在她四十三岁那年，一年以后又添了一胎。所以她生了继承人，还有顺位继承人。”

“她的丈夫好吗？”

“很好，他长得很像演员约翰·肖，而且他对乔治娜心怀感激，因为前妻跟他一个朋友跑了，他沮丧了很久，认识乔治娜以后，心情才开朗起来。现在两人都非常快乐。”

说实话，此时我也真心感到高兴，我望着几乎可以算是风姿绰约的康宁斯比侯爵夫人，心想也不是人人的晚景都会凄凉。对某些人而言，人生道路是越走越顺畅。“真好。”我说，“希望乔治娜的母亲当年赶上了参加她的婚礼。”

“她参加了，假如没赶上，她保证也会从坟墓里爬出来，看女儿风光大婚。”塞琳娜哈哈大笑起来，我也是。

达米安的寻子之旅到此结束，我对结局不能说不满意。探访期间，我有幸重温了失落的年少时光，不能说不欣慰。我曾以为1968年的暗恋是我埋藏在心底的单相思，早在残酷的现实里无疾而终了，但现在我才发现，塞琳娜和达米安之间的真爱才是终极浪漫。即便如此，我深信能有机会重新体认我心所想，终于有幸和魂牵梦绕的爱人缱绻床笫，虽仅此一回，我也了无遗憾，对过去和将来都有了一个交代。无论今后命运如何安排，无论我日后会见到什么，不见什么，现在的我已经能理解诗人所吟咏的那种境界，我真心感激命运。

我站在克拉里奇大饭店的大厅，地板铺着黑白交错的大理石，色调鲜明。这时候，潘尼斯顿走过来，碰碰我的手臂，陪我走出饭店，我们踏上人行道，迎上依然亮丽的秋日，商议接下来的要务。达米安的资产如此庞大，安排起来务必耗上几年。他迟疑了一阵，我知道他想针对他的好运说些什么：“这个机会很宝贵，我不会辜负他的好意。”

“我相信。”

“我想延续他生前的一些志愿，当然也不能忘掉癌症研究。另外我认为，我们可以考虑以他的名义成立几个奖学金以纪念他。”

“老实说，我认为他不是很在意能不能流芳百世。不过我支持你，我们替他成立奖学金吧。”

分手的时候到了，但我看得出来他欲言又止。可怜的潘尼斯顿，他看起来很别扭。只因某人四十年前爱过他的母亲，而他知道的原因仅此而已。如今他继承了偿还国债都绰绰有余的财富，他一时还无法适应人生的巨变，这也情有可原。“妈妈说，他生前是个了不起的人，可惜我没有早一点认识他。”

我思索片刻：“我认为他是个勇敢的人。”这是真话。“别人怕触犯的常规，他毫无畏惧。他建立了自己的帝国，而这一点值得所有人尊敬。我想他是独一无二的，这是许多人毕生追求的目标，可成功的人却屈指可数。”

说完，我们两人握手道别，我踏上布鲁克街离去。